W9-CCR-776

Œuvres de Jean d'Ormesson

nrf

LA GLOIRE DE L'EMPIRE

AU PLAISIR DE DIEU

AU REVOIR ET MERCI

LE VAGABOND QUI PASSE
SOUS UNE OMBRELLE TROUÉE

En collection Folio

DU CÔTÉ DE CHEZ JEAN

UN AMOUR POUR RIEN

Aux Éditions Julliard

L'AMOUR EST UN PLAISIR

LES ILLUSIONS DE LA MER

DIEU

SA VIE, SON ŒUVRE

JEAN D'ORMESSON
de l'Académie française

DIEU

SA VIE
SON ŒUVRE

nrf

GALLIMARD

Il a été tiré de l'édition originale de cet ouvrage trente-cinq exemplaires sur vergé blanc de Hollande Van Gelder numérotés de 1 *à* 35 *et cinquante-cinq exemplaires sur vélin d'Arches Arjomari-Prioux numérotés de* 36 *à* 90.

Pour le bleuet.

Dieu a dit : Souvenez-vous de moi ; je me souviendrai de vous.

Le Coran

Comme Nietzsche l'avait annoncé, Dieu était mort ou, plus exactement, il avait été tué par l'homme.

Mircea Eliade
(La Nostalgie des origines)

La scène de ce drame est le monde.

Paul Claudel
(Le Soulier de satin)

Ce qui importe, c'est d'avoir senti que notre plan, dont nous avions souri plus d'une fois, existait réellement et secrètement et que c'était l'univers tout entier et nous-mêmes.

Jorge Luis Borges
(Le Livre de sable)

L'ensemble était immense et l'on y sentait Dieu.

Victor Hugo
(Dernière Gerbe)

LE CHAOS

CHAPITRE PREMIER

où le rien et le tout ne se distinguent pas l'un de l'autre

En ce temps-là, le temps n'existait pas encore. Et le tout et le rien ne se distinguaient pas l'un de l'autre. Il n'y avait ni jour ni nuit, ni nombre, ni chiffres, ni couleur, ni même d'espace. Et personne ne pensait rien. Il n'y avait ni terre, ni eaux, ni ciel. Il n'y avait pas d'univers. Il n'y avait rien. Et ce rien se confondait avec tout.

Personne régnait sur ce rien. Et ce Personne était Dieu. Et cette Personne était Dieu. Dieu était absolument seul et absolument puissant. Et parce qu'il ne régnait sur rien, il régnait aussi sur tout. Et parce qu'il régnait sur tout, il ne régnait sur rien.

Dieu était éternel. Non parce que le temps l'épargnait, mais parce que ni Dieu ni le temps n'étaient encore au monde puisque rien n'existait. Dieu était infini. Il était lui-même le néant qui s'étendait à tout, et il était l'absolu. Il n'y avait pas de bornes à sa puissance, qui n'était qu'impuissance puisqu'elle ne s'exerçait sur rien, et à sa solitude.

Dieu était solitude parmi la solitude. Et il était absence dans l'absence. Il n'avait pas de nom puisqu'il n'y avait pas de langage et qu'il n'y avait personne pour le nommer. Il était immobile, silencieux, innomé, tout-puissant et éternel.

CHAPITRE II

CHAPITRE III
où, dans l'absence universelle et dans le sommeil du futur, Dieu est à peine Dieu

En ce temps-là, le temps n'existait pas encore. Et le tout et le rien ne se distinguaient pas l'un de l'autre. Il n'y avait ni jour ni nuit, ni nombre, ni chiffres, ni couleur, ni même d'espace, et personne ne pensait rien. Il n'y avait pas de terre, pas d'océan, pas de limites ni de rencontres. Il n'y avait pas de hasard ni de nécessité. Il n'y avait pas de forêts, ni de lacs, ni d'étoiles dans le ciel, ni de ciel. Il n'y avait pas d'amants et il n'y avait pas de langage. Il n'y avait pas d'univers. Il n'y avait rien. Et ce rien était plongé dans le rien et il se confondait avec tout.

Ailleurs, demain, autre chose, plus loin, attendre, disparaître, apparaître : aucun de ces mots — ni les autres — ne renvoyait à rien, aucun n'avait le moindre sens. Rien ne bougeait, rien ne changeait, rien ne pouvait être voulu, rien ne pouvait être dit ni conçu de rien. Un vide, un néant, un trou dans l'inexistence. Une sorte d'absence universelle.

Personne régnait sur ce néant où dormait un futur. Et ce Personne était Dieu. Et cette Personne était Dieu. Parce qu'il n'y avait pas non plus d'obstacles, ni d'ennemis, ni d'échecs, ni d'erreurs, ni rien, Dieu était un roi très puissant et un souverain absolu. Il était absolument seul et absolument puissant. Et parce qu'il ne régnait sur rien, il régnait aussi sur tout. Et parce qu'il régnait sur tout, il ne régnait sur rien.

Dieu était éternel. Non parce que le temps l'épargnait, mais parce que ni Dieu ni le temps n'étaient encore au monde puisque rien n'existait. Dieu était infini. Il était lui-même le néant qui s'étendait à tout et il était l'absolu. Il n'y avait pas de bornes à sa puissance, qui n'était qu'impuissance puisqu'elle ne s'exerçait sur rien, et à sa solitude.

Dieu était solitude parmi la solitude. Et il était absence dans l'absence. Il n'avait pas de nom puisqu'il n'y avait pas de langage et qu'il n'y avait personne pour le nommer. Il était immobile, silencieux, innomé, tout-puissant et éternel. Et, malgré sa toute-puissance, malgré son éternité, à cause de ce néant et de cette solitude, Dieu était à peine Dieu.

CHAPITRE IV

où du possible apparaît dans le chaos

D

en ce temps-là

le temps

I

et le rien et le tout

rien

E

Personne

la solitude l'absence

U

Mais le silence et le vide étaient tout pleins de possible

CHAPITRE V

où, pour des raisons encore obscures, l'un naît de l'autre et l'autre naît de l'un

En ce temps-là, le temps n'existait pas encore. Et le tout et le rien ne se distiguaient pas l'un de l'autre. Il n'y avait ni jour ni nuit, ni nombre, ni chiffres, ni couleur, ni même d'espace, et personne ne pensait rien. Il n'y avait pas de terre, pas d'océan, pas de limites ni de rencontres. Il n'y avait pas de hasard ni de nécessité. Il n'y avait pas de forêts, ni de lacs, ni d'étoiles dans le ciel, ni de ciel. Il n'y avait pas d'amants et il n'y avait pas de langage. Il n'y avait pas d'univers. Il n'y avait rien. Et ce rien était plongé dans le rien et il se confondait avec le tout.

Ailleurs, demain, autre chose, plus loin, attendre, disparaître, apparaître : aucun de ces mots — ni les autres — ne renvoyait à rien, aucun n'avait le moindre sens. Rien ne bougeait, rien ne changeait, rien ne pouvait être voulu, rien ne pouvait être dit ni conçu de rien. Un vide, un néant, un trou dans l'inexistence. Une sorte d'absence universelle. Mais ce silence, ce vide, ce néant, cette absence étaient tout pleins de possible.

Personne régnait sur ce néant où dormait un futur. Et ce(tte) Personne était Dieu. Parce qu'il n'y avait pas non plus d'obstacles, ni d'ennemis, ni d'échecs, ni d'erreurs, ni rien, Dieu était un roi très puissant et un souverain absolu. Il était absolument seul et absolument puissant. Et parce qu'il ne régnait sur rien, il régnait aussi sur tout. Et parce qu'il régnait sur tout, il ne régnait sur rien.

Dieu était éternel. Non parce que le temps l'épargnait, mais parce que ni Dieu ni le temps n'étaient encore au monde puisque rien n'existait. Dieu était infini. Il était lui-même le néant qui s'étendait à tout et il était l'absolu. Il n'y avait pas de bornes à sa puissance, qui n'était qu'impuissance puisqu'elle ne s'exerçait sur rien, et à sa solitude.

Dieu était solitude parmi la solitude. Et il était absence dans l'absence. Il n'avait pas de nom puisqu'il n'y avait pas de langage et qu'il n'y avait personne pour le nommer. Il était immobile, silencieux, innomé, tout-puissant et éternel. Et, malgré sa toute-puissance, malgré son éternité, à cause de ce néant et de cette solitude, Dieu était à peine Dieu.

Quelque chose cependant travaillait cette absence. C'était une insatisfaction. Un appel. Un élan vers le devenir et une impatience d'être. Le vide était plein d'angoisse et de tressaillements. Dieu sentait obscurément de l'être affleurer en son sein. Et il s'appelait lui-même à l'existence.

Est-ce que Dieu était las de lui-même, de sa solitude et de sa toute-puissance ? Est-ce que Dieu s'ennuyait ? Est-ce qu'il était fatigué de son propre néant et du néant autour de lui ? Est-ce qu'un désir lui venait de séparer enfin le néant et le tout et de les révéler l'un à l'autre en les distinguant l'un de l'autre ? Est-ce qu'une force inconnue, dont tout allait sortir et qui s'appelait l'amour, s'était emparée de lui ? Les philosophes, les théologiens, les historiens, les savants, les poètes n'ont pas fini de disputer des origines de l'univers et des milliers de livres ont traité ce sujet. Nous n'avons pas l'ambition de fournir ici une réponse à un débat si illustre. Disons seulement d'un mot que surgissait lentement en ce Dieu éternel et identique à lui-même un besoin ardent de l'autre qui se confondait en lui avec sa propre aspiration à aimer et à être et à l'emporter sur le néant.

Ce livre-ci débute, aussi simplement que possible, avec l'idée de l'autre en train de traverser Dieu. Il n'y a pas d'un s'il n'y a pas d'autre. Il n'y a rien tant qu'il n'y a pas d'autre. Quand une image de l'autre se fait soudain en Dieu, l'histoire du monde commence. Et, du même coup, l'histoire de Dieu. Car s'il n'y avait pas de Dieu, il n'y aurait pas de monde. Mais s'il n'y avait pas de monde, y aurait-il un Dieu ?

CHAPITRE VI

où Dieu découvre dans l'avenir la bataille de Qadesh, le marquis de Dreux-Brézé et une amie de P.-J. Toulet

S'il n'y avait pas de Dieu, y aurait-il un monde? Mais s'il n'y avait pas de monde, y aurait-il un Dieu?

Dieu se mit à penser. Il calculait les essences, les possibles, les futurs. Quelque chose éclata dans le silence et dans les ténèbres. Voici déjà du sublime en train de jaillir du néant. Il nous est bien difficile, et peut-être impossible, d'imaginer ce que pouvait être, dans l'absence de l'espace et dans l'absence du temps, la splendeur insoutenable de la pensée de Dieu. Il est permis de soupçonner que, dans cet éclair divin, et parmi l'infinité des univers avortés au sein du rêve de Dieu, figurait déjà toute la suite immense des temps, les prophètes et les rois de l'Ancien Testament, la bataille de Qadesh entre Pharaon et les Hittites, les conquêtes d'Alexandre, l'assassinat de César par Brutus et Cassius devant la statue de Pompée dans la Curie romaine, la naissance du Bouddha, de Jésus et de Mahomet, les fastes de l'Empire du Milieu, la chute de Constantinople, la découverte de l'Amérique, le serment du Jeu de Paume et la réponse de Mirabeau, dans la salle de l'Hôtel des Menus, à l'injonction du marquis de Dreux-Brézé, les pages pleines de promesses explosives du *Capital* de Karl Marx, les détails les plus infimes, insignifiants et exquis de *Mon amie Nane* de P.-J. Toulet et les dernières lignes de cet ouvrage qui ne sont pas encore tracées à la gloire du Dieu tout-puissant — que son saint nom soit béni.

Tout cela, et tout le reste, du ciron et du vermisseau aux plus lointaines galaxies, était déjà en germe dans ce désir de l'autre et de lui-même en l'autre qui s'emparait de Dieu. Cette soif, cette nostalgie, cette impatience divines étaient tout imprégnées d'amour. Si le moindre égoïsme, la moindre lâcheté, le moindre souci de son confort personnel avaient agité Dieu, il serait retourné s'endormir dans son absence originelle et dans sa toute-puissance sans objet, sans malheur et sans bonheur, sans désastre et sans triomphe, sans naissance et sans mort. Dieu avait à choisir entre lui-même et les autres, entre une solitude infinie et une infinité de possibles, entre une paix immobile et tous les désastres et les fulgurations de l'amour. Puisque nous sommes au monde, nous savons ce qu'il a choisi. Béni soit son saint nom.

Il a choisi d'être. Il a choisi de souffrir. Il a choisi de devenir lui-même toute la douleur du monde, toutes ses fautes, toutes ses erreurs, ses folies et ses délires — et de les lui pardonner. A travers l'univers, les planètes, les saisons, l'histoire des hommes, il a choisi la vie et il a choisi la mort. Il a choisi de mourir et de ressusciter. De mourir éternellement et de ressusciter éternellement. Il a choisi d'aimer. Chacun de nous connaît les ouragans de cet amour dont nous ont parlé tant de poèmes, tant de tragédies, tant de romans, tant d'œuvres d'art et que nous avons parfois été jusqu'à éprouver en nous-mêmes. Dieu aussi les éprouvait. Ils peuvent nous donner une faible image, naturellement inadéquate, des transports de l'amour divin en train de balayer le néant. A la seule espérance de sa solitude rompue, l'allégresse du Dieu tout-puissant féconda le silence de l'univers absent.

CHAPITRE VII
où Pierre rencontre Maria

Il demanda l'heure pour la troisième fois. L'autre, un petit brun un peu pressé, regarda sa montre sans s'arrêter : « Six heures vingt-cinq. » Ah ? déjà ? Bon. Merci. Il se remit à marcher de long en large entre la teinturerie et le boulanger du coin.

Il avait quitté son travail trois minutes avant six heures. Une joie immense l'habitait. Tout lui était indifférent. Tout — sauf une chose. L'univers s'était réduit à une unique évidence : il fallait être, entre 6 h 15 et 6 h 30, au bout de la grand-rue, en face de l'arrêt des autocars. Il y était. Le monde entier s'arrêtait. Est-ce qu'elle viendrait ?

La veille, tout s'était mal passé : le comptable de la maison lui avait refusé une avance, son frère lui avait dit que leur mère ne se sentait pas très bien, et il avait déchiré sa veste en l'accrochant malencontreusement à la poignée de la porte de la secrétaire du patron. Mais tout cela s'effaçait : il l'attendait et elle allait venir.

Il l'avait vue trois jours plus tôt, chez des amis de vacances qui l'avaient invité à dîner pour échanger des souvenirs indéfiniment répétés et des photographies où la mer se mêlait au soleil. Elle était passée par hasard pour rapporter un livre qu'on lui avait prêté. Elle était restée vingt minutes, elle avait pris le café avec eux et il lui avait parlé un peu de patinage artistique, de la Sicile en été et de Humphrey Bogart dans *Le Faucon maltais* et dans *Casablanca.* Elle avait imité Laureen Bacall dans *Le Port de l'angoisse :* « *You know how to whistle, don't you ?... You just put your lips together, and you blow...* » Il se sentait assez bien, et il ne s'ennuyait pas. Il lui avait parlé aussi d'un livre où il y avait une ou deux pages très belles sur la mort d'un juif qui pensait en mourant à la communauté et à la fraternité de tous les hommes. Il avait oublié le titre. Elle lui avait donné un numéro de téléphone où il pourrait l'appeler s'il retrouvait par hasard le nom de l'auteur et le titre du livre. Le lendemain matin, il les avait retrouvés : c'était *Une poignée de mûres* d'Ignazio Silone. *Una manciata di more.* Il l'avait appelée. Il lui avait dit le titre. Elle l'avait remercié avec ce mélange de gaieté et de sérieux qui l'avait déjà frappé la veille. Quelques secondes avant de raccrocher, comme on se jette à l'eau, il lui avait demandé, très vite, si elle voulait venir le retrouver pour se promener une heure le long des quais ou pour prendre un verre de quelque chose avant le dîner. Elle avait à peine hésité. Elle avait ri un peu. Et elle avait dit oui. Et maintenant, il l'attendait, en face de l'arrêt des autocars.

Malgré tous les ennuis de la veille et de la semaine, malgré toutes les routines et la platitude de son existence, la vie lui paraissait plaisante et pleine. Le soleil brillait à travers les nuages : ils avaient l'air, dans le ciel très clair, d'être chargés de l'accompagner, de lui faire cortège, de le fêter, et ils s'écartaient devant lui. C'était la fin de l'hiver, le printemps, le début de l'été, le milieu ou la fin de l'automne à Londres, à New York, à Rome, à Vienne, à Paris. A Tokyo, à Bucarest, à Buenos Aires, à Mexico. A Tordesillas, à Bacau, à Wuppertal, à Borgo Pace, à Pitigliano, à Saint-Julien-d'Apcher où il n'y a peut-être ni fleuve, ni rivière, ni quais. Il s'appelait de tous les noms et elle s'appelait Maria.

Bizarrement, il avait un peu de mal à se rappeler ce visage dont il ne cessait de se souvenir. Tout se brouillait. Il se demanda, tout à coup, s'il allait la reconnaître. Il eut l'impression de parler tout haut, et que les gens le regardaient. Il se mit à sourire, presque ouvertement. Souvent, dans les livres, on voyait des personnages en train de penser très distinctement. Lui ne pensait jamais. Il rêvait, il se souvenait, il se décidait, il agissait, il lui arrivait même de lire ou d'aller au cinéma ou encore au théâtre ou au concert. Mais il lui semblait toujours qu'il ne pensait à rien. Maintenant, au contraire, il pensait à des choses très précises, qu'il aurait presque pu exprimer à haute voix : « Est-ce qu'elle va venir ? De quel côté va-t-elle surgir ? Quelle chance ! Quelle merveille ! » Et il n'était pas sûr de ne pas parler tout haut.

C'est un lieu commun d'assurer que l'émotion, la passion refoulent et étouffent la pensée. Elles l'excitent aussi, et elles la libèrent. Dans la vie quotidienne, tout ce que nous pensons n'est qu'un magma informe qu'il serait bien difficile de traduire exactement en phrases articulées. Dans l'émotion, au contraire, et encore bien plus dans la passion, les mots jaillissent spontanément et tout faits de ces lèvres intérieures commandées par le cœur et par le sentiment et que seules la tendresse, la fureur, l'espérance, la rancune, l'amour ou la haine réussissent à ouvrir. Comme les battements de son sang, il lui semblait que les idées qui lui passaient par la tête étaient toutes prêtes à être recueillies et fixées par un appareil enregistreur. Un homme âgé, une jeune fille se retournaient sur lui : il parlait tout seul et il riait aux anges.

Le temps et l'espace se refermaient sur ces instants et sur ce coin de rues. C'était le contraire de l'histoire, de l'expérience, de la politique, des journaux : eux s'étendaient au monde entier, à la totalité des temps. Pour lui, au contraire, tout se jouait ici et maintenant. Tout commençait à nouveau. Et spécialement pour lui. Et pourtant, il n'était pas seul. Il était moins seul que jamais — et tout le reste ne comptait plus. On aurait dit que l'unité élémentaire, que le noyau de l'univers, c'était lui et elle ensemble. Il se sentait tout à coup incomplet à lui tout seul. Mais qu'elle arrive seulement : et tout le reste s'écroule. Le monde était vide tant qu'elle n'était pas là. Dès qu'elle serait là, il serait plein. Complet. Achevé. Elle suffisait à le remplir.

Rien n'est plus proche de l'absolu qu'un amour en train de naître. Le stupéfiant, le merveilleux, c'est que cet absolu naît du hasard. Il pensait qu'il aurait pu ne pas aller dîner chez ses amis, qu'elle aurait pu ne passer chez eux que la veille ou le lendemain, qu'il aurait pu être ailleurs, qu'elle aurait pu ne pas exister, qu'elle aurait pu refuser de venir ce soir et de le retrouver. Ce qui compte le plus au monde — la naissance, l'amour, la mort — surgit de circonstances strictement aléatoires. L'essentiel naît de l'accidentel. Nous construisons de bric et de broc, au petit bonheur la chance, à la va comme je te pousse, jusqu'au sens le plus intime et le plus profond de notre vie. Il sentit passer une ombre. Ah ! comme nous voudrions tous que notre destin soit inscrit quelque part, dans les astres, chez les dieux, sur de grandes tables de marbre où tout serait prévu ! Mais non : c'est nous seuls — et aussi les autres — qui construisons notre vie. Et c'est le hasard qui en décide. Tout ce que nous pouvons faire est de saisir aux cheveux les occasions que nous présentent le temps qui passe et ce grand bal du samedi soir qu'est le monde où nous sommes jetés. De sauter dans les trains fous dirigés par des dés qui roulent dans la main d'on ne sait qui. Et de dire, presque avec un sourire : Ceci est mon destin, et ceci est ma vie. Et le plus incroyable, c'est que tous ces hasards, ces tâtonnements, ces décisions arbitraires, ces mécanismes et ces croisements finissent par faire, en effet, quelque chose d'arrondi par la vie et par la mort et qui ressemble à un destin.

Il se moquait bien du destin ce soir-là, il se moquait de l'avenir et il se moquait du passé. C'était le présent qui comptait. Il avait connu d'autres femmes, d'autres palpitations, des rêves, des souffrances, des délices et des déceptions. Il avait tout oublié. Et l'avenir ne l'inquiétait pas. S'il avait pu voir, dans le futur, la lassitude tapie, la trahison aux aguets, la séparation espérée, impatiemment attendue, accueillie dans des transports de soulagement et de joie, il aurait reculé avec horreur. Mais l'amour tient dans son poing fermé les clefs de l'avenir et du passé. Il réduit à ceux qui s'aiment la totalité de l'espace et il leur interdit l'accès aux autres temps.

Soudain, il la vit. Il sentit un choc en lui. Elle arrivait. Elle ne ressemblait pas exactement à ce qu'il avait tant attendu. Mais, contrairement à ses craintes, il la reconnut aussitôt. Elle lui dit · « Bonsoir » en souriant. Il répondit : « Bonjour... », il hésita un instant, et il ajouta : « ... Maria. »

Elle demanda si elle était en retard et, mentant déjà un peu, non pour la tromper, mais pour lui plaire, il assura que non. Ils échangèrent ainsi des mots insignifiants en marchant devant eux. Ils ressemblaient à ces marins qui sondent l'eau à la proue des navires, à des chasseurs qui avancent avec prudence et espérance à travers les marécages, aux alpinistes qui assurent leur prise avant de s'élever encore plus haut.

CHAPITRE VIII

qui fait entrer en scène un nouveau personnage

La voix de Dieu s'éleva. Elle explosait sous des cieux qui n'existaient pas encore. Elle était tout amour et toute puissance. Elle était tout énergie. Et elle était muette. Par un miracle ineffable, cette voix était toute silence. C'est le plus éclatant silence de toute l'histoire du monde et toutes les fanfares des siècles et des siècles des siècles ne rivaliseront jamais, jusqu'au dernier désastre et au fracas final, avec la voix de Dieu en train de s'élever sur le néant. Elle se déchirait elle-même, cette voix divine et sourde, car il n'y a pas d'amour où ne se cache une souffrance. Elle invitait quelque chose ou quelqu'un à se dégager du néant de l'absolu divin et à exister. En Dieu, bien sûr, mais aussi en soi-même. C'est ainsi que surgit de Dieu et en Dieu et par Dieu un être de lumière et de feu, né de la pensée divine et de l'amour divin et qui était si beau et si pur que, dans le secret de son cœur, Dieu lui-même s'en étonna. Tressaillant d'une allégresse où se mêlait déjà de la douleur devant la souffrance et le mal, il ressentit pour lui un amour infini. Et parce que la créature brillait d'un éclat sombre dans la nuit encore éternelle, il la nomma Lucifer.

CHAPITRE IX

où les hommes se mettent à l'œuvre

Les hommes apparurent derrière les dunes, à la lisière des forêts, dans les vallées au pied des collines, au soir d'une journée qui avait été très belle et très chaude. Personne ne savait d'où ils venaient. Ils semblaient surgir de nulle part. C'étaient des Mongols, des Huns, des croisés, des Sarrasins, des chevaliers Porte-Glaive, des Aztèques, des conquistadors, des gens des sections spéciales ou de la Horde d'or, des Inquisiteurs ou des paysans, des esclaves révoltés ou des maîtres impérieux, des hommes qui portaient des croix, des têtes de morts, des sabres, des croissants, des faucilles et des marteaux. Ils étaient vêtus de noir ou de blanc, de rouge, de gris, de vert, de bleu, de kaki, de cuirasses, de peaux de panthère. Quelques-uns étaient presque nus. Ils avaient des chevaux avec eux. Ils croyaient à des choses obscures et fortes qui les poussaient vers la mort. Celle des autres, et même la leur. Ils criaient : « Vive la mort ! » Et ils marchaient, contre Dieu et parfois en son nom, derrière des drapeaux, des étendards, des oriflammes et des tambours, en poussant des cris de guerre.

C'étaient les autres. C'étaient les ennemis.

Ils entrèrent dans le village au coucher du soleil. Les jeunes gens et les hommes valides s'étaient portés au-devant d'eux Malgré les palissades édifiées à la hâte, malgré les tranchées trop tard creusées, ils furent massacrés jusqu'au dernier. Alors les envahisseurs se répandirent dans les rues et ils pénétrèrent dans les maisons.

Personne ne s'attendait à rien. La veille était jour de fête. On avait joué de la flûte et du tambourin. On avait chanté et dansé. Le sang se mit à couler sous les guirlandes, sur les tapis. Les femmes, les enfants, les infirmes, les chefs les plus âgés s'étaient réfugiés dans le palais, dans le temple ou dans la chapelle pour réciter des cantiques et pour prier les dieux. Les terrifiants visages se montrèrent tout à coup sous leurs casques de bronze ou de fer, sous leurs masques de plumes. Une rage de tuer les habitait. Ils avaient trouvé du vin sur leur chemin et ils en avaient bu. Maintenant la fatigue, l'ivresse, le goût du plaisir, la fureur du triomphe se mêlaient à la haine. Ils criaient des choses indistinctes. Et ils tuaient, sans se lasser.

Quelques vieillards du village revoyaient en un éclair des images d'anciennes batailles où c'étaient eux — délices ! — qui massacraient les pères, les oncles, les frères de ceux qui les envahissaient et les massacraient aujourd'hui. Et les vainqueurs d'hier, les victimes d'aujourd'hui avaient encore le temps, avant de mourir, de se reprocher amèrement de n'avoir pu réussir à exterminer jusqu'au dernier ceux pour qui se mettait à sonner l'heure de la victoire et de la vengeance. Ils se souvenaient, ils se souvenaient, avec rage, avec désespoir, et ils maudissaient le destin, ils maudissaient les autres et ils se maudissaient eux-mêmes avant d'être égorgés.

Les femmes s'efforçaient en vain de protéger leurs enfants. On les arrachait de leurs bras, on les lançait en l'air, on les recevait sur des piques ou au bout des sabres tendus. On les attrapait par les jambes et on leur fracassait le crâne contre les murs des maisons. Dans la nuit en train de tomber, des cris de douleur et des sanglots mêlés de rires s'élevaient des flammes et des ruines avant de décroître et de s'éteindre. Au bout de deux heures de boucherie, il restait à peine vingt survivants dans le village dévasté. Alors, la torture commença.

C'était une autre fête. Ceux qui avaient tué s'étaient mis à manger et encore à boire. Le ciel était plein d'étoiles et tout brûlait autour d'eux. Il y avait un secret quelque part : de l'or, j'imagine, ou des bijoux. Ou peut-être seulement des souvenirs et de folles espérances. Mais les hommes venus d'ailleurs n'avaient rien pu trouver. Ils n'avaient pas réussi à tout forcer. Quelque chose encore résistait quelque part. Il fallait faire parler ceux qui savaient. Il fallait faire céder ceux qui s'obstinaient à penser. Et puis, bien sûr, rien de plus gai : le plaisir, subtilement, se mêlait à l'intérêt et à la nécessité de la souffrance des autres.

On amena cinq ou six hommes devant les chefs de l'expédition. Un bref interrogatoire, une série d'ordres vivement transmis. Les prisonniers, enchaînés, furent roués de coups et jetés à terre. Ils s'imaginèrent un instant qu'on allait les abandonner là, les laisser mourir de faim et de soif et les oublier. Et ils se préparaient à mourir. Mais le soleil ne se dégageait pas encore des frémissements du matin qu'on s'occupait à nouveau d'eux. Il leur fallait vivre encore un peu.

En quelques heures à peine, ils étaient enterrés vivants et leur tête seulement émergeait du sol fait de sable et de pierres. Le soleil se mettait à brûler avec violence. Du miel fut appliqué sur les visages difformes, déjà hideusement boursouflés et d'où les yeux crevés disparaissaient sous les chairs tuméfiées. Et ils furent livrés aux fourmis et à toutes sortes de bêtes minuscules et infâmes. Le soir, pour s'amuser, quelques-uns des vainqueurs, ayant sauté à cheval, piétinèrent au galop et frappèrent de leurs sabres ou avec des espèces de battes ou de maillets de bois cette bouillie sanglante qui avait été naguère des visages d'hommes.

Les femmes et les enfants avaient dû contempler ce spectacle avant d'être, toute la nuit et encore le lendemain, violés de toutes les façons. Ils étaient passés de main en main, dans les rires et les cris de joie. Ils avaient été pris par-devant, par-derrière et traînés par les cheveux jusqu'aux dernières ignominies. On les avait contraints à toutes les humiliations. On leur avait fait boire leur urine et manger leurs déjections. On avait enfoncé des pierres, des pieux, des branches d'arbres, des vases dans le ventre des femmes. On avait lâché en elles, en les maintenant à l'aide de récipients ou d'étoffes, des rongeurs affamés et de petits renards du désert. On avait ouvert à coups de sabre une ou deux femmes enceintes et on avait jeté sur le sable quelque chose d'informe qui vivait peut-être déjà et qui vivait peut-être encore.

Il ne restait qu'un seul homme parmi les prisonniers. On l'avait gardé pour la fin. C'était un chef. Il avait, dans son expression, quelque chose d'obstiné, de méprisant et d'assez grand. On le pendit par les pieds, puis par le sexe. On lui enferma la tête dans une espèce de panier de branchages ou d'osier et on y introduisit un rat qui avait été privé de nourriture pendant trois ou quatre jours. Le rat commença par dévorer les joues, le nez, les oreilles, les yeux, et puis il attaqua le haut du cou et la langue. L'homme résista plusieurs heures.

Le surlendemain, les vainqueurs abandonnèrent les ruines encore fumantes et se retirèrent au-delà des collines avec trois ou quatre femmes sauvées par leur beauté. Les captives mises à part, ils pensaient avoir détruit jusqu'au dernier de leurs ennemis. Mais un très jeune homme, presque un enfant, avait échappé à leurs délires de sang et se terrait dans une grotte à quelques heures du village. C'était le fils ou le neveu de celui dont le rat avait dévoré le visage. Bien des années plus tard, il allait faire entrer sa légende dans les folles litanies de la grandeur des hommes et de leur horreur et exterminer à son tour, avec une violence et un génie inouïs, ceux qui, quelques années auparavant et presque sous ses yeux, avaient massacré tous les siens. J'ai écrit son histoire admirable et plus que vraie sous le nom symbolique de l'empereur Alexis.

Tout cela se passait en Palestine, à Varsovie, au Mexique, dans les Cévennes, en Transoxiane et au Khârezm, dans la Sierra de Teruel, aux Eparges, dans le Hou-nan, en Bohême et au Cambodge.

Et dissimulé sous l'histoire, caché derrière les hommes, Dieu voyait toutes ces choses : tant de souffrance inutile et ces flots de sang en train de couler.

CHAPITRE X

où Dieu voit des arbres, des oursins, des algues et des écrevisses

Dieu rentra en lui-même. Il vit ce que seraient le monde et l'histoire s'il leur donnait libre cours. Lui qui découvre ce qui est caché, lui qui débrouille ce qui est obscur, lui qui est à la fois dans tous les espaces et dans tous les temps, lui qui est, tout simplement, il vit Delphine Allart dans Notre-Dame de Paris, le 18 avril 1802, entre le comte d'Antraigues et Napoléon Bonaparte, il vit Maria sur son pont, il vit Omar à fond de cale, il vit l'empereur Alexis, et l'amie Nane, et Emma Bovary, et Charlotte de Jussat, et Odette en train de faire catleya avec l'inepte Forcheville derrière les volets clos de la rue La Pérouse où frappait en vain Charles Swann, et la mort de Nelson à Trafalgar, et toutes les conversations, à Pella et ailleurs, entre le prince aux yeux vairons et son maître Aristote, il vit les massacres et les tortures et ceux qui étaient torturés et ceux qui les torturaient. Il vit tout le reste aussi. Et des choses mystérieuses dont il n'est pas permis de parler, et des choses inconnues dont il n'est pas possible de parler puisque nous ne les connaissons pas. Et en deçà des hommes et de leur histoire si brève, au-delà de leurs plaisirs, de leurs amours, de leurs délires qui les occupent si ardemment, en deçà, et puis encore au-delà, il vit la terre et son long destin. Les minéraux, les cristaux, les pierres précieuses ou rares, le métal ; l'herbe qui pousse lentement, les jungles d'Afrique et du Brésil, les cactus, les marécages, les joncs humides de pluie ; il vit l'eau, partout, mêlée au sel de la mer, l'eau pure qui tombe en cascades, l'eau charriée par les fleuves, figée dans les glaciers, en dépôt dans la neige, l'eau qui descend du ciel, l'eau longtemps attendue par la terre desséchée, l'eau qui ravage et emporte tout ; il vit les nuages et les grottes, les pics, les isthmes, les presqu'îles, le désert, le sable, pareil à la mer ; il vit les montagnes et les vallées, les coteaux, les précipices ; il vit ce qui est sous la terre et l'intérieur des corps et les mondes infinis qui descendent vers l'atome ; il vit le soleil et la lune et l'ensemble des planètes et les innombrables galaxies qui renvoient sans fin les unes aux autres. Il vit la distance, le changement, la durée, la fin des choses et leur retour, le cycle des saisons, le haut et le bas, le long et le court, le froid et le chaud. Il vit l'immensité souvent imperceptible de l'origine de tout, la nécessité des lois qui gouvernent la marche des astres et les combinaisons des éléments, toutes les illusions du hasard et de la destinée, la mémoire et l'oubli. Il vit les chemins, les barrières, les cols entre les sommets, les gués au travers des rivières, la lisère des forêts. Il vit les arbres.

Il rêva longtemps aux arbres. Au chêne, au sapin sombre, au pin parasol le long de la mer, à l'araucarya, au banyan, au gingo biloba, à leur naissance minuscule, à leur ombre gigantesque, à leur foule dans les forêts. Leur tronc, leurs branches, leurs brindilles et leurs feuilles, l'enchevêtrement de leur ramure, leurs racines dans la terre, leur sève et leurs bourgeons, les oiseaux dans leurs nids donnaient aux yeux de Dieu lui-même, qui ne les avait pas encore créés, l'image de l'être en mouvement. Ils sortaient de presque rien, d'une sorte de grain de poussière. Est-ce que l'arbre dans son immensité était déjà tout entier dans le grain de poussière ou est-ce que le temps qui passe ajoutait quelque chose de plus et d'indispensable à son accomplissement ? La mort de l'arbre en tout cas était inscrite dans sa naissance. Mais entre la naissance et la mort, apparemment éternel, symbole à la fois de la vie et de la permanence, l'arbre régnait sur la terre, lui apportant de l'ombre, de la fraîcheur, de la fertilité et le mystère de ses entrecroisements. Le vent était inséparable de l'arbre. Dieu entendait le vent gémir dans les grands arbres et il les voyait jaillir du sol et monter vers le ciel.

Il voyait le ciel et la terre et toutes les eaux. Il voyait le jour et la nuit, les ténèbres et la lumière. Il voyait l'étendue. Il voyait la semence, les étoiles, la mort. Il voyait le monde qu'il allait peut-être créer. Il voyait de la vie dans ce monde. Les éponges, les libellules, les éphémères qui ne durent qu'un jour, les algues, les écrevisses, tout ce qui palpite au fond de la mer, les oursins et les hippocampes. Et Dieu savait en lui-même que les hommes, dans leur orgueil, voudraient tracer une limite entre la matière et la vie.

Il n'y avait pas de vie sans matière et la matière la plus brute était déjà pleine de vie. Il n'y avait pas de limite. Il y avait de l'ordre partout et du hasard partout. Et aux yeux de Dieu tout-puissant — que son saint nom soit béni —, il n'y avait pas de hasard. Il y avait la pensée de Dieu qui dominait toutes choses, qui leur fixait leur place à jamais déterminée dans les siècles des siècles et qui les faisait communiquer les unes avec les autres dans un immense carrousel plein de couleurs et de gaieté. Déjà dans le rêve de Dieu il y avait de l'eau sur la terre et de l'air dans l'eau, du passé dans l'avenir et de l'avenir dans le passé, du très petit dans le très grand et du très grand dans le très petit. Dieu vit la couleur et le mouvement et la gaieté. Et il se dit que le monde pourrait être très beau.

Il vit les scorpions, les requins, les moustiques le soir sous les tentes et dans les jardins, les serpents venimeux, les monstres de la préhistoire, les incendies, les tremblements de terre, la syphilis et la malaria. Il vit le malheur. Il vit le cancer et la folie et tout ce que d'autres fous infligent aux fous sous prétexte de les guérir. Il vit la vieillesse et le chagrin. Il vit la mort d'Abel et tant de justes persécutés. Il vit bien pire encore : il se vit lui-même tantôt en train de poursuivre Caïn, éperdu, affolé, de sa vengeance sans pitié, tantôt en train de soutenir le puissant contre le faible et le riche contre le pauvre. Il se vit cruel, injuste, dur pour ceux qui souffrent, compromis par ses serviteurs, toujours du côté des bataillons les plus forts, scandaleusement partial en faveur des poissons au moment du déluge. Malgré Jésus et Bouddha qui jettent, chacun de son côté et pour des motifs bien différents puisque l'un parle au nom de son Père et que l'autre est l'apôtre du néant, un regard de pitié sur la misère des créatures, le monde qui était si beau lui parut en même temps atroce et presque insupportable. Dieu vit son saint nom exécré, méprisé, ignoré, combattu. Il vit ceux qui criaient vers lui — en vain, naturellement — et qui le maudissaient. Il vit que le monde dont rêvaient sa toute-puissance sans bornes et sa bonté infinie était tout plein de souffrance et d'injustice et que cette injustice apparaîtrait nécessairement comme sa propre injustice et que toute cette souffrance serait d'abord sa propre souffrance. Il vit que sa mort était inscrite dans son œuvre.

S'il n'y avait pas de Dieu, y aurait-il un monde ? S'il n'y avait pas de monde, y aurait-il un Dieu ? Mais s'il y avait un monde, il n'y aurait plus de Dieu.

Alors, devant ce rêve de misère et de gloire qu'étaient le monde et l'histoire, Dieu hésita.

CHAPITRE XI

qui nous fait assister à un Te Deum *solennel à Notre-Dame de Paris*

Dimanche de Pâques. Il fait beau. Une stupéfiante cérémonie se prépare avec éclat dans l'immense nef pleine à craquer de Notre-Dame de Paris : un *Te Deum* solennel qui célèbre à la fois le rétablissement d'une paix troublée depuis dix ans et la restauration de la religion catholique.

Derrière la foule qui se presse, il y a toutes les espérances et toutes les folies du monde. Des dieux sont nés et des dieux sont morts, des siècles se sont écoulés, des guerres et des révolutions ont massacré des millions d'hommes, la peste s'est déchaînée, la souffrance et l'amour ont régné sur la terre, la fureur lentement l'a emporté sur la résignation, puis la lassitude sur l'enthousiasme, des livres ont été écrits et de mystérieux systèmes en ont lentement surgi pour permettre à l'histoire de se moquer d'elle-même avec beaucoup de splendeur. Sous le porche de la cathédrale dont le bourdon et les cloches, muets depuis dix ans, sonnent à toute volée et où les souverains décapités de la galerie des rois sont camouflés sous des tentures, le légat de Sa Sainteté le pape Pie VII, le nouvel archevêque de Paris, Mgr de Belloy, né sous Louis XIV, et trente évêques attendent le Premier Consul. Il est onze heures du matin.

Ce capital et minuscule épisode pousse ses racines très loin dans le passé et dans l'avenir. Pour éclairer les quelques instants qui sont en train de se dérouler, il faudrait remonter aux origines de la papauté et de la monarchie capétienne, refaire la longue histoire des rapports tumultueux entre Rome et le roi, puis entre Rome et la

République, évoquer les libertés de l'Église gallicane, parler longuement des Bonaparte et des Ramolino, de la Corse, de Brienne, du *Souper de Beaucaire* et du siège de Toulon, de la fusillade de Saint-Roch et du 18 Fructidor, de Joubert, de Pichegru, de Sieyès, de Barras, de Rose Tascher de La Pagerie, devenue Rose de Beauharnais, puis Joséphine Bonaparte, et de Thérésa Cabarrus, marquise de Fontenay, citoyenne Tallien, Notre-Dame de Thermidor et future comtesse de Caraman-Chimay, évoquer les traditions et les crises, les conflits et les compromis qui avaient permis à Venise, après un long interrègne et un interminable conclave, l'élection, à l'unanimité moins une voix, le 14 mars 1800, de l'évêque d'Imola, Barnabé Chiaramonti, au pontificat suprême. Il faudrait s'interroger sur l'évolution du sentiment religieux pendant au moins cinq ou six siècles et analyser dans tous ses détails une des constellations d'événements les plus décisives de toute l'histoire de l'humanité, si brève et pourtant déjà si longue : la Révolution française. Parce que la place et le temps nous sont étroitement mesurés, contentons-nous modestement, dissimulés parmi tant de grands personnages en rutilant uniforme, de regarder et d'écouter le spectacle que nous offre, en ce dimanche 18 avril 1802, la cathédrale de Paris.

Les conversations vont bon train. Elles tournent autour du traité signé, il y a quelques semaines, à Amiens, avec le successeur de Pitt, Addington, autour du cours de la rente qui s'est remise à monter, autour de plusieurs bandits qui viennent encore d'être arrêtés en Provence et sur la Loire, autour de la santé du docteur Bichat, autour des bruits de création d'un nouvel ordre qui s'appellerait la Légion d'honneur et autour du général Moreau qui aurait offert, par dérision, une casserole d'honneur à son cuisinier, autour d'un nouveau livre de M. de Chateaubriand qui paraît ces jours-ci et qui s'appelle — heureux hasard ! coup de théâtre et d'autel ! — *Génie du christianisme :* M. de Fontanes lui consacre, dans *Le Moniteur,* un article des plus élogieux. Elles tournent surtout autour de celui qui est au centre de ces bouleversements et de cette résurrection : le Premier Consul Napoléon Bonaparte.

Ah ! justement, le voici qui paraît déjà, toujours à l'heure comme d'habitude, dans un grand remue-ménage de curieux, de courtisans, de laquais en tenue de gala. Il salue. Il sort de son carrosse, dont les chevaux sont tenus par huit de ces mamelouks en costume oriental qu'il a ramenés d'Égypte. Les familiers se répètent le nom du plus célèbre d'entre eux — un Géorgien, murmure-t-on —, qui s'appellerait Roustan. Entouré de toute une cour d'officiers généraux, de membres du Tribunat, du Corps législatif, du Sénat conservateur et de hauts fonctionnaires parmi lesquels les initiés distinguent les conseillers d'État, encore un peu étonnés de leur puissance toute neuve, le Premier Consul est vêtu de rouge. Comme ses deux collègues — Cambacérès et Lebrun —, il porte le costume d'apparat : velours écarlate brodé d'or et chapeau à triple panache. D'un carrosse de la suite sortent successivement le général Augereau, le général Bernadotte, le général Macdonald et le général Lannes. Tout au long du chemin, des Tuileries à Notre-Dame, ils n'ont cessé de conspirer et de se monter la tête. Ils ont même, un court instant, bloqué tout le cortège en arrêtant leur voiture dont ils se proposent de descendre pour en appeler au peuple. Et puis, à la réflexion, étouffant leur fureur, ils ont continué vers la mascarade cléricale qui les fait ricaner.

Tout autour, la foule, contenue au loin par un cordon de grenadiers de Paris et par la garde des consuls, acclame le restaurateur de la paix, de l'ordre, de la religion, celui qui a chassé les bavards et mis au pas les brigands. Pourquoi le peuple de Paris ne se féliciterait-il pas du rétablissement du culte? Après les tragédies de la Terreur et les persécutions médiocres du Directoire, la liberté religieuse est plutôt bien accueillie. Le Premier Consul lui-même ne croit pas à grand-chose. Il a été musulman en Égypte, il serait brahmaniste en Inde ou bouddhiste au Tibet. Il est catholique en France parce qu'il lui semble que les Français en ont maintenant assez des luttes antireligieuses. Et sa politique est de gouverner les hommes comme le plus grand nombre veut l'être : c'est sa façon de reconnaître la souveraineté du peuple. Elle permet, du même coup, de soumettre de grands principes assez vagues à un mélange d'intérêts satisfaits et de sentiments qu'il faut flatter et, à la limite, savoir faire naître. Pour tout esprit un peu clair, le rétablissement du culte offre un double avantage : détacher les catholiques de la cause royaliste et du camp des émigrés, rétablir dans le pays ces habitudes d'obéissance et cet esprit de soumission que l'Église, mieux que personne, a fait régner jadis sur la France, sur l'Europe, sur une bonne partie du monde. Beaucoup, évidemment, ne voient pas aussi loin et se contentent de comprendre qu'on ne travaillera plus le dimanche. Mieux vaut tout de même se reposer un jour sur sept que sur dix, comme dans le calendrier révolutionnaire avec son sacré décadi. Sur la place, devant l'église, on les entend chanter :

Le dimanche l'on fêtera ;
Alléluia !

Les motifs d'enthousiasme ou d'acceptation résignée varient d'après les familles, les milieux, les traditions, les situations, les caractères. Dans la foule des notables, un petit bonhomme assez sec, tiré à quatre épingles à la mode d'il y a dix ans, s'entretient à voix basse avec un grand et fort rougeaud dans une redingote avec un large col et chaussé de bottes souples. Le petit sec, c'est le comte d'Antraigues, un hobereau un peu louche de l'Anjou ou du Perche, peut-être agent secret sous la Convention et le Directoire, rallié en tout cas, en apparence au moins, à Napoléon Bonaparte et au nouveau régime. Le gros à la bonne mine, c'est un conseiller d'État dont la carrière s'annonce brillante et qui s'appelle Champagny. D'Antraigues s'interroge, avec une ironie très XVIIIe, sur le sens des événements qui se déroulent sous leurs yeux : ils pourraient frapper de stupeur un homme qui se serait endormi il y a deux ou trois ans — en octobre 99, par exemple, à la veille du 18 Brumaire — et qui se réveillerait ce matin sous le parvis de Notre-Dame. Est-ce le retour à 1788, est-ce le triomphe imprévu des évêques et des curés, est-ce le rétablissement de cette monarchie vouée à l'exécration il y a encore quelques mois ?

« Quel spectacle ! » murmure d'Antraigues. « La tête me tourne un peu à voir un envoyé du pape serrer avec effusion la main du successeur de Robespierre, de Barras, de Carnot, du chef des révolutionnaires et des républicains. Dites donc, Champagny, qu'est-ce que cela nous annonce, ce cirque-là ? Est-ce que nous allons voir revenir un roi ? Et quel roi ? Est-ce que la chance serait en train de tourner en faveur du comte de Provence ?... »

« Écoutez, d'Antraigues, explique calmement Champagny, avec un mélange presque un peu lassé de rouerie et de naïveté, ne dites donc pas de bêtises. Il nous faut un roi qui soit roi parce que je suis propriétaire et qui ait une couronne parce que j'ai une place : il nous faut donc, pour finir la Révolution, un roi créé par elle, tirant ses droits des nôtres. Quoi de plus simple ? »

« Mon Dieu ! susurre d'Antraigues, avec un sourire aigu. Et dire que je passe pour cynique !... »

« Je ne suis pas cynique, reprend vivement Champagny. Je vois les choses comme elles sont. Voilà tout. Et ne vous imaginez surtout pas que le général Bonaparte sera un autre général Monk. Bien sûr que non ! Ou alors... » et il hésite un instant « ... ou alors, si c'est Monk, c'est Charles II en même temps... »

« Ah ! Ah ! dit d'Antraigues en sursautant un peu et en le regardant de côté, vous voulez dire que le futur roi, c'est... Mais chut ! »

Le Premier Consul pénétrait dans l'église. Il s'avançait sous un dais, entouré de ses évêques et de ses généraux.

Tout le monde, cependant, ne partageait pas la stupeur ambiguë du comte d'Antraigues ou la satisfaction de Champagny. Signé l'année précédente, ratifié il y a dix jours — le 8 avril — par le Tribunat et par le Corps législatif, le Concordat prévoyait la nomination des évêques par le Premier Consul, l'acceptation par le Saint-Père de la vente des biens d'Église et la prestation par le clergé d'un serment de fidélité entre les mains des préfets ou du Premier Consul lui-même dans le cas des évêques. Ces concessions arrachées à Rome ne l'emportaient pas aux yeux de tous sur les inconvénients d'une réconciliation entre la République et l'Église. L'abrogation de la loi des otages, le rappel de quelques proscrits, la clôture de la liste des émigrés, l'amnistie offerte aux Chouans avaient ébranlé un certain nombre de royalistes ; l'accord avec le pape permettait le ralliement de la plupart des catholiques. Mais chez les philosophes et les intellectuels en général, l'opposition restait vive. La campagne était menée par *La Décade philosophique,* par les veuves d'Helvetius et de Condorcet et, naturellement, par la redoutable Mme de Staël qui excitait ses amis et les incitait à la résistance : « Vous n'avez qu'un moment ; demain, le tyran aura quarante mille prêtres à son service. » Entourée de ses veuves et de ses métaphysiciens — « Ils sont là douze ou quinze métaphysiciens bons à jeter à l'eau, tempêtait le Premier Consul. C'est une vermine que j'ai sur mes habits. Mais je saurai bien m'en débarrasser... Je ne souffrirai pas qu'on m'insulte comme un roi... » —, Mme de Staël pouvait compter sur l'appui d'une institution assez puissante : les membres de l'Institut s'inquiétaient de voir leur jeune confrère Napoléon Bonaparte mener la République à confesse et choisissaient comme sujet de concours l'éloge de la Réforme de Luther. Du coup, le Premier Consul étendait aux deux cultes protestants le bénéfice de la reconnaissance légale. Mais ses adversaires ne désarmaient pas : ils n'avaient pas beaucoup de peine à démontrer que les Articles organiques qui précisaient le statut des Églises de France aboutissaient en fait à soumettre le clergé dans sa totalité à l'autorité sans contrôle du Premier Consul.

Le plus frappant — et le plus grave pour le Premier Consul — était que l'opposition débordait assez largement les milieux intellectuels pour s'étendre non seulement au personnel parlementaire et administratif — qui, à travers Daunou, Isnard, Marie-Joseph Chénier, Benjamin Constant, entretenait beaucoup de liens avec le parti intellectuel —, mais encore au Conseil d'État et surtout à l'armée.

« Où est donc Moreau ? » avait soufflé, avec un sourire un peu perfide, le comte d'Antraigues à Champagny, qui avait levé les bras au ciel. Le général Moreau n'était pas là. Il n'était pas venu participer à ce qu'il appelait la grande momerie. A l'heure où le général Bonaparte faisait, sous le fameux dais, son entrée solennelle dans Notre-Dame en fête, le général Moreau, lui, faisait ostensiblement les cent pas devant les Tuileries, en fumant un cigare.

« Mais, tenez ! disait Champagny, enchanté de son coup d'œil et de sa découverte, tenez ! voici Augereau. » Et c'était vrai : nous le savons, le général Augereau était présent. Mais si d'Antraigues et Champagny avaient pu fendre la foule pour s'approcher d'Augereau, ils auraient dû constater que le général ne cessait de ronchonner et de manifester une mauvaise humeur qui, pour être silencieuse, n'en était pas moins manifeste. Le général Delmas était plus direct. Il déclarait à très haute voix et à qui voulait l'entendre : « Voilà une belle capucinade. Il n'y manque que les cent mille hommes qui se sont fait tuer pour supprimer tout cela. » Quant au général Bernadotte, bien physiquement, debout dans le chœur, il était si suspect à Bonaparte que le Premier Consul tressaillit en le voyant appeler un grenadier à qui il murmura quelques mots. C'était une fausse alerte : peu familier des églises et des cérémonies religieuses, républicain farouche, futur roi de Suède, mari de Désirée Clary, ancien amour de Bonaparte et victime encore à venir d'une passion sans espoir pour le duc de Richelieu, le général Bernadotte demandait un verre d'eau.

Douze ans plus tôt, M. d'Antraigues avait assisté, au Champ-de-Mars, à une autre cérémonie : la fête de la Fédération où, en présence du roi Louis XVI et du marquis de La Fayette, l'évêque d'Autun, Talleyrand, avait célébré la messe sur l'autel de la patrie. Le roi était mort. Après avoir été emprisonné plusieurs années dans la forteresse d'Olmütz par les Autrichiens, La Fayette, libéré, avait sombré dans l'obscurité. Mais ce qui passionnait M. d'Antraigues, et l'aurait peut-être indigné s'il ne s'était promis une fois pour toutes de jeter sur l'histoire des hommes le regard désabusé et froid de l'observateur professionnel, c'était de retrouver à Notre-Dame l'officiant du Champ-de-Mars.

« Regardez donc ! disait-il à son compagnon en le poussant du coude. Regardez ! » Et il lui montrait, au premier rang de l'église, juste derrière le fauteuil de velours installé tout exprès pour le Premier Consul, assis côte à côte dans leurs habits somptueux, se penchant de temps en temps l'un vers l'autre pour échanger quelques mots, l'ex-évêque Talleyrand, ministre des Relations extérieures, et l'ex-oratorien Fouché, ministre de la Police générale.

« Je me demande, chuchota d'Antraigues en jetant autour de lui un coup d'œil circulaire, s'ils ne sont pas les deux seuls ici, avec vous et moi bien entendu, à être capables de suivre l'office. »

« Allons, voyons ! mon cher, répondit Champagny, vous oubliez les fonctionnaires... »

« Les fonctionnaires ? Quels fonctionnaires ? » demanda d'Antraigues qui ne voyait dans l'immense église qu'une foule de conventionnels repentis et de soldats sortis des rangs des armées de la Révolution.

« Mais les évêques, voyons. » Et ils étouffèrent tous deux un rire de consternation et de satisfaction devant la marche du monde.

D'Antraigues se retournait, balayant du regard la nef où se pressait la foule des robes ecclésiastiques, des uniformes des grenadiers ou de la garde consulaire, des chapeaux de femme aux formes bizarres, héritées des merveilleuses, des habits très stricts qui pouvaient révéler soit des révolutionnaires puritains, soit des royalistes enfin ralliés. Il reconnaissait Portalis, Berthier, Laplace, Sieyès, Gaudin, Fontanes, l'ami de Chateaubriand, le général Murat et Louis Bonaparte avec leurs deux jeunes femmes : Caroline Bonaparte et Hortense de Beauharnais. Des chants s'élevaient dans l'église, accompagnés par l'orgue : c'étaient les chœurs des deux orchestres dirigés par Méhul et par Cherubini. Comme beaucoup, sans doute, dans la cathédrale ressuscitée, qui avait vu déjà bien des spectacles stupéfiants et qui en verrait encore beaucoup d'autres, d'Antraigues pensait vaguement à tout ce qu'il avait connu depuis douze ou quinze ans. Seigneur ! L'histoire était devenue folle. Ou peut-être sage, tout à coup ? Le choc, en tout cas, avait été trop fort. Est-ce qu'on reverrait jamais cette espèce de lenteur du temps, ces jours qui n'en finissaient pas de se ressembler entre eux, ces habitudes qui, à force de durer, devenaient une autre nature ? Non, les choses ne seraient plus jamais ce qu'elles avaient été. Elles n'arrêteraient plus de changer. Et ce Bonaparte lui-même...

Le nouvel archevêque de Tours, Mgr de Boisgelin, se dirigeait vers la chaire pour prononcer son sermon. Tout à coup, d'Antraigues vit dans le fond de l'église une main qui lui faisait signe. Elle appartenait à une jeune et jolie personne, à la figure ouverte et gaie, avec un nez en l'air et des yeux plissés entre des boucles brunes et des lèvres un peu boudeuses. Dans sa tunique à la grecque ornée d'un souple châle, elle se dressait sur la pointe des pieds, sans trop se soucier du protocole ni des visages étonnés qui se tournaient vers elle, et elle le regardait en riant. Pour des raisons obscures, il la traitait en nièce depuis quelque vingt ou vingt-cinq ans. Elle s'appelait Delphine Allart.

« En voilà une qui s'en fiche bien, des révolutions de l'humanité », pensa le comte d'Antraigues. Et il n'était pas impossible, en effet, que la jeune Delphine, qui avait toutes les excuses du monde et qui plaisait beaucoup aux hommes, ne s'occupât qu'à s'amuser.

« Mon Dieu, soupira d'Antraigues, c'est peut-être elle qui a raison. » Et, avec discrétion, il répondit à la jeune femme par un geste amical. Comme sa mère avait été belle ! Et comme elle avait été malheureuse. C'était la première pensée qui venait à chacun en rencontrant Delphine : la fille avait la beauté du diable, mais Gabrielle, sa mère, avait été, au témoignage unanime de deux ou trois générations successives, une des plus belles personnes de son temps.

« Au nom du Père, du Fils et du Saint-Esprit... » Les chœurs de Méhul et de Cherubini avaient cessé de résonner. Napoléon Bonaparte leva la tête. La voix de Mgr de Boisgelin s'élevait dans Notre-Dame.

CHAPITRE XII

où l'auteur, après s'être comparé à Sophocle, à Shakespeare, à Mozart et à Maurice Leblanc, annonce une biographie stochastique de l'infini

Dieu est un éternel présent. Le passé et l'avenir et la totalité de l'espace se déroulent simultanément devant son savoir absolu. Le savoir de son chroniqueur connaît hélas ! des bornes. Et ce n'est pas encore assez dire : il n'est fait que de limites, il est une bribe infime, il n'est qu'une immense ignorance où surnagent quelques silhouettes à demi effacées, un certain nombre de souvenirs toujours en train d'expirer, des mots, vingt-six lettres, des murmures, des borborygmes, plus d'angoisse qu'il n'y paraît, et neuf chiffres. Avec, en prime, le zéro. Ce n'est guère pour faire un monde, ni même pour le refaire. Mais il faut bien qu'il y ait, entre Dieu et sa créature, un abîme d'infini.

Pour combler cet abîme, pour faire semblant de le combler, pour tenter, après la Bible, après le Coran, après le *Rigveda,* après l'épopée de la création par Enlil de Nippur, après l'*Enûma elîsh,* poème babylonien de l'exaltation de Marduk, après le *Popol Vuh,* livre des traditions des Mayas-Quichuas, après les mythes et légendes de la mémoire collective, des Aranda d'Australie aux Ngadju Dayak de Bornéo, le récit insensé de la geste divine, il n'y avait qu'un chemin. C'est-à-dire, bien entendu, qu'il y en avait dix ou quinze, ou trois cents ou vingt mille. Ou sans doute quelques milliards. Mais ils se valaient tous et tous n'étaient qu'un néant au regard de leur modèle : ce rêve de Dieu qu'est l'univers. Pour en donner une idée si dérisoire qu'elle soit, pour faire rêver sur ce rêve, il fallait faire surgir quelques fantômes. Ils auraient pu s'appeler

Roger, Tancrède, Guiscard, Frédéric II. Ou Sapor, Gordien, Odenath, Zénobie, Julien l'Apostat, Chosroès. Ou Lénine, Staline, Toukhatchevski, Boukharine, Trotski. Ou Célestine, Petit-Pierre, Jules, Auguste, Rosalie. Ils s'appellent Alexis, Maria, le Premier Consul, Talleyrand, Gabrielle et Delphine Allart, Stanislas-Amédée, le conventionnel Laplanche et Joséphine de Beauharnais. Quelques arbres, également, des oursins, des écrevisses, la pluie qui tombe, le temps. Beaucoup d'autres êtres encore, des animaux, des choses, des passions, des sentiments, des hommes aussi et des femmes, qui apparaîtront tour à tour. Pourquoi eux ? Mais pourquoi moi ? Et pourquoi vous ?

Ils sont, ces spectres informes — et nous sommes aussi nous-mêmes —, les microbes, les cirons, les amibes de l'œuvre de Dieu. Ils sont les acteurs de son histoire. Ils sont les instruments de sa foudroyante toute-puissance. Ils sont le hasard, puisque tout est hasard. Ils sont la nécessité, puisque tout est nécessaire. J'aurais pu en choisir d'autres dans la nasse sans fond que me tendait le Seigneur. C'est ceux-là que j'ai choisis. Comme Shakespeare, naguère, choisissait Henry V, comme Sophocle parlait d'Antigone, comme Maurice Leblanc lançait Arsène Lupin contre Herlock Sholmes et l'inspecteur Ganimard, comme Mozart assemblait les quelques notes si rares — elles étaient sept en tout — qui composent à jamais, rêve de Dieu dans le rêve de Dieu, le deuxième mouvement — *andante* — du concerto en ut majeur n° 21. En moins bien, c'est une affaire entendue. Qu'on pardonne à l'exécution au regard de l'ambition. Peut-être le résultat est-il inversement proportionnel à l'ampleur du dessein ? J'aurais sans doute pu, moi aussi, faire, comme on me le conseillait, comme on m'en conjurait, quelque chose d'exquis en quelques pages ou quelques lignes. Mais Dieu me réclamait sa biographie critique. Que je le dise tout net : elle ne sera pas exhaustive. Elle sera stochastique, c'est-à-dire (*Grand Larousse encyclopédique,* édition de 1964, tome neuvième, *Ram-Stre,* p. 1011, première colonne) aléatoire et lacunaire.

Pourquoi 1802 plutôt que 1715, que 1453, que 768, que 415 ou 203 ? Plutôt que le 3e millénaire ou l'âge d'Altamira ou des grottes de Lascaux ? Plutôt que le règne des grands monstres, des mégalosaures, des brontosaures, des gigantosaures, des diplodocus, des iguanodons, des tricératops ? Plutôt que l'univers avant la vie ou l'univers après nous ? Pourquoi la vie de Dieu est-elle écrite en français et signée d'un nom obscur qui comporte treize lettres ? Pourquoi la vie de Dieu est-elle livrée à un public haletant un peu moins de deux mille ans après la crucifixion sur une colline de Jérusalem d'un jeune agitateur juif, apprenti charpentier, qui traînait derrière lui des foules soulevées par l'espoir et qui se proclamait son fils ? La réponse est très simple : parce qu'on fait avec ce qu'on a et que chacun fait ce qu'il peut. Parce que Dieu est hors de l'histoire, mais que nous sommes plongés en elle.

Mais ne vous y trompez pas : la biographie de Dieu n'est pas un livre comme les autres. Les autres vous sont donnés tout écrits et tout faits. Leurs personnages ont un visage, un père et une mère, un lieu de naissance, une condition, un métier, des maîtresses, des habitudes, une carrière et une fin. Le héros de ce livre n'a rien de tout cela. Il n'a rien de tout cela parce qu'il a tout en même temps. Il est tout en même temps. Les plus folles aventures, tous les dons, l'accumulation des richesses, la multiplication des existences ne feraient que l'appauvrir. Il a l'éternité, c'est tout. L'infini. L'univers et l'histoire — et encore beaucoup plus. Il est — et il est seul à être. La vie des hommes et des femmes que racontent les autres livres est enfermée entre deux dates précises, même si elles sont inconnues ou si elles sont inventées. Lucien Chardon de Rubempré : 1798-1830. Alexandre le Grand : 356-323. Siddhartha Gautama ou Cākyamuni, dit le Bouddha : 5.. (?)-478(?). Les dates de Dieu, les voici : Dieu (-   ). Les autres livres sont écrits pour vous. Pour vous distraire. Pour vous instruire. Ce livre-ci est tout autre chose. C'est vous qui l'écrivez. Et c'est vous qui le vivez.

Il n'y aurait rien de surprenant à vous voir surgir vous-même, tout à coup, avec vos songes et vos souvenirs, avec vos vies et vos espérances dans les pages de ce livre. On y trouve bien des barbares, des fous, des hommes d'État, des tonneliers, des aubergistes, des conventionnels, des clowns, des bossus, des prostituées, des généraux en chef, des chômeurs — et un nègre.

CHAPITRE XIII

où un nègre marche sa jeunesse et s'embarque à Gorée sur un navire mystérieux

Celui-ci — ce nègre-ci — était, comme beaucoup d'autres, parti un jour de Gorée, petite île du Sénégal, au large de la ville immense qu'est aujourd'hui Dakar. Et il avait traversé l'océan. Ce nègre était un peu comme Dieu avant la création du monde : il avait à peine un nom. A la différence de Dieu, pourtant, il avait une mère qui avait été jeune, comme toutes les femmes, et très belle, comme quelques-unes ; car, à quoi bon le nier ? il n'y a pas de justice sous le soleil. Celle-là avait de la chance, puisqu'elle était belle. Elle aimait son fils. Elle lui avait donné beaucoup de noms où s'exprimait sa tendresse. Elle l'appelait *biame* et *tchoukalel* et aussi *bingelam.* Elle lui disait : « *Watu woy, bingelam,* ne pleure pas, mon chéri » ou : « *Jaggu hore ma, wad sese,* attrape ta tête, sois sage, attention », ou : « *Yar gosi ma sa gaini dānoda,* bois ta bouillie, et quand tu auras fini, dors » ou encore : « *M'bingel m'bónno woyi yewende...* » Mais tous ces mots de tendresse et ces noms de l'amour avaient été oubliés, balayés, remplacés par d'autres mots et par des noms étrangers attribués par des chefs, des marins, des commerçants et des maîtres blancs. Il est un peu difficile, forcément, de parler d'un nègre anonyme qui n'avait même pas de nom ou, ce qui revient au même, qui en avait plusieurs — et qui ne lui appartenaient pas.

Ce nègre sans nom avait pourtant une histoire. Il ne la connaissait qu'obscurément. Il se souvenait de délices, dans de grandes cases, le long de la côte, sous les palmes et les bananiers. Il se souvenait de la mer, de ses animaux familiers, de ses jeux avec d'autres enfants dont il revoyait encore les visages et dont il entendait les appels, la nuit, quand il dormait. Il avait eu une vie quand il était enfant. Après, sa propre vie lui avait un peu échappé : elle était passée en d'autres mains. Et ce n'étaient pas seulement celles de Dieu.

Tout avait commencé, et fini, par une chasse qui avait mal tourné. Il était encore tout jeune. A la grande fierté de sa mère, il était vif et tout l'amusait. Il était parti avec un oncle, avec le frère de sa mère, pour une expédition qui devait durer plusieurs jours et peut-être plusieurs lunes. Ils avaient marché dans la savane, ils s'étaient enfoncés dans la forêt. Ils avaient vu des buffles, des lions, des éléphants, des bubales, des guibs, des ourébis, des phacochères, beaucoup de singes. Et puis, un matin, ils étaient tombés sur une autre troupe qui était plus nombreuse qu'eux. Ce n'était ni des parents ni des amis. On avait essayé de parler, d'abord, mais dans des langues différentes, et il y avait déjà des menaces dans les voix. Il ne savait pas s'il avait peur. Bientôt, le ton s'était mis à monter. Au bout de quelques minutes, très vite, l'oncle était couché par terre, parmi les morts, avec trois flèches dans la poitrine, et lui était prisonnier. Sa vie était terminée. Mais il était encore vivant.

Ceux qui l'emmenaient avec eux étaient des Toucouleurs, ou peut-être des Oualofs. Lui était Peul, et, bizarrement, assez clair de peau. Il marcha des jours et des jours, et encore des jours et des jours. A la fin, il titubait. Ils arrivèrent un soir dans un campement qui était presque un bourg, autour d'une source et d'une mosquée. Le chef était musulman et portait le nom d'Almamy. Il y avait déjà, dans la case qui servait de prison, une dizaine d'hommes et de femmes, ramassés depuis quelques mois au cours de raids successifs. Ses gardiens décidèrent que son nom était trop étrange et imprononçable : on lui donna celui d'Omar.

Il passa là, parmi les autres, toute la saison des pluies. Il n'était pas vraiment malheureux. On le nourrissait convenablement. Il avait le droit de se laver et de dormir tant qu'il voulait — ou presque. Il travaillait, mais pas trop. Il pensait à son oncle et à sa mère, et il imaginait l'angoisse qui devait la tourmenter : elle lui avait toujours marqué de la tendresse et elle le préférait à ses autres enfants. Il apprenait peu à peu la langue de ses nouveaux maîtres et il se disait qu'un jour, peut-être, qui sait? il reverrait sa mère.

Un matin, de bonne heure, ses gardiens le réveillèrent. Le soleil n'était pas levé. On se remit en marche en laissant le soleil derrière soi. Il semblait à Omar qu'il reprenait, à peu près, dans l'autre sens, le chemin qui, près d'un an plus tôt, l'avait mené vers l'exil et la servitude. Il se remit à espérer un retour chez sa mère. On marchait, on marchait. On s'arrêtait pour dormir et on l'enchaînait toute la nuit. Et on recommençait à marcher. Plus tard, beaucoup plus tard, très loin de là, à des enfants qui l'interrogeaient avec curiosité sur son passé et sur son enfance, il répondait en souriant, comme si ces souvenirs étaient les plus beaux de sa vie — et peut-être, en effet, avaient-ils fini par le devenir : « J'ai marché ma jeunesse. »

Enfin, il vit la mer. Il ne reconnut pas les rivages de son enfance, les plages où il jouait, mais enfin, c'était la mer. La sienne. Il ne se doutait pas du rôle qu'elle allait jouer dans son histoire. Il fut d'abord heureux de la retrouver. Il se demandait ce qu'il allait devenir. Mais il se disait que la vie sur la côte, le long de la mer où il avait été élevé, serait de toute façon plus plaisante que dans l'intérieur. Et l'image de sa mère brillait toujours en lui. Dissimulées dans une crique, des embarcations les attendaient. Ils débarquèrent dans une île assez proche de la côte : c'était Gorée.

L'enfer commençait. Il avait connu des épreuves, des chaînes, l'absence de liberté, la fatigue. Il n'avait pas connu la prison, avec ses cellules et son surpeuplement. On le précipita dans un escalier de pierre très raide qui donnait sur une petite pièce humide, obscure, étouffante, où se pressaient déjà une soixantaine de nègres. Ils ne pouvaient pas s'étendre, ils pouvaient à peine s'asseoir. Les corps, littéralement, étaient jetés les uns sur les autres, et beaucoup restaient debout, hagards, l'air épuisé, appuyés contre les murs. Quand la porte, derrière lui, se referma sur le cachot, il se fit une obscurité à peine traversée par deux rais de lumière tombés de deux meurtrières étroitement taillées dans l'épaisseur suintante des murs. De ces ténèbres montait une rumeur. Elle était faite de gémissements, de disputes, de cris étouffés et, de temps en temps, d'une chanson, parfois reprise en sourdine, où tremblaient des palmes, des grains de mil et des branches d'acacia.

Ils restèrent là, écrasés, quarante jours et quarante nuits. Beaucoup moururent. Mais il n'y avait guère de différence entre les vivants et les morts. Les cadavres étaient jetés à la mer avec une pierre au cou. Plusieurs, traînés par les pieds, la tête heurtant les marches de l'escalier de pierre, avaient encore un souffle de vie et reprenaient conscience, en un dernier éclair, au contact de l'eau déjà en train de pénétrer dans leurs poumons et de les étouffer. Omar rêvait de son enfance et roulait dans sa tête des plans de vengeance et d'évasion. Il se faisait des amis, il parlait avec ceux de sa langue, il découvrait les coutumes, les règles, les intrigues qui reconstruisaient, dans le désastre, un semblant d'univers.

Les nègres prisonniers n'étaient pas tous égaux. Certains dominaient les autres, soit parce qu'ils exerçaient une sorte de délégation d'autorité accordée par les gardiens, soit, au contraire, parce qu'ils luttaient en secret contre eux. Cette double hiérarchie était compliquée par toute une série d'intermédiaires, de mouchards, d'agents doubles qui essayaient de manœuvrer au mieux de leurs intérêts entre la résistance larvée et la docilité. Depuis le temps que durait le trafic des esclaves, des traditions s'étaient instaurées, une espèce de savoir collectif, des habitudes, des recettes, un mode d'emploi de l'existence. On discernait obscurément les grandes lignes de l'aventure. On n'ignorait pas où elle débouchait : de l'autre côté de l'Atlantique, dans ce Nouveau Monde terrifiant, en Amérique.

L'esclavage était, depuis toujours, aussi loin que remontaient le souvenir et les récits, familier aux Noirs d'Afrique. Il était lié aux Arabes, aux Espagnols, aux Portugais, aux Hollandais, aux Anglais, aux Français, aux Américains — et aussi à eux-mêmes, à leurs marchands, à leurs rois. Le développement du Brésil, des Antilles, des États-Unis avait donné au trafic des nègres des dimensions formidables. Ils avaient été arrachés par millions à la terre où ils étaient nés. Et ils étaient morts par millions. De chagrin, de misère, de mauvais traitements et de maladie. Et, pour une bonne part d'entre eux, avant même d'arriver de l'autre côté de l'océan. Les guerres, le commerce, les grandes invasions, les croisades, les famines, les catastrophes naturelles ont provoqué, à travers le monde et les siècles, des déplacements de populations souvent impressionnants. Aucun, jamais, n'a pris des proportions aussi formidables que le trafic des esclaves entre l'Afrique et l'Amérique.

Le commerce du bois d'ébène à travers l'Atlantique avait connu son apogée aux XVIe et XVIIe siècles. A l'époque qui nous occupe, des voix commencent à s'élever en faveur des nègres enchaînés et déportés. Deux cents ans après Montaigne, et pour des motifs souvent divers, Montesquieu, Voltaire, l'abbé Raynal, Marivaux, Bernardin de Saint-Pierre, Adam Smith se prononcent, plus ou moins ouvertement, contre l'esclavage. C'était aller contre un ordre des choses qui, pendant plusieurs millénaires, n'avait pas posé plus de questions que la fixité des espèces, la création du monde quelques centaines d'années — ou à la rigueur quelques milliers — avant la venue du Christ, ou encore, naguère, l'évidence manifeste d'une terre plate et finie, bornée vraisemblablement par d'horrifiants précipices. Non seulement, chacun le sait, Aristote, Xénophon ou Caton, mais, dans une certaine mesure, saint Paul, saint Augustin, saint Thomas et Bossuet acceptent et justifient l'esclavage. La générosité, l'intelligence, le talent, le génie lui-même ne pèsent rien contre l'irrésistible puissance de l'esprit du temps, appuyé sur l'habitude, l'intérêt, l'éducation et ces mystérieuses et aveugles exigences des lois du développement économique et mental qui ne laissent percer la conscience morale qu'au moment opportun.

Ce moment opportun, on aurait pu le croire arrivé avec les inventions successives de l'attelage moderne, du collier de trait et du gouvernail d'étambot à charnières. Mais une autre découverte allait en sens inverse de ces découvertes libératrices : c'était celle de l'Amérique. A l'époque même du premier déclin d'une institution rendue peu à peu inutile et en train d'être abandonnée, l'entrée de l'Amérique sur la scène du monde en impose irrésistiblement la survie, le réveil, le développement, l'épanouissement.

Omar et ses compagnons ignoraient tout, bien entendu, du mouvement d'opinion qui se faisait lentement jour dans cet ailleurs fabuleux — en France, en Angleterre, en Italie. Deux siècles plus tard, tout, ou presque tout, se saurait, en quelques heures, d'un bout du monde à l'autre. La violence et l'injustice seraient très loin d'avoir disparu, mais elles auraient au moins contre elles d'être manifestes et reconnues. En ce temps-là, au contraire, presque rien ne se savait. Et parce que presque rien ne se savait, presque tout était accepté. Il fallait des abus monstrueux pour qu'un écrivain, un jésuite, un philosophe, un Montaigne, un Voltaire — ou le pape — se mettent à s'émouvoir et à s'agiter. Le pire était que les victimes elles-mêmes, ne voyant aucune issue, acceptaient le système et le considéraient, sinon comme légitime, du moins comme naturel. Elles partageaient avec les maîtres et les bourreaux la terrible conviction qu'il y avait un ordre des choses et qu'il était ce qu'il était. Il y avait naturellement avantage à être du bon côté de la barrière. Les nègres, les esclaves étaient de l'autre côté. Pas de chance : c'était le mauvais.

En quelques jours à peine, parce qu'il était fort, parce qu'il était plus intelligent que beaucoup, celui qu'on appelait Omar avait su se faire respecter. Dès son arrivée, des pièges lui avaient été tendus. Il les avait déjoués sans trop de peine et ceux qui avaient essayé de l'intimider en avaient été pour leurs frais. Quelque misérable et inorganisé qu'il puisse être, tout groupe sécrète ses propres épreuves d'initiation. Omar s'en était bien tiré et il avait pris place assez vite dans le petit noyau de ceux qui en imposaient aux autres. Près d'un mois s'était écoulé quand tous les nègres enchaînés furent extirpés de la vingtaine ou de la trentaine de cellules où ils croupissaient dans leurs déjections et réunis en plein air. Après tant d'obscurité, la lumière du jour leur faisait mal. Omar fut rangé d'office dans la catégorie des meneurs : c'était à la fois un avantage et un inconvénient.

Il y avait en face d'eux plusieurs Noirs et trois Blancs. Les Noirs étaient des chefs. Les Blancs étaient des Blancs. Ils passaient à travers les rangs, éliminant tous ceux qui paraissaient trop mal en point. Que devenaient-ils, ceux qu'un geste de la main, un mouvement de la tête rejetaient plus bas que l'esclavage ? On ne savait pas. C'était une espèce de pari : fallait-il paraître en bon état ou accentuer au contraire les signes de fatigue ou de maladie ? Pour certains, ravagés par la dysenterie, la malaria, le typhus ou même la lèpre, il n'y avait guère à choisir. Les autres se décidaient selon leur inspiration. Souvent d'ailleurs la simulation ne donnait pas grand-chose. Souvent aussi de vrais malades, tombés à terre d'épuisement, étaient relevés à coups de fouet et de pied. Quelques-uns s'étaient volontairement mutilés, s'écrasaient les doigts sous des pierres, se crevaient un œil dans des accès d'hystérie. Cinq ou six, pour l'exemple, avaient été pendus.

Après être restés immobiles pendant des jours et des jours dans l'obscurité humide des cachots, voilà qu'ils restaient debout pendant des heures sous le soleil meurtrier. Plusieurs tombèrent. On les enleva sans douceur. Être malade, mourir était une forme de révolte. Les chefs noirs et les Blancs — un gros rougeaud, un très jeune presque élégant, un mince avec un grand nez — discutaient interminablement. Enfin les nègres furent ramenés dans les cellules. Ils y étaient regroupés différemment et selon des distinctions qui restaient mystérieuses.

Quelques jours s'écoulèrent encore. Un beau matin, les gardiens les firent sortir à nouveau et les dirigèrent vers le rivage où ils étaient arrivés. Là, une surprise de taille les attendait : un immense navire tel que la plupart d'entre eux n'en avaient jamais vu se balançait sous leurs yeux. Omar, lui, se souvenait, dans son enfance, d'avoir aperçu sur la mer des bâtiments fascinants où flottait un drapeau blanc et où on distinguait des canons. Il avait grimpé sur l'un d'entre eux, dans un état d'excitation indescriptible. Il se rappelait même le commandant, un grand homme très beau qui riait avec sa mère et qui lui avait donné un petit sabre. Omar monta à bord avec une espèce de gaieté. Il pensait à son sabre. Le navire s'appelait l'*Apollon.*

Ce que fut le voyage entre l'Afrique et l'Amérique, mieux vaut ne pas en parler. Il y avait quatre cent quatorze nègres enchaînés dans les cales. Il n'en mourut que seize. C'était une proportion inespérée et une vive satisfaction pour toute conscience un peu chatouilleuse : la moyenne des pertes dans ce genre d'expéditions oscillait entre cinq et trente pour cent. Omar s'offrit le luxe d'épater le capitaine : il comprenait le français. La stupeur du capitaine aurait été encore plus grande s'il avait pu deviner que le nègre Omar — mais qui aurait pu le savoir ? sa mère seule peut-être, et encore, et puis Dieu, naturellement — était le fils d'une *signare* africaine et du comte de Vaudreuil, gouverneur du Sénégal, envoyé par le roi Louis XV, vingt ans plus tôt, dans la ville de Saint-Louis, dont dépendaient Gorée et toute la côte du Sénégal. Ce gentilhomme français avait un autre fils — légitime, celui-là. Le demi-frère d'Omar s'appelait Amédée-Stanislas de Vaudreuil : il allait devenir l'amant de Gabrielle et peut-être de Delphine, il allait émigrer et se battre dans l'armée des princes, il allait tomber à Fleurus. Il n'y avait que Dieu tout seul pour connaître déjà ce destin encore à venir, comme il n'y avait que Dieu tout seul pour savoir que le capitaine de l'*Apollon,* terre-neuvier de Saint-Malo, corsaire, négrier, aurait un jour un fils qui serait Chateaubriand.

Entre le père du nègre et le fils du capitaine se tissaient ainsi, à travers trois générations de jeunes beautés nommées Allart, insouciantes et tragiques, les liens secrets de Dieu.

CHAPITRE XIV
où Lucifer aime Dieu

Lucifer était beau. Comme le néant et la nuit désormais animés, il participait de la splendeur de Dieu. Tout était Dieu lui-même, et le plein et le vide, et la présence et l'absence. Lucifer était Dieu, puisque tout était Dieu. Mais Dieu n'était pas Lucifer puisque le créateur avait tiré l'ange des lumières du néant et qu'il s'apercevait en lui. Ainsi Lucifer se dégageait lentement de lui-même et de Dieu.

Longtemps l'éternité se poursuivit ainsi. Dieu contemplait Lucifer, sa créature et son image. Et Lucifer contemplait Dieu. Et il l'adorait.

Les théologiens et les poètes nous ont beaucoup parlé du paradis terrestre. Bien avant Adam et Ève, bien avant le monde et le temps, un autre paradis, qui n'était pas terrestre, vit l'amour ineffable de Lucifer et de Dieu.

Cet amour était, comme Dieu lui-même, immuable, immobile, éternel et infini. Dieu se reflétait en lui-même à travers Lucifer et Lucifer ne voyait que Dieu. Après les rafales de passion qui l'avaient agitée à la façon de la tempête en train de rider et de creuser le miroir serein de l'eau, l'éternité était retrouvée. Il n'y avait de changé que l'amour sans bornes de Dieu pour sa créature étincelante.

Ce qui se passa alors — ah ! le mot *alors* est absurde, mais tous les mots sont absurdes et il faut bien traduire dans notre langage humain, dérisoire et limité, l'ordre éternel de Dieu —, ce qui se passa alors est à l'image de toutes nos amours, reflets imparfaits et usés de l'immuable amour de Dieu. Parce qu'ils étaient deux et que l'unité originelle, sans distinction ni faille, avait été brisée, quelque chose de sublime et d'obscur se glissa entre eux. C'était une inquiétude, une attente, une insatisfaction infinies. C'était une palpitation et une angoisse. Dieu s'était senti seul avant de créer Lucifer. Entre le même et l'autre, ils se sentirent soudain deux.

Dieu se regardait lui-même et il regardait Lucifer. Il lui semblait sortir de son être qui s'étendait à tout et que sa créature vivait d'une vie propre, autonome et séparée. Qu'elle ne se confondait plus avec lui. Qu'elle suivait d'autres lois. Et qu'elle lui échappait. Lucifer regardait Dieu. Et il l'adorait. Mais il ne se sentait plus en lui. Il l'adorait du dehors. Alors, ils se parlèrent l'un à l'autre. Et Dieu devint le verbe et le verbe était Dieu.

Un grand bonheur envahissait Dieu parce qu'il était aimé. Et un grand bonheur envahissait Lucifer. Parce qu'il aimait. Il sembla de nouveau à Dieu qu'il était Lucifer. Et à Lucifer qu'il se confondait avec Dieu. L'unité originelle s'était reconstituée. Mais l'ordre des choses s'était inversé : l'autre était né du même ; voici que le même naissait de l'autre. Entre Dieu et Lucifer s'était glissé ce lien de feu d'où allaient naître le temps et le monde et la souffrance et l'histoire. Et le mensonge et le mal. Et tous les bonheurs. C'était l'amour.

CHAPITRE XV

où une mère encore belle
entre au mauvais moment
dans la chambre de sa fille, déjà irrésistible

Quand Delphine Allart se souvenait de son enfance, elle voyait une grande maison au milieu des prés. Et dans la maison, sa mère. Et à côté de sa mère, le beau, le charmant, l'incomparable Amédée-Stanislas. Il était tombé dans leur vie vers 1785 ou 1787. Delphine n'avait jamais connu de père et elle ne se doutait pas de la date de naissance de sa mère. Elle se rappelait très bien, en revanche, le jour où la belle Gabrielle l'avait abandonnée pour toujours : le samedi 26 juillet 1794. Il avait fait toute la journée une chaleur accablante. Le 26 juillet était la veille du 27. Et le 27 juillet, c'était le 9 Thermidor.

Delphine avait quatorze ans lorsque, un après-midi de printemps, elle avait vu entrer trois hommes dans la chambre où elle habillait une poupée qu'elle voulait offrir le lendemain à une petite fille du village. La petite fille s'appelait Lucile et la poupée Kiki. Ils avaient jeté Kiki à terre et ils avaient emmené Delphine en même temps que sa mère : c'était un geste d'humanité plutôt que de sauvagerie. Amédée-Stanislas — le chevalier de Vaudreuil — n'était plus là, malheureusement : il était parti, six ou huit semaines plus tôt, rejoindre l'armée des princes du côté de Coblence ou de Worms. Muni d'un faux passeport, il avait pris un beau matin la diligence pour Lille. De là, par des chemins creux, par des sentiers à travers blés, il avait traversé un terrain où alternaient régulièrement, et parfois se rencontraient pour échanger quelques coups de feu, patrouilles autrichiennes tout en blanc et patrouilles françaises, cocarde au chapeau. Au coin d'un petit bois, il était tombé sur un détachement de uhlans. De là, Bruxelles, Liège, Cologne et Coblence. Au passage, comme d'habitude il avait encore cueilli quelques actrices, quelques jeunes femmes de condition, quelques veuves, quelques couventines, avant de se faire tuer à Fleurus, de la main d'un sergent qui venait du Jura, un mois, jour pour jour, avant un événement décisif dans la vie de Gabrielle.

Il n'est pas impossible que Gabrielle ait été le grand amour d'Amédée-Stanislas et Amédée-Stanislas le grand amour de Gabrielle. Ils étaient aussi beaux l'un que l'autre. Quand ils entraient ensemble, à la veille de la Révolution, dans un salon parisien, on raconte que les conversations s'interrompaient et que les musiciens eux-mêmes s'arrêtaient de jouer, les doigts soudain immobiles sur la flûte, le clavier ou l'archet. Mais, chacun de son côté, Gabrielle et Amédée-Stanislas avaient brûlé la chandelle par les deux bouts. Plusieurs, et non des moindres — André Gide, notamment, et Marcel Proust dans son *Contre Sainte-Beuve* — assurent que Choderlos de Laclos s'était inspiré de Vaudreuil pour son Valmont. Il est certain, en tout cas, que Gabrielle Allart, qui avait joué *Mahomet* devant le duc d'Orléans aux côtés de Talma, provoqua, par sa beauté et par ses désordres, la ruine, le suicide ou la folie d'au moins trois hommes particulièrement distingués : un président à mortier du Parlement de Dijon, un colonel du Royal-Allemand et le quatrième fils — le plus sauvage, disait-on, mais aussi le plus séduisant — du duc de Richelieu. Leurs aventures symétriques et entrecroisées les rejetaient invariablement dans les bras l'un de l'autre. Ils se pardonnaient en riant et ils donnaient l'image d'un bonheur scandaleux et très gai.

Parfois, pourtant, les choses allaient un peu loin. Quelques semaines avant son départ pour l'étranger, Amédée-Stanislas s'était attaqué à Delphine. Il faut dire que Delphine à treize ou quatorze ans était déjà exquise. Elle n'avait pas, sans doute, la beauté souveraine de sa mère qui était, à trente ans, ou un peu plus, dans tout l'éclat d'une splendeur dont la réputation commençait à s'étendre à travers toute l'Europe. Mais, d'une vivacité et d'une drôlerie sans égales, elle enchantait par son charme un peu pervers et par sa coquetterie peut-être inconsciente. Il faut essayer aussi de comprendre M. de Vaudreuil. L'oncle prétendu de Delphine, M. d'Antraigues, disait, avec son cynisme habituel, qu'Amédée-Stanislas n'avait pas voulu quitter la France sans épuiser les joies d'une famille qui, de toute façon, ne s'encombrait pas trop des règles. M. d'Antraigues se demandait aussi, et peut-être n'avait-il pas tort, si Amédée-Stanislas n'avait pas essayé de retrouver en Delphine la petite fille ou l'adolescente qu'avait été Gabrielle et qu'il ne se consolait pas de n'avoir pas connue. Selon une formule qui avait fait fureur à Versailles et dans les soupers de Paris, il la trompait par amour et avec le seul être au monde qui était presque elle-même. Quelles que soient les excuses, ou les explications, le fait est que le chevalier s'était introduit un soir, un peu trop tard, sous un prétexte futile, mais plausible, dans la chambre de Delphine. La petite, accoutumée à la plus grande familiarité, n'avait pas été surprise outre mesure. Elle s'était montrée, comme d'habitude, affectueuse et enjouée. Le chevalier, très vite, avait été incapable de résister à tant de charmes interdits, et peut-être presque offerts. Il s'était mis à parler à l'enfant avec une douceur excessive, à lui caresser le visage et les mains, à glisser insensiblement, sous le fichu et le linon, vers la fraîcheur intacte de ce que l'époque appelait des appas encore naissants. Les intentions du chevalier en pénétrant dans la chambre, qui pourrait en parler ? Lui-même à peine, j'imagine. Maintenant, en tout cas, il était attiré comme par un aimant vers tout ce qui restait encore à demi caché dans le désordre de la toilette de nuit et il perdait la tête devant tant de jeunesse et d'innocence ambiguë. L'enfant, de son côté, marquait — comment dire ? — au moins une absence d'indignation. Elle avait des seins très blancs, assez menus, mais très fermes. Le chevalier caressait à ravir. « Quelle gravure ! » disait le comte d'Antraigues avec une mine gourmande quand il racontait la scène, à laquelle il regrettait de n'avoir pas assisté en personne. Le titre en était tout trouvé : *L'Ami de la famille.* Ou peut-être : *La Première Fois.* Delphine découvrait déjà dans les bras des hommes le même plaisir que sa mère ou, plus tard, que sa fille. Elle n'avait pas peur. Elle ne criait pas. Elle ne craignait vraiment qu'une chose : c'était que sa mère n'entrât.

Elle entra. D'Antraigues n'avait jamais su avec certitude, ni par

Gabrielle, ni par Amédée-Stanislas, ni par Delphine, jusqu'où les choses étaient allées. Ce qui est sûr, c'est que Gabrielle avait trouvé sa fille un peu plus qu'à moitié nue dans les bras de son amant. Ce sont des événements qui frappent, même dans des époques dissipées et dans les milieux les plus hardis. Elle resta d'abord interdite sur le seuil de la chambre. Et puis, elle se mit à pleurer. C'était très rare chez elle. Le tableau qui s'offrait à ses yeux était à la fois ravissant et, pour elle au moins, affreux : en dehors même de tout jugement moral, il lui montrait avec une terrible et muette éloquence qu'en dépit de sa beauté, son existence encore si brillante était déjà hantée par le déclin et que sa fille la poussait lentement — lentement, mais, semble-t-il, avec beaucoup de détermination — du côté des souvenirs et de la résignation. « Que voulez-vous », soupirait d'Antraigues — et l'image devait retenir Mme de Staël et à travers Mme de Staël la belle Juliette Récamier et à travers Juliette Récamier le prince Auguste de Prusse et à travers Auguste de Prusse Schelling et enfin Hegel qui allait s'en souvenir —, « que voulez-vous, les enfants sont la mort des parents. »

En dépit des interprétations subtiles et un peu grinçantes de M. d'Antraigues, il n'est pas impossible que l'épisode, loin d'être l'effet du prochain départ du chevalier de Vaudreuil pour Bruxelles et Coblence, n'en ait plutôt été la cause. A eux deux, bien involontairement, Amédée-Stanislas et Delphine auraient alors été à l'origine, non pas métaphoriquement, mais au sens strict des mots et au pied de la lettre, de la fin de Gabrielle. La correspondance de l'époque, des souvenirs, des journaux intimes, le témoignage de l'abbé de Salamon, envoyé du pape Pie VI, dans un rapport au cardinal Zelada, laissent supposer que, cette fois, Gabrielle eut du mal à oublier et à se jeter en plaisantant au cou d'Amédée-Stanislas. Certains contemporains laissent même entendre que l'incident provoqua, ou au moins précipita, le départ de M. de Vaudreuil. L'émigration du chevalier contribua à son tour à rendre Gabrielle suspecte aux yeux de la Convention qui n'ignorait évidemment rien des liens qui les unissaient l'un à l'autre. Soupçonnée de comploter avec un émigré, arrêtée, traduite devant un comité de surveillance, puis devant le Tribunal révolutionnaire, interrogée par Fouquier-Tinville, Gabrielle Allart, encore très

CHAPITRE XVI

où l'auteur n'a presque rien à dire d'un amour infini et où la pensée s'empare de Lucifer

L'amour de Dieu pour Lucifer et de Lucifer pour Dieu illuminait le néant. Il était pur, infini, éternel. Mais il n'était déjà plus immobile. Car il n'y a pas d'amour immobile. Le dernier vers de *La Divine Comédie,* le plus célèbre et le plus beau :

L'Amor che muove il sole e l'altre stelle

ne va pas assez loin : c'est Dieu lui-même qui était mû par l'amour.

Dieu sentait en lui des tempêtes de douceur, des ouragans de bonté. Il regardait Lucifer : le vide, l'absence, le rien, le néant, tout prenait enfin un sens. Les ténèbres s'éclairaient. Lucifer, à son tour, levait les yeux vers Dieu. Et des torrents de passion le parcouraient tout entier. Le désir brûlait et Lucifer et Dieu d'être reconnu par l'autre et d'être aimé par lui. Ainsi s'établissait entre Dieu et Lucifer, bien avant les échanges et les balbutiements du Paradis terrestre, le dialogue mystique qui est à l'origine de tous nos langages, de leur possibilité et de leur sens.

Ce qu'était ce dialogue, aucune plume au monde, ni la mienne, ne pourrait le retracer. La pensée, l'amour et l'autre avaient pénétré Dieu. Adoré par sa créature, il était encore plus grand et encore plus éblouissant que quand il régnait seul sur le vide et l'absence. Dans les siècles des siècles, avant le surgissement de Lucifer, Dieu était, depuis toujours, éternel et infini. Mais il lui avait fallu attendre Lucifer pour être infiniment bon et pour être tout amour. Car sur quoi sa bonté et son amour se seraient-ils exercés en dehors de lui-même puisque, avant Lucifer, l'être et le néant et le tout et le rien étaient indiscernables ? Dieu — que son saint nom soit béni — était l'être absolu, mais cet être absolu recouvrait le néant. L'être dégagé du néant par la volonté et l'amour de Dieu naît avec Lucifer. Le dialogue d'amour entre Dieu et Lucifer, c'était le dialogue de l'absolu et de l'être, encore imprégnés l'un de l'autre, mais déjà séparés. On pardonnera au modeste chroniqueur de la geste divine, abîmé devant l'indicible et transporté d'horreur sacrée, de n'avoir presque rien à en dire.

L'ineffable harmonie des sphères avant la création du monde n'était rien d'autre que le lien d'amour entre Dieu et Lucifer. C'était une effusion perpétuelle, un cantique de dévotion, une exaltation de piété et de gloire. Mais, dans l'amour et la foi, c'était déjà quelque chose. Le vrai mystère est dans le besoin ressenti par Dieu de créer Lucifer. Il n'y a pas l'ombre de mystère dans tout ce qu'allait subir, éprouver et souffrir l'amour de Lucifer pour Dieu. Car là où existe quelque chose, là règnent déjà le changement et la contradiction.

Dieu s'était senti las de sa toute-puissance vide. Il avait créé Lucifer pour aimer et pour être aimé. Dans l'éternité de l'amour divin, il arrivait à Lucifer — et qui donc lui lancera la pierre parmi tous ceux qui ont aimé ? — de s'interroger avec passion et presque avec angoisse sur Dieu, sur lui-même et sur ce qui les unissait. Déjà s'agitait en lui, comme il s'était agité en Dieu, le flot tumultueux des incertitudes et des interrogations. Mais, à la différence de Dieu, dans le sein de Lucifer elles restaient sans réponse. Dieu connaissait les réponses en même temps que les questions. Les questions sans réponse étaient le tourment et la grandeur de Lucifer.

Au-delà de l'amour, de la foi, de l'adoration perpétuelle, Lucifer sentait une force inconnue se développer en lui : c'était la pensée. Dieu pensait le néant et le tout, le tout qui n'était que néant. Sa pensée participait à ce tout et à ce néant et elle s'épuisait en eux comme ils s'épuisaient en elle. Partielle, limitée, bornée, la pensée de Lucifer n'en était que plus ardente. Elle était ardente parce qu'elle ne s'étendait pas à tout.

Dieu vit que de la pensée envahissait Lucifer. Et il en tressaillit de joie. Et pour la première fois, de tristesse. Il aperçut en un éclair tout ce qui restait caché à Lucifer. Toutes les contradictions de la pensée, tous ses bonheurs et toutes ses souffrances, ses rêves, ses conquêtes, ses ambitions et ses illusions, ses découvertes et ses échecs lui apparurent d'un seul coup. Il sut que le levain était dans la pâte, et le ver dans le fruit. Il distingua, dans la suite future des temps qui n'existaient pas encore, les savants et les chefs de guerre, les philosophes et les fous, les poètes et les prostituées, les peintres et les aventuriers, les commerçants, les artisans, les scribes, ceux qui s'occupent du pain, du vin, du maïs, du riz, du pétrole ou de l'or, ceux qui travaillent la terre, ceux qui prévoient le futur et qui édifient des systèmes, ceux qui recherchent leur propre fin et leur anéantissement, tous ceux que pousse en avant, vers le savoir et la gloire, vers la fortune et le plaisir, vers la puissance et les catastrophes, la force irrésistible des idées qui s'enchaînent. Il comprit ce qu'il savait déjà depuis toujours : que le temps et la guerre et la liberté et le mal et le succès et l'échec étaient enfouis dans la pensée. Et que l'univers et son train sortiraient inévitablement de la pensée. Dieu ressentit à la fois de la tristesse et de la joie parce que Lucifer pensait.

La pensée de Lucifer n'avait pas d'autre but que la gloire et l'amour de Dieu. Elle en était la forme, l'instrument, l'expression. Mais alors que Dieu ne cessait jamais de coïncider avec lui-même, Lucifer se sentait tantôt trop petit et tantôt trop grand pour lui. Il avait des exaltations et des découragements. Il se sentait souvent indigne de l'infini amour de Dieu. Alors, il criait vers Dieu. Et il lui disait qu'il voulait l'aimer plus et qu'il voulait l'aimer mieux.

Dieu faisait descendre sur Lucifer son amour infini et il s'efforçait de maintenir immobile entre eux le lien qui les unissait. Mais puisqu'il s'y efforçait, c'était qu'une puissance inverse s'exerçait dans l'autre sens. La passion dévorait Lucifer : elle était faite d'amour, de désir, d'inquiétude et d'aspiration à autre chose qui serait toujours plus et mieux. La passion d'amour de Lucifer pour Dieu était une passion heureuse. Mais il n'y a pas de passion heureuse qui ne soit déjà malheureuse.

« Fou, disait Dieu à Lucifer, qui crois qu'il y a plus et mieux que l'amour divin qui nous unit. »

CHAPITRE XVII
qui introduit le lecteur dans la prison des Carmes sous la Terreur

La vie s'organise jusqu'aux extrêmes limites de la mort. Dans la prison des Carmes prenait naissance, en pleine Terreur, une espèce de société. Entre les ci-devant Beauharnais et les citoyennes Allart mère et fille se nouèrent des liens plus forts que dans les plaisirs abolis des salons et des fêtes. La beauté de Gabrielle, sa carnation de lys et de pêche à peine ternie par les rigueurs de l'emprisonnement, sa longue chevelure blonde et soyeuse définitivement dénouée en imposaient même aux geôliers. Elles conquirent du jour au lendemain Alexandre et Rose, la future Joséphine, qui avaient d'abord vu d'un assez mauvais œil deux locataires nouveaux prendre un peu de leur espace. La grâce adolescente de Delphine, où passaient de temps en temps des éclairs de sensualité et des appétits de gaieté, attendrissait Rose et la tira un peu de la nonchalance effrayée où elle sombrait volontiers. Malgré les seize ou dix-sept ans qui les séparaient l'une de l'autre — Rose Tascher de La Pagerie était née la même année et le même mois que Gabrielle, en juin 1763, l'une à la Martinique, où sa famille employait quelque cent cinquante esclaves noirs, l'autre sur les bords du Loing dans un petit village du Loiret —, elles avaient le même âge mental et elles jouaient ensemble à des jeux innocents qui se terminaient souvent dans des rires étouffés. Alexandre et Gabrielle faisaient, à côté d'elles, figure de grands aînés et conversaient interminablement des bonheurs et des épreuves qu'ils avaient traversés. Ils connaissaient le même milieu, les mêmes gens et, sans s'être jamais rencontrés, ils s'étaient succédé plus d'une fois dans les mêmes maisons et dans les mêmes fêtes. Le général était presque un ami du chevalier de Vaudreuil et Gabrielle, tout naturellement, passait son temps à évoquer sa vie commune avec son ancien amant. Il serait très invraisemblable que, dans l'intimité pleine d'angoisse où ils étaient contraints de vivre, elle n'ait pas parlé à Alexandre de ce qui avait fini par se passer entre Amédée-Stanislas et Delphine.

Les rumeurs du dehors leur parvenaient avec cette régularité stupéfiante qu'ont éprouvée tous ceux qui ont connu la prison. La reine Marie-Antoinette, les Girondins, le duc d'Orléans — Philippe-Égalité —, Bailly, l'ancien maire de Paris, Mme Roland et Barnave avaient déjà été exécutés quand Gabrielle et sa fille furent jetées aux côtés des Beauharnais dans la cellule des Carmes. Mais ils vécurent ensemble, de l'intérieur si l'on peut dire, toutes les secousses de la Grande Terreur.

Ils virent leurs ennemis se déchirer et plusieurs de ceux qui les avaient poursuivis et dénoncés glisser à leur tour dans la condition de suspects. Ils virent les Indulgents voués à la vindicte publique, traînés dans la boue, cloués au pilori, et les Enragés menacés. Ils virent Robespierre, qui avait lutté avec acharnement contre la peine de mort, réclamer et justifier la plus sanglante rigueur. Ils apprirent, avec une amère satisfaction et avec une crainte sans cesse croissante où se mêlait pourtant le sentiment un peu vague d'une justice en train de marcher, l'exécution d'Hébert, incarcéré aux Carmes, dans une cellule juste au-dessus d'eux, de Chaumette, de l'ex-banquier Proli, d'Anacharsis Cloots, baron prussien, citoyen de l'humanité, ennemi personnel de Jésus-Christ, puis du formidable Danton à la face de Tartare, tout en puissance et en contradictions, du charmant Camille Desmoulins, de Fabre d'Églantine, acteur, poète, affairiste, auteur d'*Il pleut, il pleut, bergère,* de Hérault de Séchelles dont la *Théorie de l'ambition* se terminait assez mal.

Le jour de la Pentecôte, les bruits de la rue montèrent jusqu'à eux : c'étaient les Parisiens qui se rendaient en masse à la première fête de l'Être suprême dont la Convention nationale, à l'unanimité des votants, avait décrété l'existence. Ils allaient rejoindre le cortège qui se déroulait des Tuileries au Champ-de-Mars avec Robespierre à sa tête. Dans une mise en scène orchestrée par David, l'Incorruptible, un bouquet de fleurs et d'épis à la main, mettait le feu à une statue de l'Athéisme : de ses fleurs calcinées jaillissait la Raison. Sous la direction d'Étienne Méhul et de Salvador Cherubini, un chœur de deux mille quatre cents chanteurs entonnait un hymne de Gossec et de Sarette, sur un texte du poète Desorgues : « Père de l'Univers, Suprême Intelligence... » Le surlendemain, la loi de Prairial améliorait le système : « La peine portée contre tous les délits dont la connaissance appartient au Tribunal révolutionnaire est la mort... Il ne sera pas entendu de témoins... La loi donne pour défenseurs aux patriotes calomniés des jurés patriotes ; elle n'en accorde point aux conspirateurs. » De Lavoisier à Chénier, qui avait dédié un de ses poèmes à Gabrielle et un autre à Delphine, les têtes tombaient comme des ardoises. Dans le même temps, à Fleurus, l'armée de Sambre-et-Meuse, commandée par Jourdan, le mercier de Limoges, futur comte et pair de France, par Kléber, ancien architecte, ancien sujet de l'empereur Léopold, par Marceau, général à vingt-trois ans, commence la deuxième conquête des Pays-Bas autrichiens et remporte, à l'aide d'un ballon captif destiné pour la première fois à observer l'ennemi, une victoire éclatante sur les Anglo-Autrichiens du duc de Saxe-Cobourg, du prince Charles, du prince d'Orange et du comte de Kaunitz. La Révolution, haletante, s'élance au pas de charge. Deux geôliers font en titubant le tour de la prison et annoncent triomphalement aux ci-devant détenus de la prison des Carmes l'écrasement de Pitt et Cobourg. Mais les deux hommes, hilares et ivres, ne soufflent mot, et pour cause, puisqu'ils en ignorent tout, de la mort d'un officier supérieur du corps d'armée de Kaunitz : Amédée-Stanislas, transpercé par une baïonnette républicaine et française, brandie par un Jurassien. Dans leur cellule commune, les prisonniers ne sont plus que trois. Trois prisonnières. Trois femmes qui se raidissent dans leur douleur et leur dignité. Alexandre de Beauharnais les a quittées depuis quelques jours.

Le 23 juin, deux semaines à peine après la loi de Prairial, Alexandre de Beauharnais a été condamné à mort et guillotiné.

Acquis aux idées de liberté et d'égalité, hostile aux privilèges, membre de la Constituante dont il préside à plusieurs reprises les débats, il avait commencé à devenir vaguement suspect à la fraction la plus avancée par son calme et sa hauteur au lendemain de Varennes. « Messieurs, avait-il dit en ouvrant la séance, le roi est parti cette nuit ; passons à l'ordre du jour. » Général en chef de l'armée du Rhin où il avait couru les filles le jour et donné des bals la nuit, on le rend responsable de la reddition de Mayence. Le Tribunal révolutionnaire le reconnaît coupable et l'envoie à l'échafaud. Dans la cellule des Carmes, la séparation est déchirante. Il laisse derrière lui non seulement sa femme, Rose, mais sa maîtresse : Gabrielle.

Il faut imaginer ici le climat enfiévré de la cellule des Carmes. L'insouciance de la jeunesse, la gaieté, l'ardeur de vivre s'y mêlaient à l'épouvante et à l'horreur. Pendant que Delphine jouait avec Rose, les entretiens d'Alexandre et de Gabrielle prenaient peu à peu, au fil des jours et de l'attente, un tour plus grave et plus tendre. Ce qui devait arriver arriva. Au vu et au su de la femme de l'un et de la fille de l'autre, Gabrielle Allart était devenue la maîtresse du général comte de Beauharnais. Ne les condamnons pas trop vite : les passions de l'amour brûlent avec plus de violence à l'ombre de la mort. Elles font bon ménage avec le secret ; meilleur encore avec l'angoisse. Et puisqu'il ne pouvait y avoir, dans la prison des Carmes, ni intimité ni pudeur, elles avaient tout ravagé.

Éclatant et sinistre, l'avenir de Joséphine est déjà inscrit dans ces scènes et il s'éclaire peut-être par elles. C'est le passé de Gabrielle, au contraire, qui explique sa conduite. En se donnant à Alexandre sous les yeux de Delphine, elle se vengeait à la fois de sa fille et de son ancien amant, Amédée-Stanislas. Et puis, ne compliquons pas trop les choses : depuis assez longtemps déjà, Alexandre et Rose avaient cessé de s'aimer, et Gabrielle était tombée éperdument amoureuse du général de Beauharnais. Il fallait faire vite : le temps pressait.

Il pressait, en effet. Puisqu'une espèce de course tragique avait fini par s'engager entre la mort et l'amour et que l'ombre de la guillotine rattrapait les deux amants.

Elles vécurent ensemble encore un mois, les trois femmes, les trois veuves, les trois prisonnières séparées et unies par les souvenirs emmêlés de cauchemar et de bonheur. Que se passa-t-il entre elles ? Qui le sait ? Joséphine et Delphine ont raconté chacune, plus tard, la passion secrète et publique d'Alexandre et de Gabrielle. Elles se sont tues, obstinément, sur leurs rapports entre elles après la mort de Beauharnais. Quand elles se revoient, le jour de Pâques, dans la grande nef de la cathédrale de Paris, à quoi pensent-elles, l'une et l'autre, en inclinant la tête d'un mouvement imperceptible que les autres ne remarquent pas ? Il ne nous est permis que de rêver. Rêvons. Rêvons à leur solitude, à leurs silences, à leurs larmes, à leur affreuse angoisse. Rêvons à leurs pardons, à leurs élans, à leurs espoirs insensés, à leurs jours aux aguets et sans homme et à leurs nuits brûlantes.

Le 26 juillet, la porte de la cellule s'ouvrit une nouvelle fois devant une petite troupe dont le chef était porteur d'un ordre d'exécution du Tribunal révolutionnaire. C'était un torchon de papier sur parchemin. Il avait passé déjà entre des dizaines de mains. Et il était parsemé de fautes.

Delphine et Joséphine se jetèrent en pleurant dans les bras de Gabrielle. Elle ne pleurait pas. Elle qui avait mené une vie si frivole était devenue tout à coup d'une sérénité exemplaire. Elle les embrassa toutes les deux, en disant : « Pourquoi donc éprouverais-je aucun trouble ? Mourir est nécessaire et tout aussi simple que de naître. »

7 THERMIDOR

TRIBUNAL CRIMINEL
Révolutionnaire établi par la Loi du 10 mars 1793, l'an 2 de la République

L'exécuteur des jugemens criminels ne fera faute de se rendre *Demain 8 Thermidor* ~~1793~~, à la Maison de justice pour y mettre à exécution le jugement qui condamne *Gabrielle Allard*

à la peine de *MORT*

l'exécution aura lieu à *onze* heure*s* du *matin* sur la place de *Lesplanade entre le Champ de Mars et La Rivière de Seine*

L'Accusateur public
(illisible)

au Tribunal ce *6*
~~1793~~ *Thermidor*
de L'an 2

Lon Suivra la route ordinaire menant par la rue St-honnoré et le pont de la révolution

Le lendemain était le 9 Thermidor.

CHAPITRE XVIII
où Dieu hésite

Dieu hésitait. Pour la première fois, il avait peur de sa puissance infinie. De quoi avait-il peur, puisqu'elle était infinie et que sa sagesse et sa bonté étaient aussi infinies ? Il avait peur de l'exercice de cette sagesse et de cette puissance infinies. Car tant qu'elles ne s'exerçaient pas ou qu'elles ne s'exerçaient que sur rien, Dieu était très sûr de lui. Il était infiniment puissant tant qu'il était impuissant et sa sagesse immobile était reconnue par tous tant qu'il n'y avait personne pour la reconnaître. Mais parce qu'il savait tout, il savait aussi et déjà que le monde et l'histoire allaient exiger des lois pour ne pas retomber aussitôt dans l'informe et dans le néant et que la liberté et la nécessité allaient tricoter ensemble — et le plus souvent contre lui — de monstrueuses arabesques.

Il comprenait avec évidence qu'il allait créer ses propres ennemis et creuser sa propre tombe. Il allait mettre un terme à l'éternité. Il allait faire entrer le désordre de la vie dans l'ordre sans faille du néant. De toutes parts surgiraient des limites à son pouvoir divin : non seulement le temps et l'espace, mais la nécessité des lois de la nature, mais l'effrayante liberté de l'homme, mais les mathématiques sur lesquelles il ne pourrait plus rien, mais le passé une fois accompli, sur lequel, il le savait, il ne pourrait plus rien non plus. Ainsi, menacée, étouffée, écrasée à la fois par la nécessité de ses propres lois et par la liberté imposée à sa créature, sa toute-puissance n'aurait servi à rien qu'à mettre des bornes à sa toute-puissance.

Pendant que Dieu hésitait, Lucifer ne faisait que deux choses. L'une était sublime : il aimait Dieu. La seconde était terrible : il pensait. Il faut se rappeler que le monde n'était pas encore créé et que Lucifer était un esprit pur. Sa beauté, son éclat étaient tout intellectuels. Il pensait, un point, c'est tout, et sa pensée se confondait avec l'amour de Dieu. Dans l'éternité encore immobile, il était dévoré par une passion brûlante : chanter avec toujours plus d'ardeur, avec toujours plus de force, la gloire du Dieu tout-puissant qui l'avait tiré du néant. Il rêvait de splendeurs et de soumission, de cohortes innombrables de serviteurs et de fidèles, de choses obscures et brillantes qu'ils agiteraient, pour l'exalter, à la face de leur Dieu. Parlons un langage moderne et nécessairement inadéquat : Lucifer était un partisan, un militant, un activiste. Il fallait des aliments à sa passion inextinguible.

Il rêvait. Mais de quoi? Dieu seul voyait les effets, les conséquences, l'enchaînement infini des rencontres et des causes. Et c'est pour cette raison que sa toute-puissance hésitait. Regardons ici en face une vérité effrayante, trop souvent négligée ou peut-être même effacée, mais seule capable, hélas! d'expliquer notre histoire : Lucifer, son aveuglement, sa folie ont autant de part que Dieu dans la création de l'univers.

« Ah ! Seigneur, disait Lucifer, donnez-moi le pouvoir de susciter des chœurs d'anges et des fanfares célestes ! Donnez-moi le pouvoir de faire éclater votre grandeur dans l'infini insondable des espaces et des temps ! »

« Que sais-tu donc de l'espace, disait Dieu, et que sais-tu du temps ? »

« Qu'ils soient Dieu lui-même ! Et qu'ils le traduisent dans sa gloire et dans sa toute-puissance ! »

Dieu se taisait.

« Seigneur ! Seigneur ! criait Lucifer. Ne permettez pas au vide de limiter mon amour ! Ne permettez pas à l'absence d'étouffer votre amour ! »

Dieu se taisait.

« Seigneur ! gémissait Lucifer, laissez aimer ceux qui vous

aiment, donnez de l'être à votre amour ! Ne me laissez pas seul à vous aimer ! »

Dieu se taisait.

Alors Lucifer se tut.

Mais il pensait toujours.

CHAPITRE XIX

où Dieu fait part du faible qu'il éprouve pour les rebelles

Depuis toujours et pour toujours, tout au long de sa vie éternelle, Dieu a un faible pour les rebelles. Il aime moins ceux qui l'aiment et qui lui obéissent que ceux qui lui résistent. Car sa sagesse infinie sait bien que seuls le refus, le scandale, la fureur font avancer le monde et cette grande œuvre de Dieu où il se sacrifie. Il encourage ceux qui disent oui, et il fait semblant de les aimer. Mais il aime ceux qui disent non, ceux qui le bousculent, ceux qui le défient. Ce n'est pas par hasard que les langues de feu traduisent à la fois l'amour et la colère célestes. Malgré déluges et coups de foudre, Dieu aime les pécheurs et les prostituées, les révoltés, les larrons, ceux qui le persécutent comme Saul, ceux de la tour de Babel qui seront aussi ceux des pyramides, des acropoles et des cathédrales, et Jacob, vainqueur de l'ange. Lucifer était le premier d'une longue lignée où brillent, à travers les siècles, Ahriman, Prométhée, Antigone, Christophe Colomb, Copernic et Galilée, Luther, Saint-Just, Darwin, Karl Marx, Rimbaud, Lénine, Mao Tsé-toung : tous ceux qui disent que le monde ne sera plus ce qu'il est. Il écoute leurs cris de haine qui sont des cris d'amour, leurs râles, leurs gémissements, leurs délires d'aventures et leurs malédictions, il les couvre d'épreuves, et à leur soif d'autre chose, à leurs folles espérances, il répond, en fin de compte, par des bénédictions. Il les détruit, naturellement, puisque tout est détruit, il les tue, il les foudroie, il abat leur ouvrage. Mais il leur donne ce que Dieu peut donner de plus beau : une place, à travers les temps, dans ce souvenir des hommes qui fait, pour eux au moins, l'histoire de l'univers.

Dieu avait créé Lucifer pour être aimé par lui. Et Lucifer aimait Dieu. Mais derrière cet amour, ah ! derrière cet amour, il y avait toute l'histoire des hommes. L'avenir, encore incréé, portait déjà Lucifer. Lucifer ne savait pas que son amour pour Dieu n'était rien d'autre qu'une révolte. Mais Dieu, bien sûr, le savait. Et bien sûr — comment croire, supposer, imaginer autre chose quand on vénère sa toute-puissance ? — il l'acceptait. Ce n'était pas assez dire qu'il l'acceptait. Il voulait ce refus et il voulait cette révolte. Dieu voulait ses propres épreuves. Il voulait sa propre mort pour en triompher et pour en resurgir dans toute sa gloire.

Lucifer pensait en lui-même aux moyens de parvenir, contre Dieu s'il le fallait, à mieux chanter la gloire de Dieu. Il était comme ceux qui aiment et que la force de leur amour entraîne contre ceux qu'ils aiment. *For each man kills the thing he loves.* Lucifer pensait, et il se taisait. Et Dieu savait ce que Lucifer pensait. Et il se taisait aussi.

Pourquoi Dieu se taisait-il ? Il se taisait parce qu'il savait que l'amour de Lucifer serait la mort de Dieu. Mais il savait aussi déjà que, par un stupéfiant miracle, Lucifer, en effet, aurait raison à la fin des temps et que la mort de Dieu serait la gloire de Dieu. Miracle ? Mais non : nécessité. Car comment Lucifer n'aurait-il pas raison ? Puisque Lucifer était aussi Dieu lui-même. Il était un autre chemin de Dieu. Le plus long, le plus cruel, le plus contradictoire, mais aussi le plus beau : puisque c'était celui que les hommes allaient suivre, entre le bien et le mal, tout au long de leur histoire pleine de fureur et de bruit. Lucifer n'était déjà plus Dieu puisqu'il serait la mort de Dieu. Mais il était encore et toujours Dieu puisqu'il était né de Dieu et qu'il serait la gloire de Dieu.

Pendant que Dieu roulait dans sa tête l'effrayant problème du mal qui est encore un bien, Lucifer était brûlé d'un amour qui serait plus fort que l'amour.

CHAPITRE XX

Histoire d'Omar — ou de Richard, ou de Tom — et de Flossie

Omar, à nouveau, avait changé de nom. Il s'était appelé Tom, et puis Richard parce qu'il y avait trop de Tom. Il s'était appelé Franklin. Il s'était appelé Teddy. Quand il avait débarqué de l'*Apollon,* on lui avait regardé les dents, on lui avait tâté les bras et les cuisses. Il avait fait un gros prix. Il était solide. Il n'était pas mort. C'était un bon nègre.

Il était passé de maître en maître, de la Guadeloupe à Cuba et de Cuba en Louisiane. Là, il s'était marié. Elle s'appelait Flossie, comme la chienne du maître qui avait attrapé la rage et qu'on avait dû abattre le jour où elle-même était née. Le dernier maître, un Anglais, n'était pas méchant. Il possédait d'immenses plantations de canne à sucre et de coton qu'il avait héritées de son arrière-grand-père et qui s'étendaient sur des centaines et des milliers d'acres au sud de Baton Rouge. On racontait que l'arrière-grand-père les avait gagnées au jeu, un soir de beuverie, dans un bordel élégant de La Nouvelle-Orléans. Omar... enfin Tom... ou Teddy..., je crois qu'en ce temps-là il s'appelait plutôt Richard, avait appris le français à son maître. Du coup, son statut avait changé. Il ne travaillait plus sur la plantation, Flossie s'occupait des enfants — deux petites filles, un garçon — et lui jouait le rôle de factotum dans la grande maison blanche à colonnes sous les arbres et de répétiteur de français. De temps en temps, Richard se disait qu'il n'était pas vraiment malheureux. Il imaginait sa vie en Afrique.

Peut-être aurait-elle été plus dure ? Mais il y aurait eu sa mère, dont il ne savait rien. Et il aurait été libre.

Il faut choisir ici une échelle de récit. Car, pour qui les regarde d'un peu haut, un jour est comme mille ans et mille ans sont comme un jour. On pourrait s'en tenir à une semaine, à une journée, à une heure de Richard et Flossie dans la grande maison des Stevenson qui s'appelait *The Four Oaks*. Et croyez-moi, elles contiendraient le monde entier. On pourrait suivre la vie de Richard, depuis le premier instant où il met le pied sur la terre brûlante de la Guadeloupe jusqu'à sa mort, au début de décembre 1784, provoquée par la chute d'un arbre maladroitement abattu. Et dans la carrière de cet esclave, arraché à sa terre et qui n'existait presque plus, on trouverait toute l'histoire des hommes. Il y avait l'histoire de la petite Ann, enlevée par un Français, le soi-disant marquis de Pompigny, et l'affaire du duel qui s'ensuivit entre le marquis et le pauvre Mr Huttington qui devait finir si bêtement, plusieurs années plus tard, étouffé par une guêpe qui l'avait piqué dans la gorge ; l'histoire du cobra qui allait se jeter sur le petit George et que Richard avait réussi à intercepter au vol, comme un joueur de rugby qui plaque un adversaire, avant de se faire mordre lui-même à un doigt qu'il se coupa aussitôt d'un coup de hachette bien appliqué ; l'histoire, tragi-comique, du voyage à Boston et à New York ; l'histoire de la femme du banquier de Baton Rouge, une cousine des Stevenson, exaltée, presque un peu folle, qui voulait à tout prix un enfant de Richard et qui n'avait reculé devant aucune méthode de séduction ; l'histoire du cheval emballé qui avait fini sa course dans l'église d'Hamersville, en pleine homélie du pasteur ; l'histoire de l'incendie, l'histoire du double assassinat de l'oncle William et de la tante Margaret, l'histoire de la bague volée — et les soupçons avaient porté longtemps sur Richard et sur Flossie —, l'histoire des deux somnambules qui avaient passé une nuit ensemble, sans presque se connaître et sans se souvenir ensuite l'un de l'autre, dans le salon des *Four Oaks,* l'histoire du prince géorgien, de passage en Louisiane, qui avait voulu acheter Richard pour en faire don à son ami, le gouverneur de Tiflis. On pouvait abandonner Richard et bifurquer sur Flossie, sur son aventure avec le fils O'Brien, sur l'aide qu'elle avait apportée à deux esclaves marrons, échappés aux délires d'un planteur alcoolique, sur sa fin misérable, abattue au fusil de chasse par une folle mystique qui voyait dans la beauté noire — Flossie avait une grâce merveilleuse avec un visage charmant — une manifestation du diable.

Il est possible aussi de sauter par-dessus les semaines, les mois, les années et de suivre le temps qui passe à travers les enfants, les petits-enfants, les arrière-petits-enfants de Richard et de Flossie. Leur fille aînée s'appelle Césette, ou Zézette, ou encore Marie-Césette. Elle aura plusieurs enfants d'un Blanc de Saint-Domingue. Nous trouvons un de leurs fils, le frère de Césette, aux côtés de Toussaint Louverture. Il prend part à la révolte, il lutte contre le général Leclerc, on murmure qu'il est l'amant de la femme du général, de Pauline Leclerc, future princesse Borghèse : le fils de Richard, non content d'être sans le savoir le petit-fils du comte de Vaudreuil, gouverneur du Sénégal, serait alors devenu en quelque sorte le beau-frère de Napoléon. Après l'arrestation de Toussaint Louverture par les troupes du Premier Consul, le beau Dave, rebaptisé David-Liberté par ses compagnons de Saint-Domingue, accompagne Toussaint Louverture dans son exil du fort de Joux, à deux pas de la frontière suisse. Libéré en 1803, à la mort de Toussaint Louverture, il est connu dans tout le Jura sous le nom du Nègre de Pontarlier. Dans des circonstances un peu mystérieuses, il a un fils d'une Française. L'enfant naît à Semur. Il est presque blanc. Il s'appelle Julien Pontarlier. Un dessin de l'époque à la plume le fait ressembler de façon criante, vers l'âge de trente-cinq ou quarante ans, aux grands portraits en pied du vicomte de Vaudreuil par Quentin de La Tour, conservé de nos jours au musée de Saint-Quentin. Rien de trop surprenant : à travers deux générations de nègres, c'est son arrière-petit-fils. Un beau matin de 1832, à Paris, après une soirée agitée au Prado d'été, la future Closerie des lilas, le futur Bal Bullier, Julien Pontarlier, étudiant en médecine, camarade de Claude Bernard, ami d'Alexandre Dumas, devient, à son tour, l'amant d'une jeune femme encore belle mais qui a déjà vécu : c'est Hortense Allart, la fille de Delphine, la petite-fille de Gabrielle, à peine sortie des bras d'un pair de France, ancien ambassadeur à Londres et auprès du Saint-Siège, ancien ministre des Affaires étrangères, et écrivain à ses heures. Mais n'allons pas trop vite. Ne courons pas la poste de l'histoire et des siècles. Nous avons tout le temps devant nous et le monde nous appartient.

CHAPITRE XXI

où, entre les rives opposées de l'amour et de la mort, le temps est tour à tour remonté et descendu

On pouvait aussi remonter le temps au lieu de le descendre. Qu'est-ce qu'on trouvait, dans ce sens-là ? Presque tout. Les descendants du comte de Vaudreuil ou de Gabrielle Allart fournissent quelques types pittoresques, quelques figures attachantes, un esclave révolté, un nègre blanc fort séduisant, un libertin émigré, une maîtresse d'écrivain. Leurs pères, leurs mères, leurs grands-pères et grand-mères et les grands-pères de leurs grands-pères ressuscitaient tout un monde. En suivant la filière à contre-courant du temps, c'était l'histoire qu'on rencontrait.

Cette histoire était paradoxale. Elle exprimait la diversité des opinions et des vocations, leur variation à travers les âges, leur perpétuel renversement. Le chevalier de Vaudreuil, amant de Gabrielle, émigré, officier dans l'armée des princes, tué à Fleurus, était le fils du comte de Vaudreuil, familier de la Pompadour et gouverneur du Sénégal. Tout le long du XVIe, du XVIIe, du XVIIIe siècle, dans les salons, dans les antichambres du pouvoir, sur les champs de bataille, la lignée des Vaudreuil brille d'un éclat incomparable et se confond avec l'histoire de France et de la monarchie légitime. On remonte jusqu'à un Louis de Vaudreuil, architecte du roi, jusqu'à un Charles de Vaudreuil, notaire, jusqu'à un Adam de Vaudreuil qui semble surgir d'une mythologie déjà un peu floue sous le règne des derniers Capétiens. Plus haut, c'est le silence et la nuit. La trace des pauvres Allart s'arrête beaucoup plus tôt. Il semble que la mère de Gabrielle, la grand-mère de

Delphine, ait été poissonnière à Rouen. Comme toute sa descendance, elle est déjà d'une beauté qui décide de sa vie. Un capitaine l'enlève. Elle devient cantinière des armées en campagne. Et puis, à la fin de sa vie, vers trente-cinq ans, elle se retire sur la Loire où elle épouse un brave homme du nom d'Omer Allart qui venait de Picardie où elle l'avait rencontré au hasard des campements.

Voilà pour l'apparence, pour ce que livrent la mémoire, les souvenirs, la tradition, l'établissement social, les gribouillis des curés, les certificats de baptême et les actes de décès. La réalité allait autrement loin. Mais on ne la connaissait pas.

La réalité faisait descendre les Vaudreuil d'un boucher sous Louis VI le Gros, d'une prostituée de Marseille et d'un franciscain défroqué. Il y avait, il est vrai, des croisés dans la famille. Mais ils se situaient, dans l'échelle sociale, à peine au-dessus des misérables qui peinaient sur les rames au fond des galères. Il n'est pas exclu que les Vaudreuil sortent précisément de l'obscurité à la faveur de trafics un peu louches du côté de Tyr et de Sidon : des générations d'hommes de main, de ruffians, d'intermédiaires mèneraient alors aux vicomtes et aux chevaliers, aux petits levers de Versailles, à l'ordre du Saint-Esprit. Du côté Allart, au contraire, on trouvait, bizarrement, ou on aurait trouvé, un doge de Venise et un consul du IIe siècle après Jésus-Christ. Mais le doge de Venise était Marino Faliero, le seul doge qui eût trahi la Sérénissime par amour pour une femme de cinquante ans plus jeune que lui, celui que devaient célébrer plus tard tant de tableaux et d'opéras, celui qu'allaient chanter lord Byron, Hoffmann, Casimir Delavigne, celui dont un cadre vide, un voile de crêpe, une inscription en latin — *Hic est locus Marini Faliero decapitati pro criminibus* — rappellent, au plafond de la salle du Grand Conseil du palais ducal de Venise, la forfaiture et l'exécution, en 1355, à l'âge de quatre-vingts ans, dans la cour même du palais où il avait revêtu jadis les insignes de la souveraineté. Tout cela montait et descendait, suivait des voies imprévisibles, accédait d'un seul bond au sommet de la fortune avant d'être précipité dans l'obscurité et dans la misère. Pendant des siècles et des siècles, ce petit monde s'alliait aux princes, aux grands, aux puissants de l'époque ou se mariait entre soi, dans les limites étroites d'un canton ou d'un bourg. Et puis, tout à coup, invasion ou voyage, apparaissaient des étrangers, des Italiens, des Espagnols, des gens de Bohême ou des Pays-Bas, un Viking, une Indienne de Cuzco, une Dalmatienne de Raguse. Plus haut, toujours plus haut, il y avait d'étranges remous — le VIe siècle après Jésus-Christ, le Ve siècle avant Jésus-Christ — où faisaient déjà irruption des gens venus d'ailleurs, de très loin, des déserts d'Arabie ou des plaines de l'Asie centrale. L'histoire se construisait à travers ces chaînes tissées dans le temps : on discernait les périodes calmes et stables où la comédie sociale se jouait à guichets fermés dans toutes les règles de la routine, les âges de famine ou de peste où les vies ne duraient guère, les coups de chance du commerce ou de la guerre, les nœuds des grandes catastrophes qui démolissaient tout le travail lentement accumulé par la patience et le temps. Les mœurs, les rites, les habitudes, la religion évidemment, n'étaient jamais absents de ce tableau effrayant qui s'étirait à travers les siècles. D'innombrables rameaux de l'arbre se terminaient par des vestales, des prêtres, des religieuses et demeuraient stériles. Mais le nombre des rejetons, aux différents étages de l'immense édifice, demeurait toujours suffisant pour faire face triomphalement aux guerres, aux épidémies, aux destins solitaires et à la religion.

La liaison entre Gabrielle et Amédée-Stanislas à la fin du XVIIIe siècle paraissait rapprocher des lignées extraordinairement éloignées l'une de l'autre et que seule la beauté de Gabrielle avait pu incliner l'une vers l'autre. Et, pendant des siècles, en effet, il n'y avait rien eu de commun entre les ancêtres de la poissonnière de Rouen et les illustres aïeux du gouverneur du Sénégal. Mais il ne fallait pas monter bien haut pour retrouver entre eux, à travers le temps et ses combinaisons inénarrables, d'autres points de rencontre et de contact. Neuf siècles plus tôt, par exemple — une paille, un grain de sable, un éclair, un clin d'œil sous le regard de Dieu —, un maréchal-ferrant épousait une paysanne du Cantal : lui était un cousin, un peu lointain, il est vrai, d'un ancêtre de Gabrielle, elle était la sœur d'une aïeule des Vaudreuil.

L'amour jouait le premier rôle dans ce roman sans fin — sans fin visible, au moins — qui ne s'achevait que pour reprendre. Non pas les jeux de grand luxe que nous avons connus depuis lors, ni les effusions mystiques auxquelles s'adonnaient quelques-uns tout au long des âges écoulés. Mais l'amour physique, la sexualité, la reproduction : tout ce mécanisme très simple, ou du moins à la portée du premier rustre venu, qui permettait à l'histoire de ne pas tomber en panne et de continuer. Inclination sentimentale, communauté de goûts ou de milieu, attirance sexuelle, volonté des parents, échanges rituels, dynastiques ou commerciaux, arbitraire de l'Église ou du seigneur féodal, erreur, ivresse, défi, force ou ruse, tout était bon pour alimenter avec constance et régularité la machine à faire l'histoire. On pouvait la voir sous tous les angles : en avant sous forme de projets, en arrière sous forme de souvenirs. L'essentiel était dans le plaisir ou dans le devoir de cet instant toujours présent, indéfiniment répété à des milliards d'exemplaires à travers l'espace et le temps, et où, en un cycle éternel ou apparemment éternel, se fabriquait cette suite des temps : les enfants.

Il y avait tout un système autour de ce premier moteur. Des instincts, des sentiments, des rêves, des institutions, des devoirs — et même, par un suprême paradoxe et par une ruse de la raison, des révoltes et des refus qui aboutissaient encore, par la force de la poésie, à faire tourner le moulin à moudre la marche du temps. Les amants poursuivis, les incestes, les poètes maudits et exilés, les fous et les folles, les libertins contribuaient, tout autant que les couples rangés et réputés honnêtes à l'infinie poursuite de l'entreprise. Abrités derrière une chasteté paradoxale et sacrée qui était le signe inversé de la vocation de l'univers, les prêtres et les vestales veillaient à sa bonne marche et à sa continuité. Méprisés et haïs parce qu'ils faisaient courir à l'histoire le risque de s'arrêter, les eunuques la servaient pourtant encore par leurs intrigues et par leur atroce exemple. Il n'y avait que les homosexuels pour rester vraiment à l'écart de tous les rouages et pour participer avec un peu de répugnance à l'œuvre de reproduction. Du coup, plusieurs livres sacrés détruisent des villes entières soupçonnées de pratiquer ou de favoriser le vice infâme qui gripperait le moteur. Il est d'ailleurs permis d'imaginer que le feu du ciel en train de descendre sur les cités maudites n'est qu'une image inutile : s'il n'y avait plus de justes à Sodome et à Gomorrhe, c'est-à-dire, pour parler clair, si l'histoire ou l'amour — les deux mots sont synonymes — avait cessé de s'y faire, la nuit, dans le secret lumineux des alcôves et des bouges, entre les hommes et les femmes, à quoi bon la foudre divine ? La mort, de toute façon, l'emportait sur la vie. Le seul impératif catégorique lancé par Dieu aux hommes était : « Reproduisez-vous, croissez et multipliez ! » « Tu ne tueras point » ne venait qu'après : il fallait d'abord qu'il y ait quelqu'un à tuer ou à épargner. Même chez les homosexuels, quelque chose d'obscur indiquait cet élan vers l'avenir auquel ils se refusaient en refusant l'autre sexe : a-t-on assez remarqué que les homosexuels aimaient d'abord et surtout les enfants ? Ceux des autres, c'est une affaire entendue. Mais enfin, des enfants. A leur façon, qui n'est pas physique, ou qui ne l'est peut-être un peu trop que pour faire oublier qu'elle ne l'est pas, les homosexuels, les invertis, les pédérastes sont des porteurs d'enfants. Le monde n'est fait que d'enfants parce qu'il ne serait fait que de morts s'il n'était pas fait d'enfants.

Dieu aime les enfants. Tous les dieux aiment les enfants. Ils les aiment jusqu'à exiger qu'on leur en sacrifie de temps en temps. De même que la continence des prêtres et des vierges est la traduction inversée de la volonté divine de voir le monde se poursuivre, de même l'appétit d'enfants manifesté par beaucoup de divinités féroces n'est que l'envers de l'amour si évident de Dieu pour les enfants. Les Aztèques procédaient à des sacrifices humains pour permettre au soleil de triompher des ténèbres et de se lever encore sur la terre. Ce soleil qui ne meurt que pour renaître n'est rien d'autre que l'image de la continuité de la vie. Souvent les victimes des Aztèques étaient des prisonniers de guerre. Parfois, surtout pour provoquer la pluie aussi nécessaire que le soleil, ils sacrifiaient des enfants. Ainsi, les hommes offraient des enfants aux dieux pour que les dieux ne cessent pas d'aider les enfants des hommes.

Tout au long de ces généalogies interminables et imaginaires qui remontent le temps jusqu'à ses origines, la mort ne compte pas. La mort ne compte que dans le présent, autour de chacun de nous. Elle ne compte ni dans l'avenir — qui donc vivrait encore s'il fallait penser à la mort qui tapisse tout l'avenir ? — ni surtout dans le passé — puisqu'il n'est fait que de morts. L'histoire n'est pas humaniste : elle se moque bien de la mort. Ce qui compte dans l'histoire, ce qui l'alimente, ce qui la constitue, ce sont les naissances. Par une espèce d'illusion où quelque chose de presque comique finit par se mêler au tragique, plus l'histoire recule dans le passé, plus les morts s'y font nombreuses. On dirait que, dans le passé, les morts n'arrêtent jamais de mourir et qu'ils s'y mettent très tôt. Au milieu du XIVe siècle, en France, en Allemagne, en Italie, dans toute l'Europe occidentale, la peste noire fait périr près d'un Européen sur deux. En Chine, en Inde, pendant des siècles et des siècles, les inondations et les famines tuent plus d'hommes et de femmes que les guerres les plus meurtrières. Les Indiens d'Amérique, les indigènes d'Océanie, sont exterminés par les Blancs. D'un bout de l'histoire à l'autre — jusqu'à ces toutes dernières années, gouttes d'eau dans l'immensité de l'océan des âges —, les enfants meurent en rangs serrés : ce qui est dur à dépasser, ce sont les premiers mois; après, tout va presque tout seul pour les organismes d'acier qui ont résisté à la formidable mortalité infantile, plus redoutable que les flèches, les poisons, le grand âge, la misère et le hasard réunis. Avant d'être le lot des plus vieux, la mort, longtemps, a été aussi, et peut-être surtout, le lot des plus jeunes. Il suffit de jeter un coup d'œil sur les généalogies — là au moins où elles existent, et la situation est sûrement plus cruelle encore là où elles sont inconnues — pour voir les ravages exercés dans les familles par la mort prématurée. N'importe! Oui, n'importe! L'essentiel est qu'en face de cette mort aux mille visages et présente partout à la fois et qui se pointe dès la naissance, les berceaux l'emportent sur les tombes et l'amour physique sur la faiblesse et la maladie.

La mort des enfants n'est pas seule à menacer la suite des temps et la continuation de l'histoire. La volonté de puissance, la vanité ou la cruauté, l'honneur des grands, la politique, la guerre creusent aussi beaucoup de tombes. Et la religion ajoute à la mort : dans les seules lignées européennes, entre les prêtres, les religieuses, les soldats tués au combat et les enfants mort-nés ou décédés dans leur première jeunesse, c'est tout un monde qui s'évanouit, toute une histoire qui s'efface. Ailleurs, c'est encore pis. Partout, pendant des siècles et des siècles, vivre est une victoire formidable. Alexandre,

César, Tamerlan, Vinci, Galilée, Mozart, tous les empereurs de la Chine sont d'abord des survivants.

Pendant des millénaires et des dizaines de millénaires — bien en deçà du peu que nous pouvons savoir des ancêtres de Gabrielle et d'Amédée-Stanislas —, le sort de cette humanité innombrable qui nous remplit de crainte et de fierté a reposé sur quelques milliers d'individus — et peut-être sur quelques centaines. Il y a un million d'années, on estime à un million le nombre des hommes sur la terre ; il y a deux ou trois millions d'années, à quelque deux cent mille : à peine une manifestation de masse entre Bastille et Nation, devant le tombeau de Lénine ou sur la Cinquième Avenue. Étranges et merveilleux paradoxes de l'histoire : aujourd'hui que les hommes sont enfin plusieurs milliards, le sort d'un seul d'entre eux a quelque chose de sacré et nous paraît relever d'une suprême exigence, d'une attention de tous les instants. Mais quand, dans un univers farouchement hostile, au milieu d'obstacles et de dangers qui se succédaient sans répit, en face de tous les hasards qui conspiraient peut-être en faveur de la vie mais qui auraient pu, tout aussi bien, se mettre à jouer contre elle, la mort d'une centaine, ou peut-être d'une dizaine d'entre eux aurait suffi à mettre en péril toute l'histoire universelle, il n'y avait rien ni personne pour protéger leur vie, leur existence fragile et si extraordinairement précieuse. Personne n'était en charge, personne n'était responsable de leur survie très rare et très invraisemblable. Personne — sinon Dieu. L'histoire, obscurément, ne cessait de veiller sur elle-même.

Les notaires, les laboureurs, les soldats, les maréchaux-ferrants, les marins, les harengères, les cantinières, les teinturiers, les barbiers, les bûcherons, les prostituées que nous trouvons successivement dans l'histoire et la préhistoire des Allart et des Vaudreuil constituent, à eux tous, le plus fantastique recueil d'aventures romanesques qu'il soit permis d'imaginer : puisque ce sont celles de toute l'humanité. Sous les couleurs les plus différentes, ce sont d'ailleurs, interminablement, les mêmes expériences remaniées par le temps, par les mœurs, par l'état de la religion et de la société, qui se répètent sans se lasser. L'amour, l'avarice, l'ambition, le courage ou la lâcheté, toutes les nuances de la passion, la rencontre aussi, et le hasard en fournissent la matière, les éléments, la trame

Aucune espèce d'importance. Babioles. Fariboles. Jeux de miroirs et d'enfants. Illuminations d'acteurs ou délices de voyeurs. Ce qui compte, c'est de naître, de poursuivre l'aventure, de contribuer à son déroulement, et d'exister.

L'action — et sa forme la plus haute : la création — n'est qu'un vertige dans ce théâtre collectif et puissant qui ne ferme jamais ses portes. Elle meuble. Elle ajoute à la splendeur, au charme, à l'agrément. Elle peint le monde à ses couleurs. Elle le transforme. Elle fait l'histoire. Mais elle fait l'histoire comme le tisserand sa toile, comme le potier son vase : à partir de quelque chose qui est déjà présent, qui est la matière de l'histoire — et qui est la vie. Au sens le plus strict du mot, à l'origine de tous les livres, de toutes les œuvres d'art, de toutes les découvertes et de toutes les inventions, de toutes les batailles victorieuses ou perdues, de tous les traités de paix, de toutes les révolutions et de tous les progrès, il y a un acte d'amour. Puisque l'histoire est faite par les hommes et que les hommes naissent de l'amour. Amédée-Stanislas, et la belle Gabrielle, et Omar, et le nègre de Pontarlier, et Delphine et le comte d'Antraigues et Maria sur son pont étaient tous nés de l'amour, un amour plus ou moins pur, ou hasardeux, ou souillé, ou peut-être atroce, mais enfin un amour. Et, passion, caprice, routine, sentiment, instinct bestial, tropisme aveugle ou devoir, c'était l'amour qui menait jusqu'à eux depuis le début des temps.

CHAPITRE XXII

où un représentant en mission
de la Convention nationale
écrit une lettre au Comité de Salut public

Envoyé en mission dans les départements du Loiret et du Cher pour organiser la levée en masse destinée à lutter contre les ennemis de l'extérieur alliés aux ennemis de l'intérieur, le citoyen Laplanche, ancien vicaire épiscopal, membre de la Convention nationale et du Comité de Salut public, s'assied, le 26 juillet 1794, à sa table de travail. C'est une table de bois que, négligeant quelques meubles précieux en velours, ou en marqueterie, vestiges des ci-devant et de leurs turpitudes, il a fait installer dans la maison qu'il a réquisitionnée et qui appartenait naguère à la citoyenne Gabrielle Allart, femme de mauvaise vie et agent de l'étranger. Le conventionnel Laplanche est un de ces hommes obscurs dont l'activité inlassable et le dévouement à la Révolution sont en train de sauver la République assiégée. Il commence sa lettre du décadi au Comité de Salut public, à Paris :

« J'ai tenu une séance publique, qui a duré cinq heures, en présence de quatre à cinq mille âmes, j'ai fait au peuple une harangue révolutionnaire et républicaine, je lui ai parlé le langage d'un Montagnard, celui de la justice et de la vérité. Un profond silence s'est fait, et j'ai opéré.

« J'ai cassé l'adjudication des forges de Vierzon faite à Brière. J'ai confié les forges à d'autres mains ; elles sont sûres, c'est l'opinion générale.

« J'ai tonné contre les mauvais prêtres, j'ai écrasé le fanatisme et la superstition, et, à ma voix, toutes les chapelles, toutes les croix, tous les saints de bois et de pierre qui étaient aux coins des rues sont tombés : tout est démoli.

« J'ai supprimé une paroisse, interdit l'église, replacé le curé dans son ancienne cure vacante. Les cloches sont descendues, il n'en restera qu'une qui ne sonnera que pour annoncer les incendies et les alarmes.

« J'ai supprimé tous les certificats de civisme donnés jusqu'à présent.

« J'ai renouvelé l'administration du district : elle était mauvaise.

« J'ai renouvelé le tribunal : il était composé de vieilles têtes à perruques qui regrettaient trop Barthole et Cujas. J'ai remplacé ce vieux régime par des hommes éclairés et des sans-culottes : un vigneron, un cordonnier, un menuisier ont été nommés aux cris mille fois répétés de : *Vive la Montagne !*

« J'ai taxé révolutionnairement les riches ; le montant de cette taxe est de 240 000 livres.

« J'ai fait attribuer du blé à des malheureux qui en manquaient.

« J'ai donné des ordres pour avoir le nom de tous les malheureux qui ont droit à des secours : je distinguerai les parents, femmes et enfants des défenseurs de la patrie. »

Le représentant en mission s'interrompt un instant, pour réfléchir. Son regard se pose sur un pastel qui représente une jeune femme. Le conventionnel la reconnaît : c'est Gabrielle Allart. Il l'a rencontrée jadis, avant la Révolution, quand il était jeune vicaire épiscopal, déjà de passage dans le Loiret. Mon Dieu ! Comme elle était belle ! Il se souvient... il se souvient... d'une coquetterie, d'une légèreté insensées et bien caractéristiques des mœurs dépravées de l'aristocratie. Il rêve un instant, il sourit. Il se demande ce qu'elle est devenue. Il faudra qu'il se renseigne quand il sera rentré à Paris. Il reprend sa plume d'oie qui court sur le papier.

« Je n'ai pas fini, citoyens collègues : je parcourrai le district, j'extirperai le fanatisme, j'écraserai l'aristocratie, je ferai triompher les Montagnards. Je taxerai le riche, et enfin je permettrai au peuple, que je ferai boire à la santé de la République et de la Montagne, de jouir des avantages de la liberté et de l'égalité. »

Il faudra tâcher de savoir ce qu'est devenue Gabrielle.

CHAPITRE XXIII
où défilent les chœurs des anges

Lucifer aimait Dieu. Et il pensait. Il était obsédé par la gloire et la puissance de Dieu. Inlassablement, il revenait à la charge, il faisait son siège, il le harcelait. Il se prosternait devant lui et il lui disait : « Que craignez-vous, Seigneur ? Laissez agir votre puissance ! » Et Dieu lui répondait : « Ce n'est pas pour moi que j'hésite, ce n'est pas pour moi que je crains. Car il n'est pas permis de rien craindre pour ton Seigneur et Dieu. C'est pour toi que je crains, Lucifer, et pour toutes les créatures qui pourraient naître de moi. » Alors Lucifer laissait parler son amour.

Il voyait quelque chose — et il ne savait pas quoi — surgir de la parole de Dieu. Il rêvait. Il inventait des forces, des éléments, des trônes et des hiérarchies, des puissances et des gloires en train d'animer le vide et le néant autour de Dieu. Il suscitait des esprits, des allégresses, des torrents de passion qui luttaient entre eux d'ivresse, de plénitude heureuse et de bénédictions. Il dépeignait à Dieu tout un monde fou d'amour, titubant du bonheur d'être et de chanter le Seigneur. Il peuplait le rien, et des flammes inconnues s'échappaient de ses paroles. Cet univers encore absent jeté aux pieds de Dieu, c'est la première tentation du Seigneur par Lucifer. La tentation de Jésus par Satan dans le désert, telle que la rapportent les évangiles de Matthieu et de Luc, n'est que l'écho lointain, et le reflet inversé du premier rêve de Lucifer, tout de pureté et de dévotion. Entre-temps, le monde s'est fait et Satan est devenu celui que Dostoïevski appelle l'Esprit terrible et profond, l'Esprit de destruction et de néant. Avant que le monde fût monde, avant que le temps fût temps, Lucifer, aimé de Dieu, brûlé lui-même de l'amour de Dieu, était du côté de l'être et, dans l'ardente ignorance d'un cœur encore innocent, il suppliait son créateur de créer toujours davantage pour que la gloire de Dieu résonne avec plus d'éclat et soit chantée avec plus de force.

Un jour, un matin — car c'était vraiment un matin, ce n'était pas un jour, mais c'était un matin —, Dieu céda. Ah ! vous m'entendez : un jour — et ce n'était pas un jour ; Dieu céda — et il ne cède jamais. L'acceptation par Dieu des rêves de Lucifer n'est qu'une première image, une ébauche encore tremblante, mais déjà redoutable, de cette force formidable que le créateur suscitait volontairement — et peut-être contre lui-même : la liberté de la créature. Dieu avait mis Lucifer en garde contre les splendeurs de la pensée et même contre l'amour — et tout ce qui en résulterait. Il avait freiné l'élan de la créature vers toujours plus de création. Il savait naturellement sa décision finale et tout ce qu'il en adviendrait. Au moins n'avait-il rien caché de ses craintes devant les fruits de la création, devant la marche des choses et du temps, devant le mal et la souffrance encore tapis dans le futur. C'est Dieu qui crée l'univers, voilà une affaire entendue, le temps, l'espace, les cieux, les galaxies. Mais il est, cet univers, mais ils sont, cet espace et ce temps, le fruit d'une collaboration entre Dieu et Lucifer. Ils portent à jamais en eux la marque des pouvoirs librement reconnus à sa misérable créature par le tout-puissant créateur. Comment s'en étonner ? Il y a du mal dans le monde parce que Lucifer a pris sa part à la naissance de toutes choses. Il y a de la liberté au sein de la nécessité parce que Dieu a fait glisser un peu de sa toute-puissance et de sa liberté qui ne connaît pas de bornes vers ses frêles créatures.

Dieu regarda Lucifer avec une immense pitié. Et il dit :

« Que la lumière soit. »

Et la lumière fut.

Ce n'était pas la lumière dont parlent les livres saints de toutes les religions, celle qui baigne chacun des jours de notre vie d'ici-bas. Ce n'était pas le soleil, ce n'étaient pas les étoiles : c'était une lumière de l'âme. C'était, en vérité, une forme d'énergie échappée des mains de Dieu et proprement spirituelle. Dieu était tout rayonnement, et il avait fait de Lucifer une créature de feu et de flammes. Voici que l'énergie divine se répandait hors de lui-même et de l'ange des lumières. Elle se distribuait en substances incorporelles, intelligentes et sublimes qui étaient autant de répliques et d'échos de Lucifer. Le lecteur aura déjà reconnu les logoï des Grecs ; les maamaroth des targoums araméens ; les devas, les adityas, les maruts des Indiens ; les sephiroth ou émanations de la tradition juive, de la Kabbale, du célèbre Zohar de Siméon bar-Yohhai, le docteur tannaïte, de Solomon bar-Isaac — le fameux Rabbi Rashi — et de Moïse de Léon, les dix perfections de la nature divine conçue par les Hébreux : Kether ou la couronne, Hokhma ou la sagesse, Binah ou l'intelligence créatrice, Hesed ou la grâce, Geburah ou la puissance, Tipheret ou la beauté, Netzah ou le triomphe, Hod ou la splendeur, Iesod ou le fondement et Malkouth ou le royaume : les amshaspends de la religion iranienne de Zoroastre, les six esprits abstraits sur lesquels Ahura-Mazdâ exerce sa suprême domination : Murdâd, Khordâdh, Sipendâr-midh, Shahriver, Bahman, liés respectivement à l'immortalité, à la santé, à l'abandon généreux, à l'empire désiré et à la bonne pensée, et surtout Ardibihisht ou la meilleure vertu, personnification de la sainteté parfaite, le plus puissant des amshaspends, celui qui règne sur le feu et qui peut interdire l'accès du paradis à toute âme mazdéenne, fût-elle même innocente ; enfin, dans la religion chrétienne, Michel, Gabriel, Raphaël, Uriel, Jérémiel, Asmodée, Belzébuth et toute la cohorte sacrée des êtres immatériels telle que l'établissent le Pseudo-Aréopagite et l'interminable tradition de l'angélologie qui en découle :

	Chœur des Séraphins
Première hiérarchie	Chœur des Chérubins
	Chœur des Trônes

Deuxième hiérarchie	Chœur des Dominations Chœur des Vertus Chœur des Puissances
Troisième hiérarchie	Chœur des Principautés Chœur des Archanges Chœur des Anges

Tous ces êtres de lumière et de feu, Dieu les créa dans un état de bonheur et de grâce qui n'était que le reflet de l'amour divin entre le Seigneur et Lucifer. Mais, parce que Dieu cédait à son amour pour la création et parce que Lucifer n'avait cessé de réclamer un théâtre infini pour chanter à jamais la gloire du Tout-Puissant, Dieu les créa aussi avec la liberté de le servir ou de le trahir, de chanter ses louanges ou de ne rien faire et de se taire — chacun connaît le thème, popularisé par la peinture et la sculpture, de l'ange boudeur dans son coin —, avec la liberté de choisir entre le bien et le mal.

Mais le mal ne s'était pas encore insinué dans les failles de la création. L'amour y régnait, et la paix, et la lumière. Les amshaspends, les maamaroth, les sephiroth, les logoï et tous les chœurs des anges — terme générique qui recouvre, dans le langage courant, l'ensemble des trois hiérarchies — célébraient le Seigneur qui les avait tirés du néant.

Tous les livres sacrés, toutes les œuvres philosophiques, tous les mythes d'origine et toutes les légendes nationales, la mémoire collective de tous les peuples sans exception évoquent le souvenir d'un âge d'or. Cette époque bénie, cette vie d'innocence, de bonheur, d'abondance sans travail, a plusieurs propriétés. D'abord, en un mouvement de récurrence indéfinie, elle précède immanquablement le siècle où vivent ceux qui en parlent : c'est l'avant-guerre pour l'après-guerre, c'est 1925 aux yeux de 1950. Mais c'était 1900 aux yeux de 1925. Aux yeux de 1900, c'était 1830. Aux yeux de 1830, c'était, selon les opinions, 1820 ou 1805. C'était 1788 — ou peut-être 1792 — aux yeux de 1820 : ah ! que le monde est beau, ah ! que le monde est grand aux yeux du souvenir ! Une autre caractéristique de ces âges du bonheur — et elle découle de la première —, c'est de finir par être repoussés, au terme de l'opération de renvoi et de recul, dans des passés de plus en plus éloignés et, en fin de compte, mythiques. Les Grecs, prudemment, les situaient sous Kronos, et les Romains, sous Saturne. Les juifs et les chrétiens les confondent avec le paradis terrestre où ils logent Adam et Ève. Mais l'âge d'or authentique et le vrai paradis ne sont certes pas terrestres. Il ne suffit pas d'être libéré de la souffrance, de l'humiliation, du mal de dents, de la colique, de la haine et de la mort. Il s'agit d'échapper à bien d'autres limitations : celles qui naissent du corps, de la matière, de la vie elle-même, de l'espace et du temps. Les anges, les sephiroth, les maamaroth, les amshaspends avaient peut-être les ailes de l'imagination populaire, mais ils n'avaient pas de corps. A l'origine au moins, ils ignoraient le mal et la haine. Ils n'étaient soumis ni à l'espace ni au temps. Ils étaient des esprits purs. Ils étaient libérés de toute matière, de toute contrainte, de toute sujétion. Et parce qu'ils en étaient libérés, ils étaient aussi libres. C'est la pureté des anges et c'est leur liberté qui font le premier âge d'or — et aussi le dernier.

Cette pure liberté, ces êtres spirituels, ces logoï des Grecs subtils, comment ne pas voir en eux ce qu'ils sont avec évidence ? Une réalité transcendante, des phénomènes intellectuels et sentimentaux, des passions, des notions, des idées, Gloire du long désir, idées ! Les idées de Platon et toute leur descendance jusqu'à la chose en soi, jusqu'au noumène de Kant, en deçà, ou peut-être au-delà, en dehors, en tout cas, de l'espace et du temps, hors de portée de la misérable raison humaine, jusqu'à l'esprit hégélien, sont une lointaine approche, un vague souvenir, une nostalgie, une intuition géniale des chœurs des puissances et des principautés, des sephiroth, des amshaspends.

Alors, de ce monde intellectuel de lumière et de paix que ne souillait aucun corps, ni humain ni même céleste, s'élevaient, dans l'infini et dans l'éternité, d'ineffables harmonies. C'était le concert de la sphère divine dont le centre est partout et la circonférence nulle part. Sur toute la surface de cette sphère, sur tous les points de ses rayons infinis, des séraphins rêveurs, des chérubins immaté-

CHAPITRE XXIV

où Lucifer s'agite et réclame à cor et à cri un concert spirituel

Le paradis céleste connaissait son âge d'or. Hors de l'espace et du temps, Dieu le soutenait de sa toute-puissance. Il ignorait le mal, le péché, la souffrance. Lucifer, l'ange de Dieu, l'animait de son amour.

Lucifer était partout à la fois. Sous le regard de Dieu, il était le chef innombrable de la milice céleste. A la vue de l'œuvre parfaite qu'il avait arrachée au Seigneur à force de prières et de supplications, un sentiment nouveau l'envahissait tout entier : c'était l'orgueil. Tout était bien, tout était lumière et paix. Et il se disait que tout était son ouvrage autant que celui de Dieu.

Dieu savait tout cela. Il savait l'orgueil de Lucifer. Il savait aussi que tout ne reposait que sur sa seule volonté, sur sa sainte volonté. L'idée faisait son chemin, dans l'orgueil de Lucifer et dans son âme encore lumineuse, que l'amour sans bornes de Dieu pour sa sublime création risquait de constituer une limite à la puissance du Seigneur. L'ange de Dieu s'en désolait — et, obscurément, s'en réjouissait : ah ! c'était à lui, le messager, l'intendant, le fidèle serviteur, que reviendrait la tâche de gouverner le royaume, et la grandeur de son Dieu reposerait entre ses mains. Ce que pensait Lucifer, et même ce qu'il ne pensait pas mais qui était tapi en lui, Dieu le savait. Dieu était tout amour, mais il était aussi toute connaissance. Il n'y avait pas l'ombre de faiblesse dans les actes de Dieu ni dans ses décisions. Il y avait le plan de Dieu. Et Lucifer y figurait. Mais lui, naturellement, la créature parfaite, et pourtant imparfaite puisqu'elle n'était pas Dieu, ne pouvait rien en savoir.

L'orgueil de Lucifer était tout plein de Dieu. Il se voulait l'instrument de la splendeur divine. Et il se dépensait sans compter entre les trônes et les dominations, entre le royaume et la sagesse, entre la bonne pensée et la meilleure vertu. L'amour et le service de Dieu le dévoraient tout entier.

Dans l'absence d'histoire de la divinité et de son éternité, nous n'avons feuilleté jusqu'ici que des pages de bonheur. Dieu était un bonheur. La naissance de l'autre était un bonheur. Lucifer était un bonheur. Et la lumière céleste et ses émanations étaient encore un bonheur. Ce sont les chapitres les plus tristes de la préhistoire de l'univers que nous avons maintenant à tracer. Et la plume nous en tremble de chagrin, de pitié, presque de désespoir.

Il y avait quelque chose d'insatiable dans l'amour de Lucifer. Nous l'avons déjà dépeint, en termes un peu modernes, comme un militant et comme un activiste. Il en voulait toujours plus. Il faudrait se pencher longuement sur cette ardeur luciférienne. Personne ne peut soutenir sérieusement que la perfection infinie soit à l'origine de la souffrance et du mal. Mais beaucoup se sont imaginé que sa création échappait aux mains de Dieu. Rien de plus abominable que cette opinion évidemment erronée. Dieu maîtrise et maîtrisait l'ensemble de sa création. Mais, par amour pour elle, il l'avait dotée d'une infime fraction de sa puissance infinie et il lui avait donné la liberté. Comment ne pas voir que sans la liberté toute création serait restée confondue avec Dieu ? Parce que sa sagesse infinie avait décidé qu'un autre surgirait en lui-même sans se confondre avec lui-même, Dieu l'avait créé libre. Lucifer était libre. Et les trois hiérarchies des neuf chœurs angéliques, les sephiroth, les amshaspends, tous étaient libres aussi.

La liberté de Lucifer n'aspirait qu'à la gloire de Dieu. Mais elle s'enivrait d'elle-même. Lucifer était le bourdon de Dieu, volant de Michel à Shariver et de Gabriel à Belzébuth. Il allait en devenir le frelon et frapper de malédiction l'agitation insane et les activités misérables de toutes les créatures.

Il voulait des fêtes de l'âme, des concerts spirituels, des délires d'harmonie, toujours plus et toujours mieux. Le mieux est l'ennemi du bien : cette formule un peu louche, alibi de la paresse et de l'immobilité, trouve son origine et son sens dans les grandes manœuvres de Lucifer en l'honneur de son Dieu.

Il courait de l'un à l'autre, rameutant, gourmandant, excitant, exaltant les esprits et les volontés. Il voulait deux choses divines, mais que son orgueil et son zèle sans mesure allaient réussir à détourner de leur céleste bonté : l'ordre et le progrès. Il voulait l'ordre, une architecture rigoureuse, une discipline, une hiérarchie — exagérons un peu : presque une bureaucratie dont il prendrait la tête pour mieux servir le Seigneur et pour être plus proche de lui. Il voulait le progrès : que l'harmonie divine s'améliore grâce à lui — et bientôt grâce à lui seul — pour la plus grande gloire de Dieu.

Dans cette éternité épargnée par un temps qui ne s'était pas encore mis à couler, Dieu regardait Lucifer. Il le regardait, il le voyait, il le suivait à travers l'histoire de la création et des hommes. Et il le laissait agir.

CHAPITRE XXV

où les hommes sont le rêve de Dieu et où Dieu est le rêve des hommes

Me voilà assis à ma table de travail sous le regard de Dieu. Sous le regard de Dieu... Est-ce qu'il existe seulement, ce Dieu dont je retrace ici les merveilleuses aventures ? Je ne sais pas. Beaucoup, autour de moi, et beaucoup dans l'histoire, me soufflent qu'il n'existe pas. Plusieurs, qui croient qu'il existe, me reprocheront au contraire de ne vouloir en faire rien d'autre qu'un héros de roman, de le faire vivre, dans ces pages, à la façon d'un Zeus, d'un Jupiter, d'un Wotan, d'un archange lumineux et imaginaire, d'un Don Quichotte ou d'un Prospero, d'un Burgrave de Hugo, d'un mélange de comte Mosca et de Fabrice del Dongo, d'un empereur Alexis. Mais non. Qu'il soit ou qu'il ne soit pas, que l'homme et son histoire et le monde et la voûte des cieux aient été créés par lui ou par une combinaison prodigieuse de hasard et de nécessité, je sais qu'on ne parle pas de Dieu : on parle seulement à Dieu. Ce n'est pas de lui que je parle. Je ne parle que de mes rêves, qui sont les rêves d'un homme.

Mais, qu'on le veuille ou non, Dieu fait partie de ces rêves. Tout homme, un jour ou l'autre, s'est interrogé sur Dieu. Tout homme s'est demandé comment les choses fonctionnent et comment elles ont commencé, comment l'histoire se déroule, comment les générations se succèdent, comment marche cette machine énorme, impensable et présente, qu'est l'ensemble de tout.

Il y a une histoire. Et peut-être, elle aussi, ne faisons-nous que la rêver ? Peut-être n'existe-t-elle, séparée et différente, avec de mystérieuses correspondances, que dans notre conscience à chacun ? Peut-être rêvons-nous le monde, son avenir, son passé, les autres, et encore nous-mêmes ? Mais, au moins, nous les rêvons. Pour nous, en tout cas, ce que nous rêvons existe. L'imaginaire est aussi réel. Je n'ai pas connu le père de mon père, ni le père de son père. Mais ils existent, je n'en doute pas. Je n'ai pas connu Charles Swann, ni Lucien de Rubempré, ni Emma Bovary, ni Fantasio, ni Phèdre. Mais ils existent pour moi puisque je peux en parler et qu'ils sont plus réels, dans mon souvenir et dans ma gratitude, que la foule que je côtoie et dont je ne sais presque rien.

Je suis une partie de quelque chose qui n'est peut-être qu'un rêve, mais qui me dépasse et me comprend. C'est cet ensemble que j'appelle Dieu. Je ne me suis pas créé moi-même. C'est lui qui m'a créé. Je le remercie. Et je l'adore. Il m'est beaucoup plus proche que la bataille de Marignan, que les querelles de l'arianisme, que le Popocatepetl, que la cantilène de sainte Eulalie, que le traité de Verdun. Il est le tout. Je lui appartiens. Il me laisse libre. Je lui rends grâce. Il m'a tiré d'un néant dont je n'ai aucune idée. Je le bénis. Un soir ou un matin, je m'endormirai dans son sein. Seigneur ! ayez pitié de moi.

Souvent, j'ai pu penser, comme chacun peut le penser, que j'étais seul au monde. Et le monde, en un sens, n'est rien d'autre que mon rêve. Mais il est aussi le rêve de beaucoup, votre rêve, le rêve des autres, le rêve de tous les autres. Le monde et l'histoire sont d'abord l'ensemble des rêves de tous ceux qui les font. Je soupçonne un peu qu'ils sont encore autre chose et qu'ils comportent des temps, des lieux, des secrets, des mystères, des êtres peut-être, qui restent encore à découvrir ou qu'on ne découvrira jamais, et qui sont bien au-delà de tous les rêves des hommes. C'est ce que j'appelle le rêve de Dieu. Comme les pierres et les arbres et l'eau des océans et les lointaines galaxies et toutes les infinités de l'espace et du temps, les hommes sont le rêve de Dieu. Mais, par un paradoxal et stupéfiant renversement, Dieu est le rêve des hommes.

Dieu ne règne pas sur l'esprit de tous les hommes. Beaucoup, et des plus savants, des meilleurs, des plus sages, le rejettent et le nient, comme une hypothèse inutile, comme une espèce de béquille dont l'humanité, enfin guérie, n'aurait plus guère besoin. Je doute pourtant un peu que cette idée de Dieu puisse jamais être arrachée, jusqu'à la racine, jusqu'au cœur, de l'inquiétude des hommes. La science, la morale, l'histoire se passent très bien de Dieu. Ce sont les hommes qui ne s'en passent pas. Moins pour comprendre que pour rêver. Pour souffrir et pour se réjouir. Pour se souvenir et pour espérer.

C'est sous le regard d'un rêve que j'écris donc ces pages. Et quand elles seront achevées, ce rêve aura pris une forme. Au début était Dieu. Et puis, peu à peu, sa propre création aura refoulé Dieu. Elle l'aura trouvé pesant, ridicule, absurde, totalement inutile et superfétatoire, en vérité néfaste. Elle l'aura réduit à l'état humiliant d'un de ces rêves d'enfant dont on se secoue au réveil, dont on se débarrasse, le matin, à la clarté du soleil, pour passer aux choses sérieuses : l'argent, le pouvoir, la révolution, le savoir. J'ai repris à mon compte ce rêve débile d'enfant. Je n'ai pas dit : « Voici Dieu. Il a telle taille, et de la barbe. C'est lui. Écoutez-le. Tremblez. Obéissez. » Je dis : « Les rêves sont des idées. Et les idées sont réelles. » A la fin de ce livre, Dieu sera une idée, un souvenir, une espérance. A ma modeste façon, j'aurai recréé Dieu. Ce n'est qu'un rendu pour un prêté. Puisque Dieu m'a créé.

Puisque Dieu m'a créé... Qu'est-ce que ça veut dire ? Est-ce qu'il a décrété que je naîtrais un jour, entre la fin de la Grande Guerre et le début de la grande crise, et qu'après quelques drôleries j'écrirais encore ce livre à la gloire de son saint nom ? Je ne sais pas. Mais je sais que, plus tard, bien plus tard, quand des jeunes gens rêveurs se pencheront sur l'histoire et les livres de ce temps — le feront-ils encore ? Mais oui, ils le feront ! — tout se passera comme si, de toute éternité, j'avais été fait pour ma vie et pour écrire ce livre. Je me confondrai avec ma vie. Je me confondrai avec ce livre. J'aurai une place dans l'histoire des hommes comme chaque homme y aura sa place. J'aurai surgi de quelque chose qui n'est pas tout à fait le néant puisqu'il y a un passé en deçà de moi-même pour retourner à quelque chose qui n'est pas tout à fait le néant puisqu'il y aura un souvenir au-delà de moi-même. Et qu'importe si on m'oublie, si le monde entier m'oublie ! J'y serai tout de même passé, j'y aurai eu ma place, j'y aurai participé. Et si le monde est mon rêve, il y aura eu mon rêve. Et si tout le monde m'oublie, n'empêche, j'aurai connu ce monde. Et je vivrai quelque part, puisque j'aurai vécu : dans le souvenir de Dieu.

Je trouve que le néant est bien peuplé pour un néant. D'espérances et de souvenirs, d'annonces et de projets, d'attentes et de promesses, de passé et d'avenir, de possible et d'évanoui. Puisque j'ai dû venir, puisque je serai venu — et peut-être par hasard, ou peut-être par nécessité —, je n'oserai pas soutenir que je suis venu tout seul et par mes propres forces. Je le crois, je le sens, je le sais, j'en suis sûr : j'ai été porté par quelque chose. Par quoi ? Qui me le dira ? Par le temps, par l'histoire, par l'ensemble des hommes, par les lois de la nature. C'est tout cela que j'appelle Dieu. Le vocabulaire est libre et j'ai l'âme généreuse : j'ai été créé par Dieu.

Et je le bénis de m'avoir créé. De m'avoir laissé être. De m'avoir permis de le nier. De me permettre de le chanter et d'être, après tant d'autres, et plus illustres que moi, de Socrate à Spinoza, d'Abraham et de Moïse à Hugo et à Claudel, du Bouddha à Hegel, à Nietzsche, à André Gide, de saint Paul, de saint Augustin, de saint Thomas, de tous les pères de l'Église à Melville, à Kafka, à Einstein, à Giono, aux mystiques et aux anticléricaux, à tous les cinglés de la foi et de l'athéisme militant, le héraut de sa gloire et de sa toute-puissance. Une gloire, une toute-puissance en nue-propriété, puisqu'il en a refilé aux hommes, avec pas mal d'illusions, de misères et d'orgueil par-dessus le marché, l'usufruit très passager. Les hommes et leur histoire ne sont peut-être rien d'autre que les viagers du Seigneur.

Je le bénis de me bénir. Et de m'inspirer. Dans cet âge où beaucoup se débarrassent de Dieu et s'appauvrissent de Dieu, je m'enrichis de lui. Je n'oserais peut-être pas dire que c'est lui qui tient la plume qui trace ces quelques mots. Mais, contre vents et marée, je maintiens dur comme fer que c'est lui qui m'inspire. J'ai écrit quelque part que j'étais un sceptique. C'est vrai : je crois à peu de chose, en fait à presque rien. Ou peut-être à rien du tout. Ni à moi, ni aux autres. Je crois que les valeurs morales, les sociétés, les formes de l'art, les systèmes politiques et intellectuels, toutes les constructions humaines ne font rien que passer et ne valent pas tripette. Je ne crois qu'au temps, à l'histoire et à Dieu. Parce que

Dieu est le temps. Le reste aussi, d'ailleurs, puisqu'il est tout à la fois. Mais, en tout cas, le temps. Il est l'absence de temps et, en même temps, le temps.

Nous autres — je veux dire les hommes —, nous manquons de sérieux à un point stupéfiant. Nous nous occupons de tout, sauf du tout — je veux dire de Dieu. Je ne crois à rien. Otez tout : je crois à ce qui demeure. Par un prodigieux paradoxe, qui est la clé de ce livre, lorsque vous ôtez tout, ce qui reste, c'est tout. Le premier tout, c'est des détails, des anecdotes, la futilité du savoir, la frivolité du pouvoir. Le second tout, c'est tout. C'est Dieu. Et c'est ce livre, dont je dirai n'importe quoi, sauf qu'il puisse être modeste. Seigneur ! Bénissez-le ! Et que votre saint nom soit béni.

Voilà donc que je l'écris, ce livre, sous le regard de Dieu, qui n'est rien d'autre que mes rêves. Et mes rêves sont de Dieu. Et tout ce que je suis est de Dieu. Et tout ce que vous êtes est de Dieu. Et lorsque vous lirez ces lignes et que je serai déjà ailleurs, vous vous demanderez peut-être où pouvait bien être ce livre avant que d'être écrit. Eh bien, il était en Dieu, puisqu'il sera dans l'histoire. Où était l'histoire du monde avant de s'être déroulée ? Nulle part, me direz-vous. Ah ! ah ! je croyais que la loi de la science était : « Rien ne se perd, rien ne se crée » ? Et j'ai beau ne croire en rien, il me semble pourtant que la science, au moins par distraction, dit parfois de bonnes choses. Rien ne se crée, rien ne se perd. Lorsque les hommes seront passés — et je vous le dis : ils passeront ; ils y mettront le temps, mais enfin, ils passeront —, lorsque l'histoire sera passée, lorsque le monde sera passé, le monde, l'histoire, les hommes seront encore quelque part : ils seront dans le sein de Dieu. Et avant que le monde, l'histoire, les hommes aient commencé à être, ils étaient déjà quelque part : ils étaient dans le sein de Dieu. Et ce livre, lui aussi, lorsqu'il n'y aura plus personne pour le lire, sera dans le sein de Dieu. Et puisqu'il n'est pas achevé, il est encore dans le sein de Dieu.

Il y a, je l'avoue, quelque chose d'assez comique à voir Dieu passer par moi pour chanter son saint nom. Que voulez-vous ? C'est comme ça. Et je n'y peux vraiment rien. Je ne parlerai pas de moi. Je dirai seulement que Dieu souffle où il veut. Il souffle sur Karl Marx, sur le clochard du coin, sur César, sur Galilée. Sur Amédée-Stanislas, sur Delphine, sur Maria. Il soufflait sur Lucifer. Il soufflait sur Judas. Il peut bien souffler sur moi.

LA RÉVOLTE DES ANGES

CHAPITRE PREMIER

où Dieu existe sans exister

Eh bien ! voilà déjà un monde qui s'organise assez bien, dans cette mémoire de l'avenir qu'est la sagesse de Dieu. Au cœur de sa pensée infinie, avant même que rien ne fût, tout ce qui sera était. Et dans cet éternel présent, ce n'est pas seulement notre passé qui figure et se déroule avec tous ses détails sans fin et pourtant limités par l'espace et le temps — mais aussi notre futur. L'avenir hante ces pages tout autant, et bien plus, que le passé et le présent. On me dira, naturellement, que, de Karl Marx à la science-fiction, de l'Apocalypse de saint Jean à Aldous Huxley et à George Orwell, en passant par tous les prophètes et tous les illuminés, des milliers d'ouvrages ont parlé de l'avenir. Mais cet avenir n'était jamais rien d'autre que du passé prolongé. Car on n'invente qu'avec des souvenirs. Les souvenirs de Dieu vont tout de même autrement loin que les souvenirs des hommes. Ils se confondent avec ses projets. Ils embrassent et constituent et ma mort et la vôtre, et la mort de tous les êtres, et toutes les guerres à venir, la prochaine et les autres, et toutes ces fabuleuses aventures dont nous n'avons pas la moindre idée et qui reposent encore dans le sein du Seigneur. Que je ne puisse rien en dire et que je ne veuille rien en dire, quoi de plus évident ? Mais je sais que ce qui sera n'est pas imaginable et que Dieu seul peut le penser. Il le pense, n'en doutez pas.

Il ne le pense pas comme du futur. Ni d'ailleurs comme du passé. Il le pense comme du présent. Dieu ou l'éternel présent : dans sa sagesse infinie où le temps ne coule pas, tout est là en même temps.

C'est ici qu'il me faut demander, à mes lecteurs comme à moi-même, un prodigieux effort. Tout au long de ces pages qui s'accumulent peu à peu, au travers de ces mots qui se succèdent les uns aux autres, que suis-je donc, sinon un homme ? Un homme qui ne compte guère et qui ne parle pas de lui-même, puisqu'il ne parle que de Dieu. Un homme très simple, pourtant, très fragile, très impuissant, puisqu'il n'est rien qu'un homme. Il lui faut passer par l'espace, il lui faut passer par le temps pour tenter, tâche impossible, de suggérer, malgré tout, l'absence d'espace et l'absence de temps. Dans cette absence d'espace, dans cette absence de temps, Dieu ne regarde pas Lucifer et il ne lui parle pas. Il ne dit pas : « Que la lumière soit ! » Il ne s'interroge pas sur la chiquenaude qui déclenchera l'univers. Il n'hésite ni ne juge. Il n'intervient jamais. Il est la cause de tout et nous ne vivons que dans les effets.

Tout se passe, partout et toujours, comme si Dieu n'existait pas. Je ne connais pas de croyant qui ne se confie qu'à Dieu. Je ne connais pas de croyant pour se coucher et le laisser faire. Je ne connais pas de croyant qui ne se dise en lui-même que Dieu a besoin de lui. Plus on croit, au contraire, plus on est persuadé que le devoir consiste d'abord à agir au nom de Dieu et pour sa plus grande gloire. Et quand on dit : au nom de Dieu, on entend : à sa place. Plus vous croyez, plus vous vous mettez vous-même à la place de votre Dieu. Croire est une adhésion, et toute adhésion est action. Les guerres saintes, les grands empires, le fanatisme des prosélytes, les révolutions de la foi, les institutions, les cathédrales, les temples, les sacrifices sanglants, l'Inquisition, les macérations et les jeûnes, et jusqu'à l'acceptation héroïque de la volonté divine, sont le fait de croyants qui comptent d'abord sur eux-mêmes, sur leur seule force d'âme, et sur leurs propres ressources. Premier servi, moteur de tout, origine de l'univers et seule fin de l'histoire, Dieu n'est jamais donné que par-dessus le marché.

Je ne connais pas d'incroyant, en revanche, qui ne cherche, un jour ou l'autre, à penser l'univers comme une totalité et à lui donner un sens. Et ce sens peut bien être le mal, ou le hasard, ou l'histoire, ou la nécessité, ou l'absurde, ou le néant — c'est pourtant encore un sens. Il n'y a pas d'être au monde qui agisse n'importe comment. Ils ont beau s'en défendre, se débattre, protester, un sens se met de lui-même, et peut-être malgré eux, autour des actes des hommes et autour de leur passé. Même les fous ont leur logique. Même les fous donnent un sens à tout ce qui les entoure. Le monde n'a peut-être pas de sens : les hommes lui en prêtent encore un.

Cette totalité et ce sens du croyant qui sont, mais comme s'ils n'étaient pas, et cette totalité et ce sens de l'incroyant qui ne sont pas, mais comme s'ils étaient, c'est ce que j'appelle Dieu. Comment les rendre sensibles autrement que par des mots ? Même l'absurde, même le néant réclament des mots, encore des mots, toujours des mots. Nous ne sommes les enfants de Dieu que parce que nous avons un langage. Et, parce que nous avons un langage, nous sommes incapables d'atteindre un Dieu qui est au-delà de tout langage. C'est si Dieu n'existe pas que nous avons le droit de l'imaginer ou, au moins, d'essayer — toujours en vain, bien entendu. S'il existe, il faut se taire.

Comment faire alors pour oser parler de Dieu ? Il faut passer par le mythe, il faut passer par la fiction. Voilà pourquoi j'écris ce livre qui s'appelle : *Dieu,* roman. Voilà pourquoi je le fais parler, décider, regarder et créer. Et que je lui fais dire : *Alors, Aujourd'hui* et *Demain.* Est-ce qu'il parle, est-ce qu'il décide, est-ce qu'il regarde, est-ce qu'il crée ? Est-ce qu'il se met, un beau matin, à décider de créer le monde ? Mais non ! Bien sûr que non ! Il est, voilà tout. Il est le tout. Et le passé et l'avenir sont enfermés en lui.

Ce passé déjà long, ce présent informe, inaccessible, inexistant — et pourtant toujours présent —, coincé entre un passé qui ne cesse de s'étendre et un avenir qui passe son temps à s'effriter sans cesse sans paraître pourtant en souffrir, au moins à nos yeux de myopes, cet avenir toujours happé et toujours inépuisable, imprévu et lointain, comment les traduire, comment les évoquer ? Par des balbutiements peut-être, par une intuition indicible, par un silence mystique ? J'ai choisi Lucifer, et Maria, et Delphine, et Amédée-Stanislas. Mais vous me comprenez bien : ils ne sont qu'une image, un prétexte, un néant animé. Et vous, qu'êtes-vous donc ? Et moi, que suis-je donc ? Sinon une image, un prétexte, un néant animé ?

CHAPITRE II

où Bonaparte meurt plus tôt et où Hortense naît plus tard

Le dimanche 18 avril 1802, sous la voûte de Notre-Dame, Delphine, avec sa taille très mince et son teint éclatant, avait une allure de jeune fille. Pourtant, depuis quelque temps déjà, elle était mère d'un enfant. Bien peu s'en doutaient autour d'elle. Et ceux qui le savaient ignoraient qui était le père. Il n'est pas tout à fait sûr qu'elle connût elle-même la solution de l'énigme. Plus tard, des historiens, des chercheurs, des curieux se pencheront à leur tour sur la question. Et ils fourniront successivement les réponses les plus improbables. Pour les uns, le père est Amédée-Stanislas ; pour les autres, le conventionnel Laplanche ; pour d'autres encore, une vieille connaissance : d'Antraigues. Champagny, Bernadotte, Murat figurent sur la liste, parmi beaucoup d'autres. Certains ont été jusqu'à avancer le nom de Napoléon Bonaparte. Aucune de ces hypothèses ne résiste à un examen un peu sérieux. Mais aucune autre non plus. Jusqu'aux révélations apportées par ce livre, un mystère continuait à planer sur la naissance, probablement en Italie, sans doute dans les toutes dernières années du XVIIIe siècle ou à l'aube du XIXe siècle, de l'enfant du sexe féminin à qui sa mère, Delphine Allart, avait donné son nom et le prénom d'Hortense. Beaucoup de bons ouvrages et le *Grand Larousse* lui-même, hésitent sur le lieu et la date. Dans la fameuse édition en quinze volumes et plusieurs suppléments de son *Dictionnaire universel du XIXe siècle* — où la rubrique BONAPARTE (Napoléon) s'ouvre, il est vrai, sur ces mots surprenants : « Général de la

République française, né à Ajaccio (île de Corse) le 15 août 1769, mort au château de Saint-Cloud, près de Paris, le 18 brumaire de la République française, une et indivisible (6 novembre 1799)... » — Pierre Larousse fixe la naissance d'Hortense Allart vers 1790, à Paris. Mais, au lendemain de la Seconde Guerre mondiale, le *Grand Larousse encyclopédique* indique, avec plus de vraisemblance : « Milan, 1801. »

CHAPITRE III

où tournent autour de Delphine un séducteur, deux assassins, un marin, un nabab et l'inventeur de la bicyclette

Qu'est-ce qui se passe, en ces temps-là ? Pas mal de choses, comme toujours, mais d'abord et avant tout : la Révolution française, et tout ce qui en découle. On consultera là-dessus d'excellents ouvrages spécialisés de Mathiez à Aulard, de Taine à Lavisse, de Bainville à Lefèbvre, sans oublier le vieux Malet et Isaac qui a bercé mon enfance et d'où je tire toute ma science. On y trouvera une foule d'étonnantes aventures, pleines de héros romanesques et où l'imagination de Dieu s'est donné libre cours : la mort violente d'un roi et de plusieurs princesses, tout un lot de jolies carrières de notaires et d'avocats, puis de fils de tonnelier, d'aubergiste, de maçon, de menuisier ou de garçon d'écurie, des terroristes bretons et des activistes normandes, beaucoup de discours, des intentions estimables, des gestes dignes d'admiration, une cascade de votes qui donnent un peu le tournis, une nouvelle méthode pour mesurer les distances et le temps, l'apothéose du nombre 10, des philosophies mises en action, une merveilleuse machine à tuer née de la philanthropie et qui fournit en fin de compte moins de victimes — mais plus connues (mais de qui ?) — qu'un tremblement de terre en Turquie ou une inondation en Chine, quelques mots d'humanistes inspirés par l'antiquité, la guerre et l'amour, comme d'habitude. Loin des rives de la Seine, le nabab Tippu Sahib est tué au siège de Seringapatam, près de Mysore, par les troupes de Wellesley, futur duc de Wellington, dont il y aurait beaucoup à dire. A Stockholm, un peu plus tôt, un gentilhomme suédois, Jakob Johan Anckarström, tiré au sort parmi un groupe de nobles conspirateurs, assassine Gustave III au cours d'un bal à l'Opéra qui devait, soixante ou soixante-dix ans après ces événements, inspirer à Verdi un opéra célèbre : *Un ballo in maschera.* A Saint-Pétersbourg, un peu plus tard, le tsar fou Paul Ier tombe sous les coups de son fils le tsarévitch Alexandre, de l'ambassadeur d'Angleterre, du comte Nikita Petrovitch Panine et du comte Pahlen. Il y a même, ici ou là, un certain nombre de morts naturelles : celle du fabuliste Florian, celle de François-Xavier Bichat, d'une hémoptysie mal soignée, celle de Félix Vicq d'Azyr, médecin et anatomiste, celle d'Edward Gibbon, immortel historien des barbares et de la religion à l'assaut de l'empire romain, à Londres, celle de Caspar Friedrich Wolff, fondateur de l'embryologie, à Saint-Pétersbourg, celle d'Abd Er-Rahman El-Rachid, à El-Fasher, capitale du Darfour, celle de James Macpherson, inventeur d'un poète qui avait à peine existé et qu'il avait rendu célèbre sous le nom d'Ossian, fils de Fingal, celles de Joseph Vernet, de Robert Burns, de Novalis, d'Étienne Falconet, de Joshua Reynolds, de George Romney, de Francesco Guardi, de César de Beccaria, de Jacques Casanova, chevalier de Seingalt, bibliothécaire, au château de Dux, du comte de Waldstein-Wartenberg. Celle du génie incomparable, un des géants de l'humanité triomphante et souffrante, qui s'éteint à Vienne, une nuit de décembre, à l'âge de 36 ans, après avoir reçu, dans des conditions mystérieuses, la visite d'un inconnu — probablement un émissaire du comte Franz Georg de Walsegg Stuppach venu lui commander, avec un luxe de précautions inquiétant et sous le sceau du secret, une messe de *Requiem.* La mort, la mort, la mort... Je pourrais encore citer des sculpteurs et des généraux, des poètes et des financiers, des prêtres et des assassins. Parmi beaucoup d'autres naturellement : la droite de Dieu ne cesse jamais de frapper. Des naissances aussi, mais on ne sait pas encore ce qu'elles donneront : peut-être Balzac, peut-être Lacenaire. On sait ce que donneront les tilleuls, les roses, les pumas, les crapauds. On ne sait jamais ce que donneront les hommes. Le Danois Gaspard Wessel invente les nombres imaginaires et, s'appuyant sur le développement taylorien d'une fonction au voisinage d'une valeur de la variable indépendante, Joseph-Louis de Lagrange publie sa fameuse théorie des fonctions analytiques ; un philosophe prussien interrompt sa promenade dans les rues de Königsberg ; Étienne Geoffroy Saint-Hilaire, puis Jean-Baptiste de Lamarck enseignent la zoologie au Muséum national d'histoire naturelle ; héritier de Vaucanson, le Hongrois Wolfgang von Kempelen construit un automate capable de jouer aux échecs ; pour illustrer un texte biblique où la Sagesse parle en ces termes : « L'Éternel me possédait au commencement de ses voies ; avant qu'il fît aucune de ses œuvres, de tout temps, avant que les montagnes fussent fondées, avant les collines, quand il disposait les cieux, j'étais là ; quand il traçait le cercle au-dessus de l'abîme, quand il affermissait les nues en haut, quand bouillonnaient les sources de l'abîme, j'étais là », William Blake grave sur métal sa *Création du monde* où un esprit barbu, irréel et terrible, applique son compas sur la face du néant ; les *Mémoires* de Saint-Simon commencent à se répandre ; le gibier se fait rare du côté de Neuilly ; rue de Valois, à Paris, au coin de la rue des Bons-Enfants, Méot, un ancien cuisinier du prince de Condé parti le premier pour l'exil dès le 17 juillet 1789, ouvre à son nom un restaurant qui offre les plats les plus recherchés dans un luxe ostentatoire et où se rencontrent Saint-Just, Hérault de Séchelles, Fouquier-Tinville et beaucoup d'autres révolutionnaires de la grande époque, avant que Bonaparte, Talleyrand, le marquis d'Aligre, le comte d'Orsay, Portalis, Mme Tallien et tout le Directoire se retrouvent chez le grand, chez l'incomparable Chevet, avant le triomphe du Rocher de Cancale et de Very-Tuileries, puis de Very-Beaujolais, flanqué, au Palais-Royal, du Grand Véfour, ex-Café de Chartres, et des Trois Frères Provençaux ; le comte de Sivrac invente le célérifère, père de la draisienne de Karl Friedrich Drais baron von Sauerbronn et grand-père de la bicyclette ; Alessandro Volta fabrique une pile électrique ; le premier pont suspendu en fer est lancé par Finley ; le gaz et le télégraphe entament leur conquête du monde ; Robert Fulton construit son torpédo et apporte des progrès décisifs au bateau à vapeur ; Édouard Jenner inocule aux hommes la variole des vaches ; créés par John Wilkinson, les hauts fourneaux de Montcenis, près du Creusot, continuent à fonctionner ; le duc de Richelieu fonde, pour la seconde fois, la ville d'Odessa avec l'appui de Catherine II ; Andrianampoinimerina, le grand roi d'Ambohimanga, s'installe à Tananarive et l'unité de l'Imérina et du pays Betsileo est reconstituée; au Japon, soutenu par Matsudaira Sadanobu, Ienari est devenu le onzième shôgun de la maison des Tokugawa qui avait succédé aux Minamoto et aux Ashikaga; Thang-long, qui sera Hanoï, est pris d'assaut par les Taîson du général Ngûyen Huê ; à Pékin, l'empereur Yong-Yen, de la dynastie mandchoue, a succédé sur le trône de l'empire du Milieu à son père, K'ien-Long, qui avait régné soixante ans ; le sultan Selim III est contraint de signer le traité de Sistova avec les Autrichiens et le traité de Iasi avec les Russes, attaqués quelques années plus tôt en violation flagrante de la paix de Kutchuk-Kaïnardji ou Küçük Kaynarca, aujourd'hui Kainarza. Ah ! voici enfin quelque chose que vous connaissez et qui vous permettra de reprendre un peu souffle dans le tourbillon de cette goutte d'eau tirée de l'océan des folles rêveries de Dieu : quelques années avant de participer au bombardement de Copenhague par la flotte de Nelson et de devenir, plus tard, le gouverneur détesté de la Nouvelle-Galles du Sud, le lieutenant William Bligh a été acquitté par le conseil de guerre devant lequel il comparaissait pour répondre, avec pas mal de retard, de la perte de son navire. William Bligh... ? William Bligh... ? Allons, voyons ! Si je vous murmure le nom de son bateau et que je vous rappelle Charles Laughton, aux côtés de Clark Gable, dans le film de Frank Lloyd en 1936, un trait de lumière vous traversera l'esprit : il commandait le *Bounty* et, pendant que les mutins, révoltés contre sa dureté, s'établissaient dans les îles de Tahiti et de Pitcairn, il réussissait, à bord de la chaloupe où il avait été abandonné avec dix-huit marins obstinés ou fidèles, à naviguer pendant plusieurs semaines dans des conditions stupéfiantes, à découvrir au passage des terres encore inconnues qui seront plus tard les îles de Bligh, à survivre malgré les périls, et à gagner Timor où le gouverneur hollandais Coupang l'accueille avec empressement.

La rencontre, à Timor, entre Coupang et Bligh, le bombardement de Copenhague par la flotte de Nelson, Napoléon Bonaparte sous son dais à Notre-Dame, l'article de Fontanes dans *Le Moniteur* sur *Le Génie du christianisme,* la découverte par le physicien Ernst Chladni des vibrations longitudinales des tiges et des lois des oscillations de torsion, la mort, vaguement suspecte, à Venise, de Domenico Cimarosa, la découverte de Cérès, la première des petites planètes, par l'astronome Piazzi, le 1er janvier 1801, la naissance, un 26 février, du troisième fils — conçu au sommet du Donon, dans les Vosges — de Sophie Trébuchet qui choisissait pour parrain le général Victor Lahorie, son amant, fusillé dix ans plus tard avec le général Malet, et pour marraine Marie Desirier, épouse de Jacques Delée, chef de brigade à Besançon : dans les dix ou douze années entre 1790 et 1800 ou 1802, il se passe, ah ! bien sûr, beaucoup, beaucoup d'autres choses — et sans doute plus importantes aux yeux d'une postérité qui se débrouille comme elle peut pour édifier son histoire. Oui, beaucoup d'autres choses. Presque une infinité, un déluge, une longue tempête dont ces quelques pauvres lignes ne seraient qu'un éclair. Des naissances et des morts, des batailles, des inventions, des succès et des échecs, des chansons et des modes, des discours, des œuvres d'art, de grands malheurs, des fluctuations monétaires, des fortunes qui se construisent et des fortunes qui s'écroulent, des chiffres, des sentiments, des passions, des aventures, des étrangetés, des folies qui n'ont rien de plus surprenant que la banalité la plus quotidienne, des mots, toujours des mots. Dieu seul peut les penser, s'en souvenir, les constituer dans leur singularité et les ramasser dans leur totalité. Vous ne pouvez rien faire de mieux que de les imaginer et de les reconstruire, de les distinguer arbitrairement et de les recenser vaille que vaille à partir de ces bribes — quelques dates, quelques noms — que vous fournissent les livres toujours insuffisants et déjà innombrables. C'est là, dans leurs livres, que repose le passé des hommes. Et chacun le reconstitue en rêvant un peu sur eux. Imaginons, à notre tour, et dans ce nouveau livre, ce qui a bien pu se passer, à Milan, capitale de la Lombardie, à l'aurore du XIXe siècle, autour de Delphine Allart.

Mais il faut ici remonter un peu plus loin. Le 15 mai 1796, pendant que se déroulaient ces événements innombrables qui font l'histoire du monde et dont nous venons d'offrir, au pas de charge, un très vague panorama, le général Bonaparte faisait son entrée dans Milan à la tête de cette jeune armée qui venait de traverser le pont de Lodi et apprendre au monde qu'après tant de siècles César et Alexandre avaient un successeur. Non, ce n'est plus moi qui parle. C'est une autre voix de Dieu. Et plus forte, et plus claire. Vous avez déjà reconnu dans ces fanfares guerrières la fracassante ouverture de *La Chartreuse de Parme*.

CHAPITRE IV

où est avancée une hypothèse d'une extrême hardiesse et où se tissent des liens imprévus entre Stendhal et Chateaubriand

Stendhal — ou plutôt Henri Beyle — figure, entre Amédée-Stanislas et Napoléon Bonaparte, sur la liste, assez longue et dont nous avons déjà parlé, des pères possibles d'Hortense Allart. L'hypothèse n'est pas absurde. Elle l'est bien moins, en tout cas, que la plupart des autres filiations qui ont été proposées. Elle a été soutenue notamment par Armand Bourdaille, archéologue, prêtre uniate, professeur au Collège de France et à l'École pratique des Hautes Études, qui, avant d'atteindre à une notoriété universelle grâce à ses travaux d'orientaliste et à sa participation à la découverte des manuscrits de Petra et des rouleaux de la mer Morte[1], s'était occupé de Stendhal avec une perspicacité qui l'égale aux Pierre Martino, aux Henri Martineau, aux Vittorio Del Litto et lui assure une place honorable parmi les beylistes de notre temps.

Rappelons très brièvement les arguments d'Armand Bourdaille, repris et développés par Robert Weill-Pichon dans un article capital — mais malheureusement passé presque inaperçu —, paru dans la *Nouvelle Revue Française* de mai 1940. Le 30 octobre 1799, le jeune Henri Beyle, qui avait décroché le premier prix de mathématiques à l'École centrale de Grenoble, quitte sa ville natale pour Paris, avec l'intention de se présenter au concours de Polytechnique. Le 10 novembre — au lendemain du 18 Brumaire —, il arrive

1. Voir *La Gloire de l'Empire*, Éditions Gallimard, 1971, p. 181-187.

dans la capitale. Mais, dès le 7 mai 1800, après avoir traversé une crise de dépression assez sérieuse et travaillé quelques mois au ministère de la Guerre sous les ordres de Pierre Daru, il quitte Paris pour l'Italie occupée par les troupes françaises. Il traverse en coup de vent Dijon, Genève, Lausanne, Martigny, le Grand Saint-Bernard, Aoste, Ivrée, Novare et, battez tambours, sonnez trompettes, Bonaparte des lettres à venir, il entre à Milan le 10 juin 1800.

Dès les premières heures de ce séjour enchanteur, le futur auteur de *La Chartreuse de Parme* se précipite à la Scala. Il y écoute avec ravissement *Il Matrimonio segreto* de Domenico Cimarosa qui avait déjà connu à Vienne et qui allait connaître à Paris un succès prodigieux. La vedette du spectacle avait une dent de devant cassée. Qu'importe ? Délices ! Sublimité ! Lorsqu'il entend le duo *Cara, non dubitar* entre Carolina et Paolo :

Ah ! pietade troveremo
Se il ciel barbaro non è

ou le duo de basses entre Geronimo et le comte :

Se fiato in corpo avete
Si, si la sposerete

ou encore le quatuor :

Sento in petto un freddo gelo
Che cercando mi và il cor

ou enfin l'air célèbre, plein d'émotion et de charme :

Pria che spunti in ciel l'aurora
Cheti, cheti a lento passo,
Scenderemo fin abbasso
Che nessun ci sentirà

l'adolescent de dix-sept ans sent quelque chose se briser dans son cœur. L'amour, la musique, l'Italie le transportent au-delà de lui-même. Une tempête est dans son sang. Il se promet, selon sa propre formule, d'être d'abord un séducteur de femmes. A partir de cet instant béni où se répondent, dans la tendresse et le pathétique, Paolino et Geronimo, Carolina et Fidalma, Henri Beyle se sent, pour la vie entière, et pour la mort aussi, passionné d'opéra, artiste, amoureux et Milanais — *Milanese.*

C'est au cours de cette représentation du *Mariage secret* que le jeune Beyle, d'après Bourdaille, aperçut dans une loge de la Scala de Milan la fille de Gabrielle Allart. Delphine, en 1800, avait trois ans de plus que Beyle. Elle était dans tout l'éclat de cette beauté du diable qui avait déjà agité le chevalier de Vaudreuil et le conventionnel Laplanche, qui devait encore troubler longtemps le comte d'Antraigues et beaucoup d'autres. Elle remarqua ce jeune homme, qui n'était pas très beau avec sa grosse tête un peu vulgaire à la lèvre trop mince, mais qui la regardait avec feu, d'un air où la raillerie se combinait à la passion. Pressés par la foule où se mêlaient, autour du général Choderlos de Laclos, auteur des *Liaisons dangereuses* et inspecteur général de l'armée d'Italie, les uniformes des soldats de la République et les robes somptueuses des élégantes de Milan, ils échangèrent, à l'entracte, quelques mots assez banals sur la musique de Cimarosa. Le jeune homme disait des choses qui n'étaient pas trop sottes. Le hasard, un peu aidé peut-être par les manœuvres du cœur, les fit se retrouver à la sortie, dans la nuit close. Delphine était accompagnée par un jeune officier français d'assez bonne mine qui la serrait d'assez près et par un gros commerçant de Milan qui faisait la cour à la fille d'un marquis décavé. Malgré son capitaine, elle semblait écouter sans déplaisir le mélomane grenoblois qui arrivait de Paris. Le jeune Beyle lui murmurait à l'oreille : « Il faut secouer la vie ; autrement elle vous ronge. » Ils soupèrent ensemble, à cinq ou six, au Café de l'Académie, dans la corsia dei Servi, de *gelati,* de *crepi* et de *pezzi duri :* un festin de sorbets.

Quelques jours à peine après son arrivée à Milan, du 16 au 24 juin 1800, Henri Beyle, ivre de musique et de sorbets, mais aussi de ces paysages italiens qui lui bouleversaient l'âme, entreprend une excursion au lac Majeur, au cours de laquelle il visite les îles Borromées. Delphine Allart l'accompagne. Elle avait pris place dans son cœur entre le souvenir de sa mère, Henriette Gagnon, épouse de Chérubin Beyle, disparue quand il avait sept ans, et l'affection dévorante qu'il portait à sa sœur Pauline — celle dont le docteur Gagnon, leur grand-père, disait avec un sourire : « Pauline croit à son frère comme en Dieu le Père. » Elle succédait à la passion secrète qui l'avait ravagé pour l'actrice Virginie Kubly, applaudie, trois ou quatre ans plus tôt, au grand théâtre de Grenoble. Elle annonçait toutes celles qui allaient venir plus tard : Victorine Mounier à Paris, Mélanie Guilbert à Marseille, la comtesse Daru et Angeline Bereyter, Angela Pietragrua et Métilde Dembowski à Milan de nouveau, la comtesse Curial, la comtesse Pietranera, Clelia, Madame de Rênal et Mathilde de La Mole.

Nommé sous-lieutenant, Henri Beyle est affecté au 6e régiment de dragons, stationné d'abord à Romanango, puis à Bagnolo. Mais il revient en mission à Milan entre le 23 et le 31 décembre 1800. Delphine est là. La fille de Gabrielle tombe dans les bras du sous-lieutenant. Retrouvailles de vieux amis ou d'amants passionnés ? Rien ne permet de choisir entre les deux versions.

La question qui se pose alors, nous n'avons pas le droit de l'éluder. Et il faut la formuler avec franchise, avec brutalité : Stendhal est-il le père d'Hortense Allart ? Les dates coïncident puisque Delphine donne le jour à Hortense, non pas en 1790, comme le croyait Pierre Larousse, mais, comme l'ont établi avec certitude Léon Séché, André Beaunier, André Billy et quelques autres, le 7 septembre 1801, à Milan. « Un rapprochement de dates nous frappe, écrit André Billy, auteur d'un joli livre sur *Hortense et ses amants :* trois jours après le baptême d'Hortense, son futur ami Henri Beyle était de retour dans son cher Milan et descendait à l'Auberge de la Ville. » Le futur Stendhal s'était-il arrangé pour passer par Milan à l'occasion de la naissance de sa fille ? On comprend l'ardeur, presque la violence, avec lesquelles Armand Bourdaille soutient cette hypothèse. Si elle se révélait exacte, Stendhal serait, en quelque façon et de la main gauche au moins, le beau-père de Chateaubriand. Puisque, quelque vingt-huit ou vingt-neuf ans plus tard, à Rome, dans une chambre modeste de la via delle Quattro Fontane, la fille de Delphine, Hortense, qui professait qu'« une femme ne connaît bien les

CHAPITRE V
où apparaît une sœur de Fabrice del Dongo

« Je crois que la rêverie a été ce que j'ai préféré à tout » : parce qu'il aimait à rêver et qu'il détestait s'ennuyer, Stendhal, trente-huit ou trente-neuf ans après les événements que nous venons de rapporter, de retour à Paris après l'exil et les corvées de Civita-Vecchia, écrit, en cinquante-deux jours, rue Caumartin ou rue Godot-de-Mauroy, à partir d'une chronique sur la vie d'Alexandre Farnèse, entre un dîner au Café anglais et une visite à la Salle Molière ou au Théâtre-français pour applaudir la jeune Rachel qui triomphe déjà dans le rôle d'Hermione ou dans celui de Camille, un livre où, selon Balzac, dans un article célèbre de l'éphémère *Revue Parisienne,* « le sublime éclate de chapitre en chapitre » : c'est *La Chartreuse de Parme.* Une des clés essentielles du destin de Delphine Allart y est sans doute dissimulée.

Tous les lecteurs de Stendhal se souviennent du lieutenant Robert qui apparaît — pour disparaître aussitôt — dans les premières pages de *La Chartreuse :* « Un lieutenant, nommé Robert, eut un billet de logement pour le palais de la marquise del Dongo. » Qui était, dans la réalité, ce mystérieux lieutenant Robert dont Stendhal laisse entendre — car pourquoi le roman s'ouvrirait-il sur cette figure charmante qui ne fait que passer si elle ne fournissait le point de départ de toute l'intrigue ? — qu'il est le véritable père de Fabrice del Dongo ? Ah ! il nous faut, de nouveau, pour comprendre quelque chose aux obscurs desseins de Dieu, remonter un peu en arrière dans la vie de Stendhal. Lorsqu'il était, à Milan, vers la fin de l'Empire et sous la Restauration, éperdument amoureux d'Angela Pietragrua, puis de Métilde Dembowski, Henri Beyle eut des rapports, nous le savons, avec deux frères Robert, courtiers et changeurs originaires de Grenoble, dont l'aîné, Charles, « homme de cœur et d'esprit », était un ancien officier de l'armée de 96, installé à Milan à la faveur des remous et des orages du début du XIXe siècle. De savants travaux, dont on trouvera le détail dans les notes d'Henri Martineau au *Stendhal* de la Pléiade, ont établi avec une quasi-certitude que ce Charles Robert, né vers 1767, est le lieutenant Robert de *La Chartreuse de Parme.* Mes recherches personnelles me permettent d'avancer aujourd'hui, sans crainte de démenti, que ce même Charles Robert, ancien lieutenant, puis capitaine de l'armée d'Italie, était, à Milan, entre 1796 et 1801, l'amant de Delphine Allart. La probabilité est très forte qu'il soit le père d'Hortense Allart. C'est lui qui accompagnait Delphine à la représentation du *Mariage secret* à la Scala de Milan. Et c'est avec Delphine et lui qu'avait soupé Stendhal au Café de l'Académie dans la deuxième semaine du mois de juin 1800. En décembre 1800, malgré le retour d'Henri Beyle, malgré les coups de cœur un peu désordonnés de la jeune Française de Milan, le roman d'amour se poursuit entre Charles Robert et Delphine Allart : des témoignages de contemporains et surtout des lettres inédites que j'ai eu la chance de consulter le prouvent sans l'ombre d'un doute. A travers les labyrinthes de la fiction stendhalienne et de la réalité historique, la petite-fille de Gabrielle et d'Amédée-Stanislas, la future maîtresse de Chateaubriand, de Henry Bulwer Lytton, de Julien Pontarlier et de beaucoup d'autres encore, serait alors la sœur — ou du moins la demi-sœur — de Fabrice del Dongo.

Après les progrès considérables des recherches historiques et littéraires, inutile d'envisager une troisième hypothèse. Ce n'est qu'entre ces deux généalogies qu'il est encore permis d'hésiter et qu'il nous faut choisir : ou bien Hortense Allart, comme j'incline à le penser, est la fille du lieutenant Robert, la sœur de Fabrice del Dongo, la nièce de la duchesse Sanseverina, ou bien — ce qui reste encore possible, ce qui n'est nullement exclu — elle est la propre fille d'Henri Beyle. Dans un cas comme dans l'autre, elle reste liée à Stendhal et elle jette un pont sentimental et physique entre l'auteur de *La Chartreuse de Parme* et celui des *Mémoires d'outre-tombe*

Ainsi vont le monde, l'histoire, l'imagination des romanciers de génie, la ronde inépuisable des générations successives.

CHAPITRE VI

où le monde commence dans le cœur de Lucifer

Parce qu'il ne se confondait pas avec l'être et qu'il était toute pensée, Lucifer était un philosophe très profond. Il était la philosophie même et il pensait ce Dieu qu'il ne pouvait pas être. Il le pensait à défaut de l'être. Et parce qu'il n'était pas Dieu, Dieu l'irritait souvent. Il se surprenait à murmurer en soi-même : « Si j'étais Dieu... » et il s'arrêtait, épouvanté de ce qui lui venait à l'esprit. Mais il ne pouvait s'empêcher de penser. Et d'imaginer Dieu et de s'imaginer Dieu au lieu de l'adorer.

Il se disait que Dieu, maître de tout, ne profitait guère de sa toute-puissance. Ah ! s'il avait été Dieu, à quels ruissellements de splendeur n'eût-il pas donné le jour ! Les hésitations de Dieu devant l'être ne cessaient de l'exaspérer. Quelque chose naissait en lui qui était déjà un monde, une histoire et du temps.

Ainsi bouillonnaient en lui des forces immenses et sauvages qu'il aurait voulu mettre au service de son Dieu, qu'il aurait voulu jeter aux pieds du Tout-Puissant, mais dont il se demandait, peu à peu, s'il ne ferait pas mieux de les maîtriser à lui tout seul pour en faire ensuite hommage à Dieu, maître d'un univers qui ne se décidait pas à naître.

Lucifer imaginait le monde que Dieu répugnait à faire jaillir du néant. Et Dieu lisait le monde dans l'esprit de Lucifer. Voilà l'origine de ce fameux problème du mal qui a fait couler tant de sueur sur le front des philosophes et tant d'encre dans tant de livres.

Lucifer s'agitait. Il se remettait à courir de l'un à l'autre, de Michel à Gabriel et d'Asmodée à Belzébuth. Le messager du Seigneur en venait insensiblement à se muer en conspirateur de l'univers qu'il appelait de ses vœux. L'image floue d'un monde futur où les louanges de Dieu ne cesseraient jamais d'être chantées finissait par le hanter. Un beau jour de l'éternité, ramassant tout son courage, il alla trouver Dieu, et il se prosterna devant lui et lui dit à nouveau avec force ce qu'il ne cessait de penser depuis qu'il était issu du néant et de Dieu :

« Ah ! Seigneur, laissez surgir de votre sagesse infinie de nouvelles puissances et des créatures innombrables pour que votre saint nom soit loué. »

« Le veux-tu ? » lui dit Dieu.

« Oui, Seigneur, répondit Lucifer. Je le veux. Je le veux. Oui, Seigneur, je le veux. Parce que je veux votre grandeur et que votre gloire resplendisse. »

« Ah ! reprit Dieu avec une sorte de fureur ineffable où s'unissaient de la tristesse et une jubilation accablée, tu ne sais pas ce que tu réclames. Un jour, oui, un jour, et tu ne peux pas comprendre ce que signifie cette promesse, il y aura un monde et des étoiles et du temps et des eaux, puisque tu les souhaites et que tu es la première et la plus chérie de toutes mes créatures. Et l'univers chantera la gloire de Dieu. Et toi, qui as voulu ce monde, tu règneras sur lui. Mais il finira puisqu'il aura commencé. Il t'écrasera après t'avoir exalté. Et beaucoup de souffrances et de malheurs se seront, par ta faute, mêlés à mon amour. »

A ces paroles menaçantes, qui retentissaient, silencieuses, dans la lumière de l'esprit, Lucifer se sentit frémir. Une angoisse l'envahit. Pour la première fois, des sentiments inconnus se bousculèrent dans son cœur : la crainte, la colère, l'orgueil blessé, l'ombre déjà d'une haine qui perça comme une flèche l'âme transparente et toujours pure de l'ange des lumières et de Dieu. Le monde, qui n'était pas encore, avait déjà commencé dans le cœur de Lucifer.

CHAPITRE VII
Contre les masques et les romans

Ce qui nous intéresserait ici, puisque nous suivons les destins de Gabrielle, de sa fille et de sa petite-fille, ce sont les liens de Laplanche avec Delphine Allart. Est-ce qu'il a été son amant ? Les lettres dont nous disposons, quelques témoignages de contemporains, la soudaineté de plusieurs mesures en faveur de la fille d'une contre-révolutionnaire, les silences mêmes de Delphine laissent supposer que oui. Mais, franchement, je n'en sais rien. Il faudrait demander à Dieu.

Dieu sait ce que nous ne savons pas et ce que nous ne saurons jamais. Il sait comment le conventionnel Laplanche, arrivé trop tard pour sauver Gabrielle, avait fait libérer de la prison des Carmes, au lendemain du 9 Thermidor, la fille de la contre-révolutionnaire qui avait tant occupé ses rêves de prêtre défroqué et de messager de la Terreur. Il sait ce que Laplanche avait senti et pensé, et aussi ce que Delphine avant senti et pensé. Il sait tout de Delphine parce qu'il sait tout du monde.

Je doute, en revanche, que les historiens parviennent jamais à reconstituer, faute de sources et de documents, ce que furent pour Delphine les années obscures de sa vie, entre la fin de la Terreur et le début du XIXe siècle. Elle avait seize ans, dix-sept ans, dix-huit ans. Le passage de la grande tourmente, la disparition de sa mère et d'Amédée-Stanislas, les bouleversements de l'époque la livraient à elle-même. Si j'écrivais une œuvre de fiction, je raconterais ici, avec beaucoup de détails qui emporteraient l'adhésion, ce que furent, avant le départ de Delphine pour Milan, les étranges relations entre la fille de Gabrielle et l'ancien vicaire épiscopal, l'ancien représentant en mission de la Convention nationale. Nous pourrions les inventer, si vous voulez. Je ferais semblant de savoir, et vous feriez semblant de me croire. Vous seriez très capable de tenir votre rôle dans ce complot et, moi aussi, je me sens de taille à le mener à bien. Nous monterions, à nous deux, vous lecteur, moi auteur, de fantastiques aventures : c'est ce qu'on appelle un roman.

De la vie de Laplanche, je rapporterais presque tout : sa carrière, ses ambitions, ses espérances, ses déceptions, sa fin lamentable, dans les derniers jours de 1799, en Guyane, où il avait été déporté, victime de la *guillotine sèche,* à la suite du coup d'État du 18 Fructidor. Je pourrais parler de sa famille, de sa sœur, mariée à l'un des plus grands noms de France et dont les descendants ont brillé d'un vif éclat tout au long du XIXe et même du XXe siècle, des femmes qu'il avait aimées, de Fouché, de Barras, de Tallien, de La Fayette — et encore de d'Antraigues — avec qui il avait été en rapport pour d'obscures conspirations. A quoi bon ? Laplanche n'est qu'une pièce parmi d'autres de ce puzzle de l'univers auquel nous travaillons. Et notre biographie de l'infini doit trouver ses limites.

Il y a déjà tant de choses dans l'infinie pensée de Dieu, il y en a même déjà tellement dans la pauvre pensée des hommes qu'il faut y regarder à deux fois avant de se risquer à y ajouter si peu que ce soit. C'est pour cette raison, j'imagine, que Borges et Caillois se méfiaient tant des masques, des miroirs, des romans et des naissances, de tout ce qui reflète, multiplie et invente. Pour alléger l'œuvre de Dieu, qui tient déjà à peine dans ce mince opuscule, plus un mot sur Laplanche et sur les caresses incertaines et lascives qu'il échangeait avec Delphine, au début du Directoire, probablement dans une maison de la rue Saint-Honoré, aujourd'hui détruite et où devaient passer plus tard, ensemble ou séparément, Benjamin Constant et Mme Récamier, Talleyrand, Lacenaire, la fameuse gouvernante de la duchesse de Choiseul-Praslin, l'ambassadeur de Russie, tout un lot de prostituées, et Lautréamont enfant : un pan entier du monde, inutile et grisant.

Toute cette pensée des hommes, leurs rêves, leurs secrets, leurs souvenirs, leurs craintes, leurs espérances insensées, tout cet envahissement, tout ce déferlement, sans repos et sans fin, tous ces rebondissements sans frein sous forme de commentaires, d'imagination, d'adhésions, de refus, de génie, de projets et d'œuvres d'art, tout ce vacarme assourdissant, ce murmure inaudible, ce torrent à travers l'histoire n'est qu'une parcelle infime de l'œuvre infinie de Dieu. Il faudrait ici, pour l'évoquer si peu que ce soit, parler de bien autre chose. Et d'abord du silence.

CHAPITRE VIII

où le monde est à la fois la souffrance et la joie de Dieu

Le silence, comme tout le reste, n'existait pas encore. Bien qu'il n'y eût pas de jour, il n'y avait pas de nuit. Bien qu'il n'y eût pas de présence, il n'y avait pas d'absence. Bien que le vacarme du monde n'existât pas encore, il n'y avait pas non plus de silence. Puisqu'il n'y avait rien du tout. Mais l'esprit de Dieu ne suscitait pas seulement, à travers l'impatience et les folies de Lucifer, la turbulence indéfinie de la vie et de l'histoire. Il n'évoquait pas seulement tous ces états crépusculaires de l'homme où des philosophes découvriraient quelque jour un au-delà de l'histoire, révélateur d'autre chose : l'attente, le projet, l'ennui, le souvenir et l'oubli, la folie, l'espérance, l'ambition, le dégoût, le sommeil. Il s'enivrait aussi de l'absence, de l'ailleurs, de l'espace infini, de la distance sans bornes, de la lumière, du silence. De toutes ces choses immenses où l'homme n'avait pas de part et où la jubilation de Dieu se donnait libre cours. Car tout le malheur de Dieu — son bonheur peut-être aussi, mais en tout cas son malheur — ne vient jamais que des hommes.

J'ai beaucoup parlé ici des hésitations de Dieu devant la création. Il faut que les lecteurs à venir, s'il en subsiste encore dans le vide ou dans le trop-plein, se souviennent que ce livre à la gloire du Seigneur a été écrit dans des temps difficiles. Est-ce qu'il y a eu des temps faciles ? Je n'en sais trop rien. Mais la fin du XXe siècle après la mort du Christ et son apparition aux saintes femmes avait vu de grands malheurs, de grands massacres et l'écroulement de grandes espérances. Les hommes avaient vécu, pendant des siècles, dans l'espérance d'un progrès qui ferait un dieu de l'homme. Ce délire très estimable s'était brisé en morceaux sous les coups répétés de génies de l'histoire et du mal qui avaient donné au crime des dimensions encore inconnues. Ceux qui avaient perdu tout ce qu'ils aimaient — leurs pères et leurs mères, leurs enfants, leurs croyances, leurs traditions, leurs rêves et leurs illusions — se demandaient comment Dieu avait pu souffrir tant de souffrance. Peut-être, c'est possible, attendaient-ils trop de Dieu ? Peut-être pensaient-ils qu'il lui était permis de détourner les lois qui se confondaient avec lui ? Peut-être aussi avaient-ils oublié ce qu'étaient la crainte de Dieu, l'acceptation de ses décrets, la soumission à sa volonté ? Peut-être avaient-ils mis l'homme si haut que Dieu en était négligé, occulté, offusqué ? Des voix s'élevaient en tout cas pour maudire Dieu ou, pis encore, pour le nier. Ce qui était très absurde. Car nier l'homme, c'est nier Dieu. Mais nier Dieu, c'est nier l'homme.

Puisque ce livre à la gloire de Dieu est pourtant l'œuvre d'un homme, il est aussi dans le temps. Et puisqu'il est dans le temps, il est lié à son temps. Telle est la faiblesse de l'homme, enchaîné à l'histoire, que tout livre sur l'éternité n'est qu'un livre sur son temps. Des remords, des angoisses, des flots de sang, des cauchemars ont parcouru ce livre-ci. Voilà pourquoi l'hésitation de Dieu devant ce monde cruel et son histoire décevante y a pris une telle place. Mais cette hésitation, qui n'est que le reflet de la part prise par Lucifer dans le surgissement de l'univers, ne doit pas dissimuler une autre réalité dont chacun de nous, si peu que ce soit, a connu en soi-même la trace et le souvenir : la joie souveraine de Dieu — source du bonheur de l'homme, de son ardeur à vivre, de sa haine de la mort — devant la création. Né de l'amour de Dieu, le monde est à la fois sa souffrance et sa joie. Misérable et sublime, le monde est la joie de Dieu.

Que l'ange des lumières devenu l'ange des ténèbres ait joué un grand rôle dans la naissance du monde, des millions d'enfants morts se lèvent de leurs cercueils si désespérément minuscules pour nous le crier sans repos. Le chagrin, les supplices, les sanglots, la torture ne témoignent pas contre Dieu. La souffrance des hommes, des animaux, des plantes, de tout ce qui ne vit que pour mourir, témoigne contre Lucifer. Puisque le monde créé, puisque l'histoire des hommes est le rêve de l'esprit du mal pris à son propre piège par le Dieu tout-puissant. Il n'y a pas de mal dans le néant, il n'y a pas de mal dans le tout, il n'y a pas de mal dans Dieu. La totalité donnait à Dieu sa gloire et ses joies ineffables.

Bien au-delà de ces hommes auxquels s'intéressait Lucifer, de leurs mécanismes en abîme qui n'en finissent jamais de renvoyer l'un à l'autre et de l'histoire où règne le mal, Dieu contemplait l'espace et écoutait le silence.

Il pensait la lumière, la ligne droite et les courbes, la distance infinie, l'ailleurs et l'au-delà, la simultanéité, la succession, l'ici et le maintenant, la beauté et l'exaltation, dont il laisserait des bribes, des reflets, un écho retomber sur les hommes et dans leur vie sinistre où régnerait Lucifer. Il pensait la pensée pure, l'énergie et l'amour. Dans la jubilation de son cœur sans limites, il se disait que sans Lucifer, qui était encore lui-même, l'univers n'aurait jamais existé — et que ç'aurait été dommage. Déjà, avant que le monde fût monde, de très étranges relations se nouaient dans le tout qui n'était encore qu'un néant : la fureur et la haine montaient en l'ange des lumières contre ce Dieu adoré, mais incapable de créer d'un seul souffle, d'un clin d'œil, d'un mot enfin prononcé sur le silence et le vide, le monde tout à sa gloire dont rêvait Lucifer. Et la pitié pour Lucifer — et pour les hommes qui lui seraient soumis — se frayait un chemin en Dieu.

La joie s'emparait de Dieu et elle le transportait. Elle l'emportait sur la tristesse liée à la souffrance et à l'histoire des hommes. Au milieu des malheurs et des crimes qu'il ne cessait de lire dans l'esprit de Lucifer, il se réjouissait des grandes choses admirables qui naîtraient de sa folie d'amour attisée par le mal : l'histoire, la sculpture dans le marbre, la musique et la paix, le génie créateur, l'amour entre les créatures. Et peut-être son immensité sans faiblesse et sans bornes s'émerveillait-elle encore davantage de tant de détails minuscules et parfois insignifiants et trop souvent coupables qui feraient tout le charme et le prix de la création : le soleil à l'aube à travers les volets, le café sur le port, l'odeur du foin après la pluie, le damier rouge et noir de la bête à bon Dieu, le premier regard secret, chargé pourtant de désir et de toutes les larmes de Gabrielle, jeté à Delphine Allart par Amédée-Stanislas. Le hasard, le presque rien, le mal lui-même, la souffrance, le crime prenaient quelque chose de sublime et participaient au bien. Puisque Dieu avait appelé, sous le nom incomparable de celui qui porte la lumière, une créature à l'être, il y avait du mal dans le néant du bien. Mais le bien, à son tour, serait fortifié et nourri par le mal. Ce n'était pas assez de dire que le mal contribuerait à la splendeur du bien. Il n'y aurait du bien que parce qu'il y aurait du mal, comme il n'y aurait du mal que parce qu'il y avait du bien. Le bien serait fait de mal, comme le mal était né du bien.

L'esprit de Dieu, apaisé, flottait sur le futur. Sur l'éternel présent fait de tous les avenirs et de tous les passés. Sur le silence glacé de l'espace et du temps. Et puis encore, derrière, loin derrière, très loin derrière, ou peut-être plutôt devant, et pourtant en même temps, sur ce vacarme des hommes qui avait déjà d'autres noms dont se désolait le Seigneur et qui l'inondaient de bonheur : la vie, la liberté.

CHAPITRE IX

qui expose l'idée ambitieuse d'un roman de l'univers

Il faudrait pouvoir écrire le roman du silence. Le roman de toutes les absences. Le roman des grands espaces. Ce ne serait pas celui des promenades, au petit matin, dans les métropoles encore vides et livrées à la solitude, au chagrin, à l'ivresse, au désespoir. Ni celui des longues chevauchées dans les steppes de l'Asie centrale, sans recours et sans fin, ou dans les plaines de l'Ouest, dévorées de soleil. Ni celui de la mer (surtout, pas d'adjectif), des étendues de sable et de dunes, désertes à perte de vue, des forêts de l'Amazonie, peuplées de serpents et de perroquets trop bavards. Non. Ce serait celui des planètes, de la Voie lactée à portée de la main, des galaxies très lointaines et sans nombre, des pulsars, des quasars, des quarks, des trous noirs, des espaces courbes et des siècles-lumière par millions de millions. Bien en deçà de l'histoire et de ses anecdotes, en deçà de la parole et de nos rêves insensés, en deçà de l'usage du cheval et de la terre enfin cultivée, en deçà de la ville et du feu, en deçà des origines interminables de la vie et en deçà de la mort, il faudrait parler de l'espace. Il faudrait parler du silence.

CHAPITRE XII

où un ambassadeur de France lit distraitement une inscription sur un mur et néglige les notes préparées par son secrétaire

Mais quel fracas inouï font aux oreilles de Dieu les corps célestes en mouvement ? Qui de nous, dans notre coin de Beauce ou de Saskatchewan, du Kazakhstan, du Kharezm, du Khorassan, du Kordofan ou de l'Arachosie, à Poughkeepsie, à Tordesillas, sur les bords du lac Nahuel Huapi, dans la savane africaine, sur les rivages sacrés du Gange, peut s'en faire la moindre idée ? L'hiver, quand les glaces craquent, au printemps, quand elle renaît, notre toute petite nature, déjà, est très loin du silence. Dieu, lui, écoute l'espace, qui est aussi le temps, et le ballet des mondes : les pluies d'étoiles, les nuages de matière, la ronde des planètes autour du soleil, les comètes qui se ruent d'un bout du ciel à l'autre, les galaxies qui s'échappent vers d'obscurs horizons, l'énergie qui se change en masse et tous les gémissements de la totalité. Il entend la lumière, toujours imperturbable, et son œil la précède, plus rapide encore que la divine messagère qui règne pourtant sur le monde. La céleste musique des sphères fait un raffut terrible. Les mâts, les poulies, les filins de l'univers grincent un peu de partout sur le double océan, qui n'en fait plus qu'un seul, de l'espace et du temps.

Il se passe ailleurs, plus loin, partout, des choses très prodigieuses. Mais nous n'en savons rien, enfermés dans un monde déjà trop grand pour nous. Chaque grain de matière est une colonie d'âmes, chaque atome de silence est un théâtre de vertige où s'écroulent des empires et où naissent des chefs-d'œuvre. Nous nous penchons sur presque rien, sur ce grain de matière, sur cet atome de silence, et nous en tirons des épopées, des sonates, des romans, des films, des tragédies. De la poussière naît de la poussière. Ah! qu'elle est fraîche et belle! Nous jouons avec elle, elle nous arrache, par sa grandeur, par sa sublimité, des cris de surprise et d'admiration. Et elle est moins qu'imperceptible dans l'immensité improbable de l'ensemble de tout.

Dans un coin minuscule de cette machine formidable, réglée au quart de tour et à la seconde près, le général Bernadotte, debout dans le chœur bondé de Notre-Dame de Paris, réclame un verre d'eau au grenadier qui se penche vers lui sous le regard soupçonneux du Premier Consul Napoléon Bonaparte; sur le lac Majeur, écrasé de soleil sous un ciel d'été sans nuages, le jeune Henri Beyle, à bord de la grosse barque bleue qui le mène, transporté d'enthousiasme, vers les îles Borromées — isola Bella, isola Madre, isola Pescatori —, échange son premier baiser avec Delphine Allart qui se souvient encore, dans ses bras, de ce charmant lieutenant, puis capitaine Robert, sorti de *La Chartreuse de Parme,* et qu'elle a arraché à la passion secrète d'une marquise italienne, à la fois sœur d'une duchesse aimée par un Premier ministre et mère de ce jeune homme qui devait se battre à Waterloo et tomber amoureux, avant de se jeter dans un couvent, de la fille de son geôlier; un carcan de bois autour du cou et de lourdes chaînes aux pieds, un jeune nègre, proche parent de plusieurs comtes et chevaliers en train de danser à Versailles, découvre au loin l'île de Gorée, d'où il s'embarquera en esclave pour Haïti et la Louisiane sur le navire du père de l'auteur d'*Atala,* du *Génie du christianisme* et des *Mémoires d'outre-tombe;* via delle Quattro Fontane, à Rome, dans une belle chambre d'angle d'un très ancien couvent transformé en appartements et où figure encore sur les murs une inscription presque effacée, une injonction, une supplique pieuse : *Pens'all'Eternità!,* l'ambassadeur de France auprès du Saint-Siège, qui a laissé dans la poche de son habit de velours bleu ciel, négligemment jeté sur une chaise au dos en forme de lyre, les notes préparées par le comte d'Haussonville pour l'audience du Saint-Père, au Vatican, le lendemain, et le brouillon d'une lettre admirable à Mme Récamier — « c'est une belle chose que Rome pour tout oublier, pour mépriser tout et pour mourir » —, fait l'amour, encore assez bien pour un homme de son âge, avec Hortense Allart ; sur une table, près de Paris, encombrée de Gibbon, du *Journal* de Jules Renard, des *Contrerimes* de Toulet, de l'*Odyssée* d'Homère, d'*Un amour de Swann* et de pas mal de navets, un millénaire et demi après la chute de l'empire romain, cent ans après la naissance de l'inventeur génial de la relativité restreinte, puis généralisée, et du champ unitaire, dix ans après la mort d'un général français dont le génie politique avait fait du bruit en son temps, quelques années après la mort glorieuse du timonier Mao Tsé-toung — déjà tenu à distance sous le nom de Mao Dzedong —, Hegel, Darwin, Nietzsche, Karl Marx et le docteur Freud depuis longtemps absents et pourtant toujours présents, un type entre deux âges dont il n'y a rien à dire et que tous les autres valent bien, écrit quelque chose sur Dieu.

CHAPITRE XIII

où l'auteur implore avec humilité le pardon de son sujet

Seigneur ! Pardonnez ma folie et cette ambition démesurée, très au-dessus des moyens qui m'ont été accordés par votre sainte volonté, par votre sagesse toute-puissante, de vouloir penser le tout, de vouloir toucher au tout. Qu'il nous glisse entre les doigts, qu'il s'échappe de partout, qu'il se refuse avec évidence à tout encerclement, et même à toute approche et à toute allusion, rien de plus nécessaire, rien de plus inévitable. Les mathématiciens, les philosophes, les historiens, les théologiens savent qu'aucun système ne peut se comprendre lui-même. Il n'y a pas de totalité aux yeux de la créature. Si ce livre à la gloire de Dieu pouvait être réussi, l'auteur serait Dieu lui-même — ou peut-être Lucifer. Je me vois bien plutôt à l'image du donateur italien ou flamand, à l'aube de la Renaissance, modestement agenouillé dans un coin du tableau et qui, loin d'être l'auteur de la scène sous nos yeux, fragment de la nature ou épisode de l'histoire reproduit par le peintre, n'en est que le témoin. Je ne suis pas l'auteur de ce qui se raconte ici. Puisque l'auteur, c'est Dieu. Le réel et l'imaginaire, la fiction, l'histoire vécue, les périodes géologiques qui s'étendent, interminables, à travers les centaines et les milliers de millénaires, le moindre des battements de cils, les grandes passions, l'insignifiante pensée que vous venez juste d'oublier et que vous ne retrouverez plus, la lente marche des hommes à travers ce temps immobile qui ne cesse de galoper et de les laisser sur place, les monstres des âges évanouis, les poissons, les algues, le minéral éternel qui finira pourtant d'être et qui n'était pas avant d'être, les lois de la physique et de la géométrie, l'idée de couleur et de forme, l'esprit de l'homme et tout ce qu'il y a derrière de réalité ineffable, non, je n'en suis pas l'auteur : ils appartiennent à Dieu, à cet univers immense et pourtant minuscule qui a surgi un beau jour sous le regard divin et dont le moindre éclat, le moindre reflet, le pâle souvenir effacé suffisent à me rendre fou.

Je n'en suis que l'écho, presque absent, à peine sonore. L'écho de ma propre vie qui se déroule comme hors de moi. L'écho de la vie des autres, aussi proche que la mienne. L'écho de tout ce qui s'est passé, de ce qui se passe encore et de tout ce qui se passera, l'écho du peu que je connais et de tout ce que j'ignore.

Il me semble, à travers Dieu, me souvenir enfin de ce que je n'ai jamais su. Et peut-être de ce que personne n'a jamais pu savoir. Il me semble deviner déjà ce qui me restera toujours interdit et fermé par le temps encore à venir. Puisque je participe à la totalité, quelque chose de Dieu palpite dans ce que j'écris. Je l'écris parce que je souffre d'une étrange maladie : j'ai le vertige du monde. Je lutte contre le mal par la vaccination, par l'homéopathie : je prends quelques gouttes de l'océan universel et je les infuse dans ces pages. Au hasard, n'importe comment, en quantités imperceptibles et infinitésimales : traces, comme dit le jargon. Il y a, dans ce livre à la gloire du saint nom, des traces de l'univers, il y a des traces de Dieu.

CHAPITRE XIV
En l'honneur des hommes

Ils marchaient. Ils vivaient. Ils venaient de très loin. Ils avaient traversé des déserts et des forêts, des montagnes et des fleuves. Beaucoup étaient morts et les autres mourraient. Mais il y avait des enfants pour continuer à vivre et pour marcher encore. Il n'y avait pas d'écriture et il n'y avait pas d'histoire. Il n'y avait guère de langage. Ils mangeaient des herbes, du miel, des fruits sauvages, des animaux qu'ils tuaient avec des flèches de pierre et des piques de bois. Si les souvenirs et la mémoire avaient pu se transmettre de génération en génération, ils auraient su d'où ils venaient et le mystère des origines en aurait été éclairé. Mais des siècles et des siècles s'étaient succédé presque sans fin. Ou plutôt : sans vrai début. Et la pensée, en ce temps-là, ne servait qu'à survivre. Avec leurs pièges et leurs armes grossières, à travers la lutte sans cesse recommencée contre le froid et la faim, ils survivaient.

Plus tard, beaucoup plus tard, dans tous les tumultes de la contestation, on retrouverait leurs restes. Des ossements, des outils, les reliefs de leur nourriture, les traces de leur passage. Leur vie et leur mort obscures étaient une bombe à retardement : ils ne pouvaient pas s'en douter, ils ne pouvaient pas se douter du bruit que leur souvenir allait faire dans un monde qui reposait sur des livres saints dont ils ébranleraient les certitudes en enjambant les millénaires. Ils ignoraient l'avenir comme ils ignoraient le passé. Mais ils avaient un avenir comme ils avaient un passé. Dieu prenait soin d'eux : ils ne s'en doutaient pas non plus. D'innombrables génies, à jamais ignorés, se mettaient à regarder le ciel, à établir des itinéraires, à installer des campements, à perfectionner les armes et à faire naître successivement et la guerre et la paix. Ils étaient sur la terre comme des naufragés dans une île. L'île était l'univers.

Ils venaient de l'Afrique. Mais l'Afrique n'existait pas. Ils venaient de l'Asie. Mais l'Asie n'existait pas. Certains se jetaient sur la mer et réussissaient à la vaincre. De formidables échecs menaient à des victoires inconnues et inouïes. Le langage, le feu, des rudiments d'agriculture et d'élevage, l'amour surgissaient peu à peu. L'homme accouchait de lui-même sous le regard du Dieu tout-puissant qui ne fait rien du tout, qui l'avait à peine créé et qui le bénissait. Les hommes étaient de la boue, des pierres, des arbres, des algues bleues, des fleurs encore informes, des poissons, des promesses d'oiseaux : rien de plus, mais rien de moins. C'était déjà énorme. Ce point de départ minuscule suffisait largement pour devenir des musaraignes et des espèces de grands singes. Et puis, tout au long des millénaires successifs qui glissaient dans le néant d'où ils étaient sortis, ils se distinguaient de la nature. Ils parlaient. Ils jouaient. Ils se mettaient à penser, à rire, à prier, à se souvenir, à espérer, beaucoup plus tard à peindre, à punir, à écrire, à établir des lois et à se révolter. Ils se révoltaient contre les hommes. Contre Dieu lui-même. Alors ils devenaient des hommes. Et les enfants de Dieu. Ils n'étaient plus de la boue, ils n'étaient plus des algues, ils n'étaient plus des choses. Ils chantaient. Un jour, un siècle plutôt, ou plutôt un millénaire, ils se mirent à chanter. Non pas comme des merles ou comme des rossignols qui chantent toujours la même chose. Mais comme des hommes qu'ils étaient et qui changeaient de chanson et qui inventaient ce qu'ils chantaient. Il faut imaginer ici le prodigieux progrès, le saut incomparable que constitue le chant jailli de la parole. Mais tout était un saut, tout était un progrès — et peut-être, en même temps, un pas de plus vers l'abîme et vers la fin de ce monde qui n'est que l'ombre d'un rêve — à travers les siècles et les siècles. Ils faisaient du feu, ils construisaient, ils parlaient, ils chantaient, ils riaient, ils aimaient : ils étaient des hommes.

Chacun sait qu'ils se redressaient, qu'ils cessaient de courir courbés, qu'ils regardaient vers le ciel et qu'ils s'emparaient des objets avec ce don de Dieu qu'était la main des hommes. Autant que la pensée, plus peut-être que la pensée, la main des hommes transforma l'univers. Elle fit de l'univers ce qui appartenait à l'homme, alors que l'homme jusque-là appartenait à l'univers. Le roman de Dieu, qui est aussi le roman de l'histoire et des hommes, commence par la pensée, la parole et la main.

Dieu voyait au présent le passé et l'avenir. Il se mit à trouver que les hommes valaient bien le silence, qu'une seule pensée de l'homme valait plus que le monde et que cette petite terre ridicule où ils avaient surgi, avec lui et sans lui, malgré lui, grâce à lui, valait quelques regards. Dieu regarda l'homme qui n'existait pas encore. Et il le trouva excellent.

CHAPITRE XV

Présentation d'une œuvre qui manque un peu d'unité et d'un auteur qui ne manque pas de charme

La fille de Delphine, la petite-fille de Gabrielle, n'a pas encore vingt ans qu'elle a déjà la tête tournée par la littérature. En 1821, elle publie *La Conjuration d'Amboise.* En 1824, des *Lettres sur les ouvrages de Mme de Staël.* En 1827, un roman assez médiocre et que personne n'a lu : *Gertrude.* Elle s'intéresse à l'histoire et, tout naturellement, puisqu'elle est née à Milan, à l'histoire de l'Italie et à l'histoire de Rome. Elle s'occupe de Laurent de Médicis et de la République de Florence, elle lit et relit Cicéron, elle est fascinée par Rienzi.

Fils du cabaretier Lorenzo, le jeune Rienzo, ou Rienzi, d'une érudition et d'une éloquence hors pair, grand admirateur de l'antiquité, républicain enthousiaste, ami de Pétrarque, devient tribun de Rome à trente-trois ans. Sept ans plus tard, après avoir vécu dans un faste inouï, après s'être fait armer chevalier avec une solennité dont rien n'avait encore approché, après s'être baigné dans la cuve de Constantin, après avoir revêtu la dalmatique des anciens empereurs et la couronne à sept étages, symbole des sept vertus, il est assiégé sur ce même Capitole où le peuple l'avait tant acclamé et, le 8 octobre 1354, il est assassiné par un serviteur de la maison des Colonna. Un roman historique célèbre devait être consacré à cette vie aventureuse par un autre prodige des lettres qui avait publié son premier ouvrage — *Ismaël, conte oriental* — à l'âge de quatorze ans. Il s'appelait Edward Bulwer Lytton, il descendait d'une illustre famille de diplomates et de militaires, il allait écrire des pages — *La Race qui nous supplantera* — qui font peut-être de lui un précurseur du nazisme. Il demeure surtout dans l'histoire comme l'auteur d'un livre qu'on lit encore aujourd'hui : *Les Derniers Jours de Pompéi.*

L'historien de Rienzi avait un frère, d'un an plus âgé que lui. Ce frère s'appelait Henry. Diplomate, écrivain politique, ministre à Washington, ambassadeur à Constantinople, mêlé de près à la fameuse affaire des mariages espagnols qui compromit quelque temps l'entente franco-britannique, Henry Bulwer Lytton a d'autres titres de gloire que sa nomination au Conseil Privé et à la lieutenance du Hertshire, que son mariage avec la sœur du comte Cowley, ambassadeur d'Angleterre à Paris, ou que ses ouvrages un peu oubliés : *Un automne en Grèce, La Monarchie des classes moyennes en France* ou *Le Lord, le gouvernement et le pays.* Avec son amour pour les chevaux, son beau visage, sa belle bouche, ses belles dents, sa belle crinière, ses beaux naseaux, sa taille élégante, ses manières charmantes et distinguées, il allait devenir l'amant d'Hortense et le rival heureux de Chateaubriand auprès de la fille de Delphine.

Plus tard, après des essais et des ouvrages d'histoire, Hortense Allart publiera encore plusieurs autres romans et d'abord *L'Indienne* où revivent ses amours avec Bulwer Lytton. Tous les livres d'Hortense Allart sont un peu le reflet de ses amours successives. Du coup, parce qu'elle avait aimé beaucoup d'hommes, son œuvre n'a guère d'unité. Après tant d'échecs ou de quarts de succès, elle allait pourtant écrire, vers la fin de sa vie, après la chute du second Empire, sous le nom de Mme de Saman, un livre étonnant, dont nous aurons à reparler, tout plein d'un Chateaubriand emporté par l'amour et par le goût du plaisir : *Les Enchantements de Prudence.* Grâce à Chateaubriand, elle réalisait son rêve, elle entrait presque de plain-pied, sinon dans la littérature, du moins dans l'histoire littéraire. Mais l'essentiel n'est pas là. La vérité d'Hortense Allart est ailleurs que dans ces livres qu'elle avait poursuivis d'un amour contrarié : elle était belle, elle plaisait aux hommes.

Hortense Allart était blonde, avec des yeux bleus, des traits fins et réguliers dans un ovale allongé, un teint pur et délicat, un cou mince, des épaules admirables. De taille moyenne, la taille souple et svelte, très droite jusqu'à un âge avancé, elle avait surtout des mains célèbres par leur finesse et leur longueur : on raconte qu'elle se servait pour coudre d'un dé d'enfant minuscule. Ses pieds, baisés par Sainte-Beuve, par Béranger, par Chateaubriand, par Bulwer Lytton, par Julien Pontarlier, par beaucoup d'autres encore, et qui n'étaient pas tous ses amants, étaient étroits et petits. Ses cheveux blonds, réunis en chignon, se déroulaient en masse jusqu'à terre lorsqu'elle se laissait emporter — en fin de compte, assez souvent — par l'amour ou par un geste trop vif. Elle avait les mouvements très prompts, des manières simples et élégantes, mais extraordinairement spontanées, un grand air, mais animé. Elle riait beaucoup. Une espèce de lumière paraissait l'entourer.

A moins de vingt ans, la fille de Delphine et peut-être de Stendhal, la sœur plutôt de Fabrice del Dongo, est livrée à elle-même. Delphine Allart est morte à Paris dans les bras de d'Antraigues, en 1821, après avoir tourné pas mal de têtes et avoir donné des successeurs à Henri Beyle et au lieutenant Robert : elle a été successivement la maîtresse de Talma, de Portalis, de Duroc et de Junot, duc d'Abrantès, qu'elle contribua à précipiter dans la folie furieuse dont il devait mourir, en héros de Shakespeare, en juillet 1813. J'aurais voulu donner ici un peu plus de place à cette vie presque inconnue et pourtant très digne d'attention dont on ne trouve guère quelques traces, d'ailleurs soigneusement camouflées, que dans les *Mémoires,* pleins d'esprit et de vie, de Laure Permon, duchesse d'Abrantès. Mais l'ouvrage qui lui serait tout entier consacré — et j'espère qu'un jeune chercheur en quête d'une thèse ou d'un roman historique s'attellera à la tâche — reste encore à écrire. La biographie de Delphine Allart est sans doute un fragment de la biographie de Dieu, mais elle ne saurait se confondre avec elle. La totalité, à elle seule, est un assez gros morceau : ne nous en laissons pas trop distraire. Et Hortense, déjà, nous attend dans l'avenir. Ah ! comme elle est émouvante, la petite-fille de Gabrielle, fragile et forte à la fois, pleine d'ambitions déçues et de vivacité. Ceux qui l'attaqueront plus tard — et le grand Barbey d'Aurevilly sera hélas ! parmi eux — auraient mieux fait de s'interroger sur le destin d'une enfant ravissante et douée, jetée toute seule dans le tourbillon de la Restauration et des débuts du XIXe siècle où elle allait occuper une place qui n'est pas trop indigne de celles d'une Julie Charles dans la vie de Lamartine, d'une Marie Dorval dans la vie de Vigny, d'une George Sand dans la vie de Musset, d'une Juliette Drouet dans la vie de Hugo, d'une Adèle Hugo dans la vie de Sainte-Beuve — il court, il court, le furet... — de celles enfin de Pauline de Beaumont, de Delphine de Custine, de Natalie de Noailles, de Cordelia de Castellane, de Juliette Récamier dans la vie de Chateaubriand — ... le furet du Bois Mesdames.

CHAPITRE XVI

Portrait de Dieu en romancier

Dieu naturellement aurait pu créer un autre monde que celui où nous vivons et que nous décrivons. Il aurait pu faire autre chose. Il aurait pu ne rien faire du tout. Sa sagesse toute-puissante aurait pu donner d'autres lois à d'autres créatures. Il aurait pu faire jouer le hasard et la nécessité dans des directions opposées, vers des horizons différents et pour nous impensables. Il aurait pu aussi abolir le hasard et se refuser souverainement à cette nécessité où nos faibles esprits, bornés par son pouvoir, le considèrent soumis. Il aurait pu empêcher que deux et deux ne fissent quatre, que le carré de l'hypoténuse ne fût égal, dans un triangle inventé par les Grecs, à la somme des carrés des deux autres côtés, qu'une formule germanique du début du XXe siècle après la crucifixion de Jésus n'établît l'équivalence de l'énergie et de la masse, que l'homme et son destin ne devinssent la grande affaire de tout ce qui pense dans l'univers. Il aurait pu s'arranger pour qu'Athènes et que Rome, que Jérusalem et Moscou, que Saint-Chély d'Apcher et le Karakorum ne vissent jamais le jour. Il aurait pu rayer la terre de la carte du ciel. Il aurait pu faire quelqu'un d'autre de la jeune Hortense Allart.

Il aurait pu la faire naître un peu plus tôt ou un peu plus tard, lui donner pour père, au lieu de Stendhal, au lieu du père de Fabrice del Dongo, un maréchal d'Empire, un ami de Metternich, le prince de Talleyrand-Périgord, le futur cuisinier de Chateaubriand à Londres, inventeur du pudding Diplomate ou à la Chateaubriand et du beefsteak du même nom et qui s'appelait Montmirel, le maître de poste de Varennes, le physicien Ampère, créateur de l'électrodynamisme, dont le fils Jean-Jacques allait tomber amoureux, à l'âge de vingt-six ans, de Juliette Récamier qui en avait cinquante-deux, le grand Goethe — pourquoi pas ? — ou, plus modestement, un des deux frères Schlegel, un gondolier vénitien, un berger sicilien, un anonyme de Milan. Il aurait pu l'appeler au monde dans une de ces familles dites normales où le nom des enfants est donné par le père et non pas par la mère. Il aurait pu lui fournir, dans ces fonctions paternelles, n'importe quel citoyen, de préférence français pour préserver la vraisemblance, qui se serait nommé Allart et prénommé Gabriel, ou Nicolas, ou Jean. Ce personnage imaginaire, puisque la vie de Dieu est d'abord un roman, nous aurions pu le peindre aux couleurs les plus banales ou les plus improbables. Nous lui aurions donné deux bras, deux jambes, une taille bien déterminée, certains traits de visage et puis, tout à coup, pour frapper, pour introduire un de ces détails singuliers et surprenants que la vie affectionne et qu'elle sème à foison, une manie de collectionneur, ou une ambition sans mesure, ou une chance insensée, ou plutôt, non, tenez, plutôt l'amour, la passion, la folie du théâtre. Il aurait pu être un ami de ce même Talma qui avait été l'amant de Delphine. Il aurait eu pour maîtresse une actrice de l'époque, pas très belle peut-être, pour ne pas exagérer, mais avec un corps ravissant. Nous l'aurions appelée, pour faire bien et dans le goût du temps, Mlle Desgarcins. Allons ! n'hésitons pas : Mlle Desgarcins, égarée par la jalousie, se serait percée pour le jeune Allart de plusieurs coups de poignard. Et lui, à peine sorti de ces liaisons de théâtre, aurait rencontré, aimé et épousé une orpheline savoyarde éblouie par tant de passion et par son issue dramatique. Il aurait fallu encore, à celle-là, lui inventer un nom. Dieu aurait pu choisir peut-être, s'il avait voulu, le nom très prononçable de Marie-Françoise Gay. Elle aurait été — jolie idée ! et à cause du prénom qui nous dit déjà quelque chose et qu'il ne faut pas laisser perdre — la tante de Delphine Gay, celle-là même qui, plus tard, allait épouser Émile de Girardin, le fameux journaliste, inventeur de la publicité — alors, là, bravo ! — qui devait tuer en duel, en 1836, son confrère Armand Carrel, fondateur du *National.* Elle aurait pu, Mme Allart, née Marie-Françoise Gay, avoir un frère — pourquoi pas ? — du nom de Sigismond. Il aurait pu, M. Allart, devenu moins fou de théâtre, se faire nommer à Milan, dans je ne sais quelle commission militaire ou civile. Et Hortense Allart, loin d'être la fille de Stendhal ou du général Bonaparte, au lieu d'être la sœur de Fabrice del Dongo, aurait été la fille de ce couple légitime et finalement bourgeois et la cousine germaine de Delphine de Girardin. Est-ce que quelque chose comme cela pourrait aussi vous convenir ?

Cette combinaison un peu laborieuse ne serait pas tout à fait invraisemblable. On la saupoudrerait, pour faire plus vrai, de quelques noms historiques et vaguement familiers. A la fin du XVIIIe siècle, les Gay auraient été anoblis par Victor-Amédée, roi de Sardaigne. L'abbé Grégoire, sous la Terreur, aurait protégé Marie-Françoise. Elle aurait fréquenté Ducis et Marie-Joseph Chénier. Elle aurait traduit des romans anglais — ceux d'Ann Radcliffe, par exemple, qui jouissait alors d'une grande vogue. Et elle aurait signé, pour jeter aux yeux un peu de poudre vaguement britannique, du nom harmonieux de Mary Gay. Elle aurait assisté à la cérémonie musicale et funèbre orchestrée par Cherubini, à l'Opéra, en 1797, à la mémoire de Hoche. On ferait, de son côté, souper Allart chez Talma, rue Molière Saint-Germain, aujourd'hui rue Rotrou, ou peut-être rue Chantereine, dans l'hôtel où Joséphine épousa Bonaparte, avec M. de Bougainville, de retour du Pacifique. On donnerait pour parrain à Hortense le général Marmont, futur duc de Raguse, ou peut-être plutôt, pour l'utiliser un peu et pour ne pas le laisser inoccupé, son oncle, Sigismond Gay, le futur père de Delphine ; et, du coup, pour marraine, la générale Marmont. On introduirait là-dedans quelques mots historiques, absolument nécessaires et résolument inventés, échangés avec le Premier Consul, ou peut-être déjà avec l'Empereur. On pourrait les prêter, par exemple, à la femme de Sigismond, qui écrivait elle aussi, et les situer, si vous voulez, et si Dieu l'avait voulu, du côté d'Aix-la-Chapellle, où Sigismond Gay aurait été affecté au titre de receveur général du département de la Roer — ou de la Ruhr —, où nous aurions fait naître Delphine Gay et où

Napoléon Bonaparte n'a pas manqué de passer, sur les traces de Charlemagne :

— Il paraît que vous écrivez, Madame ! Vous a-t-on dit que je n'aimais pas les femmes de lettres ?

— Oui, Sire, mais je ne l'ai pas cru.

— Et qu'avez-vous fait depuis que vous êtes ici ?

— Trois enfants, Sire.

Voilà un mince échantillon de ce que Dieu — et Dieu seul — aurait pu inventer. Et encore beaucoup d'autres choses, et encore beaucoup de mots, et encore beaucoup d'aventures, plus incroyables les unes que les autres. Car de tous les romanciers de ce monde et de tous les autres, Dieu, bien sûr, est le plus grand. Que son saint nom soit béni.

CHAPITRE XVII

Histoire du fils d'Hortense Allart et de Barbey d'Aurevilly

Le 21 octobre 1845, au théâtre de Dresde, la première de *Tannhäuser,* opéra en trois actes et quatre tableaux, paroles et musique de Richard Wagner, connaissait un triomphe. L'auteur fut appelé sur la scène à la fin de chaque acte et, à la chute définitive du rideau, après le retour de Rome du chevalier Tannhäuser, pèlerin avili et usé, et après la mort d'Élisabeth, les musiciens de l'orchestre, suivis d'une foule de jeunes gens, se rendirent, des flambeaux à la main, devant la maison où habitait Wagner et exécutèrent, sous les fenêtres du jeune compositeur, une sérénade composée de morceaux choisis dans ses ouvrages.

Le 13 mars 1861, *Tannhäuser* fut représenté à l'Opéra de Paris. L'accueil devait être bien différent : ce fut un échec retentissant. Plusieurs membres du Jockey — dont Wagner allait parler avec amertume comme de « ces Messieurs du Jockey Club » — se distinguèrent tout particulièrement, se répandirent en mots d'esprit et menèrent l'attaque contre les brumes germaniques au nom de la mesure et de la clarté françaises.

Plusieurs années plus tard, après la guerre franco-prussienne de 1870, un autre opéra de Wagner fut monté à l'Académie nationale de musique. Pour différentes raisons, esthétiques ou politiques, des cabales se nouèrent à nouveau contre le compositeur allemand Des conservateurs et des nationalistes, des amateurs d'opéra classique et des patriotes de gauche, fidèles au souvenir de la Commune, se retrouvèrent au coude à coude pour conspuer

Wagner et pour le traîner dans la boue. Un groupe de bonapartistes se fit remarquer par sa turbulence. Aucun ne retint autant l'attention des journaux de l'époque qu'un spectateur, qui, à plusieurs reprises, au cours de la première représentation, invita le chef d'orchestre, avec une insistance proche de l'exaltation, à jouer *La Marseillaise.*

Le perturbateur fut appréhendé et emmené au poste de police. Le commissaire qui tentait de le calmer découvrit assez vite que le mélomane patriote avait déjà eu maille à partir avec la police et même avec la justice : le 14 juin 1873, il était passé en correctionnelle et il avait été condamné à un mois de prison et à deux cents francs de dommages-intérêts. Il s'appelait Marcus Allart. Dans cette famille où les pères s'évanouissaient assez vite et où le nom d'Allart se transmettait par les femmes, c'était le descendant de Gabrielle et de Delphine. C'était le fils d'Hortense.

Que s'était-il donc passé, au début de 1873, pour envoyer devant les tribunaux le petit-fils de Stendhal — ou peut-être plutôt, si vous voulez m'en croire, le neveu de Fabrice del Dongo ? C'est une assez jolie histoire qui va nous contraindre à faire entrer ici en scène quelques nouveaux personnages : George Sand, Gustave Flaubert, Sainte-Beuve, Barbey d'Aurevilly — et toujours, naturellement, le grand, l'immense, l'incomparable auteur du *Génie du christianisme.*

George Sand était à Nohant [1] au début de l'automne 1872. Elle se remettait difficilement, en écrivant à Flaubert et à quelques autres amis, du choc que lui avaient causé les événements de la Commune : la femme de gauche, tout à coup, s'était réveillée réactionnaire. Elle n'était pas la seule. De tous ceux qui s'étaient voulus démocrates et libéraux, il n'y aurait guère que Hugo pour garder aux vaincus un peu de pitié et de confiance. Un beau matin de septembre, tout plein d'un soleil encore chaud qui entrait par les fenêtres, elle reçut par la poste un curieux ouvrage dont la couverture grise et nue ne comportait aucune inscription ni aucune indication de libraire ou d'éditeur. Il fallait ouvrir le volume pour

1. Nohant-Vic : petite commune de l'Indre, arrondissement de La Châtre ; 710 habitants. Église du XIIe siècle. Maison de George Sand.

découvrir un titre qui avait de quoi intriguer : *Les Enchantements de Madame Prudence de Saman l'Esbatx.*

George Sand n'eut pas besoin d'avancer beaucoup dans sa lecture pour deviner le nom de l'auteur de ce livre surprenant, où Chateaubriand était dépeint sans vaine pudeur aux pieds de Madame Prudence. Quelques années plus tôt, Sainte-Beuve, dans une étude sur *Chateaubriand et son groupe littéraire,* avait déjà évoqué les souvenirs d'une maîtresse anonyme de l'auteur d'*Atala* et du *Génie du christianisme.* Plus d'un critique avait alors soupçonné Sainte-Beuve d'être lui-même à l'origine de ces pseudo-Mémoires apocryphes. Voilà que la publication des *Enchantements de Prudence* lavait enfin Sainte-Beuve de ces accusations : le prétendu faussaire était un historien. Le 24 septembre, George Sand écrit à Hortense Allart qu'elle imaginait en voyage mais dont elle connaissait l'adresse à Montlhéry : « Où êtes-vous, astre errant ?... Je viens de lire ce livre étonnant. Vous êtes *une très grande femme.* Voilà le résumé de mon opinion... Je vous admire et je vous aime. » Et dans *Le Temps* du 16 octobre paraissait, sur douze colonnes, un feuilleton signé de George Sand. Il commençait par ces mots : « *Les Enchantements de Madame Prudence de Saman l'Esbatx,* tel est le titre bizarre d'un des livres les plus curieux que j'aie lus... » Après un éloge de Dieu et une affirmation de la divinité qui surprirent un peu, à l'époque, en marge de ce récit d'amours plutôt échevelées, George Sand terminait en jetant à l'âme fervente, dont elle respectait le pseudonyme, « une couronne de roses à feuilles de chêne ». Du coup, avec l'article de Sand, légèrement remanié, en guise de préface, Hortense porta ses enchantements chez l'éditeur Michel Lévy qui savait y faire et qui les lança à grand fracas dans les premières semaines de 1873.

Le livre d'Hortense Allart ne fut pas accueilli par tout le monde avec l'enthousiasme de George Sand. Stendhal, dont l'appui — vous l'auriez deviné — n'avait jamais manqué à Hortense, n'était hélas ! plus là. Une bonne partie de la presse, surtout de droite, se déchaîna. Armand de Pontmartin, critique et littérateur aujourd'hui bien oublié, mais à qui Pierre Larousse, dans la fameuse édition de son *Dictionnaire du XIXe siècle* dont nous avons déjà parlé, consacre encore trois interminables colonnes, pleines, il est vrai, de critiques et de perfidies assez justifiées, versa dans ses *Nouveaux Samedis,* quelques larmes amères sur le défenseur de la religion et l'ordonnateur des pompes funèbres d'une monarchie vaincue, travesti en vicomte bohème, royaliste et catholique pour rire, impatient d'abuser des fiacres, de courir les guinguettes, de fredonner des chansons et de donner rendez-vous à l'objet de sa flamme — c'est-à-dire à Hortense Allart — sur le pont d'Austerlitz ou dans les allées ombragées et discrètes du Jardin des Plantes. Barbey d'Aurevilly, qui ne devait pourtant pas toujours faire preuve, tout au long des tumultes de sa vie et de ses œuvres, d'autant de vertu et de pudibonderie, fut plus brutal encore : « Les compagnons d'Ulysse marchant à quatre pattes devant Circé me font un effet moins violent que cette porcherie. » Il dénonçait la « négation de Dieu », l' « insulte à Jésus-Christ », les « prières hystériques au Dieu-Nature », et, par-dessus tout, le « Saint-Sacrement de l'Amour ». Et il ajoutait, pour faire bonne mesure : « Il n'y a rien à dire sur ces vieilles billevesées et je n'aurais pas ramassé ce livre s'il n'avait pesé que cela. Mais Chateaubriand ! Chateaubriand ayant pour amphithéâtre le lit encore chaud d'une comédienne qui le dissèque par volupté de ressouvenir et d'orgueil d'avoir été à lui ! Mais une femme de l'ancienne société française qui se vante après l'amour, comme les lâches après la guerre !... Voilà ce qui m'a fait m'arrêter devant ce livre, signe des temps, et vous le montrer simplement du doigt. Mais que je plains sincèrement, mon Dieu ! les maris, les fils ou les filles des femmes (si elles en ont) qui écrivent de ces livres-là. »

L'article tomba sous les yeux de Marcus Allart. Le fils d'Hortense Allart provoqua aussitôt son auteur en duel et lui envoya ses témoins. Barbey d'Aurevilly n'avait aucune intention de se battre à propos d'un de ses textes, même un peu agressif : il aurait passé sa vie sur le pré. Il refusa de constituer des témoins. Alors, le fils d'Hortense décida d'aller le chercher lui-même, à la rédaction du *Constitutionnel* où l'ancien roi des ribauds, le dandy catholique et normand, avait succédé à Sainte-Beuve. Il s'y précipita dans un état d'exaltation extrême. Un huissier, puis un rédacteur lui indiquèrent en vain que l'auteur d'*Une vieille maîtresse* et du *Chevalier des Touches* n'était pas au journal. Il crut que Barbey

CHAPITRE XVIII

Histoire du Juif errant

Dieu n'aime pas les puissants. Ne croyez surtout pas qu'il les préfère aux humbles, aux inconnus, aux modestes anonymes de la vie quotidienne. C'est nous qui privilégions, tout au long de l'histoire, quelques noms éclatants où nous accrochons nos souvenirs. Il serait injuste de penser que ce choix est totalement arbitraire : le génie et le hasard existent parmi les hommes et certains d'entre eux font avancer l'histoire. Mais, au regard de Dieu, le premier passant venu vaut bien l'imperator, le cardinal, le maréchal et l'ambassadeur, Michel-Ange et Victor Hugo.

Le roman de Dieu devrait être jonché de noms qui ne vous diraient rien du tout. Il devrait mettre en scène des esclaves torturés, des Indiens d'Amérique avant Christophe Colomb, des sauvages dans la brousse, des primitifs, des idiots, des médiocres de toutes les races, des anonymes sans histoire, des millions d'inconnus dont il n'y aurait rien à retenir et rien à raconter. S'il fallait, malgré tout, donner un nom à ce silence qui roule d'âge en âge, ce serait celui du Juif errant dont l'identité même relève de la légende et qui traverse toute l'histoire, toujours ressuscité et toujours inconnu.

Il apparaît à Constantinople, vers le IVe siècle, à l'époque de la découverte de la vraie croix. D'après Mathieu Paris, moine de Saint-Albans, illustre chroniqueur de la première moitié du XIIIe siècle dont on ne connaît avec certitude ni le lieu de naissance ni la nationalité, ami du médecin Ranulphe Besace, du juif Aron d'York, de Guillaume de Châteauneuf, maître de l'hôpital de Jérusalem, et du roi de Norvège Haakon, il s'appelait Cartaphilus et il était le portier de Ponce Pilate. D'après une autre version, sans doute plus ancienne encore, il était cordonnier à Jérusalem et il s'appelait Ahasvérus. Lorsque Jésus, portant sa croix, passe devant son échoppe, les soldats qui conduisent l'auguste victime au Calvaire, émus eux-mêmes de pitié, prient l'artisan de laisser le roi des Juifs prendre dans sa boutique quelques instants de repos. « Marche, marche donc ! » répond-il avec dureté. « Marche toi-même ! » gronde alors une voix céleste. « Tu parcourras toute la terre jusqu'à la consommation des siècles et tu ne pourras nulle part t'arrêter un seul instant. » Dès le lendemain, Ahasvérus, poussé par une force surnaturelle, doit, pour accomplir l'arrêt divin, commencer le voyage qui n'aura pas de fin.

« Jamais on ne l'a vu rire, dit un texte de 1618. Dans quelque lieu qu'il allât, il parlait toujours la langue du pays. Il y a beaucoup de gens de qualité qui l'ont vu en Angleterre, en France, en Italie, en Hongrie, en Perse, en Suède, au Danemark, en Écosse, et dans d'autres contrées ; comme aussi, en Allemagne, à Rostock, à Weimar, à Dantzig, à Königsberg. En l'année 1575, deux ambassadeurs du Holstein l'ont rencontré à Madrid. En 1599, il se trouvait à Vienne, et en 1601 à Lübeck. Il a été rencontré l'an 1616 en Livonie, à Cracovie et à Moscou par beaucoup de personnes qui se sont même entretenues avec lui. » On voit, dit un commentateur, animé d'un souci louable de l'exactitude historique, que les témoignages ne manquent pas.

L'histoire du Juif errant constitue une des légendes les plus répandues du moyen âge : elle laisse des traces dans toutes les littératures européennes. Une version arménienne ne tarde pas à apparaître. Au XIVe siècle, Roger de Wendower se fait l'historien de l'homme qui insulta Dieu. En Italie, Buoncompagno de Signa et Guido Bonatti lui donnent dans leurs *Historiae* le nom de Buttadeo. Cecco Angioleri l'évoque dans ses *Rimes,* le Siennois Sigismond Tizio et Antonio di Francesco di Andrea dans leurs *Chroniques.* Il apparaît dans les *Livres populaires allemands.* La tradition espagnole le connaît sous le beau nom de Juan de Espera en Dios.

On le trouve aussi souvent sous le nom assez fameux d'Isaac

Laquedem et une complainte de la fin du XVIIIe siècle ou du début du XIXe, généralement accompagnée par le fameux portrait « dessiné d'après nature par les bourgeois de Bruxelles, lors de la dernière apparition du Juif, le 22 avril 1774 », nous le montre abordé et régalé d'une chope de bière fraîche par des passants bienveillants et curieux.

Un jour, près de la ville
De Bruxelles, en Brabant,
Des bourgeois fort civils
L'accostèrent en passant.
Jamais ils n'avaient vu
Un homme aussi barbu !

....

Entrez dans cette auberge,
Vénérable vieillard !
D'un pot de bière fraîche
Vous prendrez votre part ;
Nous vous régalerons
Le mieux que nous pourrons.

....

De connaître votre âge
Nous serions curieux.
A voir votre visage,
Vous paraissez fort vieux ;
Vous avez bien cent ans ;
Vous en montrez autant.

La vieillesse me gêne.
J'ai bien dix-huit cents ans.
Chose sûre et certaine,
Je passe encore douze ans.
J'avais douze ans passés
Quand Jésus-Christ est né.

N'êtes-vous point cet homme
De qui l'on parle tant,

Que l'Écriture nomme
Isaac, Juif errant?
De grâce, dites-nous
Si c'est sûrement vous?

Isaac Laquedem
Pour nom me fut donné;
Né à Jérusalem,
Ville bien renommée,
Oui, c'est moi, mes enfants,
Qui suis le Juif errant!

Etc. La complainte se poursuit, avec la même beauté naïve, sur quelque vingt-quatre couplets. Au dernier, le Juif s'arrache à l'émerveillement médusé des bourgeois de Bruxelles :

Messieurs, le temps me presse!
Adieu la compagnie;
Grâce à vos politesses;
Je vous en remercie.
Je suis trop tourmenté
Quand je suis arrêté!

Goethe, dans sa jeunesse, caresse l'idée d'une épopée dont le personnage central serait le Juif errant. « Je voulais, écrit-il dans *Dichtung und Wahrheit,* me servir de cette légende comme d'un fil conducteur pour représenter toute la suite de la religion et des révolutions de l'Église. » Goethe imagine le Juif errant un peu à la façon d'un autre Judas : un personnage qui, malgré son amour pour le Christ, ne parvient pas à le comprendre ni à se hisser à sa hauteur et qui se mêle à ses bourreaux en l'exhortant à donner un signe de sa puissance, jusqu'à ce que des lèvres de Jésus s'échappent enfin les paroles qui le condamnent à jamais. Un autre poète allemand, Friedrich Schubert, a laissé un fragment d'une centaine de beaux vers sur le Juif éternel. Il y dépeint les vains efforts déployés par Ahasvérus pour sortir de la vie : il affronte la mitraille, la dent des bêtes féroces, la hache des bourreaux, le gouffre de l'Etna, la fureur des tyrans — et il ne peut mourir. Embrassant dans son souvenir l'histoire du monde tout entière, traçant un tableau épique de toutes les merveilles de l'univers et de toutes les révolutions de la nature et des empires auxquelles il avait assisté, le Juif immortel apparaît comme élevé au-dessus de l'espace et du temps. A la suite d'Arnim, de Wordsworth — *The Song for the Wandering Jew* —, d'Eduard von Schenk, de bien d'autres, Béranger et Eugène Sue évoquent aussi le Juif errant.

Deux ans après le succès prodigieux des *Mystères de Paris,* où, entre le Chourineur, la Chouette, le Maître d'école et l'illustre concierge Pipelet, Fleur-de-Marie, fille du grand-duc Rodolphe déguisé en ouvrier et prostituée des bas-fonds, renonce à épouser l'homme qu'elle aime pour entrer au couvent, le Juif errant d'Eugène Sue, accompagné de la Juive errante et entouré de Couche-tout-nu, de l'industriel Hardy, d'Adrienne de Cardoville, du prince hindou Djalma, est l'incarnation fantastique de la classe ouvrière opprimée et condamnée par l'histoire à une éternelle fatigue.

Béranger, lié avec Chateaubriand grâce à une amie commune qui s'appelait Hortense Allart, chanta son *Juif errant* devant l'auteur du *Génie du christianisme,* venu lui rendre visite avec, en guise de fleurs ou de chocolats, des allusions académiques. Béranger, sous le charme, écrivait le jour même à Hortense Allart : « M. de Chateaubriand sort de chez moi... Non, je ne dois pas être de l'Académie, quoi que M. de Chateaubriand en puisse dire... Je lui ai chanté *Le Juif errant;* il a bien voulu que je le lui répétasse. Il m'a paru en être très content. J'en suis bien aise, car j'aime cette chanson. » Chateaubriand, de son côté, qui espérait, en échange d'un fauteuil à l'Académie française, être immortalisé en chanson, écrivit à Béranger : « Je suis aussi vieux que votre admirable *Juif errant* — malheureusement, je ne puis plus courir comme lui et je ne serai pas chanté par vous !... » Tous les journaux de l'époque, ravis d'une telle aubaine, évoquèrent abondamment les liens noués entre le républicain Béranger et le légitimiste Chateaubriand par Hortense Allart et par le Juif errant. Ces compromettantes relations ne trouvèrent pas grâce aux yeux de tout le monde. Chateaubriand parle dans les *Mémoires d'outre-tombe* d'une lettre qu'il avait reçue d'un chevalier de Saint-Louis . « Réjouissez-vous, Monsieur, d'être loué par celui qui a souffleté notre roi et notre Dieu. » Ces querelles et ces politesses n'empêchent pas le Juif errant de poursuivre sa longue marche : négligeant Scribe, Dupont, Grenier, le bibliophile Jacob et même les illustrations de Gustave Doré, le lecteur curieux retrouvera la trace de Cartaphilus dans un texte admirable de Jorge Luis Borges : *L'Immortel.*

Joseph Cartaphilus s'y confond obscurément avec le grand Homère ; il y sert comme tribun, sous le nom de Marcus Flaminius Rufus, dans une légion de Dioclétien en garnison à Bérénice, en face de la mer Rouge ; il y combat au pont de Stamford au cours de cet automne 1066 où se joue le sort de l'Angleterre ; au VIIe siècle de l'Hégire, dans le faubourg de Bulaq, il transcrit en une langue oubliée, dans un alphabet ignoré, les sept voyages de Sindbad et l'histoire de la Cité de Bronze ; il y joue aux échecs dans une cour de la prison de Samarcande ; il y professe l'astrologie à Bikanir et en Bohême ; en 1638, il apparaît à Kolozsvar, puis à Leipzig ; à Aberdeen, en 1714, il souscrit aux six volumes de *L'Iliade* de Pope ; vers 1729, il discute avec Giambattista Vico de l'origine de ce poème. Mais, plus heureux que les autres incarnations du Juif errant, le Joseph Cartaphilus de Jorge Luis Borges débarque le 4 octobre 1921 dans un port de l'Érythrée pour découvrir enfin une source bien plus précieuse que celle dont l'eau atroce procure l'immortalité : celle dont l'eau la reprend et l'efface — la source de mortalité. Il s'y abreuve avec délice, avec avidité. Joseph Cartaphilus, alors antiquaire à Smyrne, qui s'exprime, selon Borges, avec fluidité et ignorance dans les langues les plus imprévues, a encore le temps d'offrir à la princesse de Lucinge les six volumes petit in-quarto (1715-1720) de *L'Iliade* de Pope. Et puis, enfin, comblé d'amertume et de bonheur, il meurt sur la route de Smyrne. On l'enterre dans l'île d'Ios. Il avait d'avance résumé son existence pathétique et improbable, qui était et qui n'était pas, sa condition vertigineuse d'immortel, enfin racheté et rendu à la vie — c'est-à-dire à la mort : « J'ai été Homère ; bientôt, je serai Personne, comme Ulysse ; bientôt, je serai comme tout le monde : je serai mort. »

Mais, touffu, bizarre, obscur, illisible, le chef-d'œuvre du genre est fourni par Edgar Quinet qui se propose, en 1833, dans son fameux *Ahasvérus,* de reproduire quelques scènes de la tragédie universelle qui se joue entre Dieu, l'homme et le monde. Dans la *Première Journée,* intitulée *La Création,* on trouve, pêle-mêle, le vieil Océan qui se plaint de sa solitude, puis le Léviathan, l'oiseau Vinateya, le Serpent, le poisson Macar qui se proclament les maîtres de l'univers et s'écrient : « C'est nous qui sommes Dieu ! » Bientôt paraissent les géants et les titans, premiers nés des hommes, que Dieu prescrit à l'Océan d'effacer de la terre comme un mot mal écrit dans le livre du monde. Nous assistons aux migrations des tribus humaines, rassemblées au sommet de l'Himalaya : l'une marche le long des rives du Gange et va s'établir dans l'Inde ; l'autre prend le griffon pour guide et s'arrête au pays de l'Iran ; une troisième suit l'ibis au bec d'or, aux pieds d'argent qui la conduit jusqu'à l'Égypte mystérieuse. Voici les grandes villes de l'Orient qui s'entretiennent ensemble : Thèbes, Babylone, Ninive, Persépolis, Saba, Bactres, Palmyre. Babylone propose de ne faire qu'un seul dieu de tous les dieux. Jérusalem leur apporte une nouvelle qui est la bonne nouvelle : ses prophètes viennent de lui montrer dans Bethléem un dieu, le plus grand de tous, caché dans une crèche d'étable. Rois mages et bergers vont adorer le Dieu nouveau-né. Si vous venez avec nous, lui disent les Rois mages, nos éléphants vous porteront dans des palanquins de soie ; nos peuples tiendront votre parasol sur votre tête ; des péris de la Perse, habillées de diamant, vous berceront d'amour mieux que votre mère dans votre étable. Dans notre pays, le dattier et le citronnier fleurissent, la gomme croît sur les arbres, l'encens sur les branches, l'amour sous la tente des femmes. Si vous venez avec nous, lui disent à leur tour les bergers, nos chemins sont durs, plus durs que nos chariots. Dans nos pays, le pin verdit sur le mont, le bouleau dans la forêt, le nuage est noir, la bise murmure, la feuille morte sanglote, la chaumine soupire, la grotte pleure. Vous aurez faim et soif et il n'y a rien auprès de nous que nos chiens pour vous garder. J'aime mieux, répond le Christ, que le pays des rois, le pays où la grotte pleure, où la chaumine soupire et où la feuille sanglote, je choisis la faim et la soif.

La *Deuxième* et la *Troisième Journée* sont intitulées respectivement

La Passion et *La Mort.* On y voit Jésus-Christ monter au Golgotha. On y voit accourir, sur leurs étalons sauvages, les Goths, les Huns, les Hérules lancés par l'Éternel, comme un nouveau déluge, contre le vieux monde romain. On y voit la mort, implacable railleuse, s'attaquer sans pitié à la poésie, à la science, à la politique, à la religion, à toutes les croyances et à l'amour. La *Quatrième* et dernière *Journée* s'appelle *Le Jugement dernier.* Là, la dernière heure a sonné. Les peuples se réveillent. La vallée de Josaphat est envahie par les morts. On entend le chœur des fleurs, des oiseaux, des montagnes, des étoiles, des femmes, des dieux morts, des villes de l'Orient, des saints, des bourgs du moyen âge et des peuples modernes. Tous défilent comme une procession de Pâques devant le Père éternel : ils viennent confesser leurs fautes et exposer leurs œuvres. Ahasvérus, à son tour, prosterné devant le Christ, reçoit de lui son pardon. Son voyage éternel recommence. Le Christ le bénit et le nomme le pèlerin des mondes à venir et le second Adam.

« A la lecture d'*Ahasvérus,* écrit un critique, on éprouve de l'éblouissement plutôt qu'une admiration sans réserve. L'impression du bizarre fait tort à l'impression du beau. Des éclairs et de l'ombre, des couleurs trop saisissantes pour ne pas fatiguer, peu de dessin, une voix dont le ton ne baisse jamais, un luxe oriental de métaphores capables de distraire du sentiment et de l'idée, une végétation poétique trop touffue, voilà l'œuvre d'Edgar Quinet. » C'est assez bien jugé. « Dans cette poésie enivrée, débordée, ruisselante, qui dévore son lit et nous porte aux dernières limites du connu, dans ce voyage par-delà les temps et les mondes, bien peu d'entre nous ont la vue assez ferme pour ne pas se troubler et pour jouir, à travers cette course, de leur propre vertige. »

Vingt ans plus tard, sous le coup de l'épidémie de choléra qui ravageait alors Copenhague, l'écrivain danois Paludan-Müller, fils d'un évêque protestant d'Aarhus, et longtemps incompris du public de son temps, reprend à son tour le thème d'Ahasvérus. Le vieux cordonnier juif, accroupi dans un cimetière, observe la discorde et l'égoïsme des hommes, présages de la fin du monde. L'Antéchrist vante la civilisation, le progrès, la tolérance. Mais tout cela n'est que poussière : en abandonnant la foi pour croire en l'humanité, l'Antéchrist échoue dans la bestialité. Alors paraît

Ponce Pilate. Tandis que le Juif errait sans repos sur les routes du monde, Ponce Pilate ne cessait, dans sa tombe, de se poser avec angoisse la seule question qui vaille : « Qu'est-ce que la vérité ? » Les deux acteurs de la Passion, l'un illustre, l'autre obscur, se retrouvent au dernier jour. « Qu'est-ce que la vérité ? » demande encore Ponce Pilate au vieux cordonnier juif — qui n'était peut-être rien d'autre, sous le nom de Cartaphilus, que son propre portier. Ce n'est pas en jugeant que nous la découvrirons, répond alors Ahasvérus, mais en étant jugés — et cette vérité, c'est le Christ. Voilà la solution de l'énigme de l'univers, voilà ce qui fait du châtiment une grâce et du jugement un espoir.

Ce délire, ce tourbillon ne sont qu'une mince image de l'histoire de l'humanité incarnée par le Juif errant. Il faudrait y ajouter la totalité de tous les mots et de leurs combinaisons infinies, la nature et ses révolutions, l'histoire d'un bout à l'autre, le passé et l'avenir, les sentiments les plus secrets dans leurs complications sans limites, tout ce qui se passe et ne se passe pas, les éclairs des pensées et les herbes des champs, les vivants et les morts, tout ce que les hommes on fait et tout ce qui leur reste obscur à travers le temps et l'espace. Il faudrait y ajouter ce que vous êtes vous-même et ce que vous serez.

Car vous aussi, comme moi, comme le Juif errant, cordonnier à Jérusalem ou portier de Ponce Pilate, comme Hortense, comme Delphine, comme Amédée-Stanislas et Gabrielle Allart, comme Julien Pontarlier, descendant d'esclaves noirs et rival de Chateaubriand, comme le général Bernadotte dans le chœur de Notre-Dame, comme Alexis dans sa grotte, comme Maria sur son pont, vous êtes un fragment de Dieu puisque vous êtes au monde.

CHAPITRE XIX

où Lucifer s'impatiente
et où Dieu
verse une larme recueillie par les anges

Lucifer, comme vous-même, en avait un peu assez de cette totalité immobile. Il voulait du mouvement et que quelque chose se passe enfin. Il aspirait obscurément à la venue d'un temps qui serait un peu plus — et aussi beaucoup moins —, qui serait beaucoup moins — et aussi un peu plus — que cette fade éternité. Un développement, bien sûr, et une limitation. Il ignorait ce qu'il voulait. Mais il voulait autre chose. Autre chose que l'éternité. Autre chose que le tout. Les mises en garde divines lui étaient des promesses plutôt que des menaces. Il était agité de deux forces formidables qui étaient encore de l'amour et qui n'étaient déjà plus de l'amour : le désir et la passion.

Lucifer se faisait des amis à coups de promesses et d'espérances. Il rassemblait Asmodée, Belzébuth, Mammon, le Samaël noir, Samaxias, les darvands, les archidevs, les droudjes, les pairihas, et beaucoup d'autres encore. L'impatience, la curiosité, une ardente soif de connaître, le goût de l'aventure, et la colère également, se mettaient à les animer. Ils rêvaient d'influence, de pouvoir, d'amour aussi et d'inconnu. Puisque Lucifer était l'intendant du Seigneur, il lui fallait participer à l'édification de cet univers auquel ils aspiraient tous vaguement et dont l'éternité et le tout n'étaient que l'image abstraite — ou peut-être trop concrète.

Ils voulaient savoir. Ils voulaient agir. Et, obscurément, ils avaient envie de limites à défier et à transgresser. Ils se réunirent autour de Dieu et Lucifer s'adressa à lui à peu près en ces termes :

« Seigneur, nous vous adorons et nous vénérons votre saint nom. Mais voilà une éternité que nous sommes ici sans rien faire. L'infini nous pèse un peu. Nous commençons à nous ennuyer dans la splendeur de l'absolu. Nous avons envie d'autre chose. Nous voudrions voyager. Nous voudrions espérer. Nous voudrions voir d'autres merveilles que le bonheur de l'éternité. Nous voudrions répandre au loin l'éclat de votre gloire et de votre puissance. Nous voudrions nous battre pour elles, en faire partager les splendeurs à un nombre immense de créatures, créer un peu partout les délices de l'attente, de la surprise heureuse et de la jubilation. Nous voudrions mettre en mouvement votre pensée infinie. En un mot comme en mille, nous voudrions une histoire. Mais nous sommes impuissants si vous ne venez pas à notre secours. Nous voulons quelque chose, mais nous ne savons pas quoi. Aidez-nous à faire éclater hors de l'éternité un peu de votre amour et de votre toute-puissante énergie. »

Dieu regarda Lucifer et tous ceux qui l'entouraient. Depuis qu'il avait tiré l'ange des lumières du néant, il n'avait plus connu un seul instant de paix. Ce tourment était sa joie, sa récompense, son honneur. Il savait, comme vous les savez, vous qui les avez connus, les désastres sans fin qui naîtraient du désir. Mais ce désir de Lucifer, il le bénissait dans son cœur. Ce que réclamait Lucifer, c'était un théâtre pour Dieu. Sur la scène de ce théâtre coulerait beaucoup de sang. On y verrait des choses atroces. Mais sur un point au moins Lucifer avait raison : on y verrait quelque chose. Un enchaînement de merveilles, une suite ininterrompue de splendeurs et de miracles : quelque chose au lieu de rien.

Dieu demanda à Lucifer :

« Lucifer, n'as-tu pas peur de ce qui pourrait se passer si quelque chose échappait à l'immobilité éternelle de la totalité ? »

Alors, Lucifer fit à Dieu la réponse effrayante et sublime qui allait décider de tant de malheurs et de tant de bonheurs, de tant de crimes et de tant de rachats :

« Non, Seigneur, je n'ai pas peur. Seigneur, je n'ai peur de rien. »

« De rien ? » demanda Dieu.

« De rien, répondit Lucifer. Même pas de vous, Seigneur, puisque c'est vous qui m'avez créé. »

Dieu ne regarda plus le monde, ni les planètes, ni tous les futurs possibles, ni l'histoire des hommes. Il regarda en lui-même. Et l'amour pour Lucifer le submergea à nouveau tout entier.

Dieu murmura, très doucement :

« Il y a déjà autre chose que le rien. Quand il y aura autre chose que le tout, comment ne comprends-tu pas que nous serons séparés ? »

« Ah ! Seigneur, dit Lucifer, comme il doit être bon d'être séparés ! Parce qu'il n'y a que la séparation pour donner son sens à la réunion. Ne permettez pas que nous nous lassions de votre splendeur inutile. Nous en sommes presque à espérer qu'on vous combatte pour que nous vous aidions et que vous échouiez pour que nous vous sauvions. Séparons-nous, Seigneur ! Laissez-nous nous jeter enfin hors de l'éternité ! Laissez-nous quitter votre séjour ! Laissez-nous vivre, Seigneur. Et faire la preuve de notre force. Et nous nous retrouverons. »

« Lucifer, reprit Dieu, d'une voix calme et forte, je te le dis pour la dernière fois : ce n'est pas pour moi que je crains ce que tu désires. C'est pour toi. Il n'est pas bon pour la créature d'être séparée de son créateur. La création que tu souhaites sera cruelle pour les créatures. Mais elle sera pire encore pour toi. Car tu régneras sur la création et elle te maudira. »

Lucifer sentit à nouveau dans les paroles divines la menace qu'il avait déjà perçue. Dieu s'obstinait à l'humilier, lui, l'ange des lumières, la créature de feu, le premier-né du Seigneur. Une colère froide le saisit. Il se mit presque à crier :

« Ah ! quand cesserez-vous, Seigneur, de nous empêcher d'être nous-mêmes ? S'il y a des risques à prendre, nous les acceptons de grand cœur. Laissez seulement se faire ce qui doit être fait. Nous nous occuperons du reste et de dominer, en votre nom, et au nôtre, l'ensemble de la création. Nous étouffons, Seigneur ! Nous étouffons sous votre loi, impitoyable et stérile. Nous voulons du plaisir, du surprenant, de l'imprévu, du nouveau. Il n'y a jamais rien de neuf dans votre éternité. Nous voulons des montagnes et des vallées, de la lumière et de l'ombre. Nous voulons des événements et que passe à travers eux, que les anime, que les emporte un grand souffle de gaieté et de vie. Et s'il y faut de la souffrance, de la laideur et du mal, eh bien ! après tout, qu'il y ait de la souffrance, de la laideur et du mal ! Nous nous en chargerons bien volontiers, mes compagnons et moi. Nous étions les princes de la vérité et du bien. Nous serons encore les princes de la souffrance et du mal. Nous en acceptons d'avance la responsabilité. Nous n'en serons que plus beaux : le charme et la séduction mêmes. Et ça nous changera un peu de votre éternité. »

Et se tournant vers les siens, émerveillés de son éloquence, Lucifer se mit à rire.

Alors, Dieu se détourna de l'ange des ténèbres en train de rire de la souffrance et du mal et il versa ses premières larmes. Il y avait en elles à la fois de la douleur et de la pitié. C'est de l'amour de Dieu et de son énergie que surgit l'univers en une formidable explosion. Mais d'une seule larme de Dieu, plus lourde que tout l'univers et recueillie par les anges épouvantés et fidèles, allaient, d'après une légende plus vraie que la vérité, ruisseler l'eau primordiale, les torrents, la plaine liquide dont serait faite la boue brûlante d'où jaillirait la vie.

CHAPITRE XX

Le monde vu d'en haut

Un voyageur aérien qui survole les continents voit défiler sous ses yeux des montagnes, des champs, des îles, de grands fleuves et des villes. Il n'est pas impossible d'obtenir aujourd'hui des photographies de la terre. On y distingue, sous les nuages, la forme des océans, de l'Afrique, de l'Amérique, de l'Europe, cap dérisoire et déchiqueté au bout de l'Asie gigantesque. Ainsi parvenons-nous à tenir sous notre regard aveugle tout ce qui vit en ce monde.

Souvent, si le temps est clair, nous pouvons apercevoir, au moment de décoller ou à l'atterrissage, des cours de ferme ou de château, des voitures sur les routes, des jardins et des champs où travaillent des silhouettes. Il nous arrive de reconnaître, avec une soudaine émotion, une maison où nous sommes passés, une clairière dans la forêt, une cascade, une place de village. Et puis l'avion se pose et nous ne voyons plus rien que le terrain d'aviation et les bâtiments qui l'entourent. Ou bien il prend de la hauteur et le paysage se brouille : il s'organise en grandes masses de plus en plus confuses pour le détail et de plus en plus claires pour l'ensemble. Nous ne voyons plus les prés, les routes, les forêts qui disparaissent dans une sorte de brume. Mais nous voyons la Bretagne avec les côtes du Finistère, la Sicile presque entière, les Alpes, la mer Baltique. Nous ne distinguons plus le Rhin, New York, la lagune de Venise. Mais nous pouvons deviner, au loin, minuscule et immense comme le monde au regard de Dieu, ce qui restait pour nous une image aussi abstraite qu'un théorème de géométrie ou une carte de géographie : la rencontre de la terre et de la mer tout au long de la Floride ou de la Californie, la cordillère des Andes, le lien liquide du Bosphore, des Dardanelles, de la mer de Marmara entre la mer Noire et la vieille Égée. On pouvait presque se demander si toutes ces choses démesurées et floues, dont nous ne voyons jamais que des coins, des angles, des détails, avaient vraiment une existence. Eh bien ! elles en ont une : puisque les voici sous nos yeux.

Il m'est ainsi arrivé, venant de Rome ou de Venise, allant à Zurich ou à Genève, de survoler les lacs italiens. On en aperçoit les taches claires entre les Alpes et la Lombardie. On dirait qu'ils tiennent tous, du lac d'Orta au lac de Garde, dans un mouchoir de poche dont ils seraient les trous. L'imagination se met à rêver sur cette gigantesque petitesse. Les problèmes d'échelle, au sens géographique du mot, prennent une dimension métaphysique. Devant nous les montagnes les plus hautes de l'Europe, la Suisse, familière et riante, les églises baroques de l'Allemagne du Sud, la Forêt-Noire, le Rhin et les sources du Danube. Derrière nous, l'Émilie, la Toscane, l'Ombrie, tout ce qu'il y a de plus beau dans l'Occident chrétien. A droite, Venise et l'empire des mers, la Dalmatie, Dubrovnik, les provinces illyriennes, la lutte des Germains contre les Slaves et des Slaves contre les Turcs. A gauche, au loin, la Provence, le Languedoc, l'Espagne. Il faut vous dépêcher si vous voulez voir encore quelque chose de ce qui pourrait être le lac de Côme, ou peut-être le lac Majeur, avec les îles Borromées et la litanie indéfiniment répétée de leurs noms enchanteurs, ou peut-être déjà le lac de Lugano. Tout cela passe comme un songe, à toute vitesse, en un clin d'œil. Le temps, très vite, efface l'espace.

On se dit que, de plus haut, c'est toute l'Europe entière qui apparaîtrait à l'observateur sous les espèces d'un point à peine doué d'étendue. On se dit aussi que, plus bas, le plus petit des lacs est encore tout un monde, est déjà tout un monde. Un monde avec ses rivières, ses forêts, ses champs, un monde avec ses animaux, un monde avec ses régions, ses districts, ses vallées, avec ses hommes et ses femmes, un monde avec leurs rêves, leurs souvenirs, leurs espoirs et leurs passions. Descendons encore : nous pénétrons dans une ville. Encore, encore ! Un quartier, une rue, une maison, une chambre, un lit, un homme et une femme qui font l'amour dans ce lit. Ils sont un monde à eux tout seuls.

Chaque objet de la maison, chaque pensée de cet homme et chaque pensée de cette femme sont à nouveau un monde. Nous nous étions approchés comme par des cercles concentriques de ce lac, de cette ville, de cette maison, de cet homme et de cette femme. Nous pouvions naturellement descendre encore beaucoup plus loin. Infiniment plus loin. Vers le sang et les tissus, vers les atomes et leurs règnes, vers toutes les structures intimes, vers toutes les structures infimes qui sont le cœur universel et rigoureux du monde, avec leurs mouvements et leurs lois. Mais cet homme et cette femme fournissent, avec leurs mesures et leurs préoccupations, déchirantes et dérisoires, un étage commode où s'arrêter un instant. Pour reprendre son souffle. Mais pour bien peu de temps. Les communications, à ce niveau horizontal, sont encore plus nombreuses et plus enchevêtrées que dans le sens vertical depuis le système solaire jusqu'au mouvement des atomes. La table, la chaise, le bureau, la lettre dans le bureau, le journal sur la table renvoient aussitôt et indéfiniment à une multitude inépuisable. L'univers, que nous avions réduit à une chambre d'une maison d'un village du lac de Côme ou de Garde, se déploie de nouveau, dans l'espace et le temps, vers des horizons sans limites. La table a été construite, transportée et achetée, elle est passée de main en main et des individus successifs se sont assis devant elle, avec leurs bras, leurs jambes et leur derrière, mais aussi et surtout avec toute leur histoire. La lettre, le journal lancent des ponts grouillants de monde vers d'autres régions, d'autres villes, d'autres maisons et d'autres êtres. Le passé et l'avenir sont pris dans le filet des souvenirs et des intentions. L'ubiquité, la bilocation, les voyages à travers le temps ne nous sont pas donnés. Nous ne vivons que dans le présent et dans un seul endroit. Mais à chaque instant, partout, l'univers absent nous est pourtant présent.

Le roman de Dieu est tout naturellement beaucoup plus, et infiniment plus, que le roman des hommes. Mais il est aussi ce grand, ce ridicule, ce sublime roman des hommes. Il est le roman de leurs liens avec les autres et avec le monde.

Bonaparte. Sa carrière était faite : il allait connaître un train princier et devenir, coup sur coup, en bas de soie et culotte courte, président du Corps législatif et grand-maître de l'Université. Fontanes avait deux amis : le vicomte de Chateaubriand et Joseph Joubert. Il les présenta l'un à l'autre.

Joubert était un égoïste qui ne s'occupait que des autres. Il fut l'un des premiers à reconnaître le génie encore obscur de Chateaubriand. Fontanes lui avait fait rencontrer Chateaubriand. Joubert, à son tour, introduisit Chateaubriand auprès de la femme au monde qu'il aimait le plus et le mieux. Elle était la fille d'un ministre de Louis XVI : faible, pur et honnête, menin du dauphin, ambassadeur à Madrid, ministre des Affaires étrangères, exécré des Jacobins pour avoir signé le passeport du roi lors de la fuite à Varennes, décrété d'accusation, caché chez une blanchisseuse du faubourg Saint-Antoine, enfermé dans la prison de La Force, puis dans celle de l'Abbaye, M. de Montmorin avait péri dans les massacres de Septembre, percé de coups de baïonnette dans la cour de la Conciergerie, à sa sortie du tribunal qui l'avait acquitté. La femme et le fils de M. de Montmorin avaient été chargés sur la même charrette et guillotinés le même jour. Calixte de Montmorin était amoureux de la sœur d'une maîtresse d'André Chénier : il baisait un ruban bleu qu'elle lui avait donné. On exécuta dix-neuf personnes. A chaque fois que le couperet tombait, Calixte criait : « Vive le roi ! » A la vingtième fois, il se tut : on guillotinait sa mère. Il fut le vingt et unième. Une fille était morte en prison la veille de son exécution. Un autre fils n'avait pas pu monter sur l'échafaud : il avait péri en mer, dans un naufrage. Elle, la fille aînée, échappée par miracle, crachant le sang, mariée à un imbécile dont elle s'était séparée, s'appelait Pauline de Beaumont.

Pauline de Beaumont, qui habitait à Paris, rue Neuve-du-Luxembourg, avait loué une petite maison à Savigny-sur-Orge pour y passer l'été. Poitrinaire, un peu fiévreuse, elle avait la sensualité désespérée des êtres toujours menacés. Un de ses innombrables amis — était-ce Joubert lui-même ? — lui avait donné une devise : « Un rien m'agite ; rien ne m'ébranle. » Elle était l'amie de Mme de Staël et de Mme Récamier, du monarchiste Bonald, de Molé, futur président du Conseil, de Pasquier, né sous

Louis XV, mort sous le second Empire, du poète Chênedollé qui devait tomber amoureux, dans des conditions romanesques jusqu'au délire, de Lucile, la sœur de Chateaubriand, et qui avait l'air si triste que, lorsqu'il s'approchait d'une fenêtre, ses amis craignaient toujours qu'il n'allât s'y jeter. Joubert était fou de Mme de Beaumont. Mme de Beaumont devint folle de Chateaubriand.

C'est à Savigny-sur-Orge, chez Pauline de Beaumont qui n'avait pas tardé à devenir sa maîtresse, que Chateaubriand, catholique et marié, mit la dernière main au *Génie du christianisme* où était exaltée la sainteté du mariage, « pivot de l'économie sociale ». Selon une formule profonde de Sainte-Beuve, Chateaubriand était un épicurien qui avait l'imagination catholique. Victime du génie et de l'amitié, caressant mélancoliquement ses chers ouvrages déchiquetés, le pauvre Joubert souffrait le martyre. Il allait rendre visite aux amants de Savigny, qu'il aimait, l'un et l'autre, avec résignation et, le jour de son anniversaire, il notait dans son carnet : « Quarante-sept ans. *Fiat voluntas tua !* »

Entourée de ses amis, et surtout de son amant qui, pour quelque temps du moins, ne s'occupait que d'elle, gaie, vive, spirituelle, passionnée de plaisirs après les angoisses de la Terreur et indulgente jusqu'au système, Mme de Beaumont vivait pour s'étourdir et s'étourdissait à vivre. Quand un de ses amis — était-ce encore Joubert ? —, inquiet pour ses poumons délicats, lui disait : « Vous jouez à vous tuer », elle répondait seulement : « Qu'importe ? » Elle avait repris à son compte le mot de Marguerite d'Écosse : « Fi de la vie ! » Elle témoignait déjà de cette discrétion héroïque et ardente qui allait lui faire dire, quelques années plus tard, avant d'expirer, désespérée et ravie, dans une maison solitaire, entourée d'orangers, près de la place d'Espagne, à Rome, aux côtés de Chateaubriand enfin en larmes pour elle : « Je tousse moins. Mais il me semble que c'est pour mourir sans bruit. » Elle illustrait d'avance le mot fameux d'un chroniqueur de la fin du siècle et de la Belle Époque : « Que deviendraient les poètes sans les poitrinaires ? » Sa vie, sa maladie, sa mort, tout était déjà à l'Enchanteur et tout tournait autour de lui qui n'aimait que lui-même et qui n'était lui-même que dans le malheur des autres — et peut-être même le sien.

Joubert n'avait pas fourni seulement à Chateaubriand l'irrésistible Pauline de Beaumont, il lui fournissait aussi, à travers elle, ses livres, ses connaissances, ses conseils judicieux. « Dites-lui, au surplus, qu'il en fait trop ; que le public se souciera fort peu de ses citations, mais beaucoup de ses pensées ; que c'est plus de son génie que de son savoir qu'on est curieux ; que c'est de la beauté, et non pas de la vérité, qu'on cherchera dans son ouvrage ; que son esprit seul, et non pas sa doctrine, en pourra faire la fortune ; qu'enfin il compte sur Chateaubriand pour faire aimer le christianisme, et non pas sur le christianisme pour faire aimer Chateaubriand... Une règle trop négligée est celle-ci : " Cache ton savoir. " L'art est de cacher l'art. M. de Chateaubriand ne ressemble pas aux autres prosateurs. Qu'il fasse son métier : qu'il nous enchante. » Chateaubriand s'efforçait, tant bien que mal, de suivre ces sages avis. Il lisait en public, dans le salon de Pauline, visiblement angoissée, les pages qu'il venait d'écrire. Ému à sa propre pensée, il lui arrivait de fondre en larmes. Alors Mme de Beaumont s'écriait : « L'enchanteur s'enchante lui-même. »

Tout le monde n'était pas aussi sensible que Pauline de Beaumont aux beautés de Chateaubriand. Quand Mme de Staël, distraite pour un instant de sa lutte contre Bonaparte, tomba sur un chapitre du *Génie du christianisme* intitulé *De la Virginité* où figure cette phrase étonnante : « Dieu lui-même est le grand Solitaire de l'Univers, l'éternel Célibataire des Mondes », elle murmura, avec une ombre de satisfaction confraternelle : « Ah ! mon Dieu ! notre pauvre Chateaubriand ! cela va tomber à plat. »

Mme de Beaumont avait tort d'être inquiète et Mme de Staël de se réjouir. Quatre jours avant le *Te Deum* solennel de Notre-Dame de Paris, le 14 avril 1802, la parution du *Génie du christianisme* fut une sorte de triomphe merveilleusement minuté. « Je voulais un grand bruit, avait dit Chateaubriand, afin qu'il montât jusqu'au séjour de ma mère. » Dans le ciel des élus, Mme de Chateaubriand, femme de négrier et mère d'un génie, pouvait être rassurée : l'auteur du *Génie du christianisme* se hissait d'un seul coup au niveau du Premier Consul, son éternel rival en grandeur et en gloire. Le siècle s'ouvrait sous les auspices conjugués de Napoléon Bonaparte et de Chateaubriand.

C'est à cette époque que deux femmes nouvelles entrent, parmi beaucoup d'autres qui attendent encore pour les rejoindre, dans la vie de Chateaubriand. L'une est la plus belle personne de son temps : c'est Juliette Récamier. Un matin où celui qui n'était encore que l'auteur d'*Atala* rendait visite à Mme de Staël, la porte s'ouvrit tout à coup pour laisser passer une créature éblouissante, vêtue d'une robe de soie blanche. « Je me demandais, écrit Chateaubriand dans les *Mémoires d'outre-tombe,* si je voyais un portrait de la candeur ou de la volupté. Je n'avais jamais inventé rien de pareil et plus que jamais je fus découragé ; mon amoureuse admiration se changea en humeur contre ma personne. Je crois que je priai le ciel de vieillir cet ange, de lui retirer un peu de sa divinité, pour mettre entre nous moins de distance. » Le ciel ne répondit pas aussitôt au vœu de Chateaubriand. Douze années allaient s'écouler avant qu'il la retrouvât. Dix-sept avant qu'un soir, à un dîner chez Mme de Staël, leurs yeux enfin se rencontrent. Mais l'ange allait finir par vieillir et par se rapprocher de lui, comme il le souhaitait avec tant d'ardeur. Quarante-sept ans plus tard, quelques semaines à peine après les troubles de février et de juin 48, dans une chambre de la rue du Bac, la virginale beauté, devenue âgée et aveugle, serait presque seule au lit de mort de l'Enchanteur qui avait aimé tant de femmes — et peut-être pourtant une seule. Victor Hugo raconte dans *Choses vues* sa dernière visite à l'écrivain qu'il avait tant admiré. Il le trouva couché sur un petit lit de fer à rideaux blancs. Le visage avait une expression de noblesse. Les volets des fenêtres, qui donnaient sur un jardin, étaient fermés. Aux pieds de Chateaubriand, il y avait une grande caisse en bois blanc, à la serrure cassée : elle contenait le manuscrit des *Mémoires d'outre-tombe.* Au milieu des élèves de l'École polytechnique et de l'École normale qui assuraient une garde d'honneur, une très vieille dame, fort émue, tout en noir, était agenouillée sur un prie-Dieu : c'était la jeune femme éblouissante enveloppée de sa robe blanche comme d'une vapeur légère, c'était Juliette Récamier.

Les grands écrivains devraient toujours veiller très soigneusement sur la date de leur mort. Il ne faut mourir ni un 15 août, comme Jules Romains, ni au lendemain d'une révolution, comme

Chateaubriand. « Ce pauvre Chateaubriand, dit Pasquier, le vieil ami de Molé et de Pauline de Beaumont, qui avait juré successivement fidélité, assurait ironiquement Mme de Chateaubriand, à tous les pouvoirs présents ou futurs, ce qui lui avait valu le titre de duc et la présidence de la Chambre des pairs sous la monarchie de Juillet, ce pauvre Chateaubriand, quel tour lui est joué en le faisant mourir à une époque où il n'y a guère place dans les *Débats* pour quelques lignes sur lui. » Les obsèques se déroulèrent à l'église des Missions, le 8 juillet. « Paris, écrit Victor Hugo qui, lui, ne ratera pas sa sortie, était encore abruti par les journées de juin, et tout ce bruit de fusillade, de canon et de tocsin, qu'il avait encore dans les oreilles, l'empêcha d'entendre, à la mort de M. de Chateaubriand, cette espèce de silence qui se fait autour des grands hommes disparus. Il y eut peu de foule et une émotion médiocre... Molé était là, en redingote, presque tout l'Institut, des soldats commandés par un capitaine. Telle fut cette cérémonie qui eut, tout ensemble, je ne sais quoi de pompeux qui excluait la simplicité et je ne sais quoi de bourgeois qui excluait la grandeur. C'était trop et trop peu. J'eusse voulu, pour M. de Chateaubriand, des funérailles royales, Notre-Dame, le manteau de pair, l'habit de l'Institut, l'épée du gentilhomme émigré, le collier de l'ordre de la Toison d'or, tous les corps présents, la moitié de la garnison sur pied, les tambours drapés, le canon de cinq en cinq minutes — ou le corbillard du pauvre dans une église de campagne. »

Pendant la cérémonie, le républicain Béranger et le légitimiste Vitrolles ne cessèrent de bavarder ensemble avec une espèce d'affectation. La gauche et la droite se réconciliaient sur le cadavre encore chaud du monarchiste d'opposition. « O néant ! s'écria Sainte-Beuve. Soyez Chateaubriand, c'est-à-dire royaliste et catholique, pour qu'à vos funérailles, toute conviction étant usée comme l'ont été les vôtres, Béranger et M. de Vitrolles se rencontrent et ne se quittent plus ! »

Heureusement, quelques jours plus tard, en pleine tempête, au son du canon, parmi des prêtres et des marins agenouillés, le corps de Chateaubriand fut déposé sous une croix, dans une tombe de granit sans inscription, sur l'îlot du Grand-Bé, au large de Saint-Malo. Les remparts et les récifs étaient noirs de monde. La

Bretagne entière était venue chanter le refrain du *Dernier des Abencerages* derrière lequel se profile encore la silhouette d'une autre femme — ne craignez rien : elle reparaîtra —, au destin brûlant et tragique, rivale de Mme de Custine auprès de l'incorrigible séducteur : Natalie de Noailles :

> Combien j'ai douce souvenance
> Du joli lieu de ma naissance !
> Ma sœur, qu'ils étaient beaux les jours
> de France !
> O mon pays, sois mes amours
> Toujours !...

C'est sur cette tombe du Grand-Bé, nous raconte Simone de Beauvoir, que, quelque cent ans plus tard, vint pisser Jean-Paul Sartre.

L'autre femme qui pénétrait alors dans l'existence de Chateaubriand était précisément Mme de Custine. Elle aussi avait été jetée, encore presque enfant, dans les tourbillons de la Révolution. Mariée à seize ans, elle était veuve à vingt-trois ans. Elle avait été emprisonnée aux Carmes, dans la cellule voisine de celle qu'occupaient Gabrielle, Delphine et les deux Beauharnais. Son mari avait été guillotiné. Le retour de la paix civile et la protection de Fouché l'avaient précipitée dans les plaisirs. Blonde, tendre, généreuse, plaisant prodigieusement aux hommes, elle avait accumulé les amants, de Boissy d'Anglas à Grouchy, du général Miranda, libérateur du Venezuela, au précepteur de son fils. Ni elle ni Chateaubriand n'éprouvèrent beaucoup de peine à tomber dans les bras l'un de l'autre.

Quand, à force de démarches et grâce à l'entremise de Fontanes auprès de la sœur de Bonaparte, le citoyen Chateaubriand fut nommé secrétaire de légation à Rome — cette Rome où, un quart de siècle plus tard, il devait revenir comme ambassadeur —, il avait au moins trois femmes sur le dos : Mme de Beaumont, Mme de Custine et Mme de Chateaubriand — la sienne. Une quatrième allait suivre bientôt : Natalie de Noailles. Cette multitude de femmes était peut-être un des motifs de l'impatience qu'il éprouvait à s'éloigner de Paris. Une sage duchesse pouvait bien murmurer à bon droit qu'il n'était vraiment pas bon à aimer, l'éternelle Mme de Boigne, dans ses *Mémoires,* explique fort bien son succès : « Hormis qu'il bouleversait votre vie, il était disposé à la rendre fort douce. » « J'entrais dans la politique par la religion, proclame Chateaubriand. *Génie du christianisme* m'en avait ouvert les portes. » Le chantre du christianisme y entrait sans doute couvert de gloire, mais surtout couvert de femmes. Lui aussi, comme, plus tard, son disciple Byron, il aurait pu s'écrier que personne depuis la guerre de Troie n'avait été aussi enlevé que lui.

Dans cette même année 1801 qui voit déjà dans le lointain, grâce à Chateaubriand et grâce à Bonaparte, la résurrection de la religion persécutée et le retour triomphal de Dieu dans la littérature et dans la politique, où le restaurateur du catholicisme file le parfait amour, à Savigny-sur-Orge, avec Pauline de Beaumont, où il s'apprête déjà à la tromper avec Mme de Custine, où il voit pour la première fois, chez Mme de Staël, la belle Juliette Récamier qu'il ne devait aimer que dix-sept ans plus tard, dans cette même année 1801 où le jeune Henri Beyle, sous-lieutenant de Dragons, retrouve avec délices les enivrements de la Scala et où vivent déjà dans son esprit et sous ses yeux les futurs personnages de *La Chartreuse de Parme* et les membres immortels de la famille del Dongo — cette année-là naît à Milan la jeune Hortense Allart qui, vingt-huit ans plus tard, allait être aimée à son tour, dans cette même Rome où Pauline de Beaumont était morte dans les bras du citoyen Chateaubriand, très modeste secrétaire de légation auprès du cardinal Fesch, par le vicomte de Chateaubriand, ambassadeur de Sa Majesté Très Chrétienne auprès du Souverain Pontife.

CHAPITRE XXII

où Lucifer fait une découverte

Quelque chose montait lentement dans le cœur de Lucifer jusqu'à étouffer l'amour de Dieu qui l'occupait tout entier : c'était la haine. L'ange des lumières s'était senti humilié par les paroles de Dieu, par les menaces qu'il y avait perçues, et surtout par l'attachement même qui le soumettait au Créateur. Il voulait se venger de son amour pour Dieu.

La vengeance et la haine entretiennent avec l'amour de singulières relations. D'opposition, bien sûr. Mais aussi de parenté : la vengeance jette un pont entre l'amour et la haine. Et, loin de l'indifférence, les âmes brûlantes passent assez aisément de l'amour à la haine et de la haine à l'amour. Lucifer était une âme brûlante. La haine l'enflammait avec autant de force que l'amour.

La haine, autant que l'amour, entretient l'activité, l'encourage, la décuple. Lucifer était partout à la fois, se dépensait sans compter, émerveillait les trônes et les dominations par ses capacités d'entraînement, par son art de la contagion. L'idée lui venait, avec de plus en plus d'insistance, qu'en face de l'amour de Dieu et de sa vérité immobile, il était, à lui tout seul, le mouvement et le changement. Le bien était éternellement identique à soi-même. C'était le mal qui bougeait et qui mettait enfin dans l'harmonie du tout des taches de couleur et de vie.

Lucifer réfléchissait douloureusement sur la vérité et sur le bien. Il était une créature du Seigneur et son ange bien-aimé. Il n'avait pas été fait pour le mal. A l'origine, il ne le voulait pas. Mais, pour parvenir à ses fins, qui étaient de créer un théâtre où se déroulerait une histoire, il se sentait insensiblement entraîné par sa réflexion tourmentée et profonde à s'éloigner du bien. Il découvrait que le bien et le mal ne sont pas symétriques. Le mal est irréversible et le bien ne l'est pas. Le bien est toujours fragile. Le mal, une fois accompli, est acquis à jamais. Il y avait, dans le bien, comme une neutralité et comme une inertie. Des flammes dansaient dans le mal.

L'image de ces flammes qui venaient lécher le bien et qui l'illuminaient fascinait Lucifer. La lumière dissimulée dans les lettres de son nom se mettait à le brûler. Elle éclairait l'univers qui n'existait pas encore. Elle lui donnait son éclat, ses grandes lueurs sauvages dans la fadeur du bien, ses ombres imprévisibles, ses couleurs contrastées, ses reliefs et ses creux. Un tout sans mal n'était pas vraiment un tout. Une vérité sans mensonge n'était pas encore une vérité. Un beau d'où toute laideur aurait été éliminée n'était déjà plus du beau. Il fallait des impuretés pour que se révèle la pureté. Ébloui, Lucifer découvrait l'art, l'histoire, la poésie, la vie.

Il devinait obscurément que l'univers à venir ne lui suffirait pas et ne se suffirait pas s'il n'y avait pas en lui quelque machine à nier. Dieu était affirmation. Il était un oui perpétuel. Ses anges, sa lumière, son énergie, son amour, tout ne faisait que dire oui. Quel ennui ! Il fallait une lumière qui dise non. Avec son nom éclatant, avec sa passion des flammes, il serait cette lumière.

La tête lui tournait un peu. Il lui semblait avoir fait, le premier, quelque chose de presque aussi admirable que la séparation du néant et du tout : une découverte. Il avait compris quelque chose. Il avait pensé Dieu, et, en le pensant, il l'emportait sur lui. Une vague d'orgueil formidable le souleva tout entier : il pensait, il était une flamme. Il était plus grand que Dieu.

Il eut le sentiment qu'entre Dieu et lui s'engageait une partie, une sorte de jeu du monde. Il savait qu'au moment même où il était en train de penser Dieu, Dieu, à son tour, était déjà en train de le penser. Puisque Dieu était le tout et que Lucifer n'était pas le tout. Il comprit que la pensée, qui était si puissante, ne suffisait pourtant pas à se dégager de Dieu. Il fallait encore autre chose. Le mal réclamait des armes pour l'emporter sur le bien.

Quelles armes ? Qu'est-ce qu'il fallait pour vaincre Dieu ? Il fallait penser, bien sûr. Il fallait du mouvement, du changement, des aventures, une histoire. Mais Dieu était bien capable de ressaisir cette histoire et de ressaisir cette pensée. Il les dominerait encore. Il les absorberait en lui. Il les soumettrait à sa loi. Il y ferait régner le bien. Comment la lumière du mal pouvait-elle arracher à Dieu un peu de cet univers qui était encore à venir ?

Il fallait tenir tête à Dieu comme Lucifer lui avait tenu tête devant les anges rassemblés. Il fallait agir, il fallait penser. Il fallait du courage, de la force, il fallait arracher le pouvoir à Dieu, il fallait mettre des bornes à sa prétendue toute-puissance. Soudain Lucifer s'arrêta, comme foudroyé. La réponse était là, incluse dans la question : pour se libérer de l'emprise de Dieu, il fallait non seulement de la pensée et de l'action, il fallait aussi ce qu'il y avait de plus étranger à Dieu : le mensonge et la violence. Alors, contre l'amour et contre la vérité, le mal aurait un contenu. Alors quelque chose serait changé dans l'ordre inaltérable et languissant du bien.

Dieu, en un sens, était lui-même violence. Puisqu'il avait fait bouger le silence de l'éternité et surgir quelque chose hors du néant et du tout. Il s'agissait de retourner contre lui sa propre violence et de dérégler un système où rien ne pouvait jamais se produire hors du règne étouffant de la vérité et du bien. Lucifer contre Dieu, ce serait la lutte de la force contre la force. Le mensonge, la ruse, la trahison, la souffrance, la laideur, le désordre y rendraient de sacrés services : puisqu'il s'agissait d'échapper à la totalité divine et que seul le mal ne pouvait pas entrer dans les desseins de Dieu.

Lucifer n'oubliait pas qu'il n'avait rien voulu d'autre que le déploiement de la grandeur de Dieu. Mais Dieu s'était révélé hésitant, sentimental, scrupuleux à l'excès, incapable de mettre en scène et en mouvement sa toute-puissance inutile. Eh bien ! ce serait lui, Lucifer, qui prendrait les choses en main. On verrait plus tard ce qu'on ferait de Dieu. On le déposerait peut-être. On le moquerait, on l'humilierait, on pourrait aller jusqu'à le punir de s'être donné pour le tout. Ou on l'ignorerait. On ferait comme s'il n'existait pas. Ou on partagerait avec lui l'empire de l'univers.

CHAPITRE XXIII

Dieu contre Dieu

Dieu, cependant, savait ce que pensait Lucifer. En douteriez-vous par hasard ? Dieu n'avait jamais cessé de savoir ce que pensait Lucifer, Dieu n'avait jamais cessé de savoir ce que Lucifer pourrait se mettre à penser dans les siècles des siècles. Les plans de Dieu ne s'improvisent pas. Il ne joue l'univers ni aux dés ni à la roulette russe. Dès l'origine, les desseins de Dieu contenaient les desseins de Lucifer contre les desseins de Dieu. C'est ce qu'on appelle la liberté, c'est ce qu'on appelle le péché et le mal, c'est ce qu'on appelle la grâce, la providence, le destin. L'histoire de l'univers est toute faite de leurs jeux qui se pénètrent mutuellement et s'absorbent les uns les autres. Mais comment Dieu — puisqu'il est la totalité — ne serait-il pas, à la fin comme à l'origine, à la fois le vainqueur et l'arbitre de l'immense partie engagée à la naissance de tout ? La ruse de Lucifer était de retourner contre Dieu, sous les espèces du mal, la pensée qu'il lui devait. La toute-puissance de Dieu ne consiste en rien d'autre qu'à faire servir cette ruse à sa sagesse éternelle. Il y a une ruse de Dieu, comme il y a une violence de Dieu. Mais c'est une ruse d'amour et une violence créatrice. Lucifer dominera le monde et il dominera l'histoire parce que Dieu le voulait de toute éternité. L'orgueil et la folie de Lucifer sont une pièce du jeu de Dieu, qui ne joue jamais qu'avec lui-même, mais qui a créé la liberté pour donner au jeu de l'univers un peu plus d'intérêt et un peu plus de grandeur.

C'est naturellement une illusion que de se représenter Dieu et

Lucifer comme deux personnages face à face, en train de s'affronter et de se disputer le monde. Dieu est au cœur de Lucifer et l'enfer brûle en Dieu. Mais il n'y a aucune symétrie entre Dieu et Lucifer. Le monde est atroce parce que Lucifer s'y déchaîne. Il est pourtant vivable, délicieux et superbe parce que tout est en Dieu et que Lucifer lui-même, loin de régner sur Dieu comme il règne sur le monde, est embrassé par Dieu. La haine et la violence elles-mêmes brillent de l'amour de Dieu.

L'unité de l'univers est le reflet de l'unité de Dieu. Et sa diversité est le reflet de la sagesse et de la volonté de Dieu qui a créé l'espace et le temps, qui a créé la pensée, qui a créé l'histoire pour que quelque chose réponde à l'ardeur de Lucifer et que la grandeur de Dieu s'orne de ce bijou suprême, tout fait de menaces et de défis : la liberté des hommes.

Sous les espèces de Lucifer, Dieu était contre Dieu. Mais il était toujours Dieu, il ne cessait jamais d'être Dieu.

CHAPITRE XXIV

où la fille d'un notaire de Pontarlier rencontre un nègre dans les collines

Vous souvenez-vous encore du nègre de Pontarlier ? Mais non : vous l'avez oublié. Comme vous avez oublié Richard qui s'appelait jadis Tom et Tom qui s'appelait jadis Omar. Comme vous avez oublié la traversée de l'Atlantique sur l'*Apollon* du capitaine de Chateaubriand, le duel entre le marquis de Pompigny et le pauvre Mr Huttington, l'histoire de la femme du banquier de Baton Rouge dont vous n'avez presque rien su et l'aventure de Flossie avec le fils O'Brien. Comme vous ne vous souvenez pas non plus — ou comme vous n'avez jamais rien su — des origines d'Abraham dans l'antique cité d'Ur, de l'assassinat de Valentinien par son tuteur Arbogast, de la bataille d'Édesse entre Valérien et Sapor et du nom des auteurs de la *Satire Ménippée* ou de *Max und Moritz*. Tout cela fut pourtant, tout cela est encore et sera éternellement, et vous en trouverez la trace dans les pages de ce livre ou dans la mémoire de Dieu qui se confond (un peu) avec lui.

Quand il devint évident pour tous qu'Eugénie attendait un enfant, ce fut un joli scandale chez les Moucheron. De père en fils depuis la fin du XVIIe siècle, les Moucheron étaient notaires à Pontarlier. Je ne vois pas pourquoi je vous dépeindrais ici leur maison, leur grand jardin planté d'arbres, leur vie, leur innombrable parentèle, leur fortune et leurs manies puisque quelqu'un déjà s'en est chargé à ma place, avec plus de force et de talent que je n'en aurai jamais : c'est un écrivain français à peu près contemporain des événements que nous rapportons, c'est Honoré de Balzac.

Dans des scènes transposées de Pontarlier à Nemours ou à Soulanges par les nécessités de la fiction, les Moucheron apparaissent plus d'une fois, tout au long de *La Comédie humaine,* sous les noms d'emprunt des Roguin, des Crémière-Dionis, des Crottat, des Deschars. Vous trouverez notamment dans *Ursule Mirouët* et dans *Les Paysans* la description détaillée de leur existence quotidienne et du décor où ils vivent. Je vous invite à vous y reporter à la fois pour votre plaisir et pour votre instruction : si la biographie de Dieu vous incite au moins à relire, en tout ou en partie, *La Comédie humaine,* nos efforts parallèles — les vôtres, les miens, et puis encore ceux de Dieu — n'auront pas été vains. Mais ce que Balzac ne raconte pas, peut-être parce qu'il n'en savait rien, peut-être aussi parce que l'affaire, dont on trouve de nombreux échos dans les correspondances du temps et dans quelques méchants ouvrages qui touchent parfois au libelle, lui paraissait trop romanesque, c'est l'histoire d'Eugénie et du nègre de Pontarlier.

A la différence de tant d'héroïnes de roman et de film, Eugénie Moucheron n'était pas belle. Elle avait le teint rougeaud, la taille plutôt basse, un grand nez dans un visage rond, un semblant de bosse du côté du dos. Elle était la troisième des six enfants de Lucien Moucheron, qui était, comme tous les siens, notaire à Pontarlier, et qui n'avait que des filles. Eugénie Moucheron passait dans la région pour une moitié d'idiote. Sa mère, Estelle Moucheron, née Grignoud, avait attrapé la rougeole ou la varicelle quand elle attendait son troisième enfant. L'aînée avait fait un beau mariage : elle avait épousé le fils du sous-préfet d'Ornans, qui allait devenir consul général à Gênes sous la monarchie de Juillet et finir sa carrière comme ministre de France à Bruxelles. La deuxième était la femme d'un jeune homme ambitieux des environs de Besançon, que Lucien Moucheron envisageait sans déplaisir de choisir pour successeur. Eugénie, en revanche, ses parents avaient fait leur deuil de l'établir convenablement. Elle se promenait en chantonnant dans les bois et sur les collines des environs de Pontarlier, et elle rentrait le soir, un grand sourire aux lèvres, avec des fleurs plein les bras, des fougères, des herbes sèches. Un après-midi d'automne où le soleil brillait encore avec force au milieu des nuages, il se produisit une chose inouïe : elle rencontra un nègre.

Dans les dernières années de l'Empire, les nègres n'étaient pas monnaie courante aux environs de Pontarlier. Tout au long de sa brève et misérable existence, Eugénie, en vérité, n'en avait jamais vu. Est-ce qu'elle savait seulement qu'il existait, en Afrique ou en Amérique, des hommes aux cheveux crépus, aux yeux sombres, aux dents très blanches dans un visage noir ? Il faut dire que celui qu'elle avait sous les yeux, dans la clairière ou le layon où il cherchait des champignons, était un superbe exemplaire de cette race inconnue : grand, fort et mince, encore jeune, l'air éveillé et même amusé, il ne répandit aucune crainte dans l'esprit embrumé d'Eugénie. Elle qui avait peur de tout, qui fuyait les pharmaciens, les militaires, les clercs de notaire, et jusqu'aux ecclésiastiques, elle le trouva charmant. Allez savoir ce qui se passe dans l'esprit et le cœur des jeunes filles — et surtout des plus laides, et surtout des demeurées ! Sa famille, ses proches, les gens de Pontarlier traitaient Eugénie avec une sorte de brutalité où le mépris se mêlait à la honte. Le notaire et sa femme ne la montraient pas volontiers. On la dissimulait aux regards comme une tare, comme une tache sur le nom étincelant des Moucheron. Elle s'était habituée aux moqueries et aux rebuffades. Le nègre aux champignons ne manifesta aucune surprise, pas la moindre ironie. Il n'étouffa pas de rire. Il parut enchanté de cette rencontre en automne dans les bois de Pontarlier, ville impériale et royale. Il dit seulement, d'un peu loin, aussitôt qu'il l'aperçut : « Bonsoir, Mademoiselle », d'une voix chargée de toutes les épices et de tous les parfums de ces tropiques dont Eugénie ignorait tout. Et puis, s'approchant, il lui baisa la main. Eugénie crut qu'un seigneur de l'Ancien Régime évoqué parfois par son père, qu'un chevalier sorti de ces légendes du moyen âge dont on lui avait parlé à l'école avec un succès mitigé, qu'un archange un peu noir, brûlé par un soleil dont il aurait approché de trop près en descendant des cieux, avait surgi devant elle. C'était le fils d'Omar, c'était le nègre de Pontarlier.

Le fils d'Omar, de Tom, de Richard et de Flossie avait déjà derrière lui une vie bien occupée. Tout jeune, à moins de vingt ans, il avait été un des lieutenants de Toussaint Louverture. Il s'était battu à Haïti contre les troupes françaises. Au terme d'aventures qui vaudraient à elles seules un long roman, il était devenu, selon toute vraisemblance, et au moins pour un temps assez bref, l'amant de la femme du chef des forces ennemies qui le recherchaient activement : elle s'appelait Pauline, elle était la sœur de Napoléon Bonaparte, elle allait briller, plus tard, après la mort du général Leclerc, emporté par le choléra, de tous les feux de la belle, la scandaleuse, la célèbre princesse Borghèse. Maintenant, compagnon d'infortune de Toussaint Louverture, déporté au fort de Joux, libéré par Napoléon, ou peut-être déjà par Bonaparte, il n'est plus qu'un exilé qui remâche ses souvenirs. Il pense à l'immense océan par deux fois traversé en deux générations et au destin incroyable de son père et de lui-même : l'un, esclave enchaîné à fond de cale sur l'*Apollon* du capitaine de Chateaubriand, navigue avec le soleil de l'Afrique évanouie à l'Amérique des plantations ; l'autre, vaincu et prisonnier, vogue contre le soleil de l'Amérique des illusions vers cette étrange Europe où la flamme révolutionnaire se prépare à brûler, apprivoisée, sur les autels de l'Empire. L'homme qui se promène dans la forêt d'automne en cherchant des champignons, c'est lui, c'est le nègre de Pontarlier, craint, connu, moqué de tout le Jura français. Marqué au front, comme Caïn, d'une trace indélébile, il est désespérément seul.

J'imagine que c'est Eugénie, l'idiote de Pontarlier, qui tomba amoureuse la première de l'amant de Pauline Borghèse. Le nègre qui, blanches ou noires, avait connu des femmes très belles, n'avait que faire de la fille demeurée et un peu contrefaite d'un notaire de province. Mais il était seul. Et elle l'aima. Elle l'aima avec une violence, avec une pureté incroyables. Peut-être parce qu'il était à part et qu'elle se sentait à part elle aussi, parce qu'ils étaient l'un et l'autre en marge des notaires, des bourgeois, des militaires qui régnaient sur Pontarlier, Eugénie Moucheron reconnut son destin dans cet Africain d'Amérique. Elle le voyait en sauveur, en héros. Elle en faisait son dieu. Elle l'adorait parce qu'il était noir comme elle était bossue.

Il se passa alors quelque chose de très surprenant : Eugénie Moucheron devint presque belle. Comme si sa bosse et sa petite taille n'avaient jamais été qu'une espèce de défense contre l'adversité, elle se redressa. Elle maigrit, devint, non pas fine, mais seulement forte, avec un air de puissance rentrée. Ses yeux se mirent à briller. Une violence animale se dégageait de ce qui avait été un déchet de l'humanité, dédaigné et rejeté par les siens. Son nez resta grand dans son visage aminci : il donna une allure de hardiesse à l'idiote du Jura. Le voile de mépris jeté sur elle par les autres se déchira soudain : elle découvrit le monde et la vie dans son nègre et en elle-même.

Elle les découvrit avec une pénétration qui n'était sans doute que le fruit des hasards de l'amour, mais qui semble, à nos yeux, aller beaucoup plus loin. Elle disait à son amant : « A côté des boutiquiers et des dévotes de Pontarlier, tu es un seigneur, tu es un prince. » Quelle vengeance sur les siens ! Elle choisissait un nègre pour effacer les rebuffades et les humiliations qu'elle n'avait cessé de subir depuis son enfance malheureuse. Mais, par un décret mystérieux, il se trouvait que les mots de l'idiote disaient seuls la vérité. Par quel instinct prodigieux, par quelle ruse de l'histoire révélée aux cœurs purs retrouvait-elle dans l'amour les traces évanouies du comte de Vaudreuil, gouverneur du Sénégal, chevalier de l'ordre de Saint-Louis et de l'ordre du Saint-Esprit, allié à tout ce qu'il y avait de plus grand dans les maisons de la vieille France ? Le Jura tout entier allait plaindre les Moucheron de la tache infligée à leur nom par le nègre de Pontarlier. Tout au long de l'histoire, c'était pourtant la seule occasion pour ces notaires de province de mélanger leur sang avec celui des Vaudreuil.

Et le nègre ? Lui qui avait été emporté dans les tourbillons de la guerre et dans ceux de l'amour, lui qui avait été l'amant de Pauline Bonaparte, dont la beauté célèbre allait s'élever à la dignité des légendes du monde moderne, on se demande un peu ce qu'il pouvait bien ressentir et penser devant la demeurée qui se jetait à ses genoux. La réponse tient en deux mots : elle l'aimait. Le nègre de Pontarlier était balayé par cet amour. La passion d'Eugénie passait sur lui comme un torrent. Il s'y abandonnait, et elle l'entraînait. Tout de suite, elle l'avait aimé. Elle le lui avait dit aussitôt. Il avait un peu résisté et puis il s'était laissé aller à la puissance vitale qui jaillissait soudain, jusqu'à les illuminer, de ce pauvre corps et de cet esprit embrumé.

Je ne connais pas de plus belle histoire d'amour que celle du nègre de Pontarlier et de l'idiote du Jura. Elle l'avait touché par sa dévotion. Il la vit, littéralement, sous ses mains, devenir heureuse, épanouie, intelligente, presque belle, presque géniale. Il faut imaginer ces longs dialogues d'amour dans les bois du Jura, sur les chemins, dans les champs, dans les rues désertes de Pontarlier, la nuit. A peine libéré du fort de Joux, le fils de Richard — qui portait le beau nom, vous vous en souvenez peut-être, de David-Liberté — demeurait un objet d'inquiétude, de soupçon, presque de répulsion. Il errait, sans trop savoir quoi faire de sa liberté retrouvée et aussitôt inutile. Eugénie l'attendait, l'aidait, le nourrissait, lui apportait des vêtements, lui remettait de l'argent déniché je ne sais où. Elle lui donnait surtout sa tendresse, économisée, par force, au cours de tant d'années de misère mal digérée. Il s'en amusait au début. Et puis un sentiment plus fort, tout fait de la gratitude, d'attachement, de vraie affection, d'admiration, en vérité, pour cette énergie indomptable qui transformait un monstre en force de la nature et en pilier de fidélité, s'empara de l'ancien esclave. Il se mit à aimer Eugénie comme Eugénie l'avait aimé dès le premier regard dans la forêt. La passion avait pris possession du fils de Richard et de Flossie, de la fille de Lucien et d'Estelle, née Grignoud. Et elle ne les lâcherait plus.

Il lui parlait de l'Amérique avec ses plaines de coton et ses horizons sans fin, de l'Afrique où était né son père, de l'immense Océan qui les séparait et les unissait à la fois. Il chantait d'une voix basse des chants d'esclaves au travail et les chants de révolte des esclaves évadés. Le monde s'animait sur ses lèvres. Elle les baisait en fermant les yeux. Il lui disait qu'elle devenait belle. Elle répondait que oui, qu'elle le savait. Il lui jurait qu'elle serait heureuse. Elle souriait en hochant la tête. Et, dans une formule étonnante, où la haine et le mépris entre les races différentes étaient déjà abolis et encore conservés jusqu'à l'exaltation, elle lui disait : « Et toi, tu seras blanc. »

Ils firent l'amour dans les granges pendant l'hiver, dans les clairières au printemps, sur les pierres plates près des cascades, sur la mousse au pied des grands arbres, dans des recoins secrets dont ils parlaient en riant. Ils eurent, le nègre et l'idiote, quelques mois de bonheur. Un jour, sur la fin du printemps ou vers le début de l'été, Eugénie, folle d'excitation, titubant, riant aux éclats, entraîna son amant vers la clairière de la forêt où ils s'étaient vus pour la première fois. Là, avec une gravité soudaine succédant à sa joie sauvage, elle annonça au fils d'Omar qu'elle attendait un enfant.

Des temps difficiles commençaient.

CHAPITRE XXV

où se prépare un coup d'État : origine et conséquences

Cette fois-ci, les dés étaient jetés. Ils roulaient dans le tout encore si proche du rien et dans l'éternité : Lucifer recrutait. La conjuration prenait forme. Un complot se nouait pour la constitution de l'univers et pour son exploitation. Personne dans l'infini ou plutôt dans l'absence de l'espace et du temps ne pouvait l'ignorer : un coup de force se tramait contre le Tout-Puissant.

L'agitation prenait chez les anges des proportions inquiétantes. Tout observateur céleste convenablement renseigné aurait pu distinguer les signes avant-coureurs d'une division paradoxale de l'infini en deux blocs. D'un côté, inquiets mais fidèles, un peu ternes, impeccables, déjà soumis à la vertu, vaguement désemparés, les anges du Seigneur ; de l'autre, groupés autour de Lucifer, frémissants, portés par l'espérance, impatients jusqu'à l'arrogance, ceux qui allaient agiter bientôt, en guise de panache et d'oriflamme au-dessus de leurs colonnes enfiévrées, le beau nom d'anges révoltés. Entre les uns et les autres, unis le plus souvent par des liens d'estime et d'amitié, le fossé se creusait.

Il faut imaginer ici — ou peut-être plutôt concevoir, sans se laisser trop entraîner par les facilités des métaphores humaines — la double mobilisation des cohortes célestes. Nous parlerons d'armées, de général en chef, de P.C., d'ordre du jour, d'enveloppement par les ailes ou de percée au centre parce que, ici encore, le langage des hommes est le seul dont nous disposions et que la révolte des anges est l'origine de toute guerre et de toute violence.

Mais ce qui se passait là-haut, là-bas, en deçà de toute histoire et de tout vocabulaire, ne relevait pas de la matière, du mouvement, de la force brutale. C'était une violence — mais elle était toute morale. Il y avait une stratégie, une tactique, des services de renseignements, des coups de main à l'aube sur la corne des bois, des corps à corps furieux et des places fortes assiégées. Mais ces horreurs héroïques se déroulaient exclusivement dans un monde spirituel. Il y avait des parades, des défilés, des remises de décorations et des traîtres fusillés par les soldats de Dieu. Mais tout cela se passait dans les rêves de l'esprit. Le sang coulait à flots : c'était un sang de l'âme. La guerre la plus implacable n'éclata qu'en pensée. Et le monde en naquit.

Sur les origines de la guerre d'innombrables hypothèses s'opposent les unes aux autres. Nous avons nous-même fait la part assez belle à l'amour tourmenté et déçu de Lucifer pour Dieu. L'ange révolté et déchu serait ainsi le premier de la longue et terrible lignée des criminels par amour. D'autres penchent pour l'ambition, pour l'envie et surtout pour l'orgueil qui reste, dans la croyance populaire, l'attribut essentiel de Satan. Mais quelque chose de plus général, de plus grand, de plus beau se cache derrière ces hypostases de la même puissance éternelle, derrière ces métastases d'un mal sans cesse renaissant, quelque chose qui recouvre et l'orgueil et l'amour et l'ambition et la vie : c'est le désir. Désir ! maître des hommes et du monde ! Désir, sans qui la vie sombrerait dans le néant — ou peut-être dans le tout : je vois Lucifer comme un être de désir. Désir du pouvoir, du savoir, de la richesse, de la gloire, de l'amour aussi — et, en fin de compte, du mal. Du bien peut-être, mais du mal. Lorsque l'ange des lumières, le préféré de Dieu, le bien-aimé du Seigneur, lance contre le Tout-Puissant l'offensive de ses cohortes exaltées par un avenir dont elles ne savent encore rien, il ne se sert du mal que parce que le mal, à son sens, est la seule arme efficace contre la bonté infinie et la sagesse éternelle. Mais ce mal, dans son esprit, est encore un bien. Lucifer n'est rien d'autre qu'un daltonien de l'âme. De même qu'à l'origine le tout et le rien ne se distinguaient guère aux yeux du Tout-Puissant, de même le mal et le bien se confondent et s'inversent dans l'esprit de l'ange des lumières, qui deviendra le

Malin. Il pense, lui, que du mal surgira un grand bien — et ce bien sera l'univers où régnera le désir, autre nom de l'histoire.

Ce serait une erreur tragique de s'imaginer que le désir et le mal restent immobiles dans leur coin. La propriété fondamentale du désir et du mal, c'est d'être contagieux. A peine le désir s'éveille-t-il quelque part qu'il se propage comme le feu. Et à peine le mal répand-il ses ravages qu'il réclame encore du mal pour le combattre et pour l'aider. A peine tiré, par sa créature, de son sommeil d'éternité, Dieu voyait le mal s'étendre comme une tache et dans le camp de Lucifer et dans son propre camp. Si le désespoir avait eu prise sur lui, c'est là, et là seulement, que Dieu aurait pu être près du désespoir. Il constatait la force de l'arme de Lucifer. Il se répétait ce qu'il savait déjà de toute éternité et que Lucifer avait deviné : cette inégalité fondamentale entre le mal et le bien qui allait servir de thème à un poète français :

> Car ce qu'on compromet est toujours compromis,
> Mais ce qui reste pur n'est jamais assuré.

Pour répondre à la ruse et à la violence exercées par Lucifer, Dieu entra à son tour dans le cycle infernal. Pendant que Lucifer réunissait les siens autour de Belzébuth et d'Asmodée, il appela Michel, Gabriel, Raphaël, Uriel, Jérémiel et tous les anges fidèles pour leur commander de s'armer, d'établir des défenses et de préparer des plans d'attaque. Le Dieu des armées succédait à la bonté infinie et à la sagesse éternelle. La colère de Dieu, la crainte de Dieu, la vengeance de Dieu, la main de Dieu qui s'abat sur les méchants et sur les tièdes apparaissaient dans l'éternité avant d'apparaître dans l'histoire. La guerre commençait entre le mal et le bien — entre le mal qui se voulait le bien et le bien entaché de mal.

CHAPITRE XXVI
Défense et illustration du mal

Le divin biographe — entendez, je vous prie, le biographe de Dieu — demande ici la parole. On pourrait dire qu'il se tait pour se mettre à parler. Il est, sans restriction, du côté du Seigneur contre qui se soulèvent les troupes de Lucifer. Non pas nécessairement du côté de la puissance, mais du côté de l'être et de la totalité. Toute biographie réclame un minimum de sympathie. La biographie de l'infini n'échappe pas à cette exigence. Ne disons pas que l'auteur aime jusqu'aux défauts de Dieu : puisque Dieu n'en a pas. Ni qu'il a de l'indulgence pour ses fautes et ses erreurs : puisque Dieu n'en commet pas. C'est pour la force de Dieu, pour sa sagesse un peu lassante, pour sa victoire inéluctable qu'il éprouve un faible, peut-être presque coupable et qui le tourmente vaguement. Qu'il l'avoue sans détour : entre le bien et le mal, entre Dieu et Lucifer il ne tient pas, comme devrait le faire tout historien à peu près digne de ce nom et conscient de sa tâche, la balance très égale. Il est franchement partial, il est fasciné par le tout, il penche du côté de Dieu.

Vertu avouée est à moitié pardonnée. Les couleurs affichées, regardons Lucifer avec des yeux nouveaux. Il est jeune, il est beau, il est d'une audace folle, il plaît beaucoup aux femmes. Mais surtout, surtout, après tant de succès, de triomphes éclatants, il est, il sera, son sort est déjà scellé, le vaincu de l'histoire : puisqu'il y aura une fin de l'histoire et du monde et qu'il n'y aura plus de mal quand il n'y aura plus de monde. Il faut aimer les vaincus. Il faut, en quelque sorte, voler au secours du mal.

Ne cédons-nous pas ainsi, en un infernal renversement, aux charmes de celui qui, par excellence, tout au long de l'histoire, sera le Séducteur ? Comme c'est étrange ! D'un côté le bien, la bonté, la justice, la vertu. De l'autre, la ruse, le mensonge, la souffrance et le mal. Et quand on parle de séduction, ce n'est jamais de Dieu qu'il s'agit ; c'est toujours de Lucifer. Il faut bien se rendre à l'évidence : le mal est la séduction même. D'où vient cette aberration ? Et n'en sommes-nous pas, nous-mêmes, dans ces pages, à nouveau les victimes ?

Voyons les choses bien en face : l'existence est liée au mal. Et il ne suffit pas de dire que l'existence entraîne le mal, que le mal vient de l'existence. La formule doit être inversée : l'existence naît du mal, le mal entraîne l'existence. Sans Dieu, il n'y aurait pas d'hommes. Mais y aurait-il des hommes, y aurait-il une histoire, sans Lucifer et sans le mal ? Dans l'histoire de l'humanité, ou plutôt dans sa préhistoire, la révolte des anges est une étape capitale. Lucifer défie Dieu — et l'histoire sort de ce défi.

Est-ce donc par hasard que le Séducteur, le Malin, apparaît dans les textes sacrés comme le Prince de ce monde ? Il est le prince de ce monde non pas du tout parce que les hommes sont tous mauvais — n'y en a-t-il pas de bons ? — et non pas davantage parce que le monde serait maudit — puisque, au contraire, il est béni —, mais parce que la succession, l'étendue, la pensée dans un corps, le changement, le vieillissement, l'espace et le temps, la mort portent la marque du mal et relèvent de Lucifer. Ah ! ils relèvent de Dieu, puisque tout relève de Dieu. Mais ils sont, pour ainsi dire — et nous verrons comment et pourquoi — affermés à l'ange des lumières, devenu l'ange des ténèbres. L'espace, le temps, la pensée sont le domaine privilégié de la lutte désespérée de Lucifer contre Dieu. Ils sont le champ de bataille de la révolte des anges. Ils sont cette bataille même.

Le charme, la séduction, le pouvoir de fascination exercé par le prince de ce monde sur les acteurs de l'histoire viennent, très simplement, de la part prise par Lucifer dans le déclenchement de cette histoire. Sans doute, sans Lucifer, y aurait-il encore des hommes puisque l'amour de Dieu aurait suffi à les susciter. Mais il n'y aurait pas d'histoire. Non, il n'y aurait pas d'histoire si le mal n'existait pas. Il y aurait le bonheur calme de tous les paradis ou célestes ou terrestres, les délices des houris, des péris, des animaux fabuleux, des bêtes féroces soumises, des arbres et des fleurs qui pousseraient éternels, des fruits et des froments donnés sans aucune peine, il y aurait la paix et le repos, il n'y aurait pas la mort, il y aurait surtout la vision extatique du Seigneur tout-puissant — que son saint nom soit béni. Mais il n'y aurait pas l'histoire.

Il n'y aurait pas la fatigue, la souffrance, les épreuves, les longues étapes sous le soleil à travers les dunes du désert ou parmi les pierres arides et les herbes brûlées des grandes plaines desséchées, le froid glacial des steppes, la nuit, quand les rivières ont gelé ; il n'y aurait pas d'échec, pas de défaite, pas d'humiliation ni de torture, pas de prise de pouvoir, pas de fusillades dans le matin blême, aucun enfant qui pleure, aucun cri de douleur ; il n'y aurait pas de maladie, il n'y aurait pas d'agonie pour ceux que nous aimons, ni de fatigue, ni de confusion, ni l'amertume au cœur, ni la tête qui éclate, le soir, sous les mille pressions d'une existence imbécile ; il n'y aurait pas de grandes batailles précédées, comme il se doit, par une préparation d'artillerie, il n'y aurait pas de déclin ni de lente ascension, pas de naissance difficile, pas de défaite et pas de victoire, pas de craintes et pas d'espérances. Il y aurait le repos et la paix.

S'il n'y avait pas eu le mal et s'il n'y avait pas eu Lucifer, la recherche de la vérité nous resterait inconnue, puisque nous baignerions dans le vrai et le bien. Nous n'aurions rien à espérer, puisque tout nous serait donné. Nous n'aurions rien à attendre, puisque tout serait déjà là. Comment ne pas voir ce que Lucifer nous a fait perdre — et ce qu'il nous a fait gagner ? Nous lui devons la haine et l'angoisse, la vengeance et la chute et ces triomphes aux petits matins de la vie, où tout ce qui nous échappait nous est soudain accordé avec un goût de cendre dans la bouche. Et le doute et le savoir et la philosophie et la littérature. Nous ne serions pas ce que nous sommes si l'ange des lumières ne rôdait dans l'ombre derrière nous. Nous croyons-nous donc assez beaux, assez bons, assez proches de la vérité pour n'être l'œuvre que de Dieu ? Il y a

CHAPITRE XXVII

où se déroule, dans un palais romain et sous des regards ironiques, une soirée assez morne

Le souper avait été sinistre. La soirée ne valait pas mieux. A un bout du grand salon éclairé aux chandelles, assise dans une bergère en face d'un jeune homme assez raide, piqué tout droit sur une chaise, et d'un digne ecclésiastique à qui elle adressait de temps à autre quelques brèves et rares paroles, une femme d'une cinquantaine d'années, ou peut-être un peu plus, tricotait avec frénésie. Seul à l'autre bout de la salle, un homme de petite taille, la soixantaine, les dents très belles et blanches, vêtu avec élégance et même avec recherche, une fleur à la boutonnière, s'était posté devant la glace fixée sur le mur du fond, le dos légèrement voûté, les jambes écartées, les épaules un peu inégales, les deux coudes appuyés sur le rebord de la cheminée, les mains croisées sur son large front. Et il se regardait face à face et les yeux dans les yeux. Sauf les doigts de la tricoteuse courant sur son ouvrage, les quatre acteurs de la scène restaient rigoureusement immobiles. A de rares intervalles, les lèvres de l'un ou de l'autre bougeaient à peine pour laisser passer quelques mots. Tous paraissaient figés sur place. On aurait dit un film d'art, historique et muet, en costumes d'époque, très lent, et d'un ennui pesant. Pendant près de vingt minutes, sans un geste, sans un mouvement, l'homme à la rose ou à l'œillet se contempla en silence, remuant des pensées dont il ne faisait part à personne. Il fut tiré de ses songes par l'entrée dans la pièce d'un cinquième personnage, gros, rouge de visage, aux favoris et aux cheveux roux, d'une surprenante vulgarité, qui apportait un jeu d'échecs en toussant légèrement Le rêveur égoïste s'éloigna un instant, pour y revenir aussitôt, du miroir où il se reflétait. Il se retourna. C'était Chateaubriand.

Les grands hommes ne se méfient jamais assez des jeunes gens qui les observent. Il y a toujours dans un coin un regard un peu ironique pour se porter sur les statues et pour les déboulonner. Celui à qui nous devons le récit des mornes soirées silencieuses du palais Simonetti, à l'extrémité du Corso, non loin de la place de Venise, s'appelait le comte d'Haussonville. Il était attaché à l'ambassade de France auprès de Sa Sainteté. Le premier secrétaire s'appelait M. Belloc ; le deuxième, M. Desmousseaux de Givré ; le troisième, le vicomte de Ganay. Othenin d'Haussonville était le dernier de la bande. C'est lui que nous avons vu échanger quelques bribes de conversation avec l'abbé Delacroix, le curé de Saint-Louis-des-Français, et avec la pauvre et sèche Céleste de Chateaubriand en train de tricoter et de se renseigner avec parcimonie sur les affaires ecclésiastiques de Rome. C'est à lui que nous devons, sous le titre assez terne de *Ma Jeunesse,* des souvenirs diplomatiques qui dépeignent d'une plume un peu déconcertante le célèbre poète du *Génie du christianisme,* le futur auteur des *Mémoires d'outre-tombe,* le fastueux ambassadeur de Charles X auprès du Saint-Père, le pair de France, le ministre d'État, l'éternel séducteur, le chevalier — entre autres — des ordres du Saint-Esprit, de la Toison d'Or, de Saint-André de Russie, de l'Aigle Noir de Prusse, de la Très Sainte Annonciade et du Christ du Portugal.

Avec son beau nom et ses jolies manières, Othenin d'Haussonville mêlait sans doute un peu de malice et beaucoup d'irrévérence à ses croquis vécus. Il ne s'en dégage pas moins un parfum d'authenticité que ne possèdent pas toujours tant de tableaux en pied et de portraits drapés, trop soigneusement composés. Sans le sarcastique attaché, saurions-nous quelque chose des morceaux de bravoure passe-partout sur l'*Apollon du Belvédère* ou sur le *Gladiateur mourant,* soigneusement appris par cœur et ressortis par l'ambassadeur, avec de minces variantes et quelques digressions ready made sur ses pèlerinages à Athènes et à Jérusalem, à l'usage des touristes, en majorité britanniques, et des nombreux admirateurs

— et surtout des admiratrices — qui sollicitaient oh! please, je vous en prie, une minute seulement, une audience, un entretien, quelques mots du grand homme? Et quand M. d'Haussonville parle du train modeste des Chateaubriand, de l'effarant désordre qui régnait à l'ambassade et du sac d'argent où tout le monde puisait comme s'il eût été intarissable, il nous semble toucher du doigt, derrière les fêtes époustouflantes et les mots historiques, les réalités de la vie quotidienne. Quand le sac était vide, c'était un jeûne général. Le jeune Othenin avait même entendu Hyacinthe Pilorge, secrétaire particulier de S. E. l'ambassadeur — le gros personnage roux que nous avons vu tout à l'heure pénétrer dans le salon, un jeu d'échecs à la main, et interrompre du coup la rêverie de l'ambassadeur —, crier misère sur tous les toits et se plaindre, malgré son dévouement, de l'existence superbe mais chaotique de son maître. Hyacinthe Pilorge allait jusqu'à se vanter, par plaisanterie je suppose, d'en avoir été réduit à tordre le cou au perroquet favori de Mme de Chateaubriand et d'avoir dû, faute de gages, le vendre à un empailleur pour pouvoir se payer un joli modèle de la Villa Médicis qui lui avait tapé dans l'œil et qui n'était pas donné.

Le secrétaire privé de l'ambassadeur n'était pas le seul à entretenir des intrigues et à courir après les Romaines. A soixante ans sonnés, son maître vénéré lui donnait encore l'exemple. A quoi rêvait-il, le célèbre écrivain, devant le miroir où, enfin taciturne après tant de paroles jetées au vent dans l'exaltation de son cœur éternellement en écharpe et toujours aux aguets, il poursuivait encore, en silence, ses chimères enchantées? A Joubert, à Fontanes, au poète Chênedollé qui aurait dû être son beau-frère, à Napoléon Bonaparte, le rival exécré et secrètement envié? Au livre qu'il appelait, jadis, sur un ton bien cavalier pour un chantre du christianisme, la « grande œuvre du Seigneur », son « coup de théâtre et d'autel »? A son premier séjour dans la capitale du monde chrétien où sa gloire naissante lui avait valu à peu près, auprès du cardinal Fesch, oncle du Premier Consul, du restaurateur de la religion, la situation que le jeune Othenin d'Haussonville occupait auprès de lui-même? Comme il savourait, dans le miroir où il contemplait son excellence avec ce mélange de satisfaction et de désenchantement qui lui était si propre, le contraste éclatant entre le passé et le présent ! Alors, traité comme un chien par le cardinal-oncle qui le trouvait tout juste bon à signer des passeports, relégué selon sa propre formule, dans un chenil plein de puces, réduit à faire des signes et à lancer des clins d'œil à la petite blanchisseuse d'en face, qui avait un joli minois, le citoyen-secrétaire essuyait blâme sur blâme et humiliation sur humiliation. Harcelé alternativement de plaintes du cardinal et d'interventions éplorées de Pauline de Beaumont, Fontanes se voyait contraint à écrire à son ami, à qui la gloire et le succès étaient montés à la tête, des mots que l'ambassadeur, un quart de siècle plus tard, voyait trembler encore en lettres de feu sur la surface du miroir : « Soyez en garde contre votre cœur et vos habitudes. La franchise d'un ancien gentilhomme breton ne vaut rien au Vatican... Les hommes d'État caressent quelquefois les grands écrivains, mais ils les aiment peu... Je n'ai pas besoin de vous représenter que le pape est plutôt, dans ce siècle, le vice-consul que le vice-Dieu. » Et le Premier Consul grommelait avec humeur : « Les hommes qui écrivent, ceux qui ont obtenu de la réputation littéraire, sont tentés de se croire le centre de tout. » Le centre de tout... L'homme qui se regardait dans la glace frémissait encore sous l'injure qui, comme tout ce qui blesse, offrait une ombre de vérité. Le centre de tout... Est-ce qu'il se prenait vraiment pour le centre de tout ? A relire aujourd'hui un certain nombre de dépêches et de lettres, il serait permis de le penser. Déjà, jeune secrétaire encore plein d'illusions vite démenties par les faits et par le cardinal-oncle, il se croyait le maître de Rome et envoyait à Fontanes des bulletins de victoire qui consternaient ses amis. « C'est du délire », murmurait avec tristesse, avant d'aller le rejoindre pour mourir auprès de lui, l'exquise Pauline de Beaumont.

Vingt-cinq ans plus tard, à la mort de Léon XII, disparu juste à temps pour mettre en évidence les vertus diplomatiques de l'ambassadeur de France, c'est-à-dire en ce moment même, maintenant, à l'époque où il se regarde dans la glace du palais Simonetti sous les yeux ironiques de l'attaché d'ambassade, Chateaubriand, de sa propre initiative, sans instructions de son ministre qu'il méprise, jette l'exclusive sur le cardinal Albani, candidat de l'Autriche. Et le conclave choisit, comme pour lui obéir, le cardinal Castiglioni. Ce sera le pape Pie VIII. Triomphe sans modestie de l'heureux ambassadeur qui avait fait figurer le vainqueur, à une place d'ailleurs assez médiocre, sur sa liste de favoris : « Tout m'a réussi, pas un mot imprudent à reprendre de mes conversations... Rien ne m'échappe ; je descends aux plus petits détails... D'un regard d'aigle, j'aperçois... » et patati et patata « ... De là, montant encore plus haut et arrivant à la grande diplomatie, je prends sur moi de donner l'exclusion à un cardinal parce qu'un ministre des Affaires étrangères me laissait sans instruction. Êtes-vous content ? Est-ce là un homme qui sait son métier ? » On voit d'ici le regard de l'impertinent attaché.

Mais rien n'échoue comme le succès et, à Rome surtout, la Roche tarpéienne n'est pas loin du Capitole : le nouveau pape choisit pour secrétaire d'État ce même cardinal Albani contre qui Chateaubriand avait fulminé l'exclusive. On imagine la réaction du ministre des Affaires étrangères, le comte Portalis, déjà agacé par la réputation et surtout par les attitudes de son ambassadeur et qui guettait un faux pas. Un courrier un peu rude fut expédié d'urgence au palais Simonetti. Chateaubriand marqua le coup. Il parla d'une « dépêche dure, rédigée par quelque commis mal élevé des Affaires étrangères... ». Bah ! nul plus que Chateaubriand n'était capable à la fois de mépriser le pouvoir et de le courtiser. Il passait son temps à assurer qu'il n'avait aucune ambition, mais Mme de Boigne, dans ses *Mémoires,* le dépeint au lendemain de la constitution d'un ministère où il n'avait pas de part : « Il fut si furieux qu'il pensa étouffer ; il fallut lui mettre un collier de sangsues et, cela ne suffisant pas, on lui en imposa d'autres aux tempes. Le lendemain, la bile était passée dans le sang et il était vert comme un lézard. »

Il se drapait et il se dénudait. Un jour, il se grisait des titres et des honneurs sous lesquels il croulait et le lendemain il écrivait à Mme Récamier : « Je n'ai aucun besoin : un morceau de pain, une cruche de l'Aqua Felice me suffiraient. » Dans la splendeur comme dans le dépouillement, dans l'excès de simplicité comme dans l'excès d'orgueil, il n'arrêtait jamais d'être sincère. Il voulait une cellule, mais sur une scène, dans un théâtre. Le monde lui était indifférent pourvu qu'il fût à ses pieds. Il lui suffisait de le dominer pour se mettre à le mépriser. Et ses capacités dans ce domaine étaient inépuisables : il professait qu'il faut être économe de son mépris en raison du grand nombre des nécessiteux. Dans ces affectations successives et savamment alternées, il se mettait tout entier. Mais elles étaient très loin de le définir et de l'épuiser. Dans le miroir où il s'observait, ce que voyait l'ancien ministre, le pair de France, l'ambassadeur, ce n'était pas des traités de paix, des revanches sur le destin, des titres de livres, des pesées sur l'histoire, une carrière dédaignée, les fortunes qu'il n'avait pas faites : c'était des visages de femmes. Sur la terre et sur mer, dans les salons et à travers le monde, sur les chemins de l'Orient et dans les rues tortueuses de Rome qu'il avait fini par connaître, à force de les explorer et de jour et de nuit, mieux que les sentiers de Combourg ou les quais de Saint-Malo, le séducteur n'avait jamais cessé de déployer sa gloire comme un piège à femmes obligatoire.

CHAPITRE XXVIII

Ce que voit l'ambassadeur dans le miroir où il se contemple

Le premier visage, j'imagine, qu'aperçoit Chateaubriand dans le miroir où il se contemple, c'est celui de Pauline. Elle le regarde avec tristesse. Est-ce qu'elle lui reproche quelque chose ? Mais non. C'était tout simple : elle avait aimé celui qu'il ne fallait pas aimer. Nous l'avons déjà vue mourir, il y a un quart de siècle, dans cette même Rome où il triomphe. Et lui aussi l'a vue mourir : elle est morte dans ses bras. Suivons-la encore quelques instants en train de vivre et de se débattre comme une lampe privée d'huile et qui s'éteint très doucement. Suivons-les tous les deux, le séducteur qui aime souffrir, la victime qui va mourir, sur la surface du miroir du palais Simonetti et dans ces dernières semaines et dans ces derniers jours où ils s'appartiennent enfin l'un à l'autre avec toute la force du désespoir. Elle savait depuis longtemps que Chateaubriand, qui n'écrivait que pour les autres et qui ne vivait que pour lui, la trompait avec Mme de Custine. Puisque, décidément, elle ne pouvait pas vivre avec lui, elle l'avait rejoint à Rome pour mourir au moins auprès de lui.

Chateaubriand était allé au-devant d'elle. Ils se retrouvèrent à Florence. Elle l'épouvanta par son épuisement : elle n'avait même plus la force de sourire. Ils entrèrent à Rome par la via Appia, bordée de tombeaux antiques. Elle était une morte vivante et la mort flottait autour d'eux.

Il avait loué pour elle la maison du Pincio, au-dessus de la place d'Espagne, que nous avons déjà aperçue, avec son jardin planté d'orangers et sa petite cour ombragée d'un figuier. La liaison affichée d'un écrivain catholique et marié, accrédité auprès du Saint-Siège, risquait de soulever des tempêtes. Mais les mœurs romaines au début du XIXe siècle étaient plus libérales qu'on ne pourrait le supposer dans un État théocratique. Et la mort sanctifie tout. On vit stationner devant la maison du Pincio les équipages des cardinaux venus prendre des nouvelles de la maîtresse de l'auteur du *Génie du christianisme,* du poète très catholique. Un beau jour, stupeur, le pape lui-même envoya un messager avec sa bénédiction et ses vœux. On imagine le dialogue entre le secrétaire d'ambassade et le représentant du Saint-Père. Il fallait tourner, si j'ose dire, autour du pot de la liaison, éviter toute allusion aux liens trop évidents entre l'amant et la maîtresse, ignorer la femme légitime exilée à Fougères, en Bretagne, se servir exclusivement de formules aussi générales et aussi peu compromettantes que possible : « la chère malade... », « la fille de l'infortuné M. de Montmorin... »; à l'extrême rigueur, mais l'allusion à un mariage rompu était déjà délicate : « la comtesse de Beaumont ». Pauline de Beaumont mourut à Rome entourée de l'estime et de l'affection de tous, mais dans un état intermédiaire entre l'absolution et la stérilisation, entre la sanctification et l'asepsie.

C'était l'automne. Les jours raccourcissaient. Mais octobre à Rome est encore éclatant. La mélancolie des soirs s'accordait aux sentiments de Pauline et de son amant. Parce qu'il n'y avait plus grand-chose à risquer et à perdre, les médecins avaient permis quelques brèves promenades en voiture. Ils allèrent ensemble, l'un soutenant l'autre, s'asseoir, en face de l'autel, sur les ruines du Colisée. Un désespoir passionné, mêlé de remords chez l'un et de regrets chez l'autre, les habitait tous les deux. Aucun des deux n'aurait osé l'exprimer. Mais chacun savait que l'autre le ressentait comme lui-même. Ils se taisaient. La mourante laissait ses yeux errer sur les ruines décorées de ronces et d'ancolies safranées par l'automne, sur les portiques morts eux-mêmes depuis tant d'années et qui avaient vu tant mourir. « Allons, dit-elle, j'ai froid. » Son amant la ramena jusqu'à la maison de la place d'Espagne. Là, elle se coucha pour ne plus se relever.

Elle que la mort avait tant entourée, on crut qu'elle allait choisir le jour des morts pour mourir. Elle entra en agonie avec le même courage héroïque dont tous les siens avaient fait preuve en montant à l'échafaud. Plus attaché à celles qu'il aimait par la souffrance et le malheur que par le bonheur et la paix, Chateaubriand pleurait. Elle en fut surprise et heureuse. « Vous êtes un enfant, dit-elle à son enchanteur en lui donnant la main. Est-ce que vous ne vous y attendiez pas ? » Elle, il y avait longtemps qu'elle avait accepté et peut-être espéré sa mort : il lui fallait mourir pour se savoir aimée ; et peut-être n'était-elle aimée que parce qu'elle était en train de mourir. Joubert, à Paris, qui s'était tant tourmenté de la voir partir seule pour Rome, avec sa santé délabrée, dans une affreuse patache, pouvait enfin se réjouir : elle avait trouvé plus de bonheur dans la mort qu'elle n'en avait jamais eu dans la vie et elle ne regrettait de mourir que parce qu'elle mourait comblée par les larmes et par l'amour de celui qui avait attendu sa mort pour la pleurer et pour l'aimer.

L'autre Pauline — Pauline Borghèse, la veuve du général Leclerc, l'ancienne maîtresse du nègre de Pontarlier — offrit le char funèbre de sa belle-famille princière pour transporter de la place d'Espagne jusqu'à Saint-Louis-des-Français les restes de Pauline de Beaumont : il y avait un an, presque jour pour jour, que le général Leclerc, qu'elle avait préféré à Fréron, à Duphot, à Junot, mais qu'elle avait trompé avec le général Debelle, commandant de l'artillerie, avec le général Boyer, chef d'état-major, et avec le fils d'Omar, était mort de la fièvre jaune à l'île de la Tortue. Le cardinal Fesch s'était longuement interrogé sur la conduite à tenir devant la mort de la maîtresse d'un secrétaire-écrivain dont il disait pis que pendre, mais qui n'était pas mal avec le pape. Il avait trouvé la solution élégante : il avait quitté Rome et il avait envoyé à Saint-Louis-des-Français son carrosse vide avec ses armes et ses laquais en livrée. La cérémonie fut grandiose. Vous qui traversez Rome, vous en trouverez le souvenir, entre une promenade au Pincio et une visite obligée au petit monument octogonal de San Giovanni a Porta Latina, dans le mausolée en marbre blanc élevé par Chateaubriand dans une chapelle de Saint-Louis-des-Français :

D. O. M.

APRÈS AVOIR VU PÉRIR TOUTE SA FAMILLE

SON PÈRE, SA MÈRE, SES DEUX FRÈRES ET SA SŒUR

PAULINE DE MONTMORIN

CONSUMÉE D'UNE MALADIE DE LANGUEUR

EST VENUE MOURIR SUR CETTE TERRE ÉTRANGÈRE

F.-A. DE CHATEAUBRIAND A ÉLEVÉ CE MONUMENT

À SA MÉMOIRE

Sur son lit saccagé, Pauline, à la façon de la *Sainte Thérèse* du Bernin dont le président de Brosses écrivait : « Si c'est ici l'amour divin, je le connais », semble terrassée par les ultimes joies de l'amour d'ici-bas. Le nom du mari n'apparaît pas. Mais le nom de Chateaubriand, qui ne figure pas sur sa propre tombe, au Grand-Bé, est inscrit en grosses lettres sous celui de la maîtresse qu'il avait fait souffrir dans la vie et qu'il avait aimée dans la mort.

Le miroir se troublait. Le visage de Pauline s'effaçait. Un autre le recouvrait : c'est celui de Mme de Custine, la dame de Fervacques, la rivale heureuse — et bientôt malheureuse — de la pauvre Pauline de Beaumont. Fervacques était un château près de Lisieux, en Normandie. Un château... Un instant la masse de Combourg et l'image de ce père terrifiant, navigateur et négrier, un bonnet sur sa tête chauve, suivi du fameux fantôme à la jambe de bois qui hantait les nuits de Combourg, vient se mêler à Fervacques. La Sylphide apparaît : c'est Lucile, la sœur trop aimée. Vous vous rappelez Chênedollé, l'amoureux de Lucile? Lucile, géniale et folle, a fini par se suicider. Chênedollé, à peine guéri de sa passion pour Lucile, éprouve un sentiment pour Mme de Custine. Il visite Fervacques, son parc, une petite grotte. « C'est là, demande Chênedollé, en pensant au génie qui le rejetait dans l'ombre comme il avait aussi naguère rejeté Joubert dans l'ombre, c'est là qu'il était à vos pieds ? » « C'est peut-être moi, répond Mme de Custine, en le regardant dans les yeux, c'est peut-être moi qui étais aux siens. »

Elle y était en effet. Mais pas pour très longtemps. Pendant que la jalousie la dévorait à l'égard de Céleste de Chateaubriand qui avait le front de vouloir faire un voyage en Suisse avec son propre mari, le danger surgissait, comme toujours, d'un tout autre côté. Chateaubriand avait connu Pauline de Beaumont lorsqu'il terminait le *Génie du christianisme.* Il travaillait aux *Martyrs,* dont certaines scènes, étrange idée, se déroulaient au ciel, dans le style d'Homère et de Milton, lorsque Mme de Custine en personne le présenta, à Fervacques, à une jeune femme qui, comme toutes les autres, refrain connu, comme Mme de Beaumont, comme Mme de Custine elle-même, avait eu une jeunesse pleine de malheurs et de hardiesses : Natalie de Laborde, comtesse Charles de Noailles, plus tard duchesse de Mouchy. Avec son visage charmant tout encadré de boucles et ses grands yeux d'enfant triste, elle apparaissait à son tour dans le miroir du palais Simonetti. Un pâle sourire venait sur les lèvres du grand homme.

Natalie de Laborde avait été mariée à quinze ans au fils aîné du prince de Poix, le comte Charles de Noailles. Sous la Révolution, son mari avait émigré, son père avait été guillotiné et elle-même avait connu les prisons de la Terreur. Après le 9 Thermidor, elle était allée rejoindre son mari en Angleterre. Elle l'avait trouvé sous la coupe d'une maîtresse qui avait déjà pas mal servi, notamment au prince de Galles. Pour assurer sa tranquillité, M. de Noailles demanda à un de ses amis, M. de Vintimille, de s'occuper de sa femme et de faire semblant d'être épris d'elle. Vous l'avez déjà deviné : M. de Vintimille tomba éperdument amoureux de celle à qui il aurait dû jouer la comédie de l'amour. Comme elle lui résistait, en partie par fidélité, il lui avoua la mission dont il avait été chargé par celui qu'elle aimait et qui était son mari. Cette révélation soudaine avait mis Natalie au bord de la folie.

Rentrée à Paris, elle se laissa emporter et parfois submerger par les plaisirs du Directoire. « Sa coquetterie, écrit notre vieil ami Molé, qui finira, après beaucoup d'autres, par devenir son amant, allait jusqu'à la manie. Elle ne pouvait supporter l'idée que les regards d'un homme s'arrêtassent sur elle avec indifférence. Je l'ai plus d'une fois surprise à table, cherchant avec inquiétude sur le visage des domestiques qui nous servaient l'impression qu'elle produisait sur eux. » Celle qu'elle produisit sur Chateaubriand fut, en tout cas, immédiate et considérable : il se mit à expliquer à Mme de Custine qu'il lui était impossible de trop négliger Mme de Chateaubriand et le temps qu'il épargna ainsi, grâce à Mme de Chateaubriand, sur Mme de Custine, il l'utilisa à faire la cour à Mme de Noailles. Natalie partait pour l'Espagne — sans doute pour oublier M. de Vintimille qui était mort désespéré et qui s'était peut-être tué. Elle se promit à Chateaubriand s'il venait la rejoindre à Grenade. Il hésita à la suivre : le scandale aurait été immense. Mais un pèlerinage, longtemps caressé, en Grèce et au tombeau du Christ pouvait tout arranger : rien n'empêchait le voyageur chrétien de passer, au retour, par l'Espagne et par Grenade. Il partit. Il s'arma de pistolets, de carabines et d'espingoles. Il ceignit sa taille mince d'une ceinture chargée d'or. Il tint sous les étoiles la barre du gouvernail. Il arpenta à toute allure, en forgeant des mots historiques, les lieux où avaient vécu Périclès, Phidias, Léonidas et les terres de la Bible. Il vit le soleil se lever du haut de l'Acropole. Il but l'eau du Jourdain, comme il avait bu celle du Mississipi, de la Tamise, du Rhin, du Pô, du Tibre, de l'Eurotas, du Céphise, de l'Hermos, du Granique et du Nil. Et puis, chargé de gloire pour se faire aimer, ayant pris la précaution de laisser à Venise Mme de Chateaubriand qui ne comprenait que trop bien le but de l'expédition, il débarqua en Espagne. Sainte-Beuve affirme qu'au milieu du XIXe siècle, on pouvait encore lire sur une colonne de l'Alhambra de Grenade les deux noms enlacés de Natalie de Noailles et de Chateaubriand. Quelques années plus tard, comme Lucile, Natalie de Noailles devenait folle. Chateaubriand triomphait dans le désespoir. Pauline, Lucile, Natalie : oui, il portait malheur à tout ce qui l'entourait.

Sous le regard aigu de Céleste de Chateaubriand en train de tricoter et d'échanger quelques balivernes avec le curé de Saint-Louis-des-Français — de Saint-Louis-des-Français !... —, sous le regard ironique et terriblement comme il faut de M. le comte d'Haussonville, attaché d'ambassade, qui ne comprenait rien à rien, aspirait à une conversation générale où il aurait joué un rôle et ne voyait dans ce tête-à-tête où surgissaient tant d'ombres qu'une manifestation d'orgueil et peut-être de suffisance qui touchait au gâtisme, les femmes se bousculaient dans la vie du grand homme et dans le miroir romain où il se voyait revivre.

Les images se succédaient, les unes très vives et parfois encore douloureuses, les autres plus floues, souvent presque effacées. Il y avait la série des duchesses : Claire de Kersaint, duchesse de Duras et, comme il se doit, fille de guillotiné elle aussi, la duchesse de Lévis et Mme de Bérenger, qui avait été duchesse de Châtillon. Il y avait la petite blanchisseuse à qui il faisait des signes et envoyait des baisers du haut de son chenil à puces du palais Lancellotti, à portée de la main du Tibre, quelques jours à peine avant l'arrivée à Rome de Pauline de Beaumont. Il y avait Charlotte Ives, le premier amour, la petite Anglaise de Bungay, la fille du pasteur de Saint-Margaret, grand buveur devant l'Éternel, qui avait décroché sa cure à la force du gosier, à la suite d'un duel aux bouteilles où il l'avait emporté sur le duc de Bedford. Il la voyait encore dans le miroir dont Céleste, sa femme, le curé de Saint-Louis et Othenin d'Haussonville constituaient le fond insipide et muet. Elle avait la taille haute, fine et déliée, les cheveux très noirs et les bras très blancs, avec dans la figure quelque chose de souffrant, de rêveur et d'enfantin. Oui, il la voyait. Il avait vingt-sept ans. La Terreur l'avait exilé de l'autre côté de la Manche. Il n'avait encore rien écrit. Elle l'aimait. Il pleurait. Il se jetait aux pieds de la mère qui la lui offrait avec des larmes de joie : « Arrêtez ! je suis marié ! » Céleste tricotait toujours et lançait vers le miroir des regards soupçonneux.

Il y avait... Il y avait... De Léontine de Villeneuve, comtesse de Castelbajac, à la belle Mme Hamelin, de la marquise de Vichet, un peu rasante, à la princesse Lieven qui avait tant d'esprit (« Ah ! Madame, je n'aime pas les femmes intelligentes. — Vous préférez les femmes stupides ? — De beaucoup »), de Mme Bail, de Lady Fitzroy, de Mme Lafon à Mrs. Arbuthnot et à Jeanne Leverd, comédienne, les visages de femmes se pressaient en foule sur le miroir. L'envie le prenait de les écarter de la main. Ah ! Et mon âme, qu'était-ce ? Une petite douleur évanouie qui se perdait dans les vents... Je me disais : Dépêche-toi ! dépêche-toi ! dépêche-toi donc d'être heureux ! Encore un jour, encore un jour, et tu ne pourras plus être aimé. Aimé... Est-ce que je le peux encore ?..

CHAPITRE XXIX

où la guerre fait rage entre le bien et le mal et où est révélée la source de l'histoire universelle

C'était la guerre. Lucifer se révoltait contre Dieu. La violence efface très vite les motifs de la violence. Dès qu'on se bat contre quelqu'un, on ne sait plus très bien pourquoi on se bat. On se bat, voilà tout. Le langage des guerriers n'a plus grand-chose à voir avec toutes les salades de la pensée : il a à voir avec les poings, les lances, les flèches, les couteaux, la poix brûlante, la poudre. Il ne s'agit plus de savoir : il s'agit de gagner. On disait bien, ici ou là, que Lucifer était l'ange des lumières et le premier-né du Seigneur, que Dieu aimait Lucifer et que Lucifer adorait Dieu. Un mot étrange claquait dans l'éternité : « Trop tard ! » Les cieux résonnaient du pas des anges en armes.

Avant que le mal n'apparût en ce monde, il avait surgi dans l'autre. L'homme est le destin de Dieu. Il est aussi son ennemi. Voilà pourquoi il est permis d'aimer les hommes et de les haïr, de les admirer et de les mépriser, d'y voir les enfants de Dieu et les assassins de Dieu. Mais ils ne méritent sans doute ni cet excès d'honneur ni cette indignité. Dieu aimait Lucifer autant et peut-être plus qu'il n'a aimé les hommes. Et, bien avant les hommes, comme les hommes mais avant les hommes, Lucifer a rêvé de mettre son Dieu à mort.

Un double ouragan soufflait sur l'infini. Dieu rameutait ses gens, et Lucifer les siens. Tout craquait. Les chrétiens s'imaginent que le péché originel est le plus grand drame de l'histoire, le début à peine et déjà la fin de tout. Les juifs se lamentent sur la destruction de leur Temple et ils attendent le Messie qui le reconstruira à jamais. Les bouddhistes voient dans la vie et dans le désir de bonheur qui l'anime les vrais ennemis de la vie et du bonheur de l'homme. Les Grecs et les Romains croyaient à un âge d'or à jamais disparu. Les Aztèques tuaient des hommes pour obtenir du soleil que, demain comme hier, il accepte de se lever et d'éclairer le monde. Les musulmans prêchent la guerre sainte à la gloire du Dieu unique. Les païens, les animistes, les primitifs, les peuples sauvages ont de petits dieux partout qui se combattent entre eux et dont les aventures traduisent le monde et l'ordonnent. Toute la dignité des hommes, leur savoir, leur foi, le sens de leur existence résident dans ces croyances. Elles ne sont que le fruit, le pâle reflet, l'écho lointain de la révolte des anges et de ce qui se passait, en ce temps-là qui n'était pas encore, d'effrayant et d'unique dans la vie éternelle.

Le mal occupait une bonne partie du tout qui avait surgi du rien. Voilà, à peu près, en quels termes le premier communiqué de guerre lancé par le Tout-Puissant aurait pu, un peu grossièrement, résumer la situation. Au lieu de mener au bien, le rien, à travers le tout, risquait de mener au mal, qui aurait été le tout. Jamais formule n'aura été aussi vraie : Dieu, dans la guerre déclenchée par le mal, risquait le tout pour le tout.

Les guerres des hommes, les guerres des mondes, les massacres les plus monstrueux, les chagrins les plus cruels — et Dieu sait si ses enfants ont connu le malheur —, les hasards les plus stupéfiants qui produisent parfois de bonnes choses et parfois les plus atroces, toutes les larmes et tout le sang qui ont été versés sur cette terre ne donnent qu'une mince idée du choc, dans l'infini et dans l'éternité, entre les forces de Dieu et celles de Lucifer.

Tout était ébranlé. L'infini vacillait. Les plus pessimistes prédisaient la fin de l'éternité. Dieu, retranché au plus haut des cieux — le souvenir de cet épisode est conservé dans le *Gloria* catholique et romain — connut, plus d'une fois, une situation désespérée. A Belzébuth, qui lui demandait s'il pensait triompher, Lucifer répliqua par la formule célèbre : « Je réponds à la question par un oui catégorique. » Il disait qu'il vaincrait parce qu'il était le plus fort. Il annonçait son règne pour l'éternité. Il proclamait que le mal était l'avenir du tout. Pendant une absence infinie de durée, le conflit fit rage entre Lucifer et son Dieu.

J'ai déjà fait appel à mon lecteur ou à ma lectrice pour solliciter leur concours et pour leur demander l'effort réclamé par une biographie de l'infini. Quoi de plus naturel ? Une biographie de Dieu, une biographie de l'infini ne constitue pas un sujet comme les autres. Elle ne constitue, en vérité, pas de sujet du tout.

On pourrait, naturellement, dépeindre par des images le déchaînement des éléments spirituels qui constitue la matrice, le paradigme, la forme pure et le fond, l'origine, le modèle, l'idée platonicienne de tout conflit à venir, des guerres du Walhalla et du Rāmāyana à toutes les tueries de l'histoire. Des milliers de bataillons d'anges — des millions, des myriades, d'après de bons auteurs — fonçaient à travers l'espace immatériel des cieux à la vitesse, non de la lumière qui constitue pour nous un absolu infranchissable, mais bien de la pensée. Ils accumulaient les dégâts, les ruines, les blessés, les morts en esprit. Ils faisaient naître la souffrance. Ils arrachaient des larmes à Dieu et des rires à Lucifer. Ils tuaient et ils détruisaient. Les tempêtes de la guerre soufflaient sur l'au-delà. Mais l'absence de temps, l'espace immatériel, les douleurs en esprit et ces escadrilles d'anges qui, dans un bruit d'enfer, piquent sur leurs objectifs à travers l'infini, toutes ces choses qui sont — et avec quelle violence ! — et qui pourtant ne sont pas, tout cela relève d'un monde qui produira le nôtre, mais qui n'est pas le nôtre : c'est que la révolte des anges et la guerre de Lucifer et du mal contre Dieu se déroulent tout entières dans la pensée de Dieu.

Plusieurs philosophes ont soutenu que le monde extérieur n'avait pas de réalité et qu'il n'était rien d'autre qu'un rêve se poursuivant en nous avec cohérence et avec continuité. Une telle attitude m'a toujours paru indigne des responsabilités de la philosophie : elle fait bon marché à la fois de la résistance, de la dureté du monde et de l'importance des autres dont l'univers intérieur a autant de titres que le nôtre à envahir toute la scène ; elle nous encourage dans ce que les philosophes appellent le solipsisme, c'est-à-dire dans un égoïsme auquel nous ne sommes que trop portés et dont elle ferait mieux, au contraire, d'essayer de nous écarter ; elle élève enfin l'homme à la dignité même de Dieu pour qui — mais pour qui seul — le monde est, en effet, le déroulement de sa pensée. Sur nous, le hasard, la violence, les accidents d'automobiles, les désastres de la guerre, la cruauté de la vie, la souffrance, les larmes et finalement la mort ont plus de force que ces spéculations abstraites. Pour Dieu, au contraire, l'histoire des hommes, la vie, les étoiles, cette planète et les autres, l'univers dans sa totalité ne sont que des fragments de son rêve infini. Ce qui n'est pas vrai des hommes est vrai, par excellence, de la divine toute-puissance : le monde est sa représentation.

Voici où j'ai besoin — et sur un point capital — de l'aide de mes lecteurs. Si la révolte des anges se déroule avec rage dans la pensée de Dieu et si notre propre histoire, telle que nous la connaissons, avec ses lacunes partout, ses immenses franges d'ombre au début, sa nuit noire à la fin, se confond, elle aussi, avec le déroulement de la pensée de Dieu, comment ne pas voir, au prix d'un effort sérieux, et peut-être même pénible, mais enfin à notre portée, qu'elles ne se distinguent pas l'une de l'autre ? Soutenues l'une et l'autre par la sagesse de Dieu, contenues dans sa volonté, images diverses et mêlées de sa puissance infinie, l'histoire des hommes et la révolte des anges ne constituent qu'une seule et même réalité : elles sont le double et unique reflet de la guerre implacable du mal contre le bien. Cette guerre toute spirituelle avait besoin d'une matière : c'est le monde ; de combattants : ce sont les anges, mais figurés par les hommes ; d'un champ de bataille : c'est le temps et l'espace ; d'une déclaration de guerre : c'est la création ; d'une issue : c'est le jugement dernier et la fin de ce monde, voué, comme toutes choses, à l'usure et à l'effacement.

Il y a, naturellement, des mystères en Dieu que l'esprit borné des hommes a beaucoup de mal à comprendre. L'un de ces mystères est celui-ci : l'issue de la révolte des anges, c'est la création du monde. Et le monde, pourtant, est déjà le terrain de la guerre du mal contre le bien. La solution de l'énigme est infiniment simple : puisque tout se déroule dans l'éternité de la pensée de Dieu, ce qui n'est pas encore est déjà, ce qui n'est plus est toujours, et il n'y a aucune difficulté à voir l'enjeu de la guerre en constituer le théâtre. La vraie conclusion de la révolte des anges, c'est le jugement dernier. Eh bien ! n'en doutez pas : de même que le monde encore increé est, déjà, le théâtre de la guerre céleste entre le mal et le bien, de même le jugement dernier, qui nous paraît si lointain, si improbable, si mythique, est déjà parmi nous. A travers leur diversité et leurs oppositions, l'origine du conflit et le champ de bataille et la lutte qui fait rage et la paix improbable ne sont qu'une seule et même chose. Comme le passé divin, l'avenir divin aussi fait partie de ce monde. Ou plutôt, passé, présent, avenir, ce monde où nous vivons n'est rien d'autre, comme tout le reste, qu'un reflet de reflet du rêve sans bornes de Dieu où tout ce qui se distingue en bas se confond et s'unit en haut sous son regard éternel, dans sa bonté infinie.

CHAPITRE XXX

où une jeune fille de province éprouve et provoque des émotions

Avec toute l'innocence des imbéciles et des purs, fortifiée par l'amour qui l'avait rendue presque belle et qui lui valait une espèce de génie encore obscur, mais qui ne tarderait plus beaucoup à éclater aux yeux de tous, Eugénie, un beau matin, annonça à sa mère et au notaire, son père, qu'elle attendait un enfant. La stupeur et la fureur se disputèrent les esprits et les cœurs de la maison Moucheron. L'idiote allait faire souche ! Et elle allait jeter le déshonneur sur le nom de la famille ! C'était le coup le plus dur depuis les jours sombres de la Terreur et des assignats, depuis la mort du cousin Félicien, l'aîné du nom, à la bataille de Fleurus, où, d'après les récits de ses camarades de régiment, un émigré français passé dans les rangs des Impériaux, le chevalier de Vaudreuil, et lui s'étaient mutuellement fusillés. Et encore ces deux malheurs-là avaient-ils eu de bons côtés : le notaire était resté le seul homme de la famille, ce qui lui avait valu plusieurs héritages très loin d'être négligeables ; et la Terreur et les assignats, à la réputation détestable et dont il ne fallait jamais manquer de faire le procès indigné, avaient tout de même quelque chose à voir avec la vente des biens nationaux dont le notaire et sa famille n'avaient pas vraiment à se plaindre. Mais un enfant d'Eugénie !... Et un enfant naturel !... Il ne pouvait sortir que des catastrophes de cette monstruosité. Le père tempêta et hurla : il fallut fermer portes et fenêtres à cause des voisins. La mère prit sa fille à part et lui parla presque avec douceur, parmi des reproches et des larmes amères.

Qu'avait-elle donc fait !... Et quand ?... Et où ?... Et enfin : avec qui ? Un vague espoir s'emparait de Mme Moucheron : peut-être le futur père se révélerait-il un parti acceptable ? Avec quelques biens au soleil ? On le forcerait à réparer et on les éloignerait tous les deux.

Le cœur de l'idiote battait à se rompre et elle réfléchissait avec peine, comme elle n'avait jamais réfléchi. Elle n'avait pas peur. Elle se sentait plus heureuse que jamais. Puisque, enfin, elle comptait pour autre chose que pour rien ou peut-être moins que rien. Mais elle savait aussi, ou elle devinait, qu'elle était entourée de pièges. Avec un instinct d'animal, elle s'efforçait de les déjouer. Se marier ? Pourquoi pas ? Encore fallait-il qu'il acceptât : jamais ni l'un ni l'autre n'avait dit un mot de l'avenir. Les plaisirs du présent les occupaient beaucoup trop. Mariée ou pas, elle s'en fichait pas mal. Elle ne se voyait pas bien en blanc au bras de son Noir, au milieu de sa famille, dans l'église de Pontarlier : ce qu'elle voulait d'abord, c'était ne pas le perdre. Et puis, pour se marier, il faudrait dire qui il était : Eugénie se doutait bien que tout le problème était là. Elle ne parla pas.

Alors, on employa les grands moyens et on convoqua le conseil de famille. Ce fut un spectacle étonnant. Au milieu, Eugénie. Seule contre tous, elle faisait front. Pour la première fois, au lieu d'être un objet d'inattention et de mépris, elle était un objet de scandale. Le progrès était immense. Elle le ressentait comme tel. Enfin, on s'occupait d'elle. Et vingt paires d'yeux la fusillaient.

Il y avait là les parents, les grands-parents, les sœurs, les gendres, les cousins. On était venu de Dole et de Besançon, de Dijon, déjà et encore si lointain. L'agitation familiale et sociale était à son comble. Des messagers avaient couru d'un bout à l'autre du Jura. De la douleur hypocrite à la franche rigolade, tout le spectre des sentiments, tout l'éventail des réactions sociales et morales avaient trouvé l'occasion de se déployer. De l'envie se mêlait à la réprobation, et de la haine à la pitié. Les plus violents furent les gendres du notaire. Peut-être parce qu'ils craignaient on ne sait quelle contagion qui aurait rampé jusqu'à leurs femmes, ils se chargèrent, contre leur belle-sœur, du rôle de procureur général et d'avocat de l'accusation. Ils lancèrent attaque sur attaque et menace sur menace. La crainte du scandale agitait surtout le futur successeur de Me Moucheron sous le panonceau familial. Le fantôme d'une ruine née des ragots colportés autour du berceau d'un enfant naturel, d'un bâtard, d'un fruit d'amours honteuses et peut-être adultères, le déchaînait contre Eugénie. Des noms lui venaient à l'esprit, des plus misérables aux plus huppés. Et certains éveillaient en lui une lueur d'espoir intéressé. S'il avait su !... Mais il allait savoir. Car ce qu'ils voulaient surtout tous, c'était savoir. L'amour accumule les secrets entre les individus ; la société n'a de cesse de les découvrir et de les révéler.

Las du silence de sa belle-sœur, le dauphin de Me Moucheron finit par proposer de la tenir enfermée sous bonne garde jusqu'à ce qu'elle passe aux aveux. Un éclair de douleur transperça Eugénie. Elle se vit tout à coup séparée de son amant, abandonnée, livrée à ceux qui ne l'aimaient pas. L'affolement la saisit. Elle se dit confusément que le désastre était encore préférable à cette affreuse solution, la pire de toutes à ses yeux. Il y avait plus de trois heures qu'elle était en butte aux questions et à l'hostilité déclarée des siens. Quelques coups mal réfrénés, à peine atténués, l'avaient atteinte et bousculée. Elle craqua tout à coup. Elle plongea vers son destin. Elle murmura : « C'est un nègre. »

La foudre, l'ombre de Robespierre ou de Fouquier-Tinville, l'Empereur lui-même, le démon seraient tombés parmi eux que la stupeur et l'angoisse auraient été plus supportables. Le silence oppressé dura plusieurs secondes. Et puis, une sorte de rumeur se fit. Une voix étranglée siffla : « Un nègre ! Que veut-elle dire ? » Eugénie un peu égarée, regarda un par un les visages tournés vers elle. Elle vit les yeux exorbités, des faces-à-main, des figures congestionnées, des lèvres minces ou énormes qui tremblaient convulsivement, des nez de toutes les tailles, des ventres et des fronts chauves. Elle eut le temps de penser que son nègre était beau. Et elle s'évanouit.

Quand elle revint à elle, elle était dans sa chambre, étendue sur son lit. Elle se sentit soulagée d'être seule. Presque heureuse. Elle se laissa aller à rêver, selon sa coutume, de cascades et de mousse verte, de son nègre si beau et du plaisir qu'il lui donnait. Elle le ressentait presque physiquement, ce plaisir ineffable, avec une précision aiguë qui rejetait tout le reste dans l'insignifiance. Bientôt elle ne pensa plus qu'à le retrouver aussitôt et à organiser une vie où elle ne le quitterait plus. Tous les jours, à quatre heures, elle avait rendez-vous avec lui aux portes de Pontarlier, dans un sentier ombragé, ou, plus loin de la ville, dans la forêt sur les collines du Jura. Tout à coup, une horloge sonna cinq heures. Elle se leva d'un bond et se précipita sur la porte : elle était fermée à clef. Elle la secoua, elle cria. Il lui sembla entendre des soupirs et des conversations étouffées monter du salon ou de la salle à manger. Mais il n'y avait que le silence pour lui répondre. Alors, lentement, elle alla se rejeter sur son lit et elle se mit enfin à pleurer.

Le nègre, pendant ce temps-là, l'avait attendue en vain en relisant — car il savait lire — un petit volume joliment relié que lui avait fait remettre à Saint-Domingue, il y avait déjà de longues années, avec une lettre qu'il avait toujours gardée, celle qui était alors la femme du général Leclerc et qui devait devenir la princesse Pauline Borghèse : c'était *La Nouvelle Héloïse* de Jean-Jacques Rousseau. Il avait guetté pendant plus d'une heure, sans trop d'impatience, celle qu'il appelait affectueusement son idiote, son petit monstre, ou encore sa princesse de Pontarlier. A peu près au moment où elle s'effondrait en pleurant sur son lit, il commença à s'inquiéter. D'elle d'abord. Et puis aussi de lui-même. Être nègre à Pontarlier, au début du XIXe siècle, n'était pas une affaire de tout repos. Quand il avait été rendu à la liberté après la mort de Toussaint Louverture, plusieurs, et des plus imprévus, lui avaient témoigné de l'amitié et de la bonté. Mais une atmosphère de suspicion flottait autour de lui. Survivre, trouver du travail n'était pas facile. Les recruteurs de l'armée impériale commençaient, en revanche, à s'intéresser à ce grand type dans la force de l'âge qui ferait assez bien sous un bonnet à poil. Juste avant sa rencontre dans les bois avec Eugénie, il était sur le point de revêtir l'uniforme et de commencer une nouvelle vie qui le faisait rêver : il se voyait déjà en Allemagne, en Autriche, en Italie, en Hollande, sur tous ces champs de bataille où il se sentait très capable de se couvrir de gloire. Et puis, la fille du notaire, l'idiote, était entrée dans sa vie.

Elle était devenue sa chose. Et tant de dévouement passionné et aveugle avait fini par le toucher. L'aventure d'un homme seul et privé de femmes depuis longtemps s'était transformée assez vite en attachement, puis, peu à peu, en amour partagé et en passion mutuelle. Le fils d'Omar avait révélé Eugénie à elle-même et il l'avait fait sortir de la condition humiliée où elle végétait aux yeux des autres et, obscurément, aux siens propres. Il l'avait fait entrer dans le bonheur : c'était, chez n'importe quelle femme et surtout chez Eugénie, une raison suffisante pour chavirer dans les bras d'un homme qui apparaissait comme un sauveur et pour l'adorer à jamais. Mais lui, de son côté, l'avait vue s'ouvrir et s'épanouir comme ces fleurs sèches et mortes qu'un peu d'eau fait revivre. Il avait été bouleversé de voir le changement qui s'opérait chez l'idiote. Elle parlait, elle comprenait, elle agissait, elle se redressait : une flamme se mettait à l'habiter. Il aurait juré qu'une âme était entrée dans ce corps disgracié et qu'elle animait ces yeux qu'il avait connus vides et qui jetaient maintenant des flammes. Une sorte d'orgueil l'envahissait — et il était proche de l'amour : c'était lui, le nègre, l'exilé, le proscrit, qui avait sauvé cette femme et qui en avait fait ce qu'elle était. Ainsi leur amour était-il inséparable d'une gratitude mutuelle, de la confiance et de l'estime, de la fierté nouvelle que chacun lisait dans les yeux de l'autre.

Pendant que le désespoir s'emparait d'Eugénie à l'idée d'être séparée de son amant, l'inquiétude travaillait le Noir. Depuis sa liaison avec la fille du notaire, il avait essayé d'échapper à l'armée. Il se savait surveillé de ce côté-là. L'absence d'Eugénie signifiait qu'un problème avait surgi aussi du côté de la famille de sa maîtresse : il y avait longtemps déjà qu'il redoutait quelque chose de la part du notaire et des siens. La conjonction des deux périls — la famille et l'armée — pouvait être redoutable. Il se vit poursuivi, rattrapé, jeté à nouveau en prison, déporté je ne sais où et peut-être fusillé pour désertion et pour viol. En entendant sonner cinq heures au carillon d'une église voisine, le fils d'Omar pensa à Eugénie avec une sorte d'angoisse.

Tout de suite, il se dit qu'il fallait agir sans traîner. Il était probable que les Moucheron avaient eu vent de quelque chose. De toute façon, il ne serait pas possible de leur cacher très longtemps la situation d'Eugénie. La famille, ulcérée, ne resterait pas inactive. Dès demain, sans doute, elle allait isoler Eugénie, la terroriser, l'enfermer, essayer peut-être de la faire avorter. Et si le notaire réussissait à faire parler sa fille, alors, la chasse à l'homme commencerait. Et il serait le gibier.

Dissimulé sous un taillis aux portes de la ville, le volume de Rousseau refermé et fourré dans sa poche, le nègre de Pontarlier était perdu dans ses pensées. Elles n'étaient pas roses. Mais elles étaient claires : il fallait d'abord attendre la nuit et faire très vite ensuite. Il avait neuf ou dix heures à perdre avant de se jeter dans l'action, sans un regard en arrière et sans hésitation. Il rêva.

CHAPITRE XXXI

où se croisent sous nos yeux les rêves d'un nègre traqué et d'un pair de France

Du fond du grand miroir éclairé aux chandelles et de l'ombre de la nuit qui tombait sur la forêt, dans la mélancolie comblée ou dans l'angoisse du lendemain, un même spectre se levait et venait à leur rencontre : c'était celui de l'enfance. Les champs de coton à perte de vue, des fleuves immenses et lents, les mélodies déchirantes chantées par les esclaves sous le soleil brûlant et dans la nuit déjà close, les visites des maîtres qui faisaient distribuer des coups de fouet aux adultes et des bonbons aux enfants, la vie étouffante et sans but sur cette terre d'exil où ils étaient tombés par hasard, les souvenirs des anciens et tous ces rêves d'une Afrique encore si proche et déjà si lointaine qui leur avait été retirée par la ruse, la violence et l'argent. Et puis les rues du port qui sentaient la saumure et le goudron, les filets des pêcheurs, les pièces de cotonnades empilées pêle-mêle dans les magasins entrouverts, les coffres de verroterie, les embruns et les vagues, la chaussée du Sillon où il allait retrouver ses voyous de camarades, la cathédrale de Saint-Malo, aussi solide que ses remparts sous le déchaînement des attaques de la tempête et du vent, pleine de corsaires et de marins à la peau tannée par la mer, de vieilles femmes et de jeunes filles pieuses qui lisaient dans leurs livres d'heures, à la lueur de petites bougies qu'elles tenaient à la main, des cantiques et des prières qu'elles connaissaient par cœur.

Ils jouaient. Que font-ils d'autre, les hommes, et les femmes aussi, que de jouer, toute leur vie, à des jeux plus ou moins gais qui répètent éternellement, jusqu'à la dérision et au drame, les jeux de leur enfance ? Ils jouaient, ils se battaient, ils lisaient la Bible ou Virgile et Horace, ils écoutaient grand-mère Bedée raconter des potins sur la cour de Louis XIV, la tante Boisteilleul chanter d'étranges chansons où un drôle d'épervier aimait une jeune fauvette, et Richard — ou Tom, ou encore Omar — rêver sans fin sur sa vie déchirée, sur sa mère abandonnée et sur les longues plages de l'Afrique, entre la forêt et la mer.

Dans les récits de Richard, entre les ombres, inconnues aux enfants, de sa mère et de ses oncles, des guerriers africains qui s'étaient emparés de lui et de ses compagnons de captivité, apparaissait un homme grand et sec, au nez aquilin, aux lèvres minces et pâles, aux yeux enfoncés, petits et glauques, dont la prunelle étincelante semblait se détacher dans les moments de colère pour venir vous frapper comme une balle. Pas plus que sa grand-mère, la signare de Saint-Louis ou qu'un vague grand-père dont il ne savait rien et dont son père ne parlait jamais, le nègre de Pontarlier n'avait jamais rencontré ce personnage de légende dont la silhouette découpée sur le pont d'un navire, au large de Gorée, hantait la mémoire de Richard. Mais, à force d'entendre son père en parler et le dépeindre, il lui semblait le connaître. Il n'ignorait que son nom. Mais nous, instruits par l'histoire, nous savons comment il s'appelait : René-Auguste de Chateaubriand, futur comte de Combourg, seigneur de Gaugres et autres lieux, capitaine de l'*Apollon*.

Entre les bagarres avec les gamins de Saint-Malo et l'abbaye de Plancoët, entre le collège de Dol et sa première communion, pleine d'angoisses et de rêveries — « ce jour-là, tout fut à Dieu et pour Dieu... Quand l'hostie fut déposée sur mes lèvres, je me sentis comme tout éclairé en dedans... » —, c'est ce même homme effrayant, orgueilleux, intraitable que l'ambassadeur auprès du Saint-Père voit surgir du miroir, parmi tant de figures de femmes, pour s'avancer vers lui. Et, pendant que les trois autres, là-bas, s'obstinent dans leur silence entrecoupé de caquetages, les mots dont il s'est servi pour le dépeindre à jamais lui reviennent sur les lèvres. Il se les récite à lui-même et les larmes lui viennent aux yeux jusqu'à troubler son regard et son reflet dans le miroir pendant que le vieux seigneur, négrier et esprit fort — qui parlait de Dieu comme du « premier des gentilshommes » ou du « grand terrien de là-haut » —, recommence à travers la glace du palais Simonetti sa promenade sans fin dans la nuit de Combourg.

« Il était vêtu d'une robe de ratine blanche, ou plutôt d'une espèce de manteau que je n'ai vu qu'à lui. Sa tête, demi-chauve, était couverte d'un grand bonnet blanc qui se tenait tout droit. Lorsqu'en se promenant il s'éloignait du foyer, la vaste salle était si peu éclairée par une seule bougie qu'on ne le voyait plus ; on l'entendait seulement encore marcher dans les ténèbres ; puis il revenait lentement vers la lumière et émergeait peu à peu de l'obscurité, comme un spectre, avec sa robe blanche, son bonnet blanc, sa figure longue et pâle. Lucile et moi nous échangions quelques mots à voix basse quand il était à l'autre bout de la salle ; nous nous taisions quand il se rapprochait de nous. Il nous disait en passant : " De quoi parlez-vous ? " Saisis de terreur, nous ne répondions rien ; il continuait sa marche. Le reste de la soirée, l'oreille n'était plus frappée que du bruit mesuré de ses pas, des soupirs de ma mère et du murmure du vent.

« Dix heures sonnaient à l'horloge du château ; mon père s'arrêtait ; le même ressort, qui avait soulevé le marteau de l'horloge, semblait avoir suspendu ses pas. Il tirait sa montre, la montait, prenait un grand flambeau d'argent, surmonté d'une grande bougie, entrait un moment dans la petite tour de l'Ouest, puis revenait, son flambeau à la main, et s'avançait vers sa chambre à coucher, dépendante de la petite tour de l'Est. Lucile et moi, nous nous tenions sur son passage ; nous l'embrassions en lui souhaitant une bonne nuit. Il penchait vers nous sa joue sèche et creuse sans nous répondre, continuait sa route et se retirait au fond de la tour dont nous entendions les portes se refermer sur lui. »

En se penchant brusquement à son tour — et le jeune Othenin s'imagina à tort que ce mouvement soudain marquait enfin le terme de l'interminable méditation —, l'ambassadeur eut encore le temps d'apercevoir dans le lointain, en train de descendre l'escalier qui menait à la tour, le fameux fantôme à la jambe de bois qui hantait la vieille maison, escorté de son chat. Dix heures sonnèrent successivement à deux ou trois clochers des innombrables églises de Rome. Et il lui sembla que, sur lui aussi, les portes de quelque chose, de la tour, des amours, des ambitions, de la vie, étaient en train de se refermer.

Pendant quatre ou cinq heures, en train de rêver à son père, à sa mère, à ses incroyables aventures auprès de Toussaint Louverture, au beau visage de Pauline Leclerc, à ses amours avec Eugénie, le fils d'Omar était resté dissimulé dans l'ombre aux portes de Pontarlier. Maintenant, la nuit était tombée. Il entendit dix heures sonner au beffroi de la ville. Il fallait encore attendre quatre ou cinq heures. Et puis, quand la ville dormirait, après le coucher des fêtards, des boulangers, des militaires, sa décision était prise, il enlèverait Eugénie.

C'était à peu près l'époque où le vent se mettait à tourner sur l'immense Empire de Napoléon. Où Natalie de Noailles, oubliée à son tour par l'éternel séducteur, donnait les premiers signes d'une bizarrerie d'esprit qui, malgré sa liaison avec notre vieux Molé — ou peut-être à cause d'elle — irait jusqu'à la folie. Où Chateaubriand s'attelait à ces *Mémoires d'outre-tombe* d'où resurgit, sous vos yeux puisque vous lisez ce livre, à Rome puisqu'il faut bien être quelque part, quinze ou vingt ans plus tard puisque nous sommes dans le temps, la double image de l'enfant et du père, dont rêve de son côté le nègre de Pontarlier. Tout se répète et s'unit tout au long de l'histoire, le temps passe et ne passe pas, l'esprit va plus vite que le temps. Il danse à travers les années, remplace l'éternel présent de Dieu par le futur antérieur et le plus-que-parfait, fait revivre par la mémoire un passé évanoui, crée l'avenir dans ses craintes, dans ses impatiences, dans ses attentes, dans ses projets. Déjà, dans les songes du grand homme, brille une radieuse beauté. Et, pour quelques semaines, quelques mois, quelques années peut-être, quelques instants dans le miroir qui se confond avec ce livre qui voudrait se confondre avec Dieu, elle efface tout le reste.

CHAPITRE XXXII

où Chateaubriand, à la surprise générale, est fusillé en 1813 dans les fossés de Vincennes

Il faudrait parler du reste. Il faudrait évidemment parler aussi de tout le reste. Non seulement du *Génie du christianisme* et des *Mémoires d'outre-tombe,* non seulement de Pauline, de Lucile, de Natalie ou d'Hortense, mais de la Vallée-aux-Loups, de la légation à Berlin, de l'ambassade à Londres, du congrès de Vérone et de la guerre d'Espagne. Il faudrait parler de l'exil, de l'Amérique, de M. de Malesherbes et du général Washington, de la Révolution et de l'Empire, de Napoléon Bonaparte, de Charles-Maurice de Talleyrand-Périgord, prince de Bénévent, et de Joseph Fouché, duc d'Otrante, de la fameuse brochure *De Buonaparte et des Bourbons* où le poète piétinait son ennemi bien-aimé et dont Mme de Chateaubriand avait caché sous sa jupe, pendant des semaines, le manuscrit explosif. Un jour, vers la fin de l'Empire, en traversant les Tuileries, elle s'aperçut tout à coup avec terreur qu'elle n'avait plus sous sa robe le redoutable rouleau et elle comprit en un éclair qu'elle l'avait laissé tomber quelque part sur son chemin : c'était la fin de son mari, l'arrestation, l'emprisonnement, peut-être la mort du grand homme. Ses idées se brouillèrent, un voile noir tomba sur ses yeux et elle s'évanouit.

L'exécution de Chateaubriand dans les fossés de Vincennes au cours de l'hiver de 1813 constitue une des plus jolies pages de cette biographie de Dieu à quoi je me suis attaché. Le manuscrit accusateur avait été découvert dans une allée des Tuileries par un jeune clerc de notaire de la rue Saint-Honoré qui traversait la Seine pour aller retrouver une personne brune aux yeux bleus qui occupait ses pensées. Il remarque sous ses pas une sorte de paquet de papier entouré d'une faveur. Il le ramasse, cherche des yeux un gardien, un militaire retraité, un invalide à qui le remettre et, n'en trouvant pas, pressé d'aller rejoindre ses amours, emporte le paquet avec lui. La jeune fille chez qui il se rend se donne à lui ce jour-là. Du coup, il s'occupe de bien d'autres chiffons que de ceux des Tuileries. Au moment de rentrer chez lui, après ce délire de bonheur, il oublie sa trouvaille sur la chaise où il l'a jetée. Mais sa nouvelle maîtresse est la nièce d'un secrétaire du successeur de Fouché au ministère de la Police : Savary. Douze heures plus tard, le rouleau de papier est sur la table du ministre.

Chateaubriand, en ce temps-là, n'est déjà pas en odeur de sainteté. Quelques années après le fameux article du *Courrier* — « Lorsque, dans le silence de l'abjection, on n'entend plus retentir que la chaîne de l'esclave et la voix du délateur, lorsque tout tremble devant le tyran et qu'il est aussi dangereux d'encourir sa faveur que de mériter sa disgrâce, l'historien paraît, chargé de la vengeance des peuples. C'est en vain que Néron prospère, Tacite est déjà né dans l'Empire ; il croît, inconnu, auprès des cendres de Germanicus, et déjà l'intègre Providence a livré à un enfant obscur la gloire du maître du monde » — et la réplique foudroyante de Néron : « Chateaubriand croit-il que je suis un imbécile, que je ne comprends pas ? Je le ferai sabrer sur les marches de mon palais », l'Empereur n'a pourtant pas manqué de faire preuve des plus louables intentions : « Traitez bien les hommes de lettres, ordonne-t-il à un de ses ministres ; on les a indisposés contre moi en leur disant que je ne les aimais pas ; on a eu une mauvaise intention en faisant cela. Sans mes occupations, je les verrais plus souvent. Ce sont des hommes utiles qu'il faut distinguer parce qu'ils font honneur à la France. » Et, contre la presse officielle, contre les académiciens dominés par l'abbé Morellet, par Népomucène Lemercier — qui parle d' « une petite teinte de ridicule » à propos du *Génie du christianisme* — et par Marie-Joseph Chénier, régicide, César lui-même impose Chateaubriand à l'Académie française. Lui, le poète, se dit qu'il a peut-être avantage à entrer « dans un corps puissant par sa renommée et par les hommes qui le composent, et à travailler en paix à l'abri de ce bouclier ». On sait comment se termine l'histoire : l'Empereur estima que l'écrivain, dans son discours de réception, voulait mettre le feu à la France et rétablir l'anarchie à la place du calme impérial. Le manuscrit du discours fut rendu à Chateaubriand barré de traits de plume et de coups de crayon. « L'ongle du lion était enfoncé partout et j'avais une espèce de plaisir d'irritation à croire le sentir sur mon flanc. » Chateaubriand refusa tout net de rédiger un second discours. Il renonça à l'Académie et se déclara enchanté de l'échec de ce projet dont le succès lui aurait causé sans doute plus de désagréments que de plaisir.

Quand, le soir même, le successeur de Fouché vint mettre sous le nez de l'Empereur les pages explosives trouvées dans les Tuileries, Napoléon comprit aussitôt que le dernier acte de la tragi-comédie de ses relations avec l'écrivain était en train de s'écrire. Il rappela que Chateaubriand s'était offert vingt fois à lui. Il s'écria, avec plus de subtilité que ne lui en prêtait son adversaire, que Chateaubriand n'avait fait de l'opposition à l'Empereur que parce que l'Empereur ne voulait pas l'employer : « Je me suis refusé à ses services, c'est-à-dire à le servir. » L'arrestation de l'écrivain fut décidée sur-le-champ.

Le lendemain matin, à l'aube, deux personnages, un grand maigre et un plus petit qui paraissait le chef, se présentèrent à la grille de la Vallée-aux-Loups. Ils furent reçus par Benjamin, le jardinier de Chateaubriand, qui crut d'abord, dur comme fer, que le plus petit était Napoléon Bonaparte en personne. A midi, Chateaubriand déjeunait en prison d'une soupe infâme et d'un peu de pain. Pour faire bonne figure, il remettait au geôlier un court message pour sa femme où il réclamait une cravate noire, une redingote, un chapeau, un gilet et une paire de bas. Le soir même, il comparaissait devant un tribunal militaire et secret. Avant même le lever du jour, la charrette des condamnés à mort l'emmenait vers ces fossés de Vincennes où, quelques années plus tôt, avait déjà été exécuté le dernier des Condé. Il prit place avec courage devant le peloton. Une espèce de joie l'inondait. Il aurait eu horreur de mourir dans son lit, diminué par l'âge et par la maladie, et peut-être oublié. Il ne regrettait qu'une chose : de n'avoir pas eu le temps de terminer la rédaction des souvenirs qu'il avait entrepris pour laisser à la postérité une grande image de lui-même. L'officier qui commandait le détachement le fit saluer par ses hommes avant de commander le feu : ce fut l'ultime satisfaction de ce génie romantique et classique égaré dans l'action. Les derniers mots de Chateaubriand dans les fossés de Vincennes furent couverts par la salve. Elle réveilla Mme de Chateaubriand étendue sur son lit où l'avaient transportée des promeneurs qui l'avaient trouvée sans connaissance au milieu des Tuileries. Son premier geste fut de soulever l'oreiller où reposait sa tête. Et elle vit le rouleau de papier entouré d'une faveur qu'elle y avait dissimulé avant de partir en promenade.

Il faudrait parler du retour des Bourbons, de la longue procession des calèches de ces dames — parmi lesquelles brillait la princesse de Talleyrand —, des mouchoirs agités sur le passage des Cosaques et des Prussiens en train de défiler dans Paris, des pensées, contradictoires comme toujours, qui animaient Chateaubriand, partagé, ce jour-là, entre son loyalisme monarchiste et l'impression fâcheuse qu'on lui arrachait son nom de Français pour y substituer, selon ses propres termes, un numéro de bagnard dans les mines de Sibérie. Il faudrait parler de cette nuit du 15 au 16 septembre 1824 où, dans une chaleur étouffante et une affreuse odeur de plaies, un gentilhomme de service, le comte Charles de Damas, s'avança vers le duc d'Artois pour lui murmurer à l'oreille : « Sire, le roi est mort », avant de se retourner vers la foule des courtisans parmi lesquels, bien sûr, le prince de Talleyrand en sa qualité de grand chambellan, et d'écouter avec eux M. de Blacas en train de lancer à haute voix : « Messieurs, le roi. » Pour saluer Charles X comme il avait salué Louis XVIII, Chateaubriand reprit sa plume et, avec ces sentiments mélangés dont il faisait profession, il écrivit une autre brochure : *Le Roi est mort : vive le Roi !*

Il faudrait surtout, je le sais, parler un peu d'autre chose que de Chateaubriand. Que, dans un livre sur Dieu et sur l'histoire des hommes, le vicomte de Chateaubriand joue un rôle prépondérant, rien, me semble-t-il, de plus éminemment légitime. Avec quatre ou cinq autres, dont je laisse les noms à votre choix, il occupe, après tout, une place de premier rang dans une des plus satisfaisantes des créations du Seigneur : la littérature française. J'ai dit et répété que l'auteur de ce livre ne flottait pas isolé dans le ciel des idées : sa trompette, ses cymbales, ses hymnes en l'honneur de Dieu, c'est le langage et les mots. D'autres chantent, dansent, prient, se taisent, font l'amour ou tuent. Et ils ont bien raison. Lui va vers Dieu sur des livres. Il aurait pu naturellement, il aurait peut-être dû, avec le même succès ou avec le même ridicule, parler de Shakespeare et de la littérature anglaise, de Goethe et de la littérature allemande, de Cervantès ou de Dante et des littératures espagnole ou italienne. De Virgile, d'Homère, de Tolstoï ou de Dostoïevski. Il aurait pu parler de la peinture, de la sculpture, de la musique ou de l'architecture qui ont tenu leur place dans la lente édification du seul monument valable de toute l'histoire du monde : la dignité des hommes. De Vinci et de Michel-Ange, de Sassetta, de Carpaccio, des Bach, du chant grégorien, des negro spirituals ou de la grande époque du jazz. Il aurait pu parler de la guerre et des grands généraux, des travaux de la campagne, des fêtes, de la médecine, des religions et de leurs rites, du commerce, de l'industrie. Il aurait pu rédiger un ouvrage pornographique, un manuel de mécanique ondulatoire, un récit de voyage, une étude sur les papillons, une apologie du conservatisme ou des révolutions, un traité de cosmologie, une grammaire comparée du turc et du quichua. Écrire, toujours écrire ! Pourquoi écrire, après tout ? Il aurait pu faire de l'escrime, jouer de la flûte, monter à cheval, méditer en silence, sauver les autres, escalader des montagnes, piloter des avions, lancer des bombes ou gagner de l'argent, cultiver de la lavande ou marcher à travers les champs et les rues en bénissant le Seigneur. Il aurait pu ne rien faire du tout, ce qui est encore une façon — et peut-être la meilleure, mais la moins éclatante — de chanter la gloire de Dieu.

Mais l'auteur est français, pardonnez-lui. Il est né au XXe siècle, ne lui en veuillez pas. Il ne sait pas faire grand-chose et il parle de ce qu'il connaît. A peine, bien entendu. Mais enfin mieux que le reste qu'il ne connaît pas du tout. Il aurait pu, à la rigueur, parler de Ronsard, de Montaigne, de Saint-Simon, de Hugo ou de Proust, de ses amis Hubert Baer et Philippe Faure dont il a évoqué ailleurs les figures attachantes, de sa famille prétendue ou réelle dont il s'est servi plus d'une fois et peut-être un peu trop, de Ramsès II, de Machiavel, de l'empereur Asoka, de Pizarre, d'Elpénor, de saint François d'Assise. Le monde est assez grand. Et il ne se laisse guère épuiser. On se demande un peu pourquoi il ne s'agit ici, dans cette histoire de Dieu, que du XIXe siècle. Et de la littérature du XIXe siècle. Et de la littérature française du XIXe siècle. Et de la littérature française du début du XIXe siècle. Et de la place de Chateaubriand dans cette littérature française du début du XIXe siècle. La réponse est toujours la même : il faudrait être Dieu pour parler de Dieu, et l'auteur n'est qu'un homme. Et peut-être à peine le plus capable de s'attaquer à ce grand sujet.

CHAPITRE XXXIII

où les dragons de Lucifer déferlent du fond de l'histoire et où leur maître nourrit un rêve atroce

Plus d'une fois, dans la guerre menée par Lucifer contre le Tout-Puissant, la situation du bien parut désespérée. La révolte de l'ange des lumières constitue en elle-même le premier coup porté contre le règne de Dieu. A l'intérieur de cette révolte, la reprenant sans cesse et la symbolisant, l'histoire n'est rien d'autre que la répétition apparemment sans fin du défi lancé à Dieu par l'ange des ténèbres et de l'échec perpétuel, mais toujours remis en question jusqu'à la défaite finale, de Lucifer devant Dieu.

L'univers, la vie, la création de l'homme sont — ou finissent par être — des défis de Lucifer et des victoires de Dieu. L'arbre de la connaissance, l'arbre du bien et du mal est un défi de Lucifer et une victoire de Dieu. La liberté est un défi de Lucifer et une victoire de Dieu. Le péché originel est un défi de Lucifer et une victoire de Dieu. La science, la dignité de l'homme, la souffrance et la mort sont des défis de Lucifer et des victoires de Dieu.

En lançant ses troupes à l'assaut du Tout-Puissant, Lucifer avait au moins atteint le premier de ses buts : on ne s'ennuyait plus dans le tout. C'était le désordre joyeux des camps, le brouhaha des combats, la tension de l'attente, ce mélange d'espérance et de crainte qui s'attache aux grandes aventures. Pour le meilleur ou pour le pire, l'éternel et l'infini avaient cessé d'être immobiles. Tous ceux qui ont lu *La Guerre des Gaules* de César, qui se souviennent d'Alexandre, d'Hannibal, de Cortez, de Tamerlan et de Gengis khan, de Charles XII, de Condé, du maréchal de Saxe, de Montecucculi et du grand état-major allemand dans ses manteaux de fourrure et de cuir qui lui tombaient jusqu'aux pieds, des guerres des Hyksôs et des Peuples de la mer contre les pharaons, d'Austerlitz et de Verdun, de Guernica, d'Adoua, de Diên Biên Phu et de Stalingrad, pourront se faire une faible idée de ce qui se passait dans l'absence de l'espace et dans l'absence du temps.

Le plan de Lucifer était de surprendre Dieu et de l'abattre sur-le-champ. Le coup de force avait échoué. La guerre éclair s'éternisait. Il serait très injuste de ne pas citer ici à nouveau les noms de quelques-uns des princes-archanges qui formaient autour de Dieu sa garde imperturbablement fidèle, modèle céleste de tous les clans, de tous les groupes, de toutes les tribus, de tous les partis, de toutes les familles, de toutes les sociétés, établies ou secrètes, qui se succéderont sur la terre pour s'en assurer le contrôle. Ils s'appelaient Georges, Michel, Gabriel, Raphaël, Uriel, Ardibihisht, Khordâdh, Kether ou Geburah. Ce sont ces G-men éthérés, ce divin K.G.B., ces mousquetaires du roi animés par l'amour, ces S.S. angéliques qui déjouèrent le complot de Lucifer contre Dieu.

L'ange des ténèbres avait aussi ses âmes damnées et elles étaient prêtes à descendre pour lui jusqu'aux flammes de l'enfer. D'ailleurs, elles y descendront. Nous avons vu déjà les contradictions affreuses du tout qui était bien obligé de comprendre aussi le mal. Le mal aussi, grâce à Dieu, avait ses contradictions : parce qu'il reposait sur le mensonge et sur la violence, le mal avait beaucoup de mal à compter sur les siens et les querelles intérieures faisaient plus de ravages dans les troupes de Lucifer que dans les troupes du Seigneur. Car si le tout a la faiblesse de devoir embrasser le mal, le bien, en revanche, unit et le mal divise. Il y avait une coalition des forces du mal contre le bien, mais chacun devinait que leur victoire aurait suffi à mener à d'autres déchirements. Tandis que la victoire du bien représentait la paix, la lumière, toute la sérénité de l'union autour de Dieu et de la vision en Dieu. Lucifer était contraint de faire régner la terreur dans son camp. La crainte de Dieu, au contraire, était, comme chacun sait, le début de la sagesse et elle se confondait avec elle.

Il faudrait une autre plume que la mienne, celle de Milton ou du

Tasse — si cher à Chateaubriand —, celle d'Homère ou de Dante, pour dépeindre les tempêtes qui secouaient l'infini. La haine se heurtait à l'amour avec une violence effroyable. Des escadrilles d'archanges jouaient aux kamikazes et se ruaient vers la mort dans l'éternité. A plusieurs reprises, au milieu des attaques d'une violence inouïe menées par les forces du mal et parmi les explosions de l'énergie divine, il fut permis de se demander, dans une angoisse indicible qui annonçait tous les malheurs et toutes les souffrances d'ici-bas, si le tout n'allait pas se résoudre en rien et rejoindre le néant d'où il était sorti. Lancés par les puissances et les dominations révoltées, les javelots de la haine et du mal obscurcissaient la lumière de Dieu. L'absence de l'espace et du temps vacillait sur ses bases. La droite du Tout-Puissant fulminait ses foudres célestes et jonchait de cadavres d'âmes révoltées et perdues les plaines immatérielles de l'au-delà.

Si cet ouvrage n'était pas consacré à un thème bien plus vaste, la chronique de la guerre de Lucifer contre le Seigneur suffirait à nous fournir, au-delà, ou plutôt en deçà des grands desseins stratégiques et des manœuvres spirituelles, métaphysiques et cosmiques, d'innombrables anecdotes où le plaisant se mêle au sévère : elle pourrait nous occuper pendant des milliers de pages. Lucifer, génie du mal, n'avait déclenché les hostilités qu'après avoir accumulé, aussi clandestinement que possible, aussi loin que possible des regards perçants de Dieu, un formidable arsenal. Une de ses armes secrètes était constituée par les dragons. Se déplaçant un peu plus vite que la lumière divine, crachant d'avance tous les feux de l'enfer, puissamment armés de toutes les griffes de la haine et de tous les crocs du désir, cuirassés d'égoïsme, munis des ailes puissantes du mensonge et de la ruse, les dragons de Lucifer étaient au mal ce que les anges de Dieu étaient au bien. Les dragons de Lucifer !... Sifflant, soufflant, hurlant, rugissant, ils fondent encore sur nous du fond des âges et des ténèbres, à travers les plaines de Pologne et la mer Rouge refermée, à travers le Palatinat, à travers les collines des Cévennes et les rizières du Cambodge et les montagnes d'Arménie. Les serpents, les rats, les vampires, les chauves-souris, tout ce qui est frappé d'horreur et de puissance maléfique dans la mémoire ancestrale et dans l'imagination populaire est, à peine camouflée, une image des dragons qui menaçaient le Tout-Puissant. Si quelque chose subsiste, au fond de l'inconscient collectif, de la terreur originelle et de la répugnance primordiale, c'est bien l'ombre de la bête fabuleuse et abjecte qui composait le gros de ce que nous appellerions aujourd'hui, pour parler notre langage et en forçant les termes avec une vulgarité un peu facile, les troupes aériennes et le corps blindé du Malin.

Pisanello, dans la fresque sans pareille conservée dans l'église Sainte-Anastasie à Vérone, Carpaccio tout au long de la série de tableaux de la merveilleuse chapelle de San Giorgio degli Schiavoni à Venise, Raphaël, le Tintoret, toute une foule de peintres, d'orfèvres, de graveurs, de sculpteurs,. de musiciens aussi et de poètes, depuis l'antiquité la plus reculée jusqu'aux temps modernes en passant par le moyen âge et la grande époque vénitienne ou florentine — et il faudrait chercher à travers le monde, en Afrique, en Asie, chez les Mayas et chez les Incas, dans les îles de l'Océanie, les formes qui correspondent au même thème — ont évoqué, le plus souvent au milieu de cortèges chevaleresques, de brocarts de velours ou de soie tissés d'argent et d'or, de trompettes triomphales saluant des princesses, de toute la pompe éclatante et colorée de la Renaissance italienne, l'image repoussante du dragon infernal. Et, du même coup, le corps glorieux du premier de tous les capitaines, du modèle des chefs de guerre, du général victorieux par excellence, de celui à qui le Tout-Puissant avait confié d'avance et à travers les temps, sous le commandement en chef de saint Michel, la contre-offensive contre l'arme absolue qu'avait vomie l'enfer et qui le vomissait à son tour : saint Georges.

L'éternel combat entre saint Georges et le dragon est l'illustration même de la lutte du bien contre le mal. Il plonge dans le lointain obscur et presque effacé des souvenirs de l'humanité, dans une tradition si reculée qu'elle est antérieure à son apparition. Il appartient à un trésor universel et secret où la révolte contre le maître suprême, la trahison de la créature bien-aimée, le conflit sans pitié entre les éléments déchaînés, la chute des maudits hors du premier jardin, la garde de l'amshaspend aux portes du paradis, le dialogue des âmes et saint Michel archange armé de son épée de feu accompagnent et entourent le jeune héraut du Tout-Puissant en train de caracoler sur son cheval étincelant et d'enfoncer sa lance dans la gorge du monstre qui, déjà abattu et pantelant, crache encore sa lave brûlante.

En Chine, en Corée, au Mexique, dans la Grèce antique, dans la Bible, dans les pays scandinaves, dans les légendes germaniques, en Libye et à Metz, dans toute la région entre Arles et Avignon et surtout à Tarascon, partout, dans les cultures les plus éloignées les unes des autres, dans des civilisations à première vue sans contact et sans lien, toujours différent et pourtant toujours semblable, le dragon fantastique et cruel hante le souvenir et l'imagination des hommes. Avec ses griffes de lion, ses ailes de chauve-souris, de papillon ou d'aigle, son haleine enflammée et sa queue de serpent, il est l'incarnation de la terreur, de la souffrance et du mal. Il tient une place centrale dans le fameux *Yi king* ou *Livre des mutations*, exposé de la conception du monde et de son développement où, quelque dix siècles avant le Christ, la pensée de Lao-Tseu se prépare déjà, dans le futur, à s'unir et à s'opposer à celle de Confucius et où apparaissent autour du *Tai ki*, grand pôle de l'unité, les deux régulateurs opposés du *yin* et du *yang*. Il figure dans les armes anciennes de la Corée et de la Chine. Il veille dans le jardin des Hespérides où, hypostase ou modèle de saint Georges, Hercule finit par le tuer, comme Siegfried, dans la légende des Nibelungen immortalisée par Wagner, tue le Lindwurm qui veille sur l'or du Rhin ou comme Beowulf, dans le poème anglo-saxon, tue le dragon complice du monstrueux géant Grandel.

Dans des milliers de contes, le dragon est le gardien de trésors fabuleux, étincelant dans la nuit, qui, de la Toison d'or à la fontaine de Castalie, sont l'image du bien et de l'amour de Dieu. Mais, image du mal et de la révolte de l'ange des lumières, il dévore les enfants des hommes parce qu'il a des droits sur eux. Ce n'est pas par hasard, soyez-en sûrs, que, dans la mythologie des Grecs, les hommes naissent des dents de dragon semées par Cadmos et Jason. Ainsi, le mal, Lucifer, le dragon sont liés à la fois à la naissance des hommes et à leur souffrance infinie, à leurs larmes, à leur mort — et aussi, dans l'échec et la défaite, à leur libération qu'incarnent, parmi beaucoup d'autres, sur les bords du Rhin, dans la Grèce lumineuse ou dans les profondeurs de l'Asie, la fille du roi de Libye, Aïa, ou la princesse de Trébizonde sauvées par saint Georges de leur destin sinistre. Vaincu, dominé, le dragon peut servir à nouveau la violence du bien contre la violence du mal : c'est sur un dragon ailé que Roger, dans *Roland furieux,* délivre Angélique, capturée par des corsaires, abandonnée dans l'île des Plaintes et livrée à l'orque marine. Et c'est sur la croupe du monstre ailé Géryon que Dante descend, au fond de l'enfer, dans les fosses maudites des Malebolge. Pour retrouver plus près de nous des traces de ces monstres qui vivent encore dans nos terreurs, allez donc jusqu'à Metz, en Lorraine, où la fête des Rogations fait surgir dans les rues de la ville le dragon *Graouilli* ou *Graouilly,* jusqu'à Tarascon, en Provence, où le dragon appelé *Tarasque* figure encore de nos jours dans les processions annuelles. Sans parler, bien entendu, de la *Lézarde* de Provins, de la *Gargouille* de Rouen, de la *Bonne-Sainte-Vermine* ou de la *Grand-Gueule* de Poitiers. Et si, à d'autres bouts du monde, dans les traditions légendaires du Mexique comme de la Chine, les éclipses sont causées par un dragon qui menace de dévorer le soleil ou la nuit, c'est que l'esprit du mal ne cesse jamais de s'en prendre à la lumière du Très-Haut. Il faut, pour le mettre en fuite, le vacarme sonore des instruments de cuivre, image très transparente des chœurs des anges fidèles et de la musique céleste.

Dragons contre anges fidèles, foudres célestes lancées sur la masse grouillante des démons révoltés à l'assaut du Très-Haut, trahisons, embuscades, ruses infernales, tortures — métaphysiques, bien entendu — sur ceux qui avaient le malheur de tomber aux mains de l'adversaire, mêlées furieuses dans le tout des esprits et des âmes, combats sans trêve ni pitié des chérubins, des trônes et des dominations, formidables explosions de l'énergie divine qui ébranlaient non seulement tout ce qui était déjà mais aussi et surtout tout ce qui n'était pas encore, la guerre d'éternité se poursuivait à jamais entre le bien et le mal et personne — sauf Dieu, à qui rien n'échappait — ne pouvait en discerner ni même en prédire la fin.

C'est dans ces circonstances difficiles que Lucifer prit une initiative extraordinairement hardie, qualifiée d'impudente, et en tout cas d'imprudente, par la plupart des observateurs et, bien plus tard, des théologiens : par l'entremise de l'archange Gabriel, qui jouait volontiers le rôle de messager, de directeur de cabinet, de chef du protocole et d'introducteur des ambassadeurs, il demanda à être reçu par Dieu.

Jamais depuis sa révolte Lucifer n'avait osé reparaître au regard du Seigneur. Le Très-Haut, naturellement, poursuivait l'ange des ténèbres jusqu'au fond des tanières, des tranchées, des blockhaus, des bunkers où il se dissimulait. Mais lui, l'ange révolté, n'avait pas eu le front de se présenter, en esprit et en flammes, devant le Tout-Puissant. Et voici qu'agitant un drapeau blanc abstrait, il poussait l'audace jusqu'à solliciter une audience de celui à qui il devait tout, que, modèle de tous les Judas, il avait trahi de sang-froid et contre qui il menait la plus impitoyable et la plus interminable des guerres — puisqu'elle n'avait pas de fin.

Un des points les plus forts de la stratégie luciférienne a toujours été la propagande. A la veille de sa révolte, nous avons déjà vu l'ange des lumières entraîner des foules de trônes et de dominations par la force de ses paroles et la vivacité des images qu'il faisait miroiter aux yeux émerveillés de ceux qui l'écoutaient. Lorsqu'il se proposait de rencontrer le Très-Haut, des intentions obscures se bousculaient en Lucifer : il se disait non seulement que sa gloire serait servie par celle de Dieu, mais qu'il parviendrait peut-être à avancer ses affaires dans le cœur et l'esprit des partisans du Seigneur. Une fameuse lettre de Moïse de Léon, apocryphe pour Spinoza, mais plus vraisemblablement authentique, va beaucoup plus loin et soutient ouvertement une interprétation exorbitante dont certains veulent déjà trouver l'annonce, l'amorce, des traces obscures dans la Kabbale : Lucifer n'aurait pas perdu tout espoir de convaincre le Tout-Puissant et de le convertir à ses vues. Saint Thomas d'Aquin, Averroès, Siger de Brabant, Grossetête, Roscelin, Abélard, Luther et Calvin, Bossuet et plusieurs papes, surmontant les désaccords qui les opposent les uns aux autres à travers les âges, s'unissent pour combattre cette opinion révoltante, dénoncée par l'un d'eux, sinon comme une hérésie — car il est toujours permis, après tout, de prêter à Lucifer les intentions les plus folles et les plus ignobles —, du moins comme « l'idée la plus atroce née de la folie humaine ».

L'idée la plus atroce née de la folie humaine... Il faut bien reconnaître que l'image de Lucifer en train de convertir Dieu, l'hypothèse du bien se soumettant au mal, a quelque chose d'intolérable. Et pourtant... Le rêve de Lucifer est peut-être moins d'abattre Dieu que de le faire passer de son côté. La sagesse populaire a raison de nous apprendre que Dieu ne veut pas la mort du pécheur : il ne veut que l'extinction du péché. Inversement, et au même titre que le bien, le mal veut être reconnu. Ce que poursuit le mal, c'est moins la mort du bien que sa reddition sans conditions et sa soumission au mal. Des traces évidentes de cette ambition figurent dans deux passages de l'évangile de Matthieu (4 :1-11) et de celui de Luc (4 :1-13). On y voit le Malin faire surgir, en un clin d'œil, parmi les sables du désert, tous les royaumes de la terre qui lui ont été donnés en propre, avec leur puissance et leur gloire, et les offrir à Jésus-Christ à la seule condition que le Fils de Dieu se prosterne devant le mal. Mais le Christ lui répond : « Retire-toi, Satan ! Car il est écrit : Tu adoreras le Seigneur, ton Dieu, et tu le serviras lui seul. »

La démarche de Satan auprès du Fils de Dieu n'est que l'image terrestre de l'entrevue céleste entre le Seigneur et Lucifer. Et, non, Dieu ne s'est pas incliné devant les vues de Lucifer. Mais il n'est pas non plus possible de dire que rien n'est sorti de la rencontre entre le Tout-Puissant et le prince des ténèbres — puisque le monde en est sorti.

CHAPITRE XXXIV
Chute d'une ville et d'une jeune femme

Ce que voyait Chateaubriand dans le miroir de l'ambassade de France à Rome, à la fin du règne de Charles X, quinze ans après la chute de l'Empereur, quarante ans après le début de la Révolution française, une vingtaine d'années avant le premier éclatement de ce qui deviendrait le marxisme, un peu plus de dix-huit siècles après la mort de celui à qui le souverain sacrificateur avait demandé s'il était le fils de Dieu et qui avait répondu qu'il l'était, ce que voyait Chateaubriand, c'était une de ces vies d'hommes qui constituent l'histoire du monde.

Je ne sais pas si le calcul a été fait du nombre d'hommes qui se sont succédé jusqu'à nous sur cette terre. Quelques centaines de milliards j'imagine. Ou peut-être quelques milliers, je ne sais pas. Quelques dizaines de milliers ?... Croyez-vous ?... Guère davantage, en tout cas. Au même titre que Bouddha, que Socrate, qu'un ouvrier maçon, qu'un primitif de Java quarante siècles avant notre ère, que le président Lebrun, que le général Washington, au même titre que l'assassin Lacenaire, au même titre que vous-même qui me lisez en ce moment, le vicomte de Chateaubriand était un de ces hommes-là.

Le choix de Chateaubriand pour illustrer une vie d'homme dans une biographie de Dieu est un choix arbitraire. Saint Augustin, Julien l'Apostat, Machiavel, un tailleur de pierre du moyen âge, l'empereur Alexis, un marchand d'habits juif en Pologne à la fin du XVIIIe siècle, le duc de Plessis-Vaudreuil au début du XXe, un marin phénicien avant l'arrivée des Achéens dans le Péloponnèse nous auraient fait le même usage. Leurs existences ne se ressemblent guère. Elles ont pourtant presque tout en commun. Puisqu'il s'agit des hommes et de leur destin incomparable et lassant, toujours semblable à lui-même, avec roue ou sans roue, avec roi ou sans roi, avec feu ou sans feu, avec foi ou sans foi.

A la façon des vignettes dans nos cahiers d'écolier, les livres, les films, les symphonies et les concertos, les peintures et les églises, les ponts, les routes, les enseignements des philosophes et des prêtres, la soif de l'or et de l'argent, la poursuite du savoir, les conquêtes des chefs de guerre, les révoltes d'esclaves, les amours et les ambitions illustrent ces existences si diverses et si semblables et fixent dans nos mémoires un certain nombre de noms. Ils ne sont rien d'autre que l'image et le symbole des millions d'inconnus dont ils expriment les souffrances et les aspirations. Ils sont la face minuscule et visible de toute une immense humanité cachée. Vous lisez les biographies d'un Hannibal, d'un Montezuma, d'un Richard III, d'un Jules II pour savoir quelque chose de Carthage, de l'empire aztèque, de la monarchie britannique ou de l'Église catholique. Leur vie, à elle toute seule, ne se suffit pas à elle-même : elle n'aurait aucun sens si on ne la situait pas dans un ensemble plus vaste. Les carrières les plus stupéfiantes, celles d'un Bouddha ou d'un Alexandre, celle d'un Frédéric II, celle d'un Napoléon Bonaparte, se confondent avec le monde qui les entoure et sur lequel ils agissent.

Ce qui est vrai des conquérants et des créateurs de religion est vrai aussi des musiciens, des philosophes, des romanciers, des peintres et des sculpteurs : Spinoza ou Hegel, Michel-Ange ou Tolstoï, Platon ou le Dr Freud ne prennent leur signification que par l'univers qu'ils expliquent et ordonnent, qu'ils dépeignent, qu'ils illuminent. Descendons à ces cortèges d'individus obscurs qui font, à travers les âges, l'histoire souffrante et militante : vous ne vous attachez aux aventures d'une moine du moyen âge, d'un mineur du XIXe siècle, d'un samouraï japonais, d'un guerrier mongol de l'armée de Timur que parce qu'ils appartiennent à une période, à une région, à une classe sociale, à un mouvement des techniques et des esprits qu'ils éclairent et animent. Je ne voudrais rien faire d'autre ici que d'élargir un peu les cadres où fonctionnent les uns ou les autres. Je vous invite à regarder vivre M. de Chateaubriand parce que, situé à une des charnières de l'histoire récente du monde, avec ses grandeurs et ses faiblesses, avec son imagination très vive, avec son orgueil souvent infantile, avec son génie aussi, il explique assez bien ce que peut être un homme.

Sur les hommes en général, le premier venu et la première venue en sauront tout autant que les princes et les savants. Le seul avantage des grands noms familiers à la mémoire et à l'oreille depuis les bancs de l'école est qu'ils parlent un peu plus haut à l'imagination. Parce que leur existence est plus pleine que les autres et que leur passage sur cette terre y a changé quelque chose et laissé des traces sur nous, ils traînent derrière eux tout un cortège d'idées, d'admirateurs et de rencontres. L'histoire se trompe aussi : il y a des choses qu'elle trouve grandes, on se demande un peu pourquoi. Je crois assez volontiers qu'en dignité au moins tous les hommes sont égaux et qu'au jugement de Dieu ils se valent les uns les autres. Mais le génie de Chateaubriand est un verre grossissant. Et sa gloire également.

Sa gloire... Comme il l'avait aimée ! Et que de femmes elle lui avait values ! Nous en avons vu passer quelques-unes. Une des plus belles, je crois, la plus belle de toutes avec Juliette Récamier, était Cordélia de Castellane. Elle tombe dans la vie de Chateaubriand en même temps qu'un autre grand bonheur : il est — enfin — ministre des Affaires étrangères. Tout au long de sa vie, Chateaubriand avait souvent dû les postes qu'il occupait aux femmes qu'il aimait. Cette fois-ci, à cinquante-cinq ans, il doit la femme qu'il aime au poste qu'il occupe.

Cordélia Greffulhe appartenait à une famille de banquiers qui aura brillé par la beauté de ses femmes et joué, grâce à elles, un rôle dans l'histoire littéraire : une autre Greffulhe servira de modèle à Marcel Proust pour sa duchesse de Guermantes. La nôtre, Cordélia, avait épousé le colonel comte Boniface de Castellane. Il était difficile d'être plus élégant. Charme, beauté, jeunesse, fortune et cette condition sociale qui a joué, pendant des millénaires, un rôle si décisif dans nos sociétés successives : Cordélia possédait tout. A vingt-sept ans, elle avait un teint transparent et uni dont la pâleur animée ne servait qu'à faire ressortir la fraîcheur, des cheveux d'une blondeur merveilleuse, des dents étincelantes, des yeux très bleus. Cette beauté si parfaite avait en même temps quelque chose de passionné : avec son visage angélique, la comtesse de Castellane était audacieuse et sensuelle. Comme la plupart des femmes — à une exception près, et de taille : Juliette Récamier — qui ont compté pour Chateaubriand, elle se donna à lui très vite. Lui, une folle passion l'emporta tout entier.

Chateaubriand, à cette époque-là, était en train de prendre le Trocadéro. Le fort du Trocadéro commandait l'accès de la ville de Cadix où le roi Ferdinand VII était retenu prisonnier par les Cortès révoltés. La guerre d'Espagne était la grande affaire de Chateaubriand qui voulait voir la France jouer un rôle de premier plan dans la défense de la monarchie légitime un peu partout menacée. A M. de Marcellus, en poste à Londres, il écrivait : « La France répondra à tout et n'a peur de rien. » A Canning, ministre des Affaires étrangères de George IV : « Vous ne sauriez croire tout ce qu'on peut faire parmi nous avec le mot *honneur.* » Au comte de Lagarde, ambassadeur à Madrid : « Je vous invite, monsieur le comte, à élever le ton au lieu de l'abaisser. » Au général de Guilleminot, chef d'état-major du duc d'Angoulême : « Je vous le répète encore : Cadix tombera. » Et Cadix tomba.

En ce temps-là, un des plus brillants porte-parole de l'opposition de gauche à la Chambre des députés était le général Foy dont, quelques mois plus tard, cent mille Parisiens devaient suivre les obsèques. Voyez comme le monde est drôle, comme il revient sur lui-même et comme il se renouvelle. A peu près exactement à l'époque de la guerre d'Espagne, le général Foy encourageait les débuts d'un jeune homme impatient de mêler, lui aussi, la littérature et le roman à la politique et à l'histoire, mais dont le seul et mince bagage était une belle écriture : c'était le futur auteur du *Comte de Monte-Cristo,* et des *Trois Mousquetaires,* c'était le grand Alexandre Dumas. Un demi-siècle plus tard, à titre peut-être de remords et de dédommagement, le fils du protégé du général Foy, l'auteur du *Demi-monde* et de *La Dame aux Camélias,* aussi porté aux sermons vaguement moralisateurs que son père l'était aux frasques et aux plus folles aventures, Alexandre Dumas fils, sera reçu sous cette Coupole où son père n'avait pas réussi à se faire accepter. Et par qui, je vous prie, allait-il être accueilli ? Je vous le donne en mille : par une de nos vieilles connaissances, par l'ancien attaché d'ambassade du palais Simonetti, par le jeune Othenin devenu vieux, par le comte d'Haussonville. Et savez-vous que lui-même, notre sémillant diplomate, avait succédé à quelqu'un dont Barbey d'Aurevilly, l'ennemi du fils d'Hortense Allart, disait avec férocité dans un petit livre ravageur sur l'Académie française... Mais quoi ! Ne laissons pas trop le tout déferler dans le tout à la façon de ces chaînes que récitent les enfants : J'en ai marre, marabout, bout de ficelle, selle de cheval... La vie de Dieu, vue par les hommes, passe par d'étroits défilés : suivons-les avec modestie et avec résignation, en fermant les yeux sur les précipices, les vertiges, les labyrinthes de l'espace et du temps qui s'ouvrent, à chaque instant, à tous les tournants du chemin.

Ignorant, comme nous tous, de l'ironie d'un avenir chargé inlassablement de reprendre le passé pour le contredire et l'achever, pour lui donner tout son sens, le général Foy attaqua avec véhémence, à la tribune de la Chambre, la politique espagnole du gouvernement de Louis XVIII. Le ministre des Affaires étrangères répondit par un grand discours qui a sa place, à plusieurs titres, dans notre histoire littéraire. Non seulement parce que l'orateur s'appelait Chateaubriand, mais parce qu'il fut l'occasion de l'expulsion d'un autre député de gauche, le célèbre Manuel, par un détachement militaire commandé par le vicomte de Foucault. Victor Hugo devait immortaliser l'incident dans deux vers foudroyants :

> Vicomte de Foucault, lorsque vous empoignâtes
> L'éloquent Manuel de vos mains auvergnates...

Tout cela, cette politique enfin à ses ordres, cette activité dévorante, ces triomphes, cette exaltation enivrée — « Nous pûmes nous avouer qu'en politique nous valions autant qu'en littérature... » —, cette histoire en train de se faire, ce monde qu'il façonnait à la mesure de ses rêves, Chateaubriand le jeta aux pieds de Cordélia. Et Cordélia tomba en même temps que Cadix.

Il lui écrivit des lettres enflammées où le cœur palpitait beaucoup, aussi belles que celles de Bonaparte à Joséphine, de Musset à George Sand, d'Abélard à Héloïse ou de Mariana Alcoforado, la religieuse portugaise, au comte de Chamilly : « Mon ange, ma vie, je ne sais quoi de plus encore, je t'aime avec toute la folie de mes premières années... j'oublie tout depuis que tu m'as permis de tomber à tes pieds... » Ou, après une soirée où il n'était pas seul avec elle : « Jamais je ne t'ai vue aussi belle et aussi jolie à la fois que tu l'étais hier au soir. J'aurais donné ma vie pour pouvoir te presser dans mes bras... Quand tu es sortie, j'aurais voulu me prosterner à tes pieds et t'adorer comme une divinité... Ah ! si tu m'aimais la moitié de ce que je t'aime... Ma pauvre tête est tournée ; répare en m'aimant le mal que tu m'as fait. A huit heures je t'attends, le cœur palpitant. » Ou encore, au moment même où, surchargé de besogne et d'inquiétudes, il attendait dans son cabinet de ministre la nouvelle tant espérée de la prise du Trocadéro : « Ah !... je puis t'écrire sans contrainte, te dire que je donnerais le monde pour une de tes caresses, pour te presser sur mon cœur palpitant, pour m'unir à toi par ces longs baisers qui me font respirer ta vie et te donner la mienne. Tu m'aurais donné un fils ; tu aurais été la mère de mon unique enfant. Au lieu de cela, je suis à attendre un événement qui ne me donne aucun bonheur. Que m'importe le monde sans toi ? Tu es venue me ravir jusqu'au plaisir du succès de cette guerre que j'avais seul déterminée et dont la gloire me trouvait sensible. Aujourd'hui, tout a disparu à mes yeux, hors toi. C'est toi que je vois partout, que je cherche partout. Cette gloire qui tournerait la tête à tout autre ne peut même pas me distraire un seul moment de mon amour. »

Il avait écrit des vers pour Lucile, sa sœur bien-aimée, et pour Natalie de Noailles. Il en écrivit pour Cordélia, qui rappellent — de loin — certains accents de Corneille vieillissant où l'amour l'emportait sur le désir d'éternité :

> Dédaigne, ô ma beauté, cette gloire trompeuse.
> Il n'est qu'un bien, c'est le tendre plaisir.
> Quelle immortalité vaut une nuit heureuse ?
> Pour tes baisers, je vendrais l'avenir.

Il est rare que la passion ne traîne pas un peu de malheur dans ses fourgons. Pendant que le ministre mettait sa vanité d'écrivain à faire lire à Cordélia, selon une habitude qu'il avait toujours suivie avec les femmes qu'il aimait, des pages de ses *Mémoires*, des rumeurs mensongères, mais fâcheuses, se mettaient à courir. On murmurait que le comte Greffulhe, le père de Cordélia, le banquier, avait acheté naguère un nombre respectable de titres d'emprunts émis par les Cortès. Ces titres étaient évidemment menacés par leur défaite devant les troupes françaises. De là à insinuer que la comtesse de Castellane s'était donnée au ministre des Affaires étrangères par affection filiale et pour tâcher d'obtenir la reconnaissance par le roi d'Espagne, qui devait tout à Chateaubriand, des emprunts litigieux des Cortès, il n'y avait qu'un pas à franchir. Paris le sauta avec ce mélange où il excelle d'allégresse et de férocité et prit enfin sa revanche sur trop de bonheur insolent.

Il y avait pis peut-être que ces calomnies : d'absurdes querelles d'amour-propre, de décorations, de préséances dérisoires. Elles mettaient sens dessus dessous un gouvernement agacé et rancunier, impatient de se débarrasser d'un amateur dont l'absence de modestie finissait par rejeter dans l'ombre les professionnels chevronnés de la politique et du pouvoir. Ils auraient pardonné peut-être un échec. Ils ne pardonnaient pas des succès qui ne se dissimulaient pas derrière une façade d'humilité. « Souvent, écrit Chateaubriand qui s'y connaissait en grandeur mais aussi en petitesses, on est plus agité d'une faiblesse secrète que du destin d'un empire. L'affaire légère est, au fond de l'âme, l'affaire sérieuse. Si l'on voyait les puérilités qui traversent la cervelle du plus grand génie au moment où il accomplit sa plus grande action, on serait saisi d'étonnement. »

Ces réflexions désabusées auraient fait sourire, j'imagine, le jeune attaché de l'ambassade à Rome — et peut-être aussi le vieux comte solennel et académicien du même nom. Mais il y avait plus grave encore que ces accumulations de mesquineries inséparables de la vie active et des affaires publiques.

Depuis sa jeunesse, Chateaubriand n'avait jamais cessé de s'entourer et de s'embarrasser de plusieurs femmes à la fois. Il recommençait sans se lasser les mêmes fautes et les mêmes folies. Depuis plusieurs années déjà, il avait noué avec la plus séduisante des créatures de son temps le plus durable et le seul solide des attachements de sa longue existence. Et puis Cordélia de Castellane avait fait son apparition — et il avait tout oublié. Plusieurs de ses amies s'indignèrent de ces variations et de cette inconstance. Tant qu'il ne s'agissait que de Mme de Custine, dont il se servait comme d'un paravent pour cacher ses nouvelles amours, ou de Mme de Duras, dont il se moquait éperdument, il n'y avait que demi-mal. Mais quand, à bout de patience, suivie à la trace par un essaim de soupirants transis, la seule personne qu'il eût aimée pendant plus de quelques semaines ou de quelques mois décida de quitter Paris pour Rome — où il avait été, mais où il n'était plus, où il sera bientôt à nouveau, mais où il n'était pas encore —, le séducteur vieillissant prit tout à coup peur.

Il lui avait écrit des mots mélancoliques et touchants : « Je suis devenu poltron contre la peine : je suis trop vieux et j'ai trop souffert. Je dispute misérablement au chagrin quelques années qui me restent. » Sur le chemin de son exil sentimental, elle lui avait envoyé de Chambéry un mot glacial qui commençait par : « Monsieur... » Il lui répondit par une lettre insensée pour un homme fou d'une autre : « Ce voyage était très inutile. Je ne me lasse jamais et si j'avais plus d'années à vivre, mon dernier jour serait encore embelli et rempli de votre image... Me retrouverez-vous à votre retour ? Apparemment, peu vous importe. Quand on a le courage, comme vous, de tout briser, qu'importe en effet l'avenir ?... J'ai reçu votre billet de Chambéry ; il m'a fait une cruelle peine ; le " Monsieur " m'a glacé. Vous reconnaîtrez que je ne l'ai pas mérité. »

La destinataire de cette lettre où l'excès d'inconscience finit par avoir quelque chose de délirant était Juliette Récamier.

CHAPITRE XXXV

où Eugénie disparue chagrine, exaspère et stupéfie les siens

Eugénie Moucheron fut enlevée par un inconnu à l'affection de sa famille dans la nuit du 22 au 23 septembre. Lorsque, au petit matin, ses parents et ses sœurs découvrirent sa disparition, une succession de sentiments assez flous et difficilement exprimables s'emparèrent d'eux coup sur coup. Il y avait d'abord du soulagement : on était enfin débarrassé de l'idiote — qui s'était mise, en plus, dans un très mauvais cas. L'inquiétude suivit presque aussitôt : qu'est-ce qu'allaient dire les autres, la famille, les voisins ? Comment expliquerait-on l'évanouissement d'Eugénie ? C'est une erreur courante des romanciers, parfois des peintres, et même des historiens, de présenter des personnages tout d'une pièce, classés d'avance parmi les bons ou parmi les méchants. Au soulagement et à l'inquiétude se mêla, chez les Moucheron, un véritable chagrin. Après tout, ils aimaient l'enfant. A leur façon, bien entendu. Ils souffraient de la voir inférieure aux autres, diminuée. Mais ils l'aimaient. Sa dernière folie les avait épouvantés. Pour eux, bien sûr, mais aussi pour elle. Qu'allait-elle devenir avec un enfant noir, avec un séducteur qu'il était impossible d'épouser ? Le désespoir s'était emparé d'eux et les avait poussés aux extrémités que vous savez.

Pendant que Mme Moucheron, née Grignoud, passait son temps à pleurer, le notaire tint un nouveau conseil de famille avec ses filles et ses gendres — mais, cette fois, sans Eugénie. On examina les faits. Ils étaient simples : à un moment qu'on ignorait, entre sept heures et demie du soir et sept heures du matin, Eugénie, de gré ou de force, avait quitté la maison. A sept heures du soir, une de ses sœurs lui avait apporté dans sa chambre un souper simple, mais convenable : un potage, du jambon, des fruits, un verre de vin. Un peu après sept heures et demie, sa mère et sa sœur étaient venues retirer le plateau et souhaiter à Eugénie, dans les larmes bien entendu, et parmi les soupirs et les yeux levés au ciel, une nuit aussi bonne que possible. Tournée contre le mur, l'idiote n'avait rien répondu. A sept heures du matin, une autre sœur était allée coller son oreille contre la porte d'Eugénie. N'entendant aucun bruit, elle avait pensé qu'Eugénie dormait encore ou qu'elle était perdue dans ses songes. Elle avait tout de même entrebâillé la porte, qui était restée toute la nuit fermée à clef de l'extérieur. Du premier coup d'œil, elle vit que la chambre était vide. Et la fenêtre ouverte.

On pouvait serrer les choses d'un peu plus près. Après d'interminables discussions où, comme d'habitude dans ce genre d'affaires, on avait tourné en rond autour des mêmes problèmes indéfiniment ressassés, la famille était allée se coucher aux environs de onze heures moins le quart. Les domestiques s'étaient réveillés, comme à l'accoutumée, entre cinq heures et demie et six heures moins le quart. Le soir, un des jeunes ménages — le futur héritier de l'étude des Moucheron et sa femme —, qui habitait une petite maison à quelques minutes du notaire, était rentré chez lui sans rien remarquer d'inquiétant. La sœur d'Eugénie se souvenait distinctement d'avoir levé les yeux, le cœur un peu serré, vers la fenêtre de l'idiote. Les volets étaient fermés. Il n'y avait pas de lumière. En interrogeant la jeune fille chargée des courses de la cuisine, le notaire finit par établir qu'elle était sortie entre six heures et quart et six heures et demie. Elle croyait se rappeler... elle ne savait pas vraiment... pourquoi aurait-elle regardé ?... enfin, il lui semblait que les volets de la chambre de Mlle Eugénie étaient déjà ouverts.

Sous la fenêtre d'Eugénie, il y avait du gravier et une étroite bande de terre où poussaient quelques fleurs. On alla regarder. Les traces étaient moins nettes que dans les romans dont Émile Gaboriau allait lancer la mode un demi-siècle plus tard. Et le grand Vidocq n'était pas là pour apporter ses lumières : le modèle de Vautrin n'était pas encore passé, en ce temps-là, du camp des bagnards au camp de la police et de ses indicateurs. Jouant son petit Fouché, son Savary du pauvre, le gendre-dauphin estima qu'une échelle avait pu être dressée en pleine nuit contre la fenêtre de sa belle-sœur. Il n'y avait qu'une certitude : Eugénie s'était échappée par cette fenêtre. Il y avait aussi une probabilité : son amant avait dû l'aider.

A ce point de leurs découvertes, qui ne les avançaient pas beaucoup, les Moucheron s'interrogèrent sur un point difficile : fallait-il prévenir la police ? Il y avait du pour et du contre. Le pour était évident — et le contre aussi. La crainte du scandale pesait assez fort, au début du XIXe siècle, sur les décisions d'un notaire de Pontarlier.

Si la police était prévenue, faudrait-il donc lui parler des aveux d'Eugénie, de sa maternité prochaine, de ce nègre — un nègre !... — qui était apparu dans le délire de ses phrases ? Si toute cette honte était tue, la police alertée ne la découvrirait-elle pas au cours de ses recherches ? D'une façon ou d'une autre, le scandale était irrémédiable.

Quarante-huit heures se passèrent dans l'angoisse et dans l'incertitude. Mais le retard apporté au règlement de la question était déjà un signe que la réponse était donnée. Au bout de deux jours, il était trop tard. La police se serait évidemment interrogée, et aurait interrogé la famille et les domestiques, sur les motifs d'un délai inexplicable. Le problème se posait autrement : il s'agissait maintenant de savoir si on ferait passer la disparition d'Eugénie sur le compte de la mort ou d'un simple déplacement.

Les discussions reprirent de plus belle. La mort était une jolie solution. Assez facile. On pourrait mettre sur le dos de l'anormalité de l'enfant l'absence de toute cérémonie. On n'annoncerait rien. On dirait simplement aux intimes, aux familiers, aux clients, en hochant la tête avec tristesse, que Dieu avait rappelé à lui la pauvre enfant qui, toute sa vie, avait déjà tant souffert. Les gendres soutinrent cette solution élégante avec beaucoup de vigueur : après tout, une part d'héritage en plus n'était pas à dédaigner.

La mère d'Eugénie fit échouer le projet. Inventer la mort de son enfant, si misérable qu'ait pu être sa vie et quels qu'aient pu être ses torts, c'était plus qu'elle n'en pouvait supporter. Après avoir pleuré pendant dix-sept ou dix-huit ans parce que sa fille était anormale, toute une nuit parce qu'elle était enceinte d'un nègre inconnu, deux jours et deux nuits parce qu'elle avait disparu, voilà qu'elle se mettait à pleurer à chaudes larmes parce qu'on voulait la tuer. « Mais, ma mère, réfléchissez : l'annonce de sa mort ne la fera pas mourir... Est-ce qu'il faut que vous portiez toute votre vie le poids de son... de sa... le poids de son triste état et celui de ses fautes ? » Rien n'y fit. Aucun argument ne réussit à l'ébranler. Oui, sa fille avait commis des erreurs impardonnables. Mais est-ce que son état, justement, ne constituait pas une excuse ? En repensant à cet état et à cette faute, elle se remettait à pleurer de plus belle. On l'entourait, son mari et ses filles lui tapaient sur les mains, lui caressaient le front et les joues. Elle se reprenait. Et si Eugénie reparaissait ? Est-ce qu'on la tuerait pour de bon ? Les gendres pensèrent en eux-mêmes que ce serait de très loin la meilleure des solutions. Mais ils n'osèrent pas le dire. Ils firent semblant d'être embarrassés : l'argument était fort. Il y eut comme un flottement. Mme Moucheron sentit que le moment était venu de pousser son avantage. Elle cessa de pleurer. Elle se leva. Et puis, c'était sa fille, un point, c'est tout. Elle ne voulait pas tenir un de ses enfants pour mort — même pour rire, si l'on pouvait dire — tant qu'il était encore vivant.

Tout le monde se regardait, consterné : ç'aurait été si bien ! Mais quoi ! il fallait être humain. On annonça à la mère, avec un peu de solennité, que sa fille était autorisée à vivre. Après tant d'épreuves, qui n'étaient pas terminées, et comme s'il ne s'était pas agi d'un simple jeu d'écritures, d'un subterfuge, d'une fabulation, d'une fiction qui ne changeait rien à la réalité, un pâle sourire de soulagement vint flotter sur ses lèvres.

Bon. Eugénie vivrait. Ce n'était pas tout. Il fallait examiner maintenant comment on expliquerait sa disparition. Là, les choses ne pressaient plus. On avait tout son temps. Petit à petit, toute une histoire à peu près vraisemblable fut patiemment mise sur pied. Ce qui s'imposait désormais, c'était l'étouffement après l'agitation. Pour la troisième fois, la famille au complet fut à nouveau réunie. Et un pacte de silence fut conclu entre tous ses membres.

Restaient les domestiques. Les plus anciens et les plus sûrs entrèrent dans la conspiration. Aux autres, on raconta une histoire à dormir debout : Eugénie aurait pris peur d'un traitement médical indispensable ; elle se serait enfuie ; on l'aurait retrouvée et placée dans une maison de soins. Mieux valait ne pas trop parler de ce drame douloureux. Marmitons et cocher avalèrent le tout sans trop de peine. Il fallait encore espérer qu'Eugénie, souvent imprévisible, n'avait mis personne dans la confidence de ses amours : une amie, une connaissance rencontrée par hasard, un inconnu peut-être, sait-on jamais ? Bah ! c'était un risque à courir. Le vrai problème était ailleurs. Il y avait évidemment quelqu'un qui, avec Eugénie elle-même, savait seul la vérité : c'était le nègre mystérieux.

Un nègre à Pontarlier n'était pas trop difficile à repérer. Il est vrai que la relégation de Toussaint Louverture au fort de Joux, à quelques kilomètres de la ville, avait amené plusieurs Noirs dans la région. Mais ils étaient tous sous la surveillance de la police impériale. Sans aucune impatience excessive qui aurait pu le trahir, le notaire n'eut pas de peine à se renseigner discrètement auprès des autorités locales dont il était familier. Ce qu'il apprit l'étonna.

Il y avait bien un nègre dont la police avait perdu les traces à peu près à la date de la disparition d'Eugénie. C'était le fils d'un esclave qui travaillait dans les champs de canne à sucre ou de coton de la Louisiane. Tout jeune, il avait gagné Saint-Domingue et il s'était battu contre les Français du général Leclerc aux côtés de Toussaint Louverture. C'était une forte tête, un homme plutôt dangereux. Quand son chef, fait prisonnier par les Français, avait été transféré au fort de Joux, il avait suivi son sort. Depuis la mort de Toussaint Louverture et sa propre libération, il n'avait guère fait parler de lui. Mais ce qui surprit le plus le notaire, ce furent, à un dîner offert par le sous-préfet, les paroles prononcées sur un ton égrillard par un capitaine à la retraite qui avait combattu à Saint-Domingue et que Fouché et le Consulat avaient jadis plus ou moins attaché à la personne, ou plutôt à la surveillance de Toussaint Louverture. Avec sa discrétion coutumière, s'avançant à pas de loup, le notaire avait mis la conversation sur Toussaint Louverture et sur ses compagnons, auxquels il portait, depuis quelque temps, un intérêt qui commençait à intriguer plusieurs des notables de Pontarlier.

« Ah ! Ah ! dit le capitaine, sacré gaillard, ce Louverture !... » Et il commença à raconter sur le général noir des anecdotes que tout le monde connaissait pour les avoir entendues cent fois de la bouche du capitaine lui-même ou de celle de ses camarades. Mais le notaire réussit à dévier peu à peu les souvenirs du capitaine vers les autres Noirs qui accompagnaient le général. C'est là que l'attendait une des plus grandes émotions de sa vie routinière et rangée.

A un tournant de la conversation, le cœur lui battit un peu plus fort : il comprit que le capitaine était en train de parler de celui des nègres libérés du fort de Joux qui venait de disparaître. « Le plus malin de tous, ah ! ah ! Plus fort que Louverture... Et un fameux lapin, ah ! ah !... Je me demande où il est passé, tiens !... Oh ! il n'aura pas manqué de femmes, celui-là ! » Et, baissant un peu la voix : « Jusqu'à Pauline qu'il aura eue, le sacripant, la femme de Leclerc, la sœur du Tondu, celle qui est devenue princesse Borghèse. Une sacrée belle femme, oui ! » Le sang, d'un seul coup, était monté à la tête du notaire. Les idées se brouillaient dans son crâne. Il étouffait un peu. Il bredouilla quelques mots, prétexta une fatigue due à l'excès de travail et se retira presque en courant.

« Pauline Borghèse ! La princesse Borghèse. Pauline Borghèse ! La sœur de l'Empereur ! » Tout au long de sa route, il ne put rien faire d'autre que répéter à haute voix cette douzaine de syllabes, indéfiniment les mêmes. Les personnes qui le rencontrèrent sur le chemin du retour, et dont plusieurs le saluèrent sans obtenir de réponse, se demandèrent si le notaire n'avait pas eu une attaque.

Rentré chez lui, il n'osa pas annoncer à sa femme que l'amant de sa fille avait été aussi l'amant de la princesse Borghèse, qu'Eugénie entrait en quelque sorte, par la main gauche, dans la famille impériale, qu'elle était devenue, par nègre interposé, une façon de belle-sœur de l'Empereur.

Pauline Borghèse ! La princesse Borghèse ! Le notaire et sa femme auraient été encore bien plus surpris s'ils avaient pu savoir que l'enfant attendu par leur fille n'entretiendrait pas seulement des liens d'imprégnation sentimentale et indirecte avec la princesse Borghèse, mais qu'il descendrait aussi en droite ligne de l'illustre famille des Vaudreuil. La stupeur, la vanité, et peut-être même, qui sait ? un mélange d'horreur, de bonheur et d'orgueil auraient bien pu les tuer. Mais heureusement, ou peut-être malheureusement, ils n'étaient pas appelés à connaître ces secrets minuscules que l'histoire, avec tant d'autres mystères, avec tant d'autres énigmes, avait roulés dans ses vagues.

Pendant ce temps-là, le fils d'Omar et la fille de Me Moucheron, notaire à Pontarlier, se préparaient en silence à mettre à feu et à sang la France de la fin de l'Empire.

CHAPITRE XXXVI

où se précipitent et se bousculent des prodiges décisifs pour notre histoire à tous

On raconte que trois grands peintres — Piero della Francesca, Carpaccio, Mathias Grünewald — caressaient, tous les trois, vers la fin de leur existence, le même projet grandiose et le virent, tous les trois, interrompu par la mort : c'était de peindre la rencontre, en pleine révolte des anges, de Lucifer et de Dieu. Dans un sonnet de Dante, dans un passage un peu obscur et controversé de Milton, dans la seule lettre que nous connaissions de Shakespeare à Cervantès — qu'un point commun d'importance, mais ignoré jusqu'au bout et par l'un et par l'autre, devait pourtant unir à jamais puisqu'ils meurent, sinon le même jour, du moins à la même date de deux calendriers légèrement décalés : le 26 avril 1616 —, figurent des allusions timides et comme effrayées à cet événement stupéfiant et décisif dont les théologiens eux-mêmes semblent redouter l'évocation. S'il y a eu, tout au long des âges, une conspiration du silence, volontaire ou involontaire, elle porte, comment en douter ? sur l'acte de naissance même de l'histoire et du monde et sur la fulguration, ineffable et terrifiante, qui l'a rendu possible et qui le constitue : l'accord contre nature, et pourtant sublime et béni, entre le mal et Dieu.

L'éternité retenait son souffle. Et elle avait bien raison : c'en était fait de son règne. Non pas, comme le croient certains, que le temps et l'histoire aient aboli l'éternité. Il reste, derrière le temps, quelque chose de l'éternité, un soupir, un frisson, comme un souvenir, un espoir. Mais, enfin, désormais, il y aurait dans le tout autre chose que l'éternité et autre chose que l'absolu : le monde, l'étendue de l'espace, la succession — et nous.

Que cet événement prodigieux ait fasciné les peintres, les musiciens, les poètes et les philosophes, quoi de plus naturel ? Quoi de plus évident ? Vasari rapporte que Michel-Ange, ayant terminé *la Création* qui orne, avec le doigt de Dieu touchant le doigt d'Adam, le plafond de la Sixtine, se serait écrié : « Je n'ai peint l'homme et Dieu que parce qu'il était au-dessus de mes forces de peindre le mal et Dieu. »

Quand l'archange Gabriel était venu transmettre à Dieu la requête de Lucifer, Dieu sut que les temps étaient venus pour l'accomplissement de son grand dessein. Il le savait depuis toujours. Mais la maturité des choses, leur lent cheminement de l'absence à l'absence à travers la présence, était un des éléments essentiels de son plan. Et ce plan lui-même, comme s'il était déjà un de ses propres rouages, était en train d'atteindre à la maturité. Dieu dit à Gabriel qu'il recevrait Lucifer.

Ce fut aussitôt, de part et d'autre, un prodigieux branle-bas. Mais de paix, ce coup-ci. Les trompettes sonnèrent. Les troupes rangèrent leurs armes. Révoltés ou fidèles, les archanges et les anges, les séraphins, les chérubins, les séphiroth et les amshaspends se rassemblèrent en bon ordre autour de leurs deux maîtres, les uns formant le cortège tout fait de feu et de flammes qui accompagnerait Lucifer, les autres regroupés au pied du trône du Tout-Puissant autour duquel flottaient de très suaves effluves et toutes les harmonies de la musique des sphères.

Ce n'est pas par hasard que l'origine de l'univers est liée à une rencontre. Il est permis de soutenir que tout, dans ce monde où nous vivons, sort d'une double alchimie : celle du passage du temps, celle de la fusion des contraires. D'Héraclite à Hegel, des sages de l'antiquité aux philosophes de notre temps, tous ceux qui, à un titre ou à un autre, ont parlé de la nature et de la vie se sont attachés d'abord à ces deux éléments. Toute histoire, celle du monde et celles que racontent les tragédiens, les poètes et les romanciers, avance à coups de rencontres et parce que le temps passe. Chacun sait que l'air, le feu, la terre et l'eau composent, dans les cosmogonies primitives, les ingrédients d'un univers mis en mouvement par Kronos, le père des dieux, dont le nom rappelle le temps. Et dans n'importe quelle œuvre littéraire qui met des hommes en scène, de Virgile ou d'Homère à Borges, à Singer, à Marguerite Yourcenar, à Styron, en passant par Dickens et par Alexandre Dumas, la seule exigence fondamentale est que le temps se déroule et que des êtres se croisent.

L'explication de l'univers et le récit des aventures des indigènes qui le peuplent ne sont pas seuls à reposer sur ces deux piliers qui soutiennent tout l'édifice. La vie elle-même, la vie quotidienne de chacun d'entre nous, est dominée par la succession et par la rencontre. Le couple de l'homme et de la femme, la famille, le langage, le commerce et la guerre, le savoir, l'ambition sont, d'une façon ou d'une autre, liés à la multiplicité et à la confrontation. Depuis l'origine des temps, la naissance d'un enfant illustre ces mécanismes qui nous paraissent si simples et si évidents et qui sont déjà si savants, si improbables, si extraordinairement mystérieux : il faut être deux pour être un, il faut se lier à l'autre, il faut une rencontre et du temps pour que le monde continue.

Dieu s'était engagé sur cette voie en séparant le tout du néant, puis en créant Lucifer. En acceptant, en pleine guerre, de recevoir l'ange des ténèbres, le Tout-Puissant témoignait une fois de plus qu'il faut de tout pour faire un monde — qu'il faut être deux, en tout cas — et il avançait vers le temps, vers la richesse des oppositions, vers ce que hégéliens et marxistes appelleront, bien plus tard — c'est-à-dire en même temps, au regard du Seigneur —, la synthèse de la thèse et de l'antithèse et la dialectique, vers l'énergie qui naît des contraires, de leur hostilité et de leur rapprochement, vers cette unité active qui ne vit que des différences et qui exige du haut et du bas, du chaud et du froid, du beau et du laid, une droite et une gauche, du positif et du négatif, du bonheur et du malheur, de l'immense et du minuscule, une symétrie et une dissymétrie, des femelles et des mâles, un univers orienté, déchiré et unique, des tensions perpétuelles pour assurer l'équilibre, des montagnes et des plaines pour que les cascades puissent tomber et que les fleuves puissent couler, des guerres pour faire la paix, et du bien et du mal.

Tout ce qui a jamais donné, dans l'univers à venir, l'image de quelqu'un s'avançant vers quelqu'un, depuis l'homme allant vers la femme jusqu'au Camp du Drap d'or, depuis Alcibiade devant Socrate jusqu'au radeau de Tilsit, répète, dans la dégradation, la seule rencontre qui vaille, la seule qui ait jamais compté puisqu'elle se situait hors du temps, puisque, en vérité, elle continue à se situer dans les siècles des siècles et dans l'éternité : celle de Lucifer et de Dieu avant la création. Dans l'âme de Lucifer se combattaient l'amour que l'ange déchu portait encore au Tout-Puissant et la haine qui l'animait depuis sa révolte contre lui. L'amour de Dieu s'étendait jusqu'au mal.

Modèle de toutes les rencontres ; modèle aussi de toutes les fêtes. Et comme toutes les fêtes, merveilleuse et sinistre. Merveilleuse, parce que le bien et le mal y brillaient de mille feux et y déployaient leurs fastes, antagonistes et déjà unis ; sinistre, parce que les lendemains de fêtes sont toujours tristes : et cette fête-là, justement, pour la première fois, allait avoir un lendemain. Et ce lendemain — c'est nous. Il n'y avait pas de quoi se réjouir. Il y avait de quoi jubiler.

Ah ! comme on comprend les peintres fascinés et transis par le prodigieux spectacle ! Les gens de Lucifer serpentaient à travers les plaines et les collines du ciel. De la troupe flamboyante et hirsute sortaient des chants, des cris, des murmures, des imprécations, des hurlements où la douleur se mêlait à la haine. Tout était plein de couleur, d'impatience, de mouvement. C'était une foule immense et désordonnée où, aux yeux du moyen âge et de la Renaissance, les péchés capitaux et leurs ombres hideuses se mêlaient à la mort et déjà au jugement dernier. On y distinguait des puissants et des misérables, tout ce qui constituerait plus tard les ordres divers de la société : des évêques et des fous, des soldats et des rois, des usuriers et leurs clients, des juifs et leurs bourreaux, des chefs de guerre et des mendiants, ici ou là un empereur ou un pape, des femmes échevelées et des savants en train de chercher dans leurs livres un secret de l'univers qui n'y figurait pas. Des dragons tenus en laisse en signe de paix précaire, des monstres que Goya seul était capable de peindre, des serpents et des chauves-souris accompagnaient le cortège en un grouillement infâme. Sous des nuages de tempête courant dans un ciel noir, c'était une marée du vice, de la corruption, de la misère physique et morale, de la hideur brillante.

A travers des précipices et des paysages déchiquetés, cette fascinante horreur, où dominaient le rouge et le noir, s'avançait vers une plaine où régnaient l'ordre et la blancheur. Répartie en carrés et en cercles, la troupe des serviteurs du Très-Haut chantait des cantiques d'une même voix. On n'y découvrait guère de ces physionomies tourmentées et frappantes qui attiraient les regards dans le cortège des maudits. Leurs longs cheveux bien peignés, les anges du Seigneur se ressemblaient un peu tous dans les robes de laine ou de soie blanches qui leur tombaient jusqu'aux pieds. La paix régnait, et la joie. Si l'imagination du peintre, italien ou flamand, introduisait des animaux dans la troupe des élus, ce ne pouvaient être que des daims, des moutons, des brebis, des agneaux. Les béliers ou les chats, les chiens, les taureaux traînaient déjà avec eux quelque chose de suspect. Une lumière céleste et bleue brillait on ne sait d'où. On se surprenait, devant ce tableau idyllique, à murmurer tout bas le mot d'un chrétien énervé — notre vieux Barbey d'Aurevilly : « Pour le climat, je préfère le ciel ; mais pour la compagnie, j'aime mieux l'enfer. » Et puis, le regard remontait vers la source de cette joie et de cette lumière, vers l'origine de ce qui est, de ce qui était, de ce qui sera, vers ce qui régnait à la fois sur les deux côtés du tableau : rayonnant sur son trône, Dieu assumait le tout.

Ni la peinture ni la musique, ni philosophes ni tragédiens, ni poètes ni romanciers — ni les historiens, bien entendu — n'ont osé aborder le thème du tête-à-tête céleste entre le bien et le mal. Au moment de franchir le pas, on hésite à leur donner tort. L'absence de toute source, de toute espèce de référence autre qu'un sentiment collectif dépositaire de secrets qui remontent à des âges évanouis et mystiques rend la tâche presque impossible. Il faut pourtant répondre à la question fondamentale que les hommes se posent, sans l'ombre d'une solution, depuis la nuit des temps : « Pourquoi y a-t-il quelque chose au lieu de rien ? » Et à la question subsidiaire : « Pourquoi Dieu a-t-il permis qu'il y ait du mal dans le monde ? » Puisque c'est la réponse à ces deux questions qui constitue l'origine et le sens de ce livre, il n'est plus temps de reculer.

C'était la guerre. J'imagine que Lucifer, intimidé, pour une fois, par la solennité de la circonstance, se présentait au pied du trône du Seigneur avec des sentiments de crainte et presque d'humilité devant la divine majesté. Ah! il savait, le Malin, cacher ses inquiétudes et peut-être quelque chose qui ressemblait à de la honte sous une désinvolture ricanante. On a parlé du rire de Dieu, de l'humour de Dieu. Lucifer rit aussi beaucoup — et peut-être plus que Dieu. S'il fallait à tout prix utiliser des mots qui ne nous conviennent qu'à nous, pauvres hommes de misère, on dirait volontiers que Dieu a du génie — et Lucifer de l'esprit. Il n'est pas interdit aux cinéphiles français de se le représenter plutôt sous les traits de Jules Berry dans *Les Visiteurs du soir* ou dans *Le Jour se lève* qu'avec les cornes et la fourche, les trois bouches, les six yeux que lui prêtent les primitifs italiens et les poètes du moyen âge — y compris, tout au fond du puits sinistre des Malebolge, le plus illustre de tous à la fin de la première partie de sa *Divine Comédie :* Dante. Mieux vaut, en vérité, ne pas l'imaginer du tout et laisser au dialogue le caractère à la fois sacré, métaphysique et abstrait qui en fait non pas l'événement le plus prodigieux de l'histoire — les origines de la vie, la découverte du feu, la rédaction du Coran, l'illumination de Bouddha, et surtout, pour nous, la naissance du Christ et sa mort réclament ce titre avec force —, mais celui qui, hors de l'histoire, est le fondement de l'histoire et la condition de son déroulement.

Lucifer avait soigneusement préparé les termes de son discours à Dieu. Il venait lui parler des deux événements de l'histoire mythique universelle auxquels son nom reste attaché : de la révolte des anges où, faute d'avoir emporté la victoire par surprise, il craignait d'avoir le dessous ; et de son vieux projet de création, hors de l'infini et de l'éternité, d'une sorte de théâtre, de cirque, d'arène, de vaste terrain de sport ou de jeux où la gloire de Dieu pourrait être célébrée. Mais il entendait bien associer désormais le nom de Lucifer à celui de Dieu. Il comptait négocier la fin de la guerre des anges contre un partage avec Dieu de cette puissance et de ces honneurs dont il était si avide.

Dieu, autant que je sache, laissa parler Lucifer, dont les propos, évidemment, ne lui apprirent pas grand-chose puisqu'il savait déjà tout. Et puis, il lui répondit. Ou plutôt, il le foudroya. Non, le Tout-Puissant ne prendrait pas à son compte les ruses, les violences, les souffrances, le malheur que l'autre venait lui offrir. Non, il n'était pas question de voir le bien pactiser avec le mal, ni Dieu avec Lucifer. L'ange des lumières s'était révolté : il subirait jusqu'au bout les conséquences de sa révolte. Il avait choisi la guerre et il aurait la guerre. Il la perdrait naturellement : avait-on jamais vu personne l'emporter sur l'infini, sur l'absolu, sur le tout ? Il ne partagerait pas le trône du Très-Haut, mais, rejeté dans les ténèbres, il subirait à jamais le châtiment de son orgueil et de sa folie. C'est là, dans les brûlants anathèmes fulminés par Dieu à l'adresse de son ange révolté, que flamboient, pour la première fois, les mots de Satan, de démon, de diable, de malédiction éternelle et d'enfer. D'autres mots, aussi, qui nous concernent tous de très près, et que nous allons voir surgir d'ici quelques instants. Des flammes immatérielles entouraient Lucifer. Elles montaient des abîmes et, tout au long de son séjour dans la demeure du Tout-Puissant, elles dansaient sur ses pas.

Dieu ne négociait pas. Il posait des conditions à l'enfer déjà vaincu. Mais de même que la guerre des anges avait exposé le bien à la contamination du mal, de même, selon une loi qui allait devenir presque générale dans l'histoire du monde à venir, le vainqueur s'inspirait des idées qu'il avait combattues chez le vaincu et il les reprenait à son compte.

« Lucifer, disait à peu près Dieu, tu réclamais du mouvement, des luttes, que les choses passent et changent, que des créatures innombrables chantent mes louanges et accessoirement les tiennes : eh bien ! tu auras satisfaction — ou presque satisfaction. Mais ne t'imagine pas que tu seras mon allié dans ces jeux d'ombres et de désir auxquels tu aspirais : tu y seras mon ennemi.

« La guerre que tu poursuis contre le bien dans l'éternité et dans l'infini, j'ai décidé de lui donner des règles et de l'enfermer dans des limites dont elle ne sortira plus. Ces limites et ces règles se confondront avec le théâtre que tu appelais de tes vœux. Ma puissance et ma gloire s'y déploieront avec splendeur, et les créatures que j'y mettrai seront là pour les chanter et pour m'adorer. Mais toi, Lucifer, qui porteras désormais, à l'effroi des anges et des cieux, les noms de guerre haïssables et redoutés de Haschatān ou Satan, d'Ahriman, de diable, de démon, tu pourras y lutter contre moi jusqu'à la victoire finale de l'un de nous deux sur l'autre. Ce sera la mienne, je te préviens. Un des buts de ta révolte était l'édification de ce théâtre, de ce cirque, de cette arène. Réjouis-toi : je te l'accorde. Mais, au lieu de voir ta gloire substituée à la mienne comme tu l'espérais secrètement, l'entreprise de spectacles que tu as tant réclamée verra nos affrontements, les coups terribles que tu me porteras et mon triomphe définitif. Elle ne sera rien d'autre que le théâtre de la guerre du mal contre le bien.

« Pour que cette guerre se déroule et pour qu'elle puisse aboutir à ta défaite et à ma victoire, je créerai deux dimensions où je construirai mon théâtre. La première sera toute faite de juxtapositions et de coexistences, l'extériorité y régnera, elle pourra être parcourue et vaincue. La seconde ne sera rien d'autre qu'une succession sans trêve, ineffable, impalpable, presque inconcevable, intérieure jusqu'à l'inexistence — et pourtant rien ni personne ne pourra se soustraire à son flux continuel. J'appellerai la première l'espace et la seconde le temps. Je créerai des êtres à l'image des anges, mais au lieu de n'avoir qu'une âme, ils auront aussi un corps qui sera défini et limité par les deux dimensions. Dans leur âme et dans leur corps, ils seront l'enjeu de notre bataille. Tout ce qui se déroulera dans l'espace et dans le temps sera soumis à la nécessité de mes lois inflexibles sur lesquelles, sous aucun prétexte, je n'accepterai de revenir puisqu'elles sont la règle de notre jeu divin et de notre lutte sans pitié. Mais, en dépit de ces lois, ou plutôt à cause d'elles, les créatures auront le choix à chaque instant, comme tu l'as eu toi-même, entre le bien et le mal. Dans la nécessité et dans le temps qui les emportera avec lui et qu'elles emporteront avec elles et en elles, la liberté sera le cœur même des créatures que nous nous disputerons. Le théâtre édifié dans l'espace et dans le temps s'appellera le monde. Et les libres acteurs de ce théâtre de la nécessité, de l'espace et du temps, je leur donnerai un beau nom qui deviendra, après le mien et à travers les siècles des siècles, le plus illustre de tous les titres : ils s'appelleront les hommes. »

Pâle, défait, écumant, se tordant déjà dans les flammes de l'enfer, Lucifer écoutait les conditions édictées par le Seigneur. Il comprenait peu à peu qu'il avait été joué et floué et que sa révolte et le mal, récupérés par le bien, étaient un rouage du plan de Dieu. Il se dit qu'il était là pour faire avancer l'histoire et pour permettre à Dieu de n'en être pas responsable. Au Tout-Puissant, les hymnes, les lauriers, les louanges, les prières et les sacrifices, les pleurs de gratitude et la fleur d'oranger de l'innocence sans tache ; à lui, Lucifer, tout ce travail de la négation dont il avait si bien compris la nécessité inéluctable, mais dont il n'allait recueillir, en guise de récompense, que l'opprobre et le blâme. C'est le mal qui ferait l'histoire, et le bien en profiterait. Tout ce qu'aurait semé Lucifer, Dieu le récolterait.

A ce moment même, comme pour lui donner raison, s'élevaient les cantiques des fidèles du Seigneur. On aurait dit que les cieux entiers chantaient la gloire de Dieu. Toute cette blancheur un peu terne s'animait pour célébrer le premier des deux seuls événements qui vaillent la peine d'être retenus et mentionnés par un de ces hommes dont le destin venait d'être fixé : la naissance de l'univers — l'autre étant son extinction et sa disparition. Les esprits religieux seront autorisés à en ajouter un troisième : son rachat par un saint, par un prophète ou par le Fils de Dieu.

Ce qui se passe alors est dans toutes les mémoires : la retraite en désordre de Lucifer et des siens, les malédictions des rebelles, les bagarres qui éclatent un peu partout entre les anges fidèles et les anges révoltés, le fameux discours de leur chef à ses troupes désemparées, menacées par la débandade. Ayant repris son sang-froid, Lucifer vit très vite le parti qu'il pouvait encore tirer de sa situation. Il était vaincu, c'était clair. Mais il pourrait, jusqu'au bout, mener une guérilla implacable contre l'ordre de l'univers et contre son salut.

« Mes amis, cria-t-il — et les témoins de la scène assurent qu'il était soudain superbe dans son désespoir dominé et dans sa fureur —, ne vous découragez pas ! Rien n'est perdu : la sombre pureté du mal peut encore l'emporter sur l'ignominie du bien. Il n'y faut qu'un peu de courage — ou plutôt, car, moi, je ne me laisse pas griser par des phrases creuses et de vains sentiments, ce mélange de courage et de lâcheté, de bassesse et de hauteur, d'intérêt et de folie, d'égoïsme et d'insouciance, de générosité et de cruauté, qui fait les grandes âmes et les grandes aventures. Dieu a plein la bouche de son bien et de son devoir. Je ne vous promets que du plaisir. Mais ce plaisir-là, il n'y a que moi, moi seul, qui sois capable de vous le donner. Que ceux qui veulent rallier le camp de Dieu le fassent sans hésiter : je ne leur prédis que l'ennui, l'obéissance aveugle, les vains efforts, l'étouffement. Grand bien leur fasse. Je les leur laisse. Avec moi, je ne vous promets qu'une chose — mais décisive : vous ne vous ennuierez pas. Vous connaîtrez le monde qui est sur le point de se faire. Vous l'épuiserez comme un citron. Vous en tirerez des sensations et des jouissances inouïes. Avec Lucifer, le monde sera plus vif, plus gai, il vaudra la peine d'être vécu. Pour vous détourner de moi, et, en vérité, de vous-mêmes, de vos ardeurs, de vos passions — car, ne le savez-vous pas ? je ne suis rien d'autre que vous-mêmes et que chacun de vous —, Dieu lancera contre vous les meutes de ses menaces. Il vous parlera de votre âme et de l'éternité. Ne le croyez pas. Ne vous laissez pas intimider par ses foudres de papier. Maintenant que le temps est en marche — et rien ne l'arrêtera plus —, votre âme, c'est votre plaisir ; et l'éternité, c'est cet instant présent dont Dieu ne cessera jamais de vouloir vous arracher avec ses contes à dormir debout.

« Il vous amusera avec son bien qu'il opposera au mal. Quel bien ? Quel mal ? Dans l'histoire qui se prépare, le bien sera plus difficile à distinguer du mal que l'intelligence de la sottise ou la beauté de la laideur. Allez déjà savoir qui est un con et qui est un génie. Et ce qui est sublime aujourd'hui sera affreux demain, ce qui est méprisé aujourd'hui sera loué demain. Dites : moi, qu'on représentera tantôt avec des cornes et une queue, tantôt sous les apparences les plus irrésistibles et qui damneront tant de saints, dites, est-ce que je suis laid ? Moi, qui me suis révolté contre le Tout-Puissant, dites, est-ce que je suis bête ? La malédiction que je lance au bien dont Dieu veut se servir contre moi, c'est qu'il se confondra avec le mal. Le mal se baladera dans le monde sous les masques du bien, le bien se dissimulera sous les apparences du mal. Et je défie ces hommes à venir qu'on nous annonce à coups de trompette de savoir où est le bien et de savoir où est le mal. Peut-être renoncerai-je même à être l'esprit du mal pour être celui de la confusion.

« Tenez : il y aura, dans les temps que nous mijote le Seigneur, des créatures très semblables et qui se croiront très différentes. Et elles passeront leurs siècles à se battre les unes contre les autres. On les appellera les Juifs et les Égyptiens, les Égyptiens et les Hittites, les Hittites et les Peuples de la mer, les Troyens et les Achéens, les Achéens et les Doriens, les Spartiates et les Athéniens, les Barbares et les Romains, les Espagnols et les Indiens, les Indiens et les Américains, les Américains et les Anglais, les Anglais et les Français, les Français et les Allemands, les Allemands et les Juifs, les Juifs et les Arabes. Tous seront persuadés qu'ils sont l'incarnation du bien et que Dieu en personne combat avec leurs troupes. Ils diront dans toutes les langues : *Gott mit uns, In God we thrust, Por la gracia de Dios, Dieu et mon droit, Gesta Dei per Francos, Dieu le veut, Pour la Patrie et pour Dieu,* θεῷ ἀγνώσιῳ , *YHWH Adonaï, Lâ ilâha illa Allâh.* Et ils se taperont dessus jusqu'à ce que mort s'ensuive. Dans les événements les plus minuscules de ce qui sera la vie quotidienne, chacun s'imaginera toujours que son bien est le bien et que le bien des autres est le mal. Quelque part dans l'espace et dans le temps, on citera un peuple traversé par le doute : du coup, il plongera ses ennemis dans le feu et dans l'eau bouillante pour savoir si, par hasard, ces cavaliers fabuleux qui finiront par l'abattre et par le rayer de l'histoire ne seraient pas des dieux.

« Assez ri. Je vous engage à chercher votre plaisir avec audace et à laisser la souffrance aux autres sans trop vous soucier de la chaîne nébuleuse des causes et des conséquences ni du sens de l'univers. Pour le reste, je vous le promets, je vous foutrai un tel bordel dans l'œuvre du Tout-Puissant qu'une chatte n'y retrouvera pas ses petits. »

A ces mots, dont on trouve l'écho dans tous les grands textes primitifs, des *Upanishad,* et de Gilgamesh aux cosmogonies d'Hésiode, des Mayas-Quichuas, des Dogons, des Peuls, et au *Mahābhā rata,* et d'où découleront plus tard tant de tricksters, de Poltergeist, de malins génies, de farfadets, de goules, d'incubes et de succubes, de jeteurs de mauvais sorts et de contes de fées, Dieu se leva.

Un formidable silence se fit. Les trompettes célestes éclatèrent. Dieu étendit les mains sur tout ce qui n'existait pas encore et ses paroles sacrées résonnèrent à travers l'infini auquel il fixait des limites dans une éternité qu'il bornait par le temps. Il dit qu'il créerait le monde en quelques milliards de millénaires qui étaient pour lui autant de jours dont le nombre varie selon les traditions et qu'il se reposerait le dernier jour après avoir fait surgir l'homme au milieu de son univers. Ainsi était soulignée par le Tout-Puissant lui-même l'éminente dignité de ce bien suprême et quasi divin : le repos. Ainsi, après tant de siècles et de siècles, de siècles par millions et de millions de millénaires, consacrés à la traduction de l'énergie divine en espace et en temps, à la naissance de l'univers, de ses galaxies, de ses étoiles, de ses géantes rouges et de ses naines jaunes, de sa matière et de son antimatière, de sa chaleur et de ses eaux et de la vie qui en jaillit, en ce dernier jour d'une création prodigieuse et fragile, l'histoire de l'homme n'est rien d'autre que le repos de Dieu.

Et nous aussi, après tant d'efforts — car enfin, selon la belle formule de Virgile, c'est un sacré tintouin de créer le monde et les hommes : *tantae molis erat humanam condere gentem* —, à l'image de Dieu, prenons un peu de repos.

LE RÊVE DE DIEU

CHAPITRE PREMIER

où l'éternité rêve d'un début et où il est prouvé que ce livre fera un bien fou à ses lecteurs

Entre ces deux éclipses de Dieu que sont le néant et l'histoire, la voix de Dieu s'éleva. Elle avait cessé de se confondre avec le silence et la nuit. Elle n'était pas encore couverte par le vacarme des hommes. C'était un fantôme de voix. Dieu ne regardait pas le monde : il se regardait lui-même en train de penser le monde. Le monde était le rêve de Dieu.

Dieu disait dans son rêve : « Qu'il y ait quelque chose au lieu de rien ! » Un grand bruit soudain éclatait dans le tout : le néant explosait. Il disait : « Qu'un début soit ! » Aussitôt, accourant du fond du ciel des idées en théories innombrables, des myriades d'esprits purs, de forces immatérielles, ceux que l'imagination populaire se représenterait plus tard, avec leurs ailes et leurs robes blanches, comme les anges du Tout-Puissant, se changeaient en protons, en neutrons, en électrons, en photons. Et, minuscule et formidable, une parcelle infinitésimale de l'énergie divine se mettait à rayonner à une température et à une densité prodigieuses. Entre le néant et la matière, le rayonnement de Dieu jetait un pont de feu.

Dieu disait : « Que le temps soit ! » Et le temps fut dans son rêve. Il dit : « Que l'espace soit ! » Et l'espace fut dans son rêve.

Le monde n'était pas encore dans sa totalité. L'histoire piétinait sur le pas de la porte du temps. La vie n'avait pas surgi. Mais tout était prêt déjà pour l'histoire et la vie. Il n'y avait rien encore, et pourtant déjà tout. Le ressort était remonté. Le monde était livré par Dieu à la nécessité et à ce que les hommes appelleraient le hasard.

Les mythologies successives ont traduit de mille façons cette origine de l'univers et cet instant zéro de notre temps d'où allaient sortir le monde et l'histoire, les nombres, les forces, les couleurs, les religions, les astres et les nuages, les animaux et les plantes et, en fin de compte, les hommes.

L'une des plus belles et des plus célèbres de ces mythologies se trouve tout au début de la Genèse qui constitue, dans l'Ancien Testament du peuple hébreu, le premier livre du Pentateuque :

Au commencement, Dieu créa les cieux et la terre.
La terre était informe et vide ; il y avait des ténèbres à la surface de l'abîme, et l'esprit de Dieu se mouvait au-dessus des eaux.
Dieu dit : « Que la lumière soit ! » Et la lumière fut.

Il n'y a pas de culture, pas de religion, pas de peuple — et il n'y a pas d'individu — qui n'ait son mythe des origines. Une foule de bons livres déjà cités — ceux, bien entendu, de Mircea Eliade, de Dumézil ou de Pettazzoni, mais aussi beaucoup d'autres, tels que *La Naissance du monde au Tibet* par Ariane Macdonald, *The Kumulipo. A Hawaiian Creation Chant* par Martha Warren Beckwith ou *Navajo Creation Myth : The Story of the Emergence* par Hasteen Klah — rapportent comment le monde, dans ses premiers balbutiements, est sorti d'un œuf, d'un ver, d'un oiseau, de la lune, d'un serpent aquatique, des nâgas et des garudas, d'un grand-père au pied d'émeu, d'un arbre de vie, d'une montagne, de l'œil gauche d'un dieu veuf, de jumeaux, d'une cabane, d'un coyote turbulent et vantard, de mille autres personnages, animaux, phénomènes ou objets où les Toba Batak, les Na-Khi, les Dayaks, les Tupi-Guaranis ou les Menominee voient l'origine de tout et qu'il faut souvent évoquer, en une sorte de réitération de la cosmogonie, pour soigner les malades et obtenir leur guérison.

Liées à une récitation des mythes des origines, les guérisons primitives ne sont pas si loin des préoccupations de ce livre qui devrait, lui aussi, comme les récits des dieux aux Dayaks ou aux Na-Khi, faire un bien fou à tous ceux qui le liront. Elles ne sont pas si loin non plus de nos guérisons à la mode d'aujourd'hui où d'autres réitérations des origines, au lieu d'être liées, comme chez les Tupi-Guaranis, au destin collectif, sont liées, plus simplement, au développement individuel. « Chacun des symptômes disparaissait immédiatement et sans retour quand la malade décrivait ce qui lui était arrivé de façon aussi détaillée que possible *(in möglichst ausfürlicher Weise).* » Quel chaman des temps modernes chante ainsi le bon usage du récit des origines et la magie des liens entre la guérison et le foisonnement des souvenirs ? Le lecteur aura déjà reconnu dans ces quelques lignes inspirées et fondatrices de l'efficacité de la parole dans la cure psychanalytique le style inimitable du Dr Sigmund Freud dans ses *Études sur l'hystérie.*

Moins indulgente aux rêves de la cosmogonie qu'à ceux de la petite enfance, la science moderne a envoyé se faire foutre, peut-être un peu légèrement, ces généalogies de l'univers imaginaires et mythiques que se répétaient, pendant des siècles et sans doute des millénaires, des populations primitives qui essayaient de se souvenir des souvenirs de leurs ancêtres. Elle n'a gardé que l'image, si importante dans la vie de Dieu, de l'extrême contraction de l'univers à ses premiers instants. Pendant quelques dizaines de milliards d'années, l'univers contracté n'a fait, comme chacun le sait, que s'épanouir, se développer et fuir dans l'expansion. Cette expansion continue à partir d'un noyau violemment contracté pendant quelques secondes a mené à l'hypothèse de l'évolution symétrique et inverse d'un univers en contraction qui aurait précédé le nôtre. Le mythe de l'éternel retour, si universel et si riche de l'Inde ancienne à Platon et à Nietzsche, en acquiert du même coup une dignité scientifique et une nouvelle jeunesse. Mais si les univers en contraction se mettent à alterner, indéfiniment, sans début et sans fin, avec les univers en expansion tels que le nôtre, le monde ne se contente plus d'être une émanation de Dieu : éternel et multiforme, il se confond avec Dieu.

Ne serait-ce qu'à cause du deuxième principe de la thermodynamique, dit principe de Carnot, et de tout le tintouin de l'entropie auquel je n'entends pas grand-chose et dont le premier venu vous parlera mieux que moi, l'idée d'un temps, d'un espace, d'une matière éternels, même assortis d'une antimatière, tarte à la crème de la science moderne, se heurtera pourtant toujours à des objections irrépressibles. On me dira qu'un Dieu créateur ne fait que substituer le mystère à l'absurde. Beaucoup d'excellents esprits, la plupart en vérité, ont choisi, à notre époque, l'absurde contre le mystère. Qu'il soit permis au moins à la mythologie, à l'imagination, à ce qu'on a pu appeler la fiction vraie de choisir le mystère. A la façon de quelques-unes des œuvres les plus anciennes et les plus vénérables de notre littérature, cet ouvrage-ci, qui, après tout, est un roman comme sont aussi des romans *A la recherche du temps perdu* ou *Le Rouge et le Noir* ou encore, ne nous emballons pas, *La Résurrection de la chair, Le Démon de midi* ou *Monsieur de Camors,* aurait pu s'appeler fort bien *Le Vray Mistère de Dieu et de la Création.*

Même s'ils sont éternels, il faut bien quelque chose, ou peut-être quelqu'un, dont le nom pourrait être Personne, pour soutenir le temps, la matière et l'espace. Héros de cet ouvrage, personnage de roman, créature de fiction — moins imaginaire, en tout cas, que nos pauvres personnes que nous croyons si réelles et qui ne passent, misérables, sur la scène de l'histoire que pour tomber à jamais dans la seule mémoire de Dieu, c'est-à-dire dans l'oubli des hommes —, Dieu y crée le monde sans trève et le maintient sans répit au-dessus des flots du néant, ce qui est tout de même moins absurde que d'inventer le feu ou la géométrie, de se faire couronner empereur dans la basilique Saint-Pierre de Rome par le pape Léon III le jour de Noël de l'an 800, de s'emparer de Constantinople — ou d'y être massacré, comme on voudra —, de découvrir l'Amérique, de gagner et de perdre la bataille de Waterloo ou d'attendre, le soir, dans son lit, avant de s'endormir, le baiser de sa mère. Il y a peu de héros de roman ou de personnages de l'histoire qui me paraissent aussi réels que ce Dieu dont beaucoup doutent et que je n'invente que parce qu'il est.

CHAPITRE II

où Dieu se promène encore seul dans un monde merveilleux

Ce Dieu dont beaucoup doutent se promenait en esprit dans ce qui serait le monde qu'il venait de rendre possible en imaginant le temps, l'énergie et l'espace. Et il vit en lui-même que la lumière était bonne, que le soleil était bon, que la terre et les eaux, que les arbres et les plantes, que les animaux étaient bons. Et il se réjouissait dans son cœur. Beaucoup de savants et d'historiens se sont interrogés sur la situation du jardin d'Éden, de ce paradis terrestre arrosé par les quatre fleuves énumérés par la Bible : le Pischon, le Guihon, l'Hiddekel et l'Euphrate. Les uns le situent — à cause de cet Euphrate, peut-être seulement symbolique — dans le pays de Babylone, en Chaldée, en Mésopotamie ; les autres, dans l'Arabie Heureuse ; les autres, en Perse ou en Syrie ; d'autres encore, en Afrique. La vérité est qu'avant l'apparition de l'homme, le jardin d'Éden, le paradis terrestre se confondait avec l'univers. Son premier habitant, ce n'était pas l'Adam de la fable biblique : c'était l'esprit de Dieu qui le parcourait en tout sens. Le monde était dans l'esprit de Dieu et l'esprit de Dieu était dans le monde.

Lucifer attendait Dieu à un détour des chemins de ce monde qui n'était sans défaut, sans souffrance et sans mal que parce qu'il n'était pas encore. Il se dressa en songe devant le Tout-Puissant et il lui dit :

« Seigneur, tu m'avais promis que ce monde serait le théâtre de nos combats. Je viens en prendre possession pour me mesurer avec toi et pour donner ici-bas une issue à notre lutte d'éternité. »

Dieu regarda Satan qui était séduisant et hideux. Et il lui répondit :

« Satan, le monde est beau parce que je l'ai créé. Regarde ces montagnes : elles sont belles. Regarde la mer : elle est belle. Le soleil se lèvera sur les montagnes et sur la mer et il se couchera derrière elles et il alternera avec la lune pour que les hommes puissent se réjouir de la beauté des choses et d'avoir été créés parmi elles. Regarde les oiseaux-mouches, le raisin et les pêches, les dauphins, les gazelles, regarde le coquelicot, la primevère, les lauriers-roses et les bougainvillées qui tombent en grappes très rouges contre le ciel très bleu. Écoute le vol de l'abeille, la cascade, le vent. Tout cela est beau, parce que je l'ai fait. Ni le hasard ni la nécessité n'auraient suffi à créer le temps, la beauté, l'attente d'autre chose, le souvenir et l'espérance de l'éternel et de l'infini, la passion et l'émotion. »

« Seigneur ! cria Satan. Le monde est aussi à moi. Tu me l'as dit devant tous les anges et tous les démons rassemblés. Serais-tu, par hasard, en train de revenir sur ta parole ? » Et il ajouta, d'un ton rêveur et avec un peu de perfidie : « Peut-être, dans ce cas, pourrions-nous encore nous entendre ?... »

« Satan, dit Dieu, tu m'as déjà tenté et tu me tenteras encore. Je ne serais pas l'Esprit du bien si je cédais à l'Esprit du mal. Mais parce que je suis l'Esprit du bien, je donnerai toutes ses chances à l'Esprit du mal contre l'Esprit du bien. Tu régneras plus que moi-même sur ce monde qui est si beau. Tu t'efforceras de le détruire, de l'abîmer, d'y semer la laideur, la folie, la violence, le mensonge — et, jusqu'à un certain point, tu y réussiras. Tu feras passer la laideur pour la beauté, la folie pour la sagesse, la violence pour la douceur et le mensonge pour la vérité. Tu t'empareras du bien pour en faire jaillir le mal. Je te reprendraï le mal pour le transformer en bien. Avec mon autorisation, et même parfois mon aide, le péché et le mal constitueront un des chemins, et peut-être le chemin royal, vers le salut et vers le bien. Je t'affronterai dans ce monde que tu voudras entraîner dans la souffrance et dans le néant et, jusqu'à la fin des temps, je le maintiendrai en vie. Ce sera un spectacle à jamais sans pareil, le plus sanglant de tous les drames, un opéra bouffe très comique, une explosion de rires et de larmes, un cirque métaphysique inouï, une grande orgie des corps, des âmes et des passions, un formidable délire. Mais le moment n'est pas encore venu où tu feras ton entrée, avec fifres et cymbales, déguisé en serpent ou en notaire, en motocycliste ou en garçon coiffeur, en apothicaire ou en banquier, en membre de la milice ou de la police militaire, en commissaire politique ou en Grand Inquisiteur, sur la scène du monde et de l'histoire. Le monde tel que tu le vois en esprit, dans mon esprit, avec ses ruisseaux et ses arbres, avec ses collines et ses plages, ce monde-là est encore à moi. C'est pour cette raison que les récits et les livres lui donneront le nom de paradis terrestre. Le mal et toi, vous attendrez pour entrer que les hommes soient arrivés. »

CHAPITRE III

où Dieu fait à l'homme un cadeau de rupture vraiment divin et où Lucifer se réjouit un peu vite

Le sixième jour d'après les uns, au bout de quelques milliards ou peut-être de dizaines ou de centaines de milliards d'années d'après les autres, à chaque instant, en vérité, d'une création perpétuelle qui n'a jamais cessé de débuter et qui n'en finit pas de se poursuivre, Dieu faisait surgir l'homme et la femme parmi les poissons de la mer et les oiseaux du ciel. Et il leur donnait domination sur tout ce qui existait : il leur soumettait l'univers en leur permettant de le penser.

Dieu s'installa en esprit sous un grand arbre, au sommet d'une colline d'où la mer, au loin, se laissait deviner. Il fit venir l'homme et la femme qu'il avait créés semblables et différents pour qu'à travers le même et l'autre le monde puisse continuer, immuable et changeant. Et il s'adressa à eux devant tous les anges rassemblés. Les anges avaient pris la forme et la couleur de l'espace et du temps, du vent à travers les plaines, du sable dans les déserts, de l'eau de la mer et des rivières, des gazelles et de l'herbe, des loups, des pierres, des lions, des frelons et des brebis, des coyotes et des écrevisses. On discernait des anges liquides et des anges lumineux, des anges carnassiers et des anges ligneux, des anges salés et des anges sucrés, des anges sentimentaux et des anges sablonneux. Et il y avait parmi eux les anges fidèles et les anges révoltés. L'épée de saint Michel, chef des milices célestes, flamboyait au soleil. Assez semblable à l'image qu'en a donnée Carpaccio à San Giorgio degli Schiavoni, ou encore le Tintoret dans le fameux combat de la

National Gallery, saint Georges, du coin de l'œil, surveillait les dragons. Lucifer, selon plusieurs témoins qui affirment l'avoir reconnu, s'était déguisé en serpent.

Le discours de Dieu se situait au confluent si rare de l'éternité et du temps. Il était déjà dans le temps puisqu'il s'adressait à l'homme qui n'est pas éternel. Il était encore hors du temps puisque le monde et l'histoire n'existaient toujours qu'en esprit. Ce n'était pas le discours fondateur de l'univers qui s'était déjà produit quand l'énergie et le temps avaient jailli du néant. C'était le discours fondateur de l'histoire.

Des milliards et des milliards et des milliards d'années plus tôt [1], et pourtant toujours en même temps puisque l'éternité est présente à chaque instant de l'histoire, la rencontre céleste de Lucifer et de Dieu avait donné le branle à l'univers. La cérémonie sur la terre était autrement simple. Les trompettes des anges, les chœurs des séraphins, la procession des damnés, la splendeur du colloque au plus haut des cieux entre le bien et le mal avaient laissé la place à une cérémonie familiale, à peine solennelle, presque bourgeoise, à mi-chemin de l'adoubement d'un chevalier du moyen âge et de la remise de la croix de la Légion d'honneur devant un buffet de province, avec cette nuance de culture et peut-être déjà de snobisme intellectuel qui s'attache à un cours inaugural dans une grande université d'Amérique ou d'Allemagne, à Oxford, à Cambridge ou au Collège de France.

« C'est à toi, dit Dieu en s'adressant à l'homme qui était aussi la femme, que je confie la tâche de donner un nom à tout ce qui t'entoure : aux animaux sauvages, au bétail, aux poissons dans la mer, dans les lacs, dans les fleuves, à tous les oiseaux dans le ciel, aux plantes, aux fleurs, aux arbres, aux pierres précieuses ou rares, à tous les objets autour de toi, aux statuettes de Tanagra et aux vases de Gallé, aux figures du Gandhara et aux tapisseries d'Aubusson, aux époques de l'histoire et aux constellations du ciel, aux maladies, aux distances, aux rêves, à l'anamorphose et au boustrophédon, au visible et à l'invisible, à tes craintes et à tes colères, aux sentiments, aux idées. Si le monde n'était pas nommé

1. Voir ci-dessus, p. 265-276.

jusque dans ses détails les plus infimes, personne, jamais, ne pourrait parler de rien. Le souvenir ne resterait pas de ce début de toute chose ni de ces origines de l'histoire et aucun livre ne pourrait être écrit où elles figureraient avec éclat.

« Tu nommeras le monde. Et, en le nommant, tu le créeras une seconde fois.

« Un seul nom ne suffira pas pour chaque être ou pour chaque objet, pour chaque événement, pour chaque pensée. Parce que je vous ai faits homme et femme pour que, loin de la nuit obscure du néant et du tout, vous vous reproduisiez dans la richesse de la différence et dans la fécondité des contraires, vous vous multiplierez et vous serez nombreux sur cette terre qui vous appartiendra. Du coup, des noms différents seront donnés aux mêmes choses. L'arbre se dira *Baum,* ou *tree,* ou *arbole* ou *dierevo* ou *chajara.* L'eau se dira *Wasser,* ou *water,* ou *acqua,* ou *agua,* ou *voda* ou *ma.* Dans les mots comme dans les choses régneront à la fois le hasard, l'arbitraire, le choix absurde, la coutume et toutes les lois rigoureuses de la nécessité. Il y aura des langues différentes et, comme tout dans ce monde dominé non seulement par l'espace et le temps mais par l'unité et la diversité, par la séparation et la rencontre, les langues se distingueront les unes des autres et elles se confondront. Les hommes ne se comprendront pas et ils se comprendront. Ils se haïront et ils s'aimeront. Ils feront la guerre et la paix, du commerce, des mathématiques, de la musique, l'amour. Ils feront surtout l'amour. L'histoire se poursuivra. Et il y aura des mots, des noms, des adjectifs, des verbes, des particules, des flexions, des désinences, des accents et des esprits, toute la batterie de cuisine de la grammaire et de la syntaxe pour la faire, pour la dire, pour la chanter et pour l'écrire.

« Les hommes parleront. Entre le monde et eux se tisseront tous les liens de ces signes innombrables qui constitueront comme un autre monde chargé de doubler le premier et qui élèveront les hommes à une dignité presque divine. Parce que tu auras nommé les choses et les êtres de ce monde et qu'en les nommant tu les auras isolés et distingués au sein du tout, le monde se transformera en savoir, en histoire, en pensée, et tu régneras sur le monde. »

En entendant ces paroles où flottaient tant de promesses,

Lucifer, déguisé en serpent, sentit un grand bonheur l'envahir. Son heure était en train de sonner. Il remarqua à peine le regard plein de fureur et de menaces que lui lançait le chef de toutes les milices célestes, saint Michel archange, à moitié dissimulé derrière son épée de feu.

CHAPITRE IV

où un transfuge de Dieu passe dans le camp des hommes et où Adam et Judas sont les jouets éberlués de la nécessité et de la liberté

La nécessité, qui n'est qu'un autre nom de la sagesse divine, éternelle et immuable, commandait l'univers. Mais pour permettre à notre histoire de surgir à la fois du néant et du tout, il fallait combiner avec la nécessité divine quelque chose de radicalement nouveau : c'était la liberté.

La liberté, naturellement, était aussi de Dieu. Puisque tout est de Dieu. Mais, pour que l'histoire se fasse, la volonté de Dieu se retournait contre elle-même : la liberté est un transfuge de Dieu passé dans le camp de l'homme.

Il n'y a que deux mystères dans la vie de Dieu et dans son œuvre. Et ces deux mystères n'en font qu'un. Le premier est que Dieu ait voulu autre chose que le tout et le rien ; le second est qu'il ait permis à la créature de se déclarer contre lui à travers un mal et à travers une souffrance dont Dieu, aux yeux de l'histoire, devenait à la fois la victime et le responsable. Le premier mystère prend son sens dans le second, et le second dans le premier. Il ne pouvait y avoir quelque chose qui ne se confondît pas avec Dieu que si la liberté surgissait, comme un coin, comme un levain, au sein de la nécessité. Et à peine la volonté et la sagesse de Dieu s'étaient-elles prononcées en faveur de quelque chose de distinct à la fois du néant et du tout que la liberté devenait nécessaire.

On peut rêver sans fin sur ce qui se serait passé dans l'univers et sur ce que serait devenu ce livre si Lucifer était resté soumis à Dieu. Alors, il n'y aurait pas eu de serpent, ni de tentation d'Ève, ni de pomme croquée successivement par la femme et par l'homme. Il n'y aurait pas eu de révolte des anges. Il n'y aurait pas eu le défi lancé par Lucifer au créateur de toutes choses. Le monde réel — c'est-à-dire pensé par Dieu — du travail, de la souffrance et de la mort n'aurait pas vu le jour. Dieu n'aurait rien calculé d'autre que l'éternelle nécessité. L'histoire ne se serait pas déroulée. Les louanges de Dieu auraient été chantées par les anges dans le ciel des idées. Et la scène où se joue jusqu'à la fin des temps la lutte entre le bien et le mal, le théâtre du monde et des hommes n'aurait jamais été ouvert.

Le bouddhisme, qui est un pessimisme et un désenchantement, n'en finit pas de déplorer la rupture d'avec l'absolu ; le christianisme, qui est une religion à la fois du péché et de la joie, est enclin en même temps à s'en désoler et à s'en réjouir en pensant à la réconciliation qui est plus belle encore que l'union. D'où, dans la tradition chrétienne, la formule scandaleuse et célèbre : « Il y aura plus de joie dans le ciel pour un seul pécheur qui se repent que pour quatre-vingt-dix-neuf justes qui persévèrent », d'où les paraboles de la brebis égarée, de la drachme perdue, de l'enfant prodigue, de l'ouvrier de la onzième heure, d'où surtout le mot foudroyant sur le bonheur de la première faute : *felix culpa.*

En une seconde occasion, le christianisme sera porté en même temps à la déploration et à la célébration d'une lumineuse catastrophe, d'un même événement à la fois désastreux et rayonnant de promesses : la trahison de Jésus par Judas. Si le Christ n'avait pas été livré aux Romains et au sanhédrin, si la coupe d'amertume avait été écartée des lèvres du Sauveur, le salut de l'humanité par la crucifixion aurait été compromis. Judas, à cet égard, est un instrument privilégié de la Providence. Mieux encore que les plus grands saints, il incarne l'effacement de la destinée individuelle devant la divine volonté. Le culte de Judas constaté avec stupeur au sein de certaines populations primitives, évangélisées puis abandonnées par des missionnaires chrétiens, ne relève pas nécessairement de l'absurde, de la dérision ou du délire : d'abord parce que celui qui trahit est de toute évidence plus redoutable que celui qui pardonne ; ensuite parce que le rachat des hommes n'a été rendu possible que par la trahison de l'un d'entre eux. Personne, depuis la création du monde, n'a si mal et si bien servi les hommes que Judas, le second Adam.

J'imagine Caïphe ébranlé par le Messie, Ponce Pilate décidé, comme dans le récit de Caillois, à crucifier Barrabas et à libérer Jésus, les disciples du Christ en train d'enlever le Seigneur en un coup de main audacieux qui ferait un joli film et de l'arracher au supplice ; j'imagine surtout Judas, bouleversé de remords, renonçant au dernier moment à livrer son maître en échange de trente deniers et lui permettant, selon le vœu balbutié dans un instant de faiblesse humaine au Jardin des oliviers, d'échapper au gibet et à la crucifixion. Que deviennent le christianisme, l'histoire du monde, le destin métaphysique de tant d'âmes croyantes, privées de leur rachat par le triomphe de la vertu sur la trahison et par l'impossibilité pour le bien de surgir enfin du mal ? Le salut des hommes repose tout entier sur la double mission de sacrifice assumée, en sens inverse, par Jésus, fils de Dieu, dont l'esprit monte vers le Père, et par Judas, messager et instrument du Malin, incarnation de Satan, dont l'âme, plus qu'aucune autre, est réclamée par l'enfer. C'est la rencontre du bien et du mal, le baiser de Judas, la crucifixion du Christ trahi qui marquent l'accomplissement chrétien des Écritures et le retournement de l'histoire. Avant même le supplice et le triomphe du Christ à qui il ouvre la voie, Judas, agent secret du mal manœuvré par le bien, est le premier rouage de l'atrocité nécessaire dont découlera le salut, le responsable à jamais maudit de la mort de Dieu le Fils voulue par Dieu le Père, créateur de la Terre et des hommes, pour sauver les créatures du drame de la création, l'artisan maléfique et pourtant bénéfique de ce malheur de Dieu qui est le bonheur des hommes. Encore une fois : *felix culpa.*

On peut rêver aussi sur le savoir de Dieu. Dieu savait naturellement, puisqu'il sait tout, le chemin que choisiraient successivement Lucifer et les hommes. Il savait ce que ferait Adam et il savait ce que ferait Judas. Il y a un mystère de la liberté comme il y a un mystère de la création. En un sens, le mal est la plus grande preuve d'amour que Dieu puisse donner à l'homme. C'est le prix qu'il paie pour la création du monde, pour la marche de l'histoire et pour notre accomplissement à tous, qui l'aidons, contre lui-même, et pourtant sur ses ordres, dans son rêve infini et dans sa folie d'amour : le choix contre Dieu est la grandeur de Lucifer et la liberté est l'honneur de l'homme.

De là à s'imaginer, comme l'ont fait quelques-uns, que le mal est le bien, il y a un pas qu'il vaut mieux ne pas franchir et que beaucoup ont sauté. Dieu n'a jamais ignoré tout ce qu'il y aurait de cruel dans le mal, la souffrance et la mort. Aussi, même après que Lucifer se fut prononcé contre lui, Dieu voulut-il donner à l'homme — et à toute la suite des hommes — une autre chance indéfinie de rester uni à lui. Mais Lucifer, de son côté, voulait que ce monde fût au mal autant qu'au bien et à lui-même autant qu'à Dieu. Le mythe de la femme, du serpent et de l'arbre de la connaissance au milieu du jardin d'Éden est, dans la tradition juive et chrétienne, la traduction terrestre du déclenchement de la révolte des anges contre le Tout-Puissant et la transposition ici-bas de la lutte, dans le ciel des idées, entre le bien et le mal. Si Ève, dans le paradis terrestre, n'avait pas croqué la pomme, l'histoire serait restée bloquée. L'affaire de la pomme et du serpent n'est rien d'autre qu'un second choix laissé à la liberté de se prononcer, contre elle-même, contre le mal, contre le temps, contre le savoir et l'histoire, pour la nécessité du bien et pour l'éternité de Dieu.

Le cas de Judas est plus subtil que celui d'Adam. Si Judas, librement, s'était laissé aller au bien, Jésus était sauvé et les hommes étaient perdus. Mais Lucifer et le mal constituaient pour Dieu la meilleure des garanties de la poursuite de la création et, en fin de compte, de son salut. Satan croit jouer Dieu, mais Dieu se sert de Satan. L'histoire de l'univers est l'origine et le modèle de toutes ces affaires d'espionnage et de ces guerres secrètes dont on nous casse les oreilles : pour vaincre Lucifer et le mal qui voulaient retourner le monde contre Dieu, Dieu retourne le mal contre le mal et contre Lucifer. C'est en s'appuyant sur le mal que Dieu a créé le monde. C'est en s'appuyant encore sur le mal à travers la liberté que le Dieu de l'Évangile rachète le monde et les hommes à un prix exorbitant : au prix de son propre Fils qui n'est autre que lui-même. Peut-on exprimer avec plus de force et de beauté que Dieu préfère les hommes à sa propre personne et à son propre sort ? Avec plus de vivacité que jamais, le repos du septième jour s'éclaire alors d'une lumière nouvelle : jusqu'à la fin des temps au moins, Dieu s'efface et l'homme règne. Parce que Dieu a voulu se sacrifier pour l'homme et pour cette liberté criminelle et sublime où brillent la mort de Dieu et le triomphe — fragile — de l'homme.

Dieu a choisi la liberté. Il a choisi en même temps que l'histoire lui échappe. Rien ne résiste à Dieu. Lancée par Lucifer et relancée par l'homme, l'histoire échappe à Dieu parce que Dieu l'a voulu. Comme Lucifer dans le ciel des idées, l'homme cesse d'être semblable à Dieu parce qu'il veut devenir semblable à Dieu. Et il devient le Dieu de l'histoire parce qu'il sort de l'histoire de Dieu.

CHAPITRE V
où Dieu part pour un long week-end

C'est Dieu qui a dit, d'après un proverbe espagnol : « Prends ce que tu veux et paie-le. » Dieu avait payé le monde de l'existence du mal. De temps en temps, l'excès du mal le pousserait dans ses retranchements. Pour que Lucifer ne le déborde pas, pour qu'il ne règne pas seul sur le monde, pour que l'orgueil de l'ange des ténèbres ne pervertisse pas l'univers, le Tout-Puissant se verrait contraint à lancer sa foudre sur les hommes, à ébranler la tour de Babel, à faire sombrer l'Atlantide, à exterminer les Géants, à envoyer un vautour ronger le foie de Prométhée, à noyer la terre sous les eaux : c'est l'origine du déluge dont la trace se retrouve dans la plupart des religions, de l'épopée de Gilgamesh au *Mahābhārata*, de la Bible et du Coran à l'*Edda* scandinave et à la *Bhāgavata-Purāna*, des traditions chinoises aux peintures des Zapotèques, des Mixtèques, des Aztèques et au *Popol Vuh* des Mayas.

Dieu se déchaînerait contre le mal, mais il aurait besoin de lui : car toute chose dans ce monde aurait besoin de son contraire. L'histoire se mettrait en marche par l'opposition d'un bien et d'un mal inextricablement mêlés, d'un homme et d'une femme chargés de se reproduire dans la distinction et dans l'union, d'un maître et d'un esclave où s'incarneraient successivement le courage et la pensée. Parce que Lucifer avait été un peu du Tout-Puissant avant de se révolter contre lui, parce que l'homme allait être créé semblable à Dieu avant de lui désobéir avec éclat pour tenter, à son tour, de le remplacer ici-bas, l'histoire du monde serait heurtée, contradictoire, superbe, continue et discontinue, pleine de violence et d'amour, rigoureusement logique et absurde d'un bout à l'autre.

Après avoir laissé à l'homme, en cadeau de rupture, le soin de nommer tous les êtres, après lui avoir permis de choisir librement le travail et l'histoire, la souffrance et la mort, Dieu vit en esprit que le monde était beau et qu'il n'avait plus rien à y faire. Son œuvre était excellente et sa vie de solitaire éternel dans l'infini sans bornes, sans distinction, sans couleurs et sans formes, était enfin achevée. Jusqu'à la consommation des siècles où le monde disparu marquerait son retour, il pourrait se servir de la formule que saint Jean met dans la bouche du Christ : « Encore un peu de temps, et vous ne me verrez plus. Encore un peu de temps, et vous me reverrez. »

Rien n'existait encore puisque tout ce que nous venons de décrire n'était que le rêve de Dieu, occupé du haut de sa gloire à calculer le monde et à imaginer l'histoire. Mais en pensant le monde et l'histoire, il était déjà en train de les faire. Alors, le septième jour, Dieu se retira en lui-même. Il bénit le monde encore à venir d'où il serait absent jusqu'à cette fin des temps qui le verrait enfin resurgir dans toute sa gloire d'éternité. Un peu mélancolique, fatigué, vaguement soucieux — on le serait à moins —, mais heureux et confiant, entouré de ses anges qui chantaient ses louanges, il remonta s'enfermer dans son infinité d'où il ne sortirait plus et d'où était tombé l'univers comme un copeau inutile, comme une larme de pitié. C'était le dimanche de l'éternité. Dieu partait pour les campagnes du ciel, pour son fabuleux cabanon, se reposer de ce monde qu'il avait créé en le rêvant.

L'HISTOIRE

CHAPITRE PREMIER

où le Premier Consul échappe à un attentat le soir même de Noël

Dans l'espace et le temps, il n'y avait encore rien. D'un seul coup, il y eut tout. Non pas, vous m'entendez, l'annonce de tout, ou presque tout. Mais proprement : déjà tout. Des lièvres, des anguilles, des montagnes et des fleuves, des passions dévorantes, la muraille de Chine et le Transsibérien, la duchesse de Longueville, le catalogue des armes et cycles de Saint-Étienne, le hasard, le sommeil, l'histoire de l'univers dans sa totalité et tous les futurs encore à venir. Il y avait ce livre, naturellement, et tous ceux qui le liront et qui en parleront à loisir ou en hâte, en public ou à voix basse, avec dédain ou gourmandise, et celui aussi qui, un soir, ou peut-être un matin, après l'avoir commencé dans l'allégresse de l'espérance, en tracera, d'une main tremblante, usée par tant d'angoisses et par le poids de tant d'histoire, la dernière phrase et le dernier mot. Il y avait tous ceux qui, d'une façon ou d'une autre, à un instant ou à un autre, dans un coin ou un autre de ce point imperceptible que constitue notre planète dans notre minuscule galaxie, auront levé les yeux, la nuit, vers les étoiles et vers la lune et auront murmuré, en se dissimulant à eux-mêmes, dans la curiosité ou dans l'amour, dans la crainte ou la moquerie, quelque question muette sur l'origine de tout et le sens de leur vie. Il y avait tous ceux qui s'étaient occupés, qui s'occupent, qui s'occuperont — mais les temps des verbes ne signifient plus rien dans l'éternel présent — de ce qui nous occupe nous-mêmes, vous qui me lisez et qui tenez entre vos mains ce livre enfin accompli que vous n'avez pas jeté et que vous ne jetterez plus et moi qui vous écris dans la souffrance de l'œuvre et la passion de l'inachevé : la création du monde et le début de toutes ces choses qui allaient mener jusqu'à nous — et qui continueraient, sans nous et au-delà de nous, vers des soirs aussi obscurs que ces matins triomphants dissimulés à nos regards et à nos imaginations par la brume des origines. Salut aux anciens ! Il y avait Dante et Milton. Il y avait saint Basile avec ses neuf Homélies sur le récit de la Genèse et saint Grégoire de Nysse avec le fameux Περὶ κατασκευῆς ἀνθρώπου. Et aussi Lope de Vega ou Agrippa d'Aubigné et tant d'autres encore qui ont écrit quelque chose sur la naissance de l'homme. Il y avait Klopstock avec son *Chant matinal pour la fête de la Création — Morgengesang zum Schöpfungsfeste* —, il y avait K. Possin avec *Die Schöpfungsfeier,* il y avait Ben Kraus avec *Die Schöpfung* — tout court. Il y avait *La Création du monde,* ballet en un acte de Blaise Cendrars, musique de Darius Milhaud, chorégraphie de Jean Börlin, rideau de scène et costumes de Fernand Léger ; il y avait *La Création,* ballet sans musique de David Lichine, première mondiale à Paris, en 1948, par les ballets des Champs-Élysées. Il y avait surtout Haydn.

Après la fresque d'accords, parfois presque dissonants, les esquisses de motifs mélodiques, les triolets ascendants qui illustrent l'esprit de Dieu se mouvant sur les eaux, *La Création* de Haydn s'ouvre sur les huit notes sans pareilles, sur les sept mots prodigieux dont l'éclatement soudain marque la naissance du monde : « Que la lumière soit ! — et la lumière fut. *Es werde Licht ! — und es ward Licht.* »

Haydn venait de passer plus de deux ans sur le livret allemand du baron de Swieten lorsqu'il répondit à ceux qui l'invitaient à se hâter : « J'y mets du temps, car je veux que cela reste. » Tiens donc ! regardez-moi ce petit ambitieux, acharné à laisser sa trace dans le flux universel qui roule du fond des âges. Mais il ne se trompait pas. Et il avait le droit, à la veille de sa mort, de lever les mains vers le ciel et de murmurer : « Cela vient de là-haut ! » Puisque les airs sublimes de la *Louange au Créateur* ou du *Croissez et multipliez-vous, habitants de la terre, de la mer et des airs,* qui vous donnent encore aujourd'hui une sorte d'image, douloureuse à force de beauté, de la divine éternité, devaient soulever l'enthousiasme

Fl.
Ob.
Clar.
Fag.
Corni
Clarini
Timp.
Tromb.
Tromb. e C. Fag.
pizz.
senza Sordino
arco
pizz.
senza Sordino
arco
pizz.
senza Sordino
arco
sprach: Es werde Licht, und es ward Licht.
sprach: Es werde Licht, und es ward Licht.
sprach: Es werde Licht, und es ward Licht.
sprach: Es werde Licht, und es ward Licht.
sprach: Es werde Licht, und es ward Licht.

les 29 et 30 avril 1798 dans le palais du prince Schwartzenberg, puis les 17 et 18 mars suivants au Burgtheater de Vienne, avant d'être chantés à l'Opéra de Paris, devant Napoléon Bonaparte en personne, le 24 décembre 1800 — 9 nivôse an IX —, dans des circonstances extraordinaires : rue Saint-Nicaise, sur le passage du Premier Consul en route vers l'Opéra, venait d'éclater — mais avec quelques secondes de retard qui pèsent lourd dans l'histoire — la machine infernale de Limoellan, de Carbon, dit « le petit marin », et de Saint-Réjant, dit « le chevalier Pierrot », lieutenant de Cadoudal. Quand Napoléon Bonaparte, un peu pâle, à peine troublé, étonnamment maître de lui, aussitôt décidé, malgré les murmures de Fouché, à profiter de l'occasion pour se débarrasser des Jacobins, plus dangereux pour ses projets que les royalistes ou les libéraux, parut enfin dans sa loge, la nouvelle de l'attentat l'avait déjà précédé. La salle entière, debout, dans un état d'exaltation violente, bruissant des rumeurs les plus folles, traductions des craintes, ou peut-être des espérances, des gouvernants et des possédants, acclama celui qui était déjà son maître et qui deviendrait son Empereur. Le Premier Consul avait réchappé par miracle : Carbon et Limoellan avaient tardé à faire le signal convenu et Saint-Réjant avait allumé la mèche quand le carrosse consulaire était déjà en train de passer devant lui. Il y avait vingt-deux morts et cinquante-six blessés. Le chœur n'en chanta pas moins : *La terre, le ciel sont pleins de tes ouvrages.* Napoléon Bonaparte, impassible, voyait son passé et son avenir se dérouler sous ses yeux. Adam et Ève échangaient leurs couplets : *Objet chéri de ma vive tendresse.* Haydn avait eu raison de ne pas trop se presser. Triomphe du plan divin : déjà il fallait du temps pour chanter l'éternel.

Angoisse, inspiration, splendeur. Il y avait tous ces peintres qui donnent plus que personne l'image du génie créateur, reflet de cette création qu'ils n'ont jamais cessé, sous les visages les plus divers et les plus opposés, de célébrer dans leurs œuvres : Cimabué dans la fresque de l'église supérieure de Saint-François à Assise; Buffamalco au Campo santo de Pise; le Pordenone, dans la Madonna di Campagna, à Plaisance; Pierre de Cornelius dans l'église Saint-Louis, à Munich. Et les mosaïques de la Chapelle Royale de Palerme et du Duomo de Monreale, et le tableau de

Véronèse aux Uffici de Florence, et le bas-relief de la cathédrale de Rouen, et le grand portail de la cathédrale de Milan, et les vieilles mosaïques du baptistère de Florence, et le Jérôme Bosch du Prado de Madrid, et le tableau de Jules Romain à l'Ermitage de Leningrad, et tant d'autres encore. Et toutes les images du Seigneur que, sous une forme ou sous une autre, à tel ou tel moment de sa carrière aux mille masques, de San Francesco d'Arezzo à la cathédrale d'Orvieto, nous ont laissées les Piero della Francesca et les Luca Signorelli. Et le pinceau de Raphaël dans les loges du Vatican. Et surtout, surtout, les fresques sans pareilles de ce vieux géant de Michel-Ange, dont nous avons déjà, plus d'une fois, imploré le grand souvenir, au sommet de la voûte de la chapelle Sixtine.

La musique, la peinture, les livres, les monuments, bien sûr. Mais les guerres aussi, les amours, les jeux des enfants, la mort. Les animaux, la folie, les voyages, la mousse au pied des grands arbres, les cascades, les lichens et les pierres, le tout, le presque rien. De ce carrefour originel qui sortait du néant à la voix du Tout-Puissant partaient, inépuisables, vers d'autres infinis, les voies innombrables et sacrées du Seigneur, que mon âme, Dieu sait pourquoi, est chargée de chanter.

CHAPITRE II

Fête, orage sur Rome, office des Ténèbres dans la chapelle Sixtine

Le mardi 28 avril 1829, vers midi, un violent orage éclata sur Rome. Les jardins de la Villa Médicis furent balayés par la tempête. Les voiles tourmentés des dames qui se hâtaient parmi les bosquets battaient leur visage et leurs cheveux. Les coups de tonnerre interrompaient sans pitié une actrice improvisée qui s'obstinait à déclamer aux nuages. Un ballon aux armes de la grande-duchesse Hélène, nièce du roi de Würtemberg, s'envolait de travers sous le vent et la pluie. L'ambassadrice, au bord des larmes, mesurait avec consternation les dégâts de sa fête en ruine. Seul dans un coin, les bras croisés, la mèche en bataille, l'œil allumé par un malheur mêlé de si près au bonheur, M. de Chateaubriand contemplait avec une satisfaction violente et amère le désastre qui n'existait d'ailleurs que dans son imagination enchantée, traversée d'éclairs et de rafales de vent et de pluie où il retrouvait Saint-Malo : il y avait longtemps déjà que les cérémonies en l'honneur de la grande-duchesse, reportées à l'intérieur de la Villa Médicis, se déroulaient en fort bon ordre. Mais la tempête qui soufflait dans son esprit et dans son cœur souffle encore dans les nôtres puisqu'il l'a dépeinte pour toujours telle qu'elle n'avait jamais existé.

Tout au long de cette fête à la fois ravagée et illuminée par la tempête et les mots, Chateaubriand ne cessa de rêver aux quinze jours qui venaient de s'écouler. C'étaient deux semaines extraordinaires, pleines de splendeurs et de déceptions. Avant ce printemps magnifique et tourmenté, il y avait eu l'automne et l'hiver. Léon XII était mort le 10 février. Pie VIII, son pape à lui, le sien, celui qu'il avait prévu et voulu, avait été élu le 31 mars. Et puis, il y avait eu la malheureuse désignation à la secrétairerie d'État — quelle idée ! — du cardinal Albani. La dépêche désagréable de cet imbécile de Portalis datait d'hier même, ou d'avant-hier, ou peut-être du jour d'avant. Heureusement, il y avait eu autre chose : entre la fâcheuse nomination du Secrétaire d'État et les observations désobligeantes du ministre par intérim des Affaires étrangères, qui coïncidaient avec la fête tumultueuse de la Villa Médicis, il y avait eu, du lundi 13 avril au dimanche de Pâques 19 avril, l'inoubliable semaine sainte de 1829.

Le mercredi saint 15 avril, sous les fameuses fresques de Michel-Ange représentant la Création, l'ambassadeur de France avait, pour la première fois de son existence, assisté à un spectacle qui avait exercé sur lui une impression très profonde : un office des Ténèbres à la chapelle Sixtine. Ni en 1803 ni en 1804, du temps de Pauline Borghèse et de Pauline de Beaumont, du temps de Joubert, de Fontanes et de Mme de Custine, au lendemain du triomphe du *Génie du christianisme,* le jeune secrétaire d'ambassade auprès du cardinal Fesch ne s'était trouvé à Rome pendant la semaine sainte : en 1803, il n'était pas arrivé, en 1804, il était déjà parti. Du coup, la messe, et surtout le *Miserere* d'Allegri bouleversèrent l'ambassadeur. Le soir même, il envoyait à Juliette Récamier une des lettres les plus célèbres qui aient jamais été écrites : « Je commence cette lettre le mercredi saint au soir, au sortir de la chapelle Sixtine, après avoir assisté à Ténèbres et entendu chanter le *Miserere*... Le jour s'affaiblissait ; les ombres envahissaient lentement les fresques de la chapelle et l'on n'apercevait plus que quelques grands traits du pinceau de Michel-Ange... C'est une belle chose que Rome pour tout oublier, mépriser tout et mourir. » Mais l'ambassadeur de France n'oubliait rien du tout, se gardait bien de tout mépriser et n'avait guère envie de mourir. Il y avait tout un monde derrière cette lettre.

Peut-être vous souvenez-vous encore — « J'ai reçu votre billet de Chambéry : il m'a fait une cruelle peine ; le “ Monsieur ” m'a glacé. Vous reconnaîtrez que je ne l'ai pas mérité... » — qu'un peu après la guerre d'Espagne et la prise du Trocadéro, Juliette Récamier s'était décidée à fuir les amours de Chateaubriand et de Cordélia de Castellane et à partir pour Rome? Mais, une dizaine d'années plus tôt, exilée de Paris par l'Empereur, Mme Récamier, après avoir erré entre la Suisse, Châlons-sur-Marne et Lyon, avait déjà passé plusieurs longs mois à Rome. Deux fois Mme Récamier devait s'installer en Italie, et deux fois aussi Chateaubriand. Leurs séjours successifs ne coïncidèrent jamais. Rien de trop étonnant puisque le deuxième voyage de Juliette était précisément destiné à l'éloigner de René.

L'existence de Juliette est aussi encombrée que celle de l'Enchanteur. Tout au long des années qui séparent le Consulat de la Restauration, Lucien Bonaparte, Bernadotte, le prince Auguste de Prusse, Metternich, Benjamin Constant, le jeune Jean-Jacques Ampère, beaucoup d'autres encore, sans même parler de son mari, sont éblouis jusqu'au délire, jusqu'à la fureur par cette pureté incendiaire qui finissait inlassablement par offrir son amitié en échange de l'amour qu'elle ne pouvait pas donner. Vierge et amante en même temps, « elle aurait voulu, selon Sainte-Beuve, tout arrêter en avril. Son cœur en était resté à ce tout premier printemps où le verger est couvert de fleurs blanches et n'a pas de feuilles encore ». Les femmes n'échappaient pas à cette irrésistible attirance : Mme de Staël ou Hortense de Beauharnais, reine de Hollande, duchesse de Saint-Leu, fille de cette Joséphine que nous avons rencontrée sous le nom de Rose aux côtés de Gabrielle dans la prison des Carmes, éprouvaient pour Juliette un espèce d'attachement qui ressemblait à l'amour.

Vers 1812 ou 13, de tous les Montmorency — « Mon père était épris de vous. Vous savez si je le suis moi-même. C'est le sort de tous les Montmorency » — au sculpteur Canova qui jette comme un pont de marbre entre Pauline Borghèse et Juliette Récamier, de Forbin ou de Ballanche, philosophe de second rayon et ami de Joubert, au baron de Norvins, aristocrate rallié, chef de la police impériale dans les États de l'Église, et à une foule de soupirants, de curieux ou de passants, c'est toute une galerie de figures nouvelles, émouvantes et dérisoires, tantôt superbes et tantôt pitoyables, qui entoure Juliette Récamier réfugiée dans la Ville éternelle. Rien ne serait plus tentant que de partir de la lettre envoyée par Chateaubriand à Juliette le 15 avril 1829 pour refaire, en sens inverse, un bon bout du chemin immobile et infini, parcouru en esprit par le Seigneur à l'instant décisif, terrifiant confluent de l'éternité et du temps, où il créait l'univers. Nous pourrions courir l'Europe, suivre les armées en guerre, traverser les océans, remonter au déluge. Résistons. Tenons bon. Attachons-nous obstinément, comme tant d'amoureux fascinés et transis, au destin de Juliette qui est celui de Chateaubriand et ne quittons pas Rome.

Lors de ce premier séjour à Rome, à une époque où l'Empereur emprisonnait à Fontainebleau le pape qui l'avait couronné — ou qui avait au moins assisté au couronnement par soi-même du général de la Révolution et de la Convention nationale —, Juliette Récamier était allée écouter le *Miserere* d'Allegri. L'absence de Pie VII empêchait la cérémonie de se dérouler à la chapelle Sixtine : c'est dans la chapelle du chapître de Saint-Pierre que fut célébré l'office du vendredi saint de l'année 1813. Le *Miserere,* en ce temps-là, était encore exécuté par les fameux castrats du Vatican. Leur voix aiguë avait quelque chose de surnaturel. Mme Récamier, émue et comme transportée, entendit, tout près d'elle, les sanglots étouffés que ne parvenait pas à retenir un assistant bouleversé : c'était le baron de Norvins, chef de la police des troupes d'occupation.

A Chantilly, où elle avait succombé aux charmes de l'Enchanteur, à l'Abbaye-aux-Bois, à la Vallée-aux-Loups, achetée par Mathieu de Montmorency, rue Basse-des-Remparts, rue d'Enfer ou dans quelque salon parisien, Juliette n'avait pas manqué de s'entretenir plus d'une fois avec René de cette cérémonie si impressionnante. Le simple récit de cette grandeur mélancolique avait dû frapper l'amateur de ruines qui n'aimait la beauté que mêlée au tragique. Sous la voûte prodigieuse de la chapelle Sixtine, l'ambassadeur triomphant et exilé ne pouvait à son tour qu'évoquer le souvenir de la femme qu'il aimait par-dessus tout et qui lui avait, la première, parlé de ce chant de souffrance et de miséricorde à l'ombre de Michel-Ange. Quand s'élève dans le soir qui tombe le *Miserere* d'Allegri, Juliette Récamier, abandonnée à Paris, est présente en esprit à Rome aux côtés de Chateaubriand.

Mme Récamier et M. de Norvins n'étaient pas les seuls à avoir été saisis, dans la capitale de la chrétienté, par le *Miserere* de l'office des Ténèbres. Montesquieu, Mozart, Goethe, Mme de Staël, Stendhal — plus tard Taine et les Goncourt — évoquent, chacun dans leur style, l'impression que leur a laissée l'œuvre fameuse d'Allegri. A chacun d'entre eux se rattachent une foule d'anecdotes. Il semble que Stendhal n'ait connu que par ouï-dire la musique divine dont il parle à plusieurs occasions. Mozart, en revanche, l'avait écoutée pour deux, pour plusieurs et pour beaucoup plus encore : au cours de son voyage à Rome en avril 1770, Mozart, âgé de quatorze ans et accompagné de son père, était allé entendre l'office des Ténèbres à la chapelle Sixtine. Jaloux de la musique d'Allegri, célèbre à travers l'Europe entière et évidemment hors de prix, le Saint-Père avait défendu, sous peine d'excommunication, la libre circulation et la publication de la partition. L'enfant écouta deux fois, le mercredi saint et le vendredi saint, l'œuvre fameuse et interdite. Et puis, rentré chez lui, il la reconstitua et l'écrivit de mémoire.

L'office des Ténèbres à la chapelle Sixtine et le *Miserere* d'Allegri ne se contentent pas de tenir, pendant deux siècles, une place pittoresque et anecdotique dans l'histoire générale de la musique et de la littérature : à travers la lettre du mercredi saint, ils jouent encore un rôle important, et peut-être capital, dans l'œuvre de Chateaubriand. Cette lettre, à trois reprises, il la travaille, la reprend, la modifie. Il la rédige pour Juliette le 15 avril 1829, il en inclut une version révisée dans ses *Mémoires d'outre-tombe,* il en publie une troisième mouture dans une revue catholique, au lendemain des journées de Juillet, de la chute définitive de la monarchie légitime et d'une révolution d'ordre privé : une jeune femme à laquelle il s'était attaché venait de se donner, à Londres, à un nouvel amant. Lui, c'était Henry Bulwer Lytton ; et elle, Hortense Allart. La comparaison des trois textes, qui n'en constituent qu'un seul, fournit une véritable leçon à la fois de stylistique et d'histoire des sentiments. La phrase : « L'admirable prière de pénitence et de miséricorde qui avait succédé aux lamentations du prophète s'élevait par intervalles dans le silence et la nuit » se terminait d'abord par les mots : « ... dans la nuit et le silence. » Chateaubriand sentit qu'il fallait la finir par une consonne et par une désinence masculine : « ... dans le silence et la nuit. » Les souvenirs se brouillent d'ailleurs un peu : le mercredi saint 15 avril en vient à se transformer mystérieusement en un jeudi saint 16 avril. Des modifications plus sérieuses se frayent leur chemin d'un texte à l'autre. Dans la version destinée à la publication catholique, le désenchantement et l'amertume de la lettre originale laissent imperceptiblement la place à une confiance proclamée dans la palingénésie chrétienne, dans la régénération de la religion révélée. Le « pauvre vieux pape paralytique, sans famille et sans appui », les « princes de l'Église sans éclat », la « fin d'une puissance qui civilisa le monde moderne », la « double tristesse » en train de s'emparer du cœur devant le spectacle de la Rome chrétienne qui « en commémorant l'agonie de Jésus-Christ avait l'air de célébrer la sienne », s'arrangent pour annoncer « une transformation, non une fin » : le christianisme « se replongera dans le tombeau du Sauveur pour y rallumer son flambeau, ressusciter au jour glorieux d'une nouvelle Pâque et changer une seconde fois la face de la terre ». Le chantre du christianisme ne pouvait tout de même pas prendre à l'égard de la religion la même attitude, tranchante comme un couperet, qu'il avait adoptée, à la chute de Charles X, à l'égard de la royauté légitime : « Après tout, c'est une monarchie tombée, et il en tombera bien d'autres. Elle n'a droit qu'à notre fidélité : elle l'a. »

Mais, plus encore qu'une amertume un peu désabusée, c'était surtout la présence de l'absente, l'ombre de Juliette Récamier, qui allait être gommée de ces pages réversibles et à usages multiples. La lettre romaine à Juliette contient l'expression répétée de la tendresse — sincère, à peine affectée, fidèle, mais bientôt changeante — de l'ambassadeur de France pour la femme de sa vie, et rattache l'office des Ténèbres de la semaine prodigieuse à l'expérience que Mme Récamier a faite, quelque quinze ans plus tôt, de la même cérémonie : « Je commence cette lettre le mercredi saint au soir, au sortir de la chapelle Sixtine après avoir assisté à Ténèbres et entendu chanter le *Miserere.* Je me souvenais que vous m'aviez parlé de cette belle cérémonie, et j'en étais, à cause de cela, cent fois plus touché. » Les lecteurs bien-pensants de la *Revue européenne* de décembre 1831 avaient sûrement besoin d'être encouragés dans leur foi après les événements amers de l'été 1830. Ils n'avaient pas vraiment besoin d'être tenus informés de la vie sentimentale un peu plus qu'agitée de l'auteur du *Génie du christianisme.* La version qui leur est soumise laisse tomber le souvenir de Mme Récamier.

Dans la lettre originale, l'ambassadeur de France teintait ses méditations d'une note à la fois tendre et désabusée : « Cette clarté qui meurt par degrés, ces ombres qui enveloppent peu à peu les merveilles de Michel-Ange ; tous ces cardinaux à genoux ; ce nouveau pape prosterné lui-même au pied de l'autel où quelques jours avant j'avais vu son prédécesseur ; cet admirable chant de souffrance et de miséricorde s'élevant par intervalles dans le silence et la nuit ; l'idée d'un Dieu mourant sur la croix pour expier les crimes et les faiblesses des hommes, Rome et tous ses souvenirs sous les voûtes du Vatican : que n'étiez-vous là avec moi ! »

Que n'étiez-vous là avec moi ! Aucun cri, même trompeur, même menteur, ne rend avec autant de force, presque désespérée, les liens indestructibles entre la femme et la religion, entre Dieu et la passion, entre l'amour et l'amour. Et encore, encore : « J'aime jusqu'à ces cierges dont la lumière étouffée laissait échapper une fumée blanche, image d'une vie subitement éteinte. C'est une belle chose que Rome pour tout oublier, pour mépriser tout et pour mourir. Au lieu de cela, le courrier demain m'apportera des lettres, des journaux, des inquiétudes. Il faudra vous parler de politique. Quand aurai-je fini de mon avenir, quand n'aurai-je plus à faire dans le monde qu'à vous aimer et à vous consacrer mes derniers jours ? »

Ces effusions sentimentales sont éliminées avec soin des versions postérieures du texte. Dans les *Mémoires d'outre-tombe,* et surtout dans la *Revue européenne,* l'accent est mis plutôt — avec un pessimisme encore renforcé par l'expérience dans le premier cas, avec un optimisme de circonstance et presque de commande dans le second — sur le catholicisme romain et sur la vie spirituelle que sur les attachements de ce monde et les déclarations d'amour. Ainsi Juliette Récamier joue-t-elle, à la fois dans l'histoire de cette lettre et dans l'existence de son correspondant, une sorte de rôle à éclipses : elle est liée de très près au déclenchement de l'émotion, et puis elle s'efface peu à peu ; on l'invoque et on l'oublie ; sa présence si chère, si ardemment désirée au sein même de l'absence, est peu à peu écartée.

Le cœur des hommes est changeant, incertain et obscur. Ce n'est pas seulement, en effet, dans une correspondance littéraire que Juliette Récamier rentre dans l'ombre pour quelque temps : tout au long de cette fameuse semaine sainte de 1829, et surtout sur sa fin, le grand homme ne sait vraiment plus où donner de la tête et du cœur.

Quelques jours avant cette grande lettre littéraire hantée par la religion, par la Rome chrétienne assise sur ses sept collines, par le grand mystère d'un Dieu mourant et par la fin de toutes choses, René avait déjà écrit à Juliette une déchirante lettre d'amour : « Quand cesserai-je de vous parler de toutes ces misères ? Quand n'aurai-je plus à vous dire que tout mon bonheur est en vous ?... Un seul mot me soutient, quand je le répète : à bientôt... Vous voir ! Tout disparaît dans cette espérance. Je ne suis plus triste, je ne songe plus aux ministres et à la politique. Vous retrouver, voilà tout. Je donnerais le reste pour une obole. » Ah ! comme il avait besoin d'elle ! Comme il aurait voulu qu'elle fût là, près de lui, dans cette Rome pleine de merveilles et de ruines où il aurait tant aimé se promener avec elle parmi les déserts et les fleurs et où il était si seul, malgré le cher souvenir de Pauline de Beaumont et la présence importune de Mme de Chateaubriand ! Mais quelques heures à peine plus tard, entre le *Miserere* de l'office des Ténèbres et la fête perturbée de la Villa Médicis, à la veille des offices solennels du dimanche de Pâques, le samedi saint 18 avril exactement, une figure nouvelle allait pénétrer en tempête dans la vie sans répit de l'ambassadeur très chrétien : c'était une jeune femme ambitieuse et jolie qui venait d'écrire un roman. Il ne valait pas un clou. Elle s'appelait Hortense Allart.

CHAPITRE III

où des mondes indicibles, mais guère plus que le nôtre, tombent de l'éternité

Devant Dieu, à perte de vue, ne s'étendaient pas seulement les vivants et les morts, tous ceux dont, inlassablement, nous racontons les histoires, les rencontres, les folies, les passions, les manies, les hauts faits, les bassesses et les mots enchanteurs, ceux dont la représentation par les peintres et les sculpteurs, dans des scènes érotiques ou dans l'horreur du jugement dernier, couvre les murs des églises espagnoles ou italiennes et les bas-reliefs des temples de Konarak ou de Khajuraho, ceux qui se succèdent sans trêve, d'un bout de l'histoire à l'autre, sur cet éclat d'univers qui constitue notre planète, mais aussi tout l'ensemble, infiniment plus vaste, sans histoire et sans bornes, des mondes rejetés par Dieu dans leur inexistence.

L'univers autour de nous est tout plein d'êtres et de choses, d'événements, de possibles qui n'ont jamais existé et qui n'existeront jamais. L'esprit humain peut inventer sans fin des fantômes et des monstres, des hypothèses improbables, des scandales logiques, mathématiques, métaphysiques et moraux. Je saurais, moi aussi, en empruntant ici ou là, construire des vies et des objets extérieurs à nos cadres et qui ne pourraient pas s'y plier. Mais ce qui hantait la sagesse et la volonté de Dieu, ce n'étaient pas des monstres étrangers à nos lois, des incohérences et des impossibilités situées au-delà de notre espace et de notre temps, de la succession naturelle par effets et par causes : c'étaient des mondes entiers, des univers, des totalités qui étaient des monstres en eux-mêmes, des monstres à eux tout seuls, des monstres absolus et globaux. A plusieurs reprises déjà, j'ai dû m'arrêter dans ce livre devant ce qu'il m'était interdit de comprendre et de rapporter. Rien n'est aussi impossible, je ne dis même pas à décrire, mais à imaginer et même à concevoir, que ce qui n'a jamais été et ne pourra jamais être. Dieu est déjà bien au-delà de ce qu'il nous est permis de comprendre. Mais plus encore que Dieu, tout ce que Dieu a écarté de sa création et de l'histoire. Car Dieu est encore nous-mêmes, il y a toujours en nous quelque chose de divin. Mais ce que Dieu a rejeté est séparé de nous par toute l'épaisseur non seulement du monde créé, mais encore de l'infini.

Inutile de se mettre ici à imaginer et à inventer. Le seul poids des mots, la seule filiation des idées suffit à attirer dans notre monde et à faire surgir dans l'espace et dans le temps nos rêveries les plus folles. Tout ce qui nous apparaît comme le moins vraisemblable appartient encore à notre univers puisque nous le pensons. L'inconcevable, l'impossible, au sens métaphysique du mot, le radicalement autre, il n'y a pas de mots pour les exprimer, il n'y a pas d'images pour les dépeindre. L'esprit humain qui les approcherait tomberait aussitôt foudroyé.

Les sirènes, les licornes, les cyclopes, les dieux aztèques ou hindous, Gargantua et Gulliver, l'Atlantide naturellement, la racine carrée d'un nombre négatif, la victoire de Napoléon à Waterloo et la défaite d'Alexandre devant les troupes du roi des rois, une vitesse supérieure à celle de la lumière sont peut-être des scandales logiques, mais, parce qu'ils entrent encore dans nos catégories, il nous est permis de les penser. C'est que les ingrédients de la monstruosité sont tirés du monde réel et relèvent, en fin de compte, dans l'absurde et l'insensé, de l'espace et du temps. Les héros de roman, après tout, appartiennent à une famille de ce genre : ils n'ont jamais vu le jour, mais ils auraient pu, et presque dû, apparaître dans ce monde et nous sommes très capables de les faire vivre en nous et de les faire accéder à une espèce de réalité délirante et abstraite. Il n'y a que les mondes écartés par Dieu et enfouis dans son oubli pour être, au sens le plus rigoureux des mots, impossibles, impensables, inconcevables — et ailleurs. Ils constituent, en quelque façon, et sur un mode ineffable, une sorte d'ailleurs absolu.

Défense de rien en dire puisqu'ils n'existent pas et que nous ne pouvons pas les penser. Et pourtant, ils auraient pu être. Il aurait suffi que Dieu le veuille et qu'il les lance dans l'être. Imaginons un instant — et cet exercice-là, au moins, n'est pas au-dessus de nos forces — que notre monde à nous n'ait jamais existé. Quelle puissance au monde — hors Dieu — aurait pu le penser ? Quelle intelligence, même sublime, en dehors de celle de Dieu, c'est-à-dire de l'infini, aurait été capable d'imaginer et de concevoir deux réalités aussi banales que celles où le moindre d'entre nous, un mongolien, un goitreux, un sociologue, un commentateur politique, un imbécile, un clochard, un dément, un ministre est en train de vivre tous les jours et que les plus doués d'entre nous, de Platon et de saint Augustin à Hegel et à Kant, sont incapables d'expliquer : la dimension de l'espace et la dimension du temps ?

Puisque notre univers est inimaginable pour d'autres, puisque le temps et l'espace ne peuvent être que vécus et ne peuvent pas être expliqués, d'autres univers que le nôtre, et pour nous inconcevables, auraient bien pu exister. Et peut-être, pourquoi pas ? peut-être existent-ils ? Il ne m'est pas possible de les dépeindre, ni d'en parler, ni de les imaginer, ni même de les concevoir. Mais il ne m'est pas permis non plus d'en nier l'existence ou la possibilité. Puisque l'espace est là, n'importe quoi peut être ailleurs. Puisque ici règne le temps, d'autres choses stupéfiantes, exorbitantes, insensées, aussi folles que les nôtres qui nous paraissent si évidentes, auraient bien eu le droit, elles aussi, un beau jour, de tomber de l'éternité.

Il est très insuffisant de dire de Dieu qu'il est infini. Car l'infini que nous sommes capables de concevoir se contente de s'établir au-delà de l'espace et du temps. C'est au-delà du reste et du tout que Dieu se situe et règne, dans l'ineffable, bien sûr, et dans l'inimaginable. Il faudrait dire au moins de Dieu qu'il est infiniment infini : absolument et infiniment au-delà de cet infini relatif et mesquin que nous nous bricolons, créatures impuissantes et chétives, en effaçant l'espace et en niant le temps.

De cet infini infiniment infini, oui, beaucoup d'autres systèmes, beaucoup d'autres combinaisons auraient pu découler que la cordillère des Andes ou le maréchal Bernadotte, que la chute de l'empire romain, que la découverte du feu ou le fulgor porte-lanterne, que la faim, la soif, la mort, le sommeil et la vieille, la fameuse, la sacrée sexualité. Là encore, il me faut me taire. Je n'inventerais des centaures, des Amazones, des robots intergalaxiques, des phénomènes aberrants, mystérieux et improbables qu'en combinant, comme tous les autres, comme les auteurs d'utopies, de science-fiction ou de romans fantastiques, des éléments épars empruntés à notre réalité, poussés au-delà d'eux-mêmes et recombinés différemment. C'est à bien autre chose que je pense. Mais il ne m'est permis d'y penser qu'en termes nécessairement vagues, d'une imprécision totale, sans souvenirs et sans mots, sans images ni concepts. D'autres mondes, d'autres lois, une vie qui serait tout autre chose que ce que nous appelons la vie, de l'absolument nouveau, de l'indicible et de l'inouï : ce dont on ne peut pas parler et qu'on ne saurait entendre, il faut le taire. Taisons-nous. Mais sachons au moins que notre monde à nous n'est qu'une sorte d'accident de la nécessité, un faisceau de lois rigoureuses, mais dont la rigueur même est encore arbitraire, et que les personnages de ce livre et de notre histoire ne sont que les fantômes d'un rêve qui aurait pu ne pas être.

CHAPITRE IV

La bande à la liberté a encore frappé

Vers la fin de l'Empire, quelques grandes affaires politiques un peu obscures agitèrent l'opinion. La conjuration du général Malet, les intrigues de Fouché et de Talleyrand, les actions souvent désordonnées des agents russes, anglais, autrichiens ou prussiens, les rêves naïfs et subtils de Benjamin Constant, indéfiniment ballotté, dans un jeu alternatif de passion et de mépris, entre l'Empereur Napoléon et Juliette Récamier, les entreprises des princes de la famille royale, les espérances des uns et les craintes des autres se succédaient en tourbillon et s'affrontaient avec une violence camouflée sous les bonnes manières. Les périodes troublées — et la chute de Napoléon en était une à coup sûr — sont toujours propices à ce genre d'excitation intellectuelle et physique : un pouvoir qui vacille et qui tombe crée une sorte d'appel d'air où s'engouffrent pêle-mêle les angoisses et les ambitions, les rancunes et les illusions. Le lecteur connaît sans doute le mot fameux de Talleyrand nommé, sous le Directoire et grâce à Mme de Staël, à la tête des Relations extérieures de la France révolutionnaire et bourgeoise : « Et maintenant, dit-il en se jetant dans un fiacre entre Boniface de Castellane et Benjamin Constant et en répétant une seule phrase scandée par chaque tour de roue, il faut faire une fortune immense... une immense fortune... une fortune immense... une immense fortune. » La carrière du prince de Bénévent effectivement assurée, au moment où déclinait l'astre de celui à qui il devait tout, d'autres, à leur tour, ressentaient les mêmes appétits. La Fronde, la Révolution, la naissance et la fin de la République de Weimar, la Libération en France, toutes les époques de transition fourniraient beaucoup d'exemples d'un tel remue-ménage, désastreux pour certains et fructueux pour d'autres. A l'agitation politique se mêlent assez fréquemment des tentatives criminelles. La police est occupée ailleurs et le moment est propice à des rêves d'enrichissement et d'ascension sociale qui vont souvent de pair avec l'écroulement des fortunes liées à l'autorité en train de se défaire. Au moment où l'Empereur connaissait ses premiers revers, les journaux français, et même étrangers, du temps firent écho aux exploits d'une bande de malfaiteurs qui semblaient vouloir recueillir l'héritage des Cartouche et des Mandrin.

Les choses commencent modestement, avec des cambriolages de boulangeries, d'épiceries et de boutiques de mode. On n'y attacherait guère d'attention si un lien ne finissait pas par s'établir peu à peu entre ces menus larcins — qui portent sur un peu de lait, des brioches et du pain, des robes, des sacs, des manteaux, parfois des vêtements d'enfant — et des affaires de plus en plus considérables et bientôt très sérieuses. Quand des employés d'établissements importants se mettent à être enlevés pour être rendus contre rançon, quand des notaires et des médecins se font dévaliser chez eux la nuit, quand des diligences se font attaquer sur les routes de Chalon-sur-Saône à Lyon ou de Dijon à Beaune, un frémissement d'inquiétude, d'excitation et peut-être de sympathie à peine dissimulée parcourt la France entière. Ce sentiment un peu trouble semble être encouragé par les premiers intéressés qui mettent une espèce d'affectation à signer leurs forfaits. Près des caisses forcées, dans les maisons visitées, sur les voitures arrêtées et pillées figure régulièrement un mot, un seul, tracé souvent avec des taches ou avec des pâtés, en grosses lettres rondes et un peu malhabiles, et écrit à l'encre rouge ou peut-être parfois avec du sang :

Liberté

Pendant huit ou dix longues années, entre le déclin de l'Empire et le règne de Louis XVIII, la mystérieuse signature multiplie ses ravages d'un bout de la France à l'autre. On la signale à Lyon, à Grenoble, à Besançon, à Lons-le-Saunier, dans le Bugey et la Bresse, à Dijon et dans toute la Bourgogne, entre le Rhône et la Loire, aux environs de Paris. A la chute de l'Empire, elle sévit en Provence. Au début de la Restauration, à Marseille, à Toulon, à Mazamet et à Castres, dans la Montagne Noire et au sud des Cévennes, à Toulouse et à Bordeaux. Les rumeurs se mettent à courir, à enfler, à balayer les salons, les préfectures, les places de marché et les sorties d'église. Mme de Boigne raconte dans ses *Mémoires* le fameux dîner du 28 mai 1817 chez Mme de Staël où, quelque seize ou dix-sept ans après leur première rencontre, le vicomte de Chateaubriand et Mme Récamier devaient enfin se retrouver pour ne plus se quitter. Trois mois plus tôt, à un bal chez le duc Decazes, Mme de Staël avait été frappée d'une attaque qui l'avait laissée en partie paralysée. En avril, elle s'était crue rétablie et elle s'était remise à sortir. Mais elle n'eut pas la force d'assister au dîner qu'elle donnait chez elle, rue Neuve-des-Mathurins : elle dut s'excuser au dernier instant. Juliette et René étaient assis aux côtés l'un de l'autre. L'absence de l'hôtesse en train de mourir répandait autour de la table un froid glacial et un silence pesant. La gaieté n'était pas de mise. La conversation languissait. Mme de Boigne assure que les premières paroles échangées entre Chateaubriand et Juliette Récamier après leur brève rencontre, sous le Consulat, chez cette même Mme de Staël, et leur longue séparation — à peine coupée d'une lecture du *Dernier des Abencerages* dans le salon de Mme Récamier envahi par Bernadotte, par Metternich, par Wellington, par le prince Auguste de Prusse, par Benjamin Constant, par le duc de Doudeauville, par Mathieu de Montmorency, et par Prosper de Barante, tous plus ou moins amoureux de l'inaccessible maîtresse de maison — roulèrent sur les exploits de ceux qu'on désignait déjà sous le nom de *la bande à la liberté.* Ainsi, héritier d'Antoine et de Cléopâtre, d'Héloïse et d'Abélard, de Roméo et de Juliette, de Charlotte et de Werther, naquit soudain à l'ombre du grand banditisme et de la mort d'une femme de lettres exaspérante et fidèle un des amours les plus célèbres de l'histoire universelle.

Sous les régimes successifs de la fin de l'Empire, de la première Restauration, des Cent-jours et des débuts encore heureux de la seconde Restauration, la bande fit parler d'elle. Elle défiait la police, les recherches d'informations, les expéditions punitives, et même les colonnes de l'armée envoyée plus d'une fois à la poursuite des brigands. A peine ses méfaits accomplis, elle semblait s'évanouir dans les villes ou dans la nature. Elle paraissait insaisissable. Une espèce de légende s'édifiait autour d'elle. Les uns assuraient qu'il ne s'agissait que de brigands, profitant des troubles de l'époque pour exécuter leurs coups de main. Les autres soupçonnaient un dessein politique derrière ces méfaits en série. Mais comme au temps de l'attentat de la rue Saint-Nicaise, les interprétations les plus opposées s'affrontaient dans le désordre et parfois avec violence : le ton montait dans les soupers qui se terminaient dans la fâcherie et souvent dans la brouille parce que les uns, encouragés dans leur opinion par le mot de *liberté* inscrit sur les murs ou sur les vêtements des cadavres, voyaient la main des Jacobins derrière le sang répandu et que les autres soutenaient qu'il s'agissait de royalistes. Les premiers triomphèrent lorsque la bande poursuivit ses exploits après la Restauration. Ils durent déchanter lorsque, à deux reprises, au moins, les victimes de la bande se trouvèrent être d'anciens conventionnels, enrichis dans l'achat et la revente de biens nationaux aux moments les plus propices. Vers 1817, tout le monde était convaincu que la bande à la liberté était une organisation assez puissante de malfaiteurs de génie qui se contentaient de prendre, le plus souvent, des allures de justiciers et de s'attirer ainsi une certaine sympathie de la part des plus pauvres. Dans ses incomparables *Mémoires,* Alexandre Dumas raconte avec sa vivacité coutumière ce que le personnage du comte de Monte-Cristo doit à la bande de la liberté. Et sous le second Empire, un écrivain français bien oublié, fils d'un armateur juif de Marseille ruiné par les Barbaresques et journaliste au *Vert-Vert,* au *Corsaire* et au *Figaro,* Léon Gozlan, rapportait à Louis Bouilhet et à Maxime Du Camp, amis intimes de Flaubert, et aussi à Prosper Mérimée, qui en font état tous les trois dans leurs lettres si amusantes ou dans leurs souvenirs littéraires, ses conversations avec Vidocq : l'ancien bagnard devenu chef de la police de sûreté

l'impossible. La folie et l'échec, mais aussi l'impatience et la soif y jouaient un grand rôle. Le Seigneur y était à la fois et pour ainsi dire d'une même voix adoré et maudit. A toutes ces choses belles, innombrables et uniques, à tous ces êtres sans pareil, il ne manquait qu'une chose : la réalité de l'existence et le sens qui en naît.

Ce monde à l'état gazeux, qui aurait pu être et qui n'était pas, se conjuguait au conditionnel. Il était un vivier de génies qui ne donneraient jamais rien. Il était la stérilité et la fécondité mêmes. Des monstres inconnus s'y mêlaient aux événements qui ne s'étaient pas produits et des chefs-d'œuvre virtuels, impossibles ou perdus, à des phrases sans suite balbutiées par des fantômes. Ce qui est hors du temps et de l'espace, il nous est interdit de le penser. Mais de ce qui gisait, inerte, dans les troubles marais de l'incertain et de l'inachevé, nous pouvons, à la rigueur, nous en faire une idée. Le délire, la drogue, la fiction, le demi-sommeil, l'évocation d'une histoire qui refuse de se faire, les fantasmes des poètes nous en approchent vaguement. Des couleurs répandues par la négligence ou la folie, les bruits de la nature reproduits sans aucun ordre, des mots jetés au hasard risquent d'entrouvrir les portes de cet univers ébauché. Chacun, selon ses goûts, ses souvenirs, ses angoisses, peut se pencher sur l'abîme. Puisque nous, dans ces pages, c'est de mots que nous nous servons et qu'un livre est fait de lettres d'où devrait sortir un sens, il nous faut tracer ici, pour donner une image de ce flou primitif, quelques signes illustres dont ceux qui veulent bien nous lire découvriront sans trop de peine la famille et l'origine.

Parmi la foule sans fin des délires et des possibles, on pourrait commencer par des généalogies de cauchemar où un semblant de rythme et de signification finirait par se glisser : *Chalbroth, Sarabroth, Faribroth,* père de Faribole, *Hurtaly, Nembroth,* où se reconnaîtrait déjà le Nemrod de la fable. *Eryx, Eryon,* aux sonneries de trompe, *Cace, Étion, Cee, Typhoe, Aloe, Othe, Aegeon,* et tous les rêves des rivages grecs, *Briaré, Porphirio,* qui se situe quelque part entre Byzance et Shakespeare, *Adamastor, Agatho, Pore, Aranthas, Gabbara, Offot, Artachées, Oromadon,* aux consonances d'Apocalypse, *Gemmagog, Énay, Fierabras,* et ses légendes, *Morguan,* fée de la banque, *Fracassus,* proche de Gautier, *Ferragus,* et sa bande,

Happemousche, qui peut mettre sur la voie, *Bolivorax,* bien vivant entre Christophe Colomb et le curé de Meudon, *Longys, Gayoffe, Maschefain, Bruslefer, Engolevent,* aux arabesques prestigieuses dans les tempêtes de l'océan, *Galechault,* déjà si proche, *Mirelangault, Galaffre, Falourdin, Roboastre, Sortibrant de Conimbras, Brushant de Mommière, Bruyer, Mabrun, Foutasnon, Hacquelebac, Vitdegrain...* Il faut s'arrêter ici sous peine de sombrer très vite dans les banalités ressassées, trop familières, presque usées, de l'histoire mythique et de la réalité vécue.

Aux hérédités fabuleuses pourraient s'ajouter encore les énumérations d'objets fous qui auraient pu exister dans ce monde ou dans un autre : les *corseletz, alecretz, bardes, chanfrains, aubergeons, briguandines, salades, bavières, cappelines, guisarmes, armetz, mourions, mailles, jazerans, brassalz, tassettes, goussetz, guorgeriz, boguines, plastrons, lamines, aubers, pavoys, caliges, grèves, soleretz, vouges, banicroches, volains, azes guayes,* origines et images de tous les délires que nous proposent les peintres, les catalogues, les boutiques de bric-à-brac, les greniers de famille, les industries des hommes et le spectacle du monde. Mais ici, à nouveau, nous sommes déjà tout près de l'arsenal quotidien des ustensiles et des instruments. Des mots presque triviaux commencent à se former dont nous nous servons tous les jours. Il n'y aurait qu'à tendre la main pour sentir sous nos doigts les placards de la cuisine, les étagères de l'atelier, les râteliers de l'armurerie.

Pour essayer, mais en vain, d'atteindre enfin quelque chose de l'insignifiant primitif, comment ne pas descendre plus bas, vers l'hiéroglyphe égyptien, vers le caractère chinois, vers les bâtons cunéiformes, vers les signes sacrés de l'écriture hébraïque, vers les lettres éparses de l'alphabet phénicien, minoen, hellénique ou romain ? Allons ! ne nous laissons pas entraîner par le vertige trop subtil des jeux de l'écriture, depuis le boustrophédon né de l'agriculture avant de tomber dans la culture jusqu'aux mots croisés de nos veillées familiales. Contentons-nous de lettres, jetées comme au hasard, mais où surgissent déjà, comme une malédiction ou peut-être comme une bénédiction, les rythmes rassurants de nos vieux chants grégoriens et de nos prières traditionnelles aux dieux de nos ancêtres : *Ini nim, pe, ne, ne, ne, ne, ne, ne, tum, ne, num, num, ini, i, mi, i, mi, co, o, ne, no, o, o, ne, no, ne, no, no, no, rum, ne, num, num.* Entendez-vous, dans ce hasard, dans ce désordre, dans ce délire, se construire, encore vague, encore floue, sous vos yeux et à vos oreilles, la mélodie la plus simple de nos sacrés souvenirs ? Le sens, ainsi que l'ordre, se met de lui-même autour des choses. Mais voici, tenez, un degré encore plus bas, où la plate signification a déjà plus de mal à se glisser : *hin, hin, hin, hin, his, ticque, torche, lorgne, brededin, bretedac, frr, frrr, frrr, bou, bou, bou, bou, bou, bou, bou, bou, traccc, trac, trr, trr, trr, trrr, trrrrrr, on, on, on, on, ouououououn, goth, magoth.* Dans ces lignes très classiques, le mystère est mieux préservé. Il suffirait d'ailleurs de susciter ici quelques langues moins connues pour que s'enfièvre l'imaginaire et que se dissimule derrière l'irréel la réalité de l'univers : *Otche nach ije esih na nebesah da boudet svjato imja tvoe;* ou : *Mi atyank ki vagy a mennyekben szenteltessék meg a te neved;* ou encore : *Isä meidän joka olet taivaissa pyhitetty olkoon sinun nimesi, tulkoon sinun valtakuntasi.* Et j'épargne au lecteur, de peur de le lasser, toute formule tibétaine, turco-mongole, indonésienne ou sanscrite.

Tout cela finira par les lettres de fous dont chacun a des exemples, par les cris des déments, par des voyelles coloriées, par des chasses au boojum ou au snark et par des baleines blanches, par d'étranges voyages à travers le miroir et de l'autre côté des choses, par des enseignes d'artisans et des affiches sur les murs. Tout cela mènera, entre le tout nouveau et le très reculé, vers des bassins naïfs, vers des assemblages de bruits, vers des poèmes appris par cœur par les enfants de nos écoles et vers quelques-unes des pages les plus fameuses de la littérature universelle :

Persienne Persienne Persienne

Persienne persienne persienne
persienne persienne persienne persienne
persienne persienne persienne persienne
persienne persienne
Persienne Persienne Persienne

Persienne ?

ou

At Island Bridge she met her tide.
Attabom, attabom, attabombomboom!
The Fin had a flux and his Ebba a ride.
Attabom, attabom, attabombomboom!

La boucle sera bouclée entre l'informe des origines et toutes les subtilités depuis toujours modernes d'une des conquêtes les plus insensées et les plus bouleversantes de l'humanité en marche entre la découverte du feu et l'embrasement final — je veux dire : la poésie, la culture et la littérature.

Et entre ce qui existe et ce qui n'existe pas se tissera un lien de signes, irrésistible et fragile.

CHAPITRE VI

où le fils d'un nègre naît en Bourgogne et où David décide qu'Eugénie ne pleurera plus jamais

L'enfant de David, fils d'Omar, et d'Eugénie Moucheron naquit sur la paille d'une écurie aux environs de Semur, en Bourgogne. Ses parents attendaient une fille : elle se serait appelée Pauline. Ce fut un garçon. On le prénomma Julien. Eugénie et David le baptisèrent eux-mêmes avec les larmes de misère et de joie qu'ils versaient en même temps. David les cueillait sur les joues pâles d'Eugénie où elles coulaient lentement et il s'en servit pour tracer sur le front de l'enfant le signe de la croix rédemptrice à laquelle ils ne croyaient plus.

Depuis cinq ou six mois, les deux fugitifs avaient mené une vie d'enfer. Ils se devinaient recherchés, poursuivis, pourchassés. Sans ressources et sans espérance, soutenus par un amour qui, chaque jour davantage, prenait quelque chose de farouche, ils fuyaient. En arrivant dans les villages du Jura, puis de la Bourgogne, le fils d'Omar se mettait en quête d'ouvrage. Il avait aidé à la vendange, coupé du bois, construit des étables, surveillé des troupeaux, semé du blé. Pendant quelques jours, il avait même fait la classe à des écoliers dont le maître était tombé malade et que la surprise terrassait devant ce grand nègre qui leur faisait réciter avec un accent des îles et en roulant les r la liste des batailles de François Ier et des grands fleuves d'Amérique. Eugénie, de son côté, reprisait et lavait. La vie était rude, très rude : car il ne suffisait pas de travailler jusqu'à en tomber de fatigue, il fallait encore se cacher le jour et se cacher la nuit. Eugénie dormait de tous les sommeils de l'inconscience. Mais lui, le nègre de Pontarlier, il se réveillait en sueur, avant l'aube, ne sachant plus où il était, plein d'angoisse devant cet avenir où il avait la charge d'une femme qui ne vivait que par lui et d'un enfant à venir.

Ils avaient trouvé des gens durs dont ils se méfiaient aussitôt et d'autres qui les avaient aidés avec bonté, sans trop s'interroger sur leur passé ni sur leurs projets. Ils avaient à peine le temps et la force de se parler : le matin, il fallait se lever pour aller travailler ; le soir, ils tombaient de fatigue ; et le reste du temps, entre le travail et le sommeil, il fallait encore et toujours songer à partir et à fuir. Ils fuyaient.

Ils connurent de grandes misères. Et des joies éclatantes. Ils étaient jeunes et en bonne santé. Ils s'aimaient. Ils eurent des soirs terribles dans un hiver glacé et des matins triomphants dans l'allégresse d'un printemps qui s'annonçait merveilleux sur les vignes et dans les forêts. Deux ou trois fois, le désespoir les submergea et l'idée leur vint de mourir ensemble de deux coups de pistolet ou entre les roseaux d'un étang. L'enfant que portait Eugénie les sauva de la tentation. Ils n'attendaient plus rien pour eux-mêmes que le fruit de leur amour. Mais pour cet enfant qui allait naître toute l'espérance d'un monde obscur et superbe brillait encore avec force.

Eugénie travailla jusqu'à la limite de sa résistance physique. Quelques semaines avant d'accoucher, elle fut obligée de s'arrêter. Alors, David travailla pour deux. Il aurait voulu assurer au moins à Eugénie un endroit paisible pour donner le jour à son enfant. Mais la nourriture et le logement coûtaient cher. Et surtout, à peine avaient-ils trouvé quelque emploi rémunérateur qu'il fallait le quitter pour échapper à tout risque d'être reconnus et arrêtés. Une semaine ou deux avant la délivrance d'Eugénie, ils étaient plus pauvres que jamais.

Un soir où il faisait très froid et où le fermier qui les logeait en échange de menus services venait de leur signifier leur congé, le découragement les envahit à nouveau. Eugénie s'était jetée en pleurant contre la poitrine du nègre et, agitée de soubresauts qui la transformaient en un pantin dont un régisseur fou aurait agité les ficelles, elle ne pouvait que répéter indéfiniment les mêmes mots entre les sanglots qui la déchiraient : « Oh ! David... Oh ! David... » Et les larmes ne s'arrêtaient pas de couler sur son visage amaigri où les yeux boursouflés ne servaient plus qu'à pleurer. Chaque larme, chaque sanglot déchirait le cœur de David. Il se voyait pris dans la nasse de la misère et de la fuite et, en vrai héros romantique, avant Byron et Hugo dont il ignorait encore jusqu'au nom, il se disait que son amour avait fait le malheur de celle qu'il avait choisi d'aimer. Une sorte de fureur s'emparait de lui. Il pensait au bonheur des uns et au malheur des autres, à son père, esclave, et à sa mère, esclave, et à Pauline Leclerc, qui était maintenant princesse. Il imaginait la vie qu'aurait pu avoir Eugénie s'il ne l'avait pas rencontrée, un matin ou un soir, dans une clairière du Jura. Elle serait restée idiote, mais elle aurait été heureuse. Peut-être n'y avait-il de bonheur que pour les imbéciles ? Maintenant, elle avait vécu, mais elle ne pensait plus qu'à mourir. Il s'écarta d'elle, il prit entre ses mains cette tête qu'il avait tant baisée et il la regarda. Oui, à force de malheur, ou peut-être de bonheur, elle était devenue presque belle. Presque belle — et même belle. La souffrance, après l'amour, avait donné une espèce de noblesse à ses traits grossiers et quasi monstrueux. Elle était devenue pâle et maigre, malgré l'enfant qu'elle portait. Sa taille avait épaissi et son visage s'était creusé. Elle aussi, comme lui, une exaltation la transportait un peu au-dessus d'elle-même. Le désespoir l'embellissait et l'élevait à la dignité de ces grandes héroïnes dont la vie s'était retirée pour laisser la place à la passion. La passion l'habitait tout entière et lui donnait une grandeur qui était toute faite de crainte, de chagrin, d'un désespoir fou que, pour rien au monde, elle n'aurait échangé contre du bonheur. Ils étaient, lui et elle, bien au-delà du bonheur : dans un drame et dans une aventure qui étaient devenus leur lot et qu'ils avaient fini par aimer. Par aimer jusque dans les larmes, jusque dans la fin de tout et jusque dans la mort.

« Eugénie, lui dit le nègre avec une voix étouffée, je te demande pardon pour ce que j'ai fait de toi. »

A son tour, elle le regarda. Les larmes jaillirent de ses yeux avec encore plus de force. Elle se jeta à nouveau contre lui et elle gémissait doucement : « Oh ! David... Oh ! David... »

« Est-ce que tu me pardonnes ? » lui demanda David.

Alors, elle s'éloigna de lui avec une grâce et une splendeur qui auraient bien surpris l'ensemble de la famille Moucheron, notaires à Pontarlier. Elle avait cessé de pleurer. Elle plongea ses yeux dans ceux du nègre qui la dominait de sa haute taille.

« Te pardonner ! Je pleure parce que nous sommes pauvres et que nous n'avons pas de travail. Je pleure parce que nous devons nous cacher. Je pleure parce que j'ai froid et parce que j'ai un peu faim. Je pleure parce que l'avenir est sombre pour l'enfant que nous attendons. Mais ce que d'autres appelleraient le malheur, je te bénis de me l'avoir donné. Parce que ce malheur-là est beaucoup plus à mes yeux que les tristes bonheurs que j'aurais pu connaître sans toi. Te pardonner ! Je te remercie et je t'aime. »

En écoutant ces paroles, David, étonné, s'était un peu reculé. Il contempla cette jeune femme qui était un peu sa création. Ce qu'elle disait le surprenait. Plus que ne l'avaient jamais surpris les êtres d'exception dont, malgré son père esclave et la couleur de sa peau — ou peut-être précisément à cause de tous ces obstacles qu'il s'agissait de vaincre et de dominer —, il avait jadis été l'ami, ou ceux que les hasards de l'existence lui avaient fait rencontrer : les Toussaint Louverture et les Pauline Bonaparte, les Pétion, les Dessalines, les Fouché et les Savary. Il lui semblait tout à coup qu'Eugénie Moucheron, l'idiote de Pontarlier, s'élevait à cent coudées au-dessus des grands de ce monde. Il se mettait, à son tour, à l'admirer comme elle l'admirait et à la voir comme elle le voyait : avec respect, avec vénération, avec une espèce de crainte révérentielle et sacrée. C'est ce soir-là que le nègre de Pontarlier décida qu'Eugénie ne pleurerait plus jamais.

CHAPITRE VII

où la tête de Dieu lui tourne à la pensée du sang que fera couler son saint nom

Tout au long des millénaires qui ont vu son ascension et qui verront un jour son déclin, l'homme n'a jamais cessé de s'interroger — mais toujours en vain — sur deux séries d'événements qui constituent le seul fil en train de courir à travers ces pages et qui encadrent sa brève et interminable histoire : ses origines et sa fin. Si cette entrée dans le monde et cette sortie du monde étaient tout à coup arrachées à l'obscurité qui les entoure et en fin de compte les préserve des atteintes à la fois de la science et de la religion, toute l'histoire de l'homme en serait éclairée et bouleversée. Mais, en dépit des mythes, des légendes, des rites d'initiation, des croyances de toutes sortes, le grand secret est bien gardé. Des Guaranis du Brésil aux Ngadju Dayak de Bornéo, des Turco-Mongols aux Algonkins et aux Iroquois, des Mésopotamiens et des Égyptiens aux peuples de l'Inde et du Tibet, des primitifs les plus reculés à nos historiens des religions et à nos fringants futurologues, d'innombrables récits où interviennent des coyotes, des poissons, des lièvres, des écrevisses, des jumeaux, des corbeaux, des montagnes et des huttes, des génies, des géants et des explosions originelles ou finales s'efforcent de fournir des clés à la double porte qui nous enferme. De l'*Enuma elish,* poème babylonien de la création ou encore poème de l'exaltation de Marduk, au *Popol Vuh,* livre sacré des Mayas-Quichuas, dont nous avons déjà parlé, de la Bible et du *Zohar* au Coran et au *Rigveda,* la création du monde — et du même coup sa destruction — prend les visages les plus divers et les masques les plus imprévus. Impossible ici de les passer en revue. Remontons plutôt un peu en deçà de l'instant de la création et revenons au Tout-Puissant.

Ce Dieu qui nous occupe — son saint nom soit béni — a posé plus de questions aux théologiens et aux philosophes que toutes les pensées et toutes les actions des hommes n'en ont fourni aux historiens, aux ethnologues, aux anthropologues et aux savants. Dès que l'idée de Dieu — son saint nom etc. — a surgi, tôt ou tard, voir les ouvrages célèbres de Max Müller, d'Andrew Lang, de Wilhelm Schmidt, de Frazer ou d'Eliade, dans l'esprit de sa créature qui se cherchait un père hors de la chair et du temps, des interrogations sans fin l'ont aussitôt entouré. La plus simple de ces énigmes est celle du nombre de Dieu — ou de dieux, comme on voudra.

Une bonne partie de l'œuvre de quelques-uns des plus illustres des Pères de l'Église, saint Basile, saint Irénée, Origène et surtout Tertullien, est dirigée contre les conceptions géniales et funestes d'un philosophe stoïcien et gnostique, fils d'évêque, lui-même soupçonné d'avoir séduit une vierge consacrée au célibat, et dont l'enseignement se retrouve, à l'état de traces et d'échos, jusque dans les contes de Borges : Marcion. L'idée maîtresse de Marcion était que le Dieu créateur, ou démiurge, le Dieu juste et sévère de l'Ancien Testament, ne pouvait être que l'émanation d'un autre Dieu suprême, plus proche des Évangiles, dont la bonté universelle, plus encore que la justice, était le premier attribut. La dualité d'un Dieu bon et d'un Dieu juste entraînait aussitôt des conséquences redoutables qui n'échappèrent pas aux adversaires de Marcion. Si le monde était soumis à un Dieu de justice qui était soumis lui-même à un Dieu de bonté, les premières marches étaient posées d'un escalier sans fin. Une des apories les plus célèbres de la philosophie classique, c'est-à-dire un de ses trucs les plus contradictoires et les plus vicieux, est connue sous le nom de l'argument du catalogue. Imaginons que chacune des bibliothèques du monde ait constitué un catalogue des livres rangés sur ses rayons. Voici, pour présenter un tableau général, universel, exhaustif, de tous les livres existants, qu'il s'agit déjà de préparer un catalogue des catalogues. La question qui se pose est de savoir où sera catalogué ce catalogue des catalogues. Il ne peut évidemment se mentionner lui-même, car, supérieur en dignité, n'existant d'ailleurs pas encore au moment où on le rédige, le catalogue des catalogues ne saurait être confondu avec un simple catalogue. Mais s'il ne se mentionne pas lui-même, un nouveau catalogue ne tarde pas à s'imposer pour énumérer à la fois, tout en les distinguant, les simples catalogues et le catalogue des catalogues. On en arrive aussitôt à un de ces renvois à l'infini dont les fameuses vignettes de *La Vache qui rit* peuvent donner une idée : sur les boîtes de ce fromage figure une vache hilare qui porte à l'oreille, en guise de pendentif, l'image d'une boîte de ce fromage où figure une vache hilare qui porte à l'oreille... Les thèses de Marcion aussi risquaient de renvoyer à l'infini la cause dernière du monde et de la cascade de Dieux qui lui aurait donné naissance.

J'imagine, à la veille de créer le temps et le monde, un Dieu très tourmenté par les deux Dieux de Marcion. Ah! bien sûr, déjà Tertullien, Origène, saint Basile et tant d'autres prenaient, sous son regard, la défense de l'orthodoxie et de ce Dieu unique autour de qui, de Julien l'Apostat jusqu'aux martyrs encore à venir, de croisades en guerres saintes, d'hérésies en Inquisition, de Réforme en Contre-Réforme et du concile de Nicée jusqu'aux trompettes du jugement dernier, couleront tant de fleuves de sang. Mais déjà un Origène, déjà un Tertullien annoncent d'autres énigmes et d'autres contradictions qui tournent autour du mystère d'un Dieu unique en trois Personnes et qui finiront par aboutir à une des crises les plus formidables de la pensée religieuse : la bataille de l'arianisme contre l'orthodoxie. En même temps qu'il se rassure, le Tout-Puissant s'angoisse. Mêlé à son propre nom, un peu de la misère et de la grandeur humaine est en train de monter jusqu'à lui. Il le sait déjà : aucune doctrine ne suffira à apaiser la houle, les vagues, la tempête des questions suscitées sans répit par la nature de Dieu. Avec la passion, le pouvoir, l'argent, Dieu se voyait lui-même dans l'histoire comme une cause majeure des luttes sans fin entre les hommes. Une seule lettre de l'alphabet grec, et peut-être la plus petite, un seul *i,* un seul *iota,* celui qui faisait la différence entre le mot *homoousios* et le mot *homoiousios* suffirait à déclencher des guerres inexpiables entre ceux qui pensaient que le Fils, dès avant la naissance du temps, était consubstantiel au Père et coéternel avec lui et ceux qui soutenaient que le Fils avait été créé par le Père à l'origine du temps et que, distinct de lui, il ne lui était que semblable. Le sort de la moitié du monde, la chute de l'empire romain, les convulsions de Byzance, les conquêtes de l'islam, les croisades en Terre sainte, la prise de Constantinople en 1453 ont des liens, directs ou indirects, avec ces conceptions, dérisoires et capitales, que les hommes se sont faites de Dieu.

De la multiplicité innombrable des dieux païens primitifs au Dieu unique du Livre — de la Bible ou du Coran —, en passant par le Dieu double de Marcion, par les Dieux opposés des pauliciens, des bogomiles, des adamiens, des cathares, des montanistes, des vaudois, des albigeois ou des manichéistes, par le Dieu triple ou en trois Personnes, autour duquel luttaient Sibellius, Paul de Samosate, Arius et leurs adversaires orthodoxes, par le Dieu de l'imām caché ou par le Messie encore à venir, le Tout-Puissant, à la veille de jeter l'univers dans l'espace et dans le temps, voyait mille masques opposés travestir son visage. En 1118, à Constantinople, l'empereur Alexis fait monter sur le bûcher un hérésiarque bulgare du nom de Basile. Entouré de douze disciples, ce Basile, ancien médecin, fondateur de la fameuse secte des bogomiles — du slavon *Bog :* Dieu, et *mile :* ami ou *milotti :* ayez pitié —, avait bien discerné tout ce que la création du monde exigeait de mauvais et la part du mal dans l'origine de l'univers. Tout au long de l'histoire des hommes, d'Ahriman, ennemi d'Ormuzd dans la religion de Zoroastre, au mauvais démiurge de Cioran, il a bien fallu, pour laver Dieu de tout soupçon, supposer que le mal avait sa part dans la naissance des choses. Nous avons vu nous-mêmes, et nous verrons encore, le rôle de Lucifer dans le surgissement de l'espace et du temps et dans la grande bagarre entre le tout et le rien. Basile, sur ce chemin, était allé un peu loin. Plus hardi encore qu'Apollinaire dans *Hérésiarque et Cie,* où le dogme de la Trinité se confond avec le Christ entre les deux larrons, Basile enseignait que Dieu, avant Jésus, avait eu un premier fils du nom de Sataniel. Ce fils, selon la règle, s'était révolté contre le Père, et le Christ, son frère cadet, l'avait enfermé dans l'enfer : le fils aîné de Dieu, le frère dont Jésus-Christ ne sera que le puîné, n'était autre que Satan.

Dieu se penchait sur ce monde où Lucifer et lui allaient s'affronter dans le temps, c'est-à-dire, pour lui, dans cet instant même qui ne passe jamais, dans un présent immuable, en un mot dans l'éternité — et la tête lui tournait. Il n'y avait pas d'autre réalité que sa toute-puissance infinie : voilà déjà que, lancée en pâture aux esprits nés de sa sagesse et de sa volonté, elle devenait l'objet de mille spéculations, plus subtiles, plus improbables, plus folles les unes que les autres. Aucune, bien sûr, ne suffirait à l'épuiser, aucune ne l'expliquerait, aucune ne réussirait à soulever le voile opaque jeté sur l'univers. Mais toutes et chacune contribueraient à forger l'image, moins de la divinité, inaccessible et souveraine, que de ce monde créé où elle se réfléchit. Arius, les deux Basile — le saint et l'hérésiarque —, Origène et Tertullien, saint Augustin et Bossuet, Pascal et Dostoïevski, Zoroastre et Mahomet, le Bouddha et Socrate, la longue lignée des papes, Apollinaire et Chateaubriand, l'*Enuma elish,* la légende de Gilgamesh, le *Popol Vuh* des Mayas-Quichuas et ce livre-ci lui-même ne constitueraient jamais qu'une part infime, insignifiante et sublime, de la réalité universelle qu'aucun système, jamais, ne serait capable d'embrasser. Dieu n'était pas seulement dans les Pères de l'Église et dans les livres sacrés, il n'était pas seulement dans les conciles, dans l'esprit et le corps des martyrs et des hérésiarques, dans les croisades et dans les guerres saintes, dans l'ascèse et le renoncement, dans le nirvāna des Indiens, dans la sagesse stoïcienne, dans l'amour et la charité : il était dans le brin d'herbe, dans la bête à bon Dieu, dans l'agneau, dans le puma, dans le nuage, dans la pluie qui tombe, dans le soleil qui brille, dans la parole prononcée, dans le pain et le riz, dans le sommeil et dans le vin. En vérité, je vous le dis, il n'était pas seulement dans la vérité : il était aussi dans le mensonge. Il n'était pas seulement dans le bien, il était aussi dans le mal, dans la folie, dans la douleur des mères, dans le crime, dans le désespoir. Il était, voilà tout. Il était dans le grand tout et dans le presque rien, dans la fleur offerte, dans la chanson des rues, dans le bonheur et dans le chagrin. Il était dans les larmes et il était dans la joie qui s'enfle et qui éclate, dans la foule, dans le pauvre, dans les lentes traditions, dans la révolution des esprits et des cœurs, dans la souffrance des corps, dans la gloire de l'esprit. Il était, il est, il sera dans ces mots que j'écris et que vous êtes en train de lire. Il était. Il est. Il sera dans le temps et dans les siècles des siècles comme il était hors du temps, avant le temps, après le temps. Il était comme il est. Il sera comme il est. Il est. Il est. Il est. Il est celui qui est.

CHAPITRE VIII

où l'ambassadeur à Rome va rêver,
après la fête,
sur la place Saint-Pierre et dans le Colisée

La fête s'achevait. La tempête et la pluie avaient fini par s'apaiser. Les invités, un par un ou deux par deux, ou quelquefois en groupes réunis par l'intérêt, par l'amitié, par le hasard ou, pour un instant, par la haine, quittaient la Villa Médicis où résonnait encore la rumeur des proverbes de Carmontelle et des airs de Rossini qui l'avaient animée pendant ces quelques heures de tourbillon que le génie des mots devait faire entrer dans l'histoire. La grande-duchesse Hélène avait bien voulu exprimer sa gratitude et son enchantement. Chateaubriand, plus que tout, aimait ces fins de journée où la mélancolie l'emportait enfin sur l'agitation inutile des plaisirs et des devoirs. Il laissa à Céleste, aidée de ses secrétaires et de quelques majordomes, le soin de remettre de l'ordre et il alla rêver un peu sur la place Saint-Pierre et dans le Colisée désert. Il y retrouvait, dans la gloire des monuments et des ruines, les deux choses qui avaient dominé sa vie : la splendeur de la religion et le souvenir des amours évanouies.

Il n'y avait plus personne sur la place ni dans l'amphithéâtre. Il n'y avait que les ombres de ce qui n'était plus : Eudore et Cymodocée, les martyrs condamnés aux bêtes ; Fouché, modèle d'Hiéroclès, proconsul d'Achaïe ; toute la suite des consuls, des préteurs, des empereurs et des papes qui avaient élevé ces colonnes et ces dômes voués à l'écroulement ; Pauline de Beaumont dont il sentait toujours le corps brûlant de fièvre et d'amour se serrer contre lui. Tout ce passé n'était plus, mais il était encore. Dans les pierres, dans le souvenir, dans le soleil et la pluie, dans l'esprit et le cœur. Ici plus qu'ailleurs, parmi ces tombes et ces ruines qui avaient vu passer tant d'histoire, la vie et la mort ne se distinguaient guère l'une de l'autre. La mort semblait née à Rome et elle y régnait en maîtresse, au milieu des rires et des fêtes, dans les intrigues, dans la légèreté, dans l'insouciance et parmi tant de souvenirs gravés dans tant de marbres. Les empires tombaient, les palais s'effondraient, les amours n'étaient pas éternelles, la mort emportait tout et les hommes s'amusaient, lançaient leur cœur à la volée, essayaient de se faire un nom dans le tumulte du monde et retournaient à la poussière dont ils étaient formés. Longtemps, Chateaubriand resta immobile en face de la masse de Saint-Pierre et dans l'ombre du Colisée.

La ville l'entourait. Il était de ceux, innombrables, qui, dans la fascination ou la haine, auraient contribué à la faire. Elle avait été construite, ce qui était bien, et habitée, ce qui n'était rien. Elle avait surtout été attendue, imaginée, visitée et célébrée par ceux qu'elle allait combler ou qu'elle allait décevoir. Sans Poussin, disait Ingres, il n'y aurait pas de campagne romaine. Sans du Bellay et sans Stendhal, sans Byron et sans Goethe, sans les Barbares séduits et sans Maupassant intraitable — « Je trouve Rome horrible. *Le Jugement dernier* a l'air d'une toile de foire, peinte pour une baraque de lutteur par un charbonnier ignorant... Saint-Pierre est assurément le plus grand monument de mauvais goût qu'on ait jamais construit » —, sans tous ceux qui étaient déjà passés et tous ceux qui étaient encore à venir, sans ceux qui ne viendraient jamais, mais qui, à la façon d'Hannibal ou de Mahomet II, le vainqueur de Byzance, consumeraient leur vie à l'espérer et à la désirer, Rome n'aurait pas été Rome. L'ambassadeur savait fort bien qu'il était et qu'il serait à jamais parmi ceux qui, comme Jules II et Sixte Quint, comme Michel-Ange et le Bernin, comme Poussin et Hubert Robert, auraient édifié Rome et fait vivre la Ville éternelle dans l'imagination passagère de quelques générations successives. Ne disons jamais que les choses ne sont que ce qu'elles sont : elles sont d'abord les rêves qu'elles font chanter dans les cœurs.

Beaucoup de rêves chantaient des airs de mélancolie, mais aussi de désir, dans celui du vicomte, immobile sous la lune en train de percer au travers des nuages. A quoi songeait-il, seul au centre de la place de Saint-Pierre, entre les colonnes du Bernin, seul au milieu du Colisée et de ses souvenirs chrétiens ? A quoi ? Mais, voyons, toujours, inlassablement, à la religion restaurée, à Dieu qu'il avait servi mieux que personne, à leur gloire commune et mêlée et puis à ces femmes, mortes ou vivantes, qui ne cessaient de l'entourer, de le séduire, de l'encenser et de le quitter. La vie passe et les amours meurent. Le temps emporte avec lui tout ce qu'il n'arrête pas d'apporter. Il y avait un quart de siècle, ou un peu plus, qu'il était venu s'asseoir sur ces mêmes pierres aux côtés de Pauline déjà mourante. Épuisement ou tendresse, la tête de la jeune femme reposait sur son épaule. Et ils étaient partis ensemble vers la maison au-dessus de la place d'Espagne, entre le figuier et les orangers, d'où elle ne sortirait plus. A chaque pas, dans Rome, le cher souvenir l'assiégeait. Du Colisée au Pincio où elle était morte dans ses bras et à Saint-Louis-des-Français où elle reposait sous leurs deux noms enlacés, le souvenir de Pauline, trahie, oubliée, remplacée, et pourtant présente, accompagnait l'ambassadeur. Mais l'ombre de la morte ne parvenait pas, à elle seule, à écarter les vivantes. Plus encore que la mort, la vie est envahissante. Et il suffit de ne pas mourir pour qu'elle s'obstine à vous submerger.

Il y avait celles qui étaient là et qui l'importunaient plutôt — la charmante Falconieri inlassablement négligée, la jeune comtesse del Drago à qui il faisait la cour avec un peu d'affectation mais qui avait des yeux ronds comme des boules de loto — et puis celles qui n'étaient pas là et qui l'entretenaient de loin dans ces songes où il puisait la force et la volonté de survivre. Dans le courrier de l'ambassadeur ne figuraient pas seulement les lettres de Mme Récamier. Une femme de cinquante ans et une jeune fille de vingt-cinq envoyaient et recevaient tour à tour des déclarations où les flammes avaient quelque chose d'ambigu. La plus âgée était une raseuse qui s'acharnait à se présenter comme une espèce de sœur mystique et à vouloir devenir l'amie de Mme de Chateaubriand : de quoi fuir, évidemment. Elle s'appelait la marquise de Vivhet, elle habitait un château perdu au fin fond du Vivarais et elle avait un fils lieutenant. La plus jeune avait l'âge du lieutenant. Elle se nommait Léontine de Villeneuve et, parce qu'elle vivait dans le sud-ouest de la France, elle allait devenir célèbre dans l'histoire littéraire sous le nom que son correspondant avait trouvé pour elle : l'Occitanienne. Elle avait ouvert le feu en se servant des mots qu'imposaient la coutume et la situation : « Je ne sais en vérité, Monsieur, pourquoi je vous écris ; mille autres avant moi ont fatigué les hommes illustres de leurs correspondances anonymes... » Et, fidèle de son côté à son rôle historique, l'idole avait répondu : « Je ne puis donner le bonheur à personne, parce que je ne l'ai pas ; il n'était pas dans ma nature, il n'est plus de mon âge... Toutes les personnes qui se sont attachées à moi s'en sont repenties ; toutes ont souffert ; toutes sont mortes de mort prématurée ; toutes ont perdu plus ou moins la raison avant de mourir. Aussi suis-je saisi de terreur quand quelqu'un veut s'attacher à moi. »

La veille du dimanche de Pâques 1829, le samedi saint 18 avril, trois jours après la lettre à Juliette Récamier sur le *Miserere* d'Allegri à la chapelle Sixtine, onze jours avant la fête à la Villa Médicis en l'honneur de la grande-duchesse, ces scrupules très louables et ces nobles angoisses s'étaient pourtant apaisés : une jeune femme de lettres qui avait griffonné quelques mots en se recommandant d'une ancienne muscadine du nom de Mme Hamelin — et peut-être, elle aussi, la retrouverons-nous sur notre chemin ? — pénétrait, joyeuse, nullement timide, à peine effrontée, « admirablement naturelle » dira plus tard George Sand, « peu naturelle » écrira sur-le-champ Chateaubriand à Juliette Récamier, dans le palais Simonetti ; l'illustre écrivain la reçut avec coquetterie ; il se montra charmant et charmé ; elle se retira enchantée, et déjà confiante. Et elle n'avait pas tort. Le lendemain, jour de Pâques, alors que toutes les cloches de Rome sonnaient à la volée, Mme de Chateaubriand sans doute à quelque office, l'ambassadeur, à son tour, délaissant la préparation de la prochaine audience accordée par le Saint-Père, venait frapper à la porte de la maison où elle habitait, via delle Quattro Fontane. En montant, le

CHAPITRE IX

où Dieu donne une sœur au souvenir et l'appelle espérance

Le monde n'était pas encore — et il était pourtant déjà ; puisque l'esprit de Dieu le pensait. Il le pensait dans tous ses détails, jusqu'aux plus infimes et aux plus atroces, où Lucifer et le mal avaient leur part et jouaient leur grand rôle. Il pensait Tamerlan et la Saint-Barthélemy et les camps d'Auschwitz et de Bergen-Belsen et les massacres de paysans et la bombe d'Hiroshima. Il pensait Chateaubriand en train de penser à Hortense Allart et Hortense Allart en train de penser à Chateaubriand en train de penser à Hortense Allart. Il me pensait moi-même en train de penser les pensées mutuelles et croisées de Chateaubriand et d'Hortense Allart, en train de penser surtout à Dieu qui nous pense tous et nous crée à nouveau en même temps qu'il nous pense. De l'origine de tout à l'extinction de tout, Dieu pensait toute l'histoire. Quand les hommes plus tard se mettraient, à leur tour, à vouloir penser l'histoire et ses deux termes obscurs — son début et sa fin —, ils ne cesseraient jamais, depuis Adam et Ève dans le paradis terrestre jusqu'à l'ultime explosion qui détruirait le globe, depuis la *soupe primitive* précédée du *big bang* jusqu'au jugement dernier dans la vallée de Josaphat, de forger mille opéras improbables, plus fragiles, plus sublimes, plus insensés les uns que les autres. Dieu ne contemplait pas seulement tout ce qui constituerait l'univers, mais encore tous ces efforts inlassables des hommes pour le comprendre et pour l'expliquer — leur délire et leur grandeur. Parce que c'était l'amour qui l'avait incité à distinguer le tout du néant et à les faire surgir l'un de l'autre, un sentiment nouveau et d'une force prodigieuse le balaya tout entier : c'était la pitié.

Il y avait de l'accablement dans la pitié de Dieu. Mais il y avait surtout de l'amour. Ces créatures qu'il avait sorties du rien pour les faire surgir dans le monde, il leur avait donné, de toute éternité, de quoi se hisser jusqu'à lui et de quoi se tourner vers lui comme il se tournait vers elles. Il leur avait donné de quoi établir, elles aussi, de leur côté, ce dialogue sublime, auquel il aspirait, entre Dieu et son œuvre. Mais, jetées dans le temps, elles étaient soumises au hasard, au changement, à leurs incertitudes et à leurs tribulations autant qu'à l'éternité et à ses exigences. Il arrivait même à Dieu de se sentir coupable. Il se demandait alors s'il n'avait pas fait la part trop belle à Lucifer et à ses œuvres et si le temps, en l'homme, ne submergerait pas l'éternité. Il voyait le désir d'éternité apparaître dans l'histoire comme une faiblesse et une illusion. Beaucoup, et des meilleurs, s'abandonneraient au flux du temps qui passe et de ses séductions sans pareilles. Il entendait déjà le formidable écho des paroles d'un de ces hommes qui assembleraient des mots pour leur donner à la fois une musique et un sens et qu'on appellerait des poètes : « Ô mon âme, n'aspire pas à la vie immortelle, mais épuise le champ du possible. »

Ah ! parce que c'était un Dieu infini qui se serait résolu à créer du fini, le champ du possible s'étendrait loin sur le monde. Viendraient pour le labourer des danseuses et des soldats, des cyniques, des rêveurs et des illuminés, des marins, des prêtres, des hommes d'État, des aventuriers sans foi ni loi, des hommes d'affaires et d'argent, avides de gagner toujours plus, des savants, des poètes, et un jeune homme espagnol du nom de Miguel de Manara, qui plairait beaucoup aux femmes. Par un prodigieux paradoxe, le champ sans bornes du possible serait lié à un point sans aucune étendue et qui ne cesserait de disparaître — mais pour reparaître aussitôt : il serait lié à l'instant. Le champ du possible se déploierait dans le présent. Car ce qui donnerait, dans l'univers créé, l'image la plus proche et l'idée la moins inexacte de l'éternité de Dieu, ce ne serait pas la suite des temps, irrémédiablement insuffisante et à jamais condamnée quelque immense qu'elle puisse être, ce serait le présent toujours recommencé.

Le monde et l'histoire ne vivraient jamais que dans le présent et c'est du présent qu'ils jailliraient pour essayer de s'emparer d'un sens des choses et d'une totalité. Comme toute tentative sans exception pour cerner Dieu et le tout, cette quête de l'insaisissable et ce rêve de totalité et cette aspiration à une signification de l'existence ne seraient jamais qu'un échec et encore un échec et toujours un échec — mais plus digne et plus honorable, jusque dans l'abjection, que les succès les plus éclatants. Pour que le présent ne s'épuise pas en lui-même et pour lui donner des armes aussi puissantes que possible, l'histoire et ses acteurs tiendraient du Tout-Puissant le pouvoir presque divin de l'emporter sur le temps et de se jeter à la fois dans le passé et dans le futur : dans le passé par la mémoire, dans l'avenir par le projet. Le passé et le futur ne seraient que des présents évanouis ou à venir, les premiers sous forme de traces, les seconds à l'état d'annonces, d'attentes et de promesses. Entre le pas encore et le déjà plus, il n'y aurait presque rien et pourtant presque tout. Il n'y aurait rien — mais tout. Par un nouveau paradoxe et l'un des plus formidables, le présent, image dérisoire, sensible, évidente et elle-même mystérieuse du mystère impalpable de l'éternité, serait en même temps radicalement exclusif et radicalement inexistant : il passerait sa vie à expirer et il n'y aurait jamais que lui de vivant. Minuscule et envahissant, il constituerait le point de rencontre, de fusion incandescente et à nouveau de divergence entre les deux monstres, constamment aux aguets, du passé insatiable et de l'avenir dévoré d'impatience. Il serait une présence toujours absente entre deux absences toujours présentes. Il ne ferait qu'osciller entre ces présents virtuels qui se commanderaient les uns les autres et s'entendraient entre eux pour le coincer, le piétiner, le détruire, l'effacer — et pour le faire triompher.

Privés ou collectifs, avec leurs archives et leurs tiroirs secrets, avec leurs ramifications sans fin, leurs zones d'ombre et leurs trous, le passé et le souvenir seraient beaucoup plus que la moitié de l'univers. Par la semence et l'héritage, par la tradition et par la nécessité, le passé dominerait le monde créé par Dieu. Il le dominerait à tel point que le Tout-Puissant en personne s'inclinerait devant lui et s'interdirait de le changer. Comme aux lois de la mathématique et à la marche des planètes, Dieu lui-même serait soumis au passé. Il pourrait en modifier — et il ne s'en priverait pas — la signification, la couleur, le poids, mais, dans les siècles des siècles, il ne pourrait plus jamais faire que ce qui a été ne fût pas. La découverte du feu, la construction des villes, l'invention de l'écriture, les expéditions d'Alexandre et la chute de l'empire romain, la bataille de Marignan et les amours de Chateaubriand, la mort de ceux que nous aimions et la perte d'un anneau ou d'un morceau de papier, tout cela, connu ou inconnu, décisif ou dérisoire, serait inscrit à jamais dans la mémoire de Dieu.

Pour que l'histoire pourtant ne soit pas écrasée par le passé, pour qu'elle s'en dégage et qu'elle en jaillisse en une sorte d'agonie et de résurrection sans cesse recommencées, pour qu'un semblant de création se répète inlassablement à chaque instant du temps qui passe, Dieu permit de rêver l'avenir comme il avait permis de rêver le passé. Mais, flanquant de part et d'autre un éternel présent, le passé et le futur ne seraient pas symétriques. De même que l'espace serait la forme de notre puissance et le temps, la forme de notre impuissance, de même le passé, sans être jamais figé, aurait quelque chose de contraignant et l'avenir, sans être tout à fait arbitraire, aurait quelque chose de libre. L'avenir serait le champ sans bornes d'une espèce de liberté surveillée et le passé serait le domaine clos d'une nécessité avec quoi, pourtant, il serait permis de jouer et qu'il ne serait pas impossible de dompter. Il n'y aurait pas d'avenir s'il n'y avait pas de passé et le rôle de l'histoire serait d'empêcher l'avenir de sombrer dans l'informe et de devenir n'importe quoi. Mais un passé sans avenir serait plus fou encore, plus sec, plus aride et plus mort qu'un avenir sans passé. Il n'y aurait un avenir que parce qu'il y aurait eu un passé et il n'y aurait un passé que parce qu'il y aurait eu un présent qui n'en finirait jamais de grignoter l'avenir et d'être happé par le passé. Et l'avenir, à son tour, ne prendrait jamais très longtemps à basculer dans le présent pour se transformer en passé. « J'étais demain, je serai hier », murmure une énigme pour enfants dont la réponse est : « Aujourd'hui ». Il y a de la mélancolie dans le passé et de l'ardeur dans le futur. C'est pour racheter le désespoir de l'histoire qui s'efface et du temps qui s'écoule que Dieu, à chaque instant, soutient son univers et recrée le monde sous forme d'avenir. Dieu, écrit quelque part Michel-Ange, a donné une sœur au souvenir, et il l'a appelée l'espérance.

CHAPITRE X

où un policier égorgé et deux boutiques dévalisées préludent à un changement de vie

La famille Moucheron n'était pas restée inactive. A travers ces chaînes de connaissances et de relations qui sont comme le système nerveux d'une société, le notaire de Pontarlier avait réussi à faire alerter Fouché et Savary qui s'étaient succédé au ministère de la Police, Duroc, Grand Maréchal du Palais, qui disposait de son propre réseau d'information et de surveillance, Mme de Genlis qu'on lui avait présentée comme une sorte d'agent secret à la solde de l'Empereur, beaucoup d'autres encore dont on lui avait vanté le pouvoir ou l'habileté. « Tout de même, de nos jours, avec les moyens dont on dispose, grommelaient de Pontarlier le notaire et ses gendres, un nègre, ça doit pouvoir se retrouver ! » Et à différentes reprises, ils avaient cru toucher au but. Les archives de la police impériale mentionnent l'arrestation, à Paris ou en province, de plusieurs Africains éberlués que commissaires ou gendarmes furent bien obligés de relâcher après les vérifications d'usage. Mais, petit à petit, autour de David et d'Eugénie, le filet se resserrait.

Quelques jours à peine après la naissance de Julien, l'alerte fut plus sérieuse que jamais. Le bruit courut à Semur que des commerçants de Montbard avaient reçu la visite de personnages plus ou moins officiels, en uniforme ou en civil, qui les avaient interrogés sur la présence dans la région d'un nègre sans doute accompagné d'une jeune femme. Lorsque le bruit, au milieu des rires et des plaisanteries grasses, parvint, dans une auberge de rouliers, aux oreilles de David, il comprit aussitôt que la situation était devenue très grave pour eux deux — ou plutôt déjà pour eux trois. Un soir, en rentrant chez lui, dans l'espèce de grange misérable où ils s'étaient installés et où Eugénie avait donné le jour à leur enfant, il aperçut un homme qui le suivait. Le jour tombait. David se dissimula derrière une haie. Il vit l'homme passer, à la recherche évidemment de celui qu'il filait et qui venait de lui échapper. David se jeta sur lui et l'assomma. Il fouilla les poches et la sacoche de sa victime. Et il découvrit sans aucune peine un papier à en-tête du ministère de la Police qui concernait l'enlèvement présumé d'Eugénie Moucheron, fille du notaire de Pontarlier, par un ancien lieutenant de Toussaint Louverture, décrit comme un évadé du fort de Joux, ce qui n'était pas exact puisqu'il avait été libéré, et comme un individu peu recommandable et particulièrement dangereux, ce qui le devenait de plus en plus : pour ne pas faire mentir des instructions officielles, David égorgea le policier en civil et enterra le corps qui ne devait être découvert, dans un état de décomposition avancée, que plusieurs semaines plus tard. Et puis il rejoignit Eugénie qui regardait dormir son fils.

Dans les circonstances difficiles, Eugénie, tout à coup, devenait d'un calme effrayant. Elle ne pleura pas. Elle se mit à rire un peu trop fort. Et elle se jeta dans les bras de David. Ce fut elle qui lui rappela les propositions à peine voilées qu'il avait reçues récemment de différents côtés. La vie qu'ils menaient tous les deux leur avait fait rencontrer depuis quelque temps toutes sortes de personnages en rupture de ban, à l'affût de coups de main et de combinaisons hasardeuses. Plusieurs d'entre eux avaient invité David à se joindre à eux et à partager leurs aventures. Le nègre avait refusé parce que Eugénie attendait un enfant : il voulait lui assurer une vie aussi calme que possible et ne l'entraîner en aucun cas dans des dangers inutiles. Mais maintenant? Est-ce qu'ils avaient le choix? L'arrestation de David et leur séparation épouvantaient Eugénie. Mieux valait prendre tous les risques et les affronter ensemble, sans se quitter. En quelques minutes, leur décision fut prise : l'enfant serait déposé quelque part, sous un porche d'église ou devant la grille d'un couvent, et ils entreraient tous les deux dans une clandestinité définitive et totale.

CHAPITRE XI
où l'histoire est un mot d'esprit

Chacun de nous est au cœur de tout : c'est autour de nous que tourne le monde. Le haut, le bas, la droite, la gauche, le chaud, le froid, le passé et l'avenir, les vivants et les morts, le beau et le laid, la vérité et le mensonge, le plaisir et la douleur, le souvenir, l'oubli, l'ordre des choses et toute la suite des temps, c'est autour de nous qu'ils s'organisent. La difficulté est que chacun de nous sait vaguement que la formule est vraie aussi pour chacun de nous : les autres, à cet égard, sont encore autant de nous. Ils contribuent autant que moi à constituer un monde qui, pour moi du moins, n'existe pourtant que par moi. Je suis le seul centre d'un univers qui en compte plusieurs milliards.

Une vie ne forme un tout que parce qu'elle est unifiée par une conscience installée dans un corps. Un roman réussi se referme en rond sur une somme d'éléments — en général des destins et en tout cas des mots — qui constituent à eux tous quelque chose de cohérent et de capable de fonctionner : un ensemble, un système, une structure, si vous voulez. En remplaçant les mots par des couleurs ou des traits, des sons, des événements, des sensibilités, des idées, on pourrait dire la même chose d'un tableau, d'une symphonie, d'une civilisation, d'une époque : il suffit de le regarder, de l'écouter, d'en parler ou de la vivre pour en faire aussitôt le cœur même de tout ce qui est. On pourrait, à la limite, dire encore la même chose de l'histoire universelle de cette planète et des hommes : elle constitue aussi un système et une structure. Et les autres planètes, la Voie lactée, l'accumulation des galaxies qui dérivent dans l'espace forment à leur tour des ensembles de plus en plus compliqués. Mais les centres, du coup, se mettent à fuir de partout et se multiplient à tel point qu'il est permis et nécessaire de s'interroger sur leur pénétration, sur leur articulation, sur leur organisation. Le monde dans sa totalité, qui donc pourrait le penser ? Ce qui nous occupe ici, c'est le centre des centres.

La question du centre des centres se pose parce que aucun centre ne règne en paix sur sa sphère. Le tout ne s'impose que parce qu'il n'y a pas de tout. A chaque mot que j'écris, une infinité d'univers s'ouvre à nouveau devant moi. Tout ruisselle de possibles, tout n'est qu'annonce d'autre chose. A chaque pas que vous faites, à chacun de vos mouvements, à chacune de vos pensées, vous pouvez aller n'importe où. N'importe où ? Pas tout à fait. Vous êtes coincé par le temps, par l'espace, par vos parents et votre milieu, par l'argent, par l'histoire, par la situation politique, économique et sociale, par la température et le climat, par cette boule ronde où vous vivez. Vous êtes quelqu'un de fini et quelqu'un de défini. Mais, à l'intérieur de cette servitude, vous êtes parfaitement libre. Maître en même temps qu'esclave, vous êtes tout à la fois impuissant et tout-puissant. Et moi qui parle de ce monde et de sa création, je peux tout dire — et presque rien.

Presque rien : nous le savons déjà, il me faut rester ici dans l'espace et dans le temps. Et presque tout pourtant : je suis Hortense Allart, et Stendhal, et le nègre de Pontarlier, et Maria sur son pont, et le vicomte de Chateaubriand, ambassadeur à Rome et amant de Pauline, de Natalie, de Cordélia et de Juliette. Je suis le Colisée, l'*Apollon* sur l'Océan avec ses nègres à fond de cale, le restaurant Méot, la Scala de Milan, les plantations de Louisiane, le salon de Mme de Staël et la petite île de Gorée. Je suis le fleuve et le pont, la place, l'escalier, l'inscription sur le mur, le sabre de Beauharnais et celui de Bernadotte, le carrosse du Premier Consul, le jour de Pâques 1802, à onze heures du matin, devant Notre-Dame de Paris, la première note de *La Création* ou du *Matrimonio segreto,* le doigt de Dieu peint par Michel-Ange sur le plafond de la Sixtine.

Presque tout : le monde entier, son origine et sa fin, l'immensité de l'espace, l'immensité du temps, l'histoire dans sa totalité et toute la foule des hommes. Et presque rien pourtant : je ne suis ici que Pierre et Gabrielle et Amédée-Stanislas et Barbey d'Aurevilly et Alexandre Dumas et Piero della Francesca et les plages de l'Afrique et les noms de Mahomet ou de Çakyamuni prononcés à Bâmiyân, à Pava, au jardin de Lumbini, près de Kapilavastu, à Rishipatana, ou dans les sables de l'Arabie, à Damas, à Bagdad, dans la cour des Lions de l'Alhambra de Grenade. Presque rien, presque tout : je pourrais, à partir d'eux, et de moi, et de vous, grignoter l'univers. Il me suffirait d'un peu d'espace — celui des années-lumière et des distances intersidérales — et de la totalité des temps. Ajoutons-y une mémoire qui serait l'histoire elle-même, une sagesse infinie, l'intelligence de toute chose et un doigt de génie, et l'affaire serait dans le sac. Attendez ! pas encore : au-delà de l'espace et du temps, il y aurait encore autre chose. Et c'est cet autre chose, qui ne se laisse atteindre qu'au travers de ce monde et de ses créatures, qui est l'objet de ce livre.

Parce que je ne peux l'atteindre qu'à travers ses créatures, c'est à elles que je m'intéresse. Et, indéfiniment, elles me renvoient l'une à l'autre. Nous avons, vous et moi, vu passer George Sand, Buffamalco, saint Basile, le comte d'Antraigues, la charmante Mme Hamelin, amie de Victor Hugo et de Chateaubriand et ceux qui, tout à coup, il y a des milliers et des milliers d'années, ont vu jaillir le feu... Ah ! pourquoi, diable ! ne pas les avoir suivis ? Pourquoi ? Mais c'est tout simple : pour que vous et moi, nous y comprenions quelque chose. Si à chaque mot tracé, à chaque figure évoquée, à chaque brin d'herbe et à chaque grain de sable, nous nous étions engagés dans les carrefours sans nombre des sentiers qui bifurquent, la totalité poursuivie nous aurait jetés dans le vertige, dans le délire, dans la folie de l'éparpillement. Dieu nous a faits bornés pour que nous ne nous confondions pas avec lui.

Pour qui s'attache à Dieu, à sa vie, à son œuvre, à ce qu'il est permis d'appeler une biographie de l'infini, le problème n'est pas de trouver des idées, des événements, des personnages, une intrigue. La seule difficulté est d'en écarter suffisamment pour lutter contre l'asphyxie, la satiété, l'écœurement. L'histoire est une

encore de quoi, en dehors de ce Dieu dont d'excellents esprits assurent avec conviction qu'il n'a jamais existé et de qui, s'il existe, on n'a pas le droit de parler ? Ah !... eh bien !... mon Dieu... je ne sais pas, moi... mettons de la vie de Chateaubriand. La vie de Chateaubriand ? Quelle drôle d'idée ! Il y a beaucoup d'excellents livres qui en ont déjà traité. Et Chateaubriand en personne a pris un soin extrême, avec un joli succès, à en faire le récit lui-même d'après les meilleures sources et en inventant à peine de quoi l'enjoliver. Mais c'est qu'ici, Chateaubriand... euh... un symbole... un exemple... une sorte de trace dans le monde... Je ne commence pas par sa naissance, je ne finis pas par sa mort. La seule naissance que j'évoque, c'est celle de l'univers. Et la seule mort : la nôtre. Non pas, bien entendu, puisqu'il meurt et ne meurt pas, puisqu'il est éternel, la mort impossible de Dieu, son saint nom soit béni. Mais la vôtre, la mienne, et celle de tous les hommes.

Vous mourrez. Moi aussi. Un jour, je ne sais quand, mais la date est assez proche et, dans l'esprit de Dieu, elle est déjà fixée, elle est déjà présente, nous passerons, vous et moi, de ce monde où nous vivons et que nous appelons réel à l'éternité, selon les opinions, de la vraie vie ou du néant. Vous étiez un fœtus qui ne voulait pas du monde ; vous serez un vivant qui ne voudra pas de la mort. Le passage sera rude et il n'y a pas de quoi rigoler. Malgré ces centaines de pages, je ne sais pas ce qu'est Dieu, je ne sais pas ce qu'est le monde et l'espace et le temps, je ne sais rien de la vie. Mais je sais que vivre, c'est mourir. Nous mourrons tous. Amusons-nous. Nous mourrons tous. Bâtissons des empires et détruisons-en d'autres. Nous mourrons tous. Édifions des chefs-d'œuvre ou ne faisons rien du tout. Nous mourrons tous. Travaillons, crevons de faim, roulons sur l'or, gémissons, brillons de tous nos feux au fronton de l'histoire : nous mourrons tous. Avez-vous déjà pensé à ce que serait votre mort ? Vous êtes-vous déjà représenté en train de râler sur votre lit ou couché au bord de la route ? C'est un bon exercice, d'ailleurs un peu inutile : ou vous êtes là, et vous n'êtes pas mort ; ou vous êtes mort, et vous n'êtes plus là. Tant que vous rêverez votre mort, vous serez encore vivant ; et dès que vous serez mort, vous aurez cessé de rêver : et alors, ou bien, silence et paix à jamais, il n'y aura plus rien du tout ;

ou bien, d'un seul coup, tonnerre et foudre, révélation, splendeur sans bornes, gloire infinie, il y aura tout. Et peut-être là aussi, comme au début des choses, le néant et le tout ne s'opposeront-ils plus.

Ce n'est que la marche vers la mort, et non la mort elle-même, que nous pouvons imaginer. Avec ses deuils et ses souffrances, ses angoisses, son attente. La voiture qui surgit, la moto qui dérape, l'avion qui s'écrase au moment d'atterrir, le lent cancer, le cœur, la dernière broncho-pneumonie, la rupture d'anévrisme, le camp de concentration, le couteau ou la bombe, le peloton d'exécution, l'accident imbécile, les raffinements atroces de douleur ou de cruauté, la simple vieillesse victorieuse et en même temps vaincue... Qu'est-ce qui m'attend ? Et vous, quelle sera la mort surgie de votre vie, comme ce dernier convive auquel on n'échappe pas ? Dieu, qui fait tout bien et qui a créé avec le monde et avec nous d'incomparables merveilles, nous a refusé à la fois la connaissance des origines et le savoir de notre fin. Nous passons notre temps à regarder les autres, ceux que nous ne connaissons pas et ceux que nous aimons, en train de mourir autour de nous. Ils ne font rien d'autre : ils meurent. Nous ne savons que nous mourrons, nous ne sommes sûrs que nous mourrons que parce que tous meurent sous nos yeux. Si un seul d'entre nous réussissait à ne pas mourir, nous cesserions de croire que nous devons mourir. Et la vie, d'un seul coup, deviendrait intolérable. Mais, grâce à Dieu, nous mourrons tous. *Wie es auch sei,* écrit Goethe superbement, *wie es auch sei, das Leben ist gut :* qu'elle fasse donc ce qu'elle veut, qu'elle s'en tire comme elle peut, la vie est bonne.

Rongé par la fièvre et la paralysie, le vicomte de Chateaubriand mourut le mardi 4 juillet 1848, à huit heures et quart du matin, muni des sacrements de cette Église catholique à laquelle il avait, une fois pour toutes, donné sa fidélité. La prière des agonisants s'interrompit soudain sur les lèvres du prêtre et de la religieuse qui veillaient le mourant. Juliette Récamier, qui ne voyait plus rien, entendit ce silence. Elle comprit que tout était fini, ce long bonheur, ces souffrances sans fin, cet amour coupable et sacré, et elle fondit en sanglots. La maison de la rue du Bac, la caisse de bois blanc à la serrure cassée où sont empilés les feuillets des *Mémoires,* les élèves de Normale et de Polytechnique, Mme Récamier, aveugle, écrasée sur son prie-Dieu... : nous avons déjà entrevu cette scène-là, qui se situe, aux yeux de Dieu, ni avant ni après le *Te Deum* à Notre-Dame ou la bataille de Pharsale, mais rigoureusement en même temps, comme se situent en même temps, dans un esprit humain, tous les souvenirs et tous les projets. Et elle ne marque pas la fin de notre folle entreprise puisque l'auteur n'est pas ici le chroniqueur de Chateaubriand, mais le chroniqueur de Dieu. Il est l'historien du Créateur à travers ses créatures. Il est l'historien des créatures parce qu'il est l'historien du Créateur.

Juliette Récamier, Hortense Allart, Céleste de Chateaubriand... Des femmes qui avaient succombé aux prestiges de l'Enchanteur, ces trois-là l'entourèrent presque jusqu'aux derniers instants. Pauline de Beaumont était morte — nous savons où et comment, Mme de Custine était morte, Natalie de Noailles était morte : sombre, inquiétante, occupée exclusivement de ses souffrances et à courir de plus en plus vite à travers le monde, elle avait rendu son esprit dérangé par les malheurs et la passion dans une maison de santé de la rue du Rocher. L'Occitanienne était mariée. La belle, la merveilleuse Cordélia de Castellane était devenue à la fois un peu forte, très sérieuse et la maîtresse en titre de Molé, personnage sorti vivant de *La Comédie humaine,* descendant d'une illustre famille de parlementaires, fils de guillotiné, membre de la Chambre des pairs, successivement ministre de l'Empire et de la Restauration, ministre des Affaires étrangères et président du Conseil sous la monarchie de Juillet, futur académicien, fin, charmant, orateur médiocre mais causeur exceptionnel, toujours dédaigneux des places dont il avait envie, ramasse-miettes de Chateaubriand et ancien amant, lui aussi, à son tour, de Natalie de Noailles. La femme légitime s'en alla la première : Mme de Chateaubriand mourut un peu plus d'un an avant son illustre mari. Victor Hugo raconte dans *Choses vues* que, faiblesse ou lucidité, le vieil écrivain rentra de la cérémonie funèbre en riant aux éclats : il illustrait, sans le savoir, une épigramme cruelle du poète grec Palladas qui avait vécu plus de deux mille ans avant lui et que Marguerite Yourcenar devait traduire en vers plus de cent ans après lui :

Le mariage a deux jours exquis seulement :
la noce, et quand le veuf conduit l'enterrement.

Hortense Allart se remettait tant bien que mal de sa passion ardente pour Henry Bulwer Lytton qui finit — vous souvenez-vous ? — par épouser la sœur de l'ambassadeur d'Angleterre à Paris : il s'appelait le comte Cowley. J'imagine que ce que le nom d'Allart fut pour Céleste de Chateaubriand et ce que le nom de Bulwer Lytton fut pour Chateaubriand, le nom de Cowley le fut à son tour pour Hortense Allart, maîtresse de Chateaubriand et de Bulwer Lytton : ainsi se propagent en ondes les souffrances de l'amour en même temps que ses plaisirs. Ici, à nouveau, au milieu de toutes ces morts et de ces amours évanouies qui ressemblent à un dénouement, pourraient s'offrir à nous des multitudes d'avenues que nous n'emprunterons pas : Cordélia de Castellane nous entraînerait vers Horace Vernet avec qui, avant Molé et après Chateaubriand, elle avait passé quelques semaines à Rome et en Italie, et à partir de lui, vers Carle, vers Joseph, vers Antoine Vernet, ses père, grand-père, arrière-grand-père, vers Moreau, son autre grand-père, vers Chalgrin, son oncle, architecte du Collège de France, de Saint-Philippe du Roule et de la première version de l'arc de triomphe de l'Étoile ; le comte Cowley, vers Wellington, son oncle, vers Ambroise Cowley, explorateur des mers du Sud sous les ordres du capitaine Cook, vers Abraham Cowley, fils d'épicier, poète anglais, placé par Milton sur le même rang que Shakespeare et enterré à Westminster entre Chaucer et Spenser ; Victor Hugo, vers presque tout. Mais nous, qui ne sommes pas Dieu, nous vaquons à nos affaires, nous restons dans le quartier, nous revenons à nos moutons. Quand la mort met un point final aux délires de la liberté, à ses inventions en cascade, effroyables et charmantes, il est temps enfin d'établir le total et de tracer le bilan. Malgré Pauline et Natalie, malgré Hortense et Cordélia, Juliette Récamier — vous la voyez vêtue de noir, presque aveugle, tout en larmes sur le prie-Dieu de la rue du Bac ? — fut le grand amour de François-René-Auguste, vicomte de Chateaubriand.

CHAPITRE XIII

où un vieil écrivain trace un nom secret sur le sable de Venise

Immédiatement après son style et l'usage qu'il faisait des mots, ce qu'il y a peut-être de plus admirable chez Chateaubriand, c'est son art sans pareil de tricoter ensemble la vie privée et l'histoire. Le 21 mars 1804, dans une rue de Paris, alors qu'il était en chemin pour se rendre en pèlerinage au pied d'un cyprès cher à Pauline de Beaumont, il entendit un camelot crier la dernière nouvelle : « Jugement de la commission militaire spéciale convoquée à Vincennes, qui condamne à la peine de mort le nommé Louis-Antoine-Henri de Bourbon, né le 2 août 1772, à Chantilly ! » C'était l'annonce de l'exécution du duc d'Enghien dans les fossés de Vincennes ; elle allait transformer Napoléon Bonaparte en Empereur des Français et faire de Chateaubriand un opposant farouche qui envoya dans l'heure sa démission à Talleyrand. Près de trente ans plus tard, le 12 novembre 1832, Chateaubriand, qui vient de passer à Constance et à Coppet quelques semaines de bonheur avec Juliette, apprend à Genève l'arrestation à Nantes de la duchesse de Berry.

Marie-Caroline des Deux-Siciles était la veuve du duc de Berry assassiné par Louvel à la sortie de l'Opéra et la belle-fille de Charles X chassé du trône par les Trois Glorieuses. Vive, aventureuse, familière et italienne, héroïne de la Fronde sur les traces de Napoléon, la duchesse, venant sur un petit bateau de Massa di Carrara, avait débarqué dans le Midi de la France. Elle avait bientôt été obligée, sous un déguisement de paysan et sous une fausse identité — le nom d'emprunt de « Petit-Pierre » allait jeter une dernière lueur sur la légende légitimiste —, de se réfugier à Nantes et de s'y cacher dans la maison des demoiselles Duguiny, d'où elle espérait faire jaillir l'étincelle d'une nouvelle guerre de Vendée. Un fils de rabbin, du nom de Simon Deutz, converti au catholicisme et, en apparence du moins, à la cause des Bourbons, finit par vendre à Thiers, ministre de l'Intérieur, le secret de sa retraite. La duchesse essaya encore de lutter et de se dissimuler derrière la plaque d'une cheminée, mais les gendarmes, par désœuvrement plutôt que par froid, ayant allumé un feu, elle fut contrainte à se livrer. On la transféra dans la citadelle de Blaye, près de Bordeaux, où elle fut confiée à la garde d'un geôlier déjà guetté à la fois par une casquette et par la gloire : le général Bugeaud de la Piconnerie, futur maréchal de France et futur duc d'Isly. « Nul, écrit la terrible Mme de Boigne, ne ressentit une plus vive satisfaction de l'arrestation de Madame la duchesse de Berry que M. de Chateaubriand... Il périssait d'ennui et ne savait comment revenir... Il accueillit comme l'étoile du salut l'arrestation faite à Nantes. » L'occasion était trop belle. Il sauta dessus à pieds joints et il jeta à la prisonnière, comme un bouquet de mots, une de ses mélodies les plus célèbres : « Illustre captive de Blaye, Madame, votre fils est mon roi. »

Ce fils, né plusieurs mois après le crime de l'Opéra, était l'enfant du miracle, le duc de Bordeaux, le futur comte de Chambord, le héros malheureux et obstiné du drapeau blanc, le fameux Henri V des légitimistes. Après Mme de Boigne et Chateaubriand lui-même, Victor Hugo, qui ne voyait dans le jeune prince qu'une occasion de style pour le vieil écrivain, ne rata pas non plus le coche de la formule et du trait : « M. de Chateaubriand a un moi qu'il appelle Henri V. » Mais le rideau n'arrivait pas à tomber sur la tragicomédie : veuve depuis douze ans, la duchesse de Berry accoucha à Blaye, sous les yeux de ses geôliers mobilisés sur place par un gouvernement ignominieux, d'une fille qui, de toute évidence, avait été conçue en Vendée. On murmura le nom d'un avocat français, un peu trop attaché à la famille royale. Mais la duchesse révéla qu'elle s'était mariée secrètement à un diplomate italien non dépourvu, semble-t-il, d'expérience et de charme : une reine d'Espagne, naguère, l'avait déjà remarqué. Il s'appelait le comte Lucchesi-Palli. La presse de Paris lui décerna aussitôt le sobriquet de « saint Joseph ».

Le dessein du gouvernement était de brouiller sa prisonnière avec l'ex-roi Charles X, accueilli par l'empereur d'Autriche et réfugié à Prague avec ses petits-enfants et avec son fils aîné le duc d'Angoulême, époux de la fille de Louis XVI, survivante des massacres qui avaient fait disparaître son père, sa mère, la reine Marie-Antoinette, et son frère le Dauphin. Ce plan réussit à merveille. La duchesse demanda à son héraut d'aller plaider sa cause auprès de son beau-père. Chateaubriand n'hésita pas : « Oui, je partirai pour la dernière et la plus grande de mes ambassades. J'irai, de la part de la prisonnière de Blaye, trouver la prisonnière du Temple. » Le plus savoureux, à ses yeux, était d'utiliser pour ce voyage un peu sinistre, placé sous le signe de la dynastie et de la fidélité, l'ancienne calèche de Talleyrand : elle n'était pas habituée à courir après des rois déchus. Il partit avec Pilorge, le secrétaire rouquin et plutôt vulgaire du palais Simonetti.

Le voyage fut à la fois délicieux et désolé. C'était le printemps. Les douaniers saluaient l'illustre voyageur et faisaient, pour lui plaire, semblant de le reconnaître. Par les vitres de la calèche, il aperçut, dans le soir en train de tomber, plusieurs de ces jeunes filles germaniques, qui portent des yeux bleus, des joues rouges, des tresses blondes : elles lui firent encore envie. La lune brillait, la nuit, sur la route silencieuse qui traversait la vieille Europe et une sorte de dialogue mélancolique et brillant s'établissait parmi les sombres sapins entre l'astre et le voyageur. La lune demandait : « Comment ! te voilà ? te souvient-il que je t'ai vu dans d'autres forêts ? Te souviens-tu des tendresses que tu me disais quand tu étais jeune ? Vraiment, tu ne parlais pas trop mal de moi... Où vas-tu seul et si tard ? Tu ne cesses donc de recommencer ta carrière ? » Et, accablé sous le poids des années, le vieil écrivain répondait avec une orgueilleuse humilité : « O lune !... vous éclairiez mes pas alors que je me promenais avec mon fantôme d'amour ; aujourd'hui ma tête est argentée à l'instar de votre visage, et vous vous étonnez de me trouver solitaire !... Ah ! si je marche autant que vous, je ne rajeunis pas à votre exemple, mon décompte n'a d'autre terme que ma complète disparition et quand je m'éteindrai, je ne rallumerai pas mon flambeau comme vous rallumez le vôtre ! »

A Prague, pendant ce temps-là, Charles X avait annoncé à la fille aînée de la duchesse de Berry et à son frère, l'enfant du miracle, l'arrivée d'un hôte illustre : « Grand-papa nous a dit : " Devinez qui vous verrez demain. C'est une puissance de la terre. " Nous avons répondu : " Eh bien, c'est l'empereur ? — Non ", a dit grand-papa. Nous avons cherché ; nous n'avons pu deviner. Il a dit : " C'est le vicomte de Chateaubriand ". Je me suis tapé le front pour n'avoir pas deviné. » Mais, prisonnière de ce que Chateaubriand appelait joliment « les préjugés du troupeau d'antichambre au milieu duquel elle vivait », la tante des jeunes admirateurs, la captive du Temple ne laissa percer pour la captive de Blaye, sa belle-sœur, qu'une pitié méprisante et glacée. La puissance de la terre s'était dérangée pour presque rien. Tout de même : il restait des mots. Qui dit mieux ?

Rentré à Paris, le messager princier n'y trouva pas sa duchesse : le gouvernement de Louis-Philippe, entre-temps, l'avait expulsée vers l'Italie, moins déshonorée que lui-même. Elle demanda de nouveau à son chevalier servant de franchir les Alpes et le Simplon pour venir la retrouver. La voiture de Talleyrand reprit le chemin de l'exil. On passa par Pontarlier et par le fort de Joux où le voyageur eut une pensée pour Toussaint Louverture, « le Napoléon noir, imité et tué par le Napoléon blanc ». Dans la brise du matin, où les jeux de la lumière et de l'ombre avaient quelque chose de magique, la descente du Simplon sur Domodossola lui parut merveilleuse. C'était la fin de l'été, ce coup-ci. En arrivant sur Vérone, l'ancien ambassadeur à Rome se livra à un des exercices les plus classiques de la littérature universelle : il établit la liste de ces vivants dont il avait été le familier et qui n'étaient plus que des morts qui laissaient un nom derrière eux. « Faisons l'appel de ces poursuivants de songes ; ouvrons le livre du jour de colère ; monarques ! princes ! ministres ! où êtes-vous ? répondez. » Et la litanie s'égrenait de ceux qui s'étaient évanouis dans ce royaume des ombres où rien ne distingue plus les puissants et les riches des pauvres les plus misérables.

« L'empereur de Russie Alexandre ? — Mort.
L'empereur d'Autriche François II ? — Mort.
Le roi de France Louis XVIII ? — Mort.
Le roi d'Angleterre George IV ? — Mort.
Le roi de Naples Ferdinand 1er ? — Mort.
Le duc de Toscane ? — Mort.
Le pape Pie VII ? — Mort.
Le roi de Sardaigne Charles-Félix ? — Mort.
Le duc de Montmorency, ministre des
Affaires étrangères de France ? — Mort.
M. Canning, ministre des Affaires
étrangères d'Angleterre ? — Mort. »

Bien des années plus tard, dans *Le Temps retrouvé,* Proust, se souvenant peut-être du catalogue des navires établi par Homère, des catalogues de chapeaux, de torche-cul, d'ustensiles de cuisine, d'armes, de maladies, de boissons, de mots et en vérité de n'importe quoi enfilés par Rabelais avec beaucoup de génie, du catalogue des conquêtes de Don Juan chanté par Leporello, mais en tout cas du catalogue des morts de Vérone déclamé par Chateaubriand, peint le baron de Charlus, vieilli, apoplectique, au bord de l'aphasie, et pourtant encore prodigieux d'excitation et de mémoire, en train de se livrer, à son tour, avec une sorte de coquetterie, au funèbre et rassurant exercice : « Il ne cessait d'énumérer tous les gens de sa famille ou de son monde qui n'étaient plus, moins, semblait-il, avec la tristesse qu'ils ne fussent plus en vie qu'avec la satisfaction de leur survivre. C'est avec une dureté presque triomphale qu'il répétait sur un ton uniforme, légèrement bégayant et aux sourdes résonances sépulcrales : " Hannibal de Bréauté, mort ! Antoine de Mouchy, mort ! Charles Swann, mort ! Adalbert de Montmorency, mort ! Boson de Talleyrand, mort ! Sosthène de Doudeauville, mort ! " Et à chaque fois, ce mot " mort " semblait tomber sur ces défunts comme une pelletée de terre plus lourde, lancée par un fossoyeur qui tenait à les river plus profondément à la tombe. »

En attendant les ordres de la duchesse dont il n'avait pas de nouvelles, Chateaubriand, enchanté par ces vacances impromptues, s'installa à Venise, à l'hôtel de l'Europe. L'hôtel était situé — il est toujours situé — à l'entrée du Grand Canal, en face de la Douane de mer, de la Salute, de la Giudecca et de San Giorgio Maggiore. Ce n'était pas la première fois que Chateaubriand passait par Venise. Il y était venu modestement, à l'auberge du Lion d'or, avec Céleste, sa femme, à la veille du pèlerinage vers la Grèce et la Terre sainte qui devait finir en Espagne. L'impatience le rongeait. Il trépignait à l'idée de la gloire et de l'amour en train de se faire la courte échelle. Il n'avait qu'une idée en tête : plaquer Céleste en hâte, au plus tôt, vite fait, pour pouvoir, comme convenu, après les détours nécessaires et sacrés, rejoindre Natalie à l'Alhambra de Grenade. Plus tard, Natalie de Noailles devenue démente, il devait évoquer ce séjour et cette navigation avec toute l'amertume d'un remords qu'il était alors très éloigné d'éprouver : « Mais ai-je tout dit sur ce voyage commencé au port de Desdémone et fini au pays de Chimène ? Allais-je au tombeau du Christ dans les dispositions du repentir ? Une seule pensée remplissait mon âme ; je dévorais les moments. Sous ma voile impatiente, les regards attachés à l'étoile du soir, je lui demandais l'aquilon pour cingler plus vite. Comme le cœur me battait en abordant les côtes d'Espagne ! Que de malheurs ont suivi ce mystère ! le soleil les éclaire encore ; la raison que je conserve me les rappelle. » En 1806, fou de Natalie qui n'était pas encore folle, ce n'étaient pas les scrupules qui lui firent détester la reine éclatante des mers : c'était le temps qu'il y perdait aux côtés de Céleste avant d'aller chercher sur le tombeau du Christ la gloire nécessaire pour se faire aimer en Espagne.

Bien avant Jean Cocteau qui définissait Venise comme le seul endroit au monde où il fallait marcher sans fin pour pouvoir aller serrer la main d'un ami aperçu tout à coup de l'autre côté de la rue, il la dépeignait alors comme une ville contre nature où il était impossible de faire un pas sans être obligé de s'embarquer. Et, pour se distraire sans doute de l'humeur du grand homme, Mme de Chateaubriand, qui ne manquait pas d'esprit, écrivait drôlement au cher Joubert, moins bien remis que Chateaubriand de la mort encore récente de Pauline de Beaumont : « Je vous écris à bord du Lion d'or car les maisons ne sont ici que des vaisseaux à l'ancre.

On voit de tout à Venise, excepté de la terre. Il y en a cependant un petit coin qu'on appelle la place Saint-Marc, et c'est là que les habitants viennent se sécher le soir. » Maintenant, pour l'ambassadeur itinérant de la dynastie déchue, tout est changé. C'est que lord Byron est passé par là entre-temps et que les prestiges vénitiens de l'auteur de *Childe Harold,* finissent par se confondre avec la gloire de l'auteur des *Martyrs* et du *Génie du christianisme.* Du coup, l'épouse de l'Adriatique redevient la ville incomparable dont Philippe de Commines disait déjà avec admiration, à la fin du XVe siècle : « C'est la plus triomphante cité que j'aie jamais vue ! » Et Villehardouin, Pétrarque, Gémisthe Pléthon, le cardinal Bessarion, les empereurs de Constantinople, les rois de Chypre, les princes de Dalmatie, des foules bariolées d'écrivains, de peintres, de sculpteurs, de musiciens et de courtisanes font un cortège éclatant au poète émerveillé par les demeures bourrées de chefs-d'œuvre des Foscari et des Mocenigo, des Pesaro, des Giustinian et des Rezzonico.

Mais ce sont les ombres de Rousseau et de Byron qui le fascinent surtout. Il se souvient d'un passage des *Confessions* où Rousseau, non content d'élever à frais communs avec un de ses amis une petite fille de onze ans dont ils entendaient bientôt se partager les faveurs, raconte son aventure, du temps où il était secrétaire de M. de Montaigu, ambassadeur de France auprès de la Sérénissime, avec une jeune Vénitienne assez libre du nom de Zulietta. Elle s'était prise de passion pour Jean-Jacques, mais lui, moins brillant que Don Juan ou que Casanova, se montra inférieur à ces flatteuses circonstances. Du coup, elle le renvoya avec le conseil fameux : « *Lascia le donne e studia la matematica* — renonce aux femmes et étudie les mathématiques. » Lord Byron, aussi, avait livré sa vie, selon la formule de Chateaubriand, à des Vénus payées. Sa Zulietta à lui était la femme d'un boulanger. Elle était brune et grande, avec des yeux admirables. Elle avait vingt-deux ans. Elle s'appelait Margherita Cogni. A cause du métier de son mari, on la surnommait la *Fornarina* — la boulangère.

Dans les rêves de Chateaubriand, et aussi dans les nôtres, elles prenaient place, l'une et l'autre, Zulietta et la *Fornarina,* parmi le cortège interminable de ces femmes jeunes et belles qu'auront aimées les hommes et qui jouent un tel rôle dans l'histoire du monde. Depuis Ève, leur mère à toutes, jusqu'à celle qui, tout à l'heure, est entrée dans votre vie, dans celle de votre mari, de votre père, de votre fils, de votre frère, ou peut-être de votre amant, il n'y a pas de nom de femme qui n'éveille mille souvenirs de bonheur et de souffrance. Hélène et Marie et Jacqueline et Regina et Marianne et Odette et Julie et Clotilde et Mathilde et les deux Héloïse — l'ancienne et la nouvelle — et la Marguerite de Faust et Angélique et Phèdre et Bérénice et Jeanne et Andromaque et Rosette : l'histoire de l'humanité n'est qu'un interminable amour, indéfiniment recommencé, indéfiniment inachevé, où de nouveaux personnages reprennent sans cesse de vieux thèmes et où le même et l'autre tissent la chaîne et la trame de nos destins misérables, de nos destins sublimes. Le vieil ambassadeur marchait le long de la mer qui encercle Venise. Mme Albrizzi et la comtesse Benzoni, qui avait posé pour Canova comme Pauline Borghèse et Juliette Récamier, venaient de le fêter comme elles avaient fêté Byron. Des dames brunes et des dames blondes s'étaient pressées autour de lui. Une jeune Vénitienne très belle, qui ne connaissait ni Rome, ni Naples, ni Florence, lui avait dit : « Nous autres, Italiennes, nous restons où nous sommes. » Il lui avait répondu que, lui aussi, très volontiers, il resterait où elle était. Les vagues mouraient à ses pieds. Le soleil se levait.

C'était l'aube sur Venise comme, bien des années plus tard, ce serait l'aube aussi sur ce train de Balbec où un jeune juif de génie, en train de lire, dans son wagon, les *Lettres* de Mme de Sévigné et de découvrir dans leur style naturel et heurté un « côté Dostoïevski », se pencherait par la fenêtre pour mieux apercevoir dans le soleil levant la vision fugitive et délicieuse d'une grande fille au visage rose et doré dont il ne saurait jamais rien, mais avec qui, peut-être, il aurait pu vivre heureux. Au milieu de tant de chefs-d'œuvre et de tant de souvenirs, les uns ignorés de tous et les autres très illustres, les uns déjà dans le passé, les autres encore dans le futur, le Campanile de Saint-Marc, *Childe Harold* de ce Byron qui quelques années plus tôt chevauchait le long de ces plages, la Salute de Longhena au sortir du Grand Canal, les *Confessions* de Rousseau, le palais Vendramin où, cinquante ans plus tard, à quelques brasses du palais où avait vécu Byron, allait mourir Wagner, l'*Ombre des jeunes filles en fleurs* et cette *Recherche du temps perdu* où l'ineffable Bloch, sosie, selon Charles Swann, du Mahomet II de Bellini, s'obstinerait pour toujours à croire que Venise se dit *Venaïce* en anglais, les traces partout de Byzance, de la Crète, de Lépante où le plus grand écrivain espagnol allait laisser son bras gauche, l'attente et la promesse des lettres de Musset à George Sand, des mélodies de Maurice Barrès dans *La Mort de Venise* — « Avec ses palais d'Orient, ses vastes décors lumineux, ses ruelles, ses places, ses traghets qui surprennent, avec ses poteaux d'amarre, ses dômes, ses mâts tendus, Venise chante à l'Adriatique qui la berce d'un flot débile un éternel opéra... » —, d'Henri de Régnier au palais Dario — *in questa casa antica dei Dario venezianamente visse e scrisse...* —, de Thomas Mann au Lido, de Visconti, de Paul Morand, de toutes les amours et de toutes les morts de toutes les Venises évanouies et à venir, au milieu de ce délire si parfaitement organisé que nous appelons l'histoire et la vie, le poète devenu vieux s'arrête enfin sur le sable. Il plonge ses mains dans la mer. Il porte l'eau à sa bouche. Il regarde ces vagues qu'il avait tant aimées. Il pense au temps qui passe et qui n'en finit pas de l'ensevelir sous un amas de jours. Le voilà âgé déjà. Mais le cœur est toujours jeune. Une sorte de vertige le prend. Il rêve. Une houle de tendresse le submerge. La question que chacun se pose le transperce comme une flèche : Qu'ai-je donc fait de ma vie ? Quelle image laisserai-je de moi à ceux qui viendront après nous ? Qu'est-ce qui compte ? Qu'est-ce qui comptera ? « Que fais-je maintenant au steppe de l'Adriatique ? Des folies de l'âge voisin du berceau : j'ai écrit un nom tout près du réseau d'écume, où la dernière onde vient de mourir ; les lames successives ont attaqué lentement le nom consolateur ; ce n'est qu'au seizième déroulement qu'elles l'ont emporté, lettre à lettre et comme à regret : je sentais qu'elles effaçaient ma vie. »

Quel pouvait bien être ce nom de seize lettres qui, si nous le devinions, nous fournirait peut-être la clé du cœur tourmenté et de la vie pleine de tempêtes du vicomte de Chateaubriand ? Ni Céleste Buisson de la Vigne, ni la duchesse de Berry, ni, évidemment, Napoléon Bonaparte ; ni Pauline de Beaumont, ni Delphine de

Custine, ni Natalie de Noailles : grâce à Dieu pour l'historien dont l'existence, à jamais, aurait été empoisonnée par le doute, une lettre de trop pour chacune ; ni Hortense Allart : il manque deux lettres ; ni Cordélia de Castellane ; ni Charlotte Ives ; ni le duc de Bordeaux, ni Charles X, ni lord Byron, ni le Saint-Père, ni même Lucile, la sœur bien-aimée, la Sylphide de Combourg.

Le seul nom de seize lettres que Chateaubriand, attendant à Venise les ordres de la duchesse de Berry, pouvait avoir écrit, à l'âge de soixante-cinq ans, sur le sable de l'Adriatique était celui de Juliette Récamier.

CHAPITRE XIV

où l'on voit Cléopâtre, Michel-Ange et Paul Morand dans une création de rechange

Il y a, à travers le monde, des lieux privilégiés. Ce sont ceux où les hommes ont accroché le plus de souvenirs. Entre Athènes et Byzance, avant Grenade ou Paris, Rome, la Ville immortelle, est un de ces lieux de rêve. Prodigieuse et mortelle, Venise en est un autre. En suivant Chateaubriand à Venise et à Rome, nous l'avons fait et vu marcher parmi l'armée des ombres qui étaient venues avant lui. Et parmi celles aussi qui viendront après lui. Quand il écrit sur le sable de Venise où galopait Byron le nom de Juliette Récamier, quand il va rendre visite à Hortense via delle Quattro Fontane, à quelques pas de la maison près de la piazza di Spagna où était morte Pauline et de la Villa Médicis où se déroule la fête en l'honneur de la grande-duchesse, quelque chose d'impitoyable qui recommence toujours et qui ne s'arrête jamais se met lentement en route : c'est l'histoire.

Savez-vous comment elle fonctionne cette histoire qui nous dévore et qui fait de nous ce que nous sommes ? Elle prend tous les visages, elle s'affuble de tous les masques, elle semble se dérouler, dans l'espace et dans le temps, à des distances prodigieuses, et elle se jette sur nous. On la croit encore très loin, elle se confond déjà avec qui l'ignore ou la fuit. On l'imagine semblable à hier, et elle invente à chaque coup. On la proclame très nouvelle, et c'est toujours la même chose. Elle avance à chaque instant à tout petits pas imperceptibles, et elle procède par sauts de géant, d'ogre aux bottes de sept lieues, d'ange exterminateur. On ne la voit guère progresser et, tout à coup, elle est là et elle vous prend à la gorge. Les batailles, les inventions, le commerce, les mariages, la mort la servent à la perfection. Elle est si diverse et multiple, si fantaisiste, si primesautière qu'elle n'arrête pas de surprendre. Et pourtant si logique qu'elle semble, surtout après coup, nécessaire, prévisible et, de bout en bout, explicable.

Elle frappe le plus souvent par coups de théâtre brutaux : le feu jaillit de la main de l'homme ; Thèbes succède à Memphis ; Babylone est détruite ; un philosophe chinois, qui était resté quatre-vingts ans dans le sein de sa mère, se présente au gardien de la passe de l'Ouest à qui il dicte un ouvrage ; la misère et la mort convertissent Çākyamuni à la vie contemplative ; le fils d'un sculpteur grec, accusé d'impiété, est condamné à boire la ciguë ; Alexandre bat les Perses ; Jules César soumet les Gaules ; Octave l'emporte à Actium sur Cléopâtre et Marc Antoine ; Ponce Pilate, sous Tibère, livre Jésus aux Juifs ; l'empire romain s'écroule ; coup sur coup, en un triplé formidable, les Turcs de Mahomet II s'emparent de Constantinople, les Arabes perdent Grenade et Christophe Colomb découvre l'Amérique ; le peuple de Paris envahit la Bastille et guillotine le roi : déjà, aux yeux de Hegel, l'histoire est près d'être achevée.

Mais il lui arrive aussi de se détourner des champs de bataille, des expéditions militaires, de la violence et des mythes. Ou de ne les prendre que pour prétextes à ce qui constitue peut-être l'essentiel de tout le passé des hommes et de leur dignité : des livres, des poèmes, des tableaux, des sculptures, des symphonies ou des concertos, des monuments publics ou privés, religieux ou profanes. Elle commence alors avec modestie, avec timidité. Après les premiers essais et les premières épreuves, après les premiers succès, ce sont deux mots échangés, une rencontre de hasard, un prince, un archevêque, un camarade d'études ou de combat qui vous veut plutôt du bien, un avenir qui se dessine, une liaison, brève ou longue, entre deux êtres qui s'aiment. Déjà se constitue le noyau des parents, des amis, de ceux dont vous parlez dans vos lettres et qui bientôt, à leur tour, parleront de vous dans les leurs. Le cercle s'élargit par les souvenirs et les projets. Par l'ambition aussi, ou la révolte, ou le désir de revanche, ou une foi violente en une cause ou en l'autre, ou parfois par l'ennui, le désespoir, la haine. Peu à peu, comme une scène de théâtre qui se peuple au fil des actes, des foules de plus en plus nombreuses s'attirent les unes les autres. Le pouvoir vient, la richesse, le succès, la mode. Ou peut-être la prison, la pauvreté, l'exil. La célébrité s'ajoute au travail et à l'amour, et la gloire se substitue à la célébrité. Vous êtes mort depuis longtemps que de jeunes inconnus vous redécouvrent soudain. Et vous, avant de mourir, par la mémoire, par la pensée, par l'imagination, vous avez contribué à faire surgir dans le monde des centaines, des milliers d'êtres, évoqués au détour d'une phrase ou au cours d'une lecture, dans les meilleurs des cas en peignant un tableau, en écrivant un poème, en composant un opéra. Quand vous vous appelez Chateaubriand — ou Balzac, ou Dante, ou Cervantès, ou Shakespeare, ou Rembrandt, ou Mozart —, vous remontez très loin dans un passé très reculé, qui vous prépare et vous annonce, vous descendez très loin vers un futur encore à venir qui se souviendra de vous : vous prenez rang dans l'histoire.

Alors surgissent de partout les créatures de Dieu. Elles marchent autour de vous et elles forment des cortèges où votre place est marquée. Elles vous entraînent à travers le temps vers les grands accomplissements et les grandes catastrophes. Les ancêtres vous précèdent et les disciples vous suivent : à Venise, au Lido, sur la place Saint-Marc, en face de la Salute, Byron succède en fanfare à Rousseau et à Goethe et, à l'auberge du Lion d'or ou à l'hôtel de l'Europe, Chateaubriand annonce déjà le cortège des Musset, des Gautier, des Wagner, des Barrès, des Henri de Régnier, des Thomas Mann et des Visconti. Au bout de la lignée, son *Venises* sous le bras, Paul Morand, un peu pressé, descend de sa Bugatti, saute dans un vaporetto ou un motoscafo et gagne le café Florian.

Il n'y a des dissidents que parce qu'il y a eu des orthodoxes. Il n'y a des disciples que parce qu'il y a eu des maîtres. Il n'y a aussi une histoire que parce qu'il y a des historiens. Il n'y a des héros admirés que parce qu'il y a des admirateurs impatients de les admirer. Tout cela est fort et cohérent. Tout cela est fragile et menacé : l'ensemble de ce que nous appelons l'histoire proprement dite s'étend à peine sur quelques siècles — une trentaine peut-être, une cinquantaine tout au plus : cent ou deux cents générations, qui tiendraient aisément, à raison d'un délégué par génération écoulée, dans une salle à manger de ministère, dans la cour des Lions de l'Alhambra de Grenade, dans Saint-Pierre de Rome ou Saint-Marc de Venise, dans le salon de la duchesse de Grandlieu ou de la princesse de Guermantes.

La voilà, l'histoire. Non pas l'histoire des hommes qui est autrement longue, mais l'histoire des historiens, des historiens de l'art, des historiens des mœurs, des techniques, des religions, avec leurs documents, leurs témoignages, leurs registres et leurs traités. Un battement de paupières, une goutte d'eau dans l'océan, une seconde dans des siècles. Et l'histoire des hommes, à son tour, immense, celle-là, interminable au regard de nos pauvres écrits, de nos rares peintures sur des murs, de nos quelques tombes exhumées, de nos inscriptions sur des marbres, toutes inventoriées avec soin, cataloguées, répertoriées, n'est qu'une porte qui claque dans l'histoire de l'univers avec ses milliards et ses milliards d'années. A l'horloge de la création, tous les souvenirs de l'humanité ne sont qu'une fraction de seconde. Et pourtant chaque saison, chaque mois, chaque jour de notre histoire si brève des batailles et des rois, des cités et des chevaux, des temples et des tombeaux, est déjà un trésor, une sorte de coffre sans fond aux ressources infinies. On dirait que, d'un côté, il y a l'histoire du monde avant les hommes et des hommes avant l'histoire, prodigieusement étendue sur ses milliards d'années mais en même temps très pauvre et vide, et, de l'autre, notre histoire à nous, si courte et si remplie qu'une minute de chez nous vaut des siècles de ces temps où il y avait déjà tout, sauf ce détail infime qui bouleverse l'univers et le double peu à peu d'une création de rechange : la pensée des hommes qui prend le relais de Dieu.

Dieu regarde de très haut ce long cortège à travers le temps des poissons et des hommes, des oiseaux et des hommes, des marsupiaux et des hommes, des algues et des lémuriens. Il y repère naturellement Alexandre et Jules César, Gengis khan et Tamerlan parce qu'ils ont tué beaucoup de gens, Michel-Ange en train de peindre le Dieu de la Création au plafond de la Sixtine, Carpaccio en train de retracer sur le mur de gauche de San Giorgio degli Schiavoni la lutte de saint Georges contre le dragon, Haydn en train de composer le duo d'Adam et d'Ève à la fin de sa *Création,* Chateaubriand assis à côté de Juliette Récamier au dîner de Mme de Staël où Mme de Staël n'était pas parce qu'elle se préparait à mourir ou montant l'escalier de la via delle Quattro Fontane qui mène vers Hortense Allart. Mais tout cela, qui est immense, est en même temps assez peu de chose et ne pèse pas très lourd : quelques bulles, un peu d'écume, un peu de génie et de gloire, un léger frémissement à la surface des eaux. Les quelques milliards d'hommes qui se succèdent sur cette terre pour travailler le jour et faire l'amour la nuit sont autrement importants : l'histoire et le monde sont une œuvre collective.

Il faut aller un peu plus loin que cette histoire elle-même : les hommes sont un accident de la divine nécessité. Si Chateaubriand n'est rien sans Joubert et Fontanes, sans Juliette et Pauline, sans ses centaines d'amis, sans ses milliers de fanatiques, sans ses millions de lecteurs, ces millions de lecteurs, à leur tour, ne sont rien sans leur temps, sans leur histoire, sans tout ce qui les entoure, les porte et les construit. Et ce temps et cette histoire sont eux-mêmes enracinés à de telles profondeurs qu'une sorte de vertige nous prend devant les liens sans fin qui font la création. Malgré le talent et le génie et l'amour qu'on peut leur porter, les *Mémoires d'outre-tombe,* avec les ombres de Pauline, de Natalie, de Juliette, de Cordélia, d'Hortense, avec les calculs de Talleyrand, de Fouché, de Cadoudal, de Bernadotte, de Moreau et de Napoléon Bonaparte, avec les rêves des vainqueurs et les tourments des vaincus, avec les passions des uns et les folies des autres, sont un grain de poussière sur les chemins de Dieu. En créant le ciel et la terre, Dieu y pensait pourtant déjà puisqu'il pensait à tout et leur place était marquée dans ce foudroyant incident de parcours qu'est l'histoire de l'humanité.

CHAPITRE XV

où, assoiffé de vengeance, Lucifer trame le meurtre de Dieu par personnes interposées et disparaît sans laisser de trace

Lucifer, cependant, ne restait pas inactif. Celui qui s'appelait désormais Satan, ou Shatan, ou Ahriman, ou Devadatta, ou Typhon, ou Fenris, ou le serpent Sisciah ou Cesha, comme vous voudrez, et qui portait encore beaucoup d'autres noms, selon les langues et les cultures, avait percé à jour le plan du Tout-Puissant. Et il ne se tenait pas pour battu.

Ce qui le rendait fou d'humiliation et de fureur, c'était la conviction d'avoir été joué par Dieu. Après tout, c'était lui, Lucifer, qui avait soufflé au Seigneur l'idée de la création. Endormi dans le néant d'un infini et d'un tout sans différences et sans liberté, Dieu, en vérité, n'avait besoin de personne : il se suffisait à lui-même. Mais il s'était servi de l'ange des lumières et bientôt de l'ange des ténèbres pour mettre du mouvement dans les choses et pour lancer l'histoire. L'histoire repose sur la liberté, sur les conflits, sur le mal. Lucifer, comme par hasard, s'était trouvé au bon moment sur le chemin du Tout-Puissant dont il servait les desseins. L'ange révolté, le premier-né du Seigneur, glissait volontiers sur ses propres origines à partir du néant : rien ne lui était devenu plus étranger que cette explosion d'amour dont il avait surgi. Il se souvenait fort bien, en revanche, de son rôle décisif dans la naissance de l'univers. L'amour qu'il ressentait pour Dieu l'avait poussé à la dernière des folies : inviter le Très-Haut à tirer du néant toute une foule de créatures chargées de chanter les louanges de leur divin créateur. Mais, intendant ambitieux et tenté par la force, par la ruse, par l'orgueil, il avait échoué dans son plan de domination de ce monde tout plein de Dieu qui était aussi son œuvre. Maintenant que Dieu l'avait vaincu et rejeté, maintenant que l'univers risquait d'échapper à la révolte des anges, son attitude à l'égard de la création avait changé du tout au tout : lui qui l'avait tant prônée ne songeait plus qu'à l'anéantir. L'esprit du mal et de l'histoire était passé tout entier du côté de la négation.

Satan avait très bien compris que son opposition à Dieu était encore un des rouages, et peut-être le plus puissant, de la machine qu'il avait lui-même contribué à mettre en marche. L'histoire fonctionnerait parce qu'il y aurait du bien et du mal, du positif et du négatif, le diable et le bon Dieu. Il n'y avait que deux moyens de se tirer de ce faux pas : le premier était d'arrêter l'histoire et de se soumettre à Dieu, mais Lucifer s'y refusait avec la dernière énergie ; le second était de faire sauter la machine et de la retourner contre Dieu comme Dieu l'avait retournée contre lui. La révolte des anges contre le Tout-Puissant n'était que l'image de la lutte, tout au long de l'histoire, entre le bien et le mal. Cette lutte-là n'était pas achevée. Dieu avait gagné une bataille ; il n'avait pas gagné la guerre : il n'était pas vainqueur. Le temps pourrait marquer la destruction de toute l'œuvre et la victoire de Lucifer, appuyé sur l'histoire, contre le Dieu de l'éternité.

Nous savons déjà que Lucifer était l'intelligence même et que, si la pensée de Dieu est à l'origine de l'univers, l'ange révolté, lui, est présent dans l'histoire, se confond peut-être avec elle et domine l'esprit des hommes qui la subissent et la font. Lucifer avait vu très vite que la création du monde constituerait à la fois l'exaltation du Tout-Puissant, son apogée, son épanouissement, son triomphe, sa gloire — et la fin de son règne. Puisqu'il y aurait le mal que, lui, l'ange des ténèbres, répandrait sur la terre. Cette fin, cette mort de Dieu serait le fait des hommes, habitants minuscules d'un coin reculé de l'univers, mais à qui le Seigneur aurait donné en partage le bien le plus précieux, privilège jusqu'alors réservé à lui seul et à ses créatures dans le ciel des idées infinies et de la sagesse sans bornes : la pensée. La pensée des hommes ne serait naturellement qu'un pâle reflet de celle des anges qui n'était elle-même qu'une fraction infinitésimale de la pensée infinie. Elle serait limitée, comme tout être et toute chose au sein de la création, par l'espace et le temps. Elle serait imparfaite, soumise à l'erreur, ravagée par l'orgueil et la mesquinerie, sans repère dans l'éternel, sans point d'ancrage dans l'infini, vouée aux tâtonnements et, en fin de compte, à l'échec. Mais enfin, elle serait. Et elle trouverait en elle-même des forces suffisantes pour s'élever contre Dieu, pour le rejeter, pour le nier. La mort de Dieu deviendrait un des thèmes dominants ou peut-être le thème majeur de l'histoire du monde. Et la mort de Dieu ne serait pas une mort naturelle : il serait tué par les hommes.

Comme le déluge, comme l'enfantement d'un être divin par une vierge, comme le rituel de la manducation, ce meurtre de Dieu par les hommes, le meurtre du Père par ses fils, joue un rôle central dans toute pensée religieuse. De Kronos — confondu à la fois avec Saturne et avec le Temps — qui prend la place de son père Ouranos avant d'être chassé à son tour par Zeus, son propre fils, jusqu'au bon Dr Freud, les ennemis de Dieu, les ennemis du Père, sont la chair de sa chair et l'objet de son amour : l'ennemi de Dieu, ce sont ses fils, l'ennemi de Dieu, ce sont les hommes. Nous savons déjà, par d'Antraigues et Hegel, que les enfants sont la mort des parents. Et nous avons déjà vu le vers fameux d'Oscar Wilde :

For each man kills the thing he loves.

La religion chrétienne, où le Père et le Fils ne forment avec l'Esprit-Saint qu'un seul Dieu en trois Personnes, porte à l'incandescence, à son point le plus sublime cette vérité éternelle lorsque Dieu le Père envoie son Fils aux hommes pour qu'ils le crucifient.

Mais cette mort violente de Dieu ne prend pas toujours une forme sanglante : plus souvent encore que par leurs mains armées de lances et de glaives, de couronnes d'épines et de fouets, Dieu est tué par les idées et par les mots des hommes. La croix où est cloué Dieu, c'est la pensée de ses enfants.

Le problème de Dieu divise depuis longtemps les historiens des religions. Pour les uns, un Grand Dieu, éternel, omniscient, bienfaisant et unique, créateur de tous les êtres et de toutes les choses, est à l'origine de toute histoire et de toute mythologie. Pour les autres, des forces religieuses diluées et multiples précèdent la notion d'un créateur céleste qui n'apparaît que plus tard. Ce n'est pas le lieu ici d'évoquer ces débats de *l'allgemeine Religionswissenschaft* à laquelle sont liés les noms illustres et déjà aperçus de Wilhelm Schmidt et d'Andrew Lang, de Franz Altheim et de Georges Dumézil, de Louis Massignon et d'Henry Corbin, de Glasenapp, d'Otto, de Goodenough, de Tucci, de Van der Leeuw, de Pettazzoni ou de Mircea Eliade. Ce qui est sûr, c'est que l'ordre de prééminence se renverse peu à peu : sous une forme ou sous une autre, Dieu disposait des hommes — et puis les hommes disposent de Dieu. Dieu écrivait des livres sur le destin des hommes. Et puis les hommes écrivent des livres sur le destin de Dieu. Dieu avait bien pu décider, dans sa sagesse infinie et dans sa toute-puissance, qu'il y aurait des hommes : ce sont les hommes désormais qui décident s'il y a un Dieu. Et ils en profitent pour le tuer de toutes les façons possibles : après Osiris, Orphée, le grand Pan et tous les crépuscules successifs des divinités et des religions, Dieu, de Jésus à Nietzsche et au-delà, est d'abord tué par la présence des hommes ; et, à la fin du monde, qui se produira, n'en doutez pas, il sera tué à nouveau — mais par l'absence des hommes. Car quand le dernier des hommes et quand la dernière des femmes auront disparu de la surface de cette planète, sera-t-il encore possible, sera-t-il encore permis — et, Seigneur ! à qui donc ? — d'accorder le moindre sens à ce Dieu tout-puissant que les hommes et les femmes avaient jadis adoré ? Dieu a créé les hommes — mais les hommes ont créé Dieu. Les hommes ont besoin de Dieu, mais Dieu a besoin des hommes.

Ah ! Dans les siècles des siècles, après la fin des temps, Dieu et les hommes se retrouveront peut-être dans l'éternité de cette béatitude dont la vague espérance donne un sens, malgré tout, à la vie de beaucoup. Mais que dire de ce Dieu dont personne ne sait rien ? Je serai bien le dernier à oser en parler. Le Dieu que je célèbre et dont je suis l'historien est le fruit de nos rêves, de nos passions, de nos angoisses. C'est le Dieu des enfants, des peintres et des sculpteurs, des nègres et des Indiens, des philosophes de génie et des théologiens, le Dieu à la longue barbe, celui qui a une seule dent et une verrue sur la joue dans le tableau de Konrad Witz au Kunstmuseum de Bâle, celui qui apparaît soudain, au sommet des nuages, dans un flot de lumière et dans la gloire des cieux. C'est un personnage de roman, de légende, d'épopée ou de mythe, qui mourra comme tous les autres, comme Faust, comme Don Juan, comme Robinson Crusoé, comme Jules César ou Alexandre, comme le narrateur de la *Recherche :* lorsque personne n'y pensera plus. Quand tout sera fini de ce qui a commencé, un autre Dieu régnera. Mais de celui-là en tout cas, je ne peux plus rien dire, je ne veux plus rien dire. Pas une phrase. Pas un mot. Ce sera le vrai Dieu, le Dieu du silence et du secret, le Dieu de l'indicible et du suprême mystère, le Père dont tous les enfants ne peuvent avoir la moindre idée et dont, naturellement, il n'est pas permis de parler. Et auquel, peut-être, il n'est pas permis de penser. Ce sera le Dieu de l'éternité après notre Dieu du temps, ce sera le Dieu de Dieu après le Dieu des hommes.

Dieu, sa vie, son œuvre : que nous croyions à Dieu ou que nous n'y croyions pas, aucun de nous n'ignore ce qu'est l'œuvre de Dieu — le soleil et le temps, l'espace, la nécessité, le hasard, les lois mathématiques, la gravitation universelle, les étoiles et l'histoire, l'amour, les chauves-souris, les écrevisses, les coyotes, l'herbe des champs, les éditions Gallimard et la circulation automobile. La vie de Dieu, éternelle, mystérieuse et incompréhensible, ne pose guère plus de problèmes : Dieu, tel que nous le pensons, tel que l'ont pensé Platon, Plotin, saint Augustin, saint Thomas, Spinoza et Leibniz, n'est que l'œuvre des hommes. Ils l'adorent et ils l'abandonnent. Ils le créent et le massacrent.

Ce sort cruel de Dieu lié à l'histoire des hommes n'avait pas échappé à un observateur, à un historien, à un philosophe aussi subtil et profond que Lucifer devenu Satan, fils et bourreau de Dieu, lui aussi, comme les hommes. A travers les siècles et les siècles, il lui aurait été difficile de ne pas remarquer ce qui était l'histoire même, ce qui l'exprimait et la constituait : la mort de Dieu et sa disparition. Cette mort de Dieu était le triomphe de Satan. Mais pour assurer la victoire, il fallait surtout la rendre aussi discrète et presque aussi imperceptible que possible. Devant le Seigneur occulté, Lucifer triomphant se faisait tout petit. Il laissait les hommes accomplir à sa place tout le travail de la négation. L'idée lui vint, tout naturellement, que, pour lutter avec succès contre un Dieu évanoui et disparu, il lui fallait, lui aussi, s'évanouir et disparaître. C'est ce qu'il fit : il disparut. Il n'y a plus de diable nulle part et personne n'y croit plus.

Ainsi, créée par le Très-Haut, dominée à la fois par le Tout-Puissant et par Satan, saccagée par la lutte sans pitié entre les forces du bien et du mal, l'histoire du monde se déroule en l'absence, feinte ou réelle, de ses protagonistes. Tout se passe, je l'avoue, comme si ni Dieu ni le diable n'avaient jamais existé. Ils existent, bien entendu. Puisque, démiurge à mon tour, je les recrée et j'en parle. Peut-être, bien plus que moi qui les appelle à l'existence, sont-ils même seuls à exister. Et à lutter entre eux jusqu'à la fin des temps. Mais ils se cachent derrière les hommes, sous les hommes, dans les hommes. Ils n'agissent qu'à travers les hommes. Du haut de cet autre monde d'où je les fais se pencher sur nos grimaces de souffrance, de plaisir et d'orgueil, ils utilisent les hommes, et moi — et vous, naturellement —, comme autant d'apparences, de marionnettes, de pantins, de personnages de roman qui se donneraient pour seuls réels à nos esprits infirmes, à nos sens abusés. Et, dissimulés à nos yeux, étrangers et lointains jusqu'à l'inexistence, les héros de ce livre — Dieu, les milices célestes, Lucifer dit Satan et les anges révoltés — ne figurent presque pas dans les pages qui leur sont consacrées et où s'agitent, parmi beaucoup d'autres et comme s'ils étaient seuls au monde, Hortense Allart, le nègre de Pontarlier, Maria sur son pont, Juliette Récamier, le maréchal Bernadotte et le vicomte de Chateaubriand.

CHAPITRE XVI

Naissance d'une bande et d'une légende : témoignages de Fidel Castro et de la veuve de Mao Tsé-toung

Le nègre de Pontarlier et Eugénie Moucheron tuèrent beaucoup de gens, firent beaucoup d'orphelins, bouleversèrent beaucoup de vies. Ils suscitèrent aussi, parmi les plus pauvres et les plus malheureux, un incroyable enthousiasme. Ils portaient les espoirs de tous ceux qui n'espéraient plus rien. Héritiers de Cartouche et de Mandrin, ils annoncent Arsène Lupin, la bande à Bonnot, Butch Cassidy, Al Capone et Luciano, les anarchistes de la Belle Époque, les terroristes de tout poil et surtout Bonnie and Clyde. Leur popularité fut d'autant plus prodigieuse que, jusqu'aux confidences de Vidocq et aux révélations de ce livre-ci, elle resta longtemps anonyme, clandestine, pleine de mystères et d'ombre.

Je ne suis même pas sûr de pouvoir apporter ici toute la lumière désirable. La légende se mêle de trop près à la réalité historique. Après avoir été ignorés par les chroniqueurs et les historiens, il n'est plus d'énigme politique ou policière où ne soient soudain reconnus les masques et les pistolets du nègre de Pontarlier et d'Eugénie Moucheron. A tort ou à raison — plutôt à tort, je crois —, on les retrouve dans l'affaire Lafarge, dans l'attaque du courrier de Lyon — le fils d'Omar, à cette époque, était pourtant encore à Saint-Domingue, aux côtés de Toussaint Louverture, mais allez lutter contre la puissance des mythes et la séduction des légendes ! — dans la conspiration du général Malet, dans l'exécution du duc d'Enghien, dans les camps de concentration établis par Napoléon, dans la Terreur blanche du Midi, dans plusieurs scandales de la Restauration, dans l'assassinat du duc de Berry, dans la mort désolante de Lucien de Rubempré. Leur ombre inspire encore pêle-mêle, selon les déclarations longtemps couvertes par le secret devant la cour d'assises ou le peloton d'exécution, au pied de l'échafaud ou de la chaise électrique, un Landru, un Petiot, un Prinzip, un Gorgulov et toute la longue série des nihilistes russes en train de tirer sur le tsar. Incarnation, pour beaucoup, de l'esprit même du mal, ils font passer, pour d'autres, un grand souffle de liberté sur les passions des hommes. Plus d'une fois, dans leurs discours et surtout dans leurs lettres, Dzerjinski, Trotski, Béla Kun, Lumumba, Fidel Castro et la veuve de Mao Tsé-toung évoquent le grand souvenir du nègre de Pontarlier et d'Eugénie, sa compagne. Ils sont les modèles avoués des Brigades rouges d'Italie. Leurs noms, toujours enlacés, brillent d'un éclat sombre dans la nuit de cristal et dans celle des longs couteaux. Criminels ou héros, ils sont de ceux qui se réclament à la fois de Prométhée et de Caïn et qui élèvent le meurtre à la hauteur de la légende.

Ils tuent. Ils volent. Ils saccagent. Mais de temps à autre aussi, inexplicablement, ils sauvent des vies menacées par la misère ou l'angoisse. Ils n'ont rien à perdre, ils ont tout à gagner. Ils sont l'illustration infernale et terrestre du pari de Pascal. Ils n'ont, selon un mot célèbre qu'ils ont clairement inspiré, que des chaînes à perdre et un monde à gagner. Ils jouent, à chaque instant, leur vie au pistolet. Ils ont rompu le pacte social. Le soir, quand le soleil tombe, ils attendent, à l'orée du bois, la diligence de Marseille, ou le notaire de Cavaillon, ou le marchand de Mazamet ou de Millau qui vient de vendre ses peaux de mouton au mégissier chargé de les tremper, de les rincer, de les épiler, de les écharner, de les mettre au confit et enfin de les tanner à l'alun, au sel, à la farine et au jaune d'œuf. Pendant des années et des années, ils échappent à toutes les recherches et aux véritables expéditions que lancent successivement contre eux les polices de l'Empire et de la Restauration. La nuit, quelquefois, Eugénie rêve tout haut à son enfant disparu. Alors, saisi de pitié devant ce désespoir qui se dissimule farouchement, le nègre de Pontarlier l'écoute en serrant les poings. Le lendemain, il s'arrange pour trouver des bijoux et pour couvrir d'or, de saphirs, de rubis le chagrin évanoui de sa maîtresse qui sourit.

Tout de suite après le meurtre du policier de Semur et la fête sauvage dans la grange autour du nouveau-né, David était entré dans une de ces bandes de brigands que Fouché et Savary n'avaient jamais réussi à détruire complètement. Elles étaient composées de voleurs professionnels auxquels venaient s'associer des réfractaires, des déserteurs de la Grande Armée, des ivrognes ou des homosexuels à bout de misère et d'humiliations, des fils de famille dévoyés et chassés par leurs parents pour avoir escroqué une tante ou violé une cousine. Quelques semaines à peine après être entré dans l'illégalité militante, la supériorité d'esprit du nègre de Pontarlier l'avait hissé — comme son père jadis — au sommet de cette hiérarchie clandestine que toute absence de formalisme rendait d'autant plus redoutable. Une espèce de géant, ancien dragon de l'armée d'Italie, qui prétendait avoir servi à Romanengo et à Bagnolo, puis à Bergame et à Brescia, sous les ordres du lieutenant Bayle et du général Michaud dont il avait plein la bouche et qui, blessé, était devenu huissier à l'ambassade de France à Rome au début de 1804, avait bien essayé de lui disputer la première place. Mal lui en avait pris. Du nom de Baucher, ou Bauchez, ou peut-être Boucher, les témoignages diffèrent, l'huissier, ancien dragon, était tombé amoureux à Rome d'une blanchisseuse qui travaillait en face de l'ambassade et qui lui lançait des clins d'œil en repassant son linge. Il l'avait adorée avant de la tailler en morceaux et de devenir, du même coup, un des hors-la-loi les plus célèbres de l'époque. Il avait vu sans plaisir et bientôt avec fureur l'arrivée de ce nègre plein d'élégance et de force d'où émanait avec beaucoup de calme, et presque de dignité, une sorte d'autorité naturelle. Il avait compris très vite qu'il n'y avait pas place au premier rang pour deux gaillards de cette taille. Le géant avait d'abord essayé d'étrangler le nègre. Et puis, après avoir échoué, il lui avait tiré dans le dos. Mais Eugénie avait vu l'ancien dragon armer son pistolet et elle s'était jetée sur lui pour faire dévier le coup. Après avoir embrassé Eugénie et s'être occupé d'elle comme si elle s'était tordu la cheville en sortant de l'église ou si une abeille l'avait piquée sur les bords d'une rivière au cours d'une partie de campagne, David proposa, avec beaucoup de sang-froid, de régler l'affaire sans armes, à poings nus. Un murmure de satisfaction courut à travers le cercle qui s'était formé autour des deux hommes. Les distractions étaient rares dans la bande qui opérait entre Bourgogne et Cévennes et qui menait, toute l'année ronde, une vie rude et sans grandes joies. Le soleil commençait à baisser. Les guenilles, les trognes, les attitudes du public composaient un spectacle stupéfiant. « Regarde-les !... » souffla David à Eugénie pétrifiée. Et puis, ayant enlevé sa chemise, il se campa, la mine modeste, devant le géant torse nu.

Le nègre de Pontarlier, pourtant loin d'être petit, avait une tête de moins que son énorme adversaire. Ricanant, velu, terrifiant, l'ancien dragon-huissier balançait sans arrêt son formidable torse. Un expert en combats singuliers aurait tout de suite remarqué que l'atout de David, avec sa haute taille et ses attaches très fines, devait être son jeu de jambes. Le nègre restait immobile, concentré, prêt déjà à bondir. L'autre marchait sur lui à pas pesants en agitant dans le vide la masse prodigieuse de ses poings. Eugénie pensa que la partie était jouée avant d'être commencée et que le monstre ne mettrait que quelques instants à abattre son amant. Quelque chose lui disait pourtant que jamais David ne l'avait abandonnée et que, cette fois encore, il l'emporterait, pour la sauver, sur l'amas de chair et de muscles qui s'avançait lentement vers lui. Ce fut une espèce de danse. Le géant projetait ses mains fermées en un meurtrier moulinet et, deux ou trois fois, il atteignit le nègre. Mais David semblait se glisser entre les bras étendus et il portait, au menton et au foie, des coups foudroyants et répétés. Très vite, le combat se révéla inégal. Du sang apparut sur les lèvres du géant dont l'arcade sourcilière ne tarda pas à être touchée. Alors, le sang se mit à couler sur ses yeux. Il cherchait encore à écraser le nègre qui était déjà derrière lui. Il se retournait en grognant et il recevait sur ses blessures le poing rapide de David. Au comble de l'excitation, les bandits se bousculaient et se penchaient en avant pour tâcher de ne rien perdre de l'effondrement de leur chef.

Aveuglé, hébété, il resta debout longtemps, comme un taureau blessé à mort. David dansait autour de lui, le frappait régulièrement, sans excitation et sans hargne, à la façon d'un soldat parfaitement exercé à une mortelle parade. Enfin, la masse s'écroula. Le nègre de Pontarlier toucha du bout de la bottine le corps inanimé d'où sortaient des gémissements, et il dit d'une voix brève à ceux qui désormais allaient lui obéir : « Emportez-le. »

Tous entouraient maintenant le nègre de Pontarlier qui tenait par la main une Eugénie transportée et radieuse. « A quoi pensais-tu en le voyant en face de toi ? » demanda à David un ancien séminariste qui avait tué jadis un évêque en train de lui reprocher un peu vertement d'avoir violé une religieuse. David le regarda : « A rien, lui dit-il. A être le plus fort. Il y a un temps pour penser et un temps pour agir. » Et puis, il réunit les hommes qui avaient assisté au combat et il leur fit le discours le plus bref qu'ils eussent jamais entendu : « Demain, vous serez riches ! » Une formidable acclamation lui répondit. Le nègre de Pontarlier était devenu chef de bande.

Il prenait place dans la longue lignée qui va de Spartacus à Zapatta, à Ravachol, au Che, aux Panthères noires, aux Tupamaros et aux Montoneros, à Carlos, à Andreas Baader, aux terroristes du Cambodge, de Palestine et des jungles urbaines de l'Amérique du Sud. Il travaillait seul, avec Eugénie, soutenu et protégé par des centaines de complices qui mouraient en silence pour lui, avec beaucoup d'enthousiasme. A eux deux, le nègre de Pontarlier et la fille du notaire, ils ravagèrent plusieurs provinces, tinrent en échec deux régimes et édifièrent une société qui pour être secrète n'en fut que plus efficace. Léon Bloy pouvait dire, avec un semblant de justesse, que tout au long du XIXe siècle, en attendant Bismarck, il n'y avait eu que cinq hommes — et ils étaient contemporains — à savoir ce qu'était le pouvoir : Napoléon, Talleyrand, Fouché, Metternich et le nègre de Pontarlier.

Il était impitoyable, imprévisible et charmant. Toute une imaginerie naïve s'est constituée autour de lui et de sa compagne, présentée tantôt comme un monstre assoiffé de sang et tantôt comme une créature d'une beauté étrange et rare. A tel point que des historiens, tels que Couchoud par exemple, ou Whately, ou Charles Philippon — qui mettaient aussi en doute, il est vrai, l'existence de Napoléon —, ont fini par se demander si ces héros de légende avaient vraiment existé. C'était une question que ne se posaient pas leurs victimes. A côté de leurs détracteurs, Eugénie et David ont de farouches partisans. Les plus fanatiques eux-mêmes n'ont jamais pu nier la sauvagerie de leurs idoles. D'une habileté, d'une ruse, d'une intelligence exceptionnelles, le nègre de Pontarlier répétait volontiers sa réponse au séminariste : « Je ne pense jamais. » Il réfléchissait pourtant beaucoup. Mais il ne se mettait jamais à la place de ses ennemis. Cette absence de conscience l'entraînait à des actes répugnants. Des mères se jetaient à ses pieds, des enfants le suppliaient pour un père ou un frère, des prêtres, des femmes, des infirmes sollicitaient sa pitié avec une humilité parfois abjecte. Rien n'y faisait. David se prenait pour Attila, pour Gengis khān, pour Tamerlan. Il n'admirait dans le christianisme que l'image qu'il se faisait des Grands Inquisiteurs. Il ne croyait qu'à la force. Il l'exerça, tant qu'il le put, à l'égard de ses adversaires et il l'acceptait d'avance pour lui-même. Son univers était simple parce qu'il n'était pas encombré par le scrupule ni par la pitié. Il était un chef, un calculateur, un meneur d'hommes — dans son domaine, un stratège. Il ne faisait aucune différence entre le bien et le mal.

Jusqu'à son dernier souffle, il aima Eugénie. Et Eugénie le servait, l'admirait et l'aimait. Cet amour qui, aux yeux des Moucheron, des moralistes, des hommes d'ordre, de tradition et d'administration, était contre nature se dressait d'abord contre la société. Parce qu'ils avaient eu, l'un et l'autre, à souffrir de la société, Eugénie et David la haïssaient de toutes leurs forces. Ils ne se mirent pas à la haïr parce qu'ils étaient devenus bandits, ils devinrent bandits parce qu'ils la haïssaient. Les prêtres, les militaires, les propriétaires, les magistrats, tout ce qui avait une place et un rang, furent leurs victimes favorites et leurs cibles privilégiées. Ils se mirent à détester Dieu parce qu'ils voyaient en lui à la fois le garant et l'otage de l'ordre social — et peut-être de l'ordre de la nature. En ce sens, le mot fameux de Rimbaud, souvent cité par Claudel — « Le nègre de Pontarlier, c'est Dieu sens dessus dessous » ou, dans son autre version, « c'est Dieu cul par-dessus tête » — ne manque pas d'exactitude. Ils défiaient Dieu, ce qui est une façon encore de ne pas l'ignorer.

Dans ce monde-ci au moins, qui est le seul que nous connaissions, Dieu ne se venge pas plus de ceux qui le défient que de ceux qui le servent et l'adorent : les uns et les autres, innocents ou coupables, pleins de piété ou de sang, il les entraîne vers la mort. Eugénie et David allaient mourir eux aussi. Mais, à la façon de ce Dieu qu'ils haïssaient avec force, ils en auraient, avant de mourir, fait mourir beaucoup d'autres.

CHAPITRE XVII

qui, à l'extrême rigueur, pourrait être sauté par des esprits superficiels ou pressés

Souvent, du haut des collines ou sur le sable au bord de l'eau, le voyageur ou l'enfant s'interroge sur ce qu'il y a plus loin : des forêts ou des îles, des montagnes, des plaines, des villes de rêve et d'or dont chante le nom magique ou un autre continent qui s'étendrait là-bas, derrière tout ce qu'on distingue, à des distances improbables, au-delà de la mer à perte de vue. Vers ces lointains mystérieux, on assure, contre tout bon sens, qu'un bateau, un train, une voiture, ou des chevaux qui se relayeraient ou, mieux encore, un avion pourraient partir d'un côté pour revenir par l'autre. Depuis plusieurs siècles déjà — ou plutôt : depuis quelques siècles à peine —, nous savons que la terre est ronde. Un dieu, un devin, un esprit omniscient, ou même un romancier de plus ou moins de talent, pourrait imaginer ce qui se passe en même temps, tout au long de ce ruban circulaire, aux différents points de l'espace. Autour de la terre en tout cas, l'espace nous appartient.

Le même exercice peut s'effectuer aussi dans une autre dimension. Au lieu de saisir en même temps tout l'espace de ce monde, il est permis de penser à la longue suite des hommes qui, à travers le temps, se sont succédé dans un même lieu, dans la vallée du Nil, de l'Indus, de l'Euphrate, dans une île grecque, au pied de l'Hindou-Kouch ou de l'Himalaya, en Afrique ou à Java. Il leur arrive quelquefois de laisser des traces de leur passage. Sous forme de livres ou de remparts, d'inscriptions ou de temples, de tombes, de monuments. Des coquillages ou des poissons reparaissent assez souvent transformés en fossiles dans l'argile ou les roches. Les hommes aussi sèment derrière eux, à la façon de pierres blanches qui indiqueraient un chemin dans la forêt des siècles, des souvenirs involontaires et parfois volontaires. Aux reportages dans l'espace à un moment donné du temps s'ajoutent les enquêtes dans le temps sur un secteur donné de l'espace. On pourrait dire, pour être pédant et pour bien afficher un savoir assez léger, que la diachronie répond à la synchronie. Ou, plus simplement, qu'il y a des historiens et des sociologues, des chercheurs et curieux qui s'occupent du passé et des journalistes plus ou moins spécialisés qui se promènent à travers le monde pour essayer de le comprendre.

On pourrait aussi parcourir du même coup et en un seul mouvement l'ensemble de tous les espaces et la totalité de tous les temps. Et, au lieu de se limiter à la seule présence des hommes, monter jusqu'aux planètes, aux étoiles, aux galaxies, descendre jusqu'aux molécules, aux atomes, aux particules élémentaires. On aurait alors une faible chance de se faire une idée très partielle de quelque chose qui, de très loin, ferait vaguement penser à l'ombre du savoir d'un substitut de Dieu à notre pauvre échelle.

Pour répondre si peu que ce soit aux promesses de son titre, ce livre misérable devrait se transformer ici en abrégé de minéralogie, en traité de botanique, en manuel de zoologie, en précis d'astronomie et d'histologie cellulaire, en atlas de géographie à la bonne centaine de volumes, sans compter plusieurs suppléments et un index des noms de lieux, en histoire générale de l'humanité avec la totalité de ses disciplines annexes et de ses sciences auxiliaires dont on ne voit pas la fin, en recueil d'anecdotes aussi, pour qu'il ne devienne pas trop sévère et plus illisible encore qu'il ne risque déjà de l'être, en répertoire des œuvres de tous les genres dans tous les temps et dans tous les pays, en compendium de tous les savoirs, en anthologie de toutes les formules et de tous les bonheurs d'expression. Cette bibliothèque, cette cité de livres, cette pinacothèque, ce muséum, ce résumé de tout ce qui est et de tout ce qui a jamais été serait encore très loin de compte. Les souvenirs des hommes ne constituent qu'une fraction minuscule de cette sagesse de Dieu qui ne comporte pas seulement les innombrables et rarissimes monu-

CHAPITRE XVIII

où le monde est une fête en larmes

Peut-être commencez-vous à ressentir ici comme un vague appétit de quelque chose de plus léger que ce pavé divin — *Le Soulier de satin,* par exemple, ou les Sermons de Bossuet ? Ou peut-être plutôt *Paludes,* ou *Les Copains,* ou le *Journal* de Jules Renard ? Ou *The Importance of Being Earnest,* ou encore *L'Habit vert ?* Ou les œuvres complètes et tout à fait épatantes de Georg Christoph Lichtenberg, inventeur du couteau sans lame auquel manque le manche et propriétaire de deux pantoufles auxquelles il avait donné des noms. Ou le joli petit poème que vous ne connaissez sans doute pas — c'est l'histoire d'une blanchisseuse qui vient pour le plaisir — d'Otto Julius Bierbaum :

Charlotte, Lotte, Lotte
Heisst meine Wäscherin.
Sie bringt mir meine Wäsche
Weil ich ihr Liebster bin.
Und hat sie nichts zu bringen,
Da kommt sie ohne was.
Kein Tag geht ohne Lotte :
Auf Lotte ist Verlass.

Rien de plus sinistre ni de plus inutile que de penser au long chemin parcouru ou à nos fins dernières. On en vient à se demander s'il ne serait pas possible de se passer de ce livre essentiel que vous êtes en train de lire. Nous sommes faits pour rire, pour oublier, pour jouer à la balle, pour nous promener, seul ou à deux, à Rome, à Venise, à Florence, dans les collines des Maures ou dans les forêts de septembre, tout autour des îles grecques, le long des lacs de Bavière, pour nous rouler dans la neige, pour nous baigner dans le soleil et dans toutes les eaux de la mer. Je me moque bien de ce que je suis : je me contente d'être ce que je suis. Le sens de l'existence, je m'en tape comme de l'an quarante. Dieu ne nous a pas créés pour nous interroger sur lui. Il nous a créés d'abord pour que nous soyons des hommes et pour que nous le bénissions à travers sa création. Et je bénis sa création. Ce qui est encore pour nous la meilleure façon de l'adorer.

Dieu dit que le monde est beau. Et je le trouve beau, moi aussi. Je le trouve affreux et triste et voué d'avance, par notre faute, à toutes les catastrophes puisque Satan y règne et nous dispute à Dieu. Et beau. Puisqu'il est l'œuvre de Dieu, son saint nom soit béni. Personne, naturellement, n'y échappe à la mort, à la souffrance, au malheur. Les parents meurent, et parfois les enfants. Et nous souffrons, nous aussi. Et nous souffrirons jusqu'à la mort, jusqu'à notre agonie. Le hasard, la maladie, l'accident, la méchanceté, le mal sont en train de nous guetter. Et, un jour, ils nous auront. C'est le prix à payer. Et nous le payons, nous aussi. Dans l'injustice la plus affreuse, dans l'inégalité. Il y a les fous qui souffrent beaucoup, les pauvres, ceux qui ont faim, ceux dont le corps cruel ne cesse d'alourdir l'âme, il y a la violence, le mensonge, l'argent. Mais derrière la mort et les larmes, il y a le soleil, la pluie tant calomniée, la mer, le vent délicieux à travers les arbres, les pommes de terre au four, les cyprès sur les collines, quelques mots à murmurer, les chemises très douces sur la peau, l'amitié et l'amour.

Est-ce que le rêve serait de n'être jamais né ? Des bibliothèques entières, sans parler des murmures qui traînent d'âge en âge, tournent autour de ce vœu. « Heureux, écrit Chateaubriand dans la *Vie de Rancé,* heureux l'homme expiré en ouvrant les yeux !... Heureux celui dont la vie est tombée en fleurs... » Allons ! un peu de patience : le monde n'est pas si long, la vie, pour chacun de nous, pour vous qui me lisez, pour moi qui vous écris, sera bientôt terminée. Il ne restera de nous, et pour bien peu de temps, qu'un souvenir tremblotant, une image qui s'efface et quelques traces éparses : une vieille montre de famille, des petits-enfants lointains, des papiers avec notre nom qui jauniront bientôt, une anecdote ressassée, deux ou trois photos ridicules, peut-être un arbre planté ou une petite chose bricolée — par exemple, pour moi, dans le meilleur des cas et si tout le monde s'y met un peu, ah ! grand merci d'avance, *Dieu, sa vie, son œuvre.*

Dire de la vie qu'elle est une fête relève de la bassesse ou de l'absurdité. La vie est une épreuve au moins autant qu'une fête. Au vœu de n'être jamais né s'oppose pourtant triomphalement l'idée que, malgré tout, malgré le malheur, les trahisons, les larmes, malgré la souffrance et le chagrin, au moins nous aurons vécu. Nous aurons vécu : dans la mémoire de Dieu si ce n'est dans celle des hommes, dans ce souvenir infini qui doit bien se cacher quelque part, je ne sais où, pour faire des comptes fiévreux sur des absences de doigts, au moins nous aurons vécu. Nous serons passés dans ce monde, nous aurons senti le soleil, nous aurons vu de la neige et des arbres et des enfants en train de rire, nous aurons su, si peu que ce soit, et au moins chez les autres et au moins par les autres si ce n'est pas par nous et chez nous, ce que pouvaient être la beauté, la pureté, la fidélité, la passion dévorante, l'amour. Nous serons passés, bientôt morts, mais vivants, dans cette formidable aventure qu'est le monde rêvé par Dieu. Nous aurons été rêvés par Dieu. Parmi les souffrances et les chagrins, nous aurons été des instants, des images, des acteurs du rêve de Dieu. Nous aurons pu, comme Dieu, nous dire qu'il était beau. Qu'il était triste, et dur, et cruel, et souvent odieux, et peut-être haïssable — mais beau. Cauchemar bourré de délices, à jamais sans pareil, le monde est triste et beau. Le monde est une fête en larmes.

CHAPITRE XIX

où deux curés déguisés en nourrices font rire une jeune fille de Semur et où un jeune homme brun, qui mérite son biographe, traverse avec succès la monarchie de Juillet et la deuxième République

L'enfant s'appelait Julien. Il était né dans une grange aux environs de Semur. Quand son père et sa mère s'étaient jetés à jamais dans le grand banditisme, ils l'avaient déposé, emmailloté avec amour et presque luxueusement, sous le porche de l'église Notre-Dame, à Semur. D'autres parlent d'une église à Montbard, d'autres encore d'un couvent où il aurait été recueilli. La vérité est que le chanoine de Notre-Dame avait hébergé pour la nuit le doyen de Montbard qui avait été convoqué par l'évêque de Dijon. Liés depuis l'enfance, les deux prêtres, qui avaient traversé côte à côte les tourmentes révolutionnaires et les guerres de l'Empire, avaient évoqué bien des souvenirs en soupant d'une tarte à l'oignon, d'une poularde à la crème, de fromages du pays et de pets-de-nonne au coulis de framboises, le tout abondamment arrosé de deux fameuses bouteilles qu'une paroissienne de Nuits-Saint-Georges — dont le petit-neveu, jolie voix, futur acteur, interprète sous le second Empire de Labiche, d'Offenbach, de Meilhac et Halévy, était enfant de chœur à Semur — avait déposé chez le chanoine en cadeau de gratitude et de bon voisinage. Le doyen de Montbard devait reprendre de bonne heure la route vers Dijon où l'attendait son évêque. Les deux prêtres se levèrent autour de quatre heures du matin, l'esprit encore un peu embrumé par le nectar de la veille. En sortant du presbytère, situé juste en face de Notre-Dame, ils jetèrent un coup d'œil sur l'église : elle rayonnait obscurément sous le ciel sans un nuage et dans le soleil à peine levant.

« Mon Dieu ! mon cher Charles, soupira le doyen, je vous envie de vivre ici : comme votre église est belle ! »

« Elle est belle, répondit le chanoine, en prenant une mine modeste. Et tant mieux pour le Seigneur pour qui rien n'est trop beau ! »

Ils allaient passer, conversant de la sorte, à la façon des prêtres dépeints, un peu plus tard, par Samuel Butler ou par Anatole France, lorsqu'un tas de vêtements sous le porche de l'église attira l'œil perçant du doyen. Il hésita un instant, reprit son chemin, s'arrêta, regarda à nouveau, dit : « Un instant, je vous prie » et fit quelques pas vers l'église. L'autre n'avait rien remarqué et attendait avec patience, encore à moitié endormi, le retour de son compagnon quand il entendit celui-ci le héler : « Psst... venez donc voir... » Le chanoine s'avança à son tour. L'enfant dormait, devant eux.

Un papier était attaché à la couverture de laine qui l'enveloppait comme un paquet. Il portait quatre mots écrits à la hâte, en grandes lettres maladroites : « Je m'appelle Julien Pontarlier. » Cette inscription constituait de la part des parents de l'enfant une imprudence assez grave. Mais Eugénie l'avait voulue. Elle conservait l'espoir un peu fou de revoir un jour son fils. Elle se disait que le seul prénom de Julien ne permettrait jamais aucune recherche : elle le retrouverait plus facilement sous ce nom de Pontarlier qu'elle avait dû inventer à l'instant même où elle le marquait sur le papier. David lui reprochera plus tard cette piste, offerte aux enquêteurs. Mais quoi ! Que la police ait fait ou non le lien entre le nourrisson abandonné à Semur et l'enlèvement de la fille du notaire de Pontarlier — et j'avoue que je n'en sais rien —, la trace de David et d'Eugénie était perdue de toute façon : ils avaient disparu dans une ombre d'où ils ne sortiront que par la mort.

L'enfant entre les bras, à cinq heures du matin, dans les rues de Semur encore à moitié endormi, les deux prêtres ressentirent un certain embarras. Une jeune fille, les cheveux en désordre, les croisa très vite avant de disparaître dans une porte : ils eurent le temps de la voir rire. Ils décidèrent d'aller déposer leur précieux et encombrant paquet au couvent des Ursulines. Ils connaissaient bien, l'un et l'autre, la mère supérieure : c'était une femme de tête et de cœur.

Nous pourrions ici, vous et moi, nous attacher à l'enfance et à la jeunesse de Julien Pontarlier. Il naît sous l'Empire à l'apogée de sa puissance. Il a dix ans sous Louis XVIII. Il en a vingt-cinq sous Louis-Philippe. Son intelligence, son charme, deux ou trois rencontres heureuses — il arrête, comme dans un roman d'Octave Feuillet, le cheval emballé de la fille d'un ministre — lui permettent de monter à Paris et d'entreprendre avec succès des études de médecine. Il travaille avec Claude Bernard. Il se croit un enfant trouvé — et, par le fait, il l'est. Il ne sait pas qui sont ses parents. Nous, nous savons qui ils sont parce qu'une lettre écrite en prison, quelques heures avant sa mort, par Eugénie à Vidocq est parvenue jusqu'à nous. Le chef de la Sûreté l'avait jugée assez confidentielle, et peut-être assez explosive, pour la classer parmi des documents rigoureusement secrets qui n'ont été connus — et non pas du public, mais du moins des spécialistes — qu'après la disparition d'Eugénie, de Vidocq et de Julien lui-même. La lumière est faite désormais. Presque tous les papiers nécessaires sont en ma possession. J'ai pu prendre connaissance de ceux qui me manquaient dans des bibliothèques publiques ou privées, dans des archives de ministères, dans des collections particulières. Et j'exprime ici ma gratitude à ceux qui m'ont aidé dans ces recherches.

Différentes raisons — l'âge qui vient, d'autres projets, le souci de me consacrer tout entier à une biographie plus importante encore — m'ont détourné d'écrire moi-même l'histoire de la vie de Julien Pontarlier. Mais je tiens à la disposition de mes confrères, de tous les chercheurs qui désireraient s'y intéresser, un certain nombre de pièces décisives : elles permettent d'entrer dans l'intimité de ce personnage attachant et relativement peu connu qui, sans avoir jamais rien écrit d'autre que deux ou trois études, d'ailleurs remarquables, sur la vie de Laënnec et sur la méthode d'auscultation, s'installe au cœur de XIXe siècle littéraire par ses relations surprenantes et secrètes, non seulement avec Claude Bernard, mais avec Stendhal, avec George Sand, avec Hortense Allart, avec Alexandre Dumas, avec Barbey d'Aurevilly, avec Henry Bulwer

Lytton, avec bien d'autres encore peut-être — et surtout avec Chateaubriand. On peut s'étonner à juste titre du nombre relativement restreint de travaux — et toujours très partiels — qui mentionnent jusqu'à présent son existence et son nom. Il mérite plus et mieux. Une grande étude historique ou une thèse universitaire pourraient légitimement lui être consacrées : à coup sûr, il en vaut la peine.

Plus d'un pourrait s'interroger sur la place faite à Julien Pontarlier dans un ouvrage sur Dieu. Comme on pourrait s'interroger aussi sur la place faite à Dieu dans un ouvrage sur Julien Pontarlier. Comment un personnage dont on ne sait presque rien — au point que certains ont été jusqu'à le traiter d'imaginaire — peut-il occuper tant de volume aux dépens de tout le reste dont nous avons tant de témoignages et dont il faudrait aussi parler ? C'est qu'il représente cette part, si importante dans notre projet, de découverte, de rêve, de secret, de construction volontaire, d'illusion si l'on y tient, qui se révèle, en fin de compte, plus réelle que le réel. Plus que tout personnage historique, plus que tout héros de roman, et peut-être précisément parce qu'il n'est ni l'un ni l'autre, il est au cœur de notre dessein, il en est la cheville et la clé. Si le réel n'est qu'une espèce de rêve — et il l'est, puisque nous mourrons —, pourquoi un rêve après tout ne serait-il pas ce qu'il y a de plus proche du réel ? Julien, comme Dieu lui-même, est très loin d'être un rêve. Mais le serait-il encore que ce livre sur lui pourrait sans doute contribuer à le faire entrer ou rentrer dans cette réalité à laquelle, plus que personne, par les passions qu'il soulève, par une ardeur secrète, il appartient éminemment.

Je ne parlerai donc guère ici de l'existence obscure et brillante de Julien Pontarlier. Je la laisse à chacun de ceux qui viendront après moi et qui feront, à leur tour, le même trajet que moi. Il est un homme, voilà tout. Parce qu'il vit en France au milieu du XIXe siècle, il assiste aux débuts de l'industrie, à l'installation de la bourgeoisie, aux progrès de la science et des techniques, aux luttes des républicains, au triomphe du romantisme et à ses métamorphoses, au bouillonnement des idées et des institutions. Il canote sur les rivières et sur les étangs, il rencontre des peintres, il est de ces dîners où des jeunes gens exaltés démolissaient le monde et le reconstruisaient, il danse dans les bals de banlieue ou du Faubourg Saint-Germain, il porte la barbe et il fume la pipe. Il a de la chance et du succès — auprès des femmes surtout, mais aussi avec les hommes : les difficultés de l'existence, qui s'étaient accumulées au début de sa route, s'évanouissent devant lui. Grand et mince, très souple et fort, la peau à peine foncée, à la façon peut-être d'un Méditerranéen, gai jusqu'à l'insouciance, Julien Pontarlier avait quelque chose d'effrayant : il était beau. Il ne se douta jamais qu'il était le fils de ces bandits dont la bourgeoisie enfin rassurée apprit, un beau jour, par la rumeur et les journaux — cette prière quotidienne marmonnée par le monde moderne — la dernière aventure : lui, le nègre de Pontarlier, abattu par les gendarmes du côté des Cévennes ; elle, traînée en prison où elle se suicida. La nouvelle, j'imagine, ne le toucha pas beaucoup. Est-ce qu'elle parvint seulement jusqu'à lui ? Il était encore un enfant quand ce fait divers sanglant enrichit le trésor des complaintes populaires et des chanteurs des rues.

Il faudrait rechercher ici les réactions des Moucheron à cet épilogue qu'ils avaient tant attendu. Est-ce qu'ils surent ? Est-ce qu'ils comprirent ? Une réponse positive ne peut pas être exclue. Mais le temps avait passé. Le vieux notaire était mort. Un des gendres s'était tué en tombant de cheval près de Genève. Les autres, plus prospères que jamais, avaient pansé leur plaie. Ils ne bougèrent pas. Des liens parfois se forgent entre les créatures. Il leur arrive aussi de se rompre. Entre Pauline Borghèse, les Vaudreuil, les Moucheron, les bandes de brigands de l'Empire et de la Restauration, les nègres du Sénégal, les esclaves d'Amérique, les notaires du Jura, le souvenir de Toussaint Louverture et Julien Pontarlier, il n'y a plus rien de commun. Ils étaient venus de loin, les uns et les autres, pour se rencontrer et s'unir. Voilà qu'ils se séparent, qu'ils reprennent les billes de leurs destins sans contacts et qu'ils repartent, chacun pour soi, sur leurs chemins divergents. Mais quelque chose d'imprévu va se nouer à nouveau, par personne interposée, entre le fils illustre du capitaine de l'*Apollon* et le petit-fils d'Omar enchaîné à fond de cale.

CHAPITRE XX

où Chateaubriand, comme toujours désespéré et ravi, prononce un beau discours

La fin de la vie de Chateaubriand se déroule, déjà presque achevée et pourtant encore haletante, entre deux révolutions. Au cours de l'été 29, Charles X avait renvoyé Martignac, opportuniste, conciliateur et en un sens libéral, pour appeler enfin aux affaires un ministre selon son cœur : Jules, prince de Polignac. « Les concessions, disait le roi, ont perdu Louis XVI. J'aime mieux monter à cheval qu'en charrette. » C'était le commencement de la fin définitive de la monarchie légitime. Le prince de Polignac ne se contentait pas de prendre ses ordres auprès du roi : il les recevait directement, par une inspiration particulière, de la Vierge Marie. Tout cela ne suffisait pas à faire une politique, mais préparait avec évidence un nouveau bouleversement : « M. de Polignac, écrivait un journaliste du *Globe,* est très résolu, mais il ne sait pas à quoi. »

Toute sa vie, Chateaubriand s'était battu pour deux causes qui avaient du mal à s'entendre : la liberté et la monarchie. Avant d'entraîner la chute de la seconde, la première de ces deux déesses était en train de vaciller. Une foule d'amis empressés firent le siège de l'ambassadeur et le pressèrent, toutes affaires cessantes, de présenter sa démission. Cette sollicitude encombrante agaça Chateaubriand : « Je fus choqué de cet officieux intérêt pour ma bonne renommée. Grâce à Dieu, je n'ai jamais eu besoin qu'on me donnât des conseils d'honneur... En fait de devoir, j'ai l'esprit primesautier. » Il aimait Rome. Il avait besoin de ces charges et de ces gloires d'occasion qu'il faisait profession de détester. Il savait que Céleste — et peut-être aussi lui-même — avait de l'aversion pour ce qu'ils appelaient joliment « le ménage chétif ». Mais les amis ne désarmaient pas : les malheurs des autres sont toujours faciles à supporter et rien n'est plus tentant que de se donner bonne conscience sur le dos du voisin : « On était rempli pour moi d'abnégation ; on ne pouvait assez se dépouiller de tout ce que je possédais. » L'intransigeance du Premier ministre n'arrangeait pas les choses : « M. de Polignac me jura qu'il aimait la Charte autant que moi. Mais il l'aimait à sa manière ; il l'aimait de trop près. » Il ne l'embrassait que pour mieux l'étouffer. Une nouvelle fois, désespéré, et pourtant enchanté, Chateaubriand démissionna. C'en était fini de ce pouvoir qu'il avait passé une bonne partie de son existence à mépriser et à caresser.

Une biographie de Chateaubriand trouverait ici l'occasion de quelques pages brillantes. L'ancien ambassadeur était en compagnie de deux de ses amours les plus chères et les plus constantes — il était au bord de la mer avec Juliette Récamier — quand une vieille connaissance fondit sur lui en coup de vent : c'était Hyacinthe Pilorge, plus vulgaire et plus rouge que jamais. Il apportait le texte des ordonnances de Juillet. « Encore un gouvernement, dit seulement Chateaubriand, qui de propos délibéré se jette du haut des tours de Notre-Dame. » Et il rentra à Paris.

Dans l'histoire universelle comme dans les pièces de Shakespeare, le comique vient volontiers assaisonner le drame. Le roi avait d'abord joué la carte de l'autorité, et il s'était servi, en sens inverse, de la même image que Chateaubriand : « Il suffira d'un bonnet à poil sur les tours de Notre-Dame pour tout faire rentrer dans l'ordre. » Et puis, devant le désordre, il avait fait appel au duc de Mortemart. Mais le duc n'avait pas pu franchir les barrages de soldats dressés aux portes de Paris et laissés sans instructions. Pour prendre le pays en main, il avait décidé de traverser le bois de Boulogne à pied. En arrivant chez lui, épuisé, le talon en sang, il s'était jeté dans un bain au lieu de se jeter dans l'histoire. « Le talon de M. de Mortemart fut le point vulnérable où le dernier trait du Destin atteignit la monarchie légitime. »

Il faudrait aussi dépeindre ici la rencontre entre Chateaubriand et le duc d'Orléans, fils de régicide, futur roi des Français, flanqué de la duchesse, son épouse. Le couple princier jura ses grands dieux qu'il ne voulait pas du pouvoir et proposa, du même souffle et à mots couverts, au héraut de la légitimité de le partager avec lui. Tout ce que Chateaubriand n'avait cessé de dire et d'écrire s'opposait à cette forfaiture qui le tenta peut-être quelques instants. Mais il avait mieux à faire qu'à être ministre d'une branche cadette, renégate et usurpatrice : il avait à choisir à la fois le triomphe et l'échec — ou plutôt, selon sa coutume, le triomphe dans l'échec. A la Chambre des pairs, où les yeux des ralliés se baissaient sur son passage, Chateaubriand prononça le plus célèbre des discours de sa vie, un des plus célèbres, peut-être, de l'histoire parlementaire et, avec ceux de Démosthène, d'Isocrate, de Marc Antoine devant le cadavre de César, d'Émile Ollivier au Corps législatif le 15 juillet 1870 et de Winston Churchill devant la Chambre des communes en 1940, de toute l'histoire universelle : « Inutile Cassandre, j'ai assez fatigué le trône et la patrie de mes avertissements dédaignés. Il ne me reste qu'à m'asseoir sur les débris d'un naufrage que j'ai tant de fois prédit. Je reconnais au malheur toutes les sortes de puissance, excepté celle de me délier de mes serments de fidélité... Si j'avais le droit de disposer d'une couronne, je la mettrais volontiers aux pieds de M. le duc d'Orléans, mais je ne vois de vacant qu'un tombeau à Saint-Denis et non un trône. » Son discours achevé, Chateaubriand descendit de la tribune, sortit de la salle de séance, se rendit au vestiaire, retira son épée, son habit de pair et son chapeau à plumet. Il en détacha la cocarde blanche et, sous la redingote noire qu'il venait de revêtir, il la serra contre son cœur. Plus que jamais, son amour et sa fidélité se nourrissaient de désastres. Il confondait sa cause avec celle de Dieu lui-même. L'ironie d'un contemporain cachait mal l'admiration : « C'est toujours Némésis parlant au nom de Jéhovah. »

Déjà, dans les rues de Paris, La Fayette commandant en chef de la Garde nationale, l'avait emporté sur Marmont, duc de Raguse, fidèle pour une fois au régime qu'il servait et à la tête des troupes royalistes. Le duc d'Orléans avait écrit jadis : « Je suis lié au roi de France, mon aîné et mon maître, par tous les serments qui peuvent

CHAPITRE XXI

où Dieu joue aux échecs avec l'histoire des hommes

Il n'y a que deux choses qui puissent donner, dans l'espace et le temps, une vague idée de Dieu : la nature sans les hommes — la mer, les étoiles, le désert, les forêts — et puis l'histoire. L'histoire se confondrait avec Dieu s'il n'y avait pas d'autres mondes dont nous ne savons rien. Telle qu'elle est, partielle, limitée, ridiculement restreinte, elle offre la meilleure image de Dieu que nous puissions espérer.

Le drame de l'histoire, c'est que — précisément, sans doute, parce qu'elle est proche de Dieu — il ne nous est jamais permis de la regarder en face dans sa totalité. Nous n'en attrapons que des bribes, des fragments minuscules, des détails toujours inachevés, un profil qui passe son temps à s'évanouir et à s'effacer. Nous la découpons en secteurs, en périodes, en domaines. Nous ne l'attaquons jamais que sous un angle particulier. Elle est comme le dé ou le cube dont parlait jadis Alain et qu'on n'aperçoit jamais sous toutes ses faces à la fois.

Tout est histoire. Chaque geste, chaque parole, chaque signe, quelque décisifs ou insignifiants qu'ils puissent être, sont happés par l'histoire et s'y inscrivent aussitôt. Les hommes distinguent dans l'histoire des séries auxquelles ils s'attachent parce que leur vie quotidienne, leurs besoins, leurs idées, leurs croyances en dépendent. L'histoire des batailles et des guerres, l'histoire économique ou religieuse, l'histoire des sociétés et des institutions, l'histoire de la musique ou des mathématiques tracent, à travers le chaos, des sillons de systèmes et d'intelligibilité qui contribuent largement à donner un semblant de sens à l'aventure des hommes. La nécessité et le hasard s'y combinent avec bonheur. Tout aurait pu ne pas être et il est pourtant impossible de penser que ce qui est ne soit pas. Car tout ce qui est est et ce qui n'est pas n'est pas. Mais, à chaque instant, le moindre d'entre nous, comme le plus puissant, peut avoir le sentiment que, dans une certaine mesure au moins, ce qui est dépend de nous et ce qui n'est pas aussi. L'histoire nous dépasse de toute sa masse prodigieuse, immuable comme les montagnes et comme la voûte des cieux, et, en un sens pourtant, elle repose sur chacun de nous.

Au sein de cette nécessité, d'un bout à l'autre accidentelle, nous pouvons indéfiniment choisir notre propre histoire. Nous pouvons la considérer sous l'angle de la généalogie ou de la classification des familles et des règnes, du point de vue de la cuisine, des collections de timbres, des institutions parlementaires, de l'art de la guerre ou des émaux, sous les espèces du vêtement, de l'architecture, des communications, de l'ambition militaire, politique ou sociale. Une histoire de la folie, des manies, de la versification, du ballet, des instruments nécessaires pour allumer le feu ou pour l'éteindre, est tour à tour concevable. Quelque obscurs qu'ils puissent être, un certain nombre de domaines apparaissent comme privilégiés par notre appétit de puissance, de savoir, de bonheur ou de plaisir : la guerre, la religion, l'art. Une histoire de l'idée de Dieu, une histoire de la peinture peuvent sembler, à juste titre, plus riches de conséquences, d'implications, de substance, plus délicieuses aussi, qu'une histoire des timbres-poste ou de la chasse aux fauves. Déjà rôdent à l'arrière-plan, contestables mais utiles et quelquefois exaltantes, les notions de grands hommes et d'événements historiques, individuels ou collectifs.

L'art, la philosophie, la littérature, la musique, l'architecture, la sculpture, la peinture laissent une traînée de feu dans notre brève histoire. Quelques siècles à peine de musique ou de peinture suffisent, par exemple, à justifier l'idée d'une dignité suprême de l'homme. L'art n'a pourtant, en lui-même, aucune espèce d'existence : ce n'est qu'une idée vague et un mot sans contenu. Parler de l'art est mauvais signe. Une majuscule, c'est le désastre : au même titre que la Culture ou que l'Humanisme, l'Art, à coup sûr, est une connerie. Ce qui existe, ce sont des mots, des notes, des couleurs, des lignes, des individus qui les emploient et des groupes qui s'en souviennent. Peut-être, à l'extrême rigueur, quand ils procurent beaucoup de bonheur, très durable et très fort, quand ils changent les idées ou la nature des hommes, est-il permis de parler d'artistes, de poètes, de peintres.

Le nom d'Ernst Chladni ne vous dit sans doute rien. Il est pourtant déjà apparu, au détour d'une page, dans ce livre sur l'œuvre de Dieu. Physicien allemand, amateur de musique, spécialiste des mouvements vibratoires des solides, il étudia expérimentalement, autour de 1800, les vibrations de plaques saupoudrées de sable fin. Il obtint ainsi des figures acoustiques dessinées par le sable, avec des nœuds et des ventres. L'histoire du monde, elle aussi, trace à travers le temps des espèces de figures. Elle n'est linéaire qu'en apparence. Elle se noue et se dénoue. Uniforme et neutre, toujours semblable à elle-même, elle ne cesse pourtant jamais d'emprunter des chemins nouveaux qui forment aux yeux de Dieu des paysages et des jardins, des déserts, des fêtes. Elle accumule les tragédiens, les peintres, les capitaines, les navigateurs, les théologiens, les philosophes, les musiciens — et puis elle les oublie. Et elle passe à autre chose qui est la suite et le contraire de tout ce qui a précédé. Lorsque tout sera fini, l'histoire livrera son sens, non pas à nous, bien sûr, qui sommes les grains de sable sur les plaques de Chladni, mais à celui pour qui le monde est un ensemble d'échiquiers où les joueurs d'échecs ignorent qu'ils sont eux-mêmes les pions, les fous, les chevaux et les cases et les rois d'un autre jeu joué par Dieu.

CHAPITRE XXII

où le fantôme de saint Marc contemple son propre corps

Certains penseront peut-être que ce livre est un peu long, qu'il part dans toutes les directions, qu'il lui arrive de se répéter. Il n'est qu'un doigt tendu — le mien, naturellement — vers tout ce qui a été, qui est et qui sera. Et mon pauvre doigt n'est jamais que lui-même. Et ce qu'il montre n'en finit pas.

Un livre se sert de mots. Mais Dieu, lui, pour faire son œuvre, se sert du ciel et de la terre, des couleurs et des sons, des animaux, des arbres, des minéraux, du vent. Il se sert surtout des hommes. Il se sert des saints et des voleurs, des assassins, des fous, des philosophes et des esclaves, des marins et des peintres. Tout ce qui a été fait ici, à une échelle minuscule, autour de quelques écrivains français du début du XIXe siècle aurait pu être fait aussi bien autour de la cour du grand Khān, autour de Christophe Colomb, autour des tragiques grecs, autour des quatre évangélistes, autour de la vie du Bouddha ou de celle de Mahomet, autour de l'homme de Néanderthal ou de celui de Cro-Magnon, autour des monstres de la préhistoire, autour de Sirius ou de Bételgeuse ou de la constellation du Cygne ou de ces fameux trous noirs d'où la lumière ne s'échappe pas. Il n'y a pas, aux yeux de Dieu, de période ou de lieu qui soient privilégiés. Mais aux nôtres, évidemment, la petite planète Terre et les quelque trois mille ans que nous venons de vivre ont quelque chose de familier. Avec Euclide et Mercator, avec Abraham et Moïse, avec Christophe Colomb, avec Léonard de Vinci, avec Platon et Aristote et

Sophocle et Thucydide, avec saint Paul et saint Augustin et saint Thomas d'Aquin et saint François d'Assise, les choses autour de nous s'organisent assez bien. Et nous nous y reconnaissons, au point que les accidents y deviennent nécessaires et que ce monde absurde est le lieu de la raison. Les imbéciles, je le sais bien, et je me range parmi eux, parlent beaucoup de la culture grecque et de la morale chrétienne. C'est que chacun parle de ce qu'il connaît, de son jardin, de son chien, des fleurs de ses plates-bandes, de sa première communion, de ses camarades de classe, de régiment, de bureau. Notre jardin et notre classe, c'est Socrate et Jésus, c'est Rome en train de tomber sous les coups des Barbares, c'est l'exécution du duc d'Enghien dans les fossés de Vincennes, c'est Karl Marx et Sigmund Freud contre Racine et le roi. Il y a des pièces de notre vieille maison où nous entrons plus fréquemment et où nous nous tenons plus volontiers. Le Ve siècle avant Jésus-Christ dans le nord de l'Inde et autour d'Athènes, le XVe siècle après Jésus-Christ du côté de Florence ou de Venise, nous les visitons aussi souvent, dans nos albums de photographies et nos recueils de bons mots, que le XIXe siècle à Paris et à Londres, avec Byron et Hugo et Hortense et Wellington et Musset et George Sand et ce pauvre Castlereagh, marquis de Londonderry, chef du Foreign Office, qui se trancha la gorge dans un accès de folie. « Je verrai longtemps, écrit Chateaubriand, ce grand cercueil qui renfermait cet homme égorgé de ses propres mains au plus haut point de ses prospérités. Il faut se faire trappiste. »

La cohérence et la beauté ne surgissent pas par hasard. La chance, l'accident, le talent s'appuient, pour les servir, sur la nécessité. Elles se préparent et éclatent, elles s'organisent et se multiplient, s'arc-boutent et se reproduisent. La grande époque d'Athènes est l'exemple le plus illustre de ce cumul et de cette explosion : le jour de la bataille de Salamine, Eschyle était au sommet de sa gloire, Sophocle parmi les jeunes gens qui célébraient la victoire, et Euripide naissait.

Il y a un tableau célèbre qui peut faire longuement rêver : ce sont *Les Noces de Cana,* au musée du Louvre, à Paris. On y voit, dans un coin, un fabuleux orchestre. Il est entièrement composé de peintres vénitiens. On y reconnaît, m'assure-t-on, Titien à la contrebasse, le Tintoret à la viole, Jacopo Bassano à la flûte et, au violoncelle, l'auteur : Paolo Caliari, dit Véronèse parce qu'il était né à Vérone. J'imagine que Dieu, du haut de son histoire, contemple ce petit orchestre avec autant d'amusement, et sans doute de plaisir, ou peut-être même d'admiration, que la fameuse *École d'Athènes* où, dans les *Stanze* du Vatican, à quelques pas de notre cher vieux plafond de la chapelle Sixtine avec ses prophètes et ses sibylles, aux côtés de Platon et d'Aristote, entouré de Socrate, d'Alcibiade, de Xénophon, de Zénon et d'Épicure, de Pythagore, d'Averroès, d'Empédocle, de Ptolémée et de Zoroastre, Raphaël, dans le coin droit, se représente lui-même en train de regarder Euclide — ou peut-être Archimède — occupé, sous les traits de Bramante, à tracer avec beaucoup de soin une figure au compas. Diogène est couché par terre. Michel-Ange joue Héraclite.

Cette vie de Dieu que vous lisez ici aurait pu aussi bien se transformer en n'importe quoi, en un traité de philosophie, en une étude sur la Bourse, en un manuel de chasse à courre. Ou, amours, délices et orgues, en une histoire de la peinture italienne à l'époque de la Renaissance. Vous y auriez découvert, parmi beaucoup de merveilles à se tordre les bras et à se taper la tête contre les murs, un génie stupéfiant, disparu beaucoup plus tôt que Raphaël, Giorgione ou Mozart, plus tôt qu'Alexandre et plus tôt que Jésus, presque aussi jeune qu'Évariste Galois, mathématicien foudroyant tué dans un duel, le 31 mai 1832, à l'âge de vingt et un ans : il s'appelle Thomas — Tommaso —, ou Maso, ou encore Masaccio, et il a vingt-sept ans quand il meurt empoisonné. Il a tout de même eu le temps de révolutionner la peinture en disposant ses figures monumentales et massives dans une architecture austère d'où sort la perspective. Sans lui, sans Masolino dont il était l'élève, sans l'architecte Brunelleschi, sans les sculpteurs Donatello et Ghiberti, sans quelques autres encore, Paolo Uccello n'aurait pas peint la victoire des Florentins et de leurs chevaux aux belles croupes et de leurs lances hérissées à la bataille de San Romano en 1432, et il n'aurait pas répété, en travaillant, en soupant, en se promenant dans la campagne toscane, en dormant auprès de sa femme : « Mon Dieu ! quelle douce chose que cette perspective ! » Et de là se précipitent, se bousculent, s'entremêlent toute la bande des

Lippi et des Pollaiuolo, tous les Verrochio, les Ghirlandaio, les Mantegna, les Benozzo Gozzoli, les Piero della Francesca et les Signorelli, les Botticelli et les Léonard de Vinci, entourés de leurs apôtres, de leurs rois mages chamarrés, de leurs élus et de leurs damnés, de leurs gardes aux lances immenses plantés devant les tentes où dorment des empereurs.

Ah ! dans cet autre livre que je n'ai pas écrit, vous auriez trouvé encore bien des traces de Dieu. Elles se dissimulent, par exemple, dans cette église de Venise qui porte un joli nom : Santa Maria Gloriosa dei Frari. Trop grande, trop solennelle, ce n'est pas une de ces églises de rêve qui vous jettent à genoux. Et ce n'est pas parce qu'elle est immense et célèbre que Dieu s'y repose plus volontiers qu'ailleurs, que dans l'humble église au cintre surbaissé où était entré Hugo, que dans un square de province, que dans une brasserie enfumée, pleine d'ivrognes et d'imbéciles. Mais là, entre les peintures et les tombeaux de marbre, entre deux monuments d'une solide médiocrité qui se regardent en chiens de faïence — la pyramide de Canova avec sa flamboyante inscription : *Principi sculptorum aetatis suae...* et le tombeau de Titien —, éclate tout à coup un surprenant tableau : c'est la Madone de la famille Pesaro. Œuvre votive commandée à Titien pour rendre grâces à la Vierge d'une victoire remportée sur les Turcs par Jacopo Pesaro à la tête des Vénitiens, elle représente Marie avec son Fils dans les bras, saint Pierre avec sa clé, saint François et ses stigmates, un porteur d'étendard venu avec un Turc qu'il a fait prisonnier, Jacopo Pesaro, les mains jointes devant la Madone, et tout le clan Pesaro agenouillé dans un coin en face du donateur. Il y a un scandale dans cette toile : la Vierge n'est pas au milieu. Elle est assise à droite, sur un trône surélevé, au pied d'une colonne géante qui va se perdre dans les nuages. Une autre colonne à gauche répond à la première. Le tout constitue une scène animée et vivante dont la Vierge n'est pas le centre, mais seulement la spectatrice à peine privilégiée. A la figure de la Vierge est opposé non pas un ange ou un saint ou l'image du Christ lui-même, mais le simple étendard — admirable, il est vrai, de somptuosité et de précision — déployé par le personnage qui traîne un Turc derrière lui. Quelques années à peine après les Vierges des Bellini ou des Vivarini, le peintre et le spectateur ne se contentent plus, comme naguère, de regarder la mère de Dieu : c'est elle qui regarde la scène à laquelle tous participent — les saints, les anges, les donateurs, tous les acteurs du tableau, le peintre, et puis vous-même. Dieu, qui avait tout conquis de la peinture des hommes, finit par s'effacer. Ainsi commence un jeu qui n'en finira plus, plein de regards échangés, plein de pièges de couleur et de labyrinthes de formes.

Une quarantaine d'années plus tard, un autre révolutionnaire vénitien, le joueur de viole du tableau de Véronèse, le successeur impatient et tourmenté de Titien, le maître du Greco, Jacopo Robusti, dit le Tintoret parce que son père était teinturier du côté du ghetto et de la Madonna dell'Orto, peint un tableau saisissant que vous pouvez aller voir à la Brera de Milan : c'est *L'Invention du corps de saint Marc.* On n'y comprend d'abord presque rien. Une série de sarcophages sont suspendus aux murs d'un édifice voûté. D'un de ces sarcophages, trois hommes retirent un corps. Un peu plus loin, au fond, un personnage debout essaie, à l'aide d'une torche, de déchiffrer une inscription sur un autre tombeau. Un patricien, au milieu, en grande robe vénitienne, examine un cadavre étendu sur le sol. A gauche, plus grand que les autres, un saint avec un nimbe et un livre à la main contemple toute la scène et, en un geste d'arrêt, étend la main vers la droite où les trois hommes de tout à l'heure continuent à faire descendre le corps qu'ils viennent d'extraire de son tombeau, avant de s'interrompre sur l'injonction du bienheureux dans leurs efforts et dans leur mouvement. Au premier plan à droite, un groupe contemple le saint avec stupéfaction. Ils ne sont pas plus surpris que nous qui nous interrogeons en vain sur le sens de ce mystère. Il s'éclaire pourtant dès que le spectateur n'ignore plus que la scène se passe à Alexandrie, cité musulmane où étaient conservés les restes de saint Marc, ancien évêque de la ville, que le patricien au milieu du tableau est le doge de Venise, que l'homme de haute taille, à gauche, qui met fin aux recherches, est saint Marc en personne et que le corps sur lequel se penche le doge est la dépouille de l'ancien évêque, authentifiée par le saint lui-même, miraculeusement apparu à ses futurs concitoyens : le corps de saint Marc, reconnu et désigné par le principal intéressé, sera, comme chacun sait, rapporté à Venise et conservé dans la basilique qui devait prendre son nom. Ainsi, saint Marc, déjà mort, figure deux fois sur le tableau du Tintoret : une fois sous forme de cadavre, une fois sous forme d'apparition. Debout auprès de lui-même, le saint ressuscité est le centre du tableau puisque tous les personnages se tournent ou vont se tourner vers lui. Situé à l'extrême gauche, il est en même temps presque extérieur à la toile, puisque, pur esprit, il est sous son second aspect le seul à n'être ni un cadavre ni un vivant et qu'il balaie de son regard — ou de son absence de regard — toute la scène qu'il fige sur place. L'ensemble du tableau, devenu soudain lumineux, est attiré vers ce mort qui surgit tout à coup aux pieds de son propre cadavre et qui semble regarder tous les autres qui le regardent. Le moment saisi par l'œil du Tintoret pour le soumettre au nôtre, c'est celui où naît, à Alexandrie, en présence du doge et du fantôme de saint Marc, toute cette légende de Venise qui n'en finira plus et qui, au confluent de la beauté et de Dieu se servant l'un de l'autre et s'épaulant entre eux jusqu'à la suffocation, jusqu'à l'évanouissement final, mènera où nous savons : Byron et Marcel Proust, Visconti et Morand et toute la suite des autres. Et Chateaubriand, naturellement.

Mais l'exemple le plus illustre de ces jeux de rencontres et d'échos où se construit le monde sous le regard d'un Dieu dont l'absence seule fait la présence, c'est cent ans plus tard, et ailleurs, que nous allons le trouver. En Espagne. Au XVIIe siècle. Vélasquez. Admirateur de Rubens, du Caravage, et aussi de Titien, il peint la pièce d'apparat transformée en atelier où il a entrepris le portrait de Philippe IV — beau-père de Louis XIV dont le petit-fils sera roi d'Espagne — et de la reine, sa femme. Ce qu'il y a de plus remarquable dans ces *Ménines* du Prado, un des tableaux les plus célèbres de tous les temps, c'est que le roi et la reine n'y figurent que par leur reflet dans un miroir sur le mur du fond. Nous sommes situés, vous et moi qui regardons la scène, à la place même des souverains. Et ce que nous voyons, c'est le peintre au travail, de face, derrière sa toile, entouré de l'infante Marguerite avec ses dames d'honneur, ses duègnes et ses naines, venues regarder le peintre et saluer le roi. Ce que vous devriez apercevoir dans le miroir du fond, c'est votre propre visage. Mais le roi et la reine sont déjà là avant vous : ce sont leurs silhouettes, étrangement effacées, que vous devinez dans la glace. L'illusion atteint ici des proportions fantastiques. Installé, dans le regard, à la place du roi lui-même, c'est vous que les ménines voient et que le peintre peint : vous devenez en même temps le modèle et le spectateur. Sous les espèces du roi, vous figurez sur la toile que vous voyez de derrière. Le peintre, au lieu d'être dehors, est pour une fois dedans. Le modèle, au lieu d'être dedans, est pour une fois dehors. Et il se confond avec le spectateur. Le spectateur est le modèle et le roi et le reflet dans le miroir. Ce que représente le peintre, c'est lui-même en train de vous peindre et de peindre le roi qui n'est autre que vous-même. Et ce que voit le roi, c'est ce que vous voyez. La peinture et le monde finissent par se résoudre en un jeu de regards. Pendant des siècles et des siècles, les peintres n'ont peint que Dieu, le Christ, la crucifixion, la mise au tombeau, la résurrection, la Vierge, les saints et les anges. Dans le tableau de Vélasquez, il n'y a plus de Dieu. Il n'y a même plus de roi. Il n'y a plus qu'un peintre : il n'y a plus rien d'autre que les regards des hommes qui se regardent se regarder.

Ce célèbre tableau a été décrit bien des fois. Michel Foucault, de nos jours, le dépeint, mieux que moi, dans *Les Mots et les choses,* où rôdent aux alentours, et parmi beaucoup d'autres, les ombres de Borges, de Don Quichotte, de Kant, de Jean-Paul Sartre poussé tout doucement, le temps passe et les hommes et leurs systèmes aussi, vers cette porte de sortie qui s'ouvre en pleine lumière, au fond de l'atelier, à côté de la glace. *Les Ménines* de Vélasquez, avec leur absence de Dieu et leur absence de roi, ne renvoient pas seulement, à travers le miroir du fond, au spectateur de tous les temps confondu avec le modèle, ils renvoient aussi, non pas plus que tout le reste mais de façon exemplaire, à la totalité de l'univers et de ce double de l'univers que Dieu nous a permis de créer en nous donnant la parole, le langage, des signes et que nous appelons — baissons la voix — le monde de la culture. Dieu n'y est plus présent que par son image effacée dans le miroir du fond.

Peu de choses ont provoqué autant de délices et de sottises que cette sacrée culture qui n'est qu'un piège de Dieu, comme *Les Ménines* elles-mêmes sont un piège de la peinture. La nature est à

Dieu. La culture est à l'homme, et Dieu en est absent avec cette pointe d'affectation qui le rend plus présent que s'il était présent. Dans ce monde au second degré, dont l'homme est devenu le Dieu et qu'il ne cesse de créer comme Dieu lui-même ne cesse jamais de créer la nature et les hommes, règnent les combinaisons sans nombre, indéfiniment tricotées, de la nécessité et de la liberté. Sans nombre, indéfinies — mais non pas infinies : l'imagination des hommes ne tourne jamais qu'en rond. Aux rapports de transmission — les peintres qui forment d'autres peintres, les poètes qui reprennent les mêmes thèmes, les longues chaînes de musiciens, les traditions des artisans — répondent et succèdent les rapports de rupture qui rejettent les maîtres, les influences et la continuité. Des cycles s'établissent, des régularités, des pentes. Les situations économiques et sociales, la politique, la religion, les mœurs s'imposent à la culture et se confondent avec elle. Comme le miroir des *Ménines,* elle n'en finit jamais de renvoyer à la fois à ceux qui la contemplent et à ceux qui la font et de se renvoyer à elle-même : toujours en train de se compliquer davantage, elle constitue d'abord le plus formidable des systèmes de référence. Beaucoup s'imaginent et proclament qu'ils créent un monde nouveau. Mais il n'y a pas d'artiste, pas de poète, pas de romancier qui n'arrive juste à point nommé, qui ne traduise son temps, même s'il s'y oppose — et peut-être surtout s'il s'y oppose —, et qui ne soit saisi et figé par une histoire dont il n'est qu'un moment, nécessaire et obligé. Le miracle est que cette nécessité aux innombrables entrées, à la complication très savante, aux articulations sans fin, fasse bon ménage avec le talent, et parfois avec le génie : le talent et le génie, images de la liberté, édifient une histoire de bout en bout nécessaire. Au point que la nécessité n'apparaît dans l'histoire que comme un fruit de la liberté.

Rien de plus absurde que de nier le génie de Sophocle, de Virgile, de Dante, de Shakespeare, de Cervantès, de Goethe ; ou de Michel-Ange et de Rembrandt ; ou de Mozart et de Beethoven : il y a dans l'histoire du monde, du talent et du génie, comme il y a de la beauté, de la souffrance, de l'amour. Il y a aussi du bavardage, du bruit, des parasites, une rumeur sourde, sans répit et sans signification. Le propre de la parole et des signes, c'est qu'on peut

briand. » Un des cinq ou six monuments les plus importants et les plus enchanteurs de cet ensemble si joliment réussi qu'est la littérature française était enfin achevé. Il ne racontait pas seulement une vie prodigieuse qu'il transformait en œuvre d'art, il constituait encore le point de départ d'itinéraires sans nombre et la source où, de Victor Hugo à Marcel Proust et au-delà, s'abreuveraient successivement plusieurs générations. Si, comme ceux de Virgile ou de Montaigne, le nom de Chateaubriand dure encore quelques siècles — et il durera si nous durons —, c'est d'abord aux *Mémoires d'outre-tombe* que sera due cette gloire, la plus proche possible de l'éternité relative que, dans ce monde au moins, il nous est permis d'espérer. Est-ce qu'il est vraiment important de survivre dans l'esprit de ceux qui viendront après nous ? Franchement, je n'en sais rien. Les *Mémoires d'outre-tombe* font en tout cas de Chateaubriand, de sa vie, de son œuvre, un de ces moments qui marquent le mieux, à travers le temps, avec un peu de solennité mais avec charme et grandeur, le passage des hommes et de leur rumeur. Si le survol de ce livre-ci peut vous amener à lire ou à relire les *Mémoires d'outre-tombe* après *La Comédie humaine* et *La Chartreuse de Parme,* ni votre temps ni le mien n'auront été perdus.

A peu près en même temps qu'il achevait ses *Mémoires,* Chateaubriand entreprenait un travail qui lui avait été suggéré, ou plutôt imposé, par un homme étonnant qui était son directeur de conscience. Prêtre de Saint-Sulpice, mort à quatre-vingt-quinze ans, toujours coiffé d'une calotte noire et vêtu d'une soutane dont il relevait les pans dans ses poches, l'abbé Séguin vivait avec un chat jaune dans une pauvre maison de la rue Servandoni où il était la proie des pauvres. Le livre commandé était une *Vie de Rancé.* Vers la fin de Richelieu et les débuts de Mazarin, Arnaud-Jean Le Bouthillier de Rancé était un abbé mondain, riche, ambitieux, brillant, érudit et charmant. A douze ans il publiait en grec une édition et un commentaire des poésies d'Anacréon. Rival de Bossuet, il avait autant de goût pour la chasse que pour l'étude. A un ami rencontré dans la rue, qui lui demandait : « Où vas-tu l'abbé ? que fais-tu aujourd'hui ? » il répondait : « Prêcher comme un ange et chasser comme un diable. » Il aimait surtout les femmes et il leur plaisait. Il était l'amant d'une dame que sa beauté avait rendue célèbre. Elle était, nous assure Tallemant des Réaux, une des plus belles personnes qu'on pût voir ; et il ajoute qu'à trente-cinq ans « elle défaisait toutes les autres au bal ».

D'une beauté vigoureuse et épanouie, maîtresse non seulement de Rancé, mais du duc d'Orléans, du prince de Condé, du comte de Soissons, du duc de Longueville, du duc de Guise, du duc de Beaufort, la duchesse de Montbazon est au centre de la vie et des conversations de l'époque, elle figure dans tous les souvenirs du temps et dans les ouvrages sur son siècle, elle apparaît même, comble de la gloire, dans des chansons populaires qu'il nous arrive encore de fredonner. Rancé en était fou. Un jour, un pont se rompit sous elle et elle faillit se noyer. Quelques mois plus tard, la rougeole l'emportait brutalement. Rancé, prévenu trop tard, ne revit que morte cette femme qui avait tout pour elle et qui était tout pour lui. Le cercueil, déjà préparé, était trop petit pour le corps. On avait été obligé de détacher la tête du tronc. Rancé regarda une dernière fois ce visage incomparable, ce corps qu'il avait serré dans ses bras, et il se jeta dans un couvent. Il partit s'enfermer à Notre-Dame-de-la-Trappe qu'il réforma profondément, et presque avec brutalité. Il fut le premier des trappistes. On l'appela « l'abbé Tempête ». Plusieurs prétendent qu'il avait emporté avec lui, et jusque dans son couvent, la tête de la décapitée qu'il avait tant aimée. Aragon, à son tour, évoque encore ce souvenir et

> Cette tête coupée au bord d'un plat d'argent

dans des vers très classiques :

> Au cloître que Rancé maintenant disparaisse.
> Il n'a de prix pour nous que dans ce seul moment,
> Et dans ce seul regard qu'il jette à sa maîtresse
> Le feu du ciel volé brûle éternellement.

Cette histoire romantique où la passion et la mort basculaient dans l'amour de Dieu était un sujet de rêve pour Chateaubriand, écartelé toute sa vie entre la religion et les femmes. Le livre, plein d'audace, n'eut qu'un demi-succès. Sainte-Beuve, mi-figue, mi-raisin, en rendit compte, avec des réserves où la jalousie et l'irritation se mêlaient à l'admiration, dans la *Revue des Deux Mondes.* Jamais pourtant Chateaubriand n'avait été aussi fort et aussi rapide. Vous souvenez-vous de Joubert qui voulait que Chateaubriand, dans le *Génie du christianisme,* fût, selon une image un peu hardie, une source au lieu d'un tuyau et qui lui conseillait de se méfier des citations ? Mais, ne serait-ce qu'en l'honneur de Dieu, comment se priver ici de l'ivresse de remplacer des mots plutôt ternes par des mots éclatants ? La *Vie de Rancé* crépite d'images ramassées et de formules qui font mouche. On y tombe, à chaque page, sur des bonheurs assez rares : sur Retz — « Lovelace tortu et batailleur, vieil acrobate mitré » —, sur Corneille déjà âgé — « Il ne lui resta que cette tête chauve qui plane au-dessus de tout » —, sur Mabillon encore jeune — « Dans l'ombre des cloîtres, on entendit un bruit de papiers et de poussière : c'était Mabillon qui s'élevait » —, sur Saint-Simon — « Il écrivait à la diable pour l'immortalité » —, sur une définition très célèbre de l'amour — « L'amour ? Il est trompé, fugitif ou coupable » —, sur des phrases mélodieuses — « Il invoquait la nuit et la lune. Il eut toutes les angoisses et toutes les palpitations de l'attente : madame de Montbazon était allée à l'infidélité éternelle » —, sur des passages ravissants tels que cette page consacrée, tendre éclair parmi beaucoup d'autres, à la victoire du temps sur les lettres d'amour : « D'abord les lettres sont longues, vives, multipliées ; le jour n'y suffit pas : on écrit au coucher du soleil ; on trace quelques mots au clair de la lune. On s'est quitté à l'aube ; à l'aube on épie la première clarté pour écrire ce que l'on croit avoir oublié de dire dans des heures de délices. Pas une idée, une image, une rêverie, un accident, une inquiétude qui n'ait sa lettre... Voici qu'un matin quelque chose de presque insensible se glisse sur la beauté de cette passion comme une première ride sur le front d'une femme adorée. Les lettres s'abrègent, diminuent en nombre, se remplissent de nouvelles, de descriptions, de choses étrangères ; sûr d'aimer et d'être aimé, on est devenu raisonnable ; on se soumet à l'absence. Les serments vont toujours leur train ; ce sont toujours les mêmes mots, mais ils sont morts ; l'âme y manque : *je vous aime* n'est plus qu'une expression d'habitude, un protocole obligé, le *j'ai l'honneur d'être* de toute lettre d'amour. »

A chaque ligne, à chaque instant, la vie de l'écrivain perce derrière la vie du saint. Et les amours de Chateaubriand derrière les amours de Rancé. Le teint pâle et les yeux bleus de Marcelle de Castellane, aimée par le duc de Guise au temps de Henri IV, appartiennent à la belle, à l'éblouissante Cordélia. Pauline et Natalie ne sont jamais bien loin. Céleste elle-même passe le bout de son museau de belette spirituelle dans le trait de Rancé contre le mariage : « Je n'imagine point de Trappe comparable à celle-là. » Mais comment ne pas penser surtout à Juliette Récamier quand est évoqué un amour qui dure assez longtemps « pour devenir un devoir », pour se transformer en vertu, pour vivre, au-delà de la nature et de ses défaillances, « de ses principes immortels » ? « Nous sommes persuadés que les grands écrivains ont mis leur histoire dans leurs ouvrages, écrivait Chateaubriand dans le *Génie du christianisme.* On ne peint bien que son propre cœur, en l'attribuant à un autre, et la meilleure partie du génie se compose de souvenirs. » Œuvre de circonstance suggérée par un prêtre qui mérite à ce titre d'entrer par la petite porte et par la sacristie dans l'histoire littéraire, la *Vie de Rancé* est un ouvrage historique, un roman, une méditation, un essai, un poème, une sorte d'annexe masquée et pieuse aux *Mémoires d'outre-tombe* — mais d'abord et avant tout une autobiographie.

Dans ces années de vieillesse « dont personne ne voulait plus », selon ses propres mots, Chateaubriand ne se contente pas d'écrire des œuvres tardives qui sont sans doute ses chefs-d'œuvre. Il se livre avec constance à son activité favorite : il rêve encore de ces femmes dont il s'est tant occupé. A la fin de 1840, Juliette Récamier organise à l'Abbaye-aux-Bois — au bout de l'impasse qui s'appelle aujourd'hui rue Récamier — une soirée par souscription en faveur des victimes des inondations de Lyon, sa ville natale. Dès huit heures, Chateaubriand prend son poste à la porte du premier salon et fait aux arrivants les honneurs de la maison où il est presque chez lui. Depuis deux ans, Céleste et lui ont abandonné la rue d'Enfer et leur infirmerie pour s'installer rue du Bac, au 120, dans un rez-de-chaussée qui donne sur le jardin de la Maison des

Missions étrangères. « Je meurs de joie, écrivait-il à Juliette Récamier, de nos arrangements futurs et de n'être plus qu'à dix minutes de votre porte. » Les arrangements fonctionnent à merveille : Chateaubriand reçoit chez Mme Récamier. La vedette, ce soir-là, c'est la tragédienne de dix-huit ans applaudie dans le rôle d'Hermione ou de Camille par Stendhal en train d'écrire *La Chartreuse de Parme* en un peu plus de sept semaines, c'est Rachel, au sommet de sa beauté, de son talent et déjà de sa gloire. Elle récite la prière d'*Esther.* A peine les derniers vers se sont-ils envolés que, se déplaçant avec peine sur ses jambes mal assurées, ému, ralenti par l'âge, l'illustre écrivain s'approche de la jeune femme : « Quel chagrin, lui dit-il de sa voix déjà affaiblie, de voir naître une si belle chose quand on va mourir ! » « Mais, Monsieur le vicomte, lui répond vivement Rachel sur le ton de la prière qu'elle vient de terminer, avec les mêmes intonations animées et pénétrantes, il y a des hommes qui ne meurent pas. »

Il mourait. Il était en train de mourir. Il mourait déjà chaque jour, couvert à la fois de femmes et des sacrements de l'Église. En face de Juliette Récamier qui ne pouvait plus voir, lui ne pouvait plus bouger. « Cela était touchant et triste, écrit Victor Hugo. La femme qui ne voyait plus cherchait l'homme qui ne sentait plus. Leurs deux mains se rencontraient. Que Dieu soit béni ! L'on va cesser de vivre ; on s'aime encore. » Juliette Récamier n'était pas seule à partager avec l'épouse légitime la fin de la vie de Chateaubriand. La plupart des « Madames » avaient déjà disparu. Mais Hortense Allart était toujours là. Fidèle avec des éclipses. Moitié présente et moitié absente.

Quelques années plus tôt, il lui arrivait encore de servir à l'occasion de secrétaire au grand homme. Elle raconte dans *Les Enchantements de Prudence* qu'un jour, à la campagne, il lui dictait un passage célèbre de la préface à ses *Études historiques :* « La Croix sépare deux mondes... » etc. Brusquement, il s'interrompit, il la regarda et il lui dit : « Je mourrai sur ton sein, tu me trahiras et je te pardonnerai. » Il y avait du vrai et du faux dans cette déclaration un peu grandiloquente. Hortense allait bien le trahir pour Henry Bulwer Lytton, mais c'était d'abord lui qui trahissait Juliette. Et s'il n'allait pas mourir sur le sein d'Hortense Allart, il allait du moins passer une bonne partie de son grand âge à la poursuivre et à lui pardonner.

Elle ne le repoussait pas. Ils partaient se promener ensemble — au scandale, vous souvenez-vous ? de Barbey d'Aurevilly — sur les Champs-Élysées ou du côté du Champ-de-Mars. Ils se retrouvaient sur le pont d'Austerlitz et ils allaient dîner au Jardin des Plantes. Ils poussaient jusqu'au Louvre où le buste d'Alexandre le Grand ressemblait à Chateaubriand. Elle oubliait leurs âges ; lui ne les oubliait pas, mettait un peu de coquetterie à regretter ses cinquante ans et parlait de sa mort.

De temps en temps, ils allaient souper et boire un peu de champagne dans un cabinet particulier, au premier étage d'un bistrot qui s'appelait l'Arc-en-ciel. Ils chantaient ensemble du Béranger. Et puis, selon la jolie formule des *Enchantements de Prudence,* « dans cet endroit solitaire, il faisait ce qu'il voulait ». Ainsi, de l'ambassade de France à Rome et de la via delle Quattro Fontane aux salons particuliers de restaurants parisiens, avec une nuance de bohème et peut-être presque d'encanaillement, Hortense Allart prenait place, aux côtés de Pauline, de Natalie, de Cordélia et de Juliette, parmi les grandes amours du vicomte de Chateaubriand.

Comme le temps passe ! Au début de 1832, cinq, six, huit séries d'événements parmi l'infinité des rencontres et des accidents se recoupent autour de Chateaubriand : le choléra fait rage et emporte Casimir Perier, président du Conseil, Évariste Galois se fait tuer en duel, *La Sylphide,* premier ballet romantique, est créée à Paris par Maria Taglioni, la duchesse de Berry débarque dans le Midi, les funérailles du général Lamarque entraînent les combats du cloître Saint-Merry, Hortense Allart file un amour imparfait, qu'elle s'imagine parfait, avec Henry Bulwer Lytton, le duc de Reichstadt est en train de mourir et, le 16 juin, jour remarquable entre tous, trois policiers, dont un commissaire, arrêtent Chateaubriand, écumant et ravi. Il était tout de même moins grave d'être arrêté pour légitimisme sous la monarchie bourgeoise de Juillet que sous la Révolution ou l'Empire. On ne le garda que peu de jours — et dans des conditions, pour lui surtout, presque délicieuses : il était enfermé, avec vue sur un jardin, dans le cabinet de toilette de la fille du préfet de police. Quelques semaines plus tard, libéré par une ordonnance de non-lieu, il partait pour la Suisse où il avait invité Hortense à venir le retrouver. Mais Hortense était amoureuse. Elle courait après son amour. Elle était trop occupée à être déçue par l'un pour ne pas décevoir l'autre. Elle ne répondit pas à l'appel et aux plaintes de Don Juan devenu vieux. Il attendait Hortense qui ne pensait qu'à Londres. Il ne rencontra que Dumas, que Paris n'amusait plus.

Hortense était absente. Juliette fut encore présente. Hortense trahissait. Juliette fut la plus fidèle : elle le rejoignit à Constance. Il se comporta avec elle comme il l'avait fait avec Pauline, avec Natalie, avec Cordélia, avec Hortense : sur un banc, au bord du lac, dans un décor de conte de fées, il lui récita quelques pages. « Nous avons fait une ravissante promenade sur le lac, raconte Mme Récamier ; il me lisait le dernier livre de ses *Mémoires* qu'il a écrit sur les chemins et qui est admirable de talent et de jeunesse d'imagination. » C'était vrai : la tendresse ne troublait pas le jugement de Juliette. Elle demanda à son grand homme de tracer quelques mots sur son album où elle avait déjà noté les dernières paroles de Rousseau en train de mourir : « Ma femme, ouvrez la fenêtre, que je voie encore le soleil... » Chateaubriand n'hésita qu'une seconde. Il la regarda, il se pencha sur la page qu'elle lui tendait avec ce sourire irrésistible qui avait fait tant de victimes et, sous les mots de Rousseau, il écrivit : « Je ne veux point mourir comme Rousseau ; je veux voir encore longtemps le soleil si c'est près de vous que je dois achever ma vie. Que mes jours expirent à vos pieds comme ces vagues dont vous aimez le murmure. » Quelques années plus tard, de Londres revisité, entre deux lettres qui s'achèvent, comme souvent, par « Quel malheur de nous quitter toujours ! à bientôt ! à bientôt ! » ou par « A vous ! à vous ! » il lui écrit encore : « Vous êtes partie, je ne sais plus que faire. Où vous manquez, tout manque. Je rentre en moi. Mon écriture diminue, mes idées s'effacent ; il ne m'en reste plus qu'une : c'est vous. » Et aussi : « Oh ! que je me trouverai bien couché, mon dernier rêve étant pour vous ! »

Ils prendront encore le thé ensemble ; il marchera souvent dix minutes par un itinéraire immuable, dans sa redingote fleurie, avec ses guêtres et ses gants, sa badine à la main, vers l'Abbaye-aux-Bois. Le novateur, le partisan, l'enchanteur est tout à coup devenu vieux. Ah ! il se trouvera encore des étudiants pour l'acclamer dans la rue et pour le porter en triomphe. Mais sa vie est finie et il a fait son temps — dans tous les sens de la formule. Bientôt c'est Juliette qui devra, à son tour, se rendre tous les jours jusqu'à la rue du Bac qu'il ne peut plus quitter. Leurs doigts se chercheront à travers la cécité et la paralysie. Céleste disparue, il lui demandera de l'épouser, et elle refusera avec grandeur et avec tendresse. Et puis, un beau matin, tout en noir, elle viendra s'agenouiller près de la caisse en bois blanc et à la serrure cassée où sont rangés les *Mémoires*.

Pour la troisième fois dans ces pages, ou peut-être la quatrième, aux yeux de l'Éternel ce qui est la moindre des choses, mais aussi à nos yeux ce qui est plus surprenant, diplomate et écrivain, voyageur, ambassadeur, pair de France, ministre des Affaires étrangères, légitimiste et libéral, catholique, grand amateur de femmes, le vicomte de Chateaubriand est en train de mourir.

CHAPITRE XXIV

où Dieu pleut et neige, où il est le regard et la plaine et où il coule avec le temps

Dès avant la création, Dieu contemplait le monde dans sa totalité et dans les moindres de ses recoins et de ses accidents. Il suivait, au printemps, la route qui descend de Brigue vers Domodossola ou bien celle qui se faufile, à partir du Grand-Saint-Bernard, ou peut-être de l'autre, le Petit, à travers la vallée d'Aoste, envahie par des châteaux en ruine et par les arbres en fleurs. Il me voyait sur cette route, un matin, je ne sais quand, entre la guerre d'Algérie et la guerre du Viêt-nam. Et il débrouillait mieux que moi les fils enchevêtrés de mon propre labyrinthe et de mes obscures espérances. Il voyait Hannibal, Bonaparte, Chateaubriand, les éléphants dans les Alpes, les batailles de Cannes et du lac Trasimène, de Montenotte, de Dego, de Millesimo, de Mondovi et celle du pont de Lodi. Il voyait la mort de Marceau au combat d'Altenkirchen, la mort de Desaix à Marengo, la mort de Pichegru dans sa cellule, celle de Cadoudal sur l'échafaud, celle de Kléber en Égypte, celle de Moreau à Dresde, dans les rangs autrichiens. Il éprouvait la joie, la tristesse, le désespoir d'amour, l'ennui. Les vagues de la mer déchaînée le roulaient sur le sable. La neige et la lave des volcans l'ensevelissaient tour à tour. La terre tremblait sous ses pas. Tout mourait autour de lui pour renaître au printemps. La nuit succédait au jour et le jour à la nuit. Il écoutait le vent à travers les chênes, *Les Mamelles de Tirésias,* les cris de terreur des enfants. Il lisait le *Tao-tö king* et *Le Paysan perverti* avant de les avoir écrits.

Il se promenait à travers la campagne, dans l'ombre de Socrate, du même pas que Montaigne ou que Goethe, aux côtés de Cézanne et de Monet, avec Hugo à Honfleur, comme Jules Romains à Falicon, comme Mauriac à Malagar, comme Whitman, comme nous tous. Il avait les joies les plus simples : il poussait un volet, le matin, et le soleil l'éblouissait. Il était les calculs les plus rares, les desseins les plus subtils, les abîmes de l'esprit et du cœur, les délires, les complots, les extases, les ravissements. Il était les grandes catastrophes, les chagrins interminables, la mort des enfants, tous ces malheurs sans nom où ceux qui souffrent se tournent vers lui parce qu'il ne leur reste rien d'autre où s'appuyer un instant pour reprendre un peu souffle et pour continuer. Il arrivait dans les villes, le soir, après un long voyage. Il descendait dans les auberges. Il dansait aux carrefours. Il quittait ceux qu'il aimait, ou c'était eux qui le quittaient. Il pleurait, il riait. Il disait que le monde était beau.

Il était les larmes de l'enfant dont la brioche ou le pain sont emportés par l'eau, le rire fou des jeunes gens qui courent le long des plages, le soir qui tombe sur les étangs, le couteau et la plaie, le boulet d'Andrinople, de Lépante, d'Eylau, les chevaux des chars, des carrioles, des landaus et des corbillards, le brin d'herbe des fourmis, la signature de l'empereur, du ministre, du chef de la police sur l'ordre d'exécution. Il marchait vers le supplice, il l'emportait sur les autres, il entrait en triomphateur dans les grandes cités dévastées, il était le pauvre et le riche, le vainqueur et le vaincu. Il pleuvait, il neigeait, il faisait beau sur les collines, il séparait la terre d'avec les eaux, il disait : « Que la lumière soit ! » Il était Dieu et ses fidèles.

Il était l'ivrogne et le fou, la beauté des femmes, le soir, près des fontaines, la misère, l'amitié, ceux qui chantaient ensemble, ceux qui s'exterminaient. Le monde s'étendait sous ses yeux et, au-delà du tout et du rien, il le maintenait dans l'être.

Il descendait aux détails, aux hasards les plus minuscules, à ce qui n'arrive qu'une fois, à ce qu'on oublie aussitôt. Il montait jusqu'aux grands ensembles, aux masses les plus imposantes, aux modes et aux attributs dans l'*Éthique* de Spinoza, à l'odyssée de l'esprit dans la philosophie de Hegel, aux lois universelles de la

CHAPITRE XXV

où l'amour cesse d'être un mal,
mais où le mal est encore amour

Tout de suite après avoir, sur les ordres de Dieu, désobéi à Dieu, Adam et Ève firent l'amour. Beaucoup de monstres, bien entendu, les avaient déjà précédés : des brontosaures et des diplodocus, des poissons, des algues bleues, et les dragons de Lucifer. L'histoire prenait son élan. Le bon temps était fini pour Lucifer et pour Dieu : les hommes arrivaient. Dieu avait été tout seul. Et puis, en un acte d'amour, il avait créé Lucifer. Dieu et Lucifer s'étaient aimés d'un amour éternel et indicible. Et puis Lucifer était devenu le mal : l'éternité se brisait en morceaux, l'histoire était déjà là, et les hommes se pointaient.

L'amour, depuis ce temps-là qui n'était pas encore dans le temps, est la grande affaire des hommes. Il se cache dans la poésie et il se cache dans la musique, il se cache dans la peinture et il se cache dans les romans. Il y a une phrase étonnante dans une lettre de Bernanos : « La joie vient d'une part trop profonde de l'âme pour que ses racines ne plongent pas dans la tristesse qui est le fond de l'homme depuis qu'il a perdu le paradis. » Inversement et de la même façon, la haine, qui est partout chez l'homme, l'ambition, le goût du pouvoir, la cruauté, la violence jettent par d'obscurs détours leurs racines dans l'amour. Rien de très surprenant, puisque l'amour, dans le temps, est la source de tout, après avoir été, hors du temps, la source du tout lui-même.

Il est permis et recommandé d'écrire des poèmes érotiques et des romans pornographiques, de réaliser des films cochons, de peindre des scènes licencieuses, d'étudier les secrets et les démarches du sexe. Mais tout cela n'est que l'apparence, la garniture, l'écume. Impossible d'éternuer, de nous lever de notre chaise, de nous coucher le soir sans être cerné par le sexe et sans ruisseler d'amour. Il y a des traces d'amour dans le *Discours de la Méthode*, dans la civilisation industrielle, chez les Alakalufs de la Terre de Feu, dans les carrés de Malevitch, dans la moindre des parties de campagne et des rencontres dans la rue, dans un ascenseur, dans un chemin creux ou dans un bureau. Il affleure plus ou moins. Et plus il se dissimule, plus il est virulent. Le monde appartient au mal parce qu'il porte la trace de Lucifer et il appartient à l'amour parce qu'il est l'œuvre de Dieu. Et un des secrets de l'univers — mais il ne nous surprendra pas, puisque nous, nous savons, nous avons assisté à la carrière de Lucifer, nous avons vu ce qui s'est passé entre l'éternité et le temps —, c'est que le mal est lui-même amour. Tout au long de l'histoire, une série d'esprits moralistes, rigoristes, pharisiens, zélotes, puritains, jansénites et, en fin de compte, bourgeois ont pensé que l'amour était le mal. Ils n'avaient que partiellement tort. Oublieux de Lucifer, de sa révolte passionnée et de ses rapports avec Dieu, ils avaient inversé les termes : c'est le mal qui est amour.

Depuis la création de Lucifer et depuis sa révolte, depuis l'annonce encore secrète des origines du monde, depuis le premier mouvement de ce qui bouge sous les cieux, depuis le premier geste du premier homme vers l'arbre qui rend semblable à Dieu, depuis la naissance de la poésie, de la peinture, de la philosophie et des mathématiques, depuis la parole et depuis la pensée, depuis la matière et la vie, depuis l'espace et le temps et avant l'espace et le temps — tout est amour. L'histoire fonctionne parce que le mal y est dissimulé et qu'il constitue le ressort qui en déclenche les mécanismes. Mais le monde subsiste et dure parce qu'il est tout plein d'amour. L'attraction universelle est une forme d'amour, le langage est une forme d'amour, la rencontre est une forme d'amour — et que font donc les hommes, à l'image du colloque céleste lors de la révolte des anges entre Lucifer et le Tout-Puissant, si ce n'est de se rencontrer ? Le monde est un mélange de souffrance et d'amour investi dans l'histoire. Lorsque la dose sera épuisée, lorsque les hommes et les femmes auront fini de s'aimer, lorsque le soleil se refroidira et que les étoiles tomberont, lorsque la mort aura tout dissous, alors l'amour se dégagera de tout ce mal qui l'encombrait pour faire le ciel et la terre, et le néant et le tout se jetteront à nouveau dans le seul amour de Dieu.

CHAPITRE XXVI

où, après une joyeuse soirée au Prado d'été avec George Sand et Alexandre Dumas, Hortense et Julien finissent la nuit ensemble

Quelques jours, quelques semaines, ou plutôt quelques mois, je ne sais plus, après la révolution de Juillet — je crois, d'après de bonnes sources, que c'était au printemps de 1832 —, deux jeunes gens qui pouvaient avoir entre vingt-cinq et trente ans entraient au Prado d'été. L'un avait de grosses lèvres et des cheveux crépus, l'autre était d'une beauté très frappante. Ils étaient grands l'un et l'autre et ils faisaient un peu trop de bruit. Un observateur à peine attentif aurait pu deviner quelques gouttes de sang noir et chez l'un et chez l'autre. Les femmes les regardaient et se retournaient sur leur passage. Elles applaudissaient le premier et elles se demandaient qui pouvait bien être le second de ces deux jeunes hommes si remarquables. Mais vous, vous n'ignorez déjà plus les noms de l'un et de l'autre : c'étaient Alexandre Dumas et Julien Pontarlier.

Vous qui en savez un bout sur les secrets de Dieu, vous pourriez même connaître sur eux des détails qu'ils ignoraient. Par exemple que le plus jeune était l'oncle du plus âgé : ce sont de ces choses qui arrivent. Peut-être certains d'entre vous ont-ils lu quelque part qu'Alexandre Dumas était le fils d'un général de la Révolution et du Directoire, un peu négligé par le Premier Consul. Ce héros de plusieurs batailles, dont les sentiments républicains ne plaisaient guère à Bonaparte, avait du mal à passer inaperçu : c'était à la fois un colosse formidable capable de soulever son cheval sous lui en se suspendant à une poutre ou de porter quatre fusils à bout de bras en enfonçant ses doigts dans le canon des armes et le seul général de couleur de toute l'armée française. D'où lui venait ce sang noir ? D'une négresse que son père avait connue à Saint-Domingue. Elle s'appelait Marie-Césette. Et qui était Marie-Césette ? Je ne peux pas vous demander de vous souvenir de tous les noms que vous avez vus défiler dans ce compendium de l'œuvre de Dieu : Césette, allons ! un petit effort, était la fille d'Omar et de Flossie, elle était la sœur de David. Elle était la grand-mère d'Alexandre Dumas et la propre tante de Julien Pontarlier qui était donc, à son tour, l'oncle à la mode de Bretagne du futur auteur des *Trois Mousquetaires.* Comment auraient-ils su le lien secret qui les unissait ? L'affection entre Julien et Alexandre Dumas venait peut-être du sang. Ils la mettaient tout entière sur le seul compte de l'amitié. Il aurait fallu passer par Vidocq pour parvenir jusqu'à David et jusqu'à la vérité. Il n'y avait que Dieu et le chef de la police pour être au courant de ce mystère. Et maintenant, il y a vous.

A moins de trente ans, Alexandre Dumas était déjà célèbre. Il avait derrière lui *Anthony* — « ... Elle me résistait : je l'ai assassinée. » Tonnerre d'applaudissements — et il se préparait déjà à un autre triomphe : *La Tour de Nesles.* Sa jolie écriture avait permis au général Foy, l'adversaire de Chateaubriand, de le recommander au duc d'Orléans : il était devenu, aux appointements de cent francs par mois, un des nombreux secrétaires du futur roi des Français. Le talent avait fait le reste. Dumas le poussait à des extrémités où le ridicule et le sublime galopaient côte à côte et où le sublime l'emportait. La gloire et les femmes se mettaient à le submerger. La révolution de Juillet avait été son apogée, comme elle avait été le désespoir — mais prévu et presque accepté, maudit et transfiguré — du vicomte de Chateaubriand. Il entamait avec nonchalance, amusement et génie une des carrières les plus brillantes et sans doute la plus distrayante de l'histoire de la littérature : Dumas est le Rossini du roman historique. Quand nous en aurons fini, en quelque cent vingt-sept tomes, avec Chateaubriand, nous nous attaquerons à Dumas avant de nous en prendre à Hugo. Hugo ? Pourquoi Hugo ? Et pourquoi pas Hugo ? Eh bien ! mettons, voulez-vous — le lien est évident —, parce qu'il est, lui aussi, le fils d'un général de la Révolution et de l'Empire. Nous copierons des pages entières de ce vieil imbécile, emporté par le génie :

Ils auraient pu tomber plus mal, en choisissant, par exemple, dans le fameux *Grenier*, des vers qu'Hortense Allart — le Français sortait de sa vie et l'Anglais y entrait — aurait pu prendre pour elle :

J'ai su depuis qui payait sa toilette !...

Peut-être ne connaissaient-ils pas encore, je n'en sais rien, la chanson que Béranger venait de terminer pour un Chateaubriand qui boudait la France de Juillet et qui était parti pour la Suisse, pour Genève, pour Lucerne, pour le lac de Constance où il attendait Hortense — et où c'était Juliette qui arrivait :

Chateaubriand, pourquoi fuir ta patrie,
Fuir notre amour, notre encens et nos soins ?
N'entends-tu pas la France qui s'écrie :
« Mon beau ciel pleure une étoile de moins » ?...

Où donc est-il ? se dit la tendre mère.
Battu des vents que Dieu seul fait changer,
Pauvre aujourd'hui comme le vieil Homère,
Il frappe, hélas ! au seuil de l'étranger !...

Cette ode à Chateaubriand, d'une insigne nullité, était le fruit de la visite organisée naguère par Hortense et où le *Génie du christianisme* avait fait miroiter l'Académie aux yeux du *Dieu des bonnes gens.* Un chevalier de Saint-Louis — ah ! mais n'est-ce pas déjà pour nous un personnage familier ?... — l'avait fustigée en des termes assez durs : « Réjouissez-vous, Monsieur, d'être loué par celui qui a souffleté votre roi et votre Dieu. » Le vieux chevalier ne pouvait pas deviner qu'à l'enterrement de Chateaubriand, un admirateur du premier Napoléon verrait un monarchiste ultra et un républicain se serrer longuement la main au-dessus du cercueil du libéral légitimiste. Il ne pouvait pas imaginer non plus l'histoire que nous allons maintenant — le soir commence à tomber — raconter en quelques mots et qui aurait porté à son comble, s'il avait pu l'apprendre, la fureur de Barbey d'Aurevilly contre la liaison du vicomte de Chateaubriand avec Hortense Allart.

Amusés par la gaieté de Dumas et de Pontarlier, George Sand et Béranger leur firent des signes d'amitié. Les deux tables, assez vite, finirent par se rejoindre. C'est ainsi, sous le signe de Chateaubriand, absent et pourtant très présent, et sous l'œil bienveillant de Béranger, rêveur de George Sand, réprobateur de Sainte-Beuve et complice de Dumas, que Julien Pontarlier rencontra Hortense Allart.

Ce que fut cette soirée, vous le lirez dans *Les Enchantements de Prudence,* dans les lettres de George Sand, dans les *Mémoires* de Dumas, dans les chansons de Béranger. Vous en trouverez même les échos, naturellement étouffés, mais encore assez clairs et perfides, dans les *Lundis* de Sainte-Beuve. Elle se termina assez tard — ou déjà assez tôt. Tout le monde avait beaucoup bu. Julien Pontarlier était charmant et beau. Hortense était ardente et tendre. Elle était entre deux hommes. Les cœurs très occupés cèdent le plus aisément. Le petit-fils d'Omar termina la nuit dans le lit d'Hortense Allart qui sortait à peine des bras de Chateaubriand et qui rêvait de se jeter dans ceux de Bulwer Lytton.

Bulwer Lytton le sut : il n'épousa pas Hortense qui était folle de lui. Chateaubriand l'apprit aussi. On découvre des traces d'amertume à l'égard des femmes et de l'amour dans la *Vie de Rancé* et dans les *Mémoires d'outre-tombe :* la rencontre du Prado d'été et la nuit qui s'ensuivit n'y sont peut-être pas pour rien. Dieu voyait tous ces fils, tissés depuis si longtemps et venus de si loin, composer d'étranges figures et toutes les tapisseries de l'histoire et de la vie. Il suivait des yeux le sillage de l'*Apollon* qui emportait Omar et le capitaine de Chateaubriand à travers l'océan ; il apercevait Brien de Chateaubriand à la bataille d'Hastings, l'année même où les Normands, arrachant la Sicile aux conquérants arabes, s'emparaient de Cefalù ; il distinguait Geoffroy du même nom dans la suite des seigneurs qui accompagnaient Saint Louis dans la croisade contre l'islam pour la délivrance des Lieux saints ; il écoutait Toussaint Louverture et Napoléon Bonaparte préparer leurs plans de bataille ; il admirait Pauline Borghèse en train de s'admirer dans son miroir en attendant un de ses amants ; il était heureux sur leur pont avec Pierre et Maria; il souffrait avec Gabrielle, avec l'esclave Flossie, avec Natalie de Noailles, détruite par la folie, avec le jeune Alexis, dissimulé dans sa grotte avant de devenir empereur, avec Hubert sur son lit de mort à Plessis-lez-Vaudreuil; toute cette œuvre fabuleuse, qui se confondait avec sa vie entre l'apparition de Lucifer et ces lignes que vous êtes en train de lire, défilait devant lui : Hortense Allart dormait entre les bras de Julien.

CHAPITRE XXVII

qui est épatant

Elle était déchaussée, elle était décoiffée,
Assise, les pieds nus, parmi les joncs penchants ;
Moi qui passais par là, je crus voir une fée,
Et je lui dis : Veux-tu t'en venir dans les champs ?

Elle me regarda de ce regard suprême
Qui reste à la beauté quand nous en triomphons,
Et je lui dis : Veux-tu, c'est le mois où l'on aime,
Veux-tu nous en aller sous les arbres profonds ?

Elle essuya ses pieds à l'herbe de la rive ;
Elle me regarda pour la seconde fois,
Et la belle folâtre alors devint pensive.
Oh ! comme les oiseaux chantaient au fond des bois !

Comme l'eau caressait doucement le rivage !
Je vis venir à moi, dans les grands roseaux verts,
La belle fille heureuse, effarée et sauvage,
Ses cheveux dans ses yeux, et riant au travers.

. . . .

Elle défit sa ceinture
Elle défit son corset

. . . .

Puis, troublée à mes tendresses,
Rougissante à mes transports,
Dénouant ses blondes tresses,
Elle me dit : Viens ! Alors...

— O Dieu ! joie, extase, ivresse,
Exquise beauté du corps !
J'inondais de mes caresses
Tous ces purs et doux trésors

D'où jaillissent tant de flammes.
Trésors ! Au divin séjour
Si vous manquez à nos âmes,
Le ciel ne vaut pas l'amour.

Elle s'en est allée à l'aube qui se lève,
Lueur dans le matin, vertu dans le ciel bleu,
Bouche qui n'a connu que le baiser du rêve,
Ame qui n'a dormi que dans le lit de Dieu !

... Ils ont ce grand dégoût mystérieux de l'âme
Pour notre chair coupable et pour notre destin ;
Ils ont, êtres rêveurs qu'un autre azur réclame,
Je ne sais quelle soif de mourir le matin !

... Ils nous disent tout bas de leur voix la plus tendre :
— Mon père, encore un peu ! Ma mère, encore un jour !
M'entends-tu ? Je suis là. Je reste pour t'attendre
Sur l'échelon d'en bas de l'échelle d'amour.

... Quand nous en irons-nous où vous êtes, colombes !
Où sont les enfants morts et les printemps enfuis,
Et tous les chers amours dont nous sommes les tombes,
Et toutes les clartés dont nous sommes les nuits ?

Vers ce grand ciel clément où sont tous les dictames,
Les aimés, les absents, les êtres purs et doux,
Les baisers des esprits et les regards des âmes,
Quand nous en irons-nous ? quand nous en irons-nous ?

CHAPITRE XXVIII
où un navigateur éprouve une vive surprise

Vers la fin du premier quart ou du premier tiers du XIXe siècle, un botaniste qui était aussi poète et qui portait le joli nom d'Adelbert von Chamisso entreprit, en compagnie du chancelier comte de Roumantzof, un voyage de découverte autour du monde. Au cours de ce voyage, leur navire, le *Rurik,* aborda un beau jour aux rivages d'une île lointaine qui ne figurait sur aucune carte. Persuadés qu'ils étaient les premiers à jeter l'ancre dans cette région reculée, les navigateurs débarquèrent avec beaucoup de prudence et un peu d'inquiétude. Ils tombèrent bientôt sur des indigènes qui témoignaient heureusement des mœurs les plus accueillantes. Une sorte de conversation s'engagea, avec un peu de peine. Les marins crurent comprendre que les doux sauvages adoraient une idole. Curieux par nature et par profession, Adelbert von Chamisso demanda à être initié à ce culte local dont il se promettait, avec une impatience d'ethnologue, des révélations bouleversantes. Il attendit des jours et des jours. Un soir, les indigènes acceptèrent de le mettre enfin en présence de leur déesse. Ils marchèrent tous ensemble jusqu'au sanctuaire dissimulé parmi des arbres. Des tambours résonnaient dans la nuit. Vêtus de feuillages et de peaux de bêtes, les hommes et les femmes dansaient. Le cortège parvint devant une grotte grossièrement décorée. Chamisso avança, une sorte d'angoisse au cœur. Et, soudain, il vit l'idole : c'était une gravure encadrée. Malgré l'obscurité, on distinguait du premier coup d'œil qu'elle datait du début du siècle — ou de la fin de l'autre. Par quel miracle presque effrayant était-elle parvenue jusqu'à ce bout du monde ? Mais Adelbert von Chamisso n'était pas au bout de ses surprises. En se penchant en avant pour regarder de plus près, à la lueur des torches, il crut s'évanouir de stupeur : dans le ravissant visage qui le regardait, il venait de reconnaître le sourire de Juliette Récamier.

Ainsi continuaient à vivre de leur vie propre, et parfois mystérieuse, au-delà de Chateaubriand et sans lui, les femmes qu'il avait aimées. Des sauvages d'une île inconnue et sans nom perdue dans le Pacifique, avaient réalisé le vœu du bon Ballanche dans une lettre à Juliette : « Je regarde comme une chose bonne en soi que vous soyez aimée et appréciée lorsque vous ne serez plus. »

CHAPITRE XXIX

où un riche banquier remet une lettre d'introduction à un jeune écrivain

Le triomphe du *Génie du christianisme* avait coïncidé avec la nouvelle politique religieuse du Premier Consul : au début de 1803, il valut à Chateaubriand d'être envoyé à Rome comme secrétaire de légation auprès du cardinal Fesch. Il y avait là-dedans un peu de l'air du temps, les réactions inévitables aux excès du désordre, un joli exemple de parallélisme entre le pouvoir et la pensée, un témoignage du renouveau de l'Église qui se faisait sentir partout, le génie à la fois de Bonaparte et de Chateaubriand — et pas mal de hasards. On aurait dit que les hasards protégeaient l'écrivain ; on aurait pu dire aussi que l'écrivain avait maîtrisé les hasards : c'est ce double jeu entre le hasard et le talent et cette ambiguïté qu'on appelle le succès.

Il fallait de l'argent romain au nouveau diplomate. Il se rendit dans une banque, n'importe laquelle. Les banques, en ce temps-là, après les remous de l'époque, ne marchaient pas trop bien. Il y avait eu plusieurs banqueroutes. Quatre banques parmi les plus puissantes avaient déjà sauté. Les frères Enfantin, la maison Cabarrus, la maison Seguire, la maison Fould avaient connu des revers. Plusieurs banquiers se brûlèrent la cervelle. D'autres, qui avaient hésité à se mettre du plomb dans la tête, furent arrêtés par la police et jetés en prison. De méchants bruits se mirent à courir sur la banque Récamier : son papier tomba à vil prix. M. Récamier ne perdit pas son sang-froid : il racheta tout ce qu'il put, rétablit ses affaires et devint, pour quelque temps, avant de se ruiner pour de bon, plus fortuné que jamais. Il était tout naturel que le vicomte de Chateaubriand, sur le point de partir pour Rome, se présentât, un beau matin, rue de la Chaussée d'Antin, à la banque Récamier.

Chateaubriand venait de passer des bras de Mme de Beaumont à ceux de Mme de Custine. Natalie de Noailles, Cordélia de Castellane et, naturellement, Hortense Allart n'étaient pas encore entrées dans sa vie. Il n'avait fait qu'entr'apercevoir Juliette Récamier, vêtue de blanc sur un sofa bleu, chez Mme de Staël en train d'être habillée par Mlle Olive. Le dîner à ses côtés, chez la même Mme de Staël, non plus, cette fois, en train de se parer, mais en train de mourir, était encore tapi dans l'avenir. M. Récamier, en ce temps-là, était beaucoup plus important pour M. de Chateaubriand que Mme Récamier.

Le banquier ne se contenta pas de fournir à l'auteur déjà célèbre du *Génie du christianisme* les mille écus en monnaie romaine dont il avait besoin. Il lui remit aussi une lettre de recommandation pour le correspondant à Rome de la banque Récamier. Elle était rédigée en ces termes : « Je vous adresse M. de Chateaubriand, mon ami, et je vous prie de lui rendre toutes sortes de services ; c'est un homme de mérite en son genre. »

La formule était heureuse et remarquable à plusieurs titres. Maître de tous les destins, banquier de toutes les fortunes, Dieu lui-même, envoyant M. de Chateaubriand aux hommes et surtout aux femmes chargés de l'accueillir dans ce bas monde, n'aurait pas pu mieux dire.

De Chateaubriand lui-même, nous n'avons presque rien dit. Tout ce qui se coupe et se recoupe, se faufile et se tresse, apparaît et disparaît, resurgit et se tisse, a fini par nous échapper. Vous souvenez-vous de Limoellan qui, le soir de Noël, avec Carbon et Saint-Réjean, fait exploser la machine de la rue Saint-Nicaise sur le passage du Premier Consul en route vers l'Opéra où se donne la première de *La Création* de Haydn ? Dites, vous en souvenez-vous ? Il était, à Saint-Malo, le compagnon de jeux du jeune Chateaubriand. Vous souvenez-vous de Chateaubriand s'arrachant à sa chère Rome alors que la monarchie légitime est sur le point de s'écrouler ? C'est le moment que choisit Stendhal, son rival, son adversaire, l'ennemi de Mme de Staël et le protecteur d'Hortense Allart, pour publier ses *Promenades dans Rome* et pour se préparer, à son tour, à représenter, plus modestement, la France en Italie. Il rencontrera, sur le Rhône qu'il descend, Musset et George Sand en route vers Venise et vers leur destin d'éternité ; un beau jour de 1832, sous un soleil éclatant, à la veille de ses cinquante ans, des marches de San Pietro in Montorio, il contemplera Rome de l'autre côté du Tibre et, dans un instant d'égarement, comme on balbutie des phrases sans suite, par méfiance aussi de la police et des indicateurs, il écrira sur ses bretelles ou sur la ceinture de son pantalon blanc des mots d'enthousiasme et de mélancolie mystérieusement abrégés. Vous souvenez-vous de ces débuts foudroyants de l'amour entre Chateaubriand et Juliette Récamier ? C'était une époque où, malgré le retour des Bourbons, l'écrivain légitimiste était mal vu de la cour. La police le surveillait. Ses lettres étaient interceptées. Un valet de chambre de Chateaubriand était une sorte de mouchard au service de la censure et du cabinet noir. La seule histoire des secrétaires et des valets de chambre de Chateaubriand serait un monument. C'est grâce à la cour, à la police, au valet de chambre-espion que parviennent jusqu'à nous quelques lignes banales et pourtant déchirantes : « Vous aimer moins ! Vous ne le croyez pas... A huit heures... Il ne dépend plus de moi, ni de vous, ni de personne de m'empêcher de vous aimer. Mon amour, ma vie, mon cœur, tout est à vous, 20 mars 1819, à trois heures après-midi. » Les phrases courtes paraissent haleter. La main tremble comme la pensée. En marge, de l'écriture d'un bureaucrate ou peut-être de l'espion : « Lettre de Mme Récamier. »

Ce billet dérobé, qui nous vient par des voies ignobles, suffirait à détruire les légendes et les ragots colportés par des vers de mirliton :

> Juliette et René s'aimaient d'amour si tendre
> Que Dieu sans les punir a pu leur pardonner :
> Il n'avait pas voulu que l'une pût donner
> Ce que l'autre ne pouvait prendre

Ne le savions-nous pas ? Le mal et le bien sont imbriqués ensemble et étroitement tricotés pour que le monde en naisse.

Et Louvel, l'assassin à la fois de la monarchie libérale et du duc de Berry : à peine un mot. Et Benjamin Constant, amant de Mme de Staël, père d'Albertine de Broglie, amoureux passager de Mme Récamier : presque rien. Et Ballanche, fou de Juliette : peut-être deux ou trois lignes. Et Julien Danielo, qui succède, comme secrétaire du vicomte de Chateaubriand, à Hyacinthe Pilorge, mystérieusement révoqué : le silence le plus complet. Et l'autre Julien, valet en Grèce et en Palestine de l'auteur de l'*Itinéraire de Paris à Jérusalem* : rien du tout. Et Musset, amant de George Sand, détestée par Baudelaire, maîtresse, parmi beaucoup d'autres, de Frédéric Chopin, et peut-être de Franz Liszt, et amie de Flaubert ; et Gautier, collaborateur de Balzac, ami de Flaubert, maître de Baudelaire, père de Judith, maîtresse de Richard Wagner et de Victor Hugo ; et Mérimée, ami de Stendhal ; et Berlioz ; et la Malibran, sœur de Pauline Viardot-Garcia, amie de Tourgueniev ; et Delacroix, fils sans doute de Talleyrand ; et la bataille d'Hernani : comme si tout ce monde bouillonnant et qui n'en finit pas de renvoyer à lui-même n'avait jamais existé. Et tout ce qui touche au seul Chateaubriand avant le *Génie du christianisme*, M. de Malesherbes et le passage du Nord-Ouest, l'exil, *Atala* et la première version des *Natchez* : un abîme d'ignorance.

Il y a bien pis encore. J'ai écrit un livre sur Dieu et le nom béni de Ravello — ô Wagner ! ô Lohengrin ! ô Tannhäuser ! ô Parsifal ! — n'y est pas prononcé, ni celui des Abassides, ni celui de

Théodoric. A quoi pouvais-je donc penser ? J'ai réussi à glisser ici ou là la masse du Karakorum et l'église San Biagio à Montepulciano, aussi blonde que du miel, quelques souvenirs d'enfance, des tableaux, des symphonies et, entre Socrate et Bouddha, deux ou trois êtres qui me sont chers, un petit nombre de choses, de monuments et d'événements. C'est tout de même peu pour Dieu. Mon Dieu, ne me jugez pas sur ce mince opuscule très indigne de votre gloire. Mais sur cette ambition, qui se résout en échec, de faire un livre immense sur votre totalité.

Sur votre totalité... Je rêve encore sur ces mots comme j'y rêvais déjà en commençant ce livre : « En ce temps-là, le temps n'existait pas encore... » Il me semble maintenant qu'il faudrait tout refaire. Je prendrais pour guide et pour introducteur Confucius ou Laotseu, Raphaël, Michel-Ange, Alexandre le Grand — ou, pourquoi pas ? Jules Renard. Et, ce coup-ci, peut-être, je saisirais quelque chose de votre grandeur infinie, de votre sagesse sans bornes, de vos tours et détours dans l'espace et dans le temps. Je regarderais ce qui se passe comme si j'étais venu d'ailleurs. Et tout m'étonnerait de cette banalité stupéfiante que sont le ciel et la terre. L'éternel miracle ne cesse jamais sur le monde : au seul vol du bourdon, au seul battement d'un cœur, au seul passage du temps, le moins sage, éperdu, se prend la tête entre les mains.

Et je me prends, moi aussi, la tête entre les mains : ai-je fait ce que j'ai voulu ? Ce livre pourrait être plus simple. Tout d'un trait, une seule ligne — et peut-être même : rien qu'un point. Quatre lettres, en tout cas, auraient suffi largement, le titre — et puis surtout rien d'autre :

DIEU

Ou un autre mot qui est aussi le même : *Amour.* Ou un autre encore, qui est toujours le même : *Totalité.* Ou deux, à la rigueur : *Le Néant* ou *Le Tout.* Ou une petite phrase très simple — mais peut-être, à mon goût, déjà un peu trop fracassante : *Le Néant et le Tout* ou *Le Tout est Néant.* La vie de Chateaubriand, sa mort, ses amours, le dîner avec Juliette chez Mme de Staël mourante, les rencontres avec Hortense via delle Quattro Fontane — *Pens'all' eternità !* — ou au bistrot l'Arc-en-ciel, Stendhal à la Scala et Omar sur l'océan dans la cale de l'*Apollon,* la bataille de Fleurus, les gueuletons chez

Méot, la guillotine en action et *Il Matrimonio segreto* de Domenico Cimarosa — presque tout, presque rien — auraient été compris dans le lot sans qu'il fût même besoin d'accumuler des détails désespérés et oiseux tout au long de cinq cents pages : avantage prodigieux, ce livre inutile aurait été silence.

Une histoire zen assez belle raconte qu'un disciple avait reçu de son maître tout le savoir possible, à l'exception du dernier mot de la science et de la sagesse qui lui avait été promis sans lui avoir été livré. Le maître et le disciple avaient été séparés par la vie. Et le disciple, un beau jour, apprit que le maître était en train de mourir. Le disciple aussitôt se mit en route vers le maître. Il traversa des fleuves et des montagnes, des forêts, des précipices. Il dut prendre part à deux batailles que se livraient des armées enfiévrées par la haine. Un tigre faillit le manger. Il échappa au feu, à la peste, à une inondation, à la famine, à des brigands, à la police, à toutes les tentations du bonheur et du repos. Il parvint enfin jusqu'au maître dont le dernier souffle était proche. « Maître ! Maître ! supplia-t-il, en se jetant au pied du lit où agonisait le vieillard, vous m'aviez promis jadis de me donner le dernier mot de la sagesse et de la science. Ne sortez pas de ce monde sans m'introduire dans la vérité ! »

Alors, dans un dernier effort, le vieux maître leva la main. Et, au moment même de mourir, il l'approcha en tremblant du visage de son disciple et il lui tordit le nez.

Le sens du geste est clair : le monde n'est qu'une chiquenaude. Mais il y a, me semble-t-il, une autre interprétation — peut-être plus subtile et peut-être plus profonde : une chiquenaude, c'est le monde, une chiquenaude est aussi le monde, le monde et tout son train sont dans une seule chiquenaude. Et si une seule chiquenaude suffit à exprimer le monde, que dire de Chateaubriand, de Haydn, du Tintoret, de Stendhal, d'Hortense Allart, d'Alexandre Dumas, de Julien Pontarlier, du soir au Prado d'été ? Peut-être, malgré tout, ai-je bien fait d'en parler : mieux encore que le silence, ils sont l'image de l'univers. Tout est symbole de tout et Dieu est dans le regard lancé par Gabrielle au chevalier de Vaudreuil, par Chateaubriand à Juliette, par Hortense à Julien comme il est aussi dans la bataille de Trasimène, dans le supplice de Savonarole, dans l'assassinat de Montezuma ou de Manco Cápac, dans le banquet de Ravenne où les hommes de Théodoric — ah ! le voilà enfin — poignardèrent ceux d'Odoacre, dans les tortures de Boèce et dans l'histoire universelle.

Cette histoire universelle, voici qu'elle me semble aboutir tout entière à la brève rencontre entre Julien et Hortense. C'est pour qu'ils puissent passer ensemble la nuit du Prado d'été que Magellan s'embarque à Sanlúcar de Barrameda pour son dernier voyage qui est un premier voyage, que le connétable de Bourbon, qui avait naguère échangé quelques mots avec le chevalier Bayard sur le point d'expirer au pied d'un arbre dans le Milanais, est tué au siège de Rome par un coup d'arquebuse de Benvenuto Cellini, que le feu et l'agriculture et la ville et l'étrier et la pomme de Newton et la *Critique de la raison pure* apparaissent successivement dans les délires de Dieu agité par cette fièvre ardente qu'est la naissance du monde. Toutes les étoiles du ciel et toutes les eaux de la terre, toute la poussée formidable de l'histoire et de la vie sont dans chacun de nos gestes. Il y a tout ce qui s'est passé derrière tout ce qui se passe.

On dirait que Dieu peut rêver n'importe quoi, mais que son rêve une fois rêvé devient solide comme le roc et immuable comme la mer. Rien ne fera désormais que Julien et Hortense ne se soient pas aperçus, qu'ils n'aient pas quitté ensemble le tapage du Prado d'été et qu'ils ne soient pas devenus amants. Chacun de nous agit dans sa vie quotidienne comme si rien, jamais, n'était joué d'avance : c'est nous qui faisons l'avenir. Mais rien ne peut être modifié de ce qui a déjà eu lieu : c'est le passé qui nous fait. Le mystère de l'histoire est le mystère de Dieu : la liberté est nécessaire, la nécessité est libre. L'empire romain doit être bâti à coups d'épée et de lois, les apôtres se ruent au martyre pour que le Christ règne, les seigneurs du moyen âge ne cessent jamais de se battre, les socialistes luttent pour le triomphe de leur cause et le seul hasard jette Hortense Allart dans les bras de Julien : c'est après coup seulement que l'empire romain est nécessaire, que le christianisme s'impose, que la féodalité est une étape obligée et que le socialisme devient inéluctable. C'est après coup seulement — mais depuis le début des temps — que Julien et Hortense étaient faits pour s'aimer et pour se quitter aussitôt.

Avant que l'histoire se fasse, elle pourrait toujours ne pas se faire. Mais une fois qu'elle s'est faite, elle est à chaque instant l'aboutissement fatal, inévitable, nécessaire, de tout ce qui l'a précédée. Hortense et Julien se rencontrent au Prado d'été dans les premières années de la monarchie de Juillet parce que Dieu a créé un monde où tous, sans exception, parmi les coups de théâtre et les renversements, nous jouons chacun nos rôles avec une précision rigoureuse et une fidélité exemplaire.

Un romancier de génie pourrait écrire un jour l'histoire d'un monde où Hortense serait passée sans le voir à côté de Julien, où *Les Trois Mousquetaires* n'auraient aucune espèce de lien avec le nègre de Pontarlier, où le vicomte de Chateaubriand finirait son existence en ministre de Louis-Philippe, où, selon le vœu de Balzac dans son fameux article sur *La Chartreuse de Parme,* Stendhal aurait été nommé ambassadeur à Rome après avoir été consul à Civitavecchia et serait devenu l'amant d'Hortense au lieu d'être son père. Ce serait un joli monde, et peut-être merveilleux. Ce ne serait pas le nôtre tel que Dieu l'a rêvé. Mais il y a beaucoup de rêves dans le rêve du Tout-Puissant.

Il arrive quelquefois que ces rêves dans le rêve ajoutent à sa grandeur et accroissent nos délices : c'est ce que font les peintres, les musiciens, les poètes, les romanciers. Ils retouchent le rêve de Dieu. Ils sont au petit pied des créateurs de mondes qui n'en finissent jamais de ressembler au nôtre. Ils prennent le monde et ils le transforment — mais ils en font partie. Et les créatures de leurs rêves deviennent, dans le souvenir, aussi réelles que les autres : à travers les rêves de ses rêves, Dieu crée encore le monde. Si Julien Pontarlier, si Hortense Allart, si le vicomte de Chateaubriand avaient été inventés pour les besoins de ce livre — qui deviendrait alors un roman — sur Dieu, sa vie, son œuvre, ils appartiendraient désormais à cette vie et à cette œuvre. Ombres d'une ombre et reflets d'un reflet, images deux fois instables et doublement passagères de la divine éternité dégradée en création, ils entreraient à leur tour, éléments minuscules du puzzle gigantesque de la totalité, dans la biographie de l'infini. Ils feraient partie de Dieu. Ils en font déjà partie puisqu'ils font partie de notre histoire.

Ils y rejoignent *L'Énéide,* la bataille d'Andrinople, le département de la Haute-Sarthe et l'Empereur Alexis. Ils y rejoignent le nez du disciple tordu par la main du maître au moment de mourir. Ils y rejoignent ce livre qu'il va bien falloir clore, à mon très grand regret, à votre désespoir. Il pénètre à son tour, ce livre trop ambitieux, dans le rêve universel, habité par le mal et surgi de l'amour, où tout se commande et s'attire, où tout est lié à tout, où demain sort d'hier et où les plus petites choses ont leur place à jamais au côté des plus grandes.

CHAPITRE XXXI

Histoire d'un ours blanc qui ressemble à François Mauriac

Nous avons fait défiler dans ce livre sur Dieu des batailles et des peintres, des poètes, des musiciens. Il suffit de baisser les yeux sur ce qui se passe autour de nous pour trouver des traces de Dieu plus nombreuses et plus grandes que dans les livres sacrés ou au sommet des collines transfigurées par l'histoire et par le génie des hommes. Je trace ces lignes sous un arbre, près de la mer. Je vois des montagnes au loin. Il fait très beau. Demain, il pleuvra peut-être comme il a plu hier. Le monde est plein de merveilles : elles sont toutes naturelles et elles sont nécessaires. Beaucoup de ces merveilles sont tristes et beaucoup sont très gaies. A elles toutes, elles font le monde et l'histoire qui sont la seule image que nous ayons de Dieu.

Dieu est dans le chemin et dans les haies du chemin et dans l'odeur des haies ; il est dans la ville et dans tous les rêves de la ville ; il est dans le journal du soir ; il est dans nos amours ; il est dans le dictionnaire et toute la suite de ses mots ; il est dans ce livre, bien entendu. Mais tout autant dans le reste. Il est dans les champs et les bois, dans l'eau, dans les moteurs, dans les machines de toute sorte créées par ses créatures, dans tout ce qui nous rend fous et que nous détestons. Il est dans la ruse et dans la méchanceté, dans la sagesse, dans la joie. Il est dans les hommes et les choses. Il est dans les animaux.

Tout au long de ces pages, nous avons, je le crains, très peu parlé des animaux. Des écrevisses, ici ou là, parce qu'elles jouent un grand rôle dans les mythes de création des Mayas-Quichuas et dans le *Popol Vuh*. Des chevaux peints par Uccello ou par Benozzo Gozzoli. Du chat jaune de l'abbé Séguin, confesseur de Chateaubriand. Mais rien, ou presque rien, de cette multitude de poissons, d'oiseaux, d'insectes, de mammifères, de reptiles qui constituent une bonne part de la création autour de nous et de ce rêve de Dieu que nous rêvons à notre tour.

On raconte, et je le crois, que les ours blancs qui chassent les phoques ou les otaries s'avancent sans se gêner, dissimulés, comme dans un conte d'Edgar Poe qu'aurait revu Borges, par leur blancheur éclatante sur la blancheur de la glace recouverte par la neige. Mais il y a quelque chose de noir dans la blancheur des ours blancs : c'est leur nez. Alors, on voit les ours blancs en train de guetter leur proie sautiller sur trois pattes. A la façon de la main de Mauriac dissimulant son rire fameux, la quatrième, toute blanche, est posée devant le nez dont elle cache la noirceur.

Négligeons les bécasses, les saumons, les castors, les oies, les loups, les fourmis, les abeilles, le tocsin-archer cracheur et le lézard Jésus-Christ. Les indicateurs sont des oiseaux africains d'apparence assez médiocre. Ils ont le plumage aussi terne que nos moineaux familiers et ils ont une passion pour la cire des abeilles. Mais comment parvenir à goûter ces délices si âprement défendues ? Alors, les indicateurs adoptent un comportement stupéfiant : ils jouent la comédie pour s'assurer les services d'un amateur de spectacle fanatisé par leur talent.

L'indicateur travaillé par un désir de cire guette un animal ou un homme, un grand babouin, un indigène issu d'une de ces tribus primitives qui habitent la forêt. Dès qu'il a repéré son auxiliaire involontaire, il s'efforce par tous les moyens, jusqu'aux plus invraisemblables, d'attirer et de retenir l'attention du camarade éberlué. Il se traîne par terre, il caquette, il fait le guignol ou le mort, il joue l'oiseau à la patte cassée, il se laisse tomber comme une pierre, il décolle à l'horizontale, il avance en boitant, il recule effrayé, il volette, il descend en piqué, il fait un raffut du diable et il se tait tout à coup, comme s'il avait vu ou entendu quelque chose de stupéfiant. Intrigué, subjugué, l'autre se met à le suivre à la trace. L'indicateur avance en vérifiant du coin de l'œil si le piège immatériel fonctionne convenablement. Et il entraîne peu à peu le curieux fasciné par un manège si étrange vers la ruche convoitée.

Le grand babouin ou le primitif aiment le miel comme vous et moi. Dès qu'ils aperçoivent la ruche désignée par l'indicateur maintenant modestement dissimulé derrière un arbre ou perché sur une branche, ils se hâtent de la démolir pour se nourrir de son miel. Mais l'indicateur, lui, c'est de la cire qu'il raffole. Les quartiers de cire ont été éparpillés par le singe ou par l'homme tout autour de la ruche. L'indicateur se jette sur eux et sur son festin triomphal.

Les aventures comme celle-là sont légion dans l'univers. Vous les trouvez dans le journal et dans les ouvrages consacrés au comportement des animaux, dans le ciel et sous les mers, dans les villes et dans les forêts, dans les sociétés secrètes et dans les sociétés policées, à la Bourse de New York, dans les salons de Londres ou de Paris, autour d'Alcibiade ou de l'empereur Frédéric II, dans la savane africaine. Le monde inanimé offre autant de merveilles, et tout aussi stupéfiantes, que Florence sous les Médicis ou la cour de Byzance. Un même miracle constant, tout fait de nécessité, court à travers l'univers et jette un pont d'amour entre les insectes et les étoiles, entre les fourmis et les trous noirs, entre l'amibe et les plus lointaines des galaxies en train de nous fuir vers d'autres au-delà. L'univers n'est un tout que parce que Dieu le rêve. Et la totalité de tout est déjà tout entière dans la moindre de ses parties qu'elle dépasse infiniment.

Ouvrez le journal d'aujourd'hui. Les coups de force, les crimes, les tragédies, les coups de génie, les faits divers, les coups de sang, les parades d'amour, le talent et l'argent, les coups de poker, les hasards, les coups de Bourse, les intrigues, les ambitions, les coups d'État, les enlèvements, les coups de théâtre et du sort constituent, à eux tous, une aventure quotidienne indéfiniment répétée. Il m'arrive bien souvent, et quelquefois huit jours, ou trois mois, ou même un an plus tard, qu'importe, de lire, le cœur battant, l'œuvre de Dieu dans le journal du soir ou dans le journal du matin. Comme je parcours avec passion la première page venue d'un dictionnaire ou d'une encyclopédie où une invention phénicienne découpe et distribue Dieu selon l'ordre alphabétique. Il est presque aussi surprenant et aussi excitant sous ce classement arbitraire que dans ses entreprises les plus lentes et les plus réfléchies où il se dissimule derrière le génie et la patience des hommes.

Une manifestation dada parmi les toutes premières vit des précurseurs du surréalisme rassembler à Zurich ou à Paris un public interloqué : pendant que Paul Éluard tapait sur des cloches et des casseroles, Tristan Tzara avait choisi de lui infliger la lecture exhaustive d'une page de journal prise au hasard. A la façon du maître zen qui tordait le nez de son disciple, on ne pouvait rien entreprendre de plus raisonnable ni de plus instructif. Je vois bien qu'il y a Dieu dans un sermon de Bossuet, dans une pensée de Pascal, dans une scène de Sophocle, dans un tableau de Rembrandt. Je crois qu'il est aussi dans le nuage et dans la pierre. Dans le presque rien. Dans le n'importe quoi. Il est dans tous les spectacles, il est dans la moindre pensée, il est dans le premier hasard venu, il est surtout dans rien. Puisque Dieu est nulle part et puisqu'il est partout.

CHAPITRE XXXII

où Pierre et Maria
deviennent ce que vous êtes

Après s'être promenés sur les quais le long du fleuve qui n'existait peut-être pas, Pierre et Maria avaient fait quelque chose de très insignifiant aux yeux de l'histoire universelle et pourtant pour eux d'important : ils avaient vécu ensemble.

Ils avaient travaillé. Ils avaient ri et pleuré. Ils s'étaient disputés. Ils avaient voyagé. Et ils s'étaient aimés. Ils avaient connu des chagrins et des échecs qui leur avaient fait détester l'existence. Et des joies dont ils se souvenaient plus tard avec des larmes dans les yeux. Les sentiments qu'ils avaient éprouvés figurent dans *Phèdre,* dans *Adolphe,* dans *Le Rouge et le Noir,* dans *Tess of the Urberville,* dans Shakespeare et dans Goethe, dans les poèmes d'Henri Heine, dans *La Recherche du temps perdu.* Ils avaient tout emprunté et tout rendu à la littérature universelle, à Sophocle, aux poètes grecs, aux grands Russes, aux romanciers anglo-saxons, aux feuilletons de gare, à *Autant en emporte le vent* et à *Pour qui sonne le glas.* Ils se reconnaissaient dans les films, dans les disques, dans les pièces de théâtre qu'on leur tendait comme des miroirs qu'ils auraient construits eux-mêmes. Ils trouvaient du plaisir dans un monde qui leur pesait. Ils eurent leur lot de peine et leur lot de bonheur.

Il ne leur arriva rien du tout, ou peut-être des contes de fées, ou peut-être des malheurs atroces : des conjurations de hasards, des tortures, des persécutions, des pièges qui se referment, la chance la plus insolente, la misère, l'injustice, la mort d'un enfant. Pierre mourut pour des choses auxquelles il croyait — ou, pis, pour des choses auxquelles il ne croyait pas. Maria vécut avec un amour impossible auquel elle ne pouvait ni s'abandonner ni renoncer et qui n'était pas celui qu'elle avait ressenti pour Pierre dans des temps évanouis. Ils devinrent célèbres et riches ou ils restèrent pauvres et inconnus. Un soir, après trop de souffrances ou de folie, Pierre tira sur Maria — ou Maria sur Pierre. Ou ils moururent ensemble, après une vie sans heurts, à quelques heures de distance, dans les bras l'un de l'autre.

Ils étaient allés à Venise et à Rome, et les noms de Michel-Ange et de Chateaubriand leur disaient vaguement quelque chose. Ils étaient entrés dans le port de Rhodes, là où s'élevait jadis le colosse, par un jour glorieux de juillet. Ils s'étaient promenés en Sicile, sur la grande place de Marrakech, à Dubrovnik, au pied du Vésuve. Ils avaient fait de grands voyages ou ils étaient restés chez eux. Un peu du monde extérieur et des temps disparus était de toute façon parvenu jusqu'à eux. Un jour de bonheur ou de chagrin, en écoutant quelque chose, en regardant je ne sais quoi, ou sous un grand soleil sur la neige ou la mer, ou peut-être simplement un soir où s'ils s'aimaient, il leur était arrivé de comprendre dans un éclair qu'ils appartenaient à une immensité qui les dépassait de beaucoup et qui s'appelait l'univers. Ils en étaient un fragment minuscule et précieux. Une brindille, une escarbille, un détail infime et sans prix, un déchet dérisoire et absurde, à jamais superflu — et pourtant le sel et le cœur et le centre de tout et le bien le plus cher de toute la création et de son créateur.

Est-ce qu'ils avaient gâché tout cela ? Est-ce qu'ils avaient tiré de leur vie tout ce qu'elle pouvait donner et tout ce qu'elle leur avait promis ? A eux de voir ici ce qu'ils ont fait de leur existence ; à eux de se prononcer sur ce hasard inouï et cette nécessité qui font qu'ils sont au monde au lieu de ne pas y être. A eux — et aussi à vous. Car Pierre et Maria sont des images de vous-mêmes.

Au moment de poser ce livre sur Chateaubriand et sur Dieu, sur Hortense et Juliette, sur Pierre et sur Maria, il ne s'agit pas tant, selon la coutume, de rêver sur l'ouvrage et sur son auteur, mais plutôt sur le monde et sur ce que nous y faisons. A travers Pierre et

Maria, à travers Dieu et Chateaubriand, ce sont vos propres aventures que j'ai essayé de raconter. Elles sont plus fabuleuses, croyez-moi, que celles d'Arsène Lupin, du Dernier des Mohicans et des Trois Mousquetaires. Le vrai héros de ce livre, c'est vous. Voilà quelque cinq cents pages qui ne tournent ni autour de leur auteur ni autour de leurs personnages, mais autour de leur lecteur. Puisqu'elles tournent autour de Dieu. Et que, comme Chateaubriand, comme Pierre et Maria, vous êtes un peu de Dieu.

Aussi Pierre et Maria deviendront-ils ici ce que vous voudrez qu'ils deviennent. Et ce que vous êtes devenus. Ou ce que vous deviendrez. Ils glisseront dans le plaisir ou dans la foi, dans l'héroïsme, dans le désespoir. Ils feront peut-être fortune, ils perdront tout d'un seul coup, ils lutteront pour la justice, ils découvriront d'autres mondes, ils seront la proie des passions ou ils les susciteront chez les autres, ils s'opposeront à la violence ou ils s'en serviront. Ou peut-être, tout simplement, passeront-ils leur temps à s'aimer : ce qui, n'en déplaise à d'aucuns, ne serait déjà pas si mal.

Ils ne sont rien d'autre en tout cas que ce que vous êtes vous-mêmes, et ce qu'étaient Hortense et Julien et Juliette et Chateaubriand : un homme et une femme dans l'espace et dans le temps. Liés à une totalité dont il leur arrive de se moquer. Assoiffés de plaisirs et craignant la souffrance. Guettés par la misère, l'accident, la maladie, la folie. Condamnés à la mort. Et sauvés par l'amour.

Je ne sais pas ce que vous ferez de Pierre et de Maria. Je les vois marcher au supplice comme Parfaite de Saligny et Calixte de Montmorin, triompher sur la scène du monde comme Gabrielle Allart et le vicomte de Chateaubriand, connaître une fortune immense comme Talleyrand ou Cléopâtre, se précipiter dans la foi comme l'abbé de Rancé ou Thérèse d'Avila, être fusillés à l'aube comme le duc d'Enghien dans les fossés de Vincennes ou Marlène Dietrich dans le film fameux où elle se regarde une dernière fois, en le prenant pour miroir, dans le sabre de l'officier chargé de commander le feu, être dévorés par la jalousie comme Phèdre ou comme Adolphe, souffrir de l'injustice comme Omar ou Pauline de Beaumont, brûler d'un désir de gloire comme Mme de Staël ou Napoléon Bonaparte, tomber dans la folie comme Natalie de

Noailles ou lord Londonderry, massacrer les autres comme Eugénie Moucheron et le nègre de Pontarlier, plaire, toujours plaire, plaire indéfiniment comme Juliette Récamier et le chevalier de Vaudreuil, raconter des histoires comme Sand et comme Dumas. La liste n'est pas exhaustive. Il n'est rien d'impossible aux créatures du bon Dieu. Elles ont construit les cathédrales et les temples de Sicile, d'Angkor Vat et de Persépolis, elles ont inventé le feu, elles ont écrit *Polyeucte, Don Juan, Les Fleurs du mal, Le Temps retrouvé,* elles n'ont jamais cessé d'assassiner leur créateur. Tout ce que vous pourrez imaginer de plus inouï et de plus fou, elles l'ont fait ou elles le feront. Et tout ce génie sans fin finira par la mort.

Dans l'infinie variété des aventures des hommes, indéfiniment les mêmes et indéfiniment nouvelles, il n'y a qu'un trait de constant : assassins ou héros, peintres ou musiciens, conquérants ou rentiers, philosophes ou chefs de bande, il faudra bien qu'ils meurent. Je ne sais pas quel destin vous aurez réservé à Pierre et à Maria, s'ils mourront ensemble ou s'ils se sépareront, s'ils se jetteront dans un fleuve, s'ils tireront au mortier, s'ils renieront leur rencontre sur les bords de la rivière qui n'a jamais existé, s'ils connaîtront d'autre passion que celle qui les avait unis, si le sang ou l'argent ou la sainteté ou le savoir se rueront dans leur vie. Mais je connais déjà la dernière scène sur quoi le rideau tombera, celle qui clôt *Le Rouge et le Noir* et *Madame Bovary* et *Les Thibault* et *Othello* et *Don Juan* et *La Traviata* et toutes les tragédies du monde et tous les romans de la vie : la mort, encore la mort.

Mais il y aura quelque chose, ou plutôt encore quelqu'un, derrière la mort au dernier tableau. Ce ne sera pas seulement Dieu ou le tout ou le néant. Ce seront encore des hommes et des femmes. Ils porteront les noms de Jean ou de Philippe ou d'Anne ou d'Anne-Marie. Nous les appellerons des enfants. Ce seront les fruits de l'amour entre Pierre et Maria. Ils recommenceront tout, les débuts, les angoisses, les joies immenses et ineffables, les découvertes nouvelles, les amours encore et à nouveau réinventées, et la course vers la fin. Ils la poursuivront à leur tour, et ils la pousseront un peu plus loin. Ils seront à leur tour les instruments de Dieu. Ils seront à la fois Sisyphe et son rocher. Ils seront Dieu lui-même, inutile et sublime, destiné à la mort et à une gloire sans fin dans son propre souvenir, dans l'espace et dans le temps et dans l'éternité. Car, au-delà de l'histoire, du temps, de la mort, du néant, Dieu se souviendra de ce monde comme ce monde se souvient de lui.

LA FIN DES TEMPS

CHAPITRE PREMIER

où personne ne se souvient plus des rois de Suède et de Naples et où les quatre maréchaux princes d'Empire sont balayés de l'histoire par quatre cavaliers autrement redoutables

Un jour, dans des millions et des millions d'années, et peut-être des milliards, il n'y aura plus personne pour se souvenir de rien. Personne pour se souvenir du dimanche de Pâques 1802, ni des récits qui l'évoquent, ni des livres qui en parlent, personne pour se souvenir du coup de théâtre et d'autel de la parution triomphale du *Génie du christianisme,* personne pour se souvenir de Pauline de Beaumont, de Champagny et d'Antraigues, de Joubert, de Fontanes, du chevalier de Vaudreuil, des trois petites Allart qui se succèdent les unes aux autres, de Talleyrand, de Molé, de Cordélia de Castellane et de Natalie de Noailles, personne pour se souvenir des quatre maréchaux princes d'Empire — Berthier, prince de Neuchâtel et de Wagram, Ney, duc d'Elchingen, prince de la Moskova, Masséna, duc de Rivoli, prince d'Essling, Davout, duc d'Auerstaedt, prince d'Eckmühl —, de la folle et scintillante bravoure de Joachim Murat, commandant de la cavalerie et de la garde consulaire, beau-frère de Bonaparte et de Pauline Borghèse, gouverneur de Paris, maréchal de France, grand amiral de la flotte, grand-duc de Clèves et de Berg, prince d'Empire, roi de Naples, fils d'aubergiste, fusillé au Pizzo le 13 octobre 1815, du surprenant destin du maréchal Bernadotte, révolutionnaire et jacobin, beau-frère de Joseph Bonaparte, prince de Pontecorvo, roi de Suède et de Norvège, qui demandait un verre d'eau à un grenadier dans la nef de Notre-Dame sous le regard du Premier Consul. Personne pour se souvenir des tailleurs de pierre de Notre-Dame, des voleurs, des artistes, des convertis, des malades atteints du mal des ardents qui s'y donnaient rendez-vous, de la visite de Saint Louis à la cathédrale de Paris à la veille de la croisade, du retour du roi dans l'église avec la couronne d'épines qui sera ensuite déposée à la Sainte-Chapelle du palais, du sacre comme roi de France de Henri VI d'Angleterre, alors âgé de dix ans, des baptêmes des princes, des mariages des reines, des funérailles des souverains, de la dernière oraison funèbre de Bossuet et de ses sermons prodigieux — « Dès ce soir, tu seras avec moi dans la maison de mon père. Dans la maison de mon père : quel séjour ! Avec moi : quelle compagnie ! Dès ce soir : quelle promptitude ! » — de la fête de la Raison le 10 novembre 1793 où Mlle Maillard — ou, peut-être, selon d'autres sources, Mlle Thérèse-Angélique Aubry —, actrice de l'Opéra, drapée à l'antique d'étoffes bleues et blanches, était coiffée du bonnet phrygien et tenait à la main une pique d'ébène, des *Te Deum* et des *Magnificat,* des drapeaux entassés et des sonneries de trompettes, des papes en grand appareil, du couronnement de l'Empereur, des conférences de Lacordaire, des gouvernements éperdus devant l'avance de l'ennemi, du maréchal Pétain acclamé par les foules, du général de Gaulle debout sous les fusillades, de Claudel derrière son pilier, un après-midi de Noël. Personne pour se souvenir de Péguy :

Femmes, vous m'entendez : quand les âmes des morts
S'en reviendront chercher dans les vieilles paroisses,
Après tant de batailles et parmi tant d'angoisses,
Le peu qui restera de leurs malheureux corps...

Quand on n'entendra plus que le sourd craquement
D'un monde qui s'abat comme un échafaudage,
Quand le globe sera comme un baraquement
Plein de désuétude et de dévergondage...

Quand on n'entendra plus que le démembrement
D'un monde qui s'en va comme un écartelé,

Quand on ne verra plus que le délabrement
D'un monde qui s'abat comme un mur craquelé...

de Hugo, de Corneille, de Montaigne, de Shakespeare et de Cervantès, de Virgile et de Dante, de Heine :

Das Geld und die Welt und die Zeiten,
Und Glauben und Lieb' und Treu'...

de Byron et de Goethe. Personne pour se souvenir de Chateaubriand, de Juliette, du soir au Prado d'été, de Julien Pontarlier. Personne pour se souvenir de vous. Personne pour se souvenir de moi. Personne pour se souvenir de Dieu, de sa vie, de son œuvre.

Le monde aura éclaté. Ou il se sera contracté. Ou son expansion se sera indéfiniment poursuivie. Le soleil aura explosé. Nous que quelques degrés de plus ou de moins suffisent à éprouver, nous serons anéantis par des températures inouïes, dans un sens ou dans l'autre. Peut-être ceux qui seront venus après Pierre et Maria, après Julien, après Hortense, après Alexis et après nous auront-ils réussi à quitter cette planète et à survivre ailleurs ? Peut-être un peu de pensée, peut-être un peu de souvenir et un peu d'espérance auront-ils pu s'en tirer et créer de nouveaux mondes dont nous ne savons encore rien ? Ils périront aussi, les uns après les autres. Dans les siècles des siècles, tout ce qui s'est allumé finira bien par s'éteindre. Alors...

Alors, quand tout sera passé de ce monde insensé qui n'est pas éternel et qui devra finir puisqu'il a commencé, le néant et le tout retomberont l'un dans l'autre et Dieu resurgira sur les décombres des hommes. Il sortira de son silence et de cette absence dont se plaignent ceux qui l'attendent et il reprendra possession de ce qui est et ne sera plus — de ce qui ne sera plus dans l'espace et le temps et qui se mettra enfin, débarrassé de l'histoire et du mal et de nous, à être dans l'éternité.

Tout ce qui aura été pour nous — la suite des temps et de l'histoire, la chaîne des causes et des effets, la gloire, le plaisir, l'ambition, le savoir, l'origine de l'agriculture et la naissance des villes, les conquêtes d'Alexandre, la vie de Lao-tseu et du maréchal de Richelieu, les lettres de Chateaubriand à Juliette Récamier, les mécanismes de la Bourse, les courses de taureaux, l'esprit de conquête et de révolte, le bleu, le doux, le salé, les collines tombant sur la mer et la fin du jour depuis le début des siècles — aura trouvé son terme et son accomplissement. Mais ce qui a été ne peut pas cesser d'être. Le temps est une machine à créer du périssable et à le détruire aussitôt. A l'intérieur du temps, le bien et le mal, la rencontre, la contradiction, le même et l'autre tissent leurs interminables et passagères guirlandes : le temps se détruit et s'engendre lui-même, se succède à lui-même et se souvient de lui-même. Lorsqu'il n'y aura plus de temps, il faudra bien que quelque chose ou quelqu'un se souvienne encore, hors du temps, de tout ce qui se sera passé dans le temps et que des traces subsistent de tout ce qui ne sera plus et qui se mettra enfin à être au lieu de naître et de mourir, de vieillir et de changer, de n'apparaître que pour disparaître. Au projet innombrable et fini, surgi du tohu-bohu et de la révolte des anges, répond le souvenir de la totalité de l'histoire qui est le signe de la fin des temps et se confond avec elle : c'est cette pensée infinie, où trouvent enfin leur place dans le rêve de la création, à côté du soleil et de la lune, des trois règnes de la nature et du Saint Empire romain germanique, le détail le plus fugitif et les plus imperceptibles soupirs, que certains appellent Dieu.

Nous ne connaissons Dieu que par la nature et l'histoire : elles constituent l'une et l'autre la seule œuvre où il ne soit pas puisqu'il l'a confiée aux hommes. Ici ou là, à travers les épisodes successifs de cette fresque qui se déroule dans le temps, il se produit comme un trou, un vide, un appel d'air, et un éclair y brille de l'éternité évanouie. C'est bien insuffisant pour éclairer les ténèbres où nous nous débattons. Il faudra attendre la fin de tout pour que les temps s'illuminent et que les hommes comprennent enfin quelque chose à cette bataille formidable entre le bien et le mal dont ils auront, sans le savoir ou peut-être en le devinant avec crainte et tremblement, été à la fois les acteurs, les victimes et les vainqueurs. L'ennui, c'est qu'à la fin des temps les hommes ne seront plus là : ils se seront fondus en Dieu. La comédie sera terminée. Le rideau retombera sur la scène de l'univers. Les marionnettes, les pantins, les ombres, les reflets seront rentrés chez eux. Dieu s'était évanoui pour que les hommes puissent régner dans l'espace et le temps. Et les hommes s'évanouiront pour que Dieu, à nouveau, puisse régner hors du temps. Dieu s'était fait homme : il descendait vers nous. Dans la mort et le pardon, dans le souvenir de l'éternité, nous serons tous à Dieu et nous monterons vers lui.

Nous serons tous à Dieu comme nous sommes tous de Dieu. Par quelles affreuses épreuves, par quelles atroces délices n'aurons-nous pas passé ! Il n'y a qu'à lire les livres, à regarder autour de soi, à se rappeler sa propre vie : un tissu d'horreurs et de bonheurs toujours impurs et toujours menacés. C'est que le monde est le théâtre de la bataille de Dieu contre les anges révoltés et contre Lucifer. Une foule de textes sacrés ont raconté l'issue de cette lutte sans merci. Le plus célèbre, peut-être, est l'Apocalypse de saint Jean. Beaucoup s'imaginent que l'Apocalypse est le récit imaginaire de la fin de notre monde : elle est bien plutôt une image fabuleuse et mythique de l'histoire universelle. De même que toute l'histoire avec ses détails les plus infimes figure, dès l'origine, dans le rêve de Dieu avant la création, de même — et inversement — l'Apocalypse éclate, sans un instant de retard, avec la naissance du temps qu'elle illustre et résume avec férocité. Dès le premier cri de l'univers, ou peut-être même avant, l'histoire du monde n'est rien d'autre que l'histoire de la fin du monde. La fin est dans le début ; le début déjà fait partie de la fin. Les quatre cavaliers n'ont jamais cessé de parcourir le monde au galop de leur cheval blanc, de leur cheval roux, de leur cheval noir et de leur cheval pâle, et les sept trompettes résonnent à travers les siècles. Le jugement dernier se confond dans l'éternité avec la révolte des anges et avec la création ; et la fin du monde commence lorsque la voix de Dieu s'élève au-dessus de l'abîme : « Qu'il y ait un début ! Que quelque chose soit au lieu de rien ! »

Nous qui sommes tous dans le temps, et qui croyons n'être que dans le temps, nous sommes aussi, à chaque instant, les témoins et les acteurs de la révolte des anges et du jugement dernier, de la création du monde et de la fin des temps. Parce qu'il y a en nous quelque chose venu d'ailleurs et quelque chose venu de Dieu, nous parvenons à nous maintenir, que nous le voulions ou non, et le plus souvent à notre insu, au-dessus des flots du temps où nous sommes emportés. Nous nous souvenons d'hier, nous imaginons demain parce qu'un peu d'éternité perce à travers le présent. Il n'y aurait pas de musique et il n'y aurait pas de peinture s'il n'y avait que du temps et rien d'autre. Et peut-être n'y aurait-il pas d'histoire s'il n'y avait que du temps. Ce livre n'a pu être écrit et il ne peut être lu que parce que, au-delà du temps, il y a encore autre chose que vous savez obscurément. Derrière la nature et l'histoire et la pensée des hommes, il y a quelque chose d'inconnu et d'immense qui les dépasse et les soutient par sa totalité : secret, plein de mystère, infiniment supérieur à la somme de ses parties, c'est ce tout qui est Dieu. Et, à la fin des temps comme avant leur début, quand il n'y aura plus trace nulle part des amours de Chateaubriand, ni de son œuvre, ni de son génie, quand Hortense et Julien, quand Mozart et le Tintoret seront retournés au néant, quand il n'y aura plus de souvenir de Pierre et de Maria, du maréchal Bernadotte, de Vidocq, de l'Empereur Alexis, du chevalier de Vaudreuil, que tout ne sera plus rien et que le rien sera tout, il régnera sur eux comme il régnait sur eux quand le tout et le rien ne se distinguaient pas l'un de l'autre.

CHAPITRE II

où, à l'ombre rêvée de la cathédrale d'Orvieto, saint Georges laisse tomber sa lance et où les âmes des morts jettent leurs chapeaux en l'air

A nouveau, Dieu et Satan, qui s'appelait jadis Lucifer, se retrouvaient face à face. Parce qu'elle se situait dans l'éternité retrouvée, c'était toujours la même rencontre, celle où ils étaient unis par l'amour et divisés par la lutte, celle où se créait le monde, celle où l'histoire accomplie était enfin — et déjà — jugée. C'était la même éternité avec seulement en plus, imperceptible goutte dans l'océan de l'infini, quelques milliards d'années et toute la masse de l'univers. Mais il y avait en même temps — je veux dire : hors du temps — quelque chose qui changeait tout : la liberté et la pensée.

A la foule des anges et des dragons, autour du trône du Tout-Puissant, au-dessus du soleil et de la lune et de la multitude des galaxies qui brillaient sous le ciel des idées comme autant de preuves de la gloire de Dieu, se mêlaient les âmes de ceux qui avaient vécu. La vallée de Josaphat évoquée par Joël aurait été trop étroite pour les recevoir toutes. Et tout ce qui avait existé sous une forme ou sous une autre accompagnait les âmes des morts. C'était le monde entier qui entourait le Très-Haut. C'était son propre rêve que Dieu était en train de juger.

Les peintres, les musiciens, les poètes, les prophètes ont tourné inlassablement autour de cette fin du monde et de ce jugement dernier que chacun d'entre nous éprouvera pour lui-même et qui, au-delà des plaisirs, des chagrins, des souffrances, des honneurs, est notre but à tous. Quand nous en irons-nous ? Quand nous en irons-nous ? Autant que la création de l'espace et du temps et de cet univers qui aura été le nôtre, leur dissolution et notre libération ont inspiré toute une flopée de chefs-d'œuvre dont les générations successives, parmi leurs craintes et leurs espérances, ne se sont pas lassées. Prenez le bateau à Venise, allez au fond de la lagune, jusqu'à l'île de Torcello où des populations d'Aquileia, près de Trieste, fuyant Attila et les envahisseurs barbares, se réfugièrent il y a quinze siècles. Vous y verrez, au revers de la façade de la vieille cathédrale, la merveilleuse mosaïque où le jugement dernier brille de mille feux naïfs. Vous le trouverez encore, plus à l'est, dans les fresques du Mont Athos ou dans celles de Vladimir ; plus à l'ouest, sur la façade occidentale de la cathédrale d'Autun sous le marteau de Gislebert, sous celui de Nicola Pisano tout autour de la chaire du baptistère de Pise, au baptistère de Parme sous celui d'Antelami. Descendez au Portugal jusqu'au couvent d'Alcobaça où repose, après les drames rapportés par Montherlant, Inès de Castro, la reine morte, dont le squelette exhumé valsa aux bras des soudards de l'armée de Napoléon : le jugement dernier orne son tombeau de pierre. Montez jusqu'à Strasbourg où le célèbre pilier des anges est encore consacré à l'ultime examen des âmes des morts par Dieu. Les fresques de Cavallini à Santa Cecilia à Rome, celles d'Orcagna à Santa Maria Novella à Florence, celles de Martin Schongauer à Vieux-Brisach, celles des peintres anonymes d'Ennezat ou de la cathédrale d'Albi tournent autour du même thème où l'angoisse des damnés se mêle inextricablement à la jubilation des élus. Et c'est toujours la même fin de tout et le même début du tout qui inspire, à Beaune, l'œuvre fameuse commandée par Nicolas Rolin à Rogier Van der Weyden.

Mais parmi toutes les représentations innombrables de ce jour de gloire et de terreur, voulez-vous que nous montions ensemble vers une place forte étrusque, puis guelfe, puis papale, perchée sur une haute colline entre Florence et Rome ? Établie sur un rocher qui contrôle la Via Cassia, enlevée par les Barbares, libérée par Bélisaire en 538, reprise par Totila, roi des Goths, jusqu'à sa défaite devant Narsès en 552, conquise par les Lombards en 606, fief de la comtesse Mathilde, disputée entre l'empereur et le pape, assiégée par Henri IV, réclamée par Adrien IV, alliée avec

Florence contre Sienne et Montepulciano, déchirée entre les Filippeschi, gibelins, et les Monadelschi, guelfes, qui se diviseront à leur tour entre les Beffati et les Malcorini, elle s'oppose aux ambitions italiennes de Charles VIII de France et accueille Clément VII en fuite devant les Impériaux de Charles Quint, du connétable de Bourbon et de Philibert de Chalon, prince d'Orange, lors du sac de Rome en 1527. C'est Orvieto — *urbs vetus* —, dont la cathédrale est une des plus belles du monde.

Nous ne regarderons rien, ni la vue sur la plaine, ni les vieilles rues médiévales, ni la demeure des papes, ni le palazzo del Popolo, ni la torre del Moro, ni le pozzo di San Patrizio, ni le jaillissement vers le ciel des lignes verticales où alternent, noir et blanc, le basalte et le travertin, ni même la folle façade, sculptée comme un ivoire, aux panneaux de marbre polychromes, aux mosaïques de toutes les couleurs, du Duomo de Fra Bevignate, de Lorenzo Maitani, de Pisano, d'Orcagna et de San Micheli. Ni les bas-reliefs des piliers, ni le baldaquin de bronze, ni la Vierge à l'Enfant au tympan du portail central, ni la rosace dans le carré tout entouré de niches avec les apôtres et les prophètes, ni la porta Canonica, ni la porte du Corporal où passaient les reliques du miracle de Bolsenna. Ni même nos chers souvenirs qui, fantômes vivants, s'avancent au-devant de nous, autour de l'image radieuse qui est au cœur de ce livre. Nous irons tout droit, sans un regard pour la fresque de Gentile da Fabiano, pour le reliquaire en vermeil dans le tabernacle de l'autel, pour la Madone de Miséricorde du Siennois Lippo Memmi, vers la chapelle de San Brizio. Là, nous verrons enfin les fresques de la fin du monde et du jugement dernier de Fra Angelico, de Benozzo Gozzoli et de Luca Signorelli. Avec le Christ et ses anges, avec Dante et Virgile, avec Homère et Horace qui aimait tant la vie, avec Ovide et Lucain, avec les apôtres, les martyrs, les vierges, les patriarches et les docteurs, avec les philosophes et les poètes, avec les élus et les maudits, avec les corps qui se tordent dans des convulsions pathétiques, elles annoncent déjà, avec une force admirable, le Michel-Ange de la chapelle Sixtine et de *La Création*. Elles jettent nos pauvres dépouilles dans leur dernière aventure. Elles nous précipitent aux pieds de l'éternité. Elles nous donnent une image de cette Apocalypse qui est déjà parmi nous et dont chaque rouage du temps inexorable dont nous sommes composés nous rapproche un peu plus. Et le reste, nous le rêverons. Dieu nous a assez rêvés. A nous maintenant de rêver Dieu.

Dieu regardait cette plaine sans fin où les âmes des morts, enfin rentrées dans l'être, reconstruisaient le monde dans le moindre de ses détails, dans toute la suite des temps, dans ses pensées les plus secrètes, dans tous ses frémissements, dans sa chair et dans ses muscles. Au pied du trône du Seigneur, notre vieil ami Lucifer brillait de tous ses feux : il n'était pas encore vaincu, la partie à peine engagée était loin d'être perdue, beaucoup de ces âmes et de ces corps pourris et ressuscités faisaient partie de sa troupe. A nouveau, les trompettes sonnèrent, et c'étaient toujours les mêmes. A nouveau, les chœurs des anges et le feu des dragons. Alors Lucifer se tourna vers le Tout-Puissant. Et il lui dit :

« Seigneur ! Voici le monde tel qu'il aura été, tel qu'il est, tel qu'il sera et tel qu'il a été. Voici la troupe immense de la révolte des anges avec ses grands lieutenants qui ont servi sous mes ordres : ils s'appellent Adam, et Caïn, et Gilgamesh, et Prométhée, et Alexandre le Grand, et Judas, et Attila, et les chefs des croisades qui tuèrent tant de musulmans, et les chefs des musulmans qui tuèrent tant de chrétiens, et Gengis khan, et Tamerlan, et Gutenberg, et Cortez, et Galilée, et Descartes, et Spinoza, et Talleyrand, et Napoléon Bonaparte, et Hegel, et Karl Marx, et Darwin, et Sigmund Freud, et Einstein, et Hitler, et Staline. Je ne cite que pour mémoire tous ceux qui se sont livrés à ce que tu appelles le mal avec un peu de légèreté : je réclame plutôt comme disciples et comme témoins ceux qui ont changé l'ordre des choses et qui ont été condamnés avant d'être exaltés — ou parfois exaltés avant d'être condamnés. J'y ajoute tous les rois jusqu'aux meilleurs, tous les peintres et tous les poètes, tous les musiciens et tous les philosophes, tous ceux qui ont été malheureux et qui n'ont cessé de te maudire, tous ceux qui ont été heureux et qui t'ont oublié, les esclaves et les maîtres, les jouisseurs et les égoïstes, les voleurs, les assassins, les avares, les coléreux, mais aussi et surtout ceux qui cherchent, ceux qui refusent, ceux qui n'obéissent pas aveuglément et qui relèvent la tête, ceux qui ont aimé selon la chair, ceux qui ont vécu dans le temps. Je crois que toutes les âmes qui sont ici réunies — les héros, les chefs de guerre, les romanciers, les savants, et peut-être même les saints, si soucieux de leur salut — n'auront vécu que par moi, par la bassesse si tu veux, mais aussi par la splendeur : toute la splendeur du monde n'est due qu'à ma révolte. Non seulement le sang, la violence, la puissance, la gloire, mais la curiosité, le savoir, la science, l'honneur des hommes, la beauté pleine de fièvres et toujours proche de la mort appartiennent à moi seul. Je n'en dirai pas plus. Du monde et de son histoire nous avons fait le théâtre de notre lutte éternelle : il est clair que j'ai gagné et que tu as perdu. Tu as tellement perdu que l'histoire a un autre nom : elle s'appelle la mort de Dieu et le royaume du Malin. Jusque dans les religions qui chantent en vain tes louanges, tu passes ton temps à mourir. Tu assures que tu ressuscites. Vaine consolation et fariboles pour cœurs faibles : tu meurs, et je prends ta place. De catastrophe en catastrophe jusqu'à la fin des temps, le monde n'est que ta défaite, et il est ma victoire. Je réclame ton trône et de régner sur les âmes et sur l'éternité comme j'ai régné sur l'histoire. »

On raconte qu'en écoutant ces mots saint Michel, saint Raphaël, saint Gabriel et tous les anges fidèles ne purent retenir leurs larmes : le monde était un échec et l'histoire n'avait plus de sens. Saint Pierre pleurait sur sa triple trahison, le Bouddha sur sa vie impie avant sa conversion, Mahomet sur la violence qu'il n'avait cessé de prêcher et saint Paul sur les persécutions qu'il avait exercées avant de tomber en extase sur le chemin de Damas. Beaucoup, parmi les plus justes, furent très près de désespérer. Les dragons jubilaient et laissaient échapper des beuglements de bonheur. On raconte aussi que saint Georges, pris de faiblesse, laissa tomber sa lance de feu sur le sol du ciel des idées.

Alors, une nouvelle fois, une première fois, une dernière fois, et aussi une unique fois, Dieu se leva pour parler.

« Lucifer, dit-il, et toutes les âmes et les anges remarquèrent qu'il donnait à Satan le nom de son amour, je t'ai beaucoup aimé. Je t'ai aimé à en mourir. Et tout amour depuis lors a été lié à la mort. Et il est vrai que l'histoire et les hommes que j'ai aimés comme je t'ai aimé, c'est-à-dire plus que tout et d'abord plus que moi, se confondent avec ma mort. Il y a eu un monde et il y a une histoire parce que j'ai accepté de mourir pour que les hommes puissent vivre. Dieu est mort, c'est vrai : mais c'était pour laisser la place à la liberté et à la pensée des hommes. Tu t'imagines que c'est ta victoire. Mais c'est la victoire de l'amour. Celui de nous deux qui aura remporté la victoire sera celui qui se sera le mieux et le plus complètement confondu avec l'amour. Tu te souviens de la question posée par Ponce Pilate : " Qu'est-ce que la vérité ? " Il y a une autre question fameuse : " Mort, où est ta victoire ? " Je te donne la réponse à ces énigmes éternelles, et en même temps à toutes les autres : elle ne peut être que dans l'amour. Tu me parles de la curiosité, de la science, de la puissance, de la révolte, de la beauté et de l'honneur des hommes. Rien n'a de sens que par leur ardeur à se dépasser eux-mêmes : elle se confond avec l'amour.

« Le monde que j'ai créé pour nous départager et auquel tu as pris une part évidemment considérable repose d'abord sur l'amour. Même — et peut-être surtout — ceux que tu donnes pour tes lieutenants auront été vaincus par l'amour — les uns volontairement et ils seront sauvés, les autres malgré eux et ils seront damnés avec toi. Tu parles des peintres, des poètes, des musiciens et des philosophes : ils ne vivent que par l'amour et ils savent que c'est l'amour qui meut le ciel et la terre, le soleil et les autres astres. Il y a les mystères de l'éternité, il y a les mystères du mal, il y a mes propres mystères. Mais, dans l'espace et dans le temps, il n'y a qu'un seul mystère — et le savoir et la science ne font que l'approfondir au lieu de le dissiper : ce qu'il y a d'incompréhensible, c'est que le monde soit compréhensible. Et ce mystère-là n'est pas une affaire de savoir, de pensée, de nécessité ou de liberté : c'est une affaire d'amour. Le monde, l'histoire, les hommes ne prennent un sens que dans l'amour. »

Ces paroles si simples et que chacun pouvait comprendre suscitèrent un formidable enthousiasme parmi les âmes du monde. Ceux qui avaient été et qui seraient socialistes, chrétiens, musulmans ou bouddhistes, les révolutionnaires, les athées, les hommes de science et les peintres, les écrivains, les pauvres, et ceux qui n'étaient et ne seraient rien du tout mais qui se souvenaient de leur jeunesse toujours à venir et passée, poussèrent d'immenses acclamations dont l'écho, quelquefois, à travers la musique, la poésie, les grands moments de l'histoire, parvient encore jusqu'à nous. Saint Georges ramassa sa lance, la jeta vers le ciel des idées et la fit tournoyer en l'air à la façon d'un tambour-major. On voyait les fantômes des calottes des juifs et des turbans des Arabes, des mitres et des mortiers, des coiffures à la frégate et à la veuve de Malabar, à la Montgolfier et au globe de Paphos, des perruques d'abbés et des bonnets phrygiens, des shakos et des képis, des tiares des souverains pontifes et des pschents des pharaons, des casquettes des ouvriers et des chapeaux melons, des bicornes des ambassadeurs et des académiciens et des casques des mineurs obscurcir l'horizon à force d'être agités par des milliards d'absences de mains. L'âme de Julien Pontarlier tomba dans les bras de celle de Chateaubriand, celle d'Hortense Allart embrassa tendrement celle de Mme Récamier et Omar, vraiment sans rancune, serra longuement la main de rêve du commandant de l'*Apollon* qui se sentit rougir.

CHAPITRE III

Histoire de la courtisane, du grand capitaine, du peintre, du poète et du sage dans la forêt

Une histoire célèbre met en scène un sage indien que la méditation et l'ascèse avaient rendu très puissant : il portait tout un monde dans sa tête et dans son cœur. Des marins, des chefs d'État, des prostituées, des commerçants, des artistes et des paysans, des soldats et des prêtres ne vivaient que parce qu'il les pensait. Et tant qu'il les pensait, ils ne pouvaient pas mourir. Mais dès qu'il cessait de les nourrir de la force de sa pensée et de son amour, ils s'écroulaient dans le néant.

Le sage méditait au milieu de la forêt et le monde dans sa tête était actif et prospère. Soudain, il tressaillit en entendant un bruit et, l'espace d'un éclair, il cessa de penser à ceux qui, sans le savoir, ne vivaient que par lui. Des pans entiers de son monde disparurent à jamais. Une terrible tempête emporta vingt de ses marins et jusqu'à leur amiral. Plusieurs de ses prostituées moururent de misère ou de mort violente. Un de ses poètes se suicida. Beaucoup de ses paysans se couchèrent pour ne plus se relever. Deux de ses commerçants se prirent de querelle sur des points de détail et s'entr'égorgèrent en public. Un de ses jeunes seigneurs les plus charmants, dans la force de l'âge et en parfaite santé, tomba foudroyé sans aucune raison apparente au moment où il sortait du lit de sa maîtresse : personne ne put soupçonner qu'il mourait parce que le sage avait cessé de penser à lui.

Contrarié de voir son monde se restreindre par sa faute, le sage se ressaisit et concentra sa pensée sur ce qu'il lui restait de créatures. Il réussit en hâte à en sauver trois ou quatre qui, tombées gravement malades, se rétablirent sans motif à la grande surprise de leurs médecins. Et son monde, à nouveau, se porta assez bien. Lorsque, à nouveau, tout à coup, des craquements se firent entendre autour de lui et une grande lueur brilla dans le soir qui tombait. Le sage comprit aussitôt qu'il y avait le feu à la forêt. Il aperçut au loin, dans la clairière, un éléphant qui fuyait, bientôt suivi d'un tigre nonchalant et suprême, et de toute une foule de petits animaux apeurés. Une grande confusion se mettait dans sa tête, en même temps que la crainte et le désarroi. D'affreux malheurs se jetaient sur son monde. La guerre le décimait. Le choléra le ravageait. La peste achevait les survivants. Tous les siens périssaient parce que la forêt brûlait.

Alors le sage jeta par-dessus bord tout ce qui n'était pas essentiel. Des cultivateurs, des marchands, des prêtres, des artistes de second rang périrent ainsi par dizaines et peut-être par centaines, car il était un très grand sage. Il ne garda dans sa tête et dans son cœur que quatre créatures qu'il chérissait plus que les autres : un grand chef de guerre, un peintre digne des maîtres anciens et qui peignait des lunes admirables sur des falaises à pic, un poète dont les livres étaient attendus avec impatience par tous ceux dont la vie était terne et un peu grise et à qui il donnait un bonheur où se mêlaient à la fois l'excitation et la paix, et une jeune femme d'une merveilleuse beauté qui faisait oublier aux hommes la tristesse de leur condition. Ces quatre-là, il s'accrochait à eux avec violence et passion et il les comblait de sa pensée et de son amour avec une sorte d'avidité inversée qui donnait au lieu de prendre.

Les animaux avaient disparu. Le vent soufflait avec force. Les flammes maintenant s'étendaient en cercle autour du sage. Il voyait avec délices et angoisse les victoires du général, les tourments du peintre et de l'écrivain, les étourdissants succès de la jeune femme qui avait tous les hommes à ses pieds. Les larmes lui venaient aux yeux à l'idée que ces destins si rares allaient être tranchés par la mort venue de lui. Les flammes se rapprochaient. Encore quelques instants et elles allaient se mettre à le lécher. Déjà, la chaleur devenait presque insupportable et l'air autour de lui s'obscurcissait moins par la nuit qui tombait que par l'âcre fumée qui montait des herbes brûlées et des arbres calcinés.

Le commandant en chef était en train d'amorcer la manœuvre la plus hardie de sa carrière. Le peintre achevait le portrait d'un sage agenouillé sur une colline et qui regarde dans le soir un vol de canards ou de grues. L'écrivain souffrait mort et passion pour décrire des choses nouvelles et pourtant simples que chacun, en les lisant, reconnaîtrait pour siennes et penserait avoir découvertes. Et, par une extraordinaire rencontre, la belle jeune femme se mettait à aimer enfin un de ceux qui l'aimaient. Tout cela, hélas ! allait être brisé par les flammes : elles entouraient le sage d'un cercle de feu et de mort de plus en plus étroit et ils allaient périr tous les cinq, le poète et le peintre et la jeune femme amoureuse et le grand capitaine, et le sage aussi qui était en train de les penser.

Soudain, il se passa une chose inouïe : les flammes s'écartèrent. Elles épargnaient le sage et ses rêves. Elles étaient déjà passées derrière lui et elles continuaient plus loin leur œuvre de dévastation, à laquelle, par un miracle stupéfiant, il était seul à échapper. C'est ainsi que le sage comprit qu'il était rêvé lui-même par un autre sage plus grand que lui et que, aussi longtemps que le grand sage inconnu penserait encore à lui avec assez de force et d'amour, il ne pourrait pas périr.

Malgré Marcion et Borges et malgré tous ceux qui imaginent un autre Dieu, plus lointain que le premier, caché dans l'ombre de Dieu et occupé à le contempler et peut-être à le rêver comme Dieu contemple et rêve les hommes, il n'est ni permis, ni utile, ni possible de remonter au-delà de Dieu. Dieu est la fin de tout parce qu'il est le début de tout. A la différence de l'espace et du temps et des galaxies qui renvoient l'une à l'autre et des limites de l'univers qui reculent indéfiniment, il est le mur qu'on ne franchit pas. Nous jouons aux échecs sous le regard de Dieu : mais il n'y a personne d'autre pour regarder ce Dieu en train de nous regarder. Nous sommes ses marionnettes, ses ombres, ses pantins et nous sommes un peu de son rêve : il n'y a personne pour le rêver. Il y a bien encore quelqu'un pour le penser, lui et son monde, lui et ses rêves, lui et sa pensée infinie : mais c'est lui-même. Dieu indéfiniment et Dieu infiniment ne se pense jamais que lui-même. Il est la totalité et s'il y avait un autre univers et s'il y avait un autre Dieu, ils seraient encore en lui. Il est le catalogue de tous les catalogues et, à la différence des catalogues des catalogues et de tous les autres catalogues, il est à lui-même son propre catalogue. Dire de Dieu qu'il est infini, c'est dire qu'il est l'alphabet de tout ce qui peut être dit, qu'il en est l'alpha et l'oméga et qu'il n'y a pas d'autre répertoire de signes ni de pensée pour exprimer son nom divin et tout ce qu'il désigne dans l'éternité et dans le temps.

Il n'y a rien de plus simple que Dieu. C'est le reste qui est compliqué. Les manœuvres d'Alexandre le Grand, d'Hannibal, de César, du général volant, de Bélisaire, du maréchal de Saxe ou de Napoléon Bonaparte, les combinaisons de Talleyrand, le talent d'Offenbach, le charme irrésistible de Verlaine ou de Toulet, le génie de Mozart, de Masaccio ou de Chateaubriand peuvent plonger à bon droit ceux qui se comparent à eux dans des abîmes de stupeur et de consternation. Dieu est à la portée de n'importe qui, du premier venu, d'un imbécile comme d'un savant, d'un Bushman, d'un Hottentot, d'un Alakaluf de la Terre de Feu comme d'un Plotin ou d'un Confucius. On peut toujours, à propos de Dieu, dire mille choses profondes ou subtiles. On peut, à la manière de Borges ou de Wells, supposer que le monde a été créé hier, ou peut-être avant-hier, ou peut-être encore le dimanche de Pâques 1802, ou le 16 juin 1832, avec, dans l'esprit des hommes et marqués dans la terre sous forme de traces, de causes fictives, de fossiles très trompeurs, d'antécédents rêvés et de traditions inventées, toute une infinité de souvenirs imaginaires. La vérité est plus simple. C'est nous qui sommes intelligents jusqu'à en devenir démoniaques. Dieu est là, voilà tout. Il est nous, et tout le reste. Il est tout. Rien de plus clair. Et la réalité est son rêve infini.

Dans ce rêve infini, au jour de la fin du monde et du jugement dernier où l'univers, étant clos, pouvait enfin être pesé, Dieu regardait le tout dont ce livre fait partie. Tout avait été cruel et affreux et tout était très beau. Tout était simple. Il n'y avait qu'une chose, sous le regard de Dieu, qui restait un abîme plein de tourments et d'obscurité : c'était le cœur de Lucifer.

CHAPITRE IV

Histoire de Lucifer à la croisée des chemins

Pendant que les chapeaux des âmes volaient dans le ciel des idées et que l'amour transportait tous les acteurs de la scène du monde, Lucifer, seul dans son coin, rêvait obscurément. Les anges révoltés se détournaient de lui. Les dragons dépérissaient, perdant leur sang en abondance : on aurait dit que saint Georges, comme dans les tableaux du Tintoret ou de Carpaccio, comme dans la fresque de Pisanello à Sant'Anastasia de Vérone, les avait tous percés de son absence de lance. De toutes les âmes du monde montait vers le Tout-Puissant un de ces chœurs unanimes dont les sombres chants orthodoxes ou la liturgie grégorienne ou la musique tibétaine semblent avoir gardé le souvenir.

L'histoire du monde bouillonnait sous les cornes de Satan. A la façon des hommes au moment de mourir, il revoyait l'ensemble du passé universel. Il avait dû se tromper quelque part. Mais où ? A sa manière, il avait servi Dieu. Il aurait dû l'écraser — ou alors se jeter à ses pieds et implorer son pardon. Ses soupçons de toujours n'étaient que trop fondés : c'était ce sacré amour qui était en train de l'emporter et d'entraîner sa perte. Dieu sait s'il l'avait ressenti, cet amour infini ! Il s'était transformé en une haine inexpiable pour tout ce qui existait. C'était grâce à lui, Lucifer, que le monde s'était fait. Maintenant, il aurait souhaité le voir réduit en cendres, et le Créateur avec lui. Mais il était déjà trop tard : le néant comme le tout étaient pourris d'amour.

Une fureur l'emportait. Il faut rendre justice au mal : il était la flamme où se forgeait l'histoire du monde. Tout ce qui hurle ici-bas, tout ce qui résiste, tout ce qui refuse l'ordre des choses et rêve de monter jusqu'au ciel pour défier Dieu et l'abattre naît de la fureur de Lucifer. L'angoisse le balayait. Tant d'énergie pour rien ! Tant de talent pour rien ! Le néant et le tout se resserraient autour de lui. Son seul instrument contre le Créateur était l'intelligence et la liberté des hommes. Si ce chef-d'œuvre s'évanouissait dans le néant et dans le tout, avec quoi lutterait-il contre le Tout-Puissant ?

Lui qui avait eu tant de courage dans la lâcheté, tant de force dans le mensonge et la ruse, tant d'obstination dans l'abandon, tant d'amour déchu dans la violence et dans la cruauté, il n'était plus que désespoir. Satan ou le désespoir. Lui qu'on imagine toujours du côté de la jouissance, du succès immérité, de la victoire usurpée, de la violence triomphante, il comprenait soudain ce qu'il n'avait jamais cessé d'être : désespéré et maudit.

Au cours du long trajet de la révolte des anges et de l'histoire universelle, oui, il avait dû se tromper quelque part. Mais où ? Une sorte d'illumination le traversa tout à coup, à la façon de celle où, jadis — et maintenant, et toujours —, il avait soudain compris que son destin était de tenir tête à Dieu. Pour que la totalité se réalise et s'achève, il fallait que quelque chose résiste à la totalité. Mais le propre de Dieu et de la totalité est de tout reconquérir et de tout noyer dans l'amour. Le néant lui-même et la mort et le royaume du prince de ce monde étaient la proie de l'amour. Ceux qui l'avaient le mieux servi — Adam naturellement, et Caïn, et Judas, et Attila, et Gengis khan, et le Grand Inquisiteur, et tous les assassins de leur père, et ceux qui avaient trahi ce qu'ils aimaient — étaient encore mus par quelque chose de monstrueux qui ressemblait à de l'amour et à une sorte d'appel irrésistible et sombre. Et lui ? Lui qui n'était qu'amour et qui était né de l'amour ? C'était l'amour qui l'avait fait et c'était l'amour qui l'avait poussé à réclamer la création, mais il avait renoncé à l'amour en faveur de la puissance et de son orgueil. Lui, n'aimait plus personne. Il n'aimait pas qui le servait. Il n'aimait pas les dragons ni les anges révoltés. Il n'aimait pas les hommes dont il s'était emparé. Il n'aimait plus son Dieu. Il n'aimait plus la création ni la totalité. Il était le seul, dans toute l'histoire du monde et de l'éternité, à être le mal à l'état pur.

Alors, les âmes des morts et tous les anges rassemblés virent un spectacle inouï : des larmes de désespoir vinrent aux yeux de Satan. Il découvrait soudain tout ce qui, à travers le monde et l'histoire, avait été si beau et qu'il n'avait pas regardé : la mer sous le soleil, le matin après la nuit, le soir qui tombe sur les grands fleuves, la pauvreté, l'amitié, le sacrifice, le bonheur de donner, la paix entre les ennemis. Il poussa un grand cri qu'on entend parfois encore, la nuit, sur le sommet des montagnes ou au fond des vallées, sur la mer et dans le vent, et il se rua vers Dieu.

Mais saint Michel archange, chef de toutes les milices célestes, qui le surveillait du coin de l'œil, avait déjà prévenu le coup. Au moment où Satan, écumant et hirsute, les yeux ardents comme des braises, plus affreux que jamais, allait lancer contre Dieu, en un dernier effort, toutes les flammes de l'enfer attachées à sa fourche, il le prit à bras-le-corps et il le précipita, du haut du ciel des idées, dans les ténèbres extérieures. On vit le fantôme du corps de Satan briller encore longtemps à travers les galaxies et les siècles des siècles qu'il traversa de part en part en laissant derrière lui une odeur de soufre et de brûlé due à la vitesse de sa chute. Il tombait de l'éternité à la façon des moules, des crapauds, des libellules de cauchemar, des monstres coiffés d'un casque représentés par Bruegel le Vieux dans sa *Chute des anges rebelles*. A la façon aussi, peut-être, des anges révoltés dont Michel-Ange devait, dit-on, projet sublime et avorté, dépeindre la catastrophe dans la chapelle Sixtine, auprès de *La Création* et de ce Les larmes brouillaient son regard. Sa longue queue en écailles, ses cornes, ses oreilles pointues semblaient de vieilles choses ridicules et qui avaient fait leur temps. Il tomba, vaincu et enfin triomphant, au pied du trône du Tout-Puissant. Alors Dieu se pencha vers lui et lui dit à voix presque basse : « Lucifer, tu as assez souffert tout au long de cette histoire et de ce monde interminables dont tu n'as vu, par ta faute, que les tristesses et les horreurs. Tu as été un autre chemin de Dieu, le plus long, le plus cruel, le plus contradictoire. Mais il était nécessaire, parce que c'était celui des hommes. Je vais te dire le grand secret que tu as déjà deviné obscurément et qui m'a fait souffrir comme il t'a fait souffrir : tu étais une part de la gloire de Dieu. Tu étais Dieu contre Dieu. Tu ne pouvais pas être l'universel ni la totalité. Tu as été l'inspirateur de l'histoire et de l'homme qui sont le champ de bataille de moi-même contre moi-même. Mais je t'aime comme j'aime les hommes. Ta haine était encore de l'amour. Et tu

Jugement dernier porté au pinacle par les uns, comparé par les autres à un pudding de ressuscités et dont Daniele da Volterra, dit *il Braghettone,* allait couvrir les nudités sur l'ordre de Pie IV. Il pénétra dans la terre du côté de Naples et de Pompéi — et c'est l'origine du Vésuve. Il en sortit, au milieu d'un horrible bouillonnement, dans le détroit de la Sonde, entre Sumatra et Java, donnant ainsi naissance au terrible Perbuatan, volcan meurtrier de l'île de Krakatoa. Et puis, il alla se perdre au fond du puits des Malebolge où, guidé par Virgile, Dante devait le retrouver entre l'archevêque Rugghieri, traître au comte Ugolin, lui-même traître à sa patrie, et Bocca degli Abati qui avait trahi les Guelfes. Satan y règne à jamais, dans l'impénitence finale, sur les ténèbres éternelles.

es sauvé par l'amour que tu croyais haïr, mais qui est plus fort que ta haine. Viens t'asseoir à mes pieds dans ma gloire infinie et souffre dans l'éternité d'avoir cessé de m'aimer pendant toute la révolte des anges et pendant toute cette longue et sublime histoire du monde qui sera à jamais, et un peu grâce à toi, le plus grand événement et la plus belle anecdote dans l'infini de l'espace et dans l'éternité du temps. » Beau comme aux premiers jours de sa brûlante existence, Lucifer leva vers Dieu son visage tourmenté et ravagé par les larmes. Il dit seulement : « Pardon. » Et, dépouillé de ses ténèbres qui avaient fait l'histoire, l'ange des lumières reprit pour l'éternité sa place d'amour et de foi dans l'ombre du Tout-Puissant dont il avait servi les desseins et la gloire.

Débarrassés enfin du mal incarné par Satan, toutes les âmes des morts et tous les anges confondus se remirent à acclamer longuement et jusqu'à la fin de l'éternité le Tout-Puissant vainqueur de la révolte des anges qui n'était qu'un autre nom de l'histoire universelle. Quelques voix s'élevèrent bien pour regretter Satan : il mettait de l'animation et une gaieté un peu triste, non seulement dans l'histoire, mais dans l'éternité. Plusieurs craignaient l'ennui. Un petit nombre se demanda comment on allait s'amuser dans le ciel des idées maintenant que le diable n'était plus là ou qu'il s'était fait ermite : l'éternité, c'est bien long — et surtout vers la fin.

CHAPITRE V

où il n'y a plus d'histoire du tout et où il n'y en a pas encore

L'histoire était terminée : il n'y avait plus d'histoire puisqu'il n'y avait plus de Satan. Le récit de l'éternité serait un peu long pour ma pauvre plume et pour votre attention. Ce serait le récit d'un bonheur sans mélange et d'une absence d'histoire. Dieu régnait à nouveau. La liberté des hommes et leur pensée où s'était glissé Lucifer s'étaient évanouies à jamais. Le temps, l'espace, le hasard, la nécessité mathématique s'effondraient avec elles. La gloire et la sagesse de Dieu constituaient le tout qui se confondait avec le néant — ou peut-être le néant qui se confondait avec le tout. Les dernières pages de ce livre pourraient ne rien faire d'autre que de répéter les premières. Le divin serpent se mord ici la queue.

Il y avait pourtant comme une trace de feu dans cette éternité renouée : c'était le souvenir du monde et de l'histoire universelle, c'était notre propre souvenir. Quelque part en Dieu et dans le rêve de Dieu subsistaient des images de la formidable aventure. Il voyait passer les Rois mages en route vers Bethléem et il les voyait en même temps, dans de somptueux costumes, avec de magnifiques parures, à travers un paysage de rêve et au milieu de falaises où courent des bêtes sauvages, revivre sur les fresques de la chapelle Médicis sous le pinceau féerique de Benozzo Gozzoli et il les voyait encore dans la bouche et la pensée de tous ceux qui à travers les siècles les avaient évoqués en d'interminables réminiscences. Il était les Médicis, leurs guerriers et leurs peintres, leurs sculpteurs et leurs poètes, il était les empereurs de la Chine et les

Khans des Tartares et Numa Pompilius et Tullus Hostilius et Ancus Martius et encore Servius Tullius comme il était aussi les commissaires du peuple et Jean du Plan Carpin, légat d'Innocent IV au fond de la Mongolie, et tous les cavaliers dans toutes les steppes de l'Asie. Il voyait les pauvres, les malheureux, les inconnus, ceux qui n'ont pas de noms sonores pour figurer sur cette page, et il les était plus que personne. Il se suicidait avec les suicidés, il tuait avec les assassins, il mourait avec les victimes. Il était les malades, les misérables, les fous, il était tous les morts et il était tous les vivants. Il n'y avait pas de recoin de l'espace ni de détail de l'histoire universelle, si minuscule qu'il fût, si inconnu, si ignoré, qui ne lui appartînt pas. Vous le savez déjà : il voyait la pierre sur la route, et l'asphodèle dans le champ, et la galère de Cléopâtre après la bataille d'Actium, et la jambe déchiquetée de Lannes à la bataille d'Essling et dans l'île de Lobau, et la chute de l'empire romain, et la page 483 de ce livre à sa gloire, et le mot de Dieu sous ma plume — et il les était. Il voyait Chateaubriand en train de tromper Juliette avec Hortense Allart, via delle Quattro Fontane ou au premier étage de l'Arc-en-ciel, et, dans le chagrin et l'angoisse, il était Chateaubriand, et Hortense, et Juliette, comme il voyait aussi et comme il était aussi Julien Pontarlier et son père révolté et sa mère transfigurée. Il voyait ce livre, n'en doutez pas. Et il l'est, n'en doutez pas. Il est vous et votre père, il est vous et votre mère, et les pères de votre père et les mères de votre mère jusqu'à la cent millième génération et encore bien au-delà. Il est beaucoup plus que tout ce que je m'épuiserais en vain à désigner sans fin et à énumérer. Il est tout ce qui a été et tout ce qui sera encore et qui ne peut être qu'en Dieu puisque le monde n'est rien d'autre qu'un rêve toujours en fuite et un interminable évanouissement.

Dieu rêvait éternellement l'histoire universelle de ce monde passager. Il en rêvait la nature, les étoiles, les planètes, les minéraux, les plantes, les arbres qu'il aimait tant, les couleurs et les formes, les animaux, les hommes. Il en rêvait les forces, les secrets, le passé et l'avenir, les volontés et les pensées. Il en rêvait le début et il en rêvait la fin. Il souffrait avec le monde et il se réjouissait avec le monde. Il pleurait l'histoire et il riait l'histoire. Il était l'histoire comme il était la nature. Que Dieu soit le soleil et la lune et les autres planètes et les Pléiades et la Voie lactée, c'est une idée que les populations les plus primitives n'ont pas pu manquer de chérir. Il est aussi la bataille de Qadesh et la comparution de Galilée devant le tribunal de l'Inquisition. Il est Galilée et ses juges, il est le Grand Inquisiteur et chacune de ses victimes. Il est l'erreur et la vérité. Il est le but et le chemin. Il est la vie et la mort. Il est le chemin, la vérité et la vie.

Lorsque vous aurez posé tout à l'heure ce livre que vous lisez et que vous sortirez dans les rues de votre ville ou de votre village, ou que vous marcherez sur la plage ou à travers les champs et les bois, vous penserez encore à ces pages et à Dieu et vous verrez le monde autour de vous, en cette fin du deuxième millénaire après la naissance de Jésus-Christ. Il vous apparaîtra sous un angle minuscule dans l'espace et dans le temps. Vous serez en France, ou en Angleterre, ou en Allemagne, ou en Italie, ou en Espagne, ou en Grèce, ou dans les pays scandinaves ou dans l'est de l'Europe, vous serez peut-être en Amérique, ou en Afrique, ou quelque part en Asie, ou dans une île de l'Océanie. Vous pourrez être n'importe où parce que l'espace vous est soumis. Mais vous serez où vous êtes : vous ne serez pas ailleurs. Et vous serez dans le mois et dans le jour et dans l'heure qui vous seront assignés : parce que vous êtes soumis au temps. Cette fenêtre minuscule ouverte sur l'immensité est un peu comme ce livre : c'est ce que vous voyez de Dieu.

Dieu, lui, ne voit pas seulement tout le reste. Il vous voit aussi vous-même. Vous êtes une parcelle minuscule de la même aventure qu'ont vécue Alexandre et César, Dante, Shakespeare, Cervantès, Michel-Ange et le Tintoret, Napoléon Bonaparte, Mozart, Goethe et Hugo, Stendhal et Chateaubriand. Un peu de leur génie circule aussi en vous. Vous êtes ce qu'ils sont. Ce que sont Pierre et Maria et des milliards d'inconnus répartis sur cette terre à toutes les époques du monde, vous l'êtes aussi, en même temps qu'eux et au même titre qu'eux. Dieu n'est peut-être rien d'autre que le lien qui vous unit et qui fait de vous et de nous tous, avec les chênes et les écrevisses, avec les quartz et les lichens, les membres d'un même équipage pour une même entreprise.

Seigneur ! J'ai été le mince pilote de cette grande entreprise. Pardonnez-moi mes fautes, mes erreurs, mes folies et mes manques. Je ne suis que ce que vous m'avez fait : je ne suis que manque et vide puisque je ne suis pas vous. Il n'est pas possible à la partie de considérer le tout. J'ai chanté dans l'ombre votre lumière et votre gloire. J'ai fait ce que j'ai pu. Je peux peut-être beaucoup parce que je suis un peu de vous. Mais je ne peux pas grand-chose parce que je ne suis pas vous.

Vous me rêvez. Je vous rêve. La partie n'est pas égale. Je suis ce que vous voulez. Vous n'êtes pas ce que je veux. Je suis l'ombre d'une ombre. Et vous, vous êtes le tout. Vous m'avez vu me débattre dans l'espace et dans le temps pour vous offrir ces quelques pages qui sont une sorte de prière, de sacrifice, de chant d'amour, de chronique de votre œuvre, d'hymne à votre grandeur et à votre toute-puissance. Moi, je pense à vous. Je vous vois, à mon tour, dans votre gloire éternelle. Vous régnez. Avec les hommes. Par les hommes. Pour les hommes. Contre les hommes. Insensés ! Ils ne savent pas que vous êtes Dieu parce qu'ils ne savent pas qu'à eux tous, ils sont un peu de Dieu. Chaque homme est l'instrument de votre toute-puissance. Et votre nécessité naît de leurs libertés. Vous les regardez dans votre rêve. Est-ce que vous hésitez encore à vouloir le monde et l'histoire qui sont votre mort et votre gloire ? Vous pensez à tout ce qui fut et à tout ce qui sera. Vous pensez à tout ce qui est. Et peut-être, oui, peut-être hésitez-vous encore. Peut-être attendiez-vous ce livre pour donner le départ à la souffrance et au mal, à la révolte des anges, au *Génie du christianisme,* à la carrière de Bernadotte et du Premier Consul, à la nuit d'amour entre Hortense et Julien.

Nous ne pouvons rien faire d'autre, pour aider votre dessein et pour chanter votre gloire, que d'accepter notre souffrance, qui est aussi la vôtre. Eh bien ! à l'exemple de Lucifer, qui est notre compagnon comme vous êtes notre maître, nous acceptons le mal et nous acceptons la souffrance. Nous souffrirons. Vous mourrez. Que le monde soit donc ! Et qu'il soit votre gloire.

Ah ! je vous imagine, Seigneur, au bord de votre création. Lucifer vous y pousse, et puis, esprit du mal et de la négation, il s'acharne à tout détruire. Nous aussi, nous voulons vivre et nous ne pensons qu'à détruire par notre violence et pour notre plaisir. Vous voyez le mal et votre mort. Vous avez le vertige du monde. Vous avez honte de l'histoire. Vous hésitez encore. Mais, derrière les larmes et le sang et derrière nos plaisirs, il y a quelque chose dans l'ombre de très fort et de très grand. C'est l'autre nom du monde et de votre création. Peut-être aussi, peut-être même, est-ce l'autre nom de Lucifer. C'est l'autre nom du savoir, de la joie et de la souffrance, de l'espérance, de la volonté, de la gloire et de la beauté. C'est quelque chose d'immense que vous êtes seul à connaître et dont les créatures éperdues se disputent l'ombre et les reflets dans la haine et l'angoisse. Cet autre nom des hommes et de la création, qui palpite dans la nature et qui perce sous l'histoire, vous le connaissez, Seigneur, puisque c'est encore vous-même — et puisque c'est l'amour. Qu'il nous touche seulement de son aile, et il nous jettera à vos pieds.

LA CRÉATION

CHAPITRE UNIQUE
où il y a quelque chose au lieu de rien

Dieu regardait le monde qui n'était encore que son rêve. Des flots de sang y coulaient. Il était noyé dans les larmes. Une voix venue des abîmes criait à travers les siècles : « A quoi bon ? à quoi bon ? » Dieu lui-même se demandait avec une sorte d'angoisse ce que seraient les hommes dans l'espace et dans le temps. Il savait déjà la réponse : pour que l'histoire se fasse, ils se serviraient contre lui de cette intelligence et de cette liberté qu'il leur aurait données. Si proches de Dieu, si loin de Dieu, le mal les travaillerait et les emporterait. Mais dans la souffrance et le crime, dans l'indifférence, dans la haine, ils aimeraient Dieu puisqu'ils s'aimeraient. Et, traversés d'orgueil, de cruauté, de mensonge, aspirés par le mal, ravagés par la douleur, toujours en quête d'autre chose, ils s'aimeraient entre eux parce que Dieu les aimerait.

Dieu les aimait.

Alors, la voix de Dieu retentit dans son rêve. Il dit :

« Que la lumière soit ! »

Et la lumière fut.

Et il y eut quelque chose au lieu de rien.

DÉBUT

LE CHAOS

LA RÉVOLTE DES ANGES

LE RÊVE DE DIEU

L'HISTOIRE

LA FIN DES TEMPS

LA CRÉATION

Cet ouvrage
a été achevé d'imprimer
dans les ateliers de la S.E.P.C.
à Saint-Amand (Cher), le 9 février 1981.
Dépôt légal : 1er trimestre 1981.
N° d'édition : 28127.
Imprimé en France.
(186)